TE SOUVIENDRAS-TU DE DEMAIN ?

DU MÊME AUTEUR

Les Impliqués, Mirobole, 2013 ; Pocket, 2015

Un fond de vérité, Mirobole, 2015 ; Pocket, 2016

La Rage, Fleuve Éditions, 2016 ; Pocket, 2017

Inavouable, Fleuve Éditions, 2017 ; Pocket, 2018

ZYGMUNT MIŁOSZEWSKI

TE SOUVIENDRAS-TU DE DEMAIN ?

Traduit du polonais
par Kamil Barbarski

fleuve
ÉDITIONS

Titre original :
Jak Zawsze

MIXTE
Papier issu de sources responsables
FSC® C003309

Fleuve Éditions, une marque d'Univers Poche, est un éditeur qui s'engage pour la préservation de l'environnement et qui utilise du papier fabriqué à partir de bois provenant de forêts gérées de manière responsable.

ISBN : 978-2-265-14390-6

Dépôt légal : septembre 2019

Pour mes parents

« Tous les garçons et les filles de mon âge font ensemble des projets d'avenir. »

Françoise Hardy

Janvier

Cinquante ans après

1

Il se sentait jeune, comme d'habitude. D'aussi loin qu'il se souvienne, c'était le moment préféré de sa journée. Il ouvrait les yeux et une étincelle d'énergie traversait son corps, comme s'il renaissait une nouvelle fois chaque matin. Je suis là, le monde m'appartient, l'aventure m'attend, il y a de l'action et je me sens fort. Parfois, ce moment durait jusqu'au soir, parfois, le temps d'un battement de cils. Quant à l'instant d'après, comment dire : ça dépendait. Il avait de la chance, car, dans la plupart des cas, c'était une journée banale et ennuyeuse qui commençait. Mais il pouvait aussi être en proie à la crainte, à la douleur ou à la gueule de bois, parfois même au désespoir.

Ce jour-là, la puissance le remplit, comme d'habitude. Et, l'instant d'après, c'était au tour de la prudence, comme ces derniers temps. Pendant une longue période, il avait considéré son corps comme un assemblage d'outils performants, peut-être pas le kit parfait du professionnel, plutôt la boîte du bon bricoleur. Au fil des ans, le ciseau s'était ébréché, la percussion de la perceuse devenait sujette à caution, certaines clés à cliquet avaient été perdues, mais pendant ce laps de temps, même si c'était difficile, l'agencement fonctionnait et il n'était pas nécessaire de faire appel à un spécialiste. Hélas, c'était de l'histoire ancienne. Aujourd'hui, il ne se sentait plus propriétaire d'un ensemble d'outils, mais gardien d'un musée désuet où auraient été exposées une flèche en bronze, une hachette en pierre, la moitié d'une charrue rouillée et une lampe à acétylène. Fragile. Prière de ne pas toucher. Profitant du fait que Grażyna était partie on ne sait où et qu'il avait le lit pour lui tout seul, il roula sur le dos et commença à remuer précautionneusement les bras et les jambes pour stimuler la circulation sanguine et vérifier que rien n'avait lâché durant la nuit. Une sensation acide au fond de la gorge ? Un ou deux cachets, et le problème serait résolu. Les hémorroïdes le démangeaient déjà, et ça deviendrait pire ; par chance, ce nouveau gel le soulageait vraiment. En marchant, il pourrait peut-être étirer un peu ses genoux coincés, mais, quoi qu'il arrive, il prendrait un antidouleur dès qu'il se lèverait, au cas où. Son pied gauche s'était engourdi de façon désagréable, cependant son médecin l'avait prévenu qu'il l'emporterait dans sa tombe parce qu'on n'irait pas charcuter la colonne vertébrale d'un patient de son âge pour une broutille.

Il pouvait se mettre debout.

En grimaçant de douleur, il laissa pendre ses pieds en dehors du lit. Quelqu'un lui aurait versé du verre pilé dans ses articulations qu'il n'aurait pas eu plus mal. En s'appuyant sur ses bras, il se redressa et s'assit en haletant doucement. Il attendit que son cœur se calme et que le léger vertige s'estompe ; à ce moment-là seulement, il ouvrit les yeux.

Le soleil hivernal était bas dans le ciel et ses rayons pénétraient presque à l'horizontale dans leur appartement, pile sur l'étagère des livres qui occupait tout un mur de leur chambre à coucher. Les reflets miroitaient sur les jaquettes brillantes, sur les lettres d'or ou d'argent estampées sur le dos des ouvrages. Sans lunettes, cela ressemblait pour lui à un tableau abstrait de grandes dimensions qui se consumerait dans une flamme soudaine. C'était un spectacle assez séduisant pour qu'il bouge la tête, plisse les paupières et l'observe sous plusieurs angles. Après un moment, il retrouva à tâtons la monture de ses verres correcteurs et la chaussa.

Quelle belle journée, se dit-il. Il se leva et marcha vers la salle de bains, allumant au passage la radio qui lui annonça qu'on célébrait en ce jour précis le cent cinquantième anniversaire de l'Insurrection de janvier et le cinquantième de la signature du traité de l'Élysée sur l'amitié franco-allemande.

Comme d'habitude, à chaque minute qui passait, il se sentait de mieux en mieux. Il avait déjà compris que l'essentiel, c'était de commencer doucement, après quoi, il se mettait en route et, en dépit de ses jérémiades, il donnait au fond raison à son médecin qui qualifiait sa forme d'*olympique*. Certes, il était passé plus d'une fois sur le billard, mais aucun cancer ne le grignotait et, malgré ses trous de mémoire, il était loin de l'Alzheimer. Quant à ses histoires d'arthrite et de rhumatisme, elles étaient réglées grâce à de simples cachets antidouleur. Honnêtement, ça n'allait pas si mal.

C'est ce qu'il se disait en accomplissant sa toilette matinale qui, ces derniers temps, se rapprochait de la vérification point par point de la check-list du décollage d'une navette spatiale.

Uriner – une seule minute. Ah, vraiment, il était rempli de fierté à l'idée qu'à son âge, la prostate lui causait si peu de soucis ; il était persuadé qu'il fallait mettre cette prouesse au crédit de ses rapports sexuels réguliers et de la masturbation qui, dans son cas, l'était encore davantage.

La douche – prise.

Les dents – brossées.

Les fausses dents – extraites du boîtier, lavées, réajustées.

La bouche – rincée.

L'appareil auditif – mis. Il n'en avait pas véritablement besoin, mais ne voulait pas passer pour ce vieillard irritant réclamant sans cesse qu'on lui répétât des phrases.

Les yeux – gouttes versées.

La crème à paupières – appliquée.

Les cheveux – peignés, légèrement aspergés de spray.

La barbe et la moustache – taillées.

Les lunettes – essuyées.

Les genouillères stabilisatrices – enfilées avec moult geignements et difficultés.

À la radio, on annonça le tube de la journée et retentit dans le haut-parleur une reprise française de *My Way* de Frank Sinatra. Dans le temps, il adorait cette chanson. Maintenant, chaque fois qu'il l'entendait, il songeait que c'était malheureusement le morceau le plus joué lors des enterrements aux États-Unis et qu'il devrait peut-être en choisir un lui aussi pour son dernier voyage. C'est pour cette raison qu'il avait cessé d'apprécier Sinatra. Pourtant, cette marche funèbre américaine résonnait de façon moins définitive en français, tout en restant empreinte de mélancolie. Alors, en fredonnant la mélodie familière, il arrangea ses rares cheveux et les aspergea une nouvelle fois de laque pour les maintenir. Après quoi, il arbora une mine fringante et adressa un clin d'œil polisson à son reflet dans le miroir.

Bordel, qu'est-ce que je suis vieux.

Il ne voulait pas mourir. Il ne voulait vraiment, mais alors vraiment pas, mourir. Il n'était pas prêt, il ne se languissait pas à l'idée de la fin de son errance de mortel, il ne ressentait nulle curiosité pour le tunnel qui le conduirait vers la lumière et il ne rêvait certainement pas d'un repos éternel. Par le passé, il s'était souvent demandé si, une fois devenu vieux, quelque chose ne basculerait pas dans sa tête et s'il ne deviendrait pas un croyant fervent qui se préparerait avec appréhension et espoir à rencontrer saint Pierre. Rien de tel. Plus il était vieux et riche en expérience, plus les religions et les pratiquants de tout poil l'irritaient ; il coupait court à toute tentative de l'entraîner dans des discussions eschatologiques ou transcendantales.

Vraiment, il ne voulait pas, mais alors pas du tout, mourir.

Mais aujourd'hui, en un jour où il lui faudrait peut-être choisir entre une défaillance cardiaque et une déception, il choisirait la première option.

Il quitta la salle de bains, et se concocta un petit déjeuner léger, constitué d'un yaourt nature agrémenté de graines de courge et de tournesol. Il fit chauffer dans une petite casserole en cuivre quelques cuillères de l'ersatz de café de marque Kujawianka. Vingt ans plus tôt, il avait définitivement opté pour la chicorée et les autres succédanés de café à base de blé et, à présent, il se considérait comme un véritable expert dans le domaine. Après de multiples expériences avec des mélanges exotiques de toute sorte, c'était désormais le Kujawianka qui lui plaisait le plus. C'était la source de bon nombre de moqueries de la part de ses amis encore vivants qui ne comprenaient pas comment on pouvait renoncer volontairement au vrai café sans être passé par trois infarctus.

Alors que lui trouvait simplement que la chicorée avait bon goût.

Il porta jusqu'au bureau le bol de yaourt, sa tasse et sa boîte de médicaments. Il mangea, puis il avala un lot de pilules avant d'inspirer profondément. D'accord, il était temps de faire le dernier test.

Il tira le tiroir et en sortit une plaquette de pilules achetée spécialement pour une occasion qui allait se présenter ce soir-là. Rapidement, pour éviter de changer d'avis, il en détacha une, la posa sur sa langue et l'avala, la faisant glisser avec une gorgée de café.

Il disposait d'une heure.

2

Je ne sais pas ce qui m'est passé par la tête quand j'ai décidé de venir dans cette boutique. Il aurait été préférable de commander quelque chose sur Internet, et dans plusieurs tailles, puis j'aurais renvoyé le superflu. Mais je n'avais pas pu me décider, je n'étais plus trop sûre d'avoir bien compris ces tableaux de mensurations et il était désormais trop tard pour la poste. Certes, je pouvais toujours me rendre dans une boutique normale, mais j'étais venue ici, dans le magasin le plus tape-à-l'œil du centre commercial le plus clinquant de la ville. Au moins, je sortais droit de chez le coiffeur. Maigre consolation, mais c'était toujours ça.

— Ouiiiii ?

Bien sûr, aucun « En quoi puis-je vous aider ? » ni « En quoi puis-je vous être utile ? » Plutôt un « Ouiii, vous vous êtes perdue ? », « Ouiii, puis-je vous indiquer le chemin de la pharmacie ? Ou les toilettes ? Ouiii ? »

J'avais envie de fuir et il me fallut fournir un grand effort pour clopiner jusqu'à la caisse.

— Je voudrais quelque chose de sexy, dis-je.

Visiblement bouleversée, la demoiselle à la mine juvénile en est sortie de derrière son comptoir, se prenant la tête à deux mains. Il ne manquait plus qu'elle soupire « Jésus, Marie, Joseph » et qu'elle se signe.

Pendant un instant, elle chercha ses mots.

— C'est pour un cadeau ?

— Un cadeau pour moi.

— Je comprends.

Et elle se tut comme si, après avoir enfin compris on ne sait quoi, il lui fallait se reposer un instant : un tel effort, Jésus, Marie, Joseph. Sur le large écran derrière la vendeuse, une femme nue se tortillait en faisant au passage des mines étranges censées exprimer l'approche de l'orgasme.

— Sexy à quel point ?

— Sexy au point de faire bander un homme de quatre-vingt-trois ans. Extrêmement sexy.

— Je comprends.

Nouveau bug. J'en fus désolée pour elle.

— Chère madame, dis-je sur le ton d'une gentille grand-mère de province, ce n'est pas une blague. Je préférerais filer droit vers la cabine d'essayage, mais à la place, je vais vous expliquer. J'ai soixante-dix-huit ans et mon mari en a quatre-vingt-trois. Aujourd'hui, on fête les cinquante ans du jour où on a fait l'amour pour la première fois. Il vous arrive de faire l'amour ?

— Pardon ?

Je ne pensais pas réussir à m'exprimer plus clairement, alors je lui accordai un instant.

— Pour tout vous avouer, pas encore, admit-elle d'une petite voix.

— Je suis ravie que vous ayez encore ce moment merveilleux devant vous. Mais à l'heure qu'il est, je vous demande de faire appel à votre savoir théorique sur le sujet et d'essayer de me comprendre. Je fête aujourd'hui avec mon mari un anniversaire très important et je sais qu'il fera son possible pour se montrer à la hauteur du défi. Je suis certaine qu'il a déjà avalé ce qu'il faut en matière de pilules à l'heure qu'il est, et j'espère qu'il va y survivre, mais j'aimerais beaucoup l'aider. Lui fournir un stimulus. Le mode d'emploi des hommes est facile, vous verrez ça, leur cœur ne peut approvisionner en sang qu'un seul organe important à la fois. Un morceau de dentelle rouge et ils se mettront à bander même plongés dans un trou dans la glace, on peut alors leur mettre sous le nez des actes notariaux à signer. Maison, voiture, tout ce que vous voudrez.

La fille pouffa de rire.

— Pour le dire crûment, poursuivis-je, il faut que vous me trouviez un dessous dans lequel je ressemblerai au rêve le plus suave de tous les fétichistes fantasmant sur les vieilles dames fripées.

Impossible de me montrer plus directe ou plus concise. Il ne restait donc qu'à attendre.

— Alors, je vais peut-être vous chercher ce que ces messieurs choisissent le plus souvent, dit-elle. Je pense que c'est ce qui les émoustille le plus, pas vrai ?

Quelques plaisanteries à ce sujet défilèrent dans mon esprit, mais j'estimai qu'il valait mieux ne pas risquer de détruire cette connivence momentanée, bâtie par-dessus Dieu seul sait combien de générations. La fille disposa devant moi plusieurs vêtements dont la possession serait probablement passible de prison à vie en Arabie Saoudite.

Elle m'accorda un instant pour que je les admire.

— Qu'est-ce que vous en pensez ?

— Je réfléchis.

Je disais la vérité. Je me demandais comment me montrer plus maligne que la lingerie de charme. D'ordinaire, son rôle est de faire semblant de dissimuler des choses, alors qu'en réalité, elle expose tout. Moi, j'avais besoin de dessous qui, suggérant ce qu'ils dévoilaient, recouvriraient dans les faits les parties de mon corps les plus flétries. Mes escarpins cacheraient les orteils tordus. Les bas noirs résoudraient l'affaire de la cellulite sur mes cuisses. Mais plus haut ?

— À votre place, je mélangerais ces deux ensembles.

La fille me sortit de ma réflexion et disposa l'un contre l'autre un short en dentelle rouge et un maillot noir. Je l'encourageai du regard pour qu'elle s'explique.

— Le short rouge parce que, comme vous l'avez dit, il est rouge. En plus, un short, ça recouvre pas mal, or vous n'aurez probablement plus le temps de passer à la salle de sport aujourd'hui pour raffermir votre fessier.

Je lui adressai un clin d'œil. Bien vu.

— Et puis, regardez, pas besoin de l'enlever, dit-elle en disposant le short sur le comptoir de sorte à présenter l'échancrure au niveau de l'entrejambe.

J'acquiesçai. La fille était astucieuse et je lui en étais reconnaissante. Grâce à ce subterfuge, Ludwik n'aurait pas à m'arracher ma culotte en pleine excitation, et la pensée « Eh, mais c'est quoi ce vieux cul ? » ne défilerait pas dans son esprit.

— Quant au maillot, je pense qu'il est cool parce que sous la poitrine, il est assez opaque et flottant, oui ? Puis il y a ce ruban, là, qu'on peut serrer, ce qui maintient bien les seins. Mais au-dessus, il est tellement transparent qu'on dirait presque qu'il n'est pas là, or, d'après ce que je vois, vous avez encore une poitrine correcte. Enfin, je ne voudrais pas...

J'agitai la main pour qu'elle ne s'embête pas à s'excuser. Après tout, elle venait de me faire un compliment assez gentil. Sa suggestion avait l'air parfaite et je me sentis un peu mal à l'aise de l'avoir prise au début pour une sotte. J'ajoutai encore une paire de bas, déboursant au final une somme absolument astronomique ; si on calculait sa valeur au gramme, cette marchandise coûtait probablement plus cher que de la cocaïne.

— En vous remerciant et en espérant vous revoir bientôt, récita la fille avant de me tendre le sac.

Puis elle ajouta :

— Vous êtes cool. J'aurais aimé que ma grand-mère soit comme vous. Je veux dire, si elle était en vie.

Que me restait-il à ajouter ? Je lui adressai mon plus beau sourire en guise d'adieu.

3

Encore cinq minutes.

Il tuait le temps avec son addiction hivernale préférée, c'est-à-dire en vérifiant les conditions météo dans les stations de ski. Combien de centimètres de neige était-il tombé, quel temps faisait-il, quelle température, de quoi tout ça avait l'air via les caméras Web ? Il adorait ce rituel. Il commençait par le mont Kasprowy et par Jaworzyna, puis se baladait dans l'Europe entière. Surtout dans les endroits qu'il avait fréquentés par le passé, mais aussi dans ceux qu'il avait toujours voulu visiter, sans que ça se fasse. Chaque année, il se promettait de trouver enfin le temps et l'argent pour Zermatt et Engelberg. Il n'avait été qu'une seule fois faire du ski en Suisse et il voulait vraiment y retourner, mais voilà, son quatre-vingt-quatrième hiver était soudain arrivé et il était peu probable qu'il pût encore se prendre en photo avec le Cervin en arrière-plan. En tout cas, ça serait difficile d'en profiter sur des skis, mais s'y rendre comme ça, pourquoi pas ? Il était vieux, mais pas encore mort.

Il ouvrit son calendrier au mois d'avril et nota à la date du premier dimanche : « Excursion le Cervin en juin ? » L'instant d'après, il barra le point d'interrogation et regarda une nouvelle fois l'écran de son ordinateur.

En Pologne, les conditions d'enneigement étaient médiocres, mais en France, elles étaient excellentes. C'était très bien ; ils y avaient prévu un voyage en mars, dès la fin des vacances scolaires françaises. Le plus comique, c'était que, l'âge venant, en planifiant ses escapades pour lui-même, il privilégiait de plus en plus les aspects qui lui importaient en ces temps lointains où il enseignait les sports d'hiver à son fils, puis à ses deux petites-filles. D'abord, des places de parking au plus près du remonte-pente pour ne pas se fatiguer en marchant. Ensuite, la possibilité d'un retour en télécabine ou en télésiège, dans la mesure où, dans bien des stations, la descente jusqu'au point zéro équivalait à un combat contre des bosses, de la glace et des touffes d'herbe. Là-haut enfin, de larges pistes douces, sans tire-fesses dont on pouvait tomber, avec beaucoup de place pour se reposer, manger ou se dorer au soleil sur des transats. Depuis qu'il devait se gaver d'antidouleur pour permettre à ses genoux de supporter une descente, se réchauffer était devenu son activité montagnarde principale – et il continuait à appeler ces séjours des séjours au ski.

Quelques années plus tôt, ils avaient enfin trouvé une station réunissant tous ces critères – la minuscule Champagny, en France. De ce village tranquille et peu fréquenté, relié par des remonte-pentes à l'une des stations françaises mastodontes, on pouvait atteindre par des télésièges une crête avec vue sur le mont Blanc d'un côté et sur Courchevel, colonisé par les Russes, de l'autre. Il avait toujours voulu aller là-bas, mais chaque fois, ils finissaient par estimer que ce lieu snob était trop cher pour eux.

Champagny était une station merveilleuse, il regrettait néanmoins d'être trop vieux pour le mont Kasprowy, en Pologne. La « montagne de verre » devenait pour lui chaque année de plus en plus raide et imprévisible. Et le trajet depuis Varsovie prenait davantage de temps que pour aller jusqu'à Champagny. Tous les arguments rationnels étaient contre le mont Kasprowy, cependant, au souvenir de la descente avec des skis sur le quai de train à Zakopane, une vague de nostalgie le submergeait. À quand remontait la première fois ? À 1950, probablement, durant ses études ; ils dormaient par terre au refuge de Murowaniec, emmitouflés dans tous ces pulls en laine. Ils portaient leurs skis à même le dos, car on n'avait pas encore construit le télécabine de la Hala Gąsienicowa.

Il se rappelait aussi l'odeur de cette nuit. La fumée des poêles chauffés au bois qui flottait à l'intérieur du refuge, les senteurs mélangées de flageolets à la bretonne et d'une tarte aux pommes qui leur parvenaient de la cuisine, l'humidité qui émanait des chaussures en cuir et des pull-overs en laine, cette petite brune qui, après s'être blottie contre lui durant la nuit, lui avait permis de glisser sa main sous son chemisier en flanelle – la première expérience véritablement sexuelle de sa vie. Sa poitrine était en sueur. Mon Dieu, c'était quoi son prénom, déjà ? Marzena ? Bożena ? Quand tout le monde ronflait autour d'eux, elle s'était laissé embrasser, son sein rond comme un pancake, pâle, gris argent à cause de la lune ; il avait eu un orgasme dès qu'elle avait posé ses lèvres sur lui. Il se souvenait à quel point il tenait à n'en rien laisser paraître. Par chance, elle avait continué à se dévêtir lentement, mais sans interruption, et, à cette époque, il comptait le délai entre les opportunités, non pas en semaines, mais en minutes.

Plongé dans ses souvenirs, il sentit soudain la sécheresse familière dans la bouche, le fourmillement dans l'entrejambe et son membre se gonfler. Donc, ça fonctionnait ! Exactement comme ça aurait dû ! Après une heure, il suffisait d'être excité, et la chimie faisait le reste, n'était-ce pas merveilleux ? Il baissa le pantalon à rayures de son pyjama et regarda vers le bas, là où, entre les poils blancs de son pubis, son pénis blafard se dressait fièrement. Celui-ci n'avait jamais été époustouflant, mais – peuples du monde, tombez à genoux, faites retentir les trompettes célestes, jetez des pétales de rose devant la procession – aujourd'hui, il s'érigeait dans toute sa splendeur.

Il plissa les paupières, rappela l'image de l'étudiante en psychologie de dix-neuf ans, collante de transpiration après une journée entière en montagne, qui prenait sa main et la glissait sous son chemisier en flanelle jusqu'à ses seins moelleux aux petits tétons. Il permit à son imagination de poursuivre.

4

Au moins, le menu ne posait pas de problèmes. En ce temps-là, les fast-foods n'existaient pas, on ne connaissait la pizza qu'à travers les guides touristiques et la nourriture à emporter n'était guère une pratique courante. Quand c'était possible, le client devait apporter au « bar à lait » – unique type de restaurant subventionné par l'État – une casserole ou un thermos pour la soupe et il fallait de toute manière réchauffer le plat à la maison. Le seul aliment qu'on pouvait acheter en ville, transporter sans soucis jusqu'à chez soi et manger encore chaud, c'était du poulet rôti.

Donc, durant l'hiver 1963, en tant qu'amants surpris d'être collés l'un à l'autre, et qui n'auraient voulu se décoller pour rien au monde, nous étions condamnés au poulet rôti. J'avais envoyé Ludwik au bar Praha sur les allées Jerozolimskie et je n'avais pas eu le temps de fumer ma seconde cigarette qu'il était déjà de retour avec deux volailles – pas totalement chaudes, un hiver redoutable s'était abattu sur la Pologne – et un carton de bugnes. Et puis, il avait sorti d'une armoire une bouteille de véritable vin français qui n'était d'ailleurs pas à lui – on l'avait volée à un de ses amis qui travaillait en horaires décalés et lui laissait les clés de son son appartement pour qu'il reçoive ses patients. Du vin français ! Moi, une telle francophile, je m'étais d'abord extasiée, puis j'avais dû faire semblant d'apprécier parce que jamais auparavant je n'avais bu un vin autre que les bibines de grand-mère, sucrées comme un bonbon.

Et c'est pourquoi nous avons toujours le même menu lors de nos anniversaires : du poulet rôti, des bugnes et une bouteille de vin français.

Alors, je découpais sans conviction un poulet qui, aujourd'hui, était bien trop gras pour moi, tout comme les bugnes d'ailleurs. Mais le vin était fabuleux : un pinot noir délicat et presque pétillant qui, chose étonnante, ne venait pas de Bourgogne, mais de Provence. Celui qui l'avait conseillé à Ludwik s'y connaissait vraiment. Je me délectais de son bouquet tandis que mon mari trempait à peine ses lèvres dans son verre, de crainte sans doute de perturber son érection. Je buvais à petites gorgées et j'observais l'homme avec qui, cinquante ans plus tôt, je dévorais une volaille, assise à la turque, complètement nue, au milieu d'un minable immeuble du centre-ville qui avait survécu par miracle à la guerre et serait d'ailleurs détruit peu après. L'appartement était dans un piteux état, mais l'emplacement convenable, avec vue imprenable sur le Palais de la Culture et de la Science.

Mon Dieu, qu'est-ce qu'il me semblait merveilleux à l'époque ! Ludwik, je veux dire, pas le palais. Tout en dévorant mon poulet, j'avais la tête qui tournait, l'impression que j'aurais pu avoir un orgasme rien qu'en le regardant. Ludwik, je veux dire, pas le poulet. Nous n'avions pas réussi à le manger en une fois, même si nous étions terriblement affamés, et nous avions bien dû faire trois pauses pour nous envoyer en l'air. Il me pelotait avec ses mains grasses et moi, je savais que rien de plus excitant ne m'arriverait jamais dans ma vie.

Après l'amour, je recommençais à le contempler. Sa chevelure blonde et épaisse telle la fourrure de je ne sais quel animal, ses yeux clairs, comme dilués dans l'eau, vigilants derrière des lunettes à grosses montures, typiques de l'époque, sa barbe taillée avec soin, ses épaules. Je ne disais rien, j'attendais qu'il parle, qu'il utilise ses lèvres ; je n'avais jamais vu de lèvres plus adorables chez un homme, mais c'est sa voix qui m'attirait le plus. Aujourd'hui, je me dis que j'aurais pu écouter plus attentivement ce que ces lèvres et cette voix avaient à me dire. Mais c'est aujourd'hui.

Ces temps-ci, je m'efforce de le regarder le moins souvent possible. Et ce n'est même pas parce qu'il me fatigue (c'est le cas) ni qu'après toutes ces années, j'en ai assez de lui (c'est le cas). Je ne peux plus l'observer parce que je le déteste d'être devenu vieux. Et peu m'importe que, objectivement parlant, il garde la forme. Une fois lavé, enduit de pommades, peigné, aspergé de parfum et vêtu, il ressemble à cette personne perçue par le reste du monde comme un professeur respectable et sage, quoiqu'un brin ennuyeux. Tandis que moi, je ne le fréquente pas seulement dans sa version objective. Je l'endure dans sa version ronflante, pétante, ébouriffée, fuyante, puante, ridée et édentée. Dans toute la splendeur physiologique d'un corps moribond et sans élégance.

D'accord, je ne suis pas non plus un perdreau de l'année ; l'incontinence urinaire est mon deuxième prénom, mes seins pendent jusqu'au nombril, même quand je suis debout, et quand je suis assise, n'en parlons pas. Tout ceci est vrai, mais quand on vit normalement, quand on se balade, quand on lit un livre, quand on regarde la télé – on peut facilement l'oublier. Cependant, il suffit d'un coup d'œil à cet affreux vieillard et je sais d'emblée que je suis pareille. Parfois, cette conscience m'atteint de façon si douloureuse que j'en ai la nausée, je sens un vertige et un haut-le-cœur soudain au point de redouter sérieusement qu'un jour, je lui vomisse dessus.

— Tu m'aimais alors ?

— Bien sûr que oui, répondis-je, en répétant ce mensonge depuis si longtemps que j'en étais presque venue à le croire.

— Et maintenant ? dit-il en m'attrapant par la main.

J'y jetai un coup d'œil. Sa main avait une belle allure, c'était la main élégante d'un homme jadis beau et bien bâti. Et la mienne ? On pourrait la présenter comme pièce à conviction lors d'un procès contre les laboratoires de cosmétiques.

Comment était-ce possible que, en dépit d'une vie entière passée à l'enduire de crème, de baumes et de décoctions miraculeuses, elle fût devenue un enchevêtrement de tendons et de veines parfaitement visibles sous une peau si fine qu'elle en devenait translucide ? Pendant un instant, je ressentis la crainte surréaliste que cette peau ne craque sous sa délicate caresse, glisse de mes doigts et tombe par terre comme un gant trop lâche.

— Aujourd'hui plus que jamais, dis-je en souriant mielleusement.

J'étais si forte en sourires mielleux qu'on devrait m'employer dans des bordels pour former les prostituées.

Oh, cher monsieur, tout le monde sait que l'âge n'a pas d'importance. Et certainement pas pour moi. Là-dessus : *sourire.*

5

Cette journée était la preuve que la vie ne relevait en rien d'une science exacte et même qu'elle ne constituait en rien un domaine scientifique. Dans la science, une expérience identique répétée dans des conditions identiques doit conduire à des résultats identiques. Sinon, il fallait jeter les conclusions à la poubelle.

Eux, depuis des années, le même jour à la même heure, se posaient à peu près les mêmes questions. Qu'est-ce qui les avait rendus heureux ? De quoi étaient-ils fiers ? Que voudraient-ils changer ? Que comptaient-ils faire ?

Et chaque année, ces mêmes deux personnes répondaient à ces mêmes questions en formulant des réponses totalement nouvelles et parfois en contradiction avec les précédentes.

Ludwik regrettait de ne pas les avoir enregistrées ou au moins notées depuis le début de leur rituel.

— Tu sais ce que je déplore de plus en plus ? lui demanda-t-elle en reposant son verre.

Le vin avait laissé un dépôt cerise sur sa bouche et sur le duvet délicat au-dessus de sa lèvre supérieure.

— Non.

— Que nous ne soyons pas partis plus souvent en vacances.

— Nous partions en vacances chaque année !

— Oui, je sais, je sais, mais c'était trop peu. Il aurait fallu partir sur les routes dès que cela était possible, négliger le travail, ne pas songer à la carrière, vivre de peu en étant irresponsables, voyager, visiter, admirer, s'étonner, se lancer dans des aventures. Pas au sens de combats à mains nues contre des grizzlis, mais au sens d'ordinaires aventures de citadins. Que la voiture tombe en panne en plein orage, que la tenancière de l'auberge soit une folle furieuse, que des pickpockets nous aient dévalisés. Des aventures sans trop de risques, à raconter à nos amis. Je feuillette nos albums de photos et tu sais quoi ?

— Je ne sais pas. Quoi ?

Des accents de prudence résonnèrent dans sa voix, comme s'il se préparait à repousser une attaque.

— Imagine-toi que nous n'avons pas de photographies « assis sur le canapé » et annotées « Et voici notre repos très responsable, nous venons de rentrer du travail, nous avons remboursé nos échéances aux dates prévues et nous comptons nous acheter une nouvelle télé à crédit ».

— N'exagère pas, nous avons quelques photos de la maison, rétorqua-t-il, un peu vexé, se sentant dans l'obligation de défendre cette vie qu'il avait beaucoup aimée.

— Des soirées, des anniversaires, les fêtes de fin d'année, des événements inattendus, voici nos photos. Tout cela, ce sont des échappées du quotidien. Et des aventures superbes, ne te méprends pas. Mais aujourd'hui, je me dis qu'il aurait fallu faire davantage d'efforts pour qu'il y ait le moins possible de ces journées ordinaires. Imagine-toi que chaque année, tu arraches quinze jours supplémentaires pour des escapades. C'est peu à première vue, mais sur dix ans, c'est déjà cent cinquante jours, cinq mois, un voyage d'une demi-année.

— La détente, le repos, rester à la maison, c'est aussi très important.

— Mais je ne dis pas qu'en revenant d'un safari en Afrique il aurait fallu aussitôt partir faire une course en chars à voile sur la glace, simplement que nous pensions peut-être un peu trop à ce ô combien important repos quotidien et pas assez à la recherche de surprises. Qu'est-ce que tu te rappelles de 1963 ?

— Bah, ça, répliqua-t-il, étonné, comme s'il était impoli de poser la question. La plus belle, la plus sexy, la plus nue. Toi. Et le poulet. Et le vin que j'avais chapardé à Antek. Et les cris dans le couloir de cet immonde taudis. Je m'en souviens comme si c'était hier : putain, sales porcs, je vais tous vous massacrer !

— Et quoi d'autre ? Des mois chauds ? Juillet ? Hmm ?

Il pouffa de rire.

— Quelle question. La grande virée érotique sur la rivière Narew, bien sûr.

— En détail ?

— Malheureusement. Je ne sais pas si j'ai autant souffert à un autre moment de ma vie.

C'était vrai. Ils se baladaient sur la Narew dans un bateau à rames emprunté au propriétaire de la ferme où ils logeaient et ils avaient bien vite remarqué que le vieux rafiot bancal était un endroit idéal pour faire l'amour. Ils avaient si bien réussi à faire l'amour dans la nacelle chancelante qu'ils s'étaient endormis complètement nus, épuisés, alors que le courant les entraînait vers la jonction avec le Bug et le réservoir de Zegrze fraîchement inauguré. Un réservoir artificiel si neuf qu'aux endroits les moins profonds, on voyait toujours dépasser les troncs d'arbres et les cheminées des maisons submergées. C'était une sirène de bateau qui les avait réveillés. Après avoir ouvert les yeux, ils avaient découvert devant eux une péniche pleine d'hommes en costumes cravates, la *Dziewanna*. On était le 22 juillet, les officiels étaient venus de la capitale pour la cérémonie d'ouverture de ce qu'on surnommait le « lac Balaton de Varsovie ». Ils se contemplèrent les uns les autres un moment. Eux, nus, dans leur barque. Les autres en costards, sur le bateau. En fin de compte, l'un des hommes déclara avec un sourire ironique : « Vous voyez, camarades, nous avions raison de prétendre que le peuple polonais n'a pas seulement soif de maisons et de vêtements, mais aussi de concrètes possibilités récréatives. Dans un corps sain loge l'esprit sain du socialisme ! Pas vrai, mon ami ? » Ludwik approuva d'un hochement de la tête en espérant qu'on en resterait là, mais le plaisantin ajouta : « Et nous vous remercions chaleureusement d'avoir adopté la teinte de la lutte internationale du prolétariat en l'honneur de la fête du 22 juillet. Continuez comme ça. »

La péniche fit retentir sa sirène encore une fois avant de s'éloigner et, à ce moment-là, Ludwik remarqua la couleur rouge écrevisse de sa peau à cause du soleil. Tout son corps lui faisait mal. Mais la véritable douleur était celle encore à venir parce qu'il devait ramer une quinzaine de kilomètres à contre-courant jusqu'à Dzierżenin. Quand il avait atteint l'embarcadère, il était persuadé que rien de pire ne pouvait lui arriver à l'avenir.

Il se trompait. Le lendemain, il se réveilla avec une fièvre de cheval, des ampoules aux mains, des brûlures sur la moitié du corps et les muscles des épaules si endoloris qu'il avait envie de se les amputer.

— Mais tu te souviens de la cure ? Quand je te faisais des cataplasmes de yaourt contre les cloques ?

— Bien sûr. Quand le proprio a vu que tous les draps et la moitié de l'appart' avaient été badigeonnés de yaourt, il nous a ordonné de payer le double.

— Fallait rester couché tranquille. Et le mois d'août ? La même année ! Mon Dieu, tout ce qui se passait dans notre vie à l'époque.

— La fois où on a fabriqué Jacek ?

— Ouais.

— Mais c'était aussi le jour où Brejnev nous a tiré dessus !

— Mon Dieu, ça, je ne risque pas de l'oublier, je n'ai jamais eu aussi peur de ma vie. C'était près d'Olsztyn. D'abord, il a ouvert le feu et puis il nous a couru après en hurlant en russe. Non loin de là, ils avaient construit ce centre pour la nomenklatura, à Łańsk, c'est sans doute de là qu'il était sorti. Tu crois vraiment que c'était Brejnev ?

— L'ancien garde nous l'a bien confirmé, une fois la Pologne redevenue libre. Le beau monde qui s'y réunissait, à Łańsk : Khrouchtchev, Brejnev, Che Guevara... Et celui qui nous a poursuivis avait des cheveux, alors que Khrouchtchev était chauve à ce qu'il me semble. Salopard de bolchevique, il nous a troué la tente.

À l'évocation de ce souvenir, elle partit d'un grand éclat de rire.

— Arrête, de toute manière, cette tente tombait en morceaux, tellement elle était vieille. Écoute, tu crois que si on l'avait tué à l'époque, ce Brejnev, nous aurions changé le sort de la planète ?

— Je te rappelle qu'en termes d'arsenal, Brejnev disposait d'une carabine et nous de pommes de pin, d'une eau-de-vie à la cerise et d'un produit anti-moustiques de fabrication maison. Même si nous avions réussi à l'atteindre avec un de ces projectiles, dans tout ce système, alors j'en doute.

— Pourquoi ?

Comme d'habitude, chaque fois qu'on lui posait une question sérieuse, il prenait un air professoral.

— L'Histoire est un processus compliqué. Andropov l'aurait sans doute remplacé plus vite et rien n'aurait changé. Mais ça aurait fait un salaud de moins, toujours ça de pris. Et puis si c'est là, dans la région de la Varmie, que nous avons conçu Jacek, c'est peut-être grâce à Brejnev ?

— J'avais cru que mes règles avaient du retard à cause du stress. C'est drôle, je ne me souviens pas de nos premières vacances avec Jacek. On est partis quelque part ?

Ils réfléchirent un instant.

— Je ne crois pas, nous étions tellement angoissés qu'il soit si petit. Chez ta mère à la campagne peut-être, et c'est tout.

— Et puis à Pelnik, chaque année. Il aurait fallu pousser plus souvent jusqu'à la mer, c'est ce que je me dis aujourd'hui. L'air y est meilleur.

— Eh, arrête, j'ai commencé à l'emmener à la montagne avant qu'il apprenne correctement à marcher.

— Parce qu'à Zakopane, l'air était bon peut-être ? Des émanations de charbon, des cheminées, des saucisses au barbecue et des chevaux qui pètent, la pollution y était pire qu'à Londres.

— Mais on l'emmenait plus haut, dans les refuges.

— À moins d'être obligé de le veiller dans un hôpital au pied des pentes, à cause d'une otite.

— Et c'est ma faute si on ne laissait entrer que les mères en pédiatrie à cette époque-là ?

— Je n'ai pas le souvenir que tu aies fait le moindre esclandre auprès du personnel pour t'occuper de ton enfant. Un père si préoccupé qu'il nous a rendu visite le lendemain avec la gueule de bois, encore à moitié ivre.

— Seigneur tout-puissant, ça fait cinquante ans que tu me le reproches !

— La journée des bilans, c'est la journée des bilans, *quoi faire**[1] ?

— *Tu pourrais m'excuser.*

— Je crois que tu voulais dire *me pardonner*.

— Laisse-moi tranquille, tout le monde n'est pas francophone dans cette famille. À propos de francophones, le voyage en Fiat Polski 126P jusqu'en France, c'était quelque chose. Tu te rappelles la tête que tirait ce mécanicien près de Grenoble ?

— Je me rappelle surtout que ce n'était pas le premier mécanicien qu'on voyait durant ce voyage. Nous avions déjà dû chercher quelqu'un pour réparer le démarreur dès la RDA.

— Bah, je ne connaissais pas encore le truc avec le manche à balai, dans tout ce système. Il suffisait de le fourrer à un endroit précis pour que le moteur redémarre. Par ailleurs… il a fallu que j'adhère au parti et que je signe une déclaration de loyauté, en promettant d'écrire des comptes rendus de notre voyage pour qu'ils nous donnent des passeports. Tu sais que je rédigeais un journal à l'époque, au cas où ils nous auraient réellement demandé de montrer quelque chose ? Je l'ai retrouvé dernièrement. Le meilleur, c'est les moments où je déclare que même à nos âges, la quête de nouveaux stimuli est essentielle.

— Mais tu n'avais même pas cinquante ans à l'époque !

— Justement. J'étais un ado !

— Cela étant dit, ce voyage… Pas de siège enfant, pas de ceinture, on avait disposé les sacs de nourriture derrière de sorte que Jacek ait un terrain de jeu sur toute la banquette.

1. Tous les mots, phrases, suivis d'un astérisque sont en français dans le texte. *(N.d.T.)*

Les mères d'aujourd'hui auraient des palpitations à la seule vue d'un tel spectacle.

— Jacek était déjà grand, presque dix ans. Quand on est allés en Roumanie, en empruntant tous ces bus, quel âge avait-il ?

— Six ou sept, c'était pile après décembre. Ce périple-là, je n'en chéris pas la mémoire, c'est tout ce que je peux te dire.

— On était censés avoir les Balkans et le soleil, il a flotté tout le temps, pire qu'au bord de la Baltique.

— C'est surtout de nos corps que ça coulait. J'ai cru que j'allais mourir.

— Je plantais la tente sous la pluie et je faisais des pauses entre chaque sardine, tellement j'étais épuisé par cette diarrhée. J'ai vraiment eu peur qu'il ne nous arrive quelque chose.

— Il a fallu ce bouillon bizarre, sombre, que cette bonne femme nous a préparé, pour nous remettre sur pied. Jusqu'à aujourd'hui, je ne sais pas ce qu'il y avait dedans. Qu'est-ce qu'on lui a donné en échange ?

— Un truc orné d'ambre. Je me souviens qu'on avait pris des babioles pour les vendre. Pas un quidam sur place ne s'est intéressé à nos objets de pacotille. À la fin, on les a distribués pour ne pas les rapporter chez nous.

— Maintenant, je me dis qu'avec Jacek aussi, il aurait fallu voyager davantage, ne pas se soucier de toutes ces obligations, ignorer la maternelle, l'école. Ça lui aurait mieux profité que l'éducation communiste ou la vie dans la cité. Voyager plus à travers la Pologne, à l'étranger, même si on n'avait accès qu'aux républiques populaires. Parfois, je me dis que s'il s'est choisi un métier aussi ennuyeux et stable, c'est parce que nous ne l'avons pas assez stimulé. Mais c'est l'époque qui voulait ça. Nous, au boulot, lui, à la crèche, à l'école, ça a défilé on ne sait comment. Si c'était à refaire, je pense que j'agirais différemment.

— Qu'est-ce que tu changerais ?

— Je resterais auprès de lui plus souvent. Chaque étape passait trop vite. J'aimais l'observer marchant à quatre pattes, et puis soudain, le voilà qui courait. J'aimais quand il inventait des mots, je me promettais de les noter, et puis soudain, il s'exprimait comme nous. J'aimais sa tendresse d'élève de maternelle, et puis soudain il était devenu un ado perpétuellement enfermé derrière une porte close. Un jour, il était tout juste étudiant, le lendemain, il était père de famille, et le suivant, il avait déjà divorcé. Chaque matin, j'avais un enfant différent, et celui d'avant… euh, enfin… tu vois, quoi… Je n'en ai pas assez profité.

Il ne dit rien ; cela faisait cinq ans que leurs séances de souvenirs – en janvier, à Noël, aux anniversaires… – s'achevaient avec la voix tremblante d'émotion de l'un d'entre eux. Il se leva, l'aida à quitter la table et ils s'assirent sur le canapé. Il se blottit contre elle et la laissa pleurer.

— Je crois que c'était le voyage de ma vie, tu sais ? dit-il doucement quand les sanglots de sa femme se muèrent en un reniflement discret. Quand nous sommes allés avec Jacek et ses filles en Varmie. Leur montrer où on avait fait l'amour, où ses premières cellules s'étaient divisées. La fois où on lui a raconté l'orage et Brejnev qui nous avait poursuivis avec son fusil.

— Et il n'arrêtait pas de nous faire des reproches, de nous conseiller de parler plus bas parce que les filles étaient trop jeunes pour ce genre de détails. Puis nous nous sommes tous baignés dans le lac, je me souviens que le soir était si merveilleux, le genre de soir qui arrive en Pologne deux fois par an.

— Les petites sont allées dormir et nous, on est restés presque toute la nuit sur la plage, à boire de la bière et à discuter. Depuis ce jour-là, je reste étonné qu'il se souvienne de tant de choses de son enfance, probablement plus que moi.

La fois où on est allés à l'hosto parce qu'il s'était fourré une fève dans la narine et qu'elle y avait germé. Ou la fois où il est entré dans la baignoire avec une carpe pour prendre son bain avec elle. Tu t'en souviens ?

— Bah… Dommage qu'il n'y ait pas eu tous ces téléphones portables à l'époque, on aurait eu des photographies superbes. Et toi ?

— Quoi moi ?

— Qu'est-ce que tu aurais fait autrement ?

— Je ne sais pas trop. Tu me connais, Grażyna, je suis heureux dans tout ce système, tout m'a toujours plu dans ma vie. Il faut que j'y réfléchisse. Peut-être que j'aurais réparti les efforts différemment. Moins de carrière scientifique et plus de patients. Qui sait.

6

Pour quels péchés suis-je punie, chers anges du ciel ? Pour quels péchés, je vous le demande. Le type avait quatre-vingt-trois ans, il contemplait sa vie passée et qu'est-ce qu'il y aurait changé ? Il aurait peut-être limité son travail d'enseignant et aurait consacré davantage de temps à ses patients. Retenez-moi ou je fais un malheur. Pas de grands voyages, pas d'aventures, pas de découvertes grâce auxquelles on finissait dans les pages d'une encyclopédie ou avec une rue à son nom et une plaque commémorative dans sa ville d'origine. Pas de défis du type six enfants, la construction d'une maison en bois dans la région de Suwałki ou une traversée en péniche depuis Szczecin jusqu'à Marseille. Non, il aurait peut-être limité son travail d'enseignant.

Je l'avoue, ma liste est plus longue. Mais je n'irai pas encombrer l'esprit d'un homme satisfait de chaque jour de son ennuyeuse existence avec mes rêves à moi.

Avant tout, j'aurais plus souvent fait l'amour. Avec lui aussi. Passée la période initiale de la grande passion, les émotions étaient vite retombées, ou peut-être pas si vite, après tout, mais à quelques années de distance, j'ai l'impression que c'était arrivé dès le lendemain. J'aurais probablement tenté de retenir cet élan, de lutter pour les émotions et la chaleur humaine. Mais c'est aujourd'hui que je dispose de cette connaissance ; quarante ans après la découverte du clitoris par la sexologue Wisłocka, trente ans après les premiers films pornographiques ramenés de l'Ouest, vingt ans après les premiers sex-shops et autant depuis qu'on discute normalement des besoins sexuels des femmes dans ce pays reculé. Mais à l'époque ? Loin de moi l'idée de me comporter comme une sainte nitouche, mais je ne connaissais rien au sexe, ni à ma physiologie et encore moins aux relations. J'estimais simplement que les choses devaient se passer ainsi et c'est tout.

Aujourd'hui, je saurais mieux exploiter mon petit Ludwik, ses lèvres charnues, ses érections matinales.

Aujourd'hui, j'aurais probablement des à-côtés. Ça ne m'est arrivé qu'une fois au cours de notre mariage. Peu après la quarantaine, j'étais partie en cure à Ustroń me remettre d'une pneumonie, seule. On m'avait donné une chambre dans l'une de ces pyramides que je trouvais étranges. Moi, j'avais eu droit à une chambre normale et le gars dont j'avais fait la connaissance au petit déjeuner en avait une avec le plafond en pente, au bord de la pyramide. J'y étais allée par curiosité, pour voir cette chambre pentue, et j'y étais restée. J'avais failli mourir de culpabilité, mais, quand il s'est avéré que le monde existait toujours, que les remords ne m'avaient pas tuée, que le ciel ne s'était pas fendu en deux pour que le bon Dieu puisse me donner une fessée, j'y étais retournée le jour suivant. Ludwik était venu me rendre visite à mi-séjour parce qu'il était attiré par les pistes de Szczyrk, et nous avions eu la meilleure partie de jambes en l'air depuis des années ; il avait eu du mal à reprendre haleine. Ça n'a pesé en rien sur notre bonheur et le magnifique souvenir est resté. C'était la première et la dernière fois que quelqu'un me léchait l'anus, je fantasme encore parfois dessus. Le plus drôle, c'est que dans mes fantasmes, je possède toujours mon corps de ma meilleure période, c'est-à-dire la silhouette lasse de mes trente ans, peut-être quarante. Parfois plus, mais jamais moins.

Et puis aujourd'hui, je m'autoriserais à retomber amoureuse. De temps en temps. Sous contrôle. De façon platonique. Sans doute platonique et sous contrôle. Mais à mort. Comme dans les romans. À me vriller les entrailles de langueur, à pleurer de désespoir comme une idiote dans la salle de bains, à aspirer avec la bouche les larmes sur les joues des hommes que j'aurais quittés. Écouter d'autres blagues, d'autres récits d'enfance et découvrir d'autres stratagèmes inventés par des hommes pour me conquérir.

Et au fond, pas par des hommes, mais par un homme. Le seul et l'unique. C'est amusant que nous ayons fêté aujourd'hui notre cinquantième anniversaire avec Ludwik. Pour lui comme pour moi, c'était l'anniversaire de cinq décennies de proximité physique, c'est vrai. Pour lui, c'était aussi l'anniversaire de cinquante ans d'amour. Mais pour moi ? Aujourd'hui, je l'aime, cela ne fait aucun doute. Mais depuis combien de temps ? C'est étonnant que je n'y aie jamais réfléchi, on était ensemble et voilà, c'était la vie.

Va un peu le lui dire maintenant, chère madame, que t'aurais changé quelque chose, sans mentir ni le blesser cruellement.

— Nous avons passé trop de temps ensemble, ai-je lancé.

— Pardon ?

Bien sûr, le ton de sa voix s'était immédiatement durci.

Je me dis qu'en sa qualité de grand sage de la psychothérapie polonaise, il n'avait jamais été un as de l'écoute au sein de son couple. Et bien sûr, l'instant d'après, tout se déroulait comme d'habitude, nous repassions le même vieux disque, notre concert à deux instruments : il avait déjà accordé son dédain, moi, j'avais déjà levé les mains au-dessus de mes partitions de l'irritation et des méchancetés.

— Du calme, je ne suis pas en train de divorcer, dis-je. Je remarque simplement que durant ces cinq décennies, nous avons vécu un peu trop collés l'un à l'autre. Et de la même manière que nous aurions pu dégager un peu de temps pour des aventures, nous aurions aussi pu assurer une distance saine. Nous n'avions qu'un seul enfant, rien ne nous empêchait de partir seuls, par pure hygiène psychique, une semaine à la montagne par-ci, un mois en Inde par-là.

— Tu veux partir un mois en Inde ?

— C'était un exemple, une idée au hasard.

— Ces idées au hasard sont toujours les plus importantes et les plus franches. Donc, tu m'informes aujourd'hui que pendant toutes ces années, tu rêvais de passer plus de temps seule en Inde ?

Mon sang ne fit qu'un tour.

— Puisque tu le prends ainsi, alors, compte tenu de ton expérience professionnelle, c'est sans doute vrai. Maintenant que tu le dis, j'ai effectivement toujours rêvé de ça. Un mois en Inde, ou peut-être un an ou deux. Mon Dieu, là, au moins, j'aurais été heureuse.

Il réajusta ses lunettes.

— Tu ne t'en tireras pas avec des moqueries. Dis-moi la vérité.

— Quelle vérité ? criai-je.

— Que tu as enfin décidé de m'avouer à quel point tu te sentais malheureuse dans notre mariage.

Les mots me manquaient. J'hésitai sérieusement à lui en coller une. La seule chose qui m'en empêchait, c'était le ridicule d'une bagarre entre deux octogénaires.

— Eh bien… puisqu'on en parle…

Il reprit l'initiative et pérora de son ton professoral.

— … je t'avouerais aussi que j'y ai souvent réfléchi. Durant cinquante ans, nous n'avons pas pris soin de prendre congé l'un de l'autre. Et cela même si j'ai écrit un jour dans un de mes essais pour la *Revue* que les couples devraient envoyer leur moitié en vacances, comme les employeurs le font avec leurs employés. Tu t'en souviens ? Le Fonds de congés psychiques, c'est comme ça que je l'avais appelé.

— Sens-toi libre, lançai-je.

— Ne sois pas infantile.

— Je ne suis pas infantile, mais furieuse.

— Je ne sais pas si ce sont des concepts du même catalogue d'émotions.

— Et moi, je suis certaine que tu dois me présenter des excuses sur-le-champ. Après, nous pourrons reprendre notre soirée d'anniversaire.

J'adorais cette tactique. En tant qu'intellectuel, il comprenait que conciliation et excuses formaient les bases d'une communication saine, mais son côté dinosaure émotionnel surgi tout droit de l'époque du patriarcat total ne lui permettait pas de plier devant une femme. Maintenant, il allait louvoyer pour calmer l'ambiance et se dégager de la dispute sans demander pardon.

— Mais pour quelle raison devrais-je te présenter des excuses ? Je ne saisis pas. Nous avons tous les deux constaté que nous regrettions de ne pas avoir pris davantage congé l'un de l'autre. Et que la lassitude s'en est accrue. C'est compréhensible de part et d'autre. Ce qui est aussi compréhensible, c'est que nous n'avons plus l'âge de nous autoriser de tels espaces de liberté.

— Et pourquoi donc ? lançai-je.

La colère ne m'avait pas encore quittée. Je comprenais, au fond, que ça n'avait aucun sens, qu'il ne s'agissait pas de cette soirée, qu'en pareils moments, ce qui s'exprimait à travers moi, c'était les prétentions minuscules accumulées pendant des décennies, les ressentiments, l'agacement et la déception. Pourtant, je n'arrivais pas à lever le pied.

Il regarda par la fenêtre, il faisait déjà nuit. La bougie allumée au milieu de la table se réfléchissait dans la vitre aux côtés du poulet rôti à peine entamé.

— A priori, il peut toujours arriver quelque chose à n'importe qui, n'importe quand, mais à nos âges… tu vois ce que je veux dire… Je ne voudrais pas que l'autre soit en vacances si survenait un problème.

Il m'émut avec ses paroles et je décidai de lâcher du lest.

— Peut-être que nous pourrions parler du futur pour changer, dis-je, songeant, premièrement, à quel point c'était désespéré, compte tenu du peu d'avenir qu'il nous restait et, deuxièmement, que me serait aussitôt fait le grief que je me défendais contre le passé… trois, deux, un, c'est parti.

— Tu te défends toujours contre le passé, c'est la fuite en avant, dit-il. Or, c'est le passé qui décide qui nous sommes et qui nous serons, que tu le veuilles ou non.

Et dire qu'il y a cinquante ans, ces banalités me semblaient profondes et sages. Mais je décidai de poursuivre dans les platitudes pour effacer le souvenir de la dispute.

— Et qu'est-ce qui nous mobiliserait sans les projets ? Nous faisons des courses parce que nous avons la vision d'un dîner savoureux. Nous montons en voiture avec la vision d'arriver à destination. Nous envoyons un enfant à l'école parce que nous avons la vision de son avenir. Nous abordons quelqu'un parce que nous avons la vision d'une soirée à deux.

Ou d'une vie à deux. Chacune de nos actions découle de l'image que nous avons de ses conséquences et dont nous sommes curieux.

— Peut-être. Mais ce qu'on mange, où on mange et qui nous aborde découle à cent pour cent de notre passé. Le passé est tout, le futur n'est qu'un ensemble de vœux pieux et d'espoirs fréquemment déçus.

Sainte Vierge, comme je détestais ces conneries.

— Tu peux faire le malin, mais on doit quand même planifier les choses. Nous ne sommes pas vieux à ce point-là, dis-je.

Je mentais, mais c'était pour la bonne cause.

— Vas-y.

Il soupira. Je l'enlaçai par le cou et je rapprochai mon visage du sien, en souriant. Il avait des yeux humides et rougis. Il inclina son visage triste. Mon vieillard avait l'air vieux dans des moments pareils. Au lieu de sa touffe hirsute d'antan, des cheveux blancs clairsemés. Au lieu de la bouche charnue de Belmondo dans *À bout de souffle*, une lèvre flasque, rose et frémissante. Ses sourcils s'étaient tellement raréfiés et blanchis qu'il n'en avait pratiquement pas. Au lieu de ses yeux vifs et clairs, un regard trouble et presque apeuré.

— Je l'ai noté dans mon calendrier, commença-t-il avec entrain, mais sa voix tremblait. Aller à Zermatt en janvier. Faire une excursion dans les Alpes suisses. Ça sera sans doute cher, mais à quoi bon économiser dans tout ce système ?

— Où c'est, au juste ?

— En bas, plus près de Chamonix que de Milan. Sous le mont Cervin.

— Une autre montagne sainte.

— L'une des plus saintes.

Sa voix flanchait. D'habitude, je lisais dans ses pensées et j'étais capable de prévoir la réplique suivante avec une précision de quatre-vingts pour cent ; cette fois, je ne savais pas où il voulait en venir.

— Je vais mourir bientôt, n'est-ce pas ? demanda-t-il l'instant d'après.

— Je ne veux pas t'inquiéter, mais il y a de grandes chances.

— Et ça sera sans doute simplement la fin.

— Ça dépend à qui tu poses la question. Mais c'est probable, oui.

Je n'aimais pas la tournure que prenait cette conversation. Je ne la souhaitais pas. Pas aujourd'hui.

— Et même si ce n'est pas le cas, nous deviendrons des corps astraux, des âmes, des existences étranges, l'une de ces propositions que nous rencontrons dans le catalogue des superstitions.

— Et donc ?

Soudain, ses lèvres se sont tordues en un sourire inversé et il a éclaté en sanglots comme un jeune enfant. En une fraction de seconde, je vis en lui l'élève de maternelle qu'il avait été quatre-vingts ans plus tôt.

— Alors, ça veut dire que jamais… plus jamais… de toute l'éternité, je n'irai plus en montagne. Je ne sortirai pas le matin sur la terrasse du refuge, je ne prendrai pas mon thermos dans mon sac à dos, je ne calerai pas ma gueule au soleil sur le remonte-pente, je ne sentirai pas l'odeur de la neige, je n'entendrai pas le grincement des fixations de mes chaussures, je ne commanderai pas de tartiflette… jamais. Un jamais infini, irrévocable, jusqu'à la fin de l'univers.

Je ressentais son désespoir telle une vague de chaleur qui en émanerait, aussi tangible que si je me tenais à côté d'une maison en flammes. Je n'avais rien à répondre. Je ne pouvais rien faire. Enfin, presque rien. J'essuyai ses larmes, je saisis sa main et je l'enfonçai entre mes cuisses.

— Tant qu'on est en vie, lui dis-je, profitons-en. On s'occupera de l'éternité plus tard.

Je ne m'embarrassai pas de préliminaires. J'écartai sans états d'âme mes jambes gainées de leurs bas noirs et je plaquai sa main sur ma culotte toute neuve. À ma surprise, je me sentis excitée. C'était une sensation brusque, un peu oubliée qui s'étendit dans l'ensemble de mon corps.

En ma qualité de vieille femme expérimentée et dépourvue d'illusions, je décidai de vivre dans l'instant présent, tant qu'il durait.

7

Il jeta aussitôt un regard à l'horloge posée à côté du téléviseur. C'était parfait ! Elle n'aurait pas pu mieux choisir son moment, pile une heure depuis la prise de la pilule. Voilà une épouse comme on n'en faisait plus. À présent, il suffisait de se décontracter, de faire tranquillement ce qu'on avait à faire ; le stress était le plus grand ennemi du sexe, pas seulement après quatre-vingts ans.

Il l'embrassa tendrement sur la bouche, avec précaution, pour ne pas déplacer son dentier, et simultanément, il lui caressa les cuisses. Il tentait de rester paisible, mais il ne cessait de se demander si le cachet fonctionnait, s'il avait déjà une érection, s'il percevait ce fourmillement spécifique dans sa colonne vertébrale. Le matin, ça avait marché, mais c'était le matin, dans le calme, plongé dans ses fantasmes. Alors, ce n'était qu'un entraînement ; maintenant, on passait au concours pour le plus important des prix.

Il ne sentait rien. Bordel, il ne sentait rien.

— Je vais te montrer un truc, dit-elle et elle s'écarta de lui.

D'un geste énergique, elle fit passer par-dessus sa tête son épaisse robe d'hiver, lui dévoilant ses nouvelles acquisitions.

Et elle lui sourit de façon coquette. Sa main glissa sur son corps, depuis le cou, par sa poitrine à peine masquée par le tulle, jusqu'aux jarretières.

— Hmm ?

— T'es époustouflante, dit-il sans une once de galanterie.

Il était vraiment enchanté.

Depuis leur première nuit, cinquante ans plus tôt, il avait toujours estimé qu'elle était époustouflante. Enceinte, fatiguée, en surpoids, vieille, elle lui avait toujours plu. Il ne l'avait jamais trompée, il n'avait jamais envisagé de le faire, il n'était jamais tombé amoureux de personne d'autre. Même en se masturbant, il pensait la plupart du temps à elle. L'ensemble de sa sexualité appartenait à sa femme et il n'aurait pas voulu y changer quoi que ce fût. Car à quoi bon ? Pourquoi changer quelque chose qui fonctionne ?

Il déplia le clic-clac en faisant bien attention à ne pas se baisser trop brutalement et il invita sa femme d'un mouvement de la main. Elle fit une révérence, s'allongea, s'étira et attendit qu'il se déshabillât à son tour. Il se plaça de côté, partiellement caché par une chaise, afin qu'elle ne vît pas qu'il ne bandait pas encore. Il ne voulait pas la décevoir, il continuait à sourire, mais ne parvenait plus à combattre la crise de panique, craignant de n'arriver à rien. En plus, ils passaient à nouveau à la radio cette chanson française débile qui plagiait le *My Way* des obsèques. Tout était réuni pour le déconcentrer, c'était bien sa veine.

Allez, allez, que ça fonctionne.

— T'aimes ma nouvelle lingerie ?

Elle écarta les jambes en grand.

— À couper le souffle.

Il s'approcha en vitesse et s'allongea entre ses cuisses de sorte qu'elle ne pût voir qu'il n'était pas encore prêt.

— Il y a une surprise.

Elle tira sur les pans de sa culotte.

Ce n'est que là qu'il débrancha son cerveau. Il était devenu fou de cette chatte cinq décennies plus tôt et il n'arrivait toujours pas à y résister. Il fut parcouru par un frisson, sentit un picotement dans sa colonne vertébrale, un bond de sa tension sanguine et un membre qui se dressait vite (enfin, relativement vite).

— Tu vas m'embrasser ?

— Plus tard. Maintenant, il n'y a pas un instant à perdre.

Il s'agenouilla devant elle, lui désigna son pénis dressé et lui sourit fièrement.

— Tu t'es rasé les poils pubiens ? demanda-t-elle.

— Je ne supportais pas de les voir si blancs.

Elle rit tout bas.

— Hmm, elle a l'air plus grosse comme ça.

— C'est une vieille astuce, murmura-t-il en la pénétrant avant de l'embrasser. Et puis...

— Chuuut, chuchota-t-elle en pressant ses reins contre lui.

8

Sainte Vierge mère de Dieu ! Autant d'ordinaire je n'y prêtais pas une grande importance, autant ce jour-là, j'avais peur que ça ne tombe à l'eau. Je ne sais pas s'il avait versé un produit dans la nourriture ou quoi, mais je n'avais pas été aussi excitée depuis des années, des décennies peut-être. J'essayais de faire contre mauvaise fortune bon cœur quand, vieux et voûté, il tentait de se cacher derrière une chaise ; en réalité, j'avais envie de pleurer. Par bonheur, cette nouvelle culotte s'avéra en effet plus efficace que de la cocaïne.

Je n'ai pas eu à m'enduire de n'importe quoi, je n'ai pas eu à faire appel à des ruses, je voulais simplement que quelqu'un me prenne et que je me sente bien. Durant un instant, j'avais bien eu envie de me retourner, c'est toujours ainsi que j'avais eu mes meilleurs orgasmes, mais j'estimais que ce n'était pas la peine de tenter le sort ou de prendre le risque qu'il se déconcentre. Alors, je l'enlaçai, simplement, je le serrai contre moi, je poussai sur les reins pour le sentir le mieux possible et j'attendais de voir ce qui arriverait.

Au départ, je pensais comme toujours à lui, au fait qu'il ne se fatigue pas, qu'il ne perde pas sa concentration, à l'idée de ne pas le vexer d'un geste ou par une mine qui remettrait en question ses capacités. Heureusement, tout allait bien de ce côté-là et je décidai donc de songer à moi. Ou plutôt, de cesser de songer à moi. De cesser de penser tout court. De ne penser complètement et absolument à rien. Je me sentais si bien que l'espace d'un instant, j'eus des craintes à propos de mon cœur et de ma tension, mais j'abandonnai aussi ces craintes et je me concentrai sur mon corps et sur ce que s'y passait. Et il s'y passait – comme toujours chez moi, de derrière et non du bas-ventre, mais d'entre les fesses, des environs du coccyx – qu'arrivait un orgasme extraordinaire.

J'attrapai Ludwik par son cul ridé et je l'orientai pour qu'il ne perde pas son rythme. Il haletait, couvert de sueur, mais je n'avais plus de place pour aucune inquiétude, je ne pouvais plus penser aux autres, je ne pouvais plus me demander s'il allait mourir, survivre, jouir ou pas, je voulais simplement que ce rythme se maintienne quelques secondes, deux, une, ô Sainte Vierge mère de Dieu.

Une fois qu'il avait commencé, il avait duré et duré encore, il n'y avait en moi aucune autre pensée ou émotion, j'entendis l'écho de tous mes orgasmes, j'entendis l'écho de cette glaciale journée de janvier 1963.

Comme on dit au moment de mourir : tous mes orgasmes ont défilé devant mes yeux.

Janvier

1

Il se sentait jeune, comme d'habitude. Il se sentait même exceptionnellement jeune, dans la mesure où la conscience qui s'éveillait était remplie du merveilleux souvenir de la soirée de la veille. Pour se maintenir dans cet état de bien-être le plus longtemps possible, il roula sur le côté sans ouvrir les yeux, se lova dans les cheveux de son épouse étalés sur l'oreiller et inspira profondément son parfum.

Et il faillit vomir. Les cheveux et l'oreiller puaient la cigarette, aussi affreusement que si on les avait rapportés d'une république bananière où nulle loi anti-tabac n'était entrée en vigueur. L'impression était physiquement repoussante, son dégoût fut si intense qu'il oublia un instant son âge, écarta la couette et bondit sur ses pieds, luttant contre un haut-le-cœur.

Et il ne s'évanouit pas. Il n'eut même pas la tête qui tournait en se levant aussi brusquement. Vraiment, faire l'amour accomplissait des miracles.

— Oh bordel, dit-il à voix haute.

Il se trouvait dans un appartement inconnu. Un appartement étrange. Très moderne et très vieillot à la fois. Moderne, parce qu'un des murs de la petite chambre à coucher se composait entièrement d'une fenêtre qui donnait sur un balcon avec une balustrade en béton ajouré et un ciel d'hiver bleu pâle. Par la porte entrouverte, il voyait un bout de couloir et un escalier qui descendait, indiquant que l'appartement était un duplex.

Vieillot, parce que tout l'équipement intérieur – les chaises sur des pieds métalliques filiformes, l'armoire aux portes coulissantes, le tapis aux motifs géométriques et surtout l'immense cendrier rempli de mégots sur une petite table en verre – ressemblait à des pièces de musée relatant la vie quotidienne des années 1960 ou 1970.

Déboussolé, il se passa la main dans les cheveux ; son geste le plus coutumier qui exprimait, selon la situation, l'étonnement, la réflexion ou l'impatience.

— Oh bordel, répéta-t-il.

Sa paume, au lieu de rencontrer un crâne garni de rares filaments de cheveux, s'enfonça dans une crinière aussi dense que la fourrure d'un berger allemand. Il observa sa main et n'y trouva aucune tache, grosseur ou ride. Il observa son ventre – presque plat. Un torse normal, sans poils blancs ou seins qui pendouilleraient. Son membre s'échappait d'une toison blond foncé uniforme et ses jambes se terminaient par des pieds normaux et non par ces créations noueuses auxquelles quelqu'un aurait accroché des griffes de vautour. En d'autres termes : il était jeune. Pas exagérément jeune, mais quelque part entre la trentaine et la quarantaine.

Aucun miroir n'était accroché dans la pièce, il s'approcha donc d'une étagère vitrée. Il vit dans son reflet un visage imprécis qui rappelait les vieilles photographies de lui. Ce qui voulait dire qu'il occupait son corps d'il y a une cinquantaine d'années.

— Oh bordel, répéta-t-il.

— Tu ne pourrais pas entamer ta journée par un mot plus doux ? entendit-il de sous la couette. Bonjour ? Je t'aime ? Tu veux un café ?

Elle inspira.

— Jésus Marie Joseph, qu'est-ce que c'est que cette odeur ?

La puanteur chassa Grażyna du lit aussi sûrement que lui. Elle s'étira, considéra l'inconnu dans cette chambre inconnue et se mit à hurler de toutes ses forces, recouvrant à la hâte son corps nu avec la couverture.

— Grażyna, c'est moi !

— Qui moi ? Qui moi, pour l'amour de Dieu ?

— Bah, Ludwik, quoi.

Elle eut un rire hystérique.

— Regarde-toi ! Grażyna, je te le répète, regarde-toi.

Elle jeta un coup d'œil sous la couverture.

— Sainte Marie, la plus sainte de toutes.

Elle laissa choir la couverture et commença à toucher son corps nu. Un corps idéal, parfait, dépourvu de défauts, un corps de vingt et quelques années. Elle touchait son cou, ses seins, ses épaules, ses hanches de plus en plus vite, de manière de plus en plus vorace ; elle se palpait avec tant de zèle qu'elle s'essouffla. Il eut peur qu'elle n'ait une attaque.

— Grażyna ? Tout va bien ?

Elle lui lança un regard absent.

— Sainte Marie, reine de Pologne, quel rêve merveilleux. Vite, couche-toi avant que je me réveille. Allez, vas-y, couche-toi.

Sans attendre, il sauta sur le lit dans son corps alerte et agile et s'allongea sur le dos ; son membre se dressait déjà comme une pub pour un médicament contre l'impuissance. Hilare, elle l'embrassa sur le bout du pénis et s'assit à califourchon dessus avec un grand soupir. Elle releva les bras, croisa les mains sur sa nuque dans une posture qu'il n'avait plus vue chez elle depuis une bonne vingtaine d'années et s'adonna énergiquement à l'amour.

2

Rêve ou pas, après la quatrième fois, nous étions assez fatigués. J'étais couchée sur le dos et je ne cessais de promener mes doigts sur mon corps. Je ne m'étais jamais prise pour une beauté pure, mes fesses étaient un peu trop basses et mes jambes trop courtes, mais depuis la taille jusqu'en haut, là, je ne pouvais rien me reprocher. La sainte Trinité – grands yeux, grande bouche, gros seins – faisait de l'effet sur tous, chose dont j'ai conscience aujourd'hui ; à l'époque, j'étais trop jeune, trop bête et trop timide.

J'espérais que ce rêve durerait le plus longtemps possible, que je n'oublierais pas tout le matin, comme c'est souvent le cas avec les rêves, et que je le raconterais à Ludwik.

Je restai allongée, caressais délicatement mes lèvres comme un aveugle qui veut découvrir la forme d'un visage et restais émerveillée. Ma bouche n'était ni trop étroite, ni trop large, elle était ferme et élastique, la lèvre inférieure plus grosse et avancée. Vraiment, si j'avais pu, je me serais embrassée moi-même.

Je passai la langue sur ces lèvres divines, je déglutis et mon ventre se mit à gargouiller. J'avais diablement faim.

Je donnai un coup de coude à Ludwik. Même en rêve, tous les gars s'endorment après avoir joui.

— Hmm ?

— J'ai faim.

Il bredouilla quelque chose d'incompréhensible.

— Quoi ?

— Ce n'est qu'un rêve...

— Oui, je sais, nous en avons parlé. Mais j'ai quand même faim. Il y a cinquante ans, t'es allé chercher un poulet rôti et des bugnes, alors maintenant, bouge-toi le cul pour notre anniversaire.

Il bâilla et s'assit. Mon Dieu, qu'est-ce qu'il était beau !

— Il y a cinquante ans, tu étais gentille, tu papotais, tu battais des cils et tu me donnais du cher monsieur.

— C'était un demi-siècle de lutte féministe plus tôt. Remue-toi ou je reste prude jusqu'à la fin du rêve.

Il se leva et gratta sa barbe de trois jours.

— Il doit bien y avoir une cuisine ici...

Je sautai du lit avec lui, mais, avant de partir à la recherche d'un réfrigérateur, nous sortîmes tous les deux sur le balcon, enveloppés dans la couette. Il faisait un froid de canard. La vue n'était pas encourageante. Nous étions au huitième ou peut-être neuvième étage d'un truc qui devait ressembler à une barre d'habitation assez immonde. Conclusion qui allait de soi dans la mesure où nous apercevions devant nous d'autres barres, gigantesques, identiques, en béton. Ça ne ressemblait pas aux immeubles polonais en *plattenbau*, ces grands ensembles en dalles de béton préfabriquées, mais évoquait plutôt des boîtes d'allumettes couchées sur le côté long et estampillées de carreaux géométriques, car c'est ce dessin que formaient les loggias recouvrant les façades.

Un océan de neige mêlé de boue s'écoulait entre les bâtiments.

— C'est Varsovie ? C'est la Pologne au moins ? demanda Ludwik.

Je haussai les épaules. Ça pouvait bien être Mars, tant qu'ils y disposaient d'un magasin alimentaire. À en juger par la neige et la boue, ce n'était pas la Côte d'Azur, mais bien une région de bonheur éternel située à l'Est. La Pologne peut-être, ou la Biélorussie, ou la Ruritanie ou la Syldavie, quelle importance ? Rêver le plus longtemps possible, il n'y avait que ça qui comptait. C'est pourquoi, bien que fatiguée par nos galipettes, je craignais de fermer les yeux, je craignais même de cligner des paupières. Tout ça pour ne pas redevenir une vieille peau à Varsovie.

Nous retournâmes vite à l'intérieur, il devait faire moins dix, moins quinze. De la chambre à coucher, nous débouchâmes dans un couloir étroit, jalonné d'armoires et de portes vers d'autres pièces, et les toilettes. Tout le palier semblait long et exigu, de la taille d'un wagon de train un peu surdimensionné au milieu duquel se trouvait l'escalier qui menait un étage plus bas.

— On devrait peut-être dégotter des vêtements, ça gèle, bordel.

Ludwik alluma la lumière et ouvrit les armoires en grand. Dans l'une d'entre elles, il dénicha des costumes masculins, dans l'autre des vêtements de femme. Nous entamions nos fouilles. Cinq minutes plus tard, Ludwik portait un pantalon gris, une chemise blanche et un pull turquoise avec col en V. Pour compléter l'ensemble, de simples chaussures de ville montantes. Les habits semblaient avoir été taillés sur mesure.

Pour moi, ce ne fut pas aussi simple. Si c'était un rêve – à ce moment-là, je me disais « si » pour la première fois –, alors mon inconscient, comme souvent chez les femmes, voulait me démontrer que mon corps ne ressemblait à rien et n'était bon à rien. La propriétaire de cette garde-robe possédait un cul et une poitrine plus petits que les miens, elle était en revanche plus grande et avait un pied plus long. Et, très probablement, elle était rousse, compte tenu du nombre de tenues dans les teintes vertes et marron ; il n'y a guère que les rousses à oser ce genre de mélanges. À la fin, je trouvai une jupe qui ne m'allait pas trop mal et j'enfilai un pull à col roulé couleur châtaigne, assez joli somme toute. Sur mes pieds, au lieu des chaussures, je mis les plus épaisses chaussettes que j'avais trouvées.

Mon mari semblait sorti d'un catalogue de mode ; moi, on aurait dit que j'avais été habillée par l'Armée du salut.

Nous descendîmes au niveau inférieur.

— Pas mal, dis-je.

Les marches nous avaient menés jusqu'à un salon relié à la cuisine, une pièce spacieuse, joliment aménagée avec des meubles délicats et sombres : une table ovale sur des pieds en laiton, des chaises tapissées en rouge, une desserte élégante, un tapis aux motifs géométriques. L'appartement était traversant, le salon côté opposé à la chambre à coucher, sa partie près de la fenêtre était ouverte sur les deux niveaux, lui aussi était muni d'une grande baie vitrée, donnant une luminosité remarquable. Nous nous immobilisâmes devant, sans avoir trop envie d'explorer le balcon pour l'instant, toujours frigorifiés après l'escapade précédente. On voyait deux autres immeubles derrière lesquels apparaissait un joli palais avec jardin dans lequel je reconnus le palais de Krasiński. Au loin, on distinguait les toits rouges et chaotiques de la vieille ville sur lesquels trônait la cathédrale Saint-Jean.

— C'est donc bien Varsovie ?

Je hochai la tête.

— Alors ces immondes barres d'habitation se trouvent sur le terrain du ghetto ? Vers la rue Bonifraterska ? Là, où il y a l'ambassade chinoise ? Je veux dire, là où elle est normalement ?

Tout l'indiquait. Je n'avais pas envie de commenter l'évidence. Ces bâtiments étaient bien assez étranges en soi, mais le plus bizarre des édifices apparaissait à l'horizon. Dans la Varsovie du vieux papy et de la vieille mamie que nous étions, nous aurions vu d'ici l'imposant pylône du pont suspendu au-dessus de la Vistule et le panier du Stade national et rien d'autre. Et si on estimait que je rêvais des années 1960 ou 1970, alors tout l'espace au-dessus de la cathédrale aurait dû être vide. Or, sur l'autre rive du fleuve, on avait bâti une tour monstrueuse, à vue de nez d'une trentaine d'étages. À sa base, un bloc rectangulaire et épais ; un pavé moyen posé dessus ; un pavé plus fin au-dessus et un cône pointu tout en haut. C'était assez immonde et l'avoir peint aux couleurs du drapeau français – bleu, blanc et rouge de haut en bas – n'arrangeait rien à l'affaire. Cette construction aurait été repoussante à n'importe quelle échelle, mais dans ces proportions, il devait s'agir de l'objet architectural le plus répugnant de la planète.

— Parfait, commenta Ludwik en fin de compte. Non seulement on a un second Palais de la Culture et de la Science sur la rive droite, mais en plus, il est plus moche que le vrai. Je ferais mieux de chercher le frigo dans tout ce système.

Et il tourna les talons. En ce qui me concerne, je ne pouvais détacher mon regard du panorama.

Malgré le froid, j'entrouvris la fenêtre, je passai ma tête dehors et j'inspirai profondément à plusieurs reprises. Je perçus avant tout la senteur métallique de l'hiver, également la fumée charbonneuse d'une chaufferie, ainsi qu'une odeur de lait chaud et de choucroute mêlée à celle de la friture. Quelqu'un devait aussi fumer une cigarette sur l'un des balcons.

Je tentais de saisir des sons, d'extraire quelque chose de concret de la rumeur de la ville. Certains bruits étaient simples – la cloche d'un tramway, le grincement des portes en accordéon dans les bus, le piaillement d'un manège mal huilé sur une aire de jeux pour enfants. Ceux-là me parvenaient d'en bas. Des alentours, des appartements, m'arrivaient des bruits de la vie quotidienne. Le bruissement d'une chasse d'eau, le cognement des casseroles déplacées sur le feu, les pleurs d'un enfant en bas âge, des gammes d'amateur sur un violon, un fragment de conversation impossible à comprendre, une voix de femme irritée interrompue par la fermeture d'une fenêtre.

Les teintes, les odeurs, les sons, plus j'en percevais la multitude, et plus la rage augmentait en moi, la colère de s'être fait avoir. Comme une foutue grenouille. Comme cette grenouille qui, si on la jette dans l'eau bouillante, en ressort aussitôt d'un bond. En revanche, si on élève la température progressivement, par demi-degrés, elle ne s'apercevra même pas qu'elle finira cuite. Moi, c'était pareil. Si, à quarante ans, on m'avait montré l'espace d'un instant à quoi ressemblerait ma vie à quatre-vingts – couleurs délavées, contours incertains, bruits indistincts, senteurs étouffées, tous les sens gâtés, ralentis, imprécis – je me serais tiré une balle dans la tête sans hésiter. Alors que là...

Je refermai la fenêtre. J'avais toujours été frileuse, depuis l'enfance.

— Il n'y a rien dans ce frigo ! cria Ludwik depuis les profondeurs de l'appartement. Rien qu'un ragoût bizarre, à moitié entamé, dans un pot. Je pars faire des courses.

Avant que j'aie le temps de lui crier de ne pas me laisser seule dans mon rêve, il avait disparu.

3

Après avoir lutté contre d'imposantes serrures antédiluviennes, et sans attendre de voir si Grażyna lui répondrait et quoi, il ouvrit la porte qui donnait sur la cage d'escalier.

Sur le paillasson, il y avait une poule.

Assez grosse, campagnarde, une poule ordinaire, blanche et marron. Elle ne lui accorda pas un coup d'œil. Il l'enjamba précautionneusement pour ne pas lui faire peur et ferma la porte derrière lui. En dehors de la poule, le corridor était long et vide, désagréablement sombre à cause de veilleuses chichement disséminées. Les seules fenêtres de cet espace étaient placées aux deux extrémités du couloir et elles n'avaient donc aucune chance d'éclairer l'endroit.

Est-ce bien la Pologne ? se demanda-t-il.

Comme en réponse à sa question, des pas résonnèrent dans l'escalier. Des raclements rapides d'abord, ceux d'un groupe, de gamins probablement, puis des plus lents, ceux d'une seule personne.

— Enflures, saligauds, scélérats, porcs, hooligans, je finirai bien par vous avoir ! hurlait une femme hors d'elle.

On était bien en Pologne. Aucun doute possible.

Au bout du compte, une porte claqua et une petite femme à la mâchoire carrée de paysanne d'Europe de l'Est pénétra dans le couloir. Elle devait avoir dans les quarante ans, mais, avec ses pantoufles abîmées, sa robe de chambre bleu marine élimée et ses cheveux enroulés dans un foulard à fleurs, elle semblait chercher à en paraître soixante-dix.

— Mon Dieu, Zofia, tu couves encore chez monsieur le docteur. Bonjour, docteur, besoin de quelque chose ? Il y aura des œufs frais demain, je vous en apporterai. Vaisselle, repassage, faut peut-être que je lave la salle de bains ? Trop froid pour faire les carreaux en ce moment.

Elle s'approcha de lui, prit la poule qui ne perdit rien de son calme, la cala sous son bras et l'interrogea du regard.

— Eh… non, merci. J'ai une patiente difficile, il vaut mieux ne pas la déranger.

La femme fit le signe de croix, embrassa le médaillon accroché à son cou et recula de deux pas.

Ça veut dire qu'ici aussi, je suis psychologue. C'est bon à savoir, pensa-t-il.

Ils avancèrent ensemble jusqu'aux ascenseurs, il pressa le bouton rouge et ils attendirent.

— Moi, je descends, dit-il. Et vous ?

— Je retourne au *dernierski*.

En entendant ce mot à consonnance française ou latine, mais qui aurait une terminaison polonisée, il ne sut pas vraiment comment réagir, alors il tenta de sourire. Troublé, il ne réussit cependant qu'à tordre son visage en une étrange grimace. La femme l'observait, soupçonneuse, et on voyait bien qu'elle ne se sentait pas à l'aise. Il réprima donc bien vite son sourire, ce qui, du point de vue de la voisine, devait sans doute ressembler à une mine féroce et l'inconfort de celle-ci se transforma progressivement en crainte. Ajoutée au couloir sombre et à la lampe néon qui clignotait légèrement, comme dans un film d'horreur, la situation devenait embarrassante.

La cabine de l'ascenseur s'immobilisa devant lui. La porte ne s'ouvrit pas, or il ne voyait nulle part la moindre poignée. Il poussa la porte, puis fit un signe devant le bouton rouge, se disant qu'il y avait peut-être là un détecteur, enfin, il y passa la main à la recherche de panneaux tactiles et se sentit de plus en plus idiot.

— Vous avez oublié votre clé, docteur ? chuchota la voisine.

Il hocha la tête.

Elle s'approcha d'un pas hésitant, sortit une longue et grosse clé de la poche de sa robe de chambre, ouvrit et le laissa passer. Il écarta la double porte en bois et pénétra dans la cabine. La porte se refermait déjà quand il tendit brutalement la main et agrippa le bord – depuis le couloir, cela devait ressembler à une scène d'épouvante.

— Oui, docteur ?

La femme ne cherchait plus à dissimuler son effroi. Elle s'écarta de l'ascenseur et se plaqua contre le mur du couloir.

— Et ces œufs, pour demain, j'en prendrai volontiers.

Elle acquiesça sans un mot.

— Dans ce cas, à bientôt !

Ces dernières paroles durent résonner comme une menace. Il referma la porte externe, puis celle de l'intérieur, enfonça le bouton RC, considérant que la machine avait sans doute été importée de France, et ce n'est qu'alors qu'il soupira de soulagement.

L'ascenseur s'immobilisa au troisième étage.

La porte s'ouvrit et un homme en manteau gris le rejoignit à l'intérieur de la cabine ; il traînait dans son sillage un caddie rempli de courses à ras bord. Deux baguettes s'échappaient du rabat telles des cornes. Ludwik considéra le sac avec intérêt, il ressemblait en tout point à l'équipement de base de chaque retraité du XXIe siècle ; il n'allait lui-même jamais au marché sans ce genre de matériel. Cependant, à l'instar d'un sac à dos, celui-ci possédait aussi des bretelles.

— Bonjour, dit-il à son compagnon de voyage. Tout va bien ?

— Tout ira bien quand je ferai encore un saut à la trois et à la six, il me faudra un moment avant de traverser cette boue. Ils ont inventé un sacré système, ces fils de pute, pas vrai ? Tout est si bien pensé, mais il n'y a aucun trottoir, bordel. La nature qu'ils disent. Nous avons déjà lancé trois pétitions à la sept, parce que chez nous, il n'y a que des services et, en plus, aucun *smicard* ni *chômeur* qui se serait installé sur le toit, comme chez vous. Alors, on est condamnés à ces saloperies de pèlerinages, bordel de merde, je prends une journée de libre par semaine parce que ma femme n'y arrive pas, elle a des soucis de dos depuis l'Occupation. La nature, putain. Qu'ils organisent la nature là où le climat le permet. Chez eux, en Afrique, tant qu'ils y sont.

Ludwik hocha la tête avec un intérêt cordial, ne comprenant pas un traître mot de tout ce monologue. Il se dit que cette caractéristique polonaise qui, à la question « Comment ça va ? », poussait à répondre la vérité, et en détail, avait ses côtés sombres.

— Vous m'aidez avec ma *corbusière* ? s'enquit l'homme en désignant son sac quand l'ascenseur s'immobilisa au rez-de-chaussée.

Ludwik opina. Le gars se retourna et se pencha, en appuyant ses paumes sur les genoux.

Il leva le lourd sac – se sentant merveilleusement jeune et fort – et aida l'autre à enfiler les bretelles.

— Merci beaucoup. Bonne journée ! cria l'homme.

Celui-ci redressa le col de son manteau et quitta la cabine d'un pas alerte.

Ludwik le suivit dans le hall spacieux et vitrifié, en forme de carré. Le mur qui accueillait trois ascenseurs et une porte qui menait probablement vers la cage d'escalier, était plein. Les trois autres parois étaient faites de verre, ce qui permettait de voir que, premièrement, l'immeuble n'était pas posé au sol sur toute sa base. Des socles en béton étaient disposés çà et là, formant une espèce de treillis évoquant un coléoptère ou encore un vaisseau spatial. Deuxièmement, tous les immeubles environnants avaient été construits de la même manière. Partout où se posait le regard, au premier plan comme au loin, les pattes de béton se croisaient et des gens déambulaient entre elles, certains avec le même genre de sac sur le dos que celui que le râleur venait d'emporter.

Ludwik contempla les alentours, mais ne vit rien qui aurait pu ressembler à un magasin d'alimentation. Il n'y avait que des immeubles et leurs pieds en béton ; il regretta de ne pas avoir demandé à l'inconnu où il avait acheté son pain.

Au niveau des ascenseurs, il découvrit un petit bureau dont un des murs était recouvert de feuilles de papier où étaient inscrits à la main les noms des habitants. Parmi les occupants du cinquième étage, il trouva le sien.

Dans sa loge, le gardien lisait le journal tout en fumant une cigarette. Les concierges, on le sait, se divisent en deux catégories : ceux qui courent partout un balai à la main et ceux qui se comportent avec arrogance en gérants de biens immobiliers. Celui-ci appartenait selon toute vraisemblance à la seconde catégorie. Il ressemblait à un parfait aristocrate pur-sang qui ne ne serait jamais abaissé à une seule minute de labeur physique. Il portait un costume, une cravate, une chemise et arborait des cheveux gominés, peignés à plat et brillants, pareils au casque d'un Playmobil. Sa moustache était taillée avec le même soin extrême.

L'homme remarqua Ludwik et l'interrogea du regard. Il ne dit pas un mot, il n'ôta même pas la cigarette d'entre ses lèvres. Il le fixait, l'encourageant en apparence, mais lui suggérait en réalité de partir et de ne pas le déranger. Ludwik se mit à réfléchir à toute vitesse. Il n'avait aucune idée de la manière de formuler la question sans passer pour un fou qui ignorerait où on fait ses courses.

— Ça gèle, aujourd'hui, bordel, lança-t-il en fin de compte.

Le concierge ne remua pas d'un pouce.

— En plus, je suis à court de café. Je me suis dit, je vais aller en chercher, puis j'ai vu ce type avec les baguettes et je me suis rendu compte que je n'avais rien avalé depuis ce matin. Alors, je me suis demandé où il fallait aller pour acheter quelque chose de correct, vous comprenez ?

Une partie de sa conscience observait la scène avec du recul et voyait un idiot fini, mais que faire ?

Le concierge enleva sa cigarette de la bouche et se pencha.

— Docteur, je comprends tout comme il faut, vous n'avez pas à y aller par quatre chemins avec moi. Mais je ne peux pas aller plus vite que la musique. Ce n'est peut-être pas du vin, ce n'est peut-être pas un alcool de prestige, mais le marc doit mûrir et ça ne fait que quelques jours qu'il a cessé de travailler. Il faut encore deux semaines pour que ça s'éclaircisse. Je ne renonce pas à la qualité, moi, j'ai mon honneur. Et qui vous l'a dit, au juste ? Wisniowiecki du 30 ? Il ne paie pas de mine, le professeur, mais c'est lui qui m'a ramené la colonne de son labo. Faut dire que maintenant, il veut un litre à chaque distillation. Est-ce que cette colonne valait autant ? Je n'en suis pas sûr, mais qu'importe.

Une nouvelle fois, Ludwik ne sut quoi rétorquer. Alors, il improvisa :

— Deux semaines, vous dites, ça ne m'arrange pas, ça... J'aurais bien besoin d'un petit remontant aujourd'hui. Hier...

Il se tapa le cou de la tranche de la main ; le concierge plissa les paupières et hocha la tête avec compréhension.

— Maintenant, il me faudrait du jus de cornichons à la polonaise et je ne sais pas, moi, je mangerais bien des sardines. Vous ne sauriez pas où je pourrais acheter des sardines ?

Bon, c'était une tentative désespérée, mais il se disait que le concierge, un Polonais, en avait vu d'autres.

— Eh bah, docteur, je vois qu'effectivement, respect... J'ai aperçu des maquereaux chez nous. Les sardines, ça serait plutôt à la poissonnerie de la six. Quant au jus, vous en trouverez chez nous à la campagne, dit-il en indiquant le ciel du pouce. Allez à gauche, chez les Głowacki, la porte orange, c'est eux qui ont les meilleurs choux, alors le jus devrait être correct aussi.

Chaque nouvel élément dans cette conversation faisait croître le choc de la découverte, ce qui, couplé à sa faim et à l'épuisement d'avoir tant fait l'amour, poussa son corps et son cerveau à se rebeller. Ludwik sentit ses jambes mollir, des points noirs se mirent à virevolter devant ses yeux, sa respiration et son pouls bondirent – son organisme perdait les pédales.

Le concierge le fixait d'un air suspicieux. Alors, craignant de tomber dans les pommes après la prochaine question et sa réponse incompréhensible, Ludwik le salua à la hâte et revint à l'ascenseur.

Il enfonça le 5, mais, quand la cabine s'immobilisa une nouvelle fois au troisième étage et qu'il y vit une autre personne avec des emplettes, dans un bon vieux filet cette fois – l'un de ceux qu'on aurait juré confectionnés à partir d'un filet de pêche –, il sortit sur le palier.

Et c'était une bonne décision. Le couloir de cet étage ressemblait à celui du sien d'un côté, mais de l'autre, il s'élargissait sur toute la surface de l'immeuble et montait sur un ou deux niveaux. Dans l'espace qu'il découvrait, plusieurs boutiques avaient été agencées en une sorte de centre commercial miniature. Il y avait là une supérette d'alimentation, une boulangerie et un club de bridge. Il alla jusqu'à s'assurer que ce dernier n'était pas en fait le nom d'un bar, mais non, c'était effectivement un club de bridge, l'historique des tournois était affiché sur la vitre et, à l'intérieur, deux parties étaient en cours. Et si jamais quelque chose d'autre se déroulait au fond, la fumée de cigarette le masquait à la vue. Les huit hommes présents fumaient sans arrêt, posaient de temps en temps les mégots allumés sur les cendriers encastrés dans la table près de chaque joueur.

L'aquarium embrumé n'avait pas l'air accueillant, Ludwik ressentit néanmoins une crispation familière dans l'estomac. Les mises, les enchères, le moment d'incertitude lors de la distribution des cartes. Il avait cessé de jouer depuis que ses anciens partenaires étaient tous morts. Il avait bien essayé avec d'autres, mais ça le rendait triste, alors il ne jouait plus depuis longtemps. Il s'approcha de la vitre pour jeter un œil aux cartes du joueur le plus proche. C'était faiblard, rien que du menu fretin.

Contempler une activité familière et sûre derrière une vitre lui permit de calmer sa respiration et lui apporta du réconfort. En observant la succession de plis, il pouvait s'imaginer que le reste du monde n'existait pas, il n'avait pas à se dire qu'il se trouvait dans un immeuble étrange, dans une Varsovie étrange, à une époque étrange et dans une réalité suspecte, où il était de plus en plus difficile de faire semblant d'avoir investi un rêve qui prendrait bientôt fin. Ce n'était pas un rêve, d'une certaine manière, il l'avait compris dès le début. Mais il n'avait pas encore le courage d'affronter cette éventualité.

Un pas à la fois, se dit-il. Un pas à la fois. Afin de ne pas devenir fou.

C'est donc en faisant un pas à la fois qu'il s'écarta de la vitre qui le séparait du jeu et pénétra dans la supérette affublée d'une enseigne qu'il connaissait bien, celle de la Coopérative alimentaire de Varsovie : Społem. C'était une boutique minuscule équipée de paniers en fils de fer, avec deux allées et une caisse derrière laquelle l'attendait une vendeuse vêtue d'un tablier blanc. Elle était jeune, pas bien grande, joufflue, ses cheveux noirs coupés court s'échappaient d'une large coiffe blanche et ses yeux clairs étaient si exagérément maquillés en « œil de biche » que les traits noirs étirés vers les oreilles ressemblaient plus à un masque de super-héros qu'à du fard. Ce style de maquillage avait-il un jour été à la mode ? Il l'avait complètement oublié.

Il attrapa un panier et partit faire les courses. Du riz, des gruaux de sarrasin, des pâtes, des sucreries, de la viande en conserve, du poisson en boîte, du cacao ; il parcourait du regard les étiquettes sur les étagères à la recherche de choses susceptibles d'être mangées sans l'obligation d'être cuites ; il achèterait du pain à la boulangerie, mais il lui fallait au minimum de la charcuterie, de l'emmental, du beurre, de la mayonnaise pour confectionner des sandwichs. Une impression étrange l'accompagnait, car bien que toutes les étiquettes aient été rédigées en polonais, Ludwik était troublé par un sentiment qui l'avait accompagné durant ses voyages à l'étranger et que Grażyna nommait « épicerigraphie ». Effectivement, il y avait quelque chose de scientifique là-dedans parce qu'ils estimaient tous les deux qu'un magasin d'alimentation en dévoilait davantage sur la culture d'un pays qu'un musée. Le choix des marchandises, les emballages, la manière de les exposer : on pouvait y lire comme dans un guide touristique. La Suède, avec son monopole d'État pour la vente d'alcool disait : oui, nous avons un problème avec des gens qui picolent à mort, alors autant que le Trésor public s'enrichisse. C'était la réunion de l'éthique protestante de la franchise et d'une posture citoyenne. Les États-Unis, avec leur propension à vendre tout dans de monstrueux paquets « familiaux » ne laissaient planer aucun doute quant à ce qui était chez eux la valeur essentielle : l'exagération. En France, dans n'importe quel trou paumé, on pouvait acheter des « produits régionaux », afin que chacun s'enorgueillisse de sa patrie locale et, inversement, un vendeur breton auquel on demandait une bouteille de Calvados roulait les yeux comme si la Normandie se situait dans une galaxie lointaine et rivale. C'est pourquoi, au cours de chaque voyage, Grażyna et lui orientaient toujours leurs premiers pas vers une supérette pour la visiter avec l'enthousiasme et la curiosité réservés par d'autres aux cathédrales gothiques.

Ici, l'épicerigraphie l'accapara de façon identique. Les inscriptions étaient polonaises, mais, paradoxalement, tout était différent. Pour commencer, aucun produit n'était emballé dans du plastique, mais dans des paquets en métal, en verre ou en papier kraft. Ce qui l'étonna le plus, c'était la batterie de conserves en bocaux : du ragoût, des boulettes de viande, du bigos – appelé « choucroute », comme en français, allez savoir pourquoi –, des petits pois, des haricots au lard affublés du nom « Kasoulet », des tomates et de mystérieuses « Kenelles »... Il prit un bocal de tomates, il les adorait et il n'en avait plus vu en Pologne depuis des années. Une patiente lui en avait rapporté d'Ukraine. À cela, il ajouta du pâté, une conserve de viande précuite et du fromage fondu de marque Tylżycki. Il fut surpris par le nombre de produits français, dont un présentoir de saucissons secs, de ceux que l'on peut garder une éternité. Il en choisit un aux noisettes et des biscuits salés de marque « L'Alsacienne » se disant que ça plairait à Grażyna la francophile. S'il pouvait au moins dénicher une bouteille de vin… Il inspecta les rayons, mais ne trouva aucun alcool dans la boutique. Oui, ça expliquerait pourquoi le concierge fabriquait sa gnôle.

Au bout du compte, comme il était momentanément l'unique client, il s'approcha de la caisse. Il salua gentiment la jeune femme qui en avait la charge et posa le panier avec ses courses sur le comptoir.

— Bonjour docteur, vous désirez autre chose ?

Elle lui sourit de telle façon que le mot « désirez » acquit dans son esprit une connotation érotique. Calme-toi, espèce de vieux bouc, songea-t-il avant de surprendre son reflet plein de prestance dans la vitre de l'armoire frigorifique des fromages et des charcuteries. Quel vieux ? Quel bouc ? Bon sang, dommage qu'il ne sache pas comment la jeune femme se prénommait.

— Et vous ne fêteriez pas votre sainte patronne bientôt, mademoiselle ?

À espérer que, dans cette Pologne-ci, on fêtait toujours les saints patrons plutôt que les anniversaires.

— Je la fête la veille de Noël, comme toutes les Ewa qui se respectent. Mais j'accepte les bouquets de fleurs sans occasion particulière.

Elle ajusta sa coiffe. Ses ongles étaient coupés court et n'étaient pas vernis. Mince, qu'est-ce qu'elle était jeune ! Elle devait avoir vingt ans, vingt et un peut-être. Aucune ride, aucun bouton. S'il pouvait, il effacerait lui-même de son visage ce maquillage épais jusqu'à la dernière trace pour voir de près avec ses nouveaux yeux affûtés toute cette merveilleuse jeunesse. Et elle flirtait avec lui ! Avec lui ! La dernière fois qu'une femme de moins de cinquante ans l'avait dragué, les communistes étaient encore au pouvoir.

— Je prendrais bien trois cents grammes de gouda, dit-il pourtant.

Dommage qu'il n'ait jamais été très doué dans l'art de séduire, il lui manquait autant de finesse que d'audace.

La jolie Ewa sembla consternée par ses propos. Elle découpa un morceau de fromage, l'enveloppa dans du papier, additionna rapidement les articles sur l'immense caisse analogique et lui présenta l'addition : dix-huit zlotys.

C'est alors qu'il se rendit compte qu'il n'avait pas d'argent.

— Mademoiselle Ewa, ma douce, je n'ai pas pris mon portefeuille.

Elle s'appuya sur le comptoir et battit des paupières. Son maquillage s'éparpilla comme des paillettes tombées d'une boule de Noël.

— Alors vous devrez repasser me voir. Si vous ne trouvez pas le temps d'ici 18 heures, vous monterez les deux étages. J'esquiverai mes parents, et nous pourrions monter sur le toit pour quelques minutes.

Des parents ? Était-ce vraiment une fille qui habitait encore chez ses parents qui lui faisait les yeux doux et lui agitait sa poitrine sous le nez ? Ça ne se passe pas pour de vrai ! Il commença même à se demander si elle était réellement majeure. Troublé, il rangea ses affaires dans des sacs en papier, s'apprêtant à quitter la supérette. Il bafouilla des mots d'adieu et des remerciements, sentant qu'à chaque nouvelle parole, il devenait de plus en plus rouge.

— Docteur… dit-elle alors qu'il approchait de la porte.

Elle se redressa et renonça à sa pseudo-posture de femme fatale.

— Vous êtes intelligent, un homme éduqué. Vous pensez que ça vaut le coup de s'inscrire à la FF ? Une recruteuse est passée il y a peu, elle m'a dit que j'aurai toujours ma chance, ils lancent des programmes pour adultes ces temps-ci. Les avis sont partagés, mais quand on les voit en ville, ces tenues, ces coiffures, vous comprenez, sans ça, j'ai peur de ne jamais m'arracher du *dernierski*, dit-elle en désignant le plafond du menton.

Il n'avait aucune idée de ce à quoi elle faisait référence. La FF ? À l'époque communiste, on désignait parfois l'Allemagne de l'Ouest ainsi. Depuis la Silésie, on ne partait pas travailler chez les Allemands ou en RFA, mais à la FF justement.

— Au sens de partir ?

— Au bout du compte, probablement oui, dit-elle en haussant les épaules. Presque toutes les filles de la FF partent. Sinon, quel serait l'intérêt ?

— Quel âge avez-vous ?

— Dix-neuf. C'est tard, je sais. J'aurais dû y aller après la primaire, comme tout le monde, mais je voulais aller au collège, et puis mon père nous a laissés. Je ne sais pas pourquoi je vous raconte tout ça.

Il le savait très bien. D'aussi longtemps qu'il se souvienne, il avait toujours eu en lui quelque chose qui poussait les gens à se confier, surtout les femmes. Durant l'enfance, c'était les tantes ou les amies de sa mère (« Mais pourquoi je te raconte tout ça ! »), puis ses camarades de classe, grâce à quoi il avait été le premier parmi tous ses copains à en embrasser une. Des connaissances, des copines, des femmes rencontrées en soirées, celles croisées dans un ascenseur ou dans le compartiment d'un train. Plus elles lui étaient inconnues, plus elles lui confiaient avec entrain des détails intimes sur leur vie privée. C'était déjà le cas avant qu'il complète ce don par un savoir et devienne, plusieurs décennies plus tard, l'un des thérapeutes polonais les plus connus, tandis que sa méthode de confrontations en miroir se transformait en produit le plus exporté de la psychiatrie polonaise. Mais toutes ses méthodes, ses expériences, ses études, ses colloques, ses titres scientifiques et ses centaines de patients n'étaient qu'un complément à ce don qui faisait que les gens aimaient s'ouvrir à lui.

— Vous pourriez me rendre un service ? demanda-t-il et elle s'empourpra.

— Ça dépend si…

— Un soir, trouvez un lieu où vous pourrez être absolument seule, l'interrompit-il en pleine phrase parce que son mode professionnel venait de prendre le dessus sur l'envie d'enjôler l'adolescente. Un lieu où vous ne serez dérangée par personne. Fermez les yeux et imaginez-vous dans diverses situations. Avec un enfant peut-être ? Auprès d'un mari ? Dans une maison à la campagne ? En voyage ? Au travail ? Peut-être dans l'appartement, chez vos parents ? Chaque fois, quand vous verrez cette image en détail, demandez-vous si vous êtes heureuse. Après, passez me voir pour qu'on en parle. D'accord ?

— Dacodac, comme on dit à la FF ! lança-t-elle joyeusement. Qu'est-ce que vous êtes sage…

— À mon âge, ce n'est pas un exploit. Bonne chance !

En proie à une nouvelle décharge d'énergie que le travail lui procurait toujours, il s'empara de ses sacs, quitta la supérette et se dirigea vers les ascenseurs. Il atteignait la frontière entre le centre commercial illuminé par le soleil d'hiver et le corridor obscur lorsque quelqu'un l'appela :

— Allô, monsieur Ludwik, vous ne prenez pas les journaux ? La *Politique* vient d'arriver !

Il se retourna, surpris. Sur le pas de la porte de la boulangerie – qui faisait visiblement aussi office de kiosque à journaux – un homme grand et maigre en blouse blanche, sous laquelle on voyait une chemise et une cravate, lui faisait signe. Ludwik se tapa le front d'un geste théâtral parce qu'il n'avait pas seulement oublié la presse, mais aussi le pain, et il accourut vers la boulangerie au petit trot. Celle-ci ressemblait à... une boulangerie : des pains de campagne, des baguettes, des pains au lait et un peu de biscuits sucrés. Il n'y vit aucun journal.

Le boulanger en cravate sortit cependant une chemise en carton à son nom de sous le comptoir et étala devant lui la *Politique*, un exemplaire de *Femme et Vie* et un autre d'un *Varsovien* que Ludwik ne connaissait pas et qui ressemblait à un quotidien de l'après-midi grand public.

Il prit en main ce *Varsovien* et lut la date : 23 janvier 1963. Cinquante ans. Le jour précis où il s'était réveillé auprès de Grażyna et avait su qu'il ne voudrait jamais se réveiller auprès de quelqu'un d'autre par la suite, peu importait le prix qu'il devrait payer pour ça. À présent, il était à nouveau avec elle, à nouveau en ce jour.

Et maintenant ?

Il déplia le journal. Sous le titre se trouvait une grande photo en noir et blanc qui représentait trois politiciens. Il reconnut de Gaulle d'emblée grâce à son grand nez et à ses oreilles décollées. À côté de lui se tenait un vieillard décrépit au visage de Martien. Et, près de l'extraterrestre, il découvrit un homme mince qui ne cédait rien au Français ni en taille ni probablement en âge, un homme au visage triste d'un individu bon et sage.

Le titre sous la photo annonçait : « Un moment historique ! Le président Eugeniusz Kwiatkowski signe à Paris le traité de l'amitié franco-germano-polonaise ! L'histoire de l'Europe connaît un nouveau départ ! »

4

J'étais en colère contre Ludwik d'être parti sans moi, j'aurais aimé moi aussi visiter un peu le monde derrière la porte – à supposer qu'il y ait un monde et non un trou noir dans lequel il serait tombé, tandis que j'attendais, maintenant affamée, je ne sais pas quoi. Sans lui, je me sentis seule et apeurée dans ce rêve par trop réaliste, dans cet appartement qui n'était pas le mien, dans des fringues qui ne m'appartenaient pas et, quoi qu'on en dise, dans un corps étranger.

J'aurais préféré qu'il revienne.

Pour chasser ces mauvaises pensées, je m'occupais en visitant l'appartement. Le niveau bas ne se composait grosso modo que du balcon, d'un salon spacieux, de la cuisine et d'un vestibule minuscule par lequel on accédait au couloir.

Le réfrigérateur, comme Ludwik l'avait dit, était pratiquement vide, exception faite du pot de ragoût à moitié consommé que je n'aurais pas osé toucher. Une couche blanchâtre s'était formée à la surface ; il pouvait s'agir de graisse figée, mais tout aussi bien d'un dépôt qui, après l'ouverture du couvercle, enverrait la moitié de la ville en quarantaine. À part ça, de la moutarde de Dijon, de la confiture de cassis française ainsi que quelques carottes toutes fripées. J'ouvris la confiture. Elle avait l'air inoffensive, elle sentait bon. On ne vit qu'une fois, non ? Qu'est-ce que je risque, au juste ? Une diarrhée ? Pour quelqu'un qui souffrait de constipation depuis vingt ans, cela sonnait moins comme une menace que comme une promesse.

Je fouillais les placards à la recherche d'un supplément de féculents. Je trouvais des épices, du riz et des pâtes ainsi qu'un mignon petit robot Moulinex au nom plein de charme : Charlotte. À l'époque du sexisme, tous les appareils ménagers portaient des noms féminins. C'était drôle :

le design du robot empruntait aux années 1950 ou 1960, comme les objets qu'on voyait de nos jours dans les musées, mais il semblait également fraîchement sorti de sa boîte, le plastique était impeccable et blanc, le câble propre et ses embouts brillaient. Je me suis dit que la rousse qui vivait là ne consacrait pas beaucoup de temps à cuisiner.

Alléluia, rendons grâce à Dieu : dans la panetière, je trouvai un paquet entier de pain azyme que je déchirai pour me préparer une tartine de confiture. Je mangeai à la va-vite, éparpillant des miettes dans toute la pièce. Jésus, qu'est-ce que c'était bon, je faillis avoir un nouvel orgasme. J'engloutis toute la confiture, la moitié du paquet de pain azyme et j'étais encore affamée.

De la cuisine, je filai droit vers les toilettes de l'étage où je constatai que je ne souffrais ni de diarrhée ni de constipation. Mon jeune corps déféquait sans effort, sans surprises, imperceptiblement, je dirais presque avec grâce. C'était fabuleux, mais pas au point de ne pas avoir envie d'une douche après cette débauche physiologique à laquelle je m'adonnais depuis le matin.

La salle de bains, située à côté des toilettes, était microscopique. Une petite baignoire, un lavabo, une machine à laver enfoncée entre le lavabo et la porte de sorte qu'on ne pouvait ouvrir celle-ci jusqu'au bout. Je me glissai néanmoins dans la pièce, me débarrassai de mes nippes et m'autorisai un bain chaud, riant de vive voix quand, après avoir découvert un récipient en forme de pomme de pin près du bord, j'ajoutai des sels de bains à la senteur de résine. Je plongeai mon formidable corps dans le fluide forestier en me disant qu'immédiatement après mon réveil, je me suiciderais. Tout, mais pas la vieillesse. Ce rêve ou peu importe ce que c'était me prouva une chose : la vieillesse n'était pas la suite naturelle des étapes de la vie qui la précédaient – enfance, jeunesse, maturité. La vieillesse, c'était le mal. Un mal qu'il fallait brûler au fer rouge.

Après le bain, je jetai un coup d'œil aux cosmétiques féminins dans un des placards, un ensemble de base assez modeste. Je fus particulièrement secouée par le paquet de coton ; j'avais oublié ce que cela voulait dire d'avoir ses règles, surtout le cauchemar que c'était de les avoir sans tampons ni serviettes hygiéniques. Je m'aspergeai de quelques gouttes de Soir de Paris et je tendis la main vers le pot de crème avant de me dire : à quoi bon ? À quoi me servirait une crème, puisque j'étais parfaite ?

Et cette pensée me donna à nouveau envie de faire l'amour. Je m'enroulai dans un peignoir et je descendis, mais Ludwik n'était pas encore revenu.

Ça ne me plaisait absolument pas.

J'ouvris la porte d'entrée et je regardai à l'extérieur. Je vis un couloir sombre, d'amusantes portes d'appartement colorées et une tâche sur notre paillasson qui, je l'aurais juré, ressemblait à des excréments de poule.

Je demeurai là un instant, entendant le bruissement de l'ascenseur, mais non, celui-ci monta plus haut.

Je retournai à l'intérieur. Je me fis un thé dans une volumineuse tasse en porcelaine, jolie, mais un peu trop délicate à mon goût, et commençai à tourner en rond. Ce panorama d'un monde inquiétant, car inconnu derrière la fenêtre, m'irritait. Je retournai dans la salle de bains et me brossai les dents avec le doigt ; rêve ou pas, je n'imaginais pas utiliser la brosse de quelqu'un d'autre.

Enfin, j'ouvris la dernière porte que je n'avais pas encore ouverte à l'étage. La pièce qui se trouvait derrière était en fait une mezzanine délimitée par une balustrade donnant sur le salon haut de plafond.

Il y avait là un fauteuil, un divan, un bureau, une chaise et des étagères de livres qui envahissaient l'espace ; les bouquins étaient disposés sur deux rangées, mais on avait malgré tout fourré au-dessus, à plat, des éditions plus étroites. Ils occupaient aussi deux étagères improvisées au-dessus de la porte et s'agglutinaient, telle une paroi supplémentaire, devant la balustrade.

Un cabinet d'intello, sans doute possible.

Je posai le thé sur le bureau et cherchai déjà un ouvrage à lire lorsque deux cadres en laiton posés sur l'une des étagères attirèrent mon attention. Sur le premier : le jeune Ludwik engoncé dans un costume avec une mine qui disait « c'est le meilleur moment de ma vie et je me pisse dessus de trac, mais je suis trop fier pour le montrer » en compagnie d'un vieillard à lunettes plus petit d'une tête, un homme au visage sympathique de comptable nazi. Je connaissais trop bien cette gueule, son portrait au format A4 trônait chez nous et ce même sourire de prophète décorait tous ses ouvrages, dont nous possédions des armoires entières d'éditions multiples et en plusieurs langues. Combien de fois avais-je hurlé durant nos disputes que ce vieux bouc était le seul véritable amour de mon mari ! Une saloperie de gourou, si on me demandait mon avis. Toutes ses théories sectaires ont plus de points communs avec une religion qu'avec la science, mais qu'est-ce que j'en sais, moi, une enseignante d'école primaire.

Sur le second cliché, un Ludwik souriant de façon désinvolte, les manches retroussées, posait aux côtés d'un quarantenaire imposant au visage large et franc de curé de campagne. Les cheveux en brosse, un sourire jusqu'aux oreilles, cet homme ressemblait à « un bon gars », surtout auprès de Ludwik, dont les traits nobles trahissaient des origines intello-bourgeoises. Au second plan, je remarquai une meule de foin, surréelle par sa taille, c'est pourquoi la photographie dans son ensemble évoquait une carte postale à la gloire des paysages champêtres de la campagne polonaise.

Bien. Et maintenant, quelques questions. Que faisaient, dans cet appartement étrange, dans cet immeuble étrange, des photographies de mon Ludwik ? Et comment était-il possible que sur l'une d'elles, il posât à côté du vieux Carl Gustav Jung, qu'il n'avait jamais rencontré de sa vie, tandis que sur l'autre, il fraternisait avec Edward Gierek, le dirigeant communiste polonais honni des années 1970 ?

J'y aurais bien réfléchi, mais la porte d'entrée claqua en bas. Enfin. Quel soulagement.

— Je suis là ! criai-je en remettant l'image de Gierek sur son étagère.

J'entendis Ludwik poser les courses sur le plan de travail de la cuisine et monter à l'étage. Sainte Vierge, dans un instant, je le reverrais et nous ferions encore l'amour, n'était-ce pas merveilleux ?

Je m'agenouillai sur le bureau, je levai le peignoir sur mon dos et je tendis les fesses en direction de la porte du cabinet, ce spectacle l'avait toujours rendu fou de désir.

La porte s'ouvrit derrière moi.

Et c'est alors qu'une pensée me frappa : puisque ce sont des photographies de Ludwik et puisque c'est l'appartement de Ludwik, alors à qui, bordel de merde, appartiennent ces frusques qui ne me vont pas ?

— Vous désirez, madame, qu'on vous torche ou qu'on vous embrasse ? entendis-je une femme me demander.

5

Trop excité par les informations découvertes dans le journal, il ne parvint pas à attendre sans rien faire devant l'ascenseur, il gravit les marches en courant, deux par deux, et savoura le constat que, bien que son cœur ait accéléré, il ne se sentait ni hors d'haleine, ni fatigué, sans parler des vertiges. Il se dit qu'il devrait trouver des vêtements de sport et aller courir, dans la neige, dans la boue, peu importait. Pourvu qu'il sente à quel point la mécanique de son corps fonctionnait merveilleusement.

Au cinquième étage, il se sentit déboussolé un instant parce qu'il ne se souvenait plus quelle porte était la sienne. Certainement à droite des ascenseurs et certainement du côté gauche du couloir. Mais quel numéro ? La troisième porte ? La quatrième ? La cinquième ? Maudite mémoire. Par bonheur, il trouva sur l'un des paillassons le souvenir laissé par Zofia, la poule stupide qui adorait couver devant sa porte.

Il l'ouvrit précautionneusement : oui, c'était bien son appartement.

— Je suis là ! cria-t-il. Grażyna, tu ne vas pas croire ce que j'ai découvert !

— En haut ! Est-ce que tu peux venir en haut, et vite s'il te plaît ?

Il se sentit inquiet. Dans la voix de sa femme, il perçut des accents d'hystérie qui ne lui plaisaient pas du tout. Il abandonna ses emplettes par terre en compagnie du journal et grimpa jusqu'au niveau supérieur. Après un rapide tour d'horizon, il découvrit Grażyna dans un peignoir, au milieu d'une pièce qu'il n'avait pas encore visitée. C'est avec soulagement qu'il constata qu'il y avait bien des livres dans cet appartement. Il n'avait pas voulu confier cette pensée à Grażyna quand elle lui était venue, mais l'idée lui avait traversé l'esprit que s'ils étaient arrivés dans un arrière-monde, alors l'éternité sans littérature ne l'enchantait pas tant que ça. Même faire l'amour n'aurait pas réussi à compenser ce manque.

Faire l'amour, il en était pour le moment hors de question. Ses deux épouses se faisaient face dans le cabinet. Grażyna, un air de défi sur le visage et les bras croisés sous le ventre, s'efforçait de paraître sévère malgré son peignoir, ses pieds nus et ses cheveux humides ébouriffés. Et Iwona, les mains dans les poches d'un pantalon droit, haute et fière, un sourire ironique aux lèvres. Il l'observa avec curiosité. Bien qu'elle fût toujours en vie, il n'avait plus aucun contact avec elle depuis trente ans et il ne l'avait plus vue sous cette apparence depuis leur séparation. Depuis le jour où, un demi-siècle plus tôt, il l'avait abandonnée pour Grażyna, présentant à cette dernière la version classique et masculine d'un couple que plus rien ne relie, qui ne couche plus ensemble, qui ne se côtoie presque plus et ne maintient le contact que par correspondance.

Iwona l'observa, résignée, et indiqua Grażyna.

— Serais-tu assez aimable pour faire quelque chose avec *ça*, dit-elle en accentuant le dernier mot de sorte qu'on ne puisse douter que le pronom désignait la personne et non la situation. Et récupérer mon peignoir préféré, je te prie ?

— Tu sais pourquoi je n'en ai rien à foutre de toi et de tes sarcasmes ? siffla Grażyna. Parce que tu n'es qu'un rêve !

— Oui, c'est très intéressant. Ludwik, peux-tu faire sortir cette dame et ses troubles et cesser de transformer notre maison en refuge pour psychiquement instables ? Je te serais extrêmement reconnaissante si je pouvais me préparer un café sans crainte qu'une folle à poil avec un gros cul me tranche la gorge par-derrière.

— Tu, tu...

Grażyna n'avait jamais été une championne de ripostes foudroyantes, surtout dans des moments d'indignation.

— Espèce de rouquine frigide, commence par vivre quelques décennies avec lui avant de m'adresser la parole. Pourquoi crois-tu qu'il t'a quittée, hein ?

Iwona soupira, ôta les mains de ses poches et tira sur son pull à col roulé orange. Elle l'observait avec calme. Ludwik avait complètement oublié à quel point le regard de sa première femme était intelligent. Peut-être qu'il ne l'avait jamais remarqué du temps de leur mariage ?

— Fais quelque chose avec ça, s'il te plaît. De préférence dans un délai plus court que quelques décennies, histoire qu'on puisse encore boire un verre de vin ensemble ce soir.

Grażyna pouffa de rire.

Il n'avait aucune idée de la manière de se dépêtrer de ce bourbier. Comment séparer deux dimensions temporelles de sa vie ? Dans ce monde-ci, il était un type marié qui vivait une aventure extraconjugale avec une femme plus jeune. Dans celui de la veille, il était un type marié qui avait passé quelques décennies heureuses avec cette « plus jeune ». Ce qui voulait dire qu'il avait en ce moment deux épouses parfaitement légitimes. Chaque solution lui paraissait mauvaise.

— Je te demande pardon, dit-il enfin en s'adressant à Iwona. Je lui ai donné ton peignoir parce qu'elle a jeté ses affaires par la fenêtre, je viens de descendre en courant, mais quelqu'un a déjà… tu sais comment c'est. Si tu pouvais bien…

Son ex-femme posa sur lui un regard d'apparence paisible, mais il y découvrit un fond de fureur et se rappela aussitôt pourquoi l'immense cendrier de la chambre à coucher, estampillé BYRRH sur le côté, lui avait semblé familier. Il se souvint de cet objet, cinquante ans plus tôt, quand celui-ci avait frôlé sa tête, lancé par le bras agile d'Iwona, joueuse de tennis aguerrie. Le crépi du mur s'était à tel point désagrégé sous l'impact qu'on pouvait vérifier si les briques avaient été alignées bien droit.

— Je pourrais. Je pourrais céder l'ensemble de mon placard à cette malheureuse si souffrante, enfin, d'après ce que je vois, seulement mes vêtements les plus amples. Mais je pourrais aussi lui indiquer ses fringues qui, apparemment, sont d'elles-mêmes revenues ici en vol plané, se sont mélangées comme par magie à tes affaires et se sont roulées en boule près du divan. Nous parlerons plus tard de ce tour de passe-passe. Pour l'heure, congédie-la.

Il se dit qu'il aurait fallu visiter en détail chaque recoin de l'appartement avant de partir faire les courses.

— Je ne vais nulle part, grogna Grażyna.

Il craignait de prononcer sa tirade suivante, mais il n'avait pas d'autres idées.

— Je te demande pardon pour cette situation, chuchota-t-il à Iwona. Je ne me rendais pas compte à quel point cette patiente était difficile. Certains de ses troubles, de ses fantasmes… tu les entends. Elle recherchait de l'aide pour des états hystériques, rien ne permettait de prévoir…

— Que quoi ? ! hurla Grażyna à en faire sursauter la moitié de l'immeuble.

Il lui fit signe de se calmer sans cesser de discourir.

— Une enfance difficile, un traumatisme du temps de l'Occupation allemande, tu ne veux même pas savoir ce qu'elle a traversé. C'est pour ça qu'elle fuit dans un monde imaginaire. Ce n'est pas sa faute. Laisse-nous seuls un instant, je vais essayer de la reconduire gentiment. Si elle voit la police, des uniformes… tu comprends…

Iwona le toisa.

— Tu as dix minutes. Après quoi, j'appelle la police et crois-moi qu'aucun de ses traumatismes ne m'empêchera de dormir.

— Merci.

— Neuf minutes et cinquante secondes. À ta place, je ne perdrais pas mon temps en remerciements.

Elle salua Grażyna de la tête ; après tout, issue d'une bonne vieille famille bourgeoise, elle avait reçu une éducation stricte et chérissait les apparences par-dessus tout. Puis elle sortit.

Grażyna avait l'air si furieuse que, au cas où, Ludwik recula d'un pas. Il craignait sérieusement de la voir bondir toutes griffes dehors.

— Qu'est-ce qu'elle fabrique là ? demanda-t-elle. Je pense qu'on a atterri dans une sorte de version de votre appartement du passé, c'est ça ? Comment est-ce possible ?

C'était une bonne question.

— Et qu'est-ce que j'en sais ? Tu vois bien que c'est une autre Varsovie, un autre appartement, une réalité fictive complètement différente.

Il décida de s'en tenir à cette version, espérant qu'il pourrait mettre sur le dos de la fiction quelques faits qu'il avait tus à Grażyna cinquante ans plus tôt.

— Et comment comptes-tu agir dans cette réalité fictive ? Parce que tu viens de me transformer en folle et de promettre à ta femme de me virer d'ici. Pardon, mais où comptes-tu m'emmener au juste ? Dans un asile de fous ? Dans un hospice ? Ou peut-être simplement dans une forêt glaciale ? Et puis tu reviendras chez ta femme avec un bouquet de fleurs, boire du vin et discuter de tes patientes imprévisibles ?

— D'abord, sortons d'ici, chuchota-t-il parce que le cabinet était ouvert sur le salon, un étage plus bas, et il craignait qu'Iwona puisse les épier. Habille-toi, soyons seuls, réfléchissons à la suite. Premièrement, on ne changera pas le fait qu'elle soit là…

— Pourquoi ? On pourrait bien trouver un moyen.

— … deuxièmement, je dois te montrer quelque chose. Mets les vêtements que tu portais plus tôt ou ceux qui sont en boule là, mets ce que tu veux et calme-toi. À moins que tu veuilles que cette vipère appelle vraiment la police qui te transférera dans un hôpital surveillé des années 1960.

— Comment sais-tu que ce sont les années 1960 ?

— Habille-toi.

Elle resserra la ceinture du peignoir, contourna son mari sans un mot et se rendit à la salle de bains. Bon, au moins, il eut un espoir qu'ils sortent d'ici. Il soupira profondément pour calmer ses nerfs, se recoiffa de la main et descendit.

Iwona était assise dans un fauteuil, une cigarette à la bouche.

— Comment va ta patiente ? Elle partira seule ou faut-il convoquer la Gestapo ?

— Ce n'est pas drôle.

Elle le regarda sans sourire.

— Ce n'est définitivement pas drôle, cher Ludwik. C'est intéressant, je l'avoue. Mais certainement pas amusant. Reconduis-la dans un endroit sûr avec de bonnes serrures de préférence. Les clés sont dans la poche de mon manteau et je me suis garée sous le dernier pylône, c'est encore là qu'il y a le moins de cette horrible boue.

— On a une voiture ? demanda-t-il, sincèrement étonné.

Elle fronça les sourcils.

— Pardon, mais tu tentes d'être drôle ? En disant que ta femme a pris la voiture et, ô miracle, a réussi à ramener la caisse en un seul morceau ? Mais qu'elle piaillait certainement de peur dans les virages et faisait des grimaces rigolotes ? Tu peux être plus fin. D'autant plus que je conduis mieux que toi.

— Bah ça, en réalité, ce n'est pas difficile, ajouta Grażyna dans des habits froissés, mais ajustés à sa silhouette cette fois-ci.

Elle portait une jupe et un pull à col roulé très large, à bandes verticales.

— Il a toujours conduit comme un pied, précisa-t-elle. Pas vrai, Ludwik chéri ?

Un silence incommode envahit la pièce. Iwona, même si elle avait envie de rétorquer quelque chose, y renonça.

Au lieu de quoi, elle quitta son fauteuil et s'approcha de sa remplaçante.

— Je ne peux pas dire que j'aie été ravie de faire votre connaissance, mais je vous souhaite beaucoup de bonheur et un prompt retour à la santé.

Ludwik en devint peiné. Jeune, Grażyna rougissait facilement et se renfermait et, touchée par une malveillance ou des désagréments, elle souriait timidement avant de pleurer et d'évacuer la tension une fois rentrée chez elle. C'est pour cela qu'elle lui avait plu. Elle était fraîche, délicate, dépourvue de carapace. Son incapacité à répliquer ne procédait pas d'un manque d'intelligence, mais d'une pureté spirituelle ; elle n'était pas disposée à la méchanceté, même dans le cadre de la légitime défense.

— Tout le plaisir était pour moi, répliqua Grażyna. J'ai toujours voulu rencontrer la femme que Ludwik avait quittée pour moi. Je vous souhaite tout le meilleur, moi aussi. Et rappelez-vous qu'une femme célibataire n'a pas moins de valeur. Vous n'avez pas à vous laisser humilier par une société patriarcale. On y va ?

Elle articula la dernière question en observant froidement Ludwik.

Tachant de ne regarder aucune de ses femmes dans les yeux, il passa dans le vestibule, y retrouva le manteau beige d'Iwona dont la poche contenait une clé métallique rattachée à un porte-clés orné d'un double V renversé, le logo de Citroën.

Ainsi, il possédait une « citron », c'était sympa, il avait toujours été un fan de la marque. Dans les années 1990, il avait même roulé en XM pendant quelque temps. La bagnole tombait en rade sans arrêt, mais quand elle fonctionnait, c'était la grande classe. Depuis cette époque-là, il regrettait son « fer à repasser le plus rapide du monde » et s'ennuyait à mourir dans les Toyota successives pour lesquelles ils optaient, comme tous les retraités, parce qu'elles avaient la réputation de voitures solides et sécurisées.

Il lança la clé en l'air, la rattrapa et la glissa dans la poche de son pantalon. Sur le portemanteau, il choisit une veste épaisse et, après un instant d'hésitation, un chapeau en feutre gris foncé avec un bourdalou noir, étroit, qu'il posa immédiatement sur sa tête. Grażyna l'observa, mais ne dit rien. Elle indiqua la porte en silence.

Elle ne lui adressa pas la parole dans le couloir, mais seulement dans le hall d'entrée quand, profitant d'un immense miroir qui occupait la moitié d'un mur, Ludwik boutonna sa veste jusqu'en haut et pencha légèrement le chapeau sur l'une de ses oreilles. Il était superbe. Vraiment superbe. Jeune, beau, bien bâti, vêtu avec goût à une époque où un homme devait ressembler à un homme et non à un lycéen négligé en survêtement à capuche ou à un végétarien fluet en sandales. Il s'admirait dans la glace et avait l'impression d'être le roi du monde.

— Enlève ça.

— Quoi ?

— Enlève ce chapeau idiot. T'as l'air d'un plagiat local de Belmondo. On y va.

Il l'enleva sans renâcler, jugeant que le moment n'était pas propice à la discussion. Ils passèrent devant le concierge qui lui adressa un signe de la tête et un sourire complice puis ils sortirent. Ludwik cessa aussitôt de se sentir comme le roi du monde. Le mois de janvier à Varsovie s'accrocha à lui comme une immense sangsue et commença à le vider de l'envie de vivre. Il faisait un froid de tous les diables, un vent terrible leur sifflait dans les tympans, 15 heures venaient à peine de sonner et déjà la journée s'apprêtait à perdre son bref et inégal combat contre la nuit. Les derniers rayons d'un soleil rachitique illuminaient la mer de boue mêlée de neige qui s'étendait entre les immeubles.

Beaucoup de gens parcouraient le quartier. Quelques voitures se réfugiaient dans les entrailles des bâtiments où se trouvaient les parkings. Beaucoup de passants arrivaient de la ville ou de l'arrêt du bus, le regard planté sur le sol à la recherche d'un endroit sec où poser le pied. Certains avec des serviettes ou des sacs à la main, d'autres avec des corbusières sur le dos. Tous, hommes et femmes, étaient vêtus de longs manteaux sombres qui leur descendaient jusqu'aux genoux.

Il avait l'impression de regarder une illustration d'un roman soviétique post-apocalyptique où des gens s'efforçaient, sans grand espoir, de survivre à un hiver nucléaire, mais finissaient par se dévorer entre eux dans un bunker ou par mourir, des larmes gelées dans les yeux.

En d'autres termes, la carte postale classique d'un hiver en Europe de l'Est.

Il chassa la déprime qui le guettait et avança sur un mince trottoir le long de l'immeuble jusqu'à l'endroit où, vraisemblablement, était garée sa – ou plutôt leur – voiture.

— Dans quelle sorte de véhicule ces messieurs-dames sortent-ils en ville ? demanda Grażyna, acariâtre.

Il ravala une réplique acerbe.

— En Citroën, si on en juge par le porte-clés.

Il longeait les pattes en béton sur lesquelles reposait l'imposant immeuble, tout en scrutant les voitures en stationnement. Elles n'étaient pas nombreuses. Une Renault délabrée, deux coccinelles Volkswagen et une 2CV qui leur ressemblait par la forme. Ils s'en approchèrent, mais la clé ne correspondait pas. Derrière les socles suivants, deux véhicules étaient couverts avec des bâches ; plus loin, il aperçut une Citroën DS à l'allure de grenouille maculée jusqu'au toit. Ludwik tenait la clé dans une main, de l'autre, il croisa les doigts.

S'il vous plaît, faites que ce soit celle-ci.

C'était la bonne. La clé tourna sans problème. Lors de l'ouverture de la portière, une multitude de morceaux de boue séchée tomba pas terre.

— Où est-ce qu'elle est allée se fourrer, la rouquine ? Elle est partie chasser en rase campagne ? Elle roulait à travers champs derrière des sangliers en klaxonnant ?

— Monte. On doit parler.

— Oh, tu ne veux quand même pas m'annoncer que tu es marié ?

Elle fit une grimace théâtrale et battit des paupières, mais passa de l'autre côté de l'automobile.

— Ouvre-moi de l'intérieur, je répugne à toucher cette crasse.

Il s'installa dans la voiture dont l'habitacle sentait l'humidité, les cigarettes et un parfum féminin. Il jeta son chapeau sur la banquette arrière, débloqua la portière côté passager et laissa Grażyna s'installer avant de parcourir la voiture du regard. C'était une Citroën DS, la plus belle auto du monde. La seule, l'unique, l'indépassable déesse de la mécanique – en partie voiture, mais aussi en partie vaisseau spatial. Durant sa jeunesse, il traquait les magazines en couleur dans lesquels étaient décrits les nouveaux modèles de la *déesse*. Une fois, il avait même demandé par lettre à Lacan en personne de lui faire parvenir un catalogue. Lacan avait dû lui renvoyer le colis à trois reprises, parce que la première fois, la missive s'était évaporée sans laisser de traces, la deuxième, elle était arrivée cachetée par la sûreté de l'État et la moitié des photographies avait été découpée aux ciseaux. Il faut dire que la police secrète se servait allégrement dans la correspondance privée en ces années de communisme.

— Trouve le chauffage ou je ne sais quoi, sinon on va crever de froid ici.

La remarque était judicieuse. Il enfonça l'embrayage, et mit le contact ; le moteur ronronna et commença à faire un bruit de mitraillette. Il chercha le levier de vitesses : trois manettes sortaient du tableau de bord en tôle, mais il n'avait pas la moindre idée de leurs fonctions. Plusieurs essais lui permirent d'établir que l'une d'elles activait les clignotants, la deuxième les essuie-glaces ; aussi, la dernière devait servir à changer les vitesses. Il la plaça en position qui semblait correspondre au point mort et lâcha l'embrayage.

La Citroën bondit vers l'avant et cala.

— Tu sais conduire ce tas de ferraille au moins ? Ou faut-il que j'appelle ta femme ?

Il inspira profondément un grand bol d'air et expira lentement, sentant la colère l'envahir, un sentiment jadis familier, mais dont il avait perdu l'habitude. Avec son ancien corps, son ancien taux d'hormones était revenu. Le cocktail de la testostérone et de l'adrénaline bouillonna dans ses veines, ses doigts se crispèrent sur le volant en plastique. Calme, se dit-il, reste calme.

Il redémarra la voiture. Cette fois, à chaque nouvelle position du levier, il ôtait délicatement son pied de l'embrayage ; de cette façon, il réussit à trouver la première, la marche arrière et le point mort. Puis les phares, le chauffage qu'on activait à l'aide d'un bouton tournant – après l'avoir allumé, une intense odeur d'essence envahit l'habitacle – et les lumières à l'intérieur. Ce n'est qu'une fois tout cela établi qu'il se tourna vers Grażyna, tellement furieuse qu'à force de serrer les mâchoires, les muscles de ses joues tremblaient.

— Lâche-moi, d'accord ? dit-il tranquillement.

— Pardon ?

— J'ai dit, lâche-moi. Je voudrais te rappeler qu'hier encore, j'avais quatre-vingt-trois ans et toi, soixante-dix-huit. Nous avons passé une soirée agréable avant de nous réveiller ici. Et, comme toi, je n'y comprends fichtre rien. C'est peut-être un rêve ou un putain d'arrière-monde, aucune idée.

Je n'ai pas demandé à être là, je ne l'ai pas prévu, je n'ai rien à dire. Alors soit tu me lâches, soit tu descends avec ta grimace pincée et tu te débrouilles toute seule.

Elle posa une main sur la poignée de la portière d'un mouvement si décidé qu'il fut un instant persuadé qu'elle sortirait et qu'il devrait la rattraper au milieu de cette boue pour la supplier de lui pardonner. Cependant, elle retira sa main et parcourut des doigts le couvercle métallique de la boîte à gants où, en plus du logo Citroën, on voyait l'inscription ZORZA.

— C'est le nom du modèle ? demanda-t-elle.

— Zorza ?

Il l'avait prononcé à la polonaise ; c'était un mot synonyme de l'aube.

— Zor-za plutôt, dit-elle à son tour en mettant l'accent sur la dernière syllabe, elle sépara l'ensemble « rz » qu'on prononçait « je » en Pologne et elle articula le « r » à la française. C'est une automobile du pays de Molière après tout.

— Non, un tel modèle n'a jamais existé. Je veux dire, dans notre monde à nous, il n'y en a jamais eu. C'est une DS ordinaire.

— *Déesse* ? Au sens de divinité ?

— Le véhicule était habituellement marqué des lettres D et S, mais, en effet, c'est comme ça que les gens la surnommaient. Déesse.

— Zorza, c'est une divinité païenne slave, c'est peut-être une version destinée au marché polonais ?

Il haussa les épaules. C'était possible.

Ils restèrent silencieux un moment.

— D'accord. Qu'est-ce que tu voulais me montrer ?

Il alluma le plafonnier. Jusque-là, l'habitacle n'avait été éclairé que par l'éclat des phares d'autres voitures réfléchi par les pylônes en béton. De sa poche arrière, il sortit l'exemplaire du *Varsovien* plié en quatre.

— Regarde la date et lis le texte en première page.

Elle s'empara du journal sans un commentaire et entama sa lecture. Pendant ce temps, il régla le siège et les rétroviseurs ; il ne l'aurait pas admis à voix haute, mais il avait le trac à l'idée de conduire un véhicule inconnu dans une ville inconnue.

Grażyna finit de lire, replia le journal et le lui rendit. Son regard était vide et il la comprenait parfaitement, lui aussi en proie au vertige ; c'est leur vieil ami le cerveau qui se demandait s'il ne fallait pas faire sauter un fusible quand le nombre d'informations et d'émotions devenait impossible à supporter.

Il lui posa une main sur la cuisse. Une cuisse ferme, souple et chaude. Il eut immédiatement envie d'elle, mais estima que le moment était mal choisi.

— Tu te sens bien ?

Elle hocha la tête.

— Un brin déboussolée, mais pas trop mal. J'essaie de mettre de l'ordre dans tout ça...

Elle avait commencé à parler avec calme et raison, mais soudain, sa voix fléchit.

— Mon Dieu, Ludwik, qu'est-ce qui nous arrive ?

Elle se lova contre lui, enlaça son cou et se mit à pleurer. Il ne l'interrompit pas, lui caressait le dos et attendait qu'elle s'apaise. Il la connaissait depuis cinquante ans, il savait quand il fallait parler, quand caresser et quand, comme ils l'avaient défini au temps où Jacek était petit, accomplir un « castor familial ». D'où ça leur était venu, au juste ? Il l'avait oublié, bon sang, c'était probablement dans un zoo où ils auraient vu des castors serrés les uns contre les autres. Au zoo de Wroclaw peut-être ?

Tout en lui caressant le dos, il tenta de l'écarter un peu afin qu'elle ne sente pas son érection, et ne put s'empêcher de remarquer l'absence d'attache de soutien-gorge sous ses doigts, ce qui signifiait que les seins fabuleux et libres d'une femme de vingt-huit ans se serraient contre lui.

En fin de compte, Grażyna cessa de sangloter, renifla et essuya ses yeux humides avec la manche de son chemisier.

— Je ne sais pas, répondit-il. Je m'efforce de ne pas me demander où, pourquoi et comment. Je pense aux faits. Et les faits sont que nous sommes allés au lit le 22 janvier 2013 et en sommes sortis le 23 janvier 1963. Dans nos corps d'il y a cinq décennies. Et apparemment dans une sorte de version alternative de l'Histoire, où il y a d'énormes barres d'habitation dans le quartier Muranów, et où, en lieu et place du stade national, on a construit une tour aux couleurs de la France, tandis qu'un traité de l'Élysée est signé conjointement par de Gaulle, Adenauer et un président polonais, un certain Eugeniusz Kwiatkowski.

— C'est celui qui a initié la construction des chantiers navals et de la ville de Gdynia ?

— Oui. Tout ce que je sais de lui, c'est qu'avant la guerre, il était ministre des infrastructures. Un gars actif sur le chantier du bord de mer et de Stalowa Wola. Pour dire la vérité, je n'ai pas la moindre idée si, dans le monde normal, il a survécu à la guerre ou pas.

— Il a l'air sympathique.

— Certainement plus que ces communistes de merde de notre époque.

— Tu crois…

— Hum ?

— Tu crois que ça signifie que nous sommes de l'autre côté du rideau de fer ?

— Va savoir. Il n'y a peut-être pas de rideau de fer.

— Une meilleure version de l'Histoire ?

Ludwik grimaça. L'histoire de l'humanité démontrait que les changements et les alternatives étaient rarement meilleurs, dans les cas les plus favorables, ils étaient aussi sanglants et dénués de sens que les originaux.

— Une version différente. T'as lu les commentaires suite à la signature de ce traité ? De notre point de vue, ça semble fabuleux, comme si on rejoignait l'Union européenne quarante ans plus tôt, comme s'il n'y avait pas de communisme. Mais ce journaliste n'en parle pas de façon enthousiaste, il s'inquiète parce que, dans une année électorale, une telle fuite vers l'avant pourrait nuire à l'Ingénieur…

— L'Ingénieur ?

— C'est ainsi qu'on surnomme le président Kwiatkowski apparemment. Ils écrivent qu'il a misé trop gros, que la Pologne n'est pas encore prête à une telle réconciliation symbolique avec les Allemands.

— Donc la guerre a bien eu lieu, tout comme… chez nous, disons.

— Ça m'en a tout l'air. D'ailleurs, on s'en occupera plus tard. Pour l'heure, on doit gérer nos vies.

Elle soupira.

— Alors, qu'est-ce qu'on fait ? Parce qu'il va faire nuit d'ici peu.

— Je me disais qu'il faudrait aller chez les filles, rue Wilcza. Ça serait logique. La réalité est différente, mais nos histoires sont similaires. Nous avons la même apparence. Nous sommes les mêmes qu'à l'époque après notre première nuit. Je suis…

Il se racla la gorge.

— … je suis pareillement marié. On m'a encore donné un logement neuf, toujours à Muranów, mais dans un immeuble différent. Alors tu devrais loger avec les filles rue Wilcza.

Elle regarda à travers le pare-brise : une jeune femme partait en promenade avec un landau. Il avait l'air d'un accessoire de tournage de *Rosemary's Baby* : noir, majestueux, affublé d'une capote et de roues hautes comme celles d'un vélo. Les roues restaient coincées dans la boue, la femme n'arrivait plus à le pousser, elle avançait au contraire voûtée en le traînant derrière elle. C'était une variation sur le thème du paysan dont le bœuf vient de mourir et qui doit tirer sa charrue lui-même. Chełmoński aurait pu peindre une telle scène.

— Oui, admit-elle sans se détourner du pare-brise. Rien que des similitudes. Donc quoi ? À notre époque aussi, tu n'es resté pour la nuit que parce que ta femme était partie en voyage d'affaires ? Je te pose la question parce que depuis cinquante ans, tu me répètes que rien ne vous unissait plus à ce moment-là, que vous n'habitiez plus ensemble, ne vous fréquentiez plus, sans parler des devoirs conjugaux, en fait, tu étais entre le veuf, le moine et le célibataire, mais avec un certificat de mariage en poche. Oh, rien qu'une broutille.

Bordel, il savait qu'on en viendrait là tôt ou tard.

— Parce que c'était le cas, tu vois bien que c'est une sorte de réalité fictive.

— Que tu essaies de comprendre en y retrouvant ô combien de similitudes avec la vraie ?

Il n'avait pas de réponse à lui fournir ; c'est pourquoi il sortit de sous sa veste un grand morceau de baguette qu'il avait réussi à emporter de la cuisine et l'offrit à sa femme. Elle lui adressa un regard empreint de pitié et rompit le pain pour que chacun puisse en manger un morceau.

— M'énerve pas, mais roule vers la rue Wilcza. Il faut que je réfléchisse.

Il mit la première et s'engagea dans une allée étroite qui partait du bas-ventre de l'immeuble jusqu'en ville. Il roulait doucement, zigzaguant entre les nombreux passants qui choisissaient de marcher sur la chaussée puisque c'était l'unique voie au revêtement solide. Il atteignit la rue principale, laissa passer un autobus aux formes arrondies et tourna à droite, voulant emprunter la rue Świętojerska jusqu'à la rue

Marszałkowska et suivre cette artère principale pour voir à quoi ressemblait cette nouvelle Varsovie. Sur leur droite, ils dépassèrent les grands ensembles qu'ils connaissaient déjà, à gauche, les arbres du parc Krasinski, nus et mélancoliques à cette période de l'année. Dans les profondeurs du parc, il remarqua une patinoire illuminée par des ampoules suspendues à des câbles courant entre les branches et de jeunes gens qui se poursuivaient sur des patins ; il entendait leurs rires et la musique, même à travers les vitres fermées.

— Ça fait combien d'années que mon ostéoporose m'empêche de faire du patin ? demanda-t-elle. Une vingtaine au moins.

Tout l'intéressait, mais il se concentrait sur la route. Ça aurait été bête de terminer cette aventure en s'encastrant dans un lampadaire. Ils n'étaient pas au XXIe siècle avec ses airbags, ses capteurs et ses zones de pliage ; la déesse ne possédait même pas de ceintures de sécurité.

— On va au ciné ? demanda-t-elle soudain.

— Pour voir quoi ? répliqua-t-il mécaniquement, s'efforçant de contrôler la pédale de frein sans partir en dérapage ni emboutir le camion devant lui qui s'immobilisait à l'entrée d'un carrefour.

— Un Bond peut-être ? Je vois là une affiche, *Dr No* vient de sortir en salles.

Il freina, regarda sa femme, regarda Sean Connery au pistolet fumant qui l'observait depuis l'affiche et ils partirent simultanément d'un grand rire. D'un rire jeune, joyeux, sonore, quasi hystérique.

Jusqu'à ce que quelqu'un klaxonne derrière eux. Ce quelqu'un l'avait fait agressivement, à la polonaise.

Et puis, ils tournèrent en direction du centre-ville et eurent la certitude que la guerre qu'avait évoquée le journaliste dans son article, était identique à la guerre qu'ils avaient tous les deux connue, et que celle-ci avait traité Varsovie de la même manière. Grażyna exprima tout haut leurs pensées communes.

— Donc l'insurrection de Varsovie a bien eu lieu, dit-elle. Dommage.

Il aurait pu s'en douter. Le microscopique appartement qu'on leur avait affecté avec Iwona à la fin des années 1950 se trouvait dans l'un des immeubles dans le style du réalisme socialiste bâti sur un tas de ruines à l'emplacement de l'ancien ghetto. L'immeuble dans lequel il s'était réveillé cette fois-ci se trouvait dans le même quartier, à peine quelques rues plus loin. Si le cours de la guerre avait emprunté un autre chemin, il y aurait encore ici le dense réseau de bâtisses du quartier juif et personne n'aurait pu construire en plein cœur de la capitale un lotissement expérimental.

Mais la guerre avait eu lieu. La guerre, l'Holocauste, l'insurrection du ghetto, celle de Varsovie, puis la destruction par les Allemands de tout ce qui restait à détruire. Tout cela avait certainement eu lieu, les traces de ces événements sautaient aux yeux comme elles lui avaient sauté aux yeux du temps de sa jeunesse, du temps de la reconstruction d'une ville transformée en champ de gravats.

Ludwik avait cette ville bien en mémoire. Le temps avait lissé ses souvenirs et la première chose qui lui revenait était l'aspect « bonbonnière » de la capitale. Les immeubles construits durant les quinze premières années d'après-guerre n'avaient pas encore eu le temps de vieillir ni de se salir, ils sentaient encore le neuf. Les nouvelles façades du centre-ville étaient belles et monumentales, les lotissements des environs séduisaient par leur discrétion, par leurs espaces ouverts et leur végétation récemment plantée. Chacun se sentait « chez lui » dans cette ville. C'est pourquoi les habitants se réunissaient si volontiers dans ces endroits où la patine de la modernité les entourait de toute part, au milieu des devantures vitrifiées des boutiques et des bars, des néons multicolores, de l'architecture flambant neuve, de l'asphalte noir aspergé par les balayeuses, des carrés de fleurs et des essaims de jeunes filles en robes d'été, conséquence du boom démographique de l'après-guerre. C'est cette Varsovie-là qu'ils voulaient voir et c'est cette Varsovie-là qu'ils aimaient. Ils enfilaient leurs manteaux repassés, mettaient leurs chapeaux et se promenaient le long de la rue Krucza comme sur une scène de théâtre, encore et encore, leurs souliers briqués renvoyant le reflet des néons. Acteurs devant les autres autant que devant eux-mêmes, avec un engagement aussi authentique qu'amer.

Parce que en coulisses, sous le vernis de grès et de lumières, se terrait la véritable Varsovie, simple et sobre à l'instar des spécialités culinaires de Mazovie. Les gens se comportaient comme si, dans sa course en avant, Varsovie ne pouvait être que neuve. Le mieux aurait été de la détruire pour faire place à une ville véritable, mais même les prophètes de la modernité comprenaient que les moyens étaient limités et que les gens devaient bien loger provisoirement quelque part. Alors, on avait laissé tomber la rénovation totale et on attendait que la vieille capitale cabossée tombe d'elle-même en morceaux.

Celle-ci tenait pourtant bon, et après avoir quitté leurs bureaux modernes de cette patrie si moderne, situés le long des artères emblématiques de la ville, les Varsoviens retournaient dans leurs maisons aux façades trouées par les balles et les éclats d'obus, nichées au fond des ruelles latérales. C'était une cité de balcons qui tenaient sur un cheveu, une ville de murs si ébranlés par les explosions qu'on craignait d'y fixer une étagère pleine de livres. C'était l'enfer des cuisines communes et des toilettes sur le palier – pour les plus chanceux, parce que des pompes, des puits ou des commodités au fond de la cour n'étaient pas rares. Et celles-ci pouvaient être si étroites et profondes que le soleil ne les atteignait jamais. Parfois, il manquait un palier ou deux. Çà et là, on voyait accroché aux immeubles le spectre des maisons voisines – échiquiers caractéristiques, avec leurs carrés de plusieurs couleurs, de différents motifs de papier peint, de carrelages divers, avec parfois des robinets ou des éviers solitaires suspendus à quelques étages au-dessus du sol.

Et puis, il y avait le vide. Non pas des parcs ou des jardins, des places ou des allées soigneusement planifiés, des boulevards à la parisienne, mais précisément du vide, un manque, un espace pour quelque chose qui avait peut-être existé ou devrait peut-être exister, un vide artificiel qui sautait aux yeux comme un trou dans la dentition. Quand Ludwik était arrivé à Varsovie pour ses études au début des années 1950, des gravats encombraient ces espaces et des échoppes ou des bars bricolés avec rien y avaient trouvé leur place. Ces baraques avaient été liquidées avant 1960, les gravats nettoyés, mais le vide était resté. Les nouveaux habitants apprivoisaient l'espace avec des plantes, des bancs et des balançoires pour les enfants ; les anciens regardaient ce remue-ménage d'un mauvais œil, car ils avaient toujours en tête les noms de ceux qui avaient vécu là, ils se souvenaient des boutiques jadis établies au rez-de-chaussée, ils savaient si un tailleur ou un cordonnier officiait dans la cour et prévenaient les nouveaux arrivants de ne pas laisser les enfants creuser trop profondément dans le bac à sable.

Cette version de Varsovie qu'ils découvraient était différente. Mais la misère et le vide crevaient aussi les yeux. C'est ce qu'ils remarquèrent en premier lieu. Derrière leur lotissement, il n'y avait rien. À l'endroit de l'ancien quartier juif, puis du ghetto, puis de la mer de gravats s'étendait un immense espace libre. Des grues et des murs frais enveloppés dans leurs cocons d'échafaudages indiquaient que quelque chose était sans doute en train d'y naître.

La disposition des bâtisses et le quadrillage des rues s'arrangeaient autrement que dans ses souvenirs, son cerveau acceptait mal le fait qu'il était à la fois dans une ville familière et absolument inconnue. Il atteignit la rue Marszałkowska, qui coupait la capitale selon l'axe nord-sud, à l'endroit où d'ordinaire se trouvait une station de métro, un Starbucks et un Pizza Hut. Il tourna en direction du centre, persuadé qu'il y retrouverait un paysage familier : un carrefour, une large place avec le palais de l'Hôtel de ville à sa droite et un immeuble d'habitation bas à sa gauche, derrière lequel s'étendraient les arbres du jardin saxon.

— Oh putain, ne put-il s'empêcher de dire.

Heureusement, le trafic était faible, il n'y avait que trois véhicules à portée de vue, sans quoi il aurait certainement causé un accrochage et se serait brisé toutes les dents sur le volant ou aurait perdu un œil sur l'une de ces foutues manettes. Comment les gens pouvaient-ils rouler sans ceintures de sécurité ? N'avaient-ils pas peur ?

La place Bankowy avait toujours constitué la porte d'entrée du centre-ville côté nord, mais dans cette version de la réalité, quelqu'un avait décidé de souligner cet aspect. L'accès à la place évoquait une variante de la porte de Brandebourg, avec des colonnes en forme de parallélépipèdes, sans tympan ni quadrige. Sur les flancs, la porte monumentale se prolongeait harmonieusement en immeubles simples et longilignes. Puisque le mot RÉPUBLIQUE était gravé au-dessus de la porte, la place avait sans doute été transformée en quartier gouvernemental, ce qui avait du sens, les administrations ayant souvent été implantées dans les environs.

— Pas mal, commenta Grażyna. Allez, vas-y, j'ai envie de voir de quoi a l'air le reste.

Tout portait à croire qu'on pouvait normalement passer sous les porches. Les deux travées latérales étaient destinées aux passants et aux vélos, les deux suivantes aux automobiles, quant à la travée centrale, deux tramways venaient de s'y croiser.

Il passa la vitesse supérieure et traversa la porte de la ville qu'il avait toujours cru sienne, mais qu'il visitait à présent en touriste.

La porte monumentale, en dépit de sa taille digne d'un bâtiment de six étages, était légère et ajourée. Sur ses colonnes élancées, personne n'avait gravé de listes de batailles, de noms de généraux, ni de formules ronflantes – rien qui aurait gâché son architecture lisible et fonctionnelle. Cela lui parut étrange ; la tradition de son peuple était d'accrocher des plaques commémoratives sur chaque pan de mur disponible.

Après la porte, ils auraient dû découvrir la place Bankowy à proprement parler. Et ils la découvrirent. Elle était aussi grande que d'ordinaire, voire même un peu plus étendue. À droite, les palais classiques de Corazzi n'avaient pas bougé. L'étendard rouge et blanc qui flottait au-dessus indiquait qu'ils abritaient des services administratifs. Tout droit, la rue Marszałkowska s'étendait pratiquement jusqu'à l'horizon entre la verdure de deux parcs, mais à gauche, en lieu et place du gratte-ciel habituel, il y avait une construction bizarroïde, un cube en béton, haut de trois étages, entouré par une rangée de fines colonnes. À en juger par l'inscription en hébreu qui courait sur le fronton, c'était certainement une synagogue. Le plus étrange, cependant, c'était le monument situé au milieu de la place. On y avait toujours installé un ouvrage quelconque. Une fontaine à l'origine, puis la statue du bourreau communiste Feliks Dzierżyński, joyeusement renversée par le peuple en 1989 et remplacée par celle du poète Juliusz Słowacki. Et maintenant, hmm…

— Seigneur tout-puissant, qu'est-ce que c'est ? Vas-y, gare-toi quelque part, il faut que je voie ça.

Il ne protesta pas ; lui-même était bouche bée. Situé entre le monument et les bureaux, un petit parking pour les visiteurs leur ouvrait les bras et il y trouva une place. Il coupa le moteur et ils sortirent. L'air était glacial, le vent sifflait comme un damné sur l'immense place, et le soleil d'hiver avait déjà disparu derrière les immeubles. En boutonnant sa veste, Ludwik se dit que s'ils avaient couché pour la première fois ensemble en juin, leur présente escapade aurait été plus agréable.

Le monument, d'une hauteur approximative de cinq mètres, avait été fabriqué en acier inoxydable poli. Ils s'en approchèrent par-derrière ; d'ici, la construction ressemblait à un rouleau recouvert d'écailles sur lequel, tel un miroir déformant, se reflétait l'architecture de la place. Lorsqu'ils en firent le tour, ils s'aperçurent que la sculpture représentait un aigle géométrique dans l'esprit du modernisme, dont les ailes ne seraient pas étendues pour l'envol ni repliées le long du corps, mais allongées vers l'avant en demi-cercle, dans le geste de protection d'un nid. La tête couronnée de l'oiseau, comme sur l'emblème de la Pologne, montrait son profil gauche, et regardait au loin, en direction du centre-ville. Ils le contournèrent et s'arrêtèrent à l'endroit où la courbure des ailes touchait terre, autorisant l'accès au « nid ».

Ils échangèrent un regard, se prirent par la main et pénétrèrent à l'intérieur précautionneusement, comme s'ils s'attendaient à on ne sait quelle surprise. Le « nid » avait un diamètre de dix ou douze mètres. Les murs intérieurs avaient eux aussi été polis et ils s'y reflétèrent de chaque côté.

Un autre couple les rejoignit peu après. La fille, en manteau de fourrure, bottes et ouchanka d'où s'échappait une tresse blonde, semblait tout droit sortie d'une carte postale vantant les vacances d'hiver en Pologne ; il ne manquait plus qu'un traîneau sur la neige. Lui ressemblait à un homme qui aurait choisi lesdites vacances parce qu'il n'avait pas les moyens de partir aux Caraïbes. La cinquantaine, une moustache broussailleuse poivre et sel, un nez de poivrot et une tenue trop soignée qui semblait l'incommoder. La posture classique de ceux pour lesquels une veste, une visite chez le coiffeur et un bain ne sont pas une affaire quotidienne, mais renvoient à des préparatifs festifs. Un père et une fille ? Ludwik écarta bien vite cette supposition. Un client et une prostituée ? Ça n'avait aucun sens, personne ne se mettait sur son trente et un pour une catin. Un oncle de province auquel une jeune cousine montrait la capitale ? Peut-être.

La fille accourut vers eux, un sourire aux lèvres et un appareil photographique à la main.

— Vous pourriez nous prendre ? J'avais peur qu'il n'y ait personne par ce temps. On vient de signer le contrat, j'ai très envie d'avoir une photo dans le poulailler. En souvenir.

— Dans le poulailler ? demanda Ludwik mécaniquement en prenant l'appareil.

On avait gravé le logo d'une marque qu'il ne connaissait pas sur le boîtier en métal aux côtés du nom « Vitoret », mais il ne se sentit pas intimidé ; il avait passé trop d'années à manier un Kiev 4 et cet appareil lui sembla similaire. Eh, quelle époque merveilleuse où chacun préparait ses cadrages puis allait retirer les clichés le cœur battant pour vérifier ce qui en était sorti ! À présent, il n'avait même plus envie de rapatrier ses photographies depuis le téléphone vers l'ordinateur, son temps était trop précieux.

— Oh, excusez-moi, dit la fille, tracassée. Je voulais bien sûr parler du nid, c'est juste qu'on lui donne ce surnom en ville… veuillez me pardonner, je ne voulais froisser personne.

Ludwik exécuta un geste de la main censé signifier qu'il ne lui en tenait pas rigueur, mais pour cacher en réalité qu'une nouvelle fois, il ne savait pas de quoi on lui parlait. Il tourna la manivelle pour déplacer le film, vérifia le réglage de l'exposition et plaça l'appareil devant son œil, cadrant le couple de sorte qu'on puisse voir en arrière-plan la tête de l'aigle et un morceau de l'aile. L'oncle sourit à pleines dents et attira la cousine d'un mouvement qui excluait tout lien de parenté. Ludwik leur fit trois portraits, considérant que l'oncle avait les moyens de s'offrir une pellicule, avant de leur restituer l'appareil.

— Effectivement, il ressemble un peu à un poulet, dit Grażyna lorsqu'ils furent à nouveau seuls en observant la tête de l'oiseau sous différents angles. Ils auraient peut-être dû faire ce bec un peu plus recourbé, je ne sais pas. Qu'est-ce que t'en penses ?

— J'en pense que je me gèle. J'ai besoin d'une doudoune, pas d'une veste incapable de me protéger du vent.

— Bonne chance. Il va falloir que tu attendes vingt ou trente ans. Pour les polaires, pareil. Une chemise en flanelle, un manteau en laine, éventuellement une fourrure, voilà ce dont tu disposes en ce moment. Pas bête, ce monument. Mais…

Elle suspendit la voix.

— … mais très différent.

— Parce que ?

— La légende fondatrice de la Pologne, c'est un aigle blanc qui indique un lieu pour établir un nid. C'est ce qu'ils ont voulu exprimer ici. Un aigle aux ailes protectrices, qui regarde vers l'avenir ou qui guette les dangers. Et puis ces miroirs, ces reflets dans les ailes qui rappellent que la patrie, c'est nous. Pas l'aigle, pas le nid, pas les poètes oubliés, pas les batailles remportées ou le sang versé. Nous, tout simplement, l'aigle nous protège, mais indique qu'il n'est que notre reflet. C'est de nous, ici et maintenant, que dépend ce qu'est la patrie.

Ludwik rit de bon cœur.

— Les vivants au lieu des cadavres, des fondations au lieu d'échauffourées et une vision d'avenir au lieu de patauger dans le sang de l'Histoire. T'as déjà entendu parler d'une Pologne pareille ?

— Non. Mais j'en ai toujours rêvé.

6

C'était peut-être à cause de ce crépuscule d'hiver, rapide, sombre et glacial, comme souvent en janvier après une journée ensoleillée, mais je ressentis de la crainte pour la première fois. Ce n'était pas une émotion déchirante, mais une appréhension ordinaire, quotidienne et un peu étouffante. Nous sommes revenus à la voiture, je contemplais Varsovie qui défilait derrière la vitre et je songeais à l'argent. Comment allions-nous nous en sortir, si nous restions là ? Comment moi, j'allais m'en sortir ? Hier, nous étions des retraités qui vivions comme des coqs en pâte. Pas dans l'opulence, mais aisément. Nos retraites étaient chaque mois versées sur notre compte, Ludwik touchait toujours un peu d'argent pour donner une conférence ou un petit extra en droits d'auteur sur des travaux médicaux publiés il y a longtemps. Il prenait de moins en moins de patients, mais à des tarifs corrects. Nous ne possédions pas de villa avec piscine, mais nous avions toujours de quoi payer un bon médecin et, à nos âges, il n'y avait pas de dépense plus importante.

Et maintenant ? Si nous restions là ? Devrions-nous recommencer depuis le début ? Trimer du matin au soir, nous disputer pour de l'argent, traverser à nouveau les années maigres ? Devrions-nous gâcher pour la seconde fois nos meilleures années dans les tramways, les bureaux et les cantines d'entreprise ? Pour que je puisse, dans cinquante ans, devenue vieille et lasse, me remémorer avec nostalgie le temps où nous aurions pu vivre autrement ?

Et si je restais seule ?

Je n'allais pas le lui avouer, mais toute la rage que j'avais laissé exploser lors de notre rencontre avec Iwona était doublée de terreur. J'avais vu ce joli appartement. Cette auto française. J'avais vu cette femme intelligente, soignée et tranquille. À l'époque, il m'avait choisie, me répétant sans cesse que nous étions faits l'un pour l'autre, mais c'était en grande partie dû à un banal désir. Et si la passion qui carburait à la testostérone venait à manquer cette fois ? Allait-il faire comme si de rien n'était et m'annoncer que ça ne valait pas la peine de vivre deux fois la même vie ? Allait-il me proposer de nous envoyer en l'air en guise d'au revoir et rentrer dans son appartement en duplex se livrer à des discussions intellectuelles un verre de vin à la main ?

Et moi ? Je me dirigeais pour le moment vers un vieil immeuble, vers un logement minuscule au premier étage côté cour où il faisait sombre et froid même durant les plus ensoleillées journées de juillet. J'allais chez des amies qui pourraient ne pas être là. Quoi faire si c'était le cas ? Retourner chez ma mère à Środa ? Aller à l'agence pour l'emploi, chercher un travail et un appartement ouvrier ?

Il y avait évidemment aussi une autre option à laquelle j'avais du mal à songer, que je repoussais hystériquement loin de moi, une pensée qui transformait mes entrailles en sac de nœuds, rendait mes mains moites et dont la tension me précipitait au bord de l'évanouissement.

— Tenez-moi je rêve, le Palais de la Culture et de la Science n'existe pas ! cria Ludwik en ralentissant.

En effet, bien que la rue Marszałkowska fût aussi large qu'en notre temps, elle ne se transformait pas à l'angle de la rue Świętokrzyska en place de la taille d'un aéroport au milieu duquel on aurait planté ce « gâteau d'anniversaire » cauchemardesque, gigantesque et soviétique. Le long de la rue s'élevaient des façades d'avant-guerre classiques, rien d'exceptionnel ni de phénoménal. Ce n'est qu'après le croisement avec la rue Złota que l'espace s'ouvrait soudain. Là où auraient dû se trouver les entrées de la gare des trains de banlieue, on voyait maintenant une place conséquente envahie de tramways, d'autobus et de gens, c'est-à-dire un centre de transports.

Derrière la place en revanche, la perspective était limitée par une pustule architecturale, une sorte de rêve éveillé de constructeurs hitlériens. Un machin monumental, anguleux et inamical, à l'intérieur duquel les gens disparaissaient par des rangées de portes illuminées, comme des fourmis entre les dents d'un monstre au sourire tordu.

— Regarde-moi ça, ils l'ont reconstruit, commenta mon mari en découvrant l'abomination.

— Qu'est-ce qu'ils ont reconstruit ?

— Tu es trop jeune, mais quand je suis arrivé ici juste après la guerre, il y avait à cet endroit les ruines de l'ancienne gare principale. Les nôtres l'avaient commencée avant la guerre, les Allemands l'avaient achevée, mais en partant, ils l'ont fait exploser. Ce n'est que trente ans plus tard que la gare centrale, telle que nous la connaissons, a vu le jour. Faut croire que dans cette réalité, la communication se situe plus haut dans la liste des priorités.

— Je me demande bien pourquoi.

— Les gens ont d'autres idées. Le régime communiste était géré par des paysans, les voyages les dépassaient, à moins de faire un aller-retour à Moscou pour prendre des directives. Quant aux citoyens, ils devaient sagement se déplacer entre leurs lotissements et leurs usines et se reposer dans les jardins familiaux prévus par la communauté. Le gouvernement considérait les voyages comme suspects, à juste titre d'ailleurs. Quand un citoyen était reposé et connaissait le monde, des idées stupides lui venaient aussitôt à l'esprit. La liberté, l'égalité, des balivernes de la sorte. Remarque, tous les despotes ont une politique étrangère de merde. En dehors de leur basse-cour, ils ont peur de la planète et ne la comprennent pas. Alors, à quoi leur serviraient des gares dans tout ce système ?

Mentalement, je roulai les yeux. Parfois, j'avais peur de poser une question à mon petit Ludwik tant il était prompt à se mettre dans la peau du maître de conférences. Après toutes ces années, quand il commençait sur ce ton, je m'ennuyais avant même la première virgule.

On atteignait le cœur de la ville, le croisement de la rue Marszałkowska et des allées Jerozolimskie. Ça m'avait toujours paru bien triste que le cœur de Varsovie ne batte ni sur le vieux marché, ni devant le palais royal, ni devant la statue d'un glorieux concitoyen, mais sur un carrefour puant. Et je me berçais un peu de l'illusion que dans cette version de la ville, les choses seraient différentes, mais non, l'agitation et l'encombrement de cet endroit prouvaient qu'il s'agissait toujours du nombril de la capitale. C'était son karma. Devant la gare rayonnante de l'aura de la modernité, l'espace avait été nettoyé, mais partout ailleurs, on sentait poindre sous la patine de la ville le fond miséreux de l'ancien royaume du Congrès étouffé par la tutelle russe. Il y avait bien de magnifiques néons colorés sur les façades des immeubles, des vitrines illuminées au rez-de-chaussée, mais devant eux : des échoppes, des étals, des kiosques et une nuée de gens en manteaux sombres. S'il y avait eu un Polonais parmi les apôtres, il aurait été représenté sur les images saintes en manteau sombre sur fond de ciel gris.

— On pourrait peut-être aller voir la gare ? demanda-t-il en s'immobilisant à un feu.

— Ça suffit, les visites ! dis-je en grognant.

Je n'en pouvais plus d'attendre de savoir si les filles vivaient effectivement rue Wilcza et si j'avais un endroit où loger. Cette incertitude était insupportable. Je me tournai vers Ludwik et hurlai, parce qu'une main repoussante avec un seul doigt sortit de nulle part et toqua à la vitre. Je fixai le doigt, incapable d'un geste, mais Ludwik se pencha et ouvrit la fenêtre. L'air glacial nous enveloppa.

— Qu'est-ce que vous voulez ? demanda-t-il.

Prudemment, je jetai un coup d'œil. Au bord du trottoir, se tenait un homme au visage émacié couvert de balafres profondes dans un petit chariot en bois. Son manteau militaire était coupé de sorte qu'on puisse voir qu'il lui manquait les deux jambes et une main. Une collection de médailles tintait, accrochée au manteau.

— Ces messieurs-dames aideraient-ils un vétéran ? supplia-t-il d'une voix grave.

Ça me coupa le souffle. À Ludwik aussi, même s'il ne pouvait voir aussi bien que moi l'infirme assis.

— La demoiselle est originaire de la capitale, ça se voit rien qu'aux yeux, dit-il en me souriant. Vous voyez, mademoiselle, j'ai donné la moitié de mon corps à cette ville durant l'Insurrection, et maintenant, Varsovie ne s'en souvient plus, elle ne me donne même pas un morceau de pain. C'est ainsi. Vous m'aideriez ?

— Je n'ai pas d'argent, réussis-je à articuler.

Il hocha la tête avec compréhension, mais triste.

— Vous ne saisissez pas, dis-je. Nous n'avons vraiment pas d'argent sur nous, ni moi ni mon mari, nous n'avons pas un zloty.

Je me dis soudain que je ne savais pas si les zlotys étaient toujours en circulation, alors j'ajoutai sottement :

— Ni aucune autre devise, nous sommes désolés, vraiment.

— C'est ainsi, dit-il avec ironie à mon intention. Je souhaite bien du courage à la demoiselle, alors.

Quelqu'un klaxonna derrière nous et nous repartîmes, en laissant un lambeau d'insurgé. Je refermai la vitre.

Ludwik conduisait en silence. Après avoir dépassé quelques rues, nous tournâmes dans la rue Wilcza.

Et soudain, me surprenant moi-même, je fondis en larmes une nouvelle fois. Ludwik se rangea, coupa le moteur et m'étreignit. Je me blottis contre lui, cherchant la sécurité dans ses bras et, comme précédemment, au lieu du réconfort, je ressentis de l'incertitude quand ce fut un homme inconnu qui me toucha et non un vieillard à l'odeur familière.

Je sentais que j'aurais dû dire quelque chose, mais quoi ? Comment mettre en mots les émotions qui bouillonnaient en moi ? Il y avait du soulagement, parce que pour la première fois depuis le matin, je vis un endroit familier. Ce tronçon de la rue Wilcza était identique à celui qu'il avait été avant la guerre, après la guerre, dans les années 1960 et au XXIe siècle. C'était l'un des rares fragments de la ville à avoir survécu à peu près intact. Constitué d'immeubles d'habitation bourgeois, certains miséreux, d'autres plus imposants, j'en connaissais chaque porche et chaque balcon. À présent, pour la première fois depuis mon réveil, le coutumier se superposait à l'étrange sans grincements ni crissements. J'étais chez moi et c'était une grande consolation. Doublée cependant de nostalgie et d'une tristesse déchirante, comme si quelque chose s'accrochait à mon âme et la mordait. C'est ici que j'avais passé les années les plus insouciantes, innocentes et joyeuses de ma vie. À l'époque, je n'avais pas apprécié à leur juste valeur ces chamailleries de bonnes femmes quand il fallait décider qui allumerait le feu dans le poêle en faïence, ces discussions sans fin dans la cuisine remplie de volutes de fumée d'innombrables cigarettes, ces gâteaux mal cuits, ces fêtes où l'on n'avait pas besoin d'une goutte d'alcool pour se sentir enivrées par la danse, le rire et la jeunesse. Combien de soirs mes entrailles vrillaient-elles de langueur en ces journées d'été où Varsovie sentait les briques chaudes tandis que je m'engageais dans la rue Wilcza et que j'achetais chez « Gucio » un biscuit tube à la chantilly. Quand « Gucio » avait fermé, j'en avais pleuré comme si un proche venait de mourir. Et voilà que « Gucio » était devant moi. Le même que d'habitude, avec une vitrine illuminée et un graphisme moyennement réussi qui représentait un long tube dont s'échappait une grande goutte de crème blanche. Doux Jésus, combien de plaisanteries douteuses avions-nous inventées avec les filles au sujet de cette pâtisserie, une blague différente chaque fois. Des dizaines ? Des centaines ?

Je pleurais, de crainte que ça se termine et en même temps que ça ne se termine pas. Mais comment pouvais-je expliquer mon état à un homme pour qui les émotions contradictoires étaient un matériau d'étude et non le fruit d'une expérience personnelle ?

— Qu'est-ce qui va se passer, si on reste ici ? demandai-je en fin de compte entre deux sanglots. Je veux dire, pour de bon ?

— J'ai peur d'y songer.

Je reniflais et regardais son beau visage tourné vers la perspective de la rue. Je ne m'attendais pas à une telle réplique.

— Moi aussi, admis-je. J'ai peur parce que si je me mets à aimer cette idée et que nous rentrons soudain, ce sera insupportable.

Il hocha la tête.

— Si on restait…

Je m'interrompis. Il m'était difficile de songer à l'idée suivante, alors de là à l'exprimer à voix haute ? Je luttais contre l'envie de la formuler, incapable de lui faire traverser ma gorge.

— … si on restait et si on allait en Varmie cet été, si nous essayions une nouvelle fois… Tu comprends ce que je veux dire, n'est-ce pas ?

Il hocha la tête. Il comprenait.

Nous demeurions assis en silence. Des gens sortaient de chez « Gucio » avec de petits paquets à la main ; bien sûr, qui aurait envie de manger des biscuits dans la rue en plein mois de janvier ? Je n'arrivais pas à distinguer qui servait à l'intérieur. M. Ryszard ? La photographie de son épouse avait toujours été accrochée au mur à côté de son avis de recherche. Elle avait disparu durant l'Insurrection, était devenue l'un de ces milliers de cadavres non identifiés. M. Ryszard répétait que les combats avaient été terribles, que des gens pouvaient perdre la mémoire à cause du choc, oublier qui ils étaient. Que c'était peut-être arrivé à sa femme. Que quelqu'un la connaissait, viendrait par hasard acheter un tube à la chantilly et la reconnaîtrait. Nous ne commentions pas son histoire. Personne ne le faisait.

— Et si on reste ? Est-ce qu'on ne va pas regretter ? demanda-t-il.

— Regretter quoi ? Nos petites-filles qui s'éloignent à la vitesse de la lumière et que nous ne voyons qu'une fois tous les six mois ? Le reste de notre famille qui n'est plus ? Des amis qui sont morts avant nous ? La vieillesse, l'invalidité, les médecins, les pharmacies, les interventions médicales humiliantes qui n'ont de toute manière aucun sens ? La mort qui approche ?

— La seule chose que je pourrais regretter, c'est toi. Or tu es là.

— Tu ne vas pas me quitter ?

— La bonne blague. Quel couple a la possibilité de vivre ensemble durant cent ans ? On recevra peut-être une médaille du président ?

— Les noces de titan.

Nous partîmes d'un grand éclat de rire en serrant nos mains plus fort, tel un couple de joyeux vieillards.

Encore une fois, on ne savait plus avec quels mots penser.

— Alors, qu'est-ce qu'on fait ? demandai-je.

— On vérifie que tu habites avec les filles et si c'est le cas, on gère la situation et on se voit demain.

J'eus l'impression qu'il m'assénait un coup.

— Pardon ? Tu comptes me laisser seule ici ?

— Et qu'est-ce que je peux faire d'autre ?

Il s'agaça ; j'avais oublié avec quelle rapidité, jeune, il pouvait s'emporter.

— Expliquer à deux femmes qui me verront pour la première fois de leur vie que je dois dormir chez elles sur un plaid dans la cuisine sous l'évier ? Je n'ai pas d'argent, je n'ai aucun papier, je ne connais rien à ce monde. Tu veux que je prenne place à côté de ce vétéran devant la gare ? dit-il.

— Dis-moi si je comprends bien. Après cinquante ans, tu comptes m'abandonner on ne sait où, avec on ne sait qui et retourner auprès de ta ravissante jeune épouse pour vous bécoter sous la couette ?

Ses narines palpitèrent.

— Je compte retourner chez moi pour découvrir qui je suis, trouver ma carte d'identité, mon passeport, de l'argent et une valise, et organiser ici, avec toi, si le sort le permet, une nouvelle vie merveilleuse. À moins que tu veuilles te reposer de ma présence ? Dis-moi, je t'écoute.

— Chez toi ? Tu appelles sa maison chez toi ? Mon Dieu, je n'arrive pas à y croire. Tu feras tout pour la reconquérir ! Elle te manquait probablement toujours et à présent, tu as une chance de réparer les erreurs du passé. C'est un cauchemar, Seigneur tout-puissant, j'ai la nausée, je vais vomir. Toutes ces années, j'ai senti son ombre, son souffle sur ma nuque.

Ma colère était authentique, mais en prononçant ces paroles, je me sentais malhonnête parce que si notre union perdurait dans l'ombre de quelqu'un, ce n'était certainement pas dans celle d'Iwona.

— Grażyna, ne fais pas l'idiote.

— Je ne te permets pas de me parler ainsi ! C'est toujours pareil, on en arrive invariablement au moment où tu prends ce ton plein de sollicitude, mais en réalité condescendant et méprisant. Tu n'as jamais fait l'effort de m'écouter jusqu'au bout. Au premier chef parce que tu ne m'as jamais traitée comme une partenaire égale, à croire que cette place avait été accordée à perpétuité à ta première femme. Tu te souviens quand on parlait d'Hellinger et que tu m'expliquais que dans la constellation familiale, la première épouse restait toujours première quoi qu'il arrive ? Je ne l'ai jamais oublié, jamais !

— Mais réfléchis une seconde, Grażyna ! J'ai vraiment écouté ce que tu m'as dit. Tes histoires de voyages, le fait que nous aurions dû vivre plus d'aventures, découvrir plus. Que cette gare existe ici est peut-être un signe. Nous devrions peut-être y entrer, acheter le premier billet qui nous tombe sous la main, laisser derrière nous cette ville, laisser Iwona, les filles, tous ces fantômes qui se superposent à nos souvenirs et entamer une page blanche, rien que nous deux. Mais nous ne pouvons pas le faire sans papiers, ni argent ni sans savoir ce que nous sommes.

— Toi, tu es l'ami d'Edward Gierek, le sale communiste. On sait au moins cela.

— Pardon ? Mais qu'est-ce que tu racontes ?

— Je parle de la photo qu'il y a dans ton cabinet, dans le nid d'amour que tu t'es construit avec ta femme pédante et hautaine. À côté d'un autre portrait avec Jung.

— Sérieux ? J'ai rencontré Jung en personne ? Mais c'est génial.

Oh ! Ma main me démangeait de lui en coller une.

— Je dois absolument voir ça. Je te promets de dormir sur le canapé.

Je ne résistai pas et le giflai. C'est alors que la portière s'ouvrit.

— Grażyna ? C'est toi ? Est-ce que ça va ?

Les filles se tenaient à côté de la voiture et observaient la situation avec inquiétude. Moi, je haletais de rage, Ludwik se tenait un œil : par manque de place, je l'avais frappé en pleine figure.

Je bondis de la voiture et me précipitai sur elles avec fougue, comme si je ne les avais pas vues depuis des lustres. Ce qui était vrai. Le cancer avait eu raison de Wanda dès les années 1970 ; Lucyna était théoriquement toujours en vie, elle agonisait lentement, atteinte d'Alzheimer. Il y a quelques années, elle me reconnaissait encore de temps à autre ; à présent, quand je lui rendais visite, elle avait peur en me voyant et me répétait qu'elle n'aimait pas les inconnus.

J'ouvris les bras pour enlacer Wanda, brune et pâle, et je me figeai dans cette position stupide comme une héroïne de dessin animé. À voir mon amie si jeune, belle, lisse, et morte, inexistante depuis plusieurs décennies, je ressentis une brusque piqûre de crainte, la certitude que ce n'était pas une véritable personne, mais un fantôme, que mes bras la traverseraient comme de la brume et que je m'écraserais sur le trottoir derrière elle.

Elles m'observaient, avaient l'air de me prendre pour une folle. Ça ne m'étonnait pas.

Lentement, je tendis la main, je pris Wanda par les épaules, l'embrassai sur les deux joues – toujours persuadée que mes lèvres ne frôleraient pas sa peau, mais la froide atmosphère de janvier – et je finis par l'enlacer très fort.

Je sentis alors de la tranquillité. Et de la fureur.

— Tout va parfaitement bien, répliquai-je. Le docteur rentrait chez lui. Je crains que ses méthodes ne soient trop innovantes à mon goût. Docteur, vous pouvez annuler les sessions prévues à l'avenir, c'est notre dernière rencontre. Adieu.

Je claquai la portière si fort que la Citroën tangua sur ce machin hydropneumatique ou je ne sais quoi, dont mon mari me rebattait les oreilles depuis des décennies.

Janvier toujours

1

J'étais en train de mourir. Je me réveillais et je n'avais aucune idée de qui ni d'où j'étais. D'abord, je dus me répéter plusieurs fois à voix haute comment je m'appelais, quel âge j'avais et où j'habitais pour retrouver un point d'appui. Moi, Grażyna, épouse de Ludwik, soixante-dix-huit ans, domiciliée à Varsovie. Mais où étais-je ? Comment avais-je atterri là ? Pourquoi ? Je respirais de plus en plus vite et de plus en plus rageusement, j'étais à bout de souffle, je sentais une douleur étouffante dans ma cage thoracique, mon corps était en proie à des tremblements incontrôlés. J'étais en train de mourir et je me disais que c'était horrible, mais qu'il n'y avait pas de quoi me plaindre, j'avais vécu ce que j'avais à vivre, j'avais vu ce que j'avais à voir, je voulais simplement dire adieu à Ludwik, mais il n'y avait pas de Ludwik auprès de moi. En tout état de cause, ce lit n'était pas le mien, l'appartement, son odeur, les formes sombres dans l'obscurité n'avaient rien à voir avec le mien. J'essayai d'allumer la lampe sur la table de chevet, mais il n'y avait pas de table de chevet ; à force de me débattre, je réussis à chuter sur un tapis qui empestait le moisi et sur lequel je me roulai en boule pour écouter les ultimes battements de mon cœur.

— Ludwik ! Ludwik, t'es là ? Je t'en prie…

Nous sommes peut-être ensemble dans un hôtel on ne sait où, il est peut-être simplement allé boire un verre d'eau ou uriner et il est encore dans la salle de bains ; la prostate, on sait ce que c'est. Je voulais le voir une dernière fois, ce vieux croûton irritant, toute ma vie, tous ces souvenirs, tout cet amour.

J'entendis des pas, la lumière s'alluma et Wanda se pencha au-dessus de moi en nouant la ceinture de son peignoir à rayures bleu marine et bleu pâle, elle-même d'une pâleur de porcelaine, comme d'ordinaire, avec ses cheveux noirs emmêlés de sorcière. C'est sous cette apparence qu'elle s'était inscrite dans ma mémoire durant nos années de collocation rue Wilcza. C'était chouette que ce soit elle qui m'accueille juste après ma mort. Mais je n'avais pas pu revoir Ludwik une dernière fois, bordel, qu'est-ce que c'était triste, déchirant, les larmes me vinrent aux yeux.

— Hé, ça va aller. T'as encore eu des angoisses ? Viens, que je te serre dans mes bras.

Wanda me pressa fort contre elle, son peignoir sentait le vieil immeuble et les cigarettes, comme absolument tout ici. Je réussis à inspirer. Une fois, deux fois, trois fois. Mon cœur se calma, des souvenirs revinrent. Notre cinquantième anniversaire, la partie de jambes en l'air, le réveil dans une Varsovie alternative. J'observais mes mains : toujours jeunes.

— Suis-je en vie ? demandai-je à tout hasard.

— Comment dire… commença-t-elle, la voix pleine de tristesse.

Elle avait toujours toute la tristesse du monde dans la voix, c'était notre Jean-Pierre Bacri privé, cet acteur français que j'aime bien et que Ludwik déteste.

— … tu as bien l'air en vie, mais on est au mois de janvier, en Europe de l'Est, alors, est-ce vraiment une vie ?

Cinq heures du matin venaient de sonner, je n'avais pas envie de me recoucher, alors nous nous sommes attablées dans la cuisine qui me servait de chambre, tandis que Wanda et Lucyna partageaient un lit au salon. C'était drôle, une mémoire, cela faisait presque cinquante ans que je n'avais pas mis les pieds dans cette cuisine, or je m'y affairais comme si je n'en étais jamais sortie. L'eau, la bouilloire sur le feu, le café et sa boîte cabossée dans le placard au-dessus de l'évier, le sucre aggloméré par l'humidité dans le vieux sucrier en argent, l'unique élément de notre mobilier à avoir du style, plaisantions-nous. Ce n'était en aucun cas un souvenir de famille, Lucyna l'avait acheté au marché sur un coup de tête parce qu'elle en avait assez de racler le sucre au fond d'un pot en verre.

Je me fis du café et préparai une infusion à Wanda. Son estomac fragile faisait l'objet d'interminables moqueries. Elle supportait mal le café, le vin, les cigarettes, c'est pourquoi elle était la plus sage de nous trois. Nous ne nous doutions pas que cet estomac la tuerait avant qu'elle n'atteigne la quarantaine. Je l'observais à présent en train de siroter son breuvage, elle s'efforçait de ne pas se brûler le bout des doigts ou des lèvres. Pouvais-je la prévenir de quelque manière ? Pouvais-je réellement l'aider ? Une coloscopie ? Pourrait-on guérir son cancer si on le découvrait ? Je n'avais aucune idée du niveau de la médecine durant mes années de jeunesse. Quand j'avais dû faire la tournée des médecins pour la première fois sérieusement, Lech Walesa devenait président.

— Tu te sens bien ? demandai-je.

— Étrange question de la part d'une personne qui agonisait à l'instant sur un tapis.

Je souris, mais le souvenir de l'immense terreur ressentie quelques minutes plus tôt me dessécha la gorge. Cela faisait longtemps, très longtemps que je n'avais plus subi ces épouvantables crises qui régissaient ma vie par le passé et à cause desquelles j'avais d'abord atterri sur le divan de Ludwik, avant d'entrer dans son lit et dans une longue existence commune. Les crises seraient-elles revenues avec mon jeune corps ? Ça serait monstrueux.

— Je pense seulement qu'on n'a pas le droit de sous-estimer certains signaux, dis-je en changeant de sujet.

— Tu souffres d'hystérie, moi de brûlures d'estomac, on a tous nos défauts.

— Je me soigne.

— J'ai vu ça.

Elle sirota une gorgée de son infusion sans me quitter des yeux.

— J'ai entendu dire que les analystes étaient bizarres, mais il doit vraiment s'agir d'une thérapie très expérimentale, si elle consiste en partie à ce que tu disparaisses pour la nuit, qu'il te raccompagne ensuite à la maison et que tu lui dises au revoir à coups de poing. Et pour couronner le tout, il est aussi beau que Łapicki. Tu ne m'as jamais dit que c'était un bel homme.

Ah, Andrzej Łapicki. Dans mon monde, il était mort depuis un an. Et juste avant sa mort, il avait fait la une des journaux people à cause d'un mariage avec une fille de soixante ans sa cadette. Je frémis à l'idée d'être entourée par des fantômes. Une Wanda morte évoquait un Andrzej Łapicki mort.

— Je ne juge pas. Je suis peut-être même un peu jalouse, dit-elle.

Wanda n'avait jamais eu de chance avec les hommes. Sa beauté de baronne dérangeait les garçons de notre classe sociale ; ceux de la classe supérieure étaient rebutés par ses origines modestes qu'elle ne compensait pas, au contraire d'autres filles, par une poitrine généreuse et un large sourire d'idiote ;

et tous sans exception étaient intimidés par son regard trop intelligent pour une femme de cette époque. Elle est morte seule, elle n'avait pas de mari, sa famille était trop pauvre et trop loin ; moi, ce jour-là, j'avais dû rester à la maison auprès de mon enfant. Les remords m'ont accablée le reste de mon existence et ont resurgi avec une telle vigueur que je faillis lui présenter mes excuses pour ça, mais je me mordis la langue. Que pouvais-je lui dire ? « Je sais que tu vas mourir dans quelques années et je voudrais te demander pardon parce que je ne serai pas à tes côtés ce jour-là, ce qui sera d'autant plus triste que d'autres n'auront pas non plus envie de se déplacer. »

— Tu sembles différente, dit Wanda en fin de compte.

— Différente ?

Je devins tendue.

— J'ai toujours cru que seul le « ici et maintenant » se reflétait dans tes grands yeux.

— Tu me prends pour une idiote ?

J'étais sincèrement étonnée.

— La perspicacité est surestimée, répliqua-t-elle. C'est mon avis. Elle ne rend personne meilleur, ni plus méritant et certainement pas plus heureux. Et la profondeur d'un regard signifie que quelqu'un a vécu plus que ce qu'il aurait voulu. Tu le sais bien, il y a trop de ces regards à Varsovie depuis la guerre. Mais toi… Je ne sais pas. T'es sûre de vouloir poursuivre ta thérapie auprès dc ce charlatan ?

Je ne savais pas quoi lui répondre. Je ne savais pas si c'était une de ces blagues dont elle était coutumière ou si elle avait vraiment vu dans mes pupilles soixante-dix-huit ans d'expérience. Je lissai nerveusement la nappe en toile cirée, et regardai par la fenêtre où de nouveaux appartements s'éclairaient tour à tour, où des ombres imprécises remuaient derrière les rideaux ; notre puits s'éveillait. Le minuscule morceau de ciel visible au-dessus de la cour passa du noir au gris sombre. L'aube poignait.

— Parce que si c'est le cas, à ta place, je prendrais le soin de choisir un contraceptif moderne pour éviter les problèmes. À moins que ce qu'il porte sur son annulaire ne soit qu'une chevalière de grande famille un peu atypique.

J'en ris de bon cœur, mais je sentis aussi une morsure de jalousie. Dans la ferveur des événements de la veille, je n'avais pas fait attention à ce que Wanda avait remarqué d'emblée. Où se trouvait en ce moment le doigt de mon mari orné d'une alliance ? Sous sa couette ? Sous sa chemise de nuit ? Entre ses cuisses ?

— C'est mon médecin, dis-je avec légèreté, il faut le traiter avec respect.

— Grażyna, je t'aime et je te dirai franchement que je n'en ai rien à foutre de savoir si on lui témoigne du respect ou pas. Il n'en recevra certainement pas de ma part, à l'instar de tous les médecins mariés qui séduisent leurs patientes. Désolée de te le dire de but en blanc.

Je ne commentai pas, j'étais d'accord à cent pour cent. Et pour la première fois, je me dis que le destin m'offrait peut-être effectivement la possibilité de me reposer de la présence de Ludwik. En supplément, il m'offrait une bonne excuse ; après tout, c'est Ludwik qui avait pris la décision la veille de retourner auprès de sa femme.

Wanda reposa sa tasse et frotta ses mains fines l'une contre l'autre.

— Bon, alors ? On se met en route ? demanda-t-elle. Qui va en premier à la salle de bains avant que la marmaille de Sobczak ne fasse la queue ?

— Vas-y, t'as des cheveux plus longs. Je peux encore sortir avec ma tignasse sale.

— *Ça va**. Mais ne réveille pas Lucyna, elle est de nuit à la pharmacie.

Wanda vida son infusion d'un trait, ramassa sa serviette et sa trousse de cosmétiques et fila dans le couloir, en direction de la salle de bains partagée avec les locataires de deux autres appartements. De mon temps, aucune famille Sobczak n'y avait jamais vécu, ses rejetons d'autant moins, et Lucyna travaillait à l'Union de la jeunesse socialiste, mais c'était actuellement le cadet de mes soucis.

Premièrement – je devais deviner où je travaillais.

Deuxièmement – je devais trouver des fringues.

Troisièmement – je devais décider si et comment communiquer avec Ludwik, vu que je ne pouvais pas lui envoyer de SMS.

Quatrièmement – je devais trouver un moyen de virer de ma tête une question qui rebondissait sous mon crâne depuis mon réveil de la veille :

Est-ce qu'Adam vivait également là ?

2

Il dormait à poings fermés, il n'avait fait aucun rêve et l'aube poignait déjà quand il fut réveillé par une sensation merveilleuse, oubliée depuis des décennies : une érection matinale. Une érection formidable, rigide, d'une certaine manière majestueuse, qui l'aida à ne pas songer au fait que, après une nuit passée sur un sofa étriqué sous un mince plaid, il était endolori et frigorifié.

Après avoir quitté Grażyna, il était revenu chez lui bouillonnant de curiosité. Il imaginait une longue conversation avec sa précédente épouse, il se voyait lui tirer les vers du nez au sujet des secrets de ce monde insolite où l'Histoire avait emprunté un autre chemin, il rêvait d'une grande aventure intellectuelle. Il fantasmait aussi timidement sur l'attitude à adopter si Iwona exigeait de lui l'accomplissement du devoir conjugal.

Aucune de ces visions ne s'était réalisée. Iwona avait grogné de la laisser tranquille et s'était enfermée dans leur chambre à coucher.

Il se réveilla donc avec une érection et l'idée que s'il avait jusque-là vécu une vie de vieillard tranquille aux côtés de sa femme aimante et bien-aimée, il avait maintenant deux épouses qui le haïssaient pareillement et auraient pareillement envie de lui trancher la gorge si un objet assez aiguisé tombait par hasard entre leurs mains. Pire, il n'avait aucune idée de la manière de se dépêtrer de cet embarras. Courir chez Grażyna et lui demander à genoux de lui pardonner ? Il ne manquerait plus que ça. Ce n'était pas sa faute s'ils avaient atterri ici et s'il essayait de se montrer malin au cas où la chose allait durer. Faire ses excuses à Iwona, la supplier de le reprendre, sauver une relation à laquelle il avait lui-même mis fin cinquante ans plus tôt ? C'était d'une niaiserie totale. Attendre passivement que la situation évolue ? Il répétait souvent aux patients que le manque de décision était aussi une décision, et il y croyait. Surtout, un tel comportement lui semblait lâche et indigne.

Il se leva et emprunta le couloir, l'eau bruissait dans la salle de bains et, à la pensée qu'à l'intérieur sa femme était nue, il ressentit une tension érotique. Mine de rien, c'était son épouse, il n'y aurait rien d'étonnant à ce qu'il toque à la porte pour – disons – se brosser les dents, érection ou pas. S'il s'invitait dans la baignoire, ça ne serait pas non plus inconvenant. Au pire, elle lui dirait de fiche le camp.

Et puis, on ne savait toujours pas s'il s'agissait d'un rêve absurde qui dure et qui dure. Se faire des nœuds au cerveau pour rester fidèle aux règles de la moralité réelle dans des rêveries nocturnes, est-ce que ça avait du sens ?

Il en était là de ses réflexions, mais lorsqu'il serra la poignée de la porte, il hésita.

Le bruit de l'eau cessa, le pommeau de douche reposé sur la fourche tinta, il entendit le son d'un savonnage, le frottement de l'éponge contre la peau. C'était drôle, à cette époque, tout le monde utilisait des éponges, lui y compris.

Il déglutit. La vision d'une jeune femme assise dans une baignoire qui savonnerait énergiquement son corps et dont il n'était séparé que par un seul geste embrasait son imagination. De désir autant que de curiosité. C'était une femme dont il était tombé amoureux, qu'il avait demandé en mariage, avec laquelle il avait passé quelques années, auprès de qui il se couchait nuit après nuit, recherchant son corps. De moins en moins avec les années, c'était indéniable, mais quand même. Et malgré cela, son souvenir s'était complètement effacé, une unique photo de mariage conservée au fond d'un tiroir ne suffisait pas à garder en mémoire tous ces instants qu'ils avaient partagés. La senteur de ses cheveux, le goût de ses lèvres, le contact de sa peau sous la main, le timbre de sa voix – tout cela s'était évanoui.

La rencontre de la veille, sommaire et froide compte tenu des circonstances, n'avait pas satisfait sa curiosité, au contraire, elle l'avait aiguisée.

Il se souvenait qu'Iwona avait en elle quelque chose d'une loutre ; elle nageait d'ailleurs très bien et volontiers, c'est entre autres pour cela que ses cheveux roux étaient toujours coupés court. Svelte, souple, une silhouette qui soulignait à peine ses courbes féminines, Iwona possédait des pieds ridiculement grands, comme si la nature, prévoyant sa passion sportive, avait décidé de l'équiper de palmes. Et puis, il y avait ses taches de rousseur. Peut-être pas particulièrement marquées, peut-être pas très denses, mais elles recouvraient l'ensemble de son corps depuis la pointe de son nez jusqu'aux orteils.

Il s'était planté devant la porte fermée et son imagination travaillait intensément à visualiser la scène qui se déroulait derrière comme si la paroi était de verre. Iwona était probablement assise dans une baignoire sans eau – elle détestait les bains, elle appelait ça « se plonger dans de la soupe », c'était incroyable, tout ce qui lui revenait soudain en mémoire –, ses cheveux mouillés n'étaient plus roux, mais châtains, et elle étalait la mousse sur son corps à l'aide d'une éponge, sur ses seins rigolos, petits, pointant un peu sur le côté, sur ses épaules délicates, sur ses jambes incroyablement longues. Elle avait des jambes fabuleuses, ça ne l'avait jamais dérangé qu'elle fût un peu plus grande que lui sur des talons parce que alors, elle avait une allure à tomber. Quant à sa petite poitrine, il y songeait parfois quand Grażyna était devenue vieille ; que dire, plus les formes généreuses étaient attirantes durant la jeunesse et plus impitoyablement le temps les traitait.

En fin de compte, il appuya sur la poignée.

Presque tout correspondait à ce qu'il s'était figuré, à ceci près qu'au lieu d'être assise, Iwona était debout, un pied posé sur le rebord de la baignoire et, penchée vers l'avant, elle se savonnait le mollet.

— Tu ne sais pas frapper ? grogna-t-elle et son regard s'arrêta sur le caleçon blanc de son mari.

Ce n'est qu'un rêve, se dit-il, je ne trahis personne. Il se para d'un sourire séducteur et pénétra dans la salle de bains.

— T'es devenu dingue ? T'es amnésique ? T'as oublié ce qui s'est passé hier ? Dégage ou j'appelle la police !

Et c'est alors que retentit la sonnerie de la porte.

Ils échangèrent un regard, songeant probablement à la même chose. Il aurait voulu dire « Faisons comme si nous n'étions pas là » pour établir un fond de connivence, plaisanter au sujet de la paysanne du dessus venue chercher sa poule Zofia, mais son sens des responsabilités ne le lui permit pas :

le plus probable, c'était que sa femme fût dans le couloir, en pleurs, à demi morte, cherchant de l'aide dans une ville étrangère et dans un temps étrange où il était son unique point de repère.

— Si c'est elle, dit Iwona en pointant son éponge sur lui, fais ce que tu veux, mais elle n'a pas le droit de franchir le seuil de cette maison. Et ferme la porte, la chaleur s'échappe.

La sonnerie retentit à nouveau, plus longue et plus insistante cette fois.

Après avoir décroché un peignoir, il quitta la pièce et avança vers l'entrée.

Dans le couloir, il découvrit un couple. L'homme devait avoir à peu près la cinquantaine et donnait l'impression d'avoir décidé de se tuer prochainement, mais restait encore coincé à l'étape du règlement des ultimes formalités pour ne pas laisser sa femme avec des factures impayées. Il arborait un manteau gris, un chapeau gris, un visage gris avec des yeux gris : l'illustration parfaite d'un Polonais en hiver. L'épouse, plus jeune d'au moins une décennie, le doigt sur la sonnette, semblait tendue et exaspérée. Petite, vêtue d'un manteau de fourrure et de bottes, elle affichait la face ronde et rose d'une cuisinière d'auberge routière en province.

— Oui ? s'enquit-il, se demandant s'il ne s'agissait pas de prédicateurs quelconques.

Ils paraissaient assez peu joyeux pour des gens qui prêchaient la bonne parole, mais après tout, on était en Pologne au mois de janvier, ne soyons pas trop exigeants.

— Bah, fallait qu'on vienne chez monsieur le docteur ce mercredi à 7 heures, pas vrai ? À moins qu'on se soit emmêlé les pinceaux…

Elle fusilla son compagnon du regard, laissant entendre que c'était le vieux qui se les était emmêlés, pas elle.

Des patients ? Qui l'aurait cru ? Béni soit ce métier où il suffisait de sourire avec bienveillance, de hocher la tête et de lâcher un « Et comment vous vous sentez avec ça ? » une fois tous les quarts d'heure. La probabilité pour qu'ils s'aperçoivent qu'il les voyait pour la première fois de sa vie ? Aucune.

3

Une telle rage m'habitait pendant que je m'habillais que j'en avais la nausée. D'abord, parce que la tentative de me laver dans une baignoire rouillée de la taille d'un lavabo s'était soldée par un échec humiliant. Une fois savonnée, furieuse qu'un mince filet d'eau chaude suinte laborieusement du robinet, j'avais décidé de me battre contre le chauffe-eau à gaz en manipulant les deux leviers qui en sortaient. Bien sûr, cette saloperie s'était éteinte et, bien sûr, on était au milieu des foutues années 1960, il n'y avait nulle batterie à l'intérieur, donc, quand la veilleuse s'éteignait, il fallait la rallumer avec des allumettes. Ça, je m'en souvenais. Au moins, une boîte était posée près du chauffe-eau.

Devinez combien d'allumettes il y avait dedans. Bravo, vous avez vu juste, une seule.

Luisante de savon, raide de froid et furieuse, je me faisais l'effet d'un héros de film d'action qui n'a qu'une seule chance de désamorcer la bombe. J'avais enroulé mes cheveux dans ma serviette pour qu'ils ne gouttent pas, réglé les leviers à vue de nez, frotté l'allumette et c'est alors que, sur le pas de la porte de la salle de bains, était apparu celui qui devait être M. Sobczak. Il ressemblait à son nom de famille. Des pantoufles de montagnard, un pantalon de costume et un marcel dont s'échappait une fourrure épaisse. Il était aussi poilu qu'un singe. Et très maigre avec ça ; il devait donc probablement porter plus de pelage que de chair. Une moustache au milieu du visage, une clope au bec et, à la main, un blaireau déjà couvert de mousse à raser.

Je criai et, bien sûr, laissai tomber la foutue allumette. Je cherchai une serviette pour me couvrir avant de me rappeler que je la portai sur la tête, rageant de laisser à ce M. Sobczack tout le loisir de m'étudier.

— Mes hommages à Mlle Grażyna, dit-il.

Il enleva la clope de sa bouche et me salua d'un mouvement du menton.

— Vous avez besoin de quelque chose ? demanda-t-il.

— Que vous fichiez le camp, grognai-je. Je vais me plaindre à votre femme.

— Ma femme ? Vous voulez me présenter des candidates ?

— Allez-vous-en, espèce de… malotru !

Doux Jésus, comment un mot pareil m'était-il venu à l'esprit ? C'était les années 1960, d'accord, mais du XXe siècle, ce n'était pas la peine de jouer à une demoiselle de la haute.

— Ou peut-être…

Il inspira une forte bouffée et tendit vers moi sa cigarette, me présentant surtout le bout incandescent.

— … que je pourrais rallumer le chauffe-eau ? Parce que, comment vous dire, je n'en verrai pas davantage, de toute façon.

Un regret comique mais sincère résonna dans sa voix, il fallut que je me concentre pour ne pas pouffer de rire. Les lèvres serrées, je lui indiquai la veilleuse.

Il s'approcha, ralluma la flamme à partir de sa cigarette, puis régla le robinet d'eau chaude pour obtenir un flot relativement normal et agréable.

— Merci, réussis-je à articuler.

— À votre service, répliqua-t-il. Je vais attendre mon tour derrière la porte. Avec ma famille. Et impatience.

En sortant, il m'indiqua encore ostensiblement un loquet qui pendouillait près de la porte, me signifiant par là que si j'étais trop bête pour maîtriser le fonctionnement d'un verrou, alors je n'avais qu'à m'en prendre à moi-même.

— Monsieur Sobczak... chuchotai-je, car quelque chose venait de me venir à l'esprit.

Il me regarda, effarouché, voire terrifié à l'idée que je continue à me dénuder ; c'était une chose d'entr'apercevoir une jeune femme nue par hasard, c'en était une autre de participer à un flirt de salle de bains quand ses enfants et sa belle-mère patientaient dans le couloir.

— ... vous pourriez me laisser ce blaireau ?

Il me considéra sans comprendre.

— S'il vous plaît ?

Il haussa les épaules, posa le blaireau sur le rebord du lavabo et sortit. Je bondis hors de la baignoire, verrouillai la porte et ouvris le placard dans lequel j'avais auparavant vu un rasoir et une boîte entière de lames. En utilisant la crème avec parcimonie, puisque je n'avais à ma disposition que ce qui se trouvait sur le blaireau, je me rasai les mollets ; malheureusement pas assez pour les aisselles. De toute façon, on était à la mi-janvier, il était peu probable que je sorte en robe d'été à bretelles. En revanche, depuis la veille, je me tordais de dégoût en voyant des poils traverser mes collants d'hiver. Comment avais-je pu ne pas me raser les jambes à cette époque-là ?

Je me coupai deux fois ; il était difficile de se raser avec un rasoir mécanique et puis j'étais furieuse. Ça me rendait folle parce que je ne cessais de penser à mon bain de la veille, à cette baignoire propre, couverte de carrelage dans l'appartement moderne de Ludwik qu'il n'avait à partager avec personne. Personne, à part la garce rousse qui se prélassait probablement en ce moment dans l'eau chaude en criant : « Ludwik, chéri, tu n'aurais pas vu mon peignoir quelque part ? Tu sais, le très fin ? »

Quand je sortis enfin, me faufilant dans le hall entre les membres de la famille Sobczak, l'humiliation suivante m'attendait devant mon armoire. Je m'étonnais du petit nombre de vêtements que je possédais. L'instant d'après, je m'étonnais encore plus, lorsque je réalisais grâce aux tailles qu'à nous trois nous partagions une unique armoire et que seule une partie des vêtements m'appartenait.

Posséder peu d'habits n'était pas un crime, mais quand je me rappelai le placard de la rouquine, tous ces pulls et ces jupes, et… le fait qu'elle ait été prête à me laisser quitter sa maison dans ses vêtements et qu'elle n'ait même pas sourcillé… Si j'autorisais quelqu'un à partir dans les miens, je devrais dès le lendemain sortir à moitié nue.

Bon, au moins, je n'avais pas à tergiverser sur la manière de m'habiller, l'intégralité des options stylistiques se réduisait à choisir entre un pull et une veste de tailleur avec chemisier. Et à la teinte de mes collants – depuis le beige clair jusqu'au beige foncé. Le pire, c'était le soutien-gorge. Il était moche, inconfortable et me serrait sur les côtés ; pris à l'intérieur, mes seins pointaient en avant comme des membres additionnels. Je serais bien sortie sans, mais allez savoir où je travaillais et ce que je faisais.

Je laissai tomber le maquillage, j'avais peur de m'emmêler les pinceaux dans ces cosmétiques que je ne connaissais pas. Et puis, j'étais jeune, belle et idéale. Que les vieilles se repeignent la face.

J'enfilai mes bottes, m'attablai en cuisine, en attendant que Wanda se dessine des yeux de biche, et je m'interrogeais sur cet immense manque que je ressentais, ce vide, cette brèche dans mon âme. Ça n'avait aucun rapport avec des choses importantes, avec Ludwik, avec toute cette confusion, avec le fait que je pouvais observer une Wanda morte depuis des années en train de se maquiller. Il s'agissait plutôt de ce fourmillement incommode dans le cerveau quand on ne peut pas retrouver ses lunettes ou son téléphone, ou le livre qu'on vient pourtant de reposer, ou se rappeler le prénom d'un proche.

Qu'est-ce qui me manquait, bon sang ?

Et soudain, j'eus une révélation. Un éblouissement. Un rayon de soleil avait illuminé les ténèbres. Je remerciai Dieu de m'avoir rappelé ce dont avait besoin chaque femme pour retomber sur ses pattes en n'importe quelle circonstance.

— Wanda, tu n'aurais pas vu mon sac à main par hasard ? demandai-je de façon désinvolte.

— Sur le portemanteau, répliqua-t-elle sans détourner le regard du miroir.

Je rapportai à la cuisine un modeste sac bleu, clos à l'aide d'un fermoir en laiton, et je déversai son contenu sur la table, pressée d'en apprendre plus long sur moi-même. Entendant ce remue-ménage, Wanda jeta un coup d'œil dans ma direction, mais ne fit aucun commentaire.

Un rouge à lèvres, un crayon à paupières, une lime à ongles, un poudrier avec glace, une boîte de crème Nivea, un mouchoir en tissu et non en papier. Je repoussai cet assortiment standard à un bout de la table. Ça ne disait rien de moi, à part que je travaillais plutôt dans un bureau et non dans une discothèque : les couleurs des cosmétiques étaient pastel et peu provocantes. Mais je l'avais déjà déduit de ma garde-robe.

Les clés de mon appartement étaient attachées à un petit pendentif en forme de sirène armée d'une épée, l'emblème de Varsovie. Donc, je me sentais fière d'habiter la capitale, c'était déjà une information.

Je m'emparai de ma carte mensuelle pour les transports publics, insérée dans un étui en plastique et affranchie avec le timbre de redevance du mois de janvier. Sur la photo, mes yeux de biche étaient si étirés que leurs coins se croisaient probablement à l'arrière de mon crâne. Donc, je ne possédais pas de voiture et me déplaçais plutôt en transports en commun, vu qu'il m'était rentable de payer un abonnement. Pour me rendre au travail ? Chez des amis ? Chez mon copain ?

La carte d'identité. Mes prénoms et mon nom de famille n'avaient pas changé, ceux de mes parents non plus ; les mêmes date et lieu de naissance, c'est-à-dire à Środa Wielkopolska. La photographie datait probablement de l'obtention de mon bac parce que c'est une gamine qui m'observait depuis l'image ; vraiment, j'avais oublié que j'avais un jour été aussi jeune. Adresse de résidence permanente : Środa Wielkopolska ; adresse de résidence temporaire : rue Wilcza à Varsovie. Ces informations étaient validées par un tampon étrange en forme de deux clés croisées, comme si le Vatican s'occupait du recensement des lieux de domicile en Pologne. Je n'avais pas d'enfants, pas de mari et pas de signes distinctifs non plus. En revanche, je possédais un métier : travailleur scientifique. Intéressant. Le pays s'appelait la République de Pologne (et non la République populaire de Pologne), son emblème, un aigle blanc, n'avait pas perdu sa couronne au profit de deux étoiles communistes dans les ailes. Le document avait été établi en deux langues, en polonais et en français.

Mon minuscule porte-monnaie en similicuir en forme de U n'avait qu'un seul compartiment dans lequel je transportais un peu de monnaie et un billet de cinquante zlotys plié en quatre et orné d'un panorama de Varsovie. Était-ce beaucoup ? Peu ? Il faudrait aller faire les courses pour le vérifier. Est-ce que j'avais encore de l'argent quelque part ? Je n'avais rien trouvé dans le tiroir des culottes. À la cuisine peut-être ? Dans une boîte de conserve ? Les filles devaient savoir.

Une carte de visite de Ludwik ornée d'un slogan : « Thérapie moderne des problèmes psychiques. Soin efficace des peurs, des colères et de la mélancolie. » Sans commentaire.

Il y avait aussi un étui à fleurs d'allure innocente. Un de ceux faits pour transporter tout et n'importe quoi. À l'intérieur, deux capotes de marque Eros, produits des Établissements industriels de caoutchouc de Cracovie. Donc, j'étais sexuellement active. Avec qui ? Ou alors j'étais au moins psychologiquement prête à une telle activité. Avec qui ? Et j'utilisais des préservatifs en guise de moyen de contraception, il fallait donc faire attention. La veille, étais-je fertile quand j'avais fait l'amour avec Ludwik presque sans interruption ?

Cette pensée me donna des sueurs froides, pour bien des raisons.

Trois caramels Krówka, de ceux qui s'étirent et s'incrustent entre les dents, et un bonbon à la menthe à moitié consommé, enroulé dans un bout de journal achevèrent l'analyse de mon sac.

— Tu viens ? me demanda Wanda.

Elle s'impatientait près de la porte. Je ramassai mes affaires et nous sortîmes.

Hmm, il ne restait pas une trace de la journée ensoleillée de la veille, le véritable mois de janvier polonais l'avait assassinée et enterrée profondément sous une couche glacée. Le ciel, au-dessus du puits de la cour, était couleur… non, pardon, on rembobine ça, le ciel n'avait aucune couleur, je ne veux même pas chercher le nom de cette effroyable teinte. Les murs de brique donnaient une impression épouvantable et l'air puait tellement sous le porche qu'on aurait juré que la ville entière venait y uriner. La partie du passage proche de la rue avait été mouchetée d'inscriptions ordurières et d'un étrange graffiti : peint à l'aide d'une peinture noire des deux côtés de l'entrée, le symbole représentait un épi de blé stylisé qui se terminait par une ancre de bateau.

Cela ressemblait au signe Kotwica de la résistance polonaise ou à celui de la cellule souterraine du syndicat Solidarnosc durant les années 1980, mais au lieu des lettres P (pour Pologne combattante) ou S (pour Solidarnosc) liées à l'ancre, il y avait cet épi de blé. Je l'aurais bien admiré plus longuement en posant des questions à Wanda, mais je voulais à tout prix m'extraire de ce nuage d'effluves d'urine ; j'avais hâte de me retrouver dans la rue.

À tort.

La chaussée s'apparentait à une rivière de neige et de boue. Le pire avait lieu au milieu de la voie où le revêtement pavé se bombait, aussi, toute l'eau s'écoulait vers les trottoirs. On aurait dit que l'épine dorsale d'un serpent monstrueux dépassait des flots d'un lac sombre. Chaque voiture qui passait projetait d'immenses éclaboussures sur le trottoir où la boue se mêlait à de la neige fondante. Invariablement vêtus de manteaux gris, les gens se faufilaient le long des murs, réagissant au bruit d'un moteur comme aux bombardements durant la guerre – la panique dans les yeux, ils cherchaient du regard le porche le plus proche et se précipitaient à l'intérieur pour échapper à la gerbe de fange.

Ludwik avait raison. Il nous fallait acheter n'importe quel billet de train et fuir loin, très loin, vers davantage de soleil et moins de neige crasseuse.

Par cette méthode de déplacement digne de l'Occupation, nous atteignîmes la rue Marszałkowska et la traversâmes jusqu'à l'autre rive. C'est vraiment le terme adéquat, et je n'imagine pas en trouver un meilleur compte tenu de ce qui arriva. À un moment, nous rencontrâmes sur le trottoir un pont provisoire de planches qui reliait les deux bords de l'immense flaque.

— Attention, un enfant ! cria une jeune femme derrière nous alors que nous étions à mi-chemin et tentions à tout prix de garder l'équilibre sur les planches chancelantes.

Je regardai par-dessus mon épaule, étonnée, mais le reste des passants n'eut pas l'air surpris. Comme s'il s'agissait de la chose la plus naturelle au monde, la jeune femme confia son mouflet emmitouflé à la personne la plus proche et les gens se mirent à se le transmettre de main en main et, l'instant d'après, c'est moi qui tenais le petit garçon d'un an à vue de nez, avec des cheveux bruns qui dépassaient de son bonnet et des yeux noirs rieurs. Je ne l'avais tenu dans mes bras qu'une seconde, à peine assez pour lui renvoyer son sourire et le passer, mais un tsunami de sentiments me heurta malgré tout. C'était l'année 1963. Elle était différente de celle que nous avions vécue, mais j'étais là, Ludwik était là. Si on restait, août arriverait dans quelques mois, et c'était le mois où, amants, nous nous étions rendus en Varmie. Pouvait-on recréer cette journée ? Est-ce que ça valait le coup de jouer au loto biologique ? Est-ce que, s'il existait l'ombre d'une chance ou même le millième de l'ombre d'une chance que je tienne mon fils à nouveau dans les bras, pour savourer cette fois le plus fort possible chaque jour de ma maternité, sachant que rien de mieux ne m'arriverait jamais dans la vie, est-ce qu'il n'était pas de mon devoir de courir le risque ?

Je songeais à cela en voyant la jeune mère récupérer son enfant après avoir traversé la passerelle, se le coller sur l'épaule et partir. Nous nous orientâmes dans la même direction et arrivâmes bientôt sur la place Konstytucji qui… comment dire… n'existait pas. À l'endroit où devaient se trouver une immense place à l'architecture réaliste socialiste et des boutiques cachées sous des arcades, avec ses statues d'ouvriers et ses immenses candélabres décoratifs au lieu de lampes, la rue Marszałkowska poursuivait son chemin.

Enfin, pas tout à fait normalement.

Pas normalement du tout.

J'étais venue faire mes études à Varsovie au milieu des années 1950. Le 5e Festival mondial de la jeunesse et des étudiants avait justement lieu, et c'était la première fois que je voyais un Noir de mes yeux, comme tout le monde en fait. Je ne savais pas qu'il s'agissait d'un moment exceptionnel, festif, soigné. Moi, la fille de province, débarquée d'un village perdu, j'étais tombée éperdument amoureuse de cette ville de soleil, de couleurs, de voyageurs venus du monde entier. Je ne savais pas qu'il s'agissait d'une courte parenthèse, précédée par une mer de grisaille et suivie d'un océan de désespoir. Peu importe. J'étais arrivée dans une Varsovie plus ou moins nettoyée. Certes, on pouvait toujours tomber sur une façade labourée par les balles et prendre peur en découvrant des immeubles tout droit sortis du XIXe siècle – le nôtre, par exemple, pour ne pas chercher bien loin –, mais, malgré cela, j'écoutais incrédule les gens raconter ce qu'avait été la capitale en 1945, un tas de gravats désert et mort. Je doutais de ces histoires de décombres noirs, couverts de neige, sans lumière, sans électricité, sans eau courante. Je ne m'intéressais pas à ces souvenirs d'habitants qui tournaient en rond à l'endroit où ils avaient passé toute leur vie sans reconnaître une seule pierre dans les vestiges. J'oubliais les histoires de gens dont le cœur s'arrêtait, sans métaphore aucune, lorsqu'ils revenaient et découvraient le cadavre de leur ville.

À présent, pour la première fois, je voyais ce cadavre de mes propres yeux et cette vision avait des allures de coup de poing dans le plexus. Je me figeai et je n'arrivai plus à respirer, je me sentis défaillir. Il fallut que je m'asseye sur une poubelle sale au coin de la rue pour ne pas m'évanouir.

Wanda me demanda si tout allait bien, je lui répondis que oui, que ça passerait dans un instant. Je mentis en prétendant que j'étais fébrile à cause de mes règles et que j'avais marché trop vite. Je lui parlais et je n'entendais pas le son de ma voix, fixant l'endroit où, dans mon monde, il y avait les façades en grès de la place Konstytucji, avec son magasin de musique, ses fleuristes et ses terrasses de cafés qui, selon le temps, se déployaient sur la place quand elles ne fuyaient pas le soleil ou la pluie sous les arcades. À présent, tout ce carré de rues ressemblait aux portes des enfers. Au premier plan, des tas de gravats ; derrière, des façades calcinées, presque totalement détruites ; encore plus loin d'autres murs, un peu plus hauts, avec des orifices béants en lieu et place des fenêtres, sans toits, noirs, enfumés. Dans les interstices des murs écroulés, je voyais d'autres rangées d'édifices, pareillement carbonisés et morts. Tout était mort en dehors d'un seul appartement de la partie la plus haute des immeubles rescapés, au fond de cet archipel de ruines, au quatrième, peut-être cinquième étage : là, une flamme intensément orange brûlait, l'unique élément de couleur dans ce paysage, et cela produisait un effet cauchemardesque, comme si une immense silhouette s'élevait de ces gravats avec des yeux embrasés.

Cette ville avait-elle vraiment cet aspect-là au sortir de la guerre ? Pourquoi ce quartier n'avait-il pas été reconstruit ? Pourquoi on ne l'avait pas au moins déblayé, parsemé de lampadaires et de parterres de fleurs pour l'apprivoiser de quelque manière ? Après tout, il s'agissait du cœur même de la capitale.

En discutant avec les filles la veille, j'avais trouvé une façon indirecte d'obtenir des informations. Elle consistait à ne pas poser de questions, seulement à faire des commentaires neutres. De cette manière, je ne passais pas pour une idiote, tout au plus pour une raseuse qui énonçait des évidences. Après quoi, je me taisais avec l'espoir que les filles diraient un truc autour du sujet pour combler le silence – c'est Ludwik qui m'avait enseigné cette astuce – et qu'ainsi, j'en apprendrais un peu sur le monde qui m'entourait.

— Ça ira mieux dans un instant, dis-je avec un geste de la main censé signifier que c'était une bagatelle.

— Ta thérapie porte peut-être déjà ses fruits, répliqua Wanda, caustique.

— Je pensais que je m'y habituerais. Pourtant, je me sens toujours bizarre quand je passe par ici.

On aurait dit que je cherchais à éviter un sujet délicat.

— Qu'ils aient laissé ça, je veux dire.

Wanda haussa les épaules.

— Je t'envie, dit-elle. Parfois, j'ai honte parce que je ne remarque plus la Réserve pendant des semaines. Et l'été, je ne passe plus du tout par-là, tu le sais, je ne veux pas voir les touristes débarquer dans ce parc d'attractions de la mort, avec leurs glaces et leurs marmots sur les épaules. Piotr a raison, il aurait fallu ne rien toucher, ou reconstruire normalement. Certainement pas bâtir une boutique de souvenirs en plein milieu. Une tante m'a écrit récemment de lui acheter un de ces porte-clés avec un morceau de brique des décombres. Tu le crois, ça ? Et maintenant, ils veulent encore édifier cet « espace culturel patriotique » à côté. Tu sais ce que cette appellation renferme, chez nous.

— Un poulet rôti et des bières pour les adultes. Une aire de jeux sous forme de canal d'évacuation et des mitraillettes en bois pour les enfants. Histoire qu'ils puissent jouer à sacrifier leurs vies pour la patrie.

C'était une version alternative de la réalité, c'est vrai, mais faire de telles suppositions ne paraissait pas risqué.

— Hmm, quand je t'écoute, je me dis que t'aurais pu remporter le concours du meilleur musée de la guerre du pays. Viens, sinon on va être en retard.

On reprit notre marche.

— Ça ne serait pas si bête d'inventer des slogans, dis-je. J'aurais mieux gagné ma vie qu'en ce moment.

J'espérais apprendre ainsi où je travaillais et ce que je faisais. Mais Wanda rechignait à répondre, comme si la question de mon emploi représentait pour elle un sujet délicat.

— Te plains pas, quand ils t'auront embauchée définitivement, tu seras la mieux lotie de nous trois. Piotr a raison, pour certains métiers, la conjoncture ne sera jamais mauvaise. Les gens auront toujours besoin de police.

Elle rit d'une voix rauque.

La police ? Doux Jésus, je n'avais pas la moindre idée du travail à effectuer au sein de la police, rien à part ce que j'avais vu dans les séries policières à la télé. La seule éventualité d'un tel emploi me crispa au point que je cessai de voir la cité autour de moi pour fixer bêtement le trottoir retors, tentant de marcher dans le moins de flaques possible. Je portais de fines bottes de cuir et non des bottes en caoutchouc et je me demandais ce que je pouvais bien faire dans un commissariat. Je ne possédais pas d'uniforme dans mon armoire, alors j'étais peut-être une fonctionnaire, un greffier ? Mais la condition de « travailleur scientifique » était mentionnée sur ma carte d'identité. Alors, j'étais peut-être une assistante qui tendait aux légistes les scies pour découper les os et qui essuyait la sueur de leurs fronts ? Bordel, il faudrait peut-être filer sous un prétexte quelconque, me rendre chez Ludwik et réfléchir là-bas sur la marche à suivre ? Est-ce que je serais capable de retrouver son immeuble ? Je n'avais pas noté son adresse, son étage, son numéro d'appartement, rien. L'adresse était peut-être indiquée sur sa carte de visite ? Est-ce qu'il y avait un concierge ? Possédait-il un registre de locataires ? Est-ce que nous nous retrouverions un jour ?

Une pensée triste chassait l'autre et chacune d'entre elles me rapprochait du rideau derrière lequel m'attendait l'hystérie, prête à me sauter à la gorge.

— Alors, à ce soir à la maison ? me lança Wanda. À moins qu'on réussisse à se croiser à 16 heures sous la verge du maréchal ?

Je n'avais rien compris, mais je hochai la tête et je souris, même si j'eus envie de tomber à genoux dans la boue et de la supplier de m'aider en me conduisant chez Ludwik. Correction : pas dans la boue. Autour de moi s'étalait un trottoir de grandes dalles en granit poli. Cela m'étonna, et m'ôta l'envie de fondre en sanglots et de supplier mon amie. Wanda me fit un signe de la main en guise d'au revoir et partit au petit trot.

Et moi, je restai seule devant un bâtiment qui rappelait un peu le musée national de Varsovie et un peu le palais de Chaillot à Paris : le même monumentalisme rectangulaire, mais avec plus de fenêtres.

Sous les arcades de l'entrée, quelques filles en âge d'aller au lycée s'orientaient vers l'intérieur ; toutes portaient le même uniforme verdâtre et leurs cheveux étaient noués en d'identiques tresses dont seule la couleur variait : miel ou paille pour la plupart, comme c'est le cas chez nous.

Au-dessus de la colonnade, on distinguait une inscription en français gravée dans le marbre : FEMMES SANS FRONTIÈRES.

4

Ludwik écoutait son patient lui raconter d'une voix monotone sa tentative de suicide et il se sentait incroyablement heureux. Et ceci parce qu'il était un thérapeute du XXIe siècle dans les années 1960. Quinze ans avant *Annie Hall*, vingt ans avant la psychothérapie cognitivo-comportementale, trente ans avant que la foi dans la capacité à parler de ses problèmes dans le but d'améliorer sa vie devienne une norme et non une extravagance moquée. L'expérience de Ludwik dans le domaine de diverses thérapies individuelles ou de groupe dépassait l'état actuel des connaissances de quelques années-lumière. Il savait comment aider des gens malheureux auxquels on prescrivait aujourd'hui – bordel, mais dans ce monde, le Valium n'existait pas encore ! – des infusions apaisantes ou à qui on conseillait : « Prends-toi en main, mon garçon ! » Il pourrait venir en aide à des centaines de personnes. Et s'il consacrait du temps à former quelques élèves et à les envoyer aux quatre coins de la Pologne – à des milliers, voire des dizaines de milliers de souffrants. Il serait un dieu ici ! Cette perspective l'enivrait, le rendait euphorique, c'est pourquoi il devait témoigner la plus grande sollicitude à l'homme qui occupait le siège devant lui, un homme atteint du trouble de stress post-traumatique, et à sa femme, aussi inquiète qu'exaspérée. En fait, c'est elle qui lui fournissait l'essentiel des détails, le type restait assis et donnait l'impression que l'effort investi dans cette posture allait l'achever.

— Mon cher docteur, je vais vous le dire franchement, quand je pense que certains ont de vrais soucis… untel meurt, un autre est malade, ou pire, il y a quelque chose qui cloche chez son gamin. Et nous ? On n'est peut-être plus tout jeunes, mais on n'est pas vieux non plus, on n'est pas riches, mais on ne meurt pas de faim, on a de beaux enfants, du boulot, quant à la vie en Pologne, ben ça dépend, mais est-ce que ça a été mieux un jour ? Certainement pas avant la guerre, et certainement pas durant l'Occupation ou juste après, durant cet intermède moscovite. Ça n'allait pas du tout à ce moment-là, mais maintenant, y a plus qu'à prendre, qu'à vivre et qu'à être heureux. On n'a qu'à se mettre dans le soleil et rire de bon cœur, voilà mon avis, si on me le demande.

Ludwik ne chercha pas à l'interrompre parce qu'en dépit de ce bonheur qu'elle exprimait, son discours contenait beaucoup d'amertume.

Il était curieux de savoir où ça allait mener.

— Y a qu'à rire et saisir à pleines mains ce que la vie nous offre, reprit-elle. Mais les filles sont censées apporter un truc et les gars en apporter un autre, il en a toujours été ainsi et ça sera toujours le cas. Le boulot ne me rebute pas, je peux gérer la maison, je peux m'occuper des enfants, qui par chance sont déjà grands, et je dois encore me pointer chaque jour que Dieu fait à 5 heures du matin à la Bretania, vous savez, ce restaurant dans le centre-ville. En échange, je demande pas à être impératrice, juste une princesse ordinaire, comme dans les contes de fées, vous comprenez. Sauf qu'une princesse, ça a besoin d'un prince qui gagne des sous, qui dégote des trucs et qui, même quand ça ne va pas ou quand il n'y arrive pas, fait au moins son possible.

Elle s'emballait dans son discours et Ludwik écoutait avec attention en tentant de deviner les choses qu'il était théoriquement censé savoir d'après leurs rencontres précédentes. Pour l'heure, il avait réussi à déduire que le mari était déjà venu chez lui pour lui parler de ses problèmes et qu'il venait pour la première fois accompagné de sa femme à la demande expresse de Ludwik.

— Et j'essaie de le comprendre, d'être compatissante, de discuter et tout ça, mais je n'en peux plus. Je me décarcasse tous les samedis au point que mes jambes me font mal, pour que, le dimanche, vous savez, tout soit comme il se doit, deux plats, un gâteau, toute la famille autour de la table, c'est important, sinon comment les enfants sauront à leur tour plus tard comment faire, si on ne leur montre pas ? Alors quand je fais tout ça, je n'ai pas envie d'entendre parler de la guerre. Je ne veux pas, je ne veux pas et je n'en peux plus. Parce que ça a été horrible, d'accord, mais ça a eu lieu il y a près de vingt ans. Même l'Ingénieur dit que la mémoire ne peut remplacer l'imagination et que l'Histoire ne peut être une vision d'avenir. Je ne critique pas, mais tout ça a eu lieu il y a si longtemps, pas vrai ?

Ludwik approuva délicatement pour signifier qu'il entendait son message et l'écoutait avec intérêt, mais cela ne signifiait pas d'emblée qu'il était d'accord.

— Maciek, dit-elle en s'adressant directement à son mari.

Jusque-là, elle parlait de lui comme d'un absent.

— Nous nous sommes rencontrés durant les manifestations qui ont suivi les élections de 1947, il y a quinze ans ! Et pendant dix ans, t'étais un gars normal. En plus, maintenant, sous ce régime, vous êtes les aristos de la nouvelle Pologne, tu pourrais nous obtenir un appartement, je te l'ai tant de fois répété. Docteur, les souvenirs, ça existe et puis c'est tout, ça peut pas vous attaquer un homme après des années. Comment est-ce possible, en vrai ?

— Et quand est-ce que ça a commencé ?

Elle se tourna vers son mari qui, dans un premier temps, resta imperturbable, puis, comprenant qu'ils s'attendaient à une réaction de sa part, tenta de les satisfaire avec des grimaces d'ignorance et des haussements d'épaules. Mais quand il s'aperçut que cela ne donnait pas de résultats, il soupira et commença à parler lentement :

— Au début, les souvenirs revenaient de temps en temps, comme c'est le cas avec les souvenirs. C'est triste, mais ça arrive. Puis j'ai remarqué qu'ils devenaient plus actifs. Ils commençaient à ressortir tout seuls…

Il se tapota l'arrière du crâne comme si c'était effectivement là que le cerveau emmagasinait la mémoire.

— … mais ils restaient, comment dire, dans le vestibule. Et dès que je n'avais rien à faire, dès que je voulais ne faire rien d'autre qu'exister, me reposer, réfléchir, alors ils me sautaient dessus et pour un laps de temps plus long à chaque fois.

Et maintenant, ils sont dans le salon sans discontinuer. Et je dois les regarder, que je le veuille ou non. Je vous ai déjà raconté ça.

Il l'avait certainement fait, mais Ludwik ne pouvait que supposer qu'il s'agissait d'une de ces horribles histoires de guerre. Son patient avait-il tué des gens ? Avait-il été témoin de la mort ? D'atrocités ? En fin de compte, les détails étaient secondaires ; tel le chirurgien qui se moque de savoir si le trou a été fait par une branche ou par un sabre, il devait recoudre et puis c'est tout. Ludwik entendrait sans doute encore la même histoire.

— Mais ce n'est pas possible, dit l'épouse et elle noua ses mains sur les genoux dans un geste de provinciale. Un souvenir, c'est un souvenir. Il est là et puis basta.

— Vous ne vous sentez pas à l'aise avec ça, pas vrai ?

Elle l'observa et sourit tristement, des larmes brillèrent dans ses yeux. Elle avait une lueur d'intelligence sympathique dans le regard qui avait dû plaire à son mari alors qu'ils venaient visiblement de classes sociales différentes. Lui avait probablement reçu une éducation avant le conflit, elle devait sans doute sa progression sociale aux changements d'après-guerre.

— Vous savez quoi, docteur ? Je crois que je ne suis même pas en mesure de répondre à cette question.

— Pourquoi ?

— Je n'en ai pas l'habitude. Quand j'y pense, personne ne m'a jamais demandé comment je me sentais au cours de ma vie. Or moi, je me sens très seule. Peut-être parce que je n'étais pas magistrate dans un tribunal clandestin, je n'ai pas été impliquée dans une résistance si profonde que je ne peux pas avouer à mon mari ce que j'y faisais. Je n'ai pas combattu durant l'Insurrection, j'ai fui, je n'ai jamais tenu une arme de ma vie. Je viens d'une modeste famille de cheminots. On m'a dit de fuir, j'ai fui. On m'a dit d'arrêter, j'ai arrêté. On m'a dit de bouffer de la rabiole, j'en ai bouffé. Mais j'ai connu mon lot de malheurs. Moi aussi, parfois...

Sa voix se brisa.

Ludwik se taisait ; il sentait qu'elle lui exposerait néanmoins jusqu'au bout les raisons de sa visite. Parce qu'il comprenait enfin que ce jour-là, c'était elle qui venait le voir et non son mari. Il craignait que celui-ci ne l'interrompe par une remarque, mais le mari n'avait pas l'intention de s'extraire de son apathie.

Au fond de l'appartement, la porte claqua discrètement ; probablement Iwona qui venait de partir au bureau. C'était dommage parce qu'il aurait voulu lui parler, mais aussi une bonne chose, il pourrait retrouver Grażyna ou fouiner un peu dans l'appartement pour grappiller des informations au sujet de ce monde. Il n'avait toujours pas la moindre idée de comment cet Eugeniusz Kwiatkowski avait pu signer, en tant que président de la Pologne, le traité de l'Élysée avec de Gaulle et Adenauer.

— Ma sœur a participé à l'Insurrection, reprit la femme. C'était mon aînée de trois ans, elle avait passé le bac dans une école clandestine. Elle a été tuée. Comme tout le monde, normal. Une bombe, paraît-il, puis on a découvert que les camarades de sa propre division l'avaient abattue par mégarde quand elle revenait durant le trajet après avoir fait la petite commission. C'est une histoire semblable qui est arrivée au fils de l'Ingénieur. C'est juste dommage qu'elle n'ait pas reçu de médaille à cause de ça, ça aurait probablement été important pour ma mère. Mais je n'en tiens rigueur à personne, l'histoire est ce qu'elle est. Doux Jésus, combien de temps avons-nous passé à chercher sa tombe ! Une enquête comme dans un roman policier, on passait d'une personne à l'autre, les fils se rompaient de toute part, vous comprenez, parce que tous ceux qui savaient quelque chose étaient morts. On menait notre investigation au mois de janvier, dans le froid, les seules lumières venaient des feux de camp que les gens allumaient. Que tout le monde n'ait pas fui la ville, ça, je ne le comprends toujours pas aujourd'hui. Elle était dans une cour, rue Lwowska, là où il y a la Réserve aujourd'hui. Je hais cet endroit.

L'épouse avait énoncé cette tirade presque sans reprendre son souffle, il fallut un instant à Ludwik pour comprendre que la dernière phrase concernait sa sœur.

— Nous l'avons reconnue d'après ses cheveux, ses boucles noires et longues. Quant au reste, elle était morte en août, durant les chaleurs. Ma mère était dans un tel état ! Pas la peine d'en parler. J'ai extrait ma sœur du sol je ne sais comment et ma mère a commencé à pleurer en disant qu'on ne pouvait pas l'enterrer ainsi. Au début, je ne comprenais pas ce qu'elle voulait dire, mais elle parlait du gravier dans ses cheveux. C'est bête, pas vrai ? Mais une mère, c'est une mère, j'ai pas eu le cœur de protester. J'ai déniché une planche hérissée de clous, j'ai posé le cadavre sur mes genoux et je l'ai peignée tant bien que mal à l'aide de cette planche. Avec précaution, pour ne pas la blesser. C'est bête aussi, pas vrai ?

Il ne disait rien ; ce n'était ni la première ni la millième fois qu'il entendait quelqu'un lui dépeindre le tableau de ses pires souvenirs et traumatismes. Dans son catalogue, il avait des choses totalement futiles auxquelles des années de ressouvenance affectaient une signification exagérée : des disputes, des humiliations d'enfance, des trahisons matrimoniales. Il y en avait aussi que Ludwik avait tenté de guérir, sachant qu'il n'y avait aucun moyen de se remettre d'une telle atrocité. Des victimes de viols, de harcèlement, de violence étalée sur de longues années. De ce point de vue, le récit de sa patiente se trouvait quelque part au milieu – une histoire bouleversante, mais close. Dans la scène du peigne, il entendait de la tendresse, la tristesse déchirante d'un adieu, mais pas un traumatisme.

— Moi, personne ne me plaint, parce que je suis capable de me lever de mon lit le matin, je ne mets pas ma tête dans un four et mes enfants ne sont pas obligés de m'en retirer couverte de vomissures en rentrant de l'école. Alors, qu'est-ce que j'y connais, à la guerre ?

Ludwik attendit un instant, mais les deux époux gardaient le silence, alors il décida d'intervenir. Durant ses décennies de pratique, il avait appris qu'il fallait, parfois, selon les règles de l'art, laisser son patient arriver aux conclusions par lui-même. Mais de temps en temps, il fallait aussi endosser le rôle du médecin qui savait ce dont le patient souffrait et qui était en mesure de le guérir. Cela fournissait à bien des personnes la force nécessaire de faire face au processus thérapeutique.

— Eh bien, dit-il. D'une certaine manière, la tête ne diffère pas de l'estomac ni des poumons. C'est un des organes de notre corps. Deux personnes vont consommer la même viande avariée, mais une seule des deux tombera malade. Deux personnes vont courir sans bonnet dans le froid et l'une d'elles va finir dans un lit avec une angine, tandis que la seconde n'aura même pas un rhume. Pour la tête, c'est pareil. Vous, madame, c'est difficile pour vous quand des souvenirs douloureux reviennent, je le comprends et je compatis. Mais M. Maciek est tombé malade.

Elle l'observa avec une grande attention. Il connaissait aussi cet effet. Le mot « malade » était d'ordinaire accueilli avec espoir par les patients. Une maladie, c'est quelque chose qu'on pouvait éviter, soigner, nommer.

— Et cette maladie porte un nom ?

C'était une bonne question ; le trouble du stress post-traumatique a été défini et circonscrit après la guerre du Vietnam qui, ici, n'avait même pas véritablement commencé, vu que Kennedy était encore en vie. Quand est-ce qu'il était mort, déjà ? En 1963, justement, mais quand ? À l'automne, si Ludwik se fiait à ses souvenirs, mais peu importait. Avant cela, le TSPT était appelé névrose post-traumatique, mais il savait d'instinct que le mot « névrose » générait de mauvaises associations d'idées chez les gens qui songeaient d'emblée aux camisoles de force et aux portes sans poignée.

— Ça s'appelle le choc de l'obus. On l'appelle ainsi parce que c'est une maladie fréquente chez les soldats qui ont enduré des chocs horribles. Mais cela peut aussi toucher des victimes de catastrophes, de crimes, des témoins d'événements soudains et brutaux.

Il préférait ne pas mentionner les viols parce qu'une jeune fille avait pu subir beaucoup de choses durant l'Occupation.

— Cela rappelle un peu une plaie mal refermée dans la mémoire, poursuivit-il. Une plaie qui s'enflamme et suppure sans cesse.

— Une plaie, on peut la guérir.

— Celle-ci aussi.

M. Maciek frémit et le regarda. Pour la première fois depuis le début de la séance, ses yeux contenaient autre chose que du vide.

— Mais comment ? demanda-t-il.

— On appelle ça retraitement, mais dans le langage de tous les jours, on parlerait plutôt de désensibilisation. Ce que je veux dire, c'est que le souvenir douloureux ne disparaîtra pas. Parfois, comme votre femme vient de le faire à l'instant, vous pourrez le ramener. Parfois, il reviendra de lui-même. Mais il ne va pas, comme vous l'avez raconté, s'installer dans le salon, il ne va pas vous empêcher de vivre. Nous allons régler ça partiellement par la discussion et nous ferons aussi quelques tours de magie.

— De magie ?

— Vous allez me parler et moi, je vais agiter la main devant vos yeux. Je sais que ça a l'air étrange, mais le truc, c'est la manière dont le cerveau est relié avec les yeux et la mémoire.

Ludwik parlait, mais dans son imagination, c'était un feu d'artifice. Incroyable, il allait avoir la possibilité d'appliquer la EMDR plus de vingt ans avant l'invention de cette thérapie !

— Il faut que je vous précise d'emblée que durant le traitement, il est préférable de se couper des déclics qui déclenchent les souvenirs. Je vous déconseille donc pour le moment les rencontres avec vos copains de l'armée. Il n'y a qu'ici que nous allons en parler. De cela et d'autres choses qui provoquent vos angoisses.

M. Maciek regarda par la fenêtre qui s'ouvrait sur les barres d'habitation et l'espace alentour. Un espace désert laissé par le ghetto. C'était peut-être ça, la clé ? Tant Ludwik que Grażyna avaient, enfants, vécu la guerre en dehors de Varsovie et, à part leurs pères morts durant l'Occupation, ils avaient été épargnés par les pires cauchemars, comme l'Holocauste ou l'Insurrection. Au contraire de ses interlocuteurs du moment.

— Et quand est-ce qu'on peut commencer ? demanda le patient.

— Nous venons de le faire.

À ces mots, l'épouse fondit en larmes et c'était du soulagement. Ludwik avait entendu ces pleurs tant de fois et, chaque fois, il était rempli de fierté et de bonheur. Le seul bémol dans la situation présente était que dans cette réalité-ci, il ne pouvait pas tendre à sa patiente une boîte de Kleenex, aussi, il sortit de la poche de sa veste un mouchoir à carreaux soigneusement repassé.

Et ce geste lui plut. Malgré tout, le style a de l'importance, pensa-t-il.

5

D'accord, je travaillais donc dans une école. Je n'étais pas l'assistante d'un médecin légiste spécialisée dans le conditionnement de globes oculaires ni rien de ce genre. Et puisque j'avais vingt-huit ans et un tiers d'une armoire pour toute propriété, je n'occupais a priori aucun poste de direction. Si, dans cette réalité aussi, j'avais été diplômée de l'École supérieure de planification et de statistique, et pourquoi pas, vu que Ludwik avait pareillement fait ses études de psychologie, alors j'étais certainement une fonctionnaire subalterne. Ça m'allait très bien. Après tout, les bouliers et les classeurs fonctionnaient de la même façon depuis la nuit des temps, je devrais y arriver.

Je n'avais qu'à trouver mon bureau, ma tasse, les paquets de café et de sucre en morceaux – le reste coulerait de source. Quand j'avais eu mes véritables vingt-huit ans, je travaillais à la Commission de la planification où je m'occupais des relations avec les cadres supérieurs des entreprises publiques – il n'y en avait d'ailleurs pas d'autres. Puis j'avais changé de filière pour m'orienter vers l'éducation et j'avais même fini par devenir directrice d'une école primaire, mais entre l'année 1963 et l'obtention de ce dernier poste, pfiou, il s'était écoulé trois décennies au bas mot.

Et là, fonctionnaire dans une école. Tout était en ordre. Je devins curieuse de mon poste. Au secrétariat ? Pour ça, j'étais probablement trop qualifiée. À la comptabilité alors ? À l'intendance ? Une sorte d'assistante de direction ?

La pensée d'un métier familier me tranquillisa assez pour que je recommence à remarquer mon environnement. Je pénétrai à l'intérieur du bâtiment et constatai que ma comparaison avec le palais de Chaillot était pertinente. Le hall d'entrée aurait abrité le public d'un stade de taille moyenne, c'était un lieu monumental et intimidant. J'avais le choix : m'engager dans les couloirs à gauche ou à droite, ou bien prendre les escaliers qui menaient à travers les colonnades jusqu'aux étages supérieurs. Je m'orientai vers les escaliers sans raison précise, cela me parut simplement plus attractif. C'est d'ailleurs dans cette direction que disparaissaient toutes les élèves. Je supposai que les couloirs latéraux du rez-de-chaussée menaient aux vestiaires, cantines et autres salles de gym, cela aurait été logique.

Sur le mur principal en face de l'entrée, on avait gravé dans le grès le logo de l'école, composé des simples lettres FSF emmêlées sur fond d'un écusson scolaire. En dessous, je pus lire une devise en français :

« Les femmes n'ont point de caste ni de race, leur beauté, leur grâce et leur charme leur servant de naissance et de famille. Leur finesse native, leur instinct d'élégance, leur souplesse d'esprit sont leur seule hiérarchie, et font des filles du peuple les égales des plus grandes dames. »

Les derniers mots, depuis « font… », avaient été mis en valeur dans des caractères plus gros ; chacune des lettres avait la taille de ma tête. On n'avait pas précisé l'auteur ni fourni de traduction en polonais, ce qui me surprit un peu et parut prétentieux. Le texte n'était pas difficile et, à l'époque, nous apprenions tous le français à l'école, mais quand même. À moins qu'il s'agisse d'une école cent pour cent francophone, comme ce lycée du quartier Saska Kępa dans la Varsovie des années 2000 ? Cela ne m'inquiéta pas particulièrement, d'abord parce que l'administration était certainement polonaise et ensuite parce que mon français, bien que rouillé, était toujours fluide. Ces temps-ci, j'y avais même réfléchi chez le coiffeur, me disant que pendant toutes ces années, cette langue avait été mon unique passion. Dommage que nous n'ayons jamais eu le temps ni l'occasion de vivre un peu en France – pas une semaine, pas un moment, mais un an ou deux. Nous avions toujours inscrit ce projet dans nos plans pour la retraire, mais voilà, il y avait le travail de Ludwik, les rénovations de la maison, nos petites-filles, ou encore une dépense imprévue et il valait alors mieux repousser à l'année d'après. Et puis soudain, le médecin utilisait des formules du type « à votre âge », « avec une tension aussi basse » et vous commenciez à vous répéter « qu'on ne déracine pas un vieil arbre », « qu'on avait eu le temps de bien faire la fête », « qu'on en avait bien profité », tous ces mensonges de vieux croûtons et toutes ces conneries infâmes.

Songeant à cela, j'avais gravi l'escalier jusqu'au premier, la foule des élèves s'était clairsemée, la plupart d'entre elles avaient regagné leurs classes, les retardataires traversaient au pas de course les longs corridors. Je crois que je n'avais jamais vu une école aussi imposante en Pologne.

Très bien, et maintenant ? J'avais une porte estampillée SECRÉTARIAT devant le nez. Entrer et entamer une discussion au sujet du temps qu'il faisait dans l'espoir d'apprendre où je travaillais ? C'était risqué, surtout si je tombais d'emblée sur la direction et passais pour une idiote aux yeux de mes supérieurs. Ou s'ils se mettaient à me parler dans un français impeccable et que je me mettais à balbutier. Trouver la comptabilité et s'enquérir de nouvelles ?

Les couloirs étaient maintenant déserts. À droite ? À gauche ? Je devais me décider.

J'essuyai mes mains contre ma jupe. Elles devenaient toujours moites quand j'étais nerveuse. J'essuyai mes mains et je sentis mes hanches. Souples, dures, fermes, de magnifiques hanches de jeune femme. Je finis par les contempler : dans cette jupe moulante, elles se présentaient à merveille. Sainte Vierge, quel gâchis de se retrouver dans une institution de jeunes filles avec de telles hanches !

Je me figeai aussitôt comme une sotte. Avoir de telles pensées alors que je ne savais même pas ce que je faisais dans cette réalité et comment j'y avais atterri. Malgré cela, j'étais sagement venue au bureau et je m'inquiétais de savoir si mes collègues allaient m'accepter. Et la suite ? Boulot jusqu'à 16 heures ? Un café, des courses et à la maison ? Et ainsi durant cinquante ans ? Et puis de nouveau bureau, café, courses, maison, cinquante ans. Mais j'avais déjà eu une telle vie. Je devrais sortir d'ici, me trouver de l'argent...

Bonne question : où est-ce que je gardais mon argent ? Pas sur une carte de crédit, c'était sûr. Il aurait fallu rester à la maison et chercher, bon sang.

... dénicher mon passeport.

Autre bonne question : est-ce que je disposais d'un passeport ? Ou était-il détenu par l'une des administrations ?

... et partir à Paris.

Jeune, belle, intelligente, nourrie de l'expérience d'une femme de près de quatre-vingts ans, le monde m'ouvrait grand les bras. Envoyer paître Varsovie, indépendamment de la version de l'Histoire, envoyer paître ce pays couvert de boue, envoyer paître Ludwik et son baratin de psychologue à la manque, baratin qui s'était avéré plus résistant au temps que son sex-appeal. Avoir une vie complètement nouvelle, magnifique, somptueuse et remplie d'aventures.

Je tournai les talons et me mis à dévaler l'escalier, mais après trois marches, je m'arrêtai. Premièrement, parce que je ne pouvais pas partir sans avoir au préalable rencontré Adam. Deuxièmement, parce que je devais organiser ma vie de manière à aller en Varmie en août, pour essayer à tout prix de revivre ma maternité, même si cela semblait désespéré. Et troisièmement, il me fallait discuter avec Wanda de sa santé et sans doute monter d'abord dans un bus, quand même, pour aller à Środa et rendre visite à ma mère. Et découvrir aussi ce que faisait Piotr, mon frère ; était-ce possible que ce soit lui que Wanda ait évoqué dans sa conversation de l'autre jour ?

Tranquille. D'abord, un plan.

— *Ça tombe très bien que vous soyez là, mademoiselle Gragine. Puis-je m'entretenir un instant avec vous dans mon bureau* ?*

Je me retournai. La possibilité de « s'entretenir un instant avec moi » avait été réclamée dans un français impeccable aux accents aristocratiques par une femme qui, à en juger par le ton de sa voix, était ma supérieure. Mais s'agissait-il de la chef du secrétariat ou de Son Altesse sérénissime la directrice de l'école, je n'en avais pas la moindre idée. Plutôt la seconde option, cependant, vu l'intimidation et la différence de classe que j'avais aussitôt ressenties. On pouvait faire des études, s'enrichir, parler plusieurs langues, faire de tête des multiplications à quatre chiffres, porter des costumes coupés sur mesure, écrire des livres traduits en trente langues ou obtenir un prix Nobel, on ne pouvait pas renier sa condition. Nonobstant la devise sur le mur. Toute personne de basse extraction le savait. Je l'avais ressenti la veille lors de ma rencontre avec la femme de Ludwik, cette aura de famille d'intellectuels bourgeois d'avant-guerre, la capacité à lancer en passant qu'à la maison on appelait Gombrowicz « tonton » ou que le portrait de maman avait été peint par Tamara Lempicka quand nous étions en vacances chez elle, mon Dieu, qu'est-ce que c'était pénible ! Rien que de le dire, même sur le ton de l'ironie, c'était insupportable. Or, la femme qui se tenait devant moi m'intimidait par des générations de sang noble. Les gènes qui m'habitaient, ceux des petites bonnes, des nourrices, des gouvernantes, des blanchisseuses, des couturières et des paysannes, avaient envie de la saluer docilement et de répliquer en baissant les yeux « mais bien sûr, madame ».

— Mais bien sûr, madame, répliquai-je et je franchis le seuil de son bureau.

6

Quelques années plus tôt – user de tels mots dans les années 1960 pour évoquer des événements qui dataient du début du XXIe siècle sonnait de façon comique, mais il estima qu'il traiterait ses actuelles péripéties comme la suite de son existence passée, sinon il deviendrait fou – un journaliste du mensuel *Caractères* lui avait rendu visite. Ils faisaient un numéro spécial sur les plus grandes théories thérapeutiques du XXe siècle à l'occasion du centième anniversaire de la naissance de Lacan, si sa mémoire était bonne. Le journaliste en question, avec lequel il s'entretenait dans son cabinet, s'était soudainement passionné pour un tronçon de sa bibliothèque, plusieurs dizaines de volumes reliés sans titres ni noms au dos. Ludwik lui avait expliqué qu'il s'agissait de ses agendas dont il préservait la collection depuis le début de sa carrière de thérapeute.

« Tant que ça ? » s'était cordialement étonné le journaliste, ce que Ludwik avait traduit *in petto* par : « Bordel, vous êtes vraiment si vieux ? »

Aujourd'hui, il avait besoin du seul agenda en cours, un registre familier et épais au formant B4, dans lequel il notait ses rendez-vous, ses déplacements, ses remarques sur les patients, un cahier dans lequel il collait des pages supplémentaires, des photographies, des coupures de presse et des cartes postales. Ces volumes constituaient la chronique de sa vie, mais aussi la mappemonde de chacun de ses patients, puisque les rencontres étaient accompagnées de références, de mots clés, d'informations concernant les sessions précédentes et suivantes afin qu'on puisse au besoin naviguer parmi les progrès du souffrant. Grâce à ces volumes, il avait passé son habilitation, préparé ses cours magistraux, écrit ses articles.

Pourquoi cet agenda ne se trouvait-il nulle part, bordel de merde ? Grâce à lui, il saurait immédiatement tout de lui-même.

Il referma le dernier tiroir de son bureau, s'assit par terre et éclata de rire.

L'agenda ne se trouvait nulle part parce qu'il avait reçu le premier de la série des mains de Grażyna au cours du premier Noël qu'ils avaient passé ensemble, en décembre 1963, justement. C'était pour lui une relique. Quand il traversait une sale journée, il le ressortait et l'ouvrait à la page de garde sur laquelle, en bas, Grażyna avait calligraphié une dédicace avec son écriture amusante, aiguisée. Une dédicace hilarante parce que – qu'est-ce qu'ils étaient amoureux à l'époque, si on avait inventé une machine à fusionner deux personnes en une seule, ils seraient montés dedans sans une seconde d'hésitation – Grażyna l'avait rédigé sous la forme d'une prophétie :

Merci beaucoup pour cinquante ans d'un amour formidable !
Je me souviens de chaque instant !

24 décembre 2013

Voilà pourquoi il n'arrivait à mettre la main sur aucun de ses agendas. Ils n'existaient pas encore. Quant au Noël 2013, paradoxalement, il était plus éloigné que le mois de décembre 1963, où il avait trouvé le premier carnet sous un petit sapin orné de véritables bougies. La cire gouttait sur les boules, formait dessus des bavures et des stalactites. Ah, le nombre de souvenirs divers qu'abritait son cerveau ! Réussirait-il à en emmagasiner davantage ? S'il restait là et qu'il devait loger dans cette même tête cinquante nouvelles années… est-ce que c'était physiologiquement possible ?

Considérations intéressantes, mais purement académiques. Il ne possédait certes pas encore ses agendas, mais c'était le début des années 1960, il ne notait donc pas ses rendez-vous dans son téléphone portable ou son ordinateur, il devait avoir un carnet, une trousse, un portefeuille, un porte-cartes de visite. Mais où ? Simple : dans son attaché-case. Il avait vu la veille des hommes en ville, chacun d'entre eux affublé d'un porte-documents.

Mais où se trouvait le sien ?

Il fouilla l'appartement, obligé d'allumer au passage la lumière dans plusieurs pièces puisqu'il ne restait nulle trace de la journée ensoleillée de la veille.

Dans son cabinet et pour la énième fois au cours des quinze dernières heures, il prit en main son portrait en compagnie d'Edward Gierek comme s'il s'agissait d'un organisme vivant qui nécessitait des caresses régulières. C'était quoi, ce machin ? Pourquoi était-il en possession d'une photo avec ce salopard communiste et pourquoi avaient-ils l'air de deux amis dessus ? Pourquoi avait-il estimé que le cliché avait assez d'importance à ses yeux pour le placer sur une étagère ? Beaucoup de questions, aucune réponse.

Dans la chambre à coucher, il ne résista pas à l'envie de renifler la chemise de nuit d'Iwona posée sur le dossier d'une chaise, de sentir l'odeur de sa femme depuis longtemps oubliée. Le vêtement sentait la crème Nivea et un parfum dont le nom lui échappait, mais qui lui était familier autrefois. Comme cela arrive parfois, le parfum provoqua en lui nostalgie et langueur envers quelque chose de révolu. Quelque chose de révolu qui reviendrait le soir à la maison et s'affairerait en cuisine ; oui, ses souvenirs venaient d'acquérir une réalité tangible surréaliste.

L'attaché-case n'était pas là.

Il l'avait peut-être laissé à son lieu de travail ? À l'hôpital de Tworki ? Dans une clinique ? À l'université ? Son cabinet privé se trouvait ici, mais il était douteux qu'il réussît à en vivre, il devait avoir un vrai travail. Mais où ?

Quoi qu'il en soit, il ne pouvait espérer trouver la réponse ici. Il s'empara de son manteau, de son chapeau, de ses clés et décida de se rendre à Tworki. Il avait toujours détesté cet endroit à l'apparence, à l'atmosphère et à l'aura d'une maison de fous sortie d'un roman gothique, mais si on savait quelque chose à son propos quelque part, c'était là.

Il quitta l'appartement, sauta par-dessus la poule assise et imperturbable sur son paillasson, descendit au rez-de-chaussée, salua le concierge à la va-vite par crainte d'une longue discussion au sujet de la gnôle et retrouva son automobile. Et c'est seulement alors qu'il eut l'idée de regarder dans le coffre.

Un attaché-case noir et fort élégant était posé à côté d'un parapluie noir et fort élégant.

7

Le bureau de la directrice avait autant de style que sa propriétaire, il aurait provoqué des soupirs d'admiration dans n'importe quel musée du XXIe siècle censé illustrer le mouvement moderne. Aucun bibelot, aucune déco, aucun papier qui traînait. De meubles droits, noirs ou marron, beaucoup de livres, une lampe élancée sur un long pied en laiton et en bois sombre ; j'étais loin d'être une esthète, mais c'était certainement le plus joli élément d'un intérieur que je n'avais jamais vu de ma vie. L'unique objet purement décoratif était un tableau qui, de façon ironique, remplaçait la plante verte obligatoire de tout cabinet de direction et représentait… un figuier dans un pot.

Je pense ne m'être jamais tenue dans un intérieur plus favorable à une conversation et qui donnait à ce point la possibilité de se concentrer sur son interlocuteur. Mais ce me fut néanmoins difficile pour la raison que je vais évoquer dans un instant. Par bonheur, après un échange de politesses devant les employées du secrétariat, nous étions passées au polonais. Par bonheur, parce que l'accent français de madame la directrice était si parfait que même à Paris on l'aurait qualifié de snob. J'aurais eu honte de dire devant elle en français que je m'appelais Grażyna et que j'habitais à Varsovie.

Je n'eus à le faire ni en français ni en polonais. On m'avait conviée dans ce bureau pour me réprimander d'avoir été absente la veille, c'était tout. Garder une mine sérieuse me coûta un sacré effort à partir du moment où j'avais failli répliquer que « la veille, en fait, j'étais à la retraite » et qu'une gaieté hystérique s'était éveillée en moi.

— Mademoiselle Grażyna, j'ai dû personnellement convaincre le comité de vous embaucher, croyant que votre spécialisation et vos travaux...

Sainte Vierge mère de Dieu, quels travaux ? J'espère ne pas être une scientifique ici.

— ... serviraient nos pensionnaires. Et pas seulement elles, je sais que bon nombre de nos collègues parlent de vous avec admiration et grand intérêt. Nous avions évoqué la publication d'un livre, ce qui serait une bonne publicité pour l'école, ainsi qu'un appartement qui résoudrait les problèmes de votre situation personnelle.

Nom d'un chien, je devrais peut-être me justifier de quelque manière. En somme, ce n'était pas sorcier : on vivait à une époque sans portables, ni bipers, ni mails et pour passer un coup de fil, il fallait se rendre dans une cabine publique ou à la poste. En plus de ça, il y avait les douloureuses journées féminines, excuse parfaite depuis le temps des cavernes, et voilà, problème réglé.

— Je voudrais vous présenter mes excuses… commençai-je sur un ton contrit de circonstance.

Bon, vraiment, être jeune avait ses côtés sombres, je ne m'étais pas justifiée auprès de qui que ce soit depuis vingt ans.

La directrice m'interrompit d'un geste à la fois cordial et catégorique. Je fus soufflée par le seul fait qu'un tel geste fût possible.

— Je ne peux imaginer un seul instant que vous puissiez gâcher une opportunité pareille par un comportement irresponsable. Il n'y a pas de place parmi le personnel de notre établissement pour la frivolité et je ne tolérerai jamais une telle attitude. En revanche, je pourrais comprendre que vous ayez d'autres plans et vouliez organiser différemment votre carrière professionnelle. Je vous demanderais cependant de me prévenir suffisamment à l'avance, afin que ce changement n'ait pas d'incidence négative sur la vie de l'école.

Tout était clair. Je hochai la tête avec humilité, mais je n'avais toujours pas la moindre idée de ce que je fichais dans cet établissement, bordel. Le mystère fut vite résolu.

— Et maintenant, veuillez retourner en classe. Vos élèves vous attendent depuis trop longtemps déjà.

Me voilà dans de beaux draps.

8

Il n'avait pas envie de retourner chez lui, alors il alluma le moteur de sa Citroën, puis le plafonnier, et s'évertua à fouiller la mallette, excité comme un gamin qui aurait trouvé un coffre mystérieux dans les ruines d'un château.

D'abord : le portefeuille. Avec de l'argent, alléluia. Cela signifiait qu'il pourrait payer sa dette auprès de la beauté du magasin d'alimentation et aller manger un morceau, son ventre gargouillait. Il prit en main la liasse de billets, tentant de se souvenir à quoi ressemblait le circuit de l'argent cinquante ans plus tôt. On n'utilisait pas de cartes bancaires, ni de chèques non plus, il se rappelait seulement le liquide qu'on recevait au bureau et qu'on gardait dans un tiroir. On pouvait verser le surplus sur un livret ou acheter clandestinement des dollars, mais le surplus, en l'occurrence, n'avait jamais été son problème. Donc quoi ? Quelque part là-haut, entre ses chaussettes, il gardait des rouleaux de billets tenus par des élastiques, le fruit de son salaire et de celui d'Iwona ? Des sommes réparties dans diverses enveloppes pour les factures, la nourriture et les plaisirs ?

Dans son portefeuille, il compta deux mille zlotys. Il devait soixante zlotys à la supérette et, en faisant les courses, il avait pu établir une équivalence des prix par rapport à ceux de 2013. D'après ses calculs, ses deux mille zlotys en valaient à peu près un millier au XXIe siècle, soit environ trois cents dollars.

Pas mal.

Il analysa les billets de banque, apprenant grâce à eux que sa patrie s'appelait République de Pologne et que l'aigle sur l'écusson portait une couronne, attribut perdu au temps du communisme ; c'étaient donc deux bonnes nouvelles. Sur l'avers figuraient des panoramas de villes polonaises et sur le revers, divers graphismes plutôt modernes. Le billet de cinquante couleur brique lui plut particulièrement, avec sa vue de Varsovie d'un côté et une locomotive futuriste lancée à pleine vitesse de l'autre.

Ensuite : l'agenda. De taille modeste, c'était un banal carnet pour noter des rendez-vous. Ce jour-là, le 24 janvier, sa journée était exceptionnellement lâche, rien qu'un unique patient en matinée affublé d'une note : « Traumatisme de guerre, aujourd'hui avec femme. » En revanche, il avait hachuré le reste de la journée à partir de midi en inscrivant « sexe bibliothèque ». Hmm… soit il travaillait sur un article ou une conférence, soit il menait une vie très intéressante. Et il devait jouir d'une bonne condition physique, compte tenu du fait qu'il était censé s'adonner à cette activité jusqu'à 19 heures. Puis, à 20 heures, « dîner » avec trois points d'exclamation. En parcourant ses propres notes, il avait l'impression de résoudre des rébus.

Il feuilleta l'agenda. La veille, tandis qu'ils se bécotaient avec Grażyna, il était censé être de garde l'après-midi. Mais où et pour faire quoi, allez savoir. L'avant-veille, il n'avait eu que des patients en consultation et la dernière inscrite dans la liste était « Mlle Grażyna, panique ».

Durant un instant, il se demanda si, vu que sa conscience du XXIe siècle avait débarqué ici, un autre lui-même de cette version de l'Histoire était mort pour lui laisser la place. D'un côté, il ne se sentait pas désolé pour ce type, il préférait résolument sa propre existence, de l'autre, c'était un poil gênant. Enfin bref, vouloir dénouer ce dilemme équivalait à prendre une autoroute vers la folie. La situation était comme elle était, il fallait faire avec et puis c'est tout. C'est la décision qu'il avait prise la veille et il comptait s'y tenir aussi longtemps que ça serait possible.

Il revint donc à la journée en cours. Quel dîner ? Avec qui ? Où ça ?

— Oh bordel, dit-il à voix haute.

Bien évidemment, il s'agissait d'un dîner d'anniversaire. Le 24 janvier, c'était la date de son premier mariage. Il avait dû la refouler : cinquante ans plus tôt, ce dîner avait également eu lieu, également le lendemain d'un marathon sexuel dément avec Grażyna. Il s'était installé au Shangaï et avait eu terriblement honte. Il avait couché avec une patiente, trompé son épouse, se sentait incroyablement amoureux et n'arrivait à penser à rien d'autre – en même temps, il tenait Iwona par la main et élaborait des projets pour leurs vacances.

Grażyna. Il devait se rendre chez elle au plus vite.

En passant, il vérifierait si une version du Shangaï existait dans cette réalité. Après tout, c'était à deux pas.

9

Veuillez retourner en classe – je raillais en pensée la prononciation aristocratique de ma patronne, marchant d'un pas alerte dans le couloir désert. Le claquement de mes talons rebondissait sur les murs et son écho revenait à mes oreilles, ressuscitant des souvenirs d'école. Chose étonnante, pas les miens en fin de carrière, mais ceux des journées où j'y conduisais Jacek dans les années 1970. Mon petit garçon avait terriblement peur et exigé de moi que j'attende dans le corridor quand il se rendait en classe ; c'est à cette seule condition qu'il consentait à rester, sans cela, il basculait dans une hystérie impossible à maîtriser. Cela avait duré presque la moitié du CP, je maudissais la planète entière et priais pour que ce cauchemar s'arrête ; aujourd'hui, je donnerais tout pour l'attendre devant sa classe avec l'espoir de le voir passer la tête dans l'embrasure de la porte et me sauter au cou.

J'avais l'impression que les couloirs s'étendaient sur des kilomètres, multipliant les salles de cours par dizaines, comme dans les cauchemars. Mon Dieu tout-puissant, fais-moi un signe, me dis-je. Et c'est alors que, derrière le coude du couloir, je vis une porte grande ouverte d'où s'échappaient des rires de jeunes filles.

Je décidai d'improviser.

— Bonjour mesdemoiselles, dis-je en entrant et je claquai la porte derrière moi. Je vous demande pardon pour mon retard.

Les rires cessèrent, remplacés par des sourires moqueurs, des grimaces ironiques et des regards las. Je jetai un coup d'œil aux pupitres pour tenter de deviner, à partir des manuels et des cahiers, quelle matière j'étais censée enseigner, mais, à mon grand étonnement, il n'y avait absolument rien sur les tables qui puisse m'aider d'aucune sorte. J'enseignais peut-être le sport ? Mais pas dans une classe de ce type, voyons. Les murs ne m'aidèrent pas davantage, ni formules mathématiques, ni carte topographique de l'Europe, ni coupe de grenouille, ni poèmes de Kochanowski n'y étaient accrochés. Absolument rien.

Doux Jésus, c'était peut-être un cours de religion ? Sainte Marie, mère de Dieu, si c'était le cas, alors j'étais vraiment dans de sales draps.

— Une volontaire ? lançai-je.

Elles échangèrent des regards. Elles étaient des adolescentes d'environ dix-sept ans, de cet âge particulier où certaines ressemblaient à des fillettes impatientes d'aller jouer dans un bac à sable et d'autres à des mères maquerelles éreintées par la vie.

Une main se leva au fond de la salle. Sa propriétaire avait des cheveux noirs et appartenait plutôt à la seconde catégorie : ses cils étaient si longs que je les voyais d'ici, et son uniforme ajusté révélait que, comment dire, elle avait passé l'âge de la puberté. Je ressentis une morsure de jalousie : moi, au lycée, je ressemblais à un beignet aux cheveux gras. En fait, je parcourus la classe du regard et constatai avec étonnement que, bien que très différentes, depuis des blondes fluettes jusqu'à ma volontaire, il n'y avait pas parmi ces filles d'élèves peu soignées et encore moins de laides. C'était peut-être une question de régime alimentaire ? Peut-être qu'on se nourrissait mieux dans cette Pologne alternative ?

— Vérifions ce que vous avez retenu du dernier cours. Résumez s'il vous plaît en quelques phrases le sujet que vous avez travaillé. Vos camarades peuvent vous aider.

— Nous avons poursuivi sur la manière dont les besoins intimes des hommes diffèrent de ceux des femmes et comment cela s'articule dans la vie familiale.

Donc, il s'agissait d'un cours d'éducation à la vie en famille ou d'éducation sexuelle, peu importe comment on l'avait appelé ici, en tout cas d'une formation en relations hommes-femmes dans la vie privée. Eh bien, quel établissement novateur ! Je soupirai de soulagement. En tant qu'épouse, mère, grand-mère et femme qui faisait régulièrement l'amour depuis près de soixante ans, je devrais y arriver. Dans la littérature de la Renaissance ou la physique quantique, je n'aurais eu aucune chance.

— Et qu'est-ce que tu as retenu ?

— Que fournir trop de détails ou discuter avec notre mari au sujet de notre corps n'était pas conseillé.

— Pourquoi ?

J'étais sincèrement curieuse.

— Parce que nos corps sont construits différemment. Et que peu importait si la femme ressentait du plaisir dans le coït ou pas, l'homme était toujours comblé. Et que dans le cas de, eeeh… de la frigidité ou du manque d'envie d'une étreinte, il fallait garder ça pour soi. Pour l'homme, c'est *evidemensko* sans intérêt et si on le lui dit, sa soirée peut être *gâchée**. Et si sa soirée est *gâchée*, alors les chances seront fortes que notre soirée se *gâche* aussi.

— Et il peut alors émettre des prétentions légitimes à notre encontre, précisa une de ses camarades à la beauté intrigante et dure d'un mannequin des années 2000. Nous nous serions comportées de façon égoïste et, à la fin, toute la famille pourrait souffrir de notre focalisation sur nous-mêmes.

Je ne savais pas quoi dire. La mannequin estima que j'attendais la suite et elle poursuivit :

— Et que dans la chambre à coucher, nos meilleurs alliés étaient le silence et la soumission, mais on nous a prévenues que nous étudierons aussi la prise d'initiative et la capacité à surprendre notre mari pour qu'il ne s'ennuie pas, mais on verra ça seulement à la fin de l'année.

— Bien, merci beaucoup, dis-je pour gagner un peu de temps et ne pas répliquer quelque chose de stupide.

Si je n'ai jamais été une suffragette qui grimpait sur les barricades, si ces mêmes conneries que je venais d'entendre m'avaient été transmises par ma mère et mes tantes, j'avais quand même participé à la révolution des mœurs, le clitoris et l'orgasme n'étaient pas pour moi des noms de monstres cosmiques issus des récits de science-fiction de Stanisław Lem. Aussi, écouter des théories sur l'homme, « son plaisir » et « sa prétention légitime » me faisait l'effet d'un crissement de polystyrène sur du verre. Quelle génération malchanceuse : c'était les dernières filles à devoir écouter ces bêtises. Comment les sauver ? Était-ce seulement possible ? J'avais envie de leur hurler en trois minutes cinq décennies de transformations sociales, mais l'unique résultat aurait sans doute été la perte de mon emploi.

— Et aviez-vous déjà discuté de votre propre plaisir ? demandai-je prudemment.

À cet instant, la porte s'ouvrit et une femme fine d'une cinquantaine d'années apparut, vêtue et coiffée de façon ascétique. Elle devait être crainte, car toutes les filles se mirent immédiatement debout. Elle leur fit signe de s'asseoir et à moi de continuer. Parfait, la directrice m'avait donc envoyé une inspectrice pour vérifier si je n'avais pas perdu les pédales. Quoi faire maintenant ? Continuer dans le style des années 1960, disant que ce n'était pas la peine de se préoccuper des aventures extraconjugales du mari parce que ce n'était rien en comparaison des tensions qu'il subissait au bureau ? Ou fallait-il tenter de remuer le monde dans ses fondements ?

— Comme vous le savez bien, commençai-je, hommes et femmes diffèrent les uns des autres. Mais est-ce si sûr ? Nous frémissons pareillement dans le froid et ressentons de la chaleur au soleil. Nous rions aux plaisanteries, ressentons de l'inquiétude la nuit dans les cimetières, nous craignons la maladie et la mort. Nous voulons tomber amoureux, chanter de bonheur, vivre d'incroyables aventures et nous promener sur la plage en se tenant par la main. Vous êtes d'accord avec moi ? Connaissez-vous assez de garçons pour me dire si j'ai raison ?

Elles hochèrent cordialement la tête, intriguées, tout en lorgnant simultanément vers l'inspectrice.

— Et je vous assure, je veux dire, cela ressort des dernières études, précisai-je pour me protéger en observant moi aussi avec attention la réaction de ma collègue, que les femmes veulent ressentir du plaisir. De la volupté. Et de la même façon que les hommes trouvent du bonheur dans le fait qu'on prenne soin d'eux, les femmes devraient s'attendre à ce que quelqu'un songe à leur volupté et travaille d'arrache-pied pour qu'on l'atteigne.

Malgré moi, je perdais ma distance d'enseignante, tout ça à cause des cabrioles de la veille avec Ludwik, et de celles de l'avant-veille, et de nos diverses péripéties sexuelles, de notre proximité, de la tendresse mutuelle, des retrouvailles de nos deux corps après des voyages, après des disputes, après des périodes d'éloignement – ma vie avait été bâtie sur une symbiose très intime, sur une connivence pas tant intellectuelle ou émotionnelle que charnelle. Je ressentis un manque, mais aussi une fureur inconsidérée à l'idée que ce vieux croûton se soit montré si prompt à retourner dans le lit de sa première femme oubliée et quittée cinquante ans plus tôt.

— Voulez-vous devenir des esclaves ? demandai-je amèrement. Des poupées soumises et muettes destinées à combler les désirs de votre maître que cela vous plaise ou non ? La volupté est un droit sacré de chaque femme, c'est pour cela que nous l'avons obtenue de la nature, pour en profiter quand nous le voulons et de la manière dont nous le voulons. Et nous voulons la vivre le plus souvent possible, enlacées dans une étreinte avec notre partenaire, en pensant à lui et en sachant qu'il pense à nous. Et si quelqu'un, comme vous le dites, atteint la plénitude dans tous les cas de figure, sans se préoccuper de ce que ressent sa femme, alors je pense qu'il devrait chercher des partenaires dignes de lui dans une porcherie et non dans une chambre à coucher. Et c'est de cela que nous allons discuter aujourd'hui.

— *Daccordsko* ! lança ma volontaire.

— Aujourd'hui, intervint froidement l'inspectrice, je vais continuer mon programme avec ma classe et j'invite ma chère collègue à rejoindre la sienne, salle numéro vingt-trois si ma mémoire est bonne.

Je ne m'attendais pas à ça. Dommage, je comptais monter dans les tours et devancer la sexologue Wisłocka de quelques années. Au fond de mon crâne, j'agençais déjà le plan des cours pour le semestre à venir.

— Bien sûr, dis-je. Je vous demande pardon, la porte était ouverte et, avant cela, quelqu'un m'avait parlé d'un remplacement. Quelle méprise amusante.

Je souris aussi sympathiquement que possible, mais ma collègue ne m'accorda pas même un signe de tête.

Je sortis en me demandant ce qui m'attendait dans la salle numéro vingt-trois.

10

Il se gara rue Wilcza après avoir constaté que non seulement le restaurant Shangaï n'existait pas, mais que tout l'immeuble l'ayant jadis accueilli n'existait pas non plus. En fait, la rue Marszałkowska avait été reconstruite différemment. Était-elle plus jolie ? C'était difficile à dire. Les communistes avaient simplement rasé et rebâti le quartier MDM à partir de zéro, mais avec panache. Dans cette version de l'Histoire, on avait rétabli les bâtiments d'avant-guerre, mais en rognant sur les coûts. Le tissu urbain avait gardé ses incohérences, avec des maisons de toutes tailles mais il avait perdu son charme, faute de façades sculptées, de balustrades forgées, de tout ce qui lui donnait du caractère et n'avait pas été restauré.

Ludwik n'aimait pas ce style, ce qu'il constata avec un certain étonnement parce qu'il avait toujours estimé qu'il n'y avait pire reconstruction que ce qui avait été réalisé.

Il traversa un porche puant – les habitants du centre-ville exploitaient avec entrain le fait que les conciergeries n'existaient plus, mais que l'ère des interphones n'était pas encore venue et qu'on pouvait, en rentrant à la maison, pisser en tout confort sans attendre que l'un de la douzaine de colocataires libère les toilettes. Ludwik évita une horde de gamins hurlants et pénétra dans une cage d'escalier d'angle particulièrement humide.

Il se planta devant la même porte de ce même appartement du même immeuble que celle à laquelle il avait frappé un demi-siècle plus tôt et pour la première fois, il hésita. D'accord, ils étaient tombés sur les filles la veille dans la rue, mais cela ne voulait pas dire qu'elles habitaient encore là. Il savait aussi que ce n'était pas pour cette raison qu'il tardait à appuyer sur la sonnette. Il tergiversait parce qu'il sentait que ce n'était pas Grażyna qu'il était venu voir et n'était pas sûr que, en frappant, il n'ouvrirait pas tant la porte d'un vieil appartement que celle d'anciennes émotions qui…

C'est alors que la porte s'ouvrit et que Lucyna apparut devant lui dans son peignoir fermement noué et décoré de coquelicots, des pantoufles à talons aux pieds et un mégot fumant à la bouche.

— Vous cherchez quelqu'un ? demanda-t-elle.

Il cligna des yeux pour ne pas fondre en larmes devant cette question posée par sa meilleure amie, celle dont il s'était souvent demandé si ce n'était pas elle en réalité l'amour de sa vie et si, en l'occurrence, un destin favorable ne l'avait pas jadis orienté vers cet appartement de la rue Wilcza, et s'il n'avait pas gâché l'affaire en ne choisissant pas, parmi les trois, la colocataire qu'il lui aurait fallu.

11

Dans la salle numéro vingt-trois, les filles étaient plus jeunes, elles avaient des cahiers et ne me regardaient pas comme un voyageur venu d'une autre planète, mais comme leur maîtresse. C'était la bonne nouvelle. La mauvaise, c'était qu'une fois de plus, je n'avais pas la moindre idée de ce que j'enseignais. Ça commençait à devenir fatigant.

— Je vous demande pardon pour mon retard et parce que globalement, je ne suis pas en pleine forme aujourd'hui.

Je me promenais entre les bancs en distribuant des sourires douceâtres comme une idiote, mais je tenais à lorgner sur le titre de la matière.

— Mais… parfois, même une spécialiste en gestion peut avoir des journées où… enfin, c'est comme préparer un gâteau d'anniversaire pendant des heures pour s'apercevoir que le fond a brûlé, que la crème fouettée se gâte et que les fraises sont pourries. Ça arrive.

Elles rirent cordialement, adorables petites. J'aurais dû avoir honte de cette blague douteuse, mais il n'y avait plus de place pour la honte en moi, mon espace intérieur était rempli par la joie et l'incrédulité. Je savais enfin ce que j'enseignais. « Gestion du foyer » annonçait le titre sur la couverture du cahier posé sur la table la plus proche.

— Et c'est sur cela que portera la leçon d'aujourd'hui.

Elles ouvrirent leurs cahiers.

— Je vous demanderai de ne pas prendre de notes afin de mémoriser qu'on ne peut anticiper toutes les éventualités. Et je vous remercie de laisser vos cahiers sur mon bureau après le cours, j'ai décidé de vérifier comment vous les teniez.

Murmure de déception : mais bon, il fallait bien que je me renseigne d'une manière ou d'une autre sur ma carrière.

— Et le sujet du jour, ce sera comment se préparer aux imprévus, c'est-à-dire quelque chose que les patrons des grandes entreprises appellent la « gestion de crise ». L'idée c'est que, quand tout s'écroule, il faut agir non seulement pour sauver son entreprise de la banqueroute, mais en plus sortir de la crise plus fort, plus riche et plus sûr de soi. Accepter le fait que les catastrophes, ça arrive et qu'on ne peut pas les éviter. Quand un pichet de vin se renverse sur la table, on bondit sur le côté pour préserver sa robe. Vous comprenez ? Imaginez-vous une date importante à laquelle vous voulez vous préparer parfaitement, une soirée exceptionnelle. Alors ?

— L'anniversaire du contrat ?

— Par exemple, acquiesçai-je, devinant qu'elle entendait par-là un anniversaire de mariage, mais je choisis de ne pas m'en assurer. Qu'est-ce qui pourrait aller de travers ?

— On pourrait faire un trou dans notre robe avec un fer à repasser.

— Bien, quoi d'autre ?

— On est prise d'indigestion.

— Parfait. Ensuite.

— On brûle le rôti.

— Ou la *meringue**.

— Ou les huîtres sont devenues enragées, berk.

Des huîtres ? À Varsovie ? Dans les années 1960 ?

— Et quelque chose hors de la cuisine, quelque chose d'inattendu qui arriverait par hasard, les encourageai-je pour masquer mon étonnement, mais en pensant que s'il y avait bien, par miracle, un bar à huîtres dans cette ville, alors il fallait à tout prix y faire un saut.

— L'apparition soudaine d'un frère et de ses copains, juste pour une nuit, venus à la manifestation de l'Union !

Cette phrase que je ne compris pas provoqua une hilarité sauvage chez les filles. Je décidai qu'il était temps d'y mettre fin.

— En d'autres mots, rien ne va comme prévu. Que faire ? Avant tout, réfléchir. Le désespoir, l'hystérie, courir partout dans l'appartement ou sangloter dans la salle de bains est une perte de temps. Nous devons accepter le fait que la catastrophe a déjà eu lieu et ne peut pas se défaire. Penser à ses causes, se reprocher la façon dont ça a pu arriver, imaginer d'autres scénarios n'a aucun sens. Trois inspirations profondes, puis nous prenons notre meilleure amie, c'est-à-dire une feuille de papier, et nous recherchons trois points dont la réalisation nous permettra de minimiser les pertes. Pas dix points, pas cinquante. Trois. Dans un instant, je vais vous diviser en groupes et chaque groupe devra établir un plan de secours en trois points pour gérer cette situation, c'est-à-dire l'anniversaire, un trou dans la robe, l'indigestion, des huîtres gâtées et la visite surprise du frère.

En gardant à l'esprit que… qu'est-ce qui est notre objectif principal, les filles ?

Mes élèves sourirent et récitèrent en chœur :

— Sa joie quand dans sa maison il rentrera !

— Quoi ?

Dieu m'est témoin que jusqu'à aujourd'hui, je ne sais pas comment je réussis à dire simplement « quoi ? » au lieu du « quoi, putain ? » qui grossissait sur ma langue.

J'avais crié assez fort pour que les filles s'affolent et échangent des regards inquiets.

— C'est ce que vous nous avez demandé d'inscrire sur la première page de nos cahiers, madame, nous avons cru que…

Ce n'était pas possible, c'était un mauvais rêve. Y avait-il une seule matière dans cet établissement qui ne ressemblait pas à la fiche de services à rendre à un homme des cavernes par une femelle obéissante ? Certes, j'étais née en province dans les années 1930, on m'avait élevée dans la crainte et le respect des hommes, l'époque était patriarcale jusqu'à une exagération comique, mais en me regardant dans le miroir aujourd'hui, sous l'éclairage de toutes ces années que j'avais vécues, sans me prendre pour une rebelle progressiste, je pouvais dire que j'étais une féministe raisonnable – ça oui. Quand, parfois, germait dans mon esprit la pensée que j'avais gâché ma vie en tant que femme au foyer obéissante et sage, j'arrivais à la faire taire en quelques minutes, à rationaliser mon comportement et à ajouter pour conclure « que c'est l'époque qui voulait ça ». Mais, à présent, je n'avais nulle part où me réfugier. J'avais l'opportunité de transmettre à des jeunes filles la théorie de la gestion, et qu'est-ce que je leur enseignais ? Comment devenir de parfaites femmes au foyer.

J'eus envie de disparaître, tellement j'avais honte.

— Oui, effectivement, nous avons commencé par cela, mais je dois vous avouer que… hmm… comment dire… si je m'appuie sur les conclusions de divers colloques internationaux auxquels j'ai participé, mais aussi sur mes expériences personnelles et mes réflexions... nous allons souligner des aspects différents.

Elles me fixèrent dans une incompréhension totale.

— Tout d'abord, je vais vous demander, avant que nous passions à l'exercice, de barrer le titre « Gestion du foyer » sur la couverture de vos cahiers. Allez, s'il vous plaît, dépêchez-vous.

Je voyais qu'elles ne se sentaient pas à l'aise, mais elles exécutèrent sagement ma demande. Certaines gribouillèrent par-dessus, d'autres le barrèrent d'un trait impétueux, d'autres encore s'appliquèrent à tracer à la règle des lignes successives censées masquer le nom du cours.

— Et maintenant, écrivez « Gestion de la famille ».

J'attendis qu'elles l'écrivent toutes.

— Je sais, vous vous dites certainement que ça ne fait aucune différence. Le foyer, la famille, qu'est-ce que ça change ? Pourtant, la différence, bien que subtile, est très importante. À votre avis, quelle est-elle ?

Silence.

— Que le foyer, c'est plutôt une maison, une ferme, un endroit, dit finalement une blonde à la mâchoire carrée très dessinée, très masculine. Et la famille, chez moi, avec tous les oncles, ça fera peut-être dans les cent personnes.

La classe en rit.

— C'est la bonne direction ! la félicitai-je rapidement, craignant qu'elles ne commencent à divaguer à propos de leurs oncles, de leurs cousins et de leurs arrière-grand-tantes. Le foyer est un lieu, une maison, parfois une grande ferme à la campagne, parfois un minuscule appartement. La famille, ce sont les gens qui vivent dedans. Les plus proches, c'est-à-dire vous, vos futurs maris, vos enfants, peut-être vos parents, si vous allez vivre ensemble. Imaginez cela sans la centaine d'oncles, si possible.

Plusieurs filles pouffèrent de rire, je sentais qu'elles étaient curieuses de la suite.

— Et, question suivante, en quoi diffère la gestion d'un foyer de la gestion d'une famille ?

— En gérant la famille, on gouverne aussi les gens ?

La réponse avait été prompte à tomber.

— Exact. Et pourquoi cette différence est aussi importante ?

Cette fois, ce fut le silence. Je leur accordai un instant.

— Parce que alors, on a plus de pouvoir ?

Encore une fois, c'est la mâchoire proéminente qui avait répondu ; il serait utile de découvrir comment cette fille s'appelait. J'inventerais peut-être une scène de théâtre ou un exercice qui les obligerait à s'appeler par leurs prénoms. J'y songerais plus tard.

— Très bien. Si nous nous occupons de la maison, nous devenons servante, une domestique en charge de ramasser les jouets, de faire les lits et de frotter les casseroles. Nous devenons des petites bonnes et des maritornes qui s'affairent à genoux armées d'un torchon, espérant la joie de notre mari, mais recevant dans le meilleur des cas de la mansuétude, la plupart du temps de l'indifférence, souvent du mépris et, dans le pire des scénarios, l'abandon. Êtes-vous tentées par une telle tournure des événements ?

Elles firent non de la tête.

— C'est ce que je pensais. Mais si nous gouvernons la famille, alors nous sommes la chef de cette entreprise. Nous possédons notre usine, mais nous disposons aussi d'employés. Parfois, ils sont doués et autonomes, parfois, ils sont fainéants et hargneux, ça dépend, on ne peut pas les licencier parce que ça fait tout de même mal au cœur de confier son enfant à l'orphelinat ou sa mère à l'hospice. Avec le mari au moins, on peut divorcer, on est au vingt et… au vingtième siècle, heureusement.

Un éclat de rire.

— L'important, c'est qu'une chose soit claire pour tout le monde. Il n'y a qu'une seule patronne.

— Et le mari ?

— Quoi le mari ?

— Ça ne serait pas lui qui devrait être le chef ?

— Au sens, le chef de la famille ? demandai-je.

Elles acquiescèrent.

— Ça dépend de votre arrangement avec lui. Il peut arriver, ce que je vous souhaite à toutes, que vous fassiez de grandes carrières, que vous inventiez des traitements contre le cancer ou remportiez des médailles olympiques. Et votre mari alors vous encouragera, aimera et gérera la famille pour que chaque rouage y tourne sans un murmure. Alors, il sera le chef. Mais il se peut aussi, et c'est ce que je vous souhaite également, que votre mari soit un gars normal avec lequel vous formerez une coopérative amicale pour diriger la famille. Mais je veux aussi vous préparer au fait que le monde est comme il est. Et qu'on va exiger de bon nombre d'entre vous que vous soyez des nounous, des cuisinières, des femmes de ménage, des amantes et des gouvernantes. Et ce sera fait par des personnes qui vous aiment beaucoup. Et vous-mêmes, je l'espère, vous aurez envie d'offrir à votre famille tout cela par amour et ça pourrait vraiment être magnifique. À une seule condition.

Je suspendis ma voix.

— Seulement selon vos règles. Seulement à vos conditions. Seulement en échange de la gratitude et du respect. Et seulement si, dans les domaines dont vous avez la charge, vous êtes écoutées et vous avez le dernier mot. C'est ce qu'on va apprendre à partir d'aujourd'hui. Et maintenant…

La sonnerie m'interrompit à mi-phrase.

12

— Et on peut réellement aider quelqu'un comme ça, juste par la conversation ? demanda-t-elle. J'avoue que j'étais sceptique quand Wanda a raconté à Grażyna que des rendez-vous avec vous pourraient remédier à ses angoisses. Je le suis toujours.

— Ce n'est pas un concept nouveau, si l'on pense à tous ces gens qui courent se confesser depuis des siècles.

Elle hocha poliment la tête, admettant qu'il y avait du vrai là-dedans et, en guise de réponse, il lui sourit poliment à son tour même si en son for intérieur, il se cognait la tête contre les murs. La Lucyna qu'il connaissait, la Lucyna tranchante, vive d'esprit, sans compromis, serait partie d'un rire râpeux, aurait tiré sur sa cigarette et répliqué entre deux quintes de toux que c'était bien la preuve, s'il était si prompt à se comparer aux types en soutane, que sa foutue psychologie à la con ne différait en rien d'une religion.

C'est-à-dire, elle aurait ri dans le temps, quelques années plus tôt, avant que la maladie ne commence à l'éteindre peu à peu. Quelle situation débile, quelle boucle temporelle diabolique ! Il lui avait rendu visite la semaine dernière, comme toujours seul et comme toujours sans en toucher un mot à Grażyna ; il craignait que celle-ci se mette à lui poser des questions, à demander pourquoi il y allait si souvent et pourquoi sans elle. Il avait rendu visite à Lucyna et lui avait raconté, comme chaque semaine, l'histoire de leur escapade dans les Alpes. Avant, sachant que le mal la privait progressivement de sa mémoire à long terme, il choisissait divers événements, divers souvenirs, mais depuis qu'il avait découvert que Lucyna réagissait chaque semaine de la même façon à ses récits, comme si elle les entendait pour la première fois et qu'ils concernaient quelqu'un d'autre, il lui narrait toujours la même histoire, en peaufinant les détails, en soignant les retournements de situation, en ajoutant des dialogues et s'évertuant à prendre un ton assez humoristique afin qu'elle ne remarque pas qu'il ne racontait pas cette histoire seulement pour elle, mais aussi pour lui, et qu'il ne s'agissait pas de n'importe quelle anecdote, mais de l'un des souvenirs les plus importants de sa longue vie. Pourtant, dès qu'il l'achevait, elle le regardait parfois de façon bizarre.

Quelle boucle temporelle diabolique ! Chaque semaine, il venait voir une vieillarde amaigrie et devait se présenter, lui expliquer qui il était et, chaque fois, c'était atrocement triste. À présent, cinquante ans plus tôt, alors que la vieillarde flétrie était une femme de moins de trente ans, il devait à nouveau lui expliquer qui il était. Il en aurait pleuré.

— Avec tout le respect que je dois à un confessionnal, dit-elle en roulant imperceptiblement les yeux et, durant un instant, il vit en elle la véritable Lucyna, j'espère que vos méthodes sont basées sur des données un peu plus scientifiques. Et que vous allez aider notre Grażyna. On s'inquiète beaucoup pour elle. Parfois, ses attaques d'hystérie sont si fréquentes qu'on organise des tours de garde pour savoir laquelle d'entre nous doit se lever la nuit pour la soutenir au besoin. Bien sûr, nous ne le lui avons pas dit, alors je vous serais reconnaissante…

— Bien sûr.

— Secret de confession ?

Il sourit pour signifier qu'il appréciait la plaisanterie. Il aurait dû se lever et partir, il comprenait qu'il brisait les principes de la bonne éducation en demeurant auprès d'une femme inconnue vêtue d'une robe de chambre. Lorsqu'il fixait la fenêtre sans se presser pour sortir, c'était « Mlle Lucyna » qu'il avait en face de lui et non « *ma* Lucyna », la femme avec laquelle il avait renversé un voilier sur la lagune de Szczecin, qui avait conduit à de multiples reprises leur Jacek à l'hôpital en pleine nuit à une époque où elle était la seule à posséder une voiture, une Lucyna à laquelle ils apportaient des paquets en prison durant la loi martiale et qui, le jour de l'entrée de la Pologne dans l'Union européenne, avait agité le drapeau bleu avec un tel enthousiasme sur leur balcon qu'elle avait fait tomber un pot de géraniums sur le fourgon de police garé en bas. Lucyna, l'éternelle révolutionnaire, toujours trop occupée, trop en lutte pour la juste cause, trop militante auprès d'un Kuroń ou d'un Ikonowicz ou d'un autre tribun populaire pour se caser. Personne ne comprenait ce qui n'allait pas chez elle et pourquoi elle repoussait ses amants successifs, interrompait brutalement des relations prometteuses pour regarder ensuite ses anciens compagnons se marier, se stabiliser et pousser un landau dans le parc Pola Mokotowskie. On s'étonnait, on chuchotait dans son dos en disant que ça aurait pu être sa poussette et son bonheur. Pourquoi ne le voulait-elle pas ? Lui, il le savait. Elle le lui avait confié ce jour où ils attendaient le reste du groupe dans un chalet près de Méribel et qu'une tempête soudaine les avait coupés du monde durant trois jours.

Il avait envie de la saisir par les épaules et de crier : bon sang, Lucyna, sais-tu seulement combien de moments merveilleux nous allons vivre ensemble ?

— Excusez-moi de vous interroger ainsi, mais je voudrais profiter de l'occasion, vu que Mlle Grażyna n'est pas là…

Il la vit serrer les dents pour s'empêcher de sourire, ses yeux lancèrent des étincelles – bien sûr, ce qu'il venait de dire sonnait de façon équivoque.

— … pour réunir quelques informations. Les patients exagèrent souvent leur état ou, au contraire, ont honte de les décrire sincèrement. Votre témoignage pourrait m'être très utile.

Elle alluma une nouvelle cigarette ; il n'en finissait plus d'être étonné par le nombre de clopes que les gens consommaient à cette période.

— Vous savez, Grażyna dit une chose et j'en vois une autre. Elle déclare que son incube lui rend parfois visite la nuit, mais ça n'arrive pas seulement la nuit et pas seulement de temps à autre. Bien sûr, la nuit, c'est pire, quand elle crie dans son sommeil et ne parvient pas à respirer, qu'elle tremble de tout son corps, et qu'on voit vraiment qu'elle est persuadée à ce moment-là qu'elle est en train de mourir. Mais j'ai l'impression qu'une sorte d'appréhension l'habite en permanence, qu'elle sait qu'elle va mal et qu'elle évite tout ce qui peut lui faire se sentir de la sorte, est-ce que je m'exprime clairement ?

— Tout à fait, admit-il.

« Est-ce que je m'exprime clairement ? » était sa formule favorite. À l'époque où elle siégeait au parlement, durant les années 1990, l'actrice qui la parodiait dans des sketchs à la télévision répétait sans cesse : « Mais est-ce que je m'exprime clairement, je vous prie ? »

— Et ça, c'est très mal.

— Pourquoi le pensez-vous ?

— Vous le savez mieux que moi, chacun endure des attaques, des mauvais jours, un incube qui vous réveille la nuit.

— On plaisante parfois avec des collègues en disant qu'il n'y a pas de gens sains, il n'y a que des gens mal diagnostiqués.

Elle chassa d'un mouvement de la main sa blague piteuse et de la cendre tomba sur son peignoir.

— Mais moi, je crois qu'elle ne craint plus la nuit ou le danger, elle craint le seul fait de craindre et ça grandit, c'est pourquoi elle se retire, elle se cache tel un escargot au fond de sa coquille. Elle commence à fuir les défis, les aventures, le fait de prendre la vie à bras-le-corps. Elle va tomber sur le premier venu auprès duquel elle se sentira en sécurité, elle s'accrochera fébrilement à lui et passera cinquante ans à vivre en fonctionnaire, à courir en buvant des cafés solubles entre l'école maternelle de ses enfants et les dîners à préparer pour son mari. Et ça sera un drame pour elle.

— Parce que ? lâcha-t-il, tentant de ne pas montrer à quel point ces paroles lui avaient fait de l'effet.

— Parce que, dans la vie, nous avons divers rôles à jouer. Ça vaut le coup de regarder les gens sous cet angle-là, de jouer à deviner leur avenir. Vous savez certainement le faire en tant que psychologue.

Il haussa les épaules.

— Un psychologue s'occupe du passé. Il s'efforce de transformer ce passé en histoire, de la mettre entre les mains du patient afin que celui-ci puisse décider seul de son avenir. Je ne crois pas aux catégories de gens, je ne crois pas non plus aux rôles qu'ils auraient à jouer. Mais vous avez raison quand vous dites que le décalage entre ce que nous voudrions faire et ce que nous faisons est la source de nombreuses tensions. Plus il est grand et plus la tension est forte.

— Appelez ça comme vous voulez.

Qu'est-ce qu'il était heureux de pouvoir rester en sa compagnie, avec Lucyna la bavarde qui agitait sa cigarette et assemblait ses théories. Il l'écoutait tout en réfléchissant. Et si toute cette affaire, ce voyage, faute de terme plus adéquat, avait lieu pour qu'il puisse faire un autre choix ? Pour qu'il puisse essayer dans sa chair ce « et si » ? Pour qu'il se tienne aux côtés de cette merveilleuse femme qu'il avait toujours admirée ?

Il connaissait la théorie selon laquelle les hommes qui avaient trahi une fois étaient ensuite farouchement fidèles, s'interdisant jusqu'aux fantasmes d'une autre parce qu'ils craignaient de détruire à nouveau quelque chose. Et, d'une certaine manière, il avait accepté que ça lui arrive aussi. Jamais, durant sa relation avec Grażyna, il n'avait fait quelque chose dont il aurait dû avoir honte, qu'il n'aurait pu lui raconter.

Jamais, même si ses liens avec Lucyna reflétaient une tension qui dépassait considérablement le cadre de l'amitié. Il avait dépouillé cette tension de son ambivalence érotique et l'avait transformée en admiration de son esprit vif, de ses choix sans compromis, de son travail incessant en faveur de la meilleure des causes, de sa capacité à passer sans peine d'une croisade noble à une autre.

À présent, pour la première fois, il fantasmait de manière plus hardie. Il songeait à une vie où le week-end dans les Alpes n'aurait pas été un renoncement rempli de tensions, mais un moment vécu ensemble par deux compagnons mariés et amants complètement dévoués l'un à l'autre.

Le souhaiterait-il ?

— Vous, par exemple ? demanda-t-elle. Vous pensez parfois à votre avenir ?

De moins en moins, avait-il envie de répondre, à quatre-vingts ans passés, faire ce genre de projets équivalait à tenter le diable.

— Vous êtes capable de vous imaginer dans dix, vingt ans ? Peut-être même au XXIe siècle ?

— Et vous, vous êtes capable de m'y voir ? Après tout, c'est vous qui avez des prétentions à la voyance.

— Je vous vois, *evidemensko*. Vous avez en vous quelque chose qui fait que, peu importe ce que vous entreprenez, ça finit certainement par être au-dessus de la moyenne. Peut-être pas au point de recevoir un prix Nobel un jour, mais assez pour avoir une entrée à votre nom sans photo dans une encyclopédie et pour qu'on baptise une ruelle dans votre ville d'origine en province.

Il hocha la tête avec intérêt, se disant que Lucyna serait surprise d'apprendre que, dans le futur, même les personnages fictifs d'une bande dessinée auraient des articles dans une encyclopédie et qu'on les lirait sur une télé rangée dans la poche de son pantalon. Une télé couleur.

— Et Mlle Grażyna ?

— Grażyna possède un état d'esprit ouvert au monde.

— Ce qui veut dire ?

— Ce qui veut dire que son âme est caractérisée, pardonnez-moi l'expression, par une bougeotte aiguë, elle se languit du vagabondage, de péripéties, d'un voyage vers l'inconnu. Elle poursuit ce but et le fuit simultanément, cherchant la sécurité, c'est pourquoi elle est dans cet état. Regardez, après le bac, elle est venue ici toute seule et juste avec un sac, elle est venue à la capitale, dans l'inconnu, loger chez une tante qu'elle n'avait jamais vue de ses yeux. Je l'ai rencontrée peu après, elle en avait les narines qui frémissaient d'excitation chaque fois qu'elle détectait une nouvelle odeur d'originalité et d'aventure. Vous savez où elle voulait étudier ?

Il nia d'un signe de tête. Dans son monde, Grażyna avait étudié à l'École supérieure de planification et de statistique et puis c'est tout.

— À l'Hydro de Marseille.

Il ne comprit pas

— Lidro ?

— Une école maritime, comme chez nous à Gdynia, mais plus ancienne, meilleure, et puis, soyons clairs, c'est une école d'un empire colonial et non d'un pays qui débouche sur une mer de la taille d'une bassine et qui y pêche des harengs. C'était peu après les traités communautaires, quand les Français ont permis aux Polonais d'étudier dans leurs universités. Elle leur avait envoyé une magnifique lettre de motivation, mais elle n'avait pas prévu qu'au pays des Lumières, une loi est toujours en cours depuis le XVIIe siècle, et celle-ci interdit aux femmes de monter sur un navire de commerce, et de là à se former pour devenir capitaine ou navigatrice… J'ai essayé de la convaincre de postuler à Szczecin, mais elle traversait justement une période plus difficile. Et puis, les gens sont idiots, les amis se moquaient en disant qu'une mousse, c'était une bière et non un métier de femme. Et qu'est-ce qu'elle a choisi ? Des études dans cette stupide école de planification et de statistique, un incubateur pour fonctionnaires. Mais après, elle a eu une meilleure période, elle a rencontré Adam et, au lieu d'aller tamponner de la paperasse à longueur de journée, elle a atterri à la FF. Soudain, le chemin de l'aventure s'est à nouveau déployé devant elle.

Il feignait d'écouter avec intérêt, mais la vague brûlante de la jalousie s'était déversée en lui, comme si un récipient de colère corrosive y avait explosé. Quel Adam, bordel ? Sur la base de son exemple, il avait déjà constaté que la situation de l'époque où il avait troqué une femme contre une autre avait été restituée ici assez fidèlement. Est-ce que c'était aussi le cas pour Grażyna ? Était-elle revenue auprès de son Adam après leur folle nuit ? Ce prénom ne lui disait rien. Est-ce que c'était le type dont elle parlait quand elle venait à leurs premières sessions ? Il ne s'en souvenait pas ; ce qui était certain, c'est que le sujet n'était jamais revenu sur la table après coup dans leur vie commune. Aucun Adam ne faisait partie de leur cercle d'amis, n'était le héros d'anecdotes ou de récits du temps de leur jeunesse.

— Et ? réussit-il enfin à articuler.

— Adam est parti en poste à l'étranger, Grażyna a de nouveau été terrifiée par la vie et elle a atterri chez vous.

Elle sourit amèrement et, cette fois, c'est elle qui plongea son regard dans la vitre ; il pouvait observer ses traits familiers légèrement dilués dans le reflet : un visage fin et carré, des cheveux clairs et courts planqués derrière ses oreilles, des lèvres fines, un nez délicatement retroussé qui donnait à sa physionomie un caractère pugnace. Eh, s'il devait vivre sa vie encore une fois, il voudrait se rappeler de prêter un maximum d'attention aux femmes qui ne lui donnaient pas envie de se retourner derrière elles dans la rue.

— Puis-je vous demander un service ?

— Bien sûr.

— Assurez-vous qu'elle recouvre cet état d'esprit, que personne ne l'emprisonne pour cinquante ans, qu'aucun type ne l'entraîne dans ce bourbier polonais de la banalité sanctifiée, qu'aucun mari ne la persuade que le plus important, c'est un petit bonheur quotidien et d'autres petits bonheurs pour lesquels on aura bien du temps une fois qu'on aura remboursé les meubles du salon. Parce que son destin à elle, c'est l'aventure et elle n'a pas le droit de l'oublier. Est-ce que je m'exprime clairement ?

13

Sainte Vierge, je n'en revenais pas à quel point cette journée était passée vite. Encore deux autres cours, un déjeuner à la cantine (pas d'huîtres, mais un plat d'agneau assez savoureux, étonnamment décent pour un établissement de restauration collective) et une plage horaire que je passai dans la salle des profs. J'avais réussi à établir, enfin, à deviner que j'enseignais depuis septembre, dans les plus jeunes classes pour le moment, et qu'apparemment, j'étais amie avec la prof de géographie, ce qui n'était au fond pas étonnant, dans la mesure où voyager avec le bout de mon doigt sur un globe terrestre avait été une passion depuis l'enfance. Jadis, je possédais une mappemonde sur laquelle j'épinglais les endroits que j'avais visités, mais, avec les années, la carte avait jauni, les épingles ne se faisaient plus aussi nombreuses et j'y avais renoncé à l'occasion de je ne sais quels travaux de rénovation. Sophie était une Française basanée, plus jeune que moi d'une trentaine d'années (c'est-à-dire qu'ici, elle était mon aînée de vingt ans), née à Madagascar, élevée en Indochine, venue pour de bon en Europe après la décolonisation, et c'est pourquoi tout ce contexte était en quelque sorte aussi nouveau pour elle que pour moi.

À 14 heures, j'avais terminé, j'étais si excitée par mes impressions et la nouveauté que je ne tenais plus en place. Depuis la veille, une seule question rebondissait au fond de mon crâne : étais-je morte, endormie ou devenue folle ? Je l'entendais sans cesse, elle s'était tue le temps des cours, mais quand elle revint, je la chassai du revers de la main. Quelle différence ça faisait ? Les choses étaient comme elles étaient et puis c'est tout. Si ça se terminait dans un instant, il ne me resterait qu'à me réjouir d'avoir vécu une aventure agréable. Si ça durait à nouveau cinquante ans, il fallait s'y préparer. Et, cette fois, je ne comptais pas vivre ces années gentiment et en toute sécurité, il en était hors de question. Cette fois, je comptais ébranler le monde dans ses fondements, je l'avais compris au cours de cette unique journée à l'école. Je fixais les yeux de ces magnifiques jeunes filles et je sentais que pour nombre d'entre elles, ce que j'allais dire et la manière dont j'allais le dire pouvait transformer leur vie, déplacer l'aiguillage des rails de la « femme au foyer maltraitée » vers les rails de la « femme accomplie, forte et sûre d'elle ». Si je restais dans cette école pour femmes, merveilleuse et moderne – je devrais alors y aller mollo sur mon féminisme –, si j'arrivais à métamorphoser rien que vingt pour cent d'entre elles, si elles transformaient leurs copines, leurs filles, leurs petites-filles, mon Dieu, je pouvais sauver des milliers, des dizaines de milliers de femmes polonaises ! L'idée gonflait en moi, elle bouillonnait, je voyais déjà les conférences que je donnerais, les livres que j'écrirais, les récompenses que je recevrais et, entre-temps, les voyages lointains que je ferais – et cela avant le tourisme de masse, à une époque où chaque parcelle de la terre n'avait pas encore été piétinée par des gens en sandales.

Je me dit machinalement qu'il fallait que j'en parle avec Ludwik et je fus aussitôt saisie de rage au souvenir du coup tordu qu'il m'avait infligé la veille. Que faisait-il en ce moment ? Recevait-il des patients ? Se baladait-il avec sa femme ? Faisait-il un somme sur son divan ? Oh, peu importe, je n'allais certainement pas lui demander l'aumône ! Si ça lui chantait, il viendrait s'excuser, sinon – bon débarras. J'avais eu raison de dire au cours de notre soirée d'anniversaire que nous ne nous étions pas assez reposés l'un de l'autre. Il allait me regretter un jour, ce vieux croûton ennuyeux. Mais qu'il le fasse vite parce que j'avais envie de tout lui raconter. Qui me comprendrait dans ce monde à part lui ?

Je me réjouissais d'avoir encore deux heures jusqu'à mon rendez-vous sous la « verge du maréchal » avec Wanda, ce qui allait me permettre, premièrement, de trouver ladite verge et, deuxièmement, de flâner enfin un peu dans la capitale. En venant ici, j'avais été trop tendue pour remarquer quoi que ce soit ; par ailleurs, toutes les fenêtres de mes salles de classe donnaient sur la cour intérieure de l'école, avec son terrain de sport et son jardin, mais vous rappelez-vous quand je disais que j'avais du mal à me concentrer durant ma conversation avec la directrice ? C'était parce que les fenêtres de son cabinet donnaient sur une avenue – immense, large, qui ne ressemblait absolument à rien de ce que j'avais jamais vu à Varsovie. Je dévalai l'escalier monumental deux par deux, je passai sous la citation gravée – Maupassant, je le savais à présent, parce que la même était affichée dans la salle des profs, mais signée – et je me précipitai dehors pour avoir un aperçu de cette ville inconnue avant que la lumière ne disparaisse complètement.

À peine sortie, je m'arrêtai aussitôt, déboussolée par la scène que je ne m'attendais pas à voir dans cette réalité, ayant pris pour acquis que cette fois, le contexte était différent. Pourtant, à une quinzaine de mètres de moi, un camion de police de la taille et de la forme d'un wagon de train était garé en travers du trottoir et, depuis son toit, un canon à eau me fixait de son œil.

Je me repliai sur moi-même dans un paroxysme de crainte, m'attendant au pire, mais alors, le canon frémit comme s'il s'excusait de m'avoir visée et s'orienta vers le trottoir où la police finissait de disperser une petite manifestation en embarquant ses participants dans les fourgons. Comme c'est d'ordinaire le cas lors de manifestations, certains montaient docilement dans les paniers à salade, d'autres insultaient les flics et les traitaient de fachos, d'autres encore se débattaient pour le principe. Je n'étais peut-être pas toujours la première à foncer tête baissée comme Lucyna qui, à l'époque communiste, n'avait pas raté une seule échauffourée, mais j'en avais vu ma dose dans les années 1970 et 1980 ; je connaissais les règles du jeu.

Les élèves sortaient derrière moi et, à mon grand étonnement, elles ne regardaient même pas ce qui se passait, comme si un canon à eau à Varsovie était un élément du paysage aussi naturel que les flaques aussi profondes qu'un lac et les crottes de chien qui fleurissaient après le dégel tels des crocus dans une vallée de montagne. Les filles boutonnaient leurs manteaux, pouffaient de rire et s'éloignaient en direction de la ville. Les autres passants ne faisaient pas non plus grand cas de ce remue-ménage, ils semblaient irrités par la présence du camion sur le trottoir et c'est tout.

Je m'approchai, posai les pieds entre les banderoles abandonnées sur le sol humide – sur l'une d'entre elles, je découvris l'étrange inscription LICENCES LICENCIEUSES –, remarquant que la véritable moi, à vingt-huit ans, n'aurait jamais osé le faire, mais quand on était presque octogénaire, on n'avait plus peur de tout et n'importe quoi parce qu'on avait déjà tout vu et on savait que ce n'est pas si terrible.

Les manifestants, en majorité des garçons, paraissaient très jeunes, ils n'avaient pas plus de vingt-cinq ans. Trois d'entre eux portaient des écussons brodés sur leurs blousons contenant un épi de blé stylisé – semblable à celui que j'avais entraperçu sur le mur de notre immeuble, mais sans l'ancre et beaucoup mieux finalisé. Bien que le symbole ait été stylisé, il ne pouvait y avoir de doute quant à ce qu'il représentait.

Une fille trop légèrement vêtue pour le temps qu'il faisait, d'un âge similaire à celui de mes élèves, se débattait, étreinte par un policier, et elle aurait probablement pu se dégager si celui-ci ne l'avait pas agrippée violemment au dernier instant. La fille perdit l'équilibre et s'écroula dans l'eau sale sur le trottoir.

— Hé ! Qu'est-ce que vous faites ? criai-je.

Je m'approchai de la fille et l'aidai à se relever.

Le policier me regarda de ses yeux scintillants d'adrénaline comme si je débarquais d'une autre planète. Je connaissais ce regard, je l'avais vu durant les manifs des années 1980 justement. Ce regard expliquait tous les mystères de l'expérience Zimbardo dont Ludwik aimait à me rebattre les oreilles jusqu'à l'ennui.

— Je travaille, répliqua-t-il.

— En jetant des jeunes gens dans la boue ?

— En dispersant une manifestation illégale. Si la demoiselle, dit-il en désignant la fille, s'occupait de ce dont s'occupent les demoiselles, au lieu d'errer dans les rues en contrevenant à la loi, il ne lui serait arrivé aucun mal.

La fille le toisait avec rage, ses poings se crispèrent.

— Fais gaffe, lança le policier froidement, parce que, pour le moment, tu risques une main courante et de te faire renvoyer chez papa maman. Mais encore un numéro stupide et tu vas avoir affaire au procureur. Quant à vous, dit-il en se tournant vers moi, vous êtes une sympathisante ?

Ce disant, il tapota le symbole de l'épi sur le manteau de la fille qui grimaça avec dégoût.

Peut-être bien que oui, comment étais-je censée savoir, bordel, je n'avais pas la moindre idée de ce que ça représentait.

— Moi, cher monsieur, en tant qu'enseignante, je sympathise avec chaque jeune personne que la police balance contre le trottoir.

— Enseignante ?

Le policier et la fille l'avaient dit de concert, unis par un étonnement identique.

— Vous voulez dire que…

Le flic désigna l'immeuble dans mon dos.

— Oui, c'est mon lieu de travail, répliquai-je et je me redressai fièrement parce que j'en avais appris assez pour savoir que ma pension pour jeunes filles, ce n'était pas un collège de province, mais la fierté de la capitale, un établissement scolaire important, moderne et innovant.

La confidence que je venais de faire le front fier eut un effet surprenant. Le policier pouffa et partit d'un rire tonnant, quant à la jeune fille, elle s'approcha de moi, la haine dans le regard, cracha à mes pieds et, altière et digne, pénétra dans le panier à salade. Le policier, toujours hilare, referma la porte derrière elle.

— Oh, pas possible, pas possible, dit-il en ricanant encore. Quelle ville de fous, je ne m'y habituerai jamais. Enfin… je vous souhaite une excellente journée, madame le professeur.

Il me salua et monta dans le fourgon côté passager. Tous les véhicules de la police partirent sans enclencher de sirènes et je restai au milieu de la rue avec mon air bête.

14

La discussion avec Lucyna l'avait remué au plus haut point. Il regrettait de ne pas avoir un superviseur sous la main pour en parler et remettre de l'ordre dans ses émotions. Au lieu de quoi, il décida de mener une enquête gastronomique ayant pour but d'établir où, par tous les diables, il était censé passer leur soirée d'anniversaire avec son épouse. Il se sentait coupable vis-à-vis de Grażyna de seulement prévoir d'y aller, mais il se disait que si Iwona le mettait à la porte à l'heure qu'il était, le privant de son logement, de son cabinet et de son automobile, ça ne serait une bonne nouvelle ni pour lui ni pour Grażyna, parce qu'ils seraient alors livrés à eux-mêmes dans une réalité inconnue. D'abord, la sécurité ; après, on verrait. Vraiment, ce n'était pas le moment de faire des caprices.

C'est pourquoi il s'était rendu à la poste de la rue Miodowa avec une poignée de pièces et un bottin défraîchi sous le bras, et attendait qu'une des cabines se libère. Il comptait appeler les restaurants de Varsovie et vérifier dans lequel il avait une réservation. Avant cela, il passa une heure à en décortiquer la liste afin de réduire le spectre de ses recherches.

Il avait ouvert l'annuaire avec l'idée de se restreindre aux établissements de catégorie « S » du centre-ville servant une cuisine internationale. « S », c'est-à-dire de niveau « supérieur », parce que tout portait à croire qu'ils étaient plutôt aisés, instruits et assez mondains pour se le permettre au moins une fois par an. Dans le centre-ville parce que aucun Varsovien digne de ce nom ne s'amuserait à aller dîner dans un autre quartier ; ça serait un peu comme si un couple du 8e arrondissement de Paris prévoyait un repas festif dans un kebab de Gentilly. C'est théoriquement possible, mais pour quoi faire ? Et une cuisine exotique parce que, premièrement, à l'époque, ils avaient fêté leur anniversaire au Shangaï chinois et parce que, deuxièmement, qui choisirait en une telle occasion un menu proposant un filet de bœuf, un rumsteck ou une escalope viennoise ? Or c'est à peu près à ça que se résumait la gastronomie polonaise des années 1960 dans ses souvenirs. Le nom des plats était peut-être romantique, mais le morceau de viande toujours invariablement trop cuit, gras, tendineux et indigeste. En somme, il s'attendait à deviner d'emblée de quel établissement il s'agissait, ou, dans le pire des cas, à devoir passer trois coups de fil.

Quand il ouvrit le bottin à la page des restaurants, il ressentit un abattement profond et poignant. Autant les grandes aventures, les voyages et les terres inexplorées ne l'attiraient pas – puisque selon lui rien ne surpasserait jamais l'attractivité de ce qui se nichait au cœur de l'esprit humain –, autant il aimait bien manger. Parfois d'ailleurs, il n'arrivait pas à accepter que les meilleures années de sa vie culinaire, quand il ne devait pas encore faire attention au sucre, à son foie ni au cholestérol, il les avait passées dans cette maudite République populaire de Pologne. L'absence de liberté d'expression et de réunion, la censure, les unités de police motorisées ZOMO, les bases de l'armée Rouge et le reste, tout cela aurait été supportable sans cette humiliante tristesse de la gastronomie, sans ces légumes venus d'une zone d'essais nucléaires, sans cette viande sortie d'une morgue d'hôpital, sans ces vins semblables à un liquide pour nettoyer les chiottes, ces épices comme autant de mauvaises herbes séchées, ces friandises au charme d'un morceau de betterave à sucre emballé dans du papier alu, ces pains qui puaient le rat et les cafards – et dont chaque boulangerie regorgeait. On avait même réussi à transformer les patates en bouche-boyaux maculés de terre qui permettaient de ne pas mourir de faim, mais rien de plus. Dans les bistrots, c'était pareil en pire, en plus cher, tous les plats étaient noyés dans une sauce beige dont l'unique objectif était de masquer la piètre qualité des produits de base et distribués par un serveur dont le regard vous informait que chaque cuistot souffrait d'une maladie rare de la peau, vraiment, je vous le dis, monsieur, c'est écœurant, j'en ai la nausée.

C'est pour cette humiliation culinaire qu'il haïssait le plus le rideau de fer.

Or les pages du bottin qu'il avait sous les yeux ne lui proposaient pas la petite trentaine de restaurants désolants qu'il avait connus, mais des centaines ! Deux générations avaient été condamnées à de la nourriture exécrable alors qu'il aurait pu en être autrement.

Il soupira, adressa à la fonctionnaire au guichet son plus beau sourire pour lui emprunter un crayon et s'attela à la tâche. Il raya les noms typiquement polonais du type « La Silésienne hardie », « Le cochon qui rit » ou « La maisonnette blanche », il raya les établissements situés en dehors du centre-ville (pour autant qu'il pût localiser les rues), les noms qui suggéraient des brasseries, tels « Les tripes de mamie ». Néanmoins, il lui restait environ une centaine de restaurants à appeler.

Il marqua d'un astérisque la vingtaine d'établissements dont les noms lui plaisaient ou évoquaient des contrées exotiques : « Puszta », « Orient Express », « Constantinople », « Petit Zinc », « Le Tire-bouchon », « Yin Yang », et ainsi de suite. Il les appela un par un, se retenant difficilement de rire lorsque les employés des restaurants français lui répondaient en français ; cela lui semblait moins mondain que prétentieux. Quoi qu'il en fût, personne n'avait entendu parler d'une réservation à son nom.

La poisse.

Il marqua deux nouvelles douzaines d'établissements au petit bonheur la chance et les appela. Toujours rien et il commençait à se faire tard. Il n'avait pas le temps de tous les appeler ; d'ailleurs, même une telle démarche ne garantissait pas un résultat dans la mesure où sous le nom « Le cochon qui rit » pouvait se cacher l'auberge à la mode de la ville, un établissement qui servait des spécialités de cochonnaille des quatre coins du globe. Saisi par ce pressentiment, il appela donc « Le cochon », où on se moqua de lui, l'informant avec une cordialité surjouée qu'il venait de joindre un bar de service rapide qui ne disposait pas de places assises, mais qu'on pouvait réserver au cher monsieur le meilleur tronçon du comptoir près des toilettes s'il le désirait.

Hilarant.

Fou de rage, il raccrocha brutalement l'écouteur en ébonite sur la fourche de l'appareil. La fille au guichet l'interrogea du regard à travers la vitre de la cabine. Il lui sourit en se disant que dans un instant, son unique chance serait d'attendre Iwona chez eux dans l'espoir qu'elle repasserait à la maison pour se changer et se maquiller.

La fille lui renvoya son sourire. Elle était charmante et jeune comme la caissière de la veille, le mascara pareillement étalé en œil de biche. Si on les plaçait côte à côte, elles auraient l'air de deux sœurs.

Je devrais peut-être procéder à l'ancienne, se dit-il en s'approchant du guichet.

— Mademoiselle pourra peut-être m'aider. Un ami vient de rencontrer une fille sensass et se demande où il pourrait l'inviter à dîner. J'essaie de l'aider, le pauvre n'est pas de Varsovie, il cherche un bon restaurant. Vous auriez quelque chose en tête ? Quelque chose de surprenant, il voudrait lui montrer un truc exotique, européen, et vu que ses parents possèdent des serres à tulipes… vous comprenez, des horticulteurs.

Il se frotta les doigts dans le geste international qui représentait l'argent.

— Oh, je ne sais vraiment pas, répliqua-t-elle en battant des cils.

— Imaginez-vous en train de vous balader dans Varsovie. Et maintenant, pensez au moment où vous vous dites, parfois, oh, quel chouette resto, qu'est-ce qu'il serait sympa d'aller y dîner si quelqu'un m'invitait.

— Un établissement de prestige ? demanda-t-elle en se mettant à rêver.

— Un lieu élégant, mais pas au point d'avoir peur de se faire gronder par le serveur si on croise les jambes de travers.

Elle rit.

— Tous les nantis vont à « L'Orient » près de l'hôtel Polonia, mais là, ça ne me dirait rien. Il y a toujours une clientèle bizarre près de la gare, je n'aime pas trop ces parages.

Il acquiesça avec compréhension. D'autant plus qu'il avait déjà appelé là-bas.

— Un resto français peut-être ?

Elle grimaça.

— Si c'est une occasion importante, alors j'aurais préféré quelque chose de spécial, or ces adresses françaises, il y en a à chaque coin de rue. Un de mes oncles travaille à l'inspection et répète sans cesse qu'il ne suffit pas de rebaptiser un bout de volaille *magret de canard*, il faut aussi savoir le cuire. Et que les vins qu'on vous présente ici, on n'en voudrait pas en France pour laver les sols. Alors qu'une bonne vodka, c'est une bonne vodka. Enfin, c'est mon oncle qui dit ça, pas moi. Vous savez ce qu'une copine me racontait par exemple ? Qu'à Łódź, il y a un restaurant italien et qu'on y sert une sorte de crêpe, mais en pâte à pain, sur laquelle on met du jambon, des olives et des tomates. Je sais, ça a l'air bizarre, mais c'est super bon, paraît-il. Et les pâtes, ils les servent sans soupe, mais avec différentes sauces. C'est marrant, pas vrai ?

— Extraordinaire, dit-il.

Que pouvait-il répliquer d'autre ?

— Et est-ce qu'il y a un restaurant italien à Varsovie ?

— Il n'y en a pas, malheureusement, parce que j'aime beaucoup les olives. À la place de votre copain, je choisirais malgré tout un endroit sur le Boulevard. Il n'y a pas de malfrats, la clientèle a de la classe.

— Hmm, c'est peut-être une bonne idée, en effet…

Mais de quel foutu boulevard parlait-elle encore ?

— Vous avez quelque chose de précis en tête ?

— Il y a la Husaria, bien sûr, mais là, même pour un nabab, la *notka* peut être vraiment salée. C'est un repaire d'ambassadeurs, de princes dans leur tour d'argent, des bourges de Podkowa Leśna, les nappes y sont si blanches que la neige a l'air sale à côté. Mais ça, tout le monde le sait, pas vrai ?

Il hocha la tête. S'il lui était donné de vivre dans ce monde encore un peu, après tous ces hochements irréfléchis, il aurait besoin d'aller se faire masser la nuque.

— Et est-ce qu'il y a quelque chose de plus exotique ?

— Le Bavaria vient d'ouvrir, mais personne n'y va, vous vous souvenez sans doute du scandale que ça avait provoqué. Je n'y serais pas allée non plus, je crois. Un restaurant allemand à Varsovie. À Varsovie ! Je comprends bien, la politique, il faut regarder l'avenir et tout et tout, mais il y a quand même des limites.

Elle devint pensive.

— Je sais ! lança-t-elle en fin de compte. Je sais où j'aimerais aller, oh oui, qu'est-ce que j'aimerais y aller ! À la Maisonnette blanche. C'est officiellement sur le Boulevard, mais déjà un peu à l'écart, c'est la rue d'après la rue Mościcki, près du salon de coiffure chez Antoine, quand on dépasse Polytechnique, je ne me souviens plus du nom. Je connais quelques personnes qui y sont allées et il paraît que c'est très chouette. Tout est différent, les goûts, les couleurs, même les *platdużur* y sont *chik*, pas comme ailleurs, où on ne vous sert que des escalopes ou des trucs comme ça, et puis cette déco, comme dans un conte de fées, je sais qu'on le dit souvent, mais là, c'est vraiment comme dans un conte de fées. Et autant je me dis que l'Union a bien raison sur certains points, autant sur celui-là, je trouve qu'il devrait y avoir plus d'endroits de la sorte. Et puis, ces Arabes sont sympathiques. Franchement, quand on cuisine comme ça, on ne peut pas détruire une culture en même temps, pas vrai ?

15

Je ne suis plus une jeunette et je devrais donc être capable de trouver un terme soigné et approprié pour désigner le ravissement, le choc et l'incrédulité, mais puisque j'ai aussi deux petites-filles, je vais simplement les citer : « Wow ! » Un sérieux wow.

Dans cette Varsovie, j'avais déjà vu des endroits étranges et saisissants, certains familiers, d'autres totalement inconnus, des barres d'habitation à l'endroit de l'ambassade chinoise, la mystérieuse tour en béton tricolore quelque part sur la rive droite, un grand chantier entouré de vide sur le terrain du ghetto, la statue d'un aigle protecteur, le cube moderniste de la gare principale et enfin, la Réserve de ruines près de la rue Koszykowa, qui suscitait à la fois l'effroi et la fascination. Tout cela était intéressant, mais rien, du moins pour le moment, ne pouvait égaler le quartier où était située mon école. Il avait fallu que j'y flâne une heure pour que sa topographie se dessine dans mon esprit et se relie à la véritable Varsovie dans laquelle j'avais vécu et dans laquelle, pas plus tard que l'avant-veille, je coulais paisiblement mes vieux jours.

L'axe principal du quartier était constitué par le grand boulevard du maréchal Józef Piłsudski qui, selon moi, suivait précisément le tracé de la route Trasa Łazienkowska dans ma réalité, depuis la rue Grójecka jusqu'à la place Na Rozdrożu. À cela près que la Trasa est une sorte d'autoroute *intra-muros* sans âme, répugnante et sale qu'on croirait greffée à la ville par un chirurgien militaire du temps des guerres napoléoniennes, un boucher qui n'aurait connu qu'un seul remède contre toutes les maladies : l'amputation. Et c'est de ça que la Trasa avait l'air, tant sur une carte que dans la réalité ; une trace laissée par un coup de hache dans le tissu sain de la cité, une balafre hideuse. Au même endroit s'étendait à présent un boulevard monumental de la taille des Champs-Élysées. Au centre, bien évidemment, il y avait de la place pour les voitures, trois voies dans les deux sens, puis deux rangées d'arbres et enfin, un magnifique trottoir en pierre de la largeur d'un terrain de volley flanqué par les façades des immeubles. Mais « immeubles » n'est pas le bon mot. Je ne me suis jamais intéressée à l'architecture, mais ce style, comme je l'ai déjà signalé, me rappelait le musée national de Varsovie ou le palais du Trocadéro à Paris. Modernes, géométriques, assez imposants, inspirant le respect. Parfois, les bâtisses étaient en retrait par rapport à la rue et formaient de grandes cours avec des jardins. Ailleurs, la façade ne dissimulait pas une habitation, mais une colonnade qui masquait une rue perpendiculaire ou un parc. À plusieurs endroits, les rez-de-chaussée se dérobaient à la vue sous les arcades, d'où on accédait aux boutiques et aux restaurants. J'étais restée plantée devant la vitrine de la Husaria un bon quart d'heure ; derrière les hautes vitres, je distinguais parfaitement l'intérieur de l'établissement, des tables en bas et sur la mezzanine, un immense bar soutenu par des cariatides en laiton, des serveurs engoncés dans des costumes sur mesure ; j'étais tombée particulièrement amoureuse des gigantesques lustres en cristal qui évoquaient des gâteaux de mariage renversés tête en bas. Ça faisait presque quatre-vingts ans que je vivais, mais je n'avais jamais vu un restaurant aussi beau.

Je dois bien avouer que, malgré les boutiques, les restaurants et un café Europejska splendide dans lequel je comptais emmener Wanda dès que 16 heures sonneraient – entre autres pour ne pas mourir de froid, ça soufflait sur ce foutu Boulevard comme sur la Baltique en plein mois de juillet – le quartier avait l'air plutôt désert. C'était certainement à cause du voisinage des administrations, ministères et autres ambassades. Il n'y avait guère que dans un salon de coiffure aux dimensions extravagantes et au nom prétentieux, « Antoine de Paris », qu'une vie normale suivait son cours : les femmes sirotaient leur café, discutaient et feuilletaient des journaux en attendant que la teinture prenne. Un vieillard stylisé et sapé comme s'il se rendait au mariage de la reine d'Angleterre coiffait une brune menue aux cheveux courts et au visage si beau et angélique que j'en restais le souffle coupé. Elle me parut familière, c'était une actrice d'un film en noir et blanc, mais lequel ? C'est alors que le vieillard dit quelque chose et que sa cliente s'esclaffa joyeusement ; son rire raviva ma mémoire. Teresa Tuszyńska, doux Jésus, j'en eus les larmes aux yeux, j'étais en train de regarder Teresa Tuszyńska ! J'avais envie de débouler à l'intérieur et de lui dire de prendre soin d'elle, de ne pas se remonter le moral avec de l'alcool, et même de ne pas boire du tout, sinon elle mourrait trop tôt, seule, vaincue et oubliée.

Je serais bien entrée dans le salon de coiffure pour l'observer encore un peu, mais je n'avais pas d'argent à gaspiller et j'aurais eu honte de devoir mentir comme une clocharde à la recherche d'un peu de chaleur. Mais puisqu'il m'était de plus en plus difficile de tenir le coup dans le froid, j'entrai sous un immense porche afin d'éviter au moins le vent et c'est là, dans une ruelle latérale, que je découvris un bureau de poste. Merveilleux. Dans la contrée des timbres et des enveloppes, mes cinquante zlotys devaient représenter une fortune. J'y flânerais un peu, je choisirais des cartes postales, je me réchaufferais sans éveiller les soupçons. Je disposais encore d'un peu de temps avant mon rendez-vous avec Wanda.

À la poste, je m'attendais à affronter une atmosphère glaciale et ensommeillée, similaire à celle qui caractérisait le reste du quartier. À tort. J'arrivais au cœur d'une tempête. Une fonctionnaire mortellement vexée s'entêtait derrière un des guichets – je veux dire, toutes les fonctionnaires de la poste sont d'ordinaire mortellement vexées, mais celle-ci se démarquait pourtant. Elle se tenait les bras croisés sur le torse, ses lèvres fermement serrées, et ses yeux lançaient des étincelles.

— Il en est hors de question, dit-elle en resserrant ses bras encore plus. Je ne vous en vendrai pas. Veuillez *cirquez*.

Le client qui lui faisait face, un homme petit aux cheveux poivre et sel, vêtu d'un costume trois-pièces, parcourut la salle d'un regard suppliant à la recherche d'aide. Durant un instant, il posa ses yeux sur moi, mais finit par se tourner vers un groupe plus proche de lui, composé d'un curé à la carrure d'ours et de quelques nonnes en habit noir.

— C'est che crois impochible, *ja ?* dit-il avec un accent allemand prononcé. On est dans une administrachion publique, *ja ?*

— Vous avez tué cinq personnes de ma famille durant l'Insurrection, répliqua la fonctionnaire, les dents serrées. Mon père, mon oncle, deux frères et une sœur. Tous mes frères et sœurs. Je ne vous le vendrai pas.

Puis elle regarda le prêtre. Moi aussi, je le regardai, ainsi que l'Allemand et toutes les nonnes. Le curé se racla la gorge.

— Chers amis, dit-il d'une voix chantante comme sur une chaire, permettons à saint Paul de résoudre ce différend. Car il a dit, soyez bons les uns pour les autres, ayez un cœur plein de tendresse. Pardonnez-vous les uns aux autres comme Dieu vous a pardonné dans le Christ.

— C'est saint Paul qui l'a dit ou Jésus ? demanda la fonctionnaire.

— Saint Paul, confirma le prêtre.

— Alors je n'en vendrai pas.

Bienveillant, le curé soupira.

— Ne rendez pas le mal pour le mal ni l'insulte pour l'insulte ; bénissez au contraire…

— Jésus ? l'interrompit la fonctionnaire.

— Saint Pierre.

— Alors je n'en vendrai pas.

— Bien, dans ce cas voici la parole du Christ en personne. Et, lorsque vous êtes debout…

Il indiqua la fonctionnaire de la main, signifiant par là qu'elle aussi était debout, donc les paroles s'appliquaient parfaitement à son cas.

— … faisant votre prière, si vous avez quelque chose contre quelqu'un, pardonnez, afin que votre Père qui est dans les cieux vous pardonne aussi vos offenses.

— Je ne fais aucune prière. Je n'en vendrai pas.

— Mais ché n'est qu'un dimbre, protesta l'Allemand. Che n'ai pas combattu les Polonais, che zuis un employé de l'ambazade. Ché besoin d'une leddre pour ma femme !

Le curé haussa les épaules pour signifier qu'il avait essayé.

— Je ne lui en aurais pas vendu non plus, dit l'une des nonnes.

Sur son jeune visage, elle arborait des lunettes rouges en forme d'yeux de chat qui juraient totalement avec la sévérité de son habit.

— Mon père a été envoyé aux travaux, précisa-t-elle. Il n'a pas pu envoyer de lettre durant trois ans parce qu'on ne le lui permettait pas. Alors, que celui-ci attende aussi.

— Mais ma sœur ! s'indigna le prêtre. Vous n'aidez pas à prêcher l'Évangile.

— Il n'y a rien à propos des Allemands dans l'Évangile.

— Il n'y a rien parce qu'il s'agit de symboles qu'on peut rapporter à n'importe quelle situation de n'importe quelle époque.

La jeune nonne fronça le nez, laissant entendre par là qu'il y avait la théologie d'une part et la vie de l'autre, et qu'elle ne comptait pas changer d'avis.

— Et vous, qu'est-ce que vous en penzez, madame ? demanda l'Allemand et je mis un instant à comprendre qu'il s'adressait à moi.

Tous les regards se tournèrent vers moi comme si j'étais une sorte de tribunal postal qui énoncerait des jugements définitifs.

— Qu'est-ce que j'en pense ? demandai-je pour gagner du temps. J'en pense que mon père aussi a été tué par les Allemands. Dès septembre.

La fonctionnaire et une partie des nonnes approuvèrent du menton.

— Mais ce n'est peut-être pas la peine de poser d'emblée la question à Jésus, il suffit de regarder autour de soi. Après tout, ce sont nos évêques qui ont écrit aux évêques allemands « Nous pardonnons et demandons le pardon ». *Wir vergeben und bitten um Vergebung*.

Par chance, je connaissais la citation allemande grâce à une récente excursion à Wrocław, la phrase était gravée sur un monument, je pouvais frimer.

— Comment vivre autrement ? demandai-je. Ne jamais se serrer la main ? Ne jamais s'offrir un café ? Ne jamais se vendre un timbre ? C'est tenable, ça ?

À présent, c'est le prêtre qui hochait la tête avec compréhension. L'Allemand semblait vouloir faire de même, mais craignait certainement de remuer un cil.

— Lettre normale, Europe, huit zlotys et trente grosz, dit la guichetière en tournant ostensiblement ses yeux vers l'Allemand qui s'empressa de compter sa monnaie et emporta le timbre qu'on lui tendait.

Il le colla sur l'enveloppe, glissa celle-ci dans la boîte aux lettres et, en sortant, me baisa la main avant de fuir comme s'il risquait le procès de Nuremberg.

À ce moment-là, la situation se détendit enfin, le curé et les nonnes s'approchèrent du guichet et moi, je me plantai devant le manège des cartes postales, contemplant avec intérêt les clichés qui représentaient une Varsovie contemporaine. Je reconnus la vieille ville, la rue Krakowskie Przedmieście, dite des faubourgs de Cracovie, le quartier de l'école FSF et l'aigle protecteur, mais beaucoup de lieux me paraissaient complètement étranges ; je décidai d'acheter quelques cartes puis de visiter ces endroits. Ils vendaient aussi des journaux et quelques livres pour enfants, mon regard glissa dessus et j'étais sur le point de partir quand je remarquai un titre : *L'Ingénieur et le garçon venu du futur. L'histoire moderne de la Pologne illustrée pour les plus jeunes*. Oh oui, pensai-je, c'est ça dont j'avais besoin !

Je pris le livre, me retournai et tombai nez à nez avec le curé.

— En tant qu'homme de foi, je ne devrais pas approuver le mensonge, chuchota-t-il et il me menaça comiquement du doigt. Surtout lorsqu'il s'agit de fabriquer des documents religieux sur le pouce. Mais cette fois, je dirais seulement *bien joué** ! Que Dieu vous garde.

Ah oui ? Alors cette lettre des évêques avait bien été envoyée à l'époque, mais pas encore à ce moment précis. C'était bon à savoir.

Je payai, je m'emmitouflai afin de garder la chaleur du bureau de poste et je sortis : j'avais un quart d'heure jusqu'au rendez-vous sous « la verge du maréchal ». Au moins, je savais ce qu'était « la verge ». En l'occurrence, le Boulevard s'étendait depuis le temple de la Divine-Providence jusqu'à la place Na Rozdrożu qui, dans cette réalité, s'appelait place de la Liberté. Et sur la place de la Liberté, assez majestueuse au demeurant à cause de ses dimensions et de son nom, trônait un Monument Dressé par le Peuple Reconnaissant en l'Honneur et à la Gloire Éternelle du Fondateur de l'Indépendance Polonaise, le Maréchal Józef Piłsudski. Je ne plaisante pas, c'est ce qui était inscrit, je m'étais demandé un long moment si cette phrase avait du sens, grammaticalement parlant, ou si la langue avait été sacrifiée sur l'autel de la grandiloquence. Quoi qu'il en soit, le monument avait la forme d'un obélisque pointant vers le ciel au-dessus d'un piédestal constitué de trois cubes noirs gravés des termes « Dieu », « Honneur », « Patrie ». Le problème, c'est qu'à le regarder depuis le Boulevard – surtout à cette heure de la journée, au crépuscule – le cube « Honneur » se fondait dans la masse de l'obélisque, ce qui donnait à l'installation monumentale l'aspect indécent d'un sexe masculin anguleux et pointu dans lequel « Dieu » et « Patrie » tiendraient le rôle des couilles, la verge du maréchal donc.

Je me cachai derrière « Dieu » parce que c'était encore là que le vent était le moins fort, et j'attendis Wanda qui, par chance, arriva à l'heure. Je lui proposai d'emblée d'aller au café Europejska, et de lui offrir un café et une pâtisserie, tout ce qu'elle voudrait, à condition qu'elle paie parce que j'avais laissé mon argent à la maison.

En l'occurrence, j'espérais avoir laissé mon argent à la maison ; je devais seulement fouiller plus en profondeur le tiroir de mes culottes.

16

Il se rappelait que l'austérité d'Iwona avait été l'une des raisons de leur séparation. Cela l'irritait qu'elle n'attache aucune importance à une féminité cérémoniale, aux diverses tenues vestimentaires, au bichonnage, au maquillage, au fait d'occuper la salle de bains pendant deux heures pour la quitter dans un nuage de vapeur une fois que chaque détail de sa beauté aurait été poli et choyé. S'ils se rendaient quelque part, au théâtre ou à une fête, elle allait simplement se brosser les dents, saisissait son sac à main et sortait. Quand il lui demandait si elle comptait se préparer de quelque manière, elle lui demandait invariablement avec un étonnement feint si elle sentait mauvais, ce qui conduisait tout aussi invariablement à une dispute. Elle estimait que si elle était soignée et vêtue pour l'occasion, alors il aurait été irrespectueux envers la nature de gâcher de précieuses secondes de leur courte vie à offrir à ses sourcils une forme différente. Lui voulait qu'elle se donne la peine de briller en sa présence. On aurait pu dire que la conception de la féminité selon Iwona était protestante, la sienne catholique, avec une tendance à l'orthodoxie.

À présent, il craignait qu'elle ne se montre pas à leur dîner d'anniversaire après leur dispute de la veille, mais elle vint. Elle arriva comme elle était, directement du bureau, dans une jupe en daim et un pull à col roulé assorti. Donc elle n'avait pas changé, or lui avait mûri d'une cinquantaine d'années.

À l'époque, il était persuadé que son épouse était un bonhomme frigide et dénué de féminité. À présent, il voyait une femme dans ses meilleures années, paisible et sage, élégante d'une manière simple et intemporelle, dont la captivante beauté de rouquine à taches de rousseur n'exigeait pas d'efforts particuliers. Il se dit que si, au XXIe siècle, un patient était venu le voir en se plaignant que sa femme ne se pomponnait pas assez avant de sortir au restaurant, il aurait qualifié une telle revendication de violence émotionnelle.

— Merci d'être venue.

— J'étais censée renoncer à un bon dîner juste parce que tu es un connard qui me trompe avec ses patientes ? Pas question. Est-ce qu'on peut avoir cette conversation maintenant pour ne pas gâcher le reste de la soirée ?

Il hocha la tête, se disant qu'être un vieillard dans un couple routinier qui se connaît depuis cinquante ans avait ses bons côtés, ce qui ne l'effleurait pas quelques jours plus tôt.

— En fait, ça ne sera pas une conversation, il faut que je t'annonce quelque chose. Tu n'es pas seulement mon mari, tu es aussi mon meilleur ami. J'aime discuter avec toi, tu comprends la science, tu as l'esprit ouvert. Enfin, ton esprit est plus entrebâillé qu'ouvert, mais tu es un homme, il serait cruel de t'en demander trop. En dépit de cela, pas plus tard qu'il y a une heure, j'avais envie de divorcer. Tu sais pourquoi ?

— Ce n'est pas...

— Si tu ajoutes « ce que tu crois », je vais certainement divorcer.

Il envisagea de le faire, vu que Grażyna l'attendait non loin de là, son épouse bien-aimée depuis un demi-siècle qu'il devrait rejoindre au plus vite. Au lieu de quoi, il dit :

— Pourquoi ?

— Parce qu'il y a des images qu'on ne peut cesser de voir une fois qu'on les vues. Par exemple, le vagin nu et poilu d'une femme inconnue dans le cabinet de son propre mari dans son propre appartement. Je pense qu'il est impossible de vivre avec une telle image sous les paupières, mais j'ai décidé d'essayer. À certaines conditions. Premièrement, je ne veux plus jamais en parler. Deuxièmement, je ne veux jamais revoir cette femme. Troisièmement, tu vas signer des papiers pour promettre que si jamais il t'arrivait de recommencer un truc de ce genre, l'ensemble de notre patrimoine atterrirait automatiquement dans ma poche et toi, tu resterais sans rien. On va régler ça chez le notaire, je nous ai pris un rendez-vous mardi prochain. Est-ce que c'est clair ?

— Oui.

— Tu acceptes cet arrangement ou on divorce ?

Qu'est-ce qu'il pouvait répondre ? S'il choisissait le divorce, sa vie retomberait sur les rails qu'elle avait empruntés durant de nombreuses années. Des rails merveilleux, formidables, mais ô combien familiers. Il perdrait alors la possibilité d'un choix ; la possibilité de découvrir qui était vraiment sa première femme ne lui serait plus offerte. Or, il serait toujours temps de divorcer, pas vrai ?

— Je suis d'accord.

— Parfait. Dans ce cas, commande un vin très cher et on ouvre les festivités.

Ce qu'ils firent. Ils parlèrent de bêtises ; il craignait d'aborder des sujets plus concrets de peur de dévoiler son manque de connaissance élémentaire à propos du monde qui l'entourait. Il tentait de pêcher des détails parmi les paroles de sa femme, mais la tâche lui parut désespérée : aucune personne normale n'évoque son environnement au dîner comme si elle voulait le présenter à un extraterrestre.

— Pardon si j'agis parfois en homme des cavernes, se surprit-il à dire au moment des entrées.

C'est précisément avec ces mots qu'il présentait parfois ses excuses à Grażyna.

Iwona le contempla par-dessus son verre de vin.

— Mes copines m'envient mon compagnon, dit-elle sur un ton narquois. Un psychologue, un connaisseur de l'âme et de la psyché, un homme moderne et non un mécanicien automobile perpétuellement mal rasé qui veut un plat bien gras au déjeuner, qui vous tripote avec ses paluches le samedi et file à l'église le dimanche. Tu ne bois pas, tu ne me bats pas, tu ne lorgnes pas à droite et à gauche, le rêve de toute épouse.

— Tu dis ça avec ironie ?

— Aujourd'hui, je dis tout avec ironie. Et toi, tu es sérieux ?

— Bien sûr.

— Alors je te répondrai sérieusement que je n'emploie pas tant l'ironie qu'une sorte de fatalisme, la conscience que le cours de l'Histoire est plus lent qu'on le croit. On a l'impression qu'il y a eu la Révolution française par-ci, la révolution d'Octobre par-là, la dernière guerre enfin, l'ensemble a été si brutal. Mais si quelqu'un ne se brossait pas les dents avant la guerre, il ne commencera pas à se les brosser après. Si quelqu'un gardait son chien enchaîné, il ne le relâchera pas. Tu comprends ce que je veux dire ? Les gens, et par conséquent les sociétés, mettent des siècles à se transformer et non des décennies. Regarde la Pologne. La guerre, puis les trois années d'Occupation soviétique et aujourd'hui, ce mariage hystérique avec la France, où le français risque de devenir la seconde langue officielle du pays d'ici peu si ce projet européen aboutit. Tous ces changements alors que *Le Deuxième Sexe* de Beauvoir n'arrive toujours pas à trouver un éditeur polonais depuis quinze ans. Tu comprends ?

Il hocha la tête. Sa femme était étonnamment moderne et perspicace, pas étonnant qu'il n'ait pu la supporter.

— Tout ça parce que les relations sociales, ces modèles transmis par les parents aux enfants, évoluent avec une lenteur affreuse. On arrivera à changer un peu les choses chez cette génération, un peu à la suivante et peut-être que dans cinquante ans, on verra enfin arriver une époque où les femmes n'auront plus à lutter pour leurs droits dans la rue et que l'Église ôtera enfin sa main de leurs culottes et cessera de les renvoyer à la cuisine, au second rang et aux berceaux.

On leur apporta leurs plats : un tajine aux légumes et un couscous aux saucisses d'agneau. « La Maisonnette blanche » s'avéra une interprétation polonaise du nom Casablanca et on y servait, comme l'annonçait l'enseigne, une « *cuisine des pays du Maghreb** », ce qui combla Ludwik parce qu'il adorait les mets épicés, or, précisément dans les années où une nourriture relevée avait fait son entrée en Pologne, son gastro-entérologue lui avait interdit de s'en approcher.

— *Merci, Ahmed, ça semble délicieux, comme toujours*, dit Iwona dans un français impeccable.

Elle sourit à l'homme qui les avait servis et donnait l'impression d'être le propriétaire de l'établissement.

— C'est moi qui vous remercie, répondit-il en polonais, mais avec un fort accent français. Vous être toujours très gentille, chère madame. Moi je préparer la nouveauté à goûter de ça Turquie. Doneh kebab, viande du mouton grillé dans le pain. Nous aller vendre ça de la fenêtre dans la rue, comme chez nous. Ça être...

Les mots lui manquaient.

— *Le tube de l'été* ! précisa-t-il en revenant au français.

— Un triomphe, Ahmed. Ou une prouesse. Mais ajoute peut-être quelque chose de polonais à ce plat pour que ça se vende ?

— Une salade de chou peut-être ? lança Ludwik, sans parvenir à se retenir, songeant aux kebabs polonais du XXIe siècle.

Ahmed grimaça.

— Du chou, mais cher monsieur...

Soudain, il devint songeur.

— Ce n'est pas une idée mauvaise, qui sait. Vous être génial, cher monsieur ! Moi aller goûter ça.

Il les salua, leur souhaita une nouvelle fois un bon appétit et vogua vers d'autres invités.

— Du chou avec de la cuisine orientale, tu as perdu les pédales ? s'insurgea-t-elle. Et quoi d'autre ? Des frites peut-être ?

Ludwik haussa les épaules et se servit du tajine sur une assiette multicolore en céramique émaillée. La nourriture sentait divinement bon.

— Pour faire court, je suis bien consciente des rôles dévolus à une femme et à un homme. Et j'estime que, sur fond de cette masse, tu es assez exceptionnel. Ce qui ne change pas le fait que tu es le fils de ton père et le petit-fils de ton grand-père. Ludwik, mon chéri, pas plus tard qu'il y a une semaine, tu m'as engueulée parce que je n'avais pas fait de gâteau dimanche. Moi, un docteur en biophysique qui…

Elle désigna du doigt le mur du restaurant.

— … élabore à trois cents mètres d'ici des thérapies contre le cancer. D'accord, je ne suis peut-être pas Marie Curie ou sa sœur Bronisława, je n'obtiendrai jamais le prix Nobel, mais bon, tu comprends…

Il comprenait. À présent. Cinquante ans plus tôt – absolument pas. C'était amusant de constater à quel point il avait refoulé ces moments, l'intégralité de son premier mariage ; il avait considéré cette relation comme passagère et inutile, un prélude à son véritable amour. Cet amour qui avait une plus grosse poitrine, ne pipait mot, n'exigeait pas le respect et la considération à longueur de journée et passait tant de temps dans la salle de bains qu'il lui arrivait de se servir d'un pot de chambre parce qu'il n'arrivait pas à tenir « juste une minute » de plus.

— Excuse-moi… commença-t-il, mais elle l'interrompit d'un mouvement de la main.

— Mange ton tajine plutôt. Et ne me demande pas pardon, mais souviens-t'en lors de tes séances pour que tes patients n'élèvent pas une autre génération de patriarches qui s'attendraient à ce qu'on baise leur chevalière. La goutte d'eau fore la roche, comme on dit. C'est pour ça que nous venons ici, pas vrai ? Pour montrer que même lorsque quelqu'un sympathise avec l'Union, il ne doit pas nécessairement être un gros plouc raciste, comme ils aiment à nous dépeindre dans la presse.

Il ne comprit pas, donc il hocha la tête comme il en avait pris l'habitude.

— Tu as lu les journaux aujourd'hui ?

— Non, et qu'est-ce qu'il y avait d'intéressant ?

Voilà une situation idéale : il n'avait pas à mentir, il n'avait pas à acquiescer et s'ouvrait la possibilité d'apprendre quelque chose.

— Il y aura une manifestation pour défendre l'identité slave sous la forteresse. Ils vont passer devant l'ambassade de France et s'arrêteront devant le palais de l'Ingénieur. Sauf que c'est encore organisé par l'aile extrême de Moczar. Je ne les aime pas et je ne leur fais pas confiance. J'ai l'impression qu'ils nuisent à la cause.

— Et qu'est-ce qu'ils veulent dans tout ce système… encore ? ajouta-t-il avec la mine d'un homme qui avait passé de trop nombreuses heures à discuter de politique.

— Ils martèlent le tambour islamique depuis que la guerre a pris fin. Or, on le sait tous, dans un instant, ce ne sont pas seulement nos braves garçons qui reviendront, mais aussi une partie des Algériens qui veulent chercher leur bonheur ici et qui fuient par ailleurs la vengeance du Front. Ils ne seront pas bien nombreux, mais pour une partie de nos nationalistes, dont même l'Union ne manque pas, c'est une aubaine, ils ont trouvé de nouveaux Juifs à agiter devant le nez des Polonais. Tu sais qu'ils ont déjà salopé deux fois la vitrine d'Ahmed ?

— Je pensais qu'il venait du Maroc ?

— Oui, mais pour eux, ça n'a aucune importance. Nous en avons déjà parlé des milliers de fois, tout le monde ne nous plaît pas dans ce camp, mais il faut serrer les dents. L'Union, c'est la seule chance de ne pas choisir entre Paris et Moscou, de faire une Pologne polonaise. Je me suis encore disputée à ce propos aujourd'hui, la propagande gouvernementale s'intensifie avant les élections. Mais je n'ai pas envie d'en discuter ce soir.

Il l'écoutait par intermittence. Une fois de plus, le surplus de stimuli, d'informations et d'émotions poussa son cerveau à tenter d'éviter la surchauffe. Une partie de ses neurones se délectait du goût sucré et piquant du plat marocain, une autre tentait d'analyser les renseignements obtenus, de comprendre en quoi consistait ce déchirement traditionnel et suicidaire, inscrit probablement dans l'ADN de la Pologne, et la dernière partie était simplement émue et heureuse que le sort lui ait permis de découvrir quelle femme formidable avait été sa première épouse. Quand bien même il devrait se réveiller à nouveau dans la peau d'un octogénaire que plus rien n'attendait si ce n'est la mort – parce que, soyons honnêtes, cette excursion à Zermatt, ce n'était pas très sérieux –, ça serait sympathique de mourir en gardant en mémoire cette journée. Lucyna d'abord, Iwona à présent. S'il pouvait encore revoir Grażyna aujourd'hui, il aurait retrouvé l'espace de quelques heures les trois plus importantes femmes de sa vie et les trois amours qui l'avaient formaté plus qu'il n'aurait été prêt à l'admettre.

En y songeant, il posa la main sur celle d'Iwona, sourit avec amour à ses yeux verts et regarda le Boulevard illuminé par les lampadaires en se disant qu'il vivait une aventure merveilleuse.

Derrière la vitre, il découvrit Grażyna qui l'observait avec une envie de meurtre inscrite sur le visage.

17

Ludwik se moquait souvent de moi en disant que mon unique addiction était d'invoquer le nom de Dieu en vain. Effectivement, je souffrais d'un tic de langage qui consistait à fourrer partout des Jésus Très Saint, des Mères de Dieu, des Jésus Marie Joseph, des bon Dieu et ainsi de suite. Je n'y prêtais nulle attention comme les personnes dont la narration entière s'articulait autour des « comme », des « au juste » et autres « en vérité ». Le plus drôle, c'est que même si je venais personnellement d'une famille catholique – qui n'en vient pas ? – je n'avais jamais été spécialement croyante. Durant un court moment après la naissance de Jacek, je me disais qu'il y avait peut-être du vrai là-dedans, qu'il fallait initier son enfant à la culture de ses ancêtres, etc. Mais ça n'avait jamais été une foi, plutôt du respect pour la tradition des pères. Comme bon nombre de Polonais, je sentais au fond de moi que le véritable pouvoir somnolait dans la nature, dans les saisons, dans des rites coutumiers. Et puisque l'unique survivance de ses rites se tenait au cœur des églises, alors je me rendais à l'église. Mais davantage pour fêter les solstices, les équinoxes, la fête du printemps à la Pentecôte et la fête des âmes à la Toussaint que pour m'occuper de théologie et de la sainte Trinité. Alors admettons, comme pour la majorité des Polonais, mon catholicisme se réduisait à un paganisme populaire.

C'est également à ça que ressemblait ma vie côté prières. J'adorais la prière à l'ange gardien pour les enfants et, bien que je n'en aie jamais soufflé mot à quiconque, je la récitais quotidiennement en demandant la protection pour moi, pour ma famille et pour ceux qui pouvaient en avoir besoin. Mais il aurait été difficile de qualifier ces prières de chrétiennes. À ces moments-là, j'aimais observer les étoiles, la force anonyme qui soudait tout et, dans le rôle de l'ange, j'imaginais au cours de différentes étapes de ma vie les défunts successifs de ma famille, sentant que leurs spectres étaient près de moi et que c'était eux qui me protégeaient plus que la Sainte Vierge de Częstochowa.

À présent, installée au café Europejska devant un café blanc et une crème de sultan, sorte de mousse au chocolat aromatisée au rhum mélangée avec des raisins secs et nappée de chantilly, je glissais entre mes lèvres une cuillère de crème fouettée saupoudrée d'éclats de meringue, je contemplais la coupe en cristal, la cuillère en argent gravée de l'emblème de Varsovie. En regardant ma main jeune dont les ongles scintillaient, j'eus une pensée très catholique et parfaitement lucide : bon Dieu, Marie sainte parmi les saintes et Jésus de Nazareth, entendez votre servante et faites que je reste dans ce monde, car si je reviens à ma vieillesse, alors je vais me trancher les veines en un clin d'œil, et c'est là un péché mortel dont vous ne voudriez certainement pas. Qu'il se passe ici ce qui vous plaira, je ne redoute rien et, d'accord, je promets de dire les prières comme il faut, de me rendre régulièrement à l'église et de m'y confesser, d'y communier, mais ne m'emportez pas. Veuillez recevoir l'expression de mes sentiments les plus respectueux, votre petite Grażyna.

— Tout va bien ? T'as l'air d'avoir la tête dans les nuages.

— Peut-être un peu. Je me disais qu'un jour, je veux dire aujourd'hui, je veux dire parfois… mince, ce que j'essaie de te dire c'est que je cours, je bois mon café, j'engloutis ma crème de sultan et je n'y pense même pas. Or, c'est un instant fantastique. Au point qu'on aurait envie de le prolonger, de le sauvegarder, de pouvoir y revenir sans cesse comme avec une photo dans un album. Tu imagines un immense album où on garderait chacun de nos souvenirs ? Ils ne se terniraient pas, ne s'effaceraient pas, nous pourrions revivre notre vie depuis le début.

— Un jour viendra où tu repenseras à cette crème de sultan, alors que tu seras devenue une vieille peau qui souffre de surpoids et de diabète.

Cette chère Wanda, on pouvait toujours compter sur elle. Je ne fis aucun commentaire, mais je repris une autre bouchée de dessert, plongeant ma cuillère au fond cette fois, dans la partie chocolatée avec les raisins secs.

— Si je dis à l'instant, reste donc ! Tu me plais tant... dis-je la bouche pleine.

— Arrête ! m'interrompit Wanda brutalement.

— Qu'est-ce qu'il y a ?

— Il y a que je ne suis pas superstitieuse, mais cette citation... Il faut vraiment ne rien y connaître en littérature pour l'évoquer à la légère ou l'inscrire dans son journal entourée de petits cœurs. C'est la porte d'entrée d'une histoire très sombre. Et je préfère me dire que je dispose encore d'un instant de vie avant de vendre mon âme au diable en échange de la jeunesse, de l'amour et du désir.

Soudain, la crème de sultan cessa totalement de me plaire.

— Tu parles sérieusement ou tu plaisantes ? demandai-je histoire de répliquer quelque chose.

Une question me paralysa, une désagréable pensée : qui, en réalité, était le metteur en scène de ce voyage ? Est-ce que je ne le traitais pas de façon plus légère que ce que je devrais ?

— Je parle toujours sérieusement.

Et voilà toute la magie d'une conversation avec Wanda. J'optai pour un changement de sujet. Je lui racontai mes aventures à la sortie de l'école et tentai de sonder ce que c'était que cette histoire d'épis de blé. J'en déduisis qu'il s'agissait du symbole d'une sorte de mouvement politique qui s'opposait au rapprochement avec l'Europe et visait la création d'une Union slave. Ce qui me surprit, c'est que Wanda donnait l'impression d'être une sympathisante, or j'avais vécu assez longtemps pour savoir que chaque « union slave » n'était qu'une manigance de Moscou. Il en a toujours été ainsi et ça sera toujours le cas, pour les siècles des siècles, amen. Ça ne dérangeait pas Wanda, elle en parlait avec bienveillance, m'exposait les réalisations socialistes en Tchécoslovaquie et en Hongrie ; de mon école, en revanche, elle parlait avec réserve et, de manière générale, je sentis une distance de sa part envers toute la francisation ambiante, surprenante pour moi qui étais francophile depuis le berceau. À un moment, je demandai :

— Et la tour sur la rive droite ? Elle te gêne aussi ?

— Le palais de l'Amitié ? Cette brochette en béton visible de partout qui plombe le panorama de la ville ? Non, pourquoi devrait-elle me gêner ?

— La tour Eiffel aussi est bien visible.

— Mais ils se la sont construite eux-mêmes.

— Ils ont offert la statue de la Liberté aux habitants de New York et je n'ai pas entendu dire que les Américains souhaitaient la couler.

Wanda but une gorgée de son thé à la menthe.

— Grażyna, je tiens vraiment en haute estime le fait que tu appréciais les bouffeurs de grenouilles avant que ça soit devenu une religion d'État, mais je vais te rappeler qu'avant la Première Guerre mondiale, il y avait sur la place saxonne une grande église orthodoxe, la cathédrale Saint-Alexandre Nevsky. Un temple grandiose, vraiment beau, flanqué d'un clocher immense, la plus grande bâtisse de Varsovie. Et pourtant, nous avons détruit cette superbe attraction touristique après la guerre. Tu sais pourquoi ? Parce que ce n'était pas une cathédrale, mais le joug du tsar.

— Tout le monde est capable de détruire.

— J'apprécie ta grandeur d'âme. À l'époque aussi, beaucoup de personnes sensibles et d'artistes protestaient en disant que c'était de l'art, des mosaïques et un lieu saint.

Tu voudrais porter une chaîne, quand bien même elle serait ornée de diamants ? Ça t'aiderait à supporter le fait que ton maître tire dessus ?

— Moi non, mais toi, je vois que ça te manque.

Elle me lança un regard mauvais.

— Excuse-moi, je ne comprends pas cette plaisanterie.

J'en ris. Mon Dieu tout-puissant, la vieillesse avait donc aussi ses bons côtés, combien de conversations similaires avais-je menées autour d'un verre de vodka ou de vin ?

— Wanda, ce n'est pas une plaisanterie. Tu crois que ton Union slave, c'est quoi, au juste ? Une fédération d'États indépendants fiers de leurs traditions ? Je n'ai pas besoin de m'intéresser à la question pour savoir que ça vient encore une fois de Moscou.

— Excuse-moi, mais tu répètes la propagande. J'ai remarqué que ça s'intensifiait depuis que tu travailles à la FF, dit-elle en agitant sa petite cuillère en direction de la fenêtre. Mais c'est un vieux couplet, dire que si quelqu'un ne soutient pas l'Ingénieur et n'est pas en faveur de la France, alors le grand méchant Russe viendra nous dévorer. Ne nous menacez pas avec Moscou, ça ne marche plus.

— Bah voyons. Laisse-les arriver au pouvoir et peu après, tu auras un Palais de la Culture et de la Science Josef Staline devant la gare centrale et des défilés du peuple des travailleurs dans les rues de la capitale. Je te le garantis.

En l'occurrence, j'étais assez fière de cette blague-là, mais Wanda ne rit pas et m'observa avec une grande attention.

— Tu es différente, dit-elle après un instant. Je ne sais pas à quoi ça tient, mais tu es différente. Je pensais à l'instant que c'était ton école qui te transformait, mais non, c'est quelque chose de plus profond.

Des frissons me parcoururent l'échine. Pour une raison mystérieuse, je sentais que je ne pouvais pas avouer la vérité à Wanda.

— Beaucoup de gens considèrent la maturation comme une modification malheureuse du statu quo, dis-je après un instant de silence. Je ne pensais pas que tu en faisais partie.

Elle hocha la tête, sans l'ombre d'un sourire, comme d'ordinaire.

— Encore une fois, tu répètes de la propagande. J'espère que tu le fais par étourderie. Sinon, je serais forcée de croire que tu portes en toi le mépris de ce peuple qui défile et dont tu parles avec autant de complaisance. Souviens-toi que beaucoup de personnes au cours de l'Histoire en ont fait les frais. Je ne sais pas si toi et l'Ingénieur, vous avez raison, mais je sais que le peuple n'a pas envie de ça. Il ne veut pas de la francisation parce que ça sent l'élite à plein nez, ça pue le seigneur dans son château, la métairie, la supériorité et l'arrogance. Et il ne veut certainement pas d'un rapprochement avec l'Allemagne. Pas plus qu'on lui répète de quoi il doit avoir honte. L'Union comprend que le peuple a besoin d'idées et veut qu'on le remarque. Elle lui restitue la fierté de sa terre, de ses traditions, de la foi de ses pères et du fait d'être slave. Et vous, Grażyna ? Qu'est-ce que vous lui direz au peuple quand il se pointera avec des faux dressées sous vos bâtisses modernistes ?

Au moins, elle me rappela comment s'appelait ce courant dans l'architecture.

— Wanda, je n'ai pas envie de me disputer autour d'une crème de sultan, dis-je en grattant les parois de ma coupe, mais je crains que les temps où la Pologne était un destrier éblouissant et libre ne soient révolus depuis Sigismond Ier le Vieux. Maintenant, les choses sont comme elles sont et si j'ai le choix entre Paris et Moscou, je choisis Paris. Et, au moins, je l'admets ouvertement. Parce qu'il n'y a pas d'alternatives. Toi, tu parles foi des ancêtres, autonomie, liberté, puissance, fédération slave depuis la Baltique jusqu'à la mer

Noire. Mais la réalité est cruelle. Si tu ne dis pas Paris, tu dis Moscou.

Wanda blêmit. C'était drôle, mais probablement parce qu'elle était morte si jeune, j'avais dû idéaliser son image d'une manière ou d'une autre. Je prenais ses mines sérieuses pour de la sagesse, ses platitudes élimées pour des répliques habiles, je l'admirais sincèrement, comme une jeune sœur sous le charme, incapable de critiquer son aînée. À présent, je ne ressentais que de la colère. Espèce de sotte, avais-je envie de lui crier, tu veux que je te parle des purges antisémites, des fusillades d'ouvriers, de la loi martiale, des gens emprisonnés pour leurs opinions, de la censure, des persécutions, de la police secrète toute-puissante, de l'assassinat du père Popiełuszko, des divisions blindées soviétiques, d'une pauvreté si terrifiante que je pleurais chaque jour en allant faire les courses et au-dessus de la poêle quand, pour la cinquième journée consécutive, je faisais frire des pâtes dans l'huile et entendais mon enfant m'assurer que ce n'était pas grave, qu'il s'agissait de son plat préféré ? L'Union slave, la tradition des aïeux et la foi des pères, pourquoi ce malheureux peuple se faisait-il toujours avoir par ce récit ? Quelle était cette malédiction sur cette terre maudite ?

— Tu y vas fort, parvint-elle à dire enfin.

— Je décris seulement la réalité, je n'ai pas encore commencé à y aller fort, répliquai-je en lui souriant mielleusement. Et vas-y, souris un peu, nous sommes deux amies en train de boire un café, nous ne planifions pas l'avenir de l'Europe autour de cette table, nous ne sommes pas à Yalta. On ne pourrait pas parler chiffon ? Ou parfum ? Ou musique ?

Bien sûr, elle ne sourit pas, du Wanda typique.

— Dernière remarque, reprit-elle. Le palais a trois couleurs, or il devrait en avoir cinq. Du bleu, du blanc, du rouge et encore du blanc et du rouge. Tu te souviens comment ils ont justifié le fait qu'il n'y en ait que trois ?

Je dis que non.

— Que le blanc et le rouge polonais sont déjà inclus dans le drapeau de la France. C'est ainsi que s'achèvera cette alliance. On deviendra une colonie, on perdra notre identité, notre tradition, notre langue. C'est ce que tu veux ?

J'aurais pu discuter en remarquant que jusqu'ici et en dépit de multiples tentatives des envahisseurs, l'identité polonaise finissait toujours par remonter à la surface et qu'elle survivrait probablement à un hiver nucléaire en compagnie des cafards. Quant aux colonies françaises, ils n'ont réussi à garder que la Corse en fin de compte. Au lieu de quoi, je répliquai :

— En échange de la tranquillité, de la sécurité, de l'absence de guerre et d'une bonne viande de bœuf ? Avec joie.

Cette conversation m'avait épuisée. J'avais envie de papoter à propos de bêtises du quotidien et, à la place, je m'étais embarquée dans une sorte de gémissement tellement polonais ; il ne manquait plus que la vodka et des œufs durs mayo pour parachever l'image de ce cliché stérile. J'étais furieuse de m'être volontairement laissée entraîner là-dedans. J'allais peut-être me réveiller demain en vieille peau au XXIe siècle et, au lieu de profiter de la vie, je débattais à propos de la Pologne comme s'il n'y avait pas de meilleurs sujets. Or, je me moquais de tout ça, c'est ce que je me disais en quittant le Boulevard pour m'engager sous la colonnade puis dans l'allée de l'Indépendance. Ce n'était pas mon cirque, ce n'était pas mes singes, je devais retrouver Ludwik au milieu de ce fatras et avoir une discussion avec lui.

C'est alors que je le vis, assis dans un restaurant oriental très kitsch, près de la vitre, qui posait sur sa femme un regard langoureux et lui caressait la main. Laissez un homme sans surveillance ne serait-ce qu'une journée ! Je ne savais même pas si j'étais furieuse ou étonnée. Probablement étonnée, pour dire la vérité. Je m'attendais davantage à ce qu'il se plante devant ma porte rue Wilcza, qu'il attende que je revienne et lui pardonne gracieusement. Quoi qu'il en soit, étonner son partenaire après cinquante ans de mariage, ce n'était pas une chose aisée.

Je restais figée sur place un petit moment, me demandant ce que j'étais censée faire, quand il finit par détourner son regard et m'aperçut. L'expression de son visage m'aida à prendre ma décision : j'entrai prestement à l'intérieur du restaurant qui sentait les épices et arrivai quasiment au pas de course à leur table. Iwona se tourna vers moi et ouvrit la bouche pour dire quelque chose.

— Ferme-la, chérie, sifflai-je, parce que ce que j'ai à dire va beaucoup te plaire.

— Grażyna…

— D'abord, toi aussi, boucle-la. Ensuite, n'essaie pas de m'importuner, de me chercher, de me rendre visite, de m'envoyer des lettres, de laisser des messages. Si tu essaies, je vais avertir la police, je leur dirai que tu m'as violée en thérapie et je me plaindrai à ton club de cinglés aux barbichettes rigolotes. Tant que nous resterons là, je ne veux avoir aucun contact avec toi. Aucun ! Adieu, cher Ludwik, c'est terminé.

18

Il y a une vieille blague qui dit : comment des hérissons font-ils l'amour ? Prudemment. Il avait souvent pensé, ses soixante-dix ans passés, que les vieilles personnes étaient comme les hérissons. Du moins en ce qui concernait l'*ars amandi*. C'était un peu parce que avec le cours des années, la tendresse remplaçait le désir ; dans chaque rapprochement, il y avait davantage de sensibilité, de câlins tranquilles et de bien-être au contact de l'autre que de copulation animale ; on ne cherchait plus une clairière en forêt durant les vacances pour baiser sur la mousse et se plaindre après coup des piqûres de fourmis. Mais c'était aussi parce que les vieux corps exigeaient de la prudence. Écarter lubriquement les cuisses ou serrer son partenaire avec les jambes n'était pas conseillé aux articulations dégénérées ; chevaucher sauvagement son compagnon n'était pas à la portée de disques intervertébraux qui se déplaçaient ; se coucher sur une partenaire friable souffrant d'ostéoporose n'était pas recommandé si on avait la panse rebondie. L'amant âgé apprenait que le toucher, la proximité des corps et les baisers pouvaient être tout aussi importants.

C'est riche d'une telle expérience que Ludwik se coucha auprès de son épouse – car en dépit des événements récents, elle l'autorisa à le faire –, une femme qu'il avait jadis quittée non seulement parce qu'il était tombé follement amoureux d'une autre, parce qu'elle soulignait peu sa féminité et ne préparait pas assez de gâteaux le dimanche, mais aussi parce qu'il la prenait pour une frigide. Aspect qu'il avait souligné durant leur procédure de divorce, ce qu'Iwona ne lui avait jamais pardonné, estimant de son côté que deux personnes pouvaient se séparer tout en gardant un minimum de décence. Il en avait eu honte et ce souvenir revint le hanter dans la salle de bains au moment où il se brossait les dents – vraiment les siennes ! Il se promit que s'ils divorçaient à nouveau, alors cette fois, il ferait en sorte qu'ils demeurent des amis pour le restant de leur vie parce qu'il le constatait à présent, sa première femme était vraiment chouette.

Il s'habitua immédiatement à son jeune corps, donnant en cela raison à la règle qui voulait qu'on s'acclimate vite à la qualité.

Toutefois, Ludwik, qui glissait sa main sous la chemise de nuit en satin de sa femme, était très stressé. Il possédait certes un équipement nouveau, mais d'anciennes habitudes et, après cinq décennies de rapports avec une seule femme, il se sentait un peu redevenu puceau. À cause de ce trac et de ses habitudes de vieillard, il se montra patient, affectueux et prudent, ce qui conduisit son épouse vers un orgasme gémissant, hurlant et orageux, voire – comme elle le lui confia au matin – à deux orgasmes successifs.

Il en resta penaud. Il avait vécu une très longue vie, persuadé que l'accord sexuel était la base d'un couple sain, il avait même écrit quelques articles à ce sujet. C'est également ainsi qu'il s'expliquait ce qui lui était arrivé quand il avait troqué une épouse frigide contre une femme dont il était resté invariablement fou amoureux tout au long de leur vie commune. On ne peut tromper la biologie, confiait-il à ses étudiants, le désir est un moyen par lequel le cerveau répond à tous les signaux qu'il décode : la forme, la couleur, l'odeur et les gestes d'une partenaire idéale. Idéale, parce que la nature sélectionne les assortiments de gènes pour son propre bien et que si nous pouvions peut-être la tromper grâce à notre intellect, la seule chose que nous obtenions, c'était un manque de complémentarité, des conflits et des problèmes psychiques croissants.

Voilà pour la théorie. La pratique montrait qu'il avait simplement opté pour la facilité parce qu'il ne s'était jamais donné la peine de découvrir comment sa femme voulait faire l'amour.

Serais-je revenu ici pour réparer les erreurs du passé ? se demanda-t-il, et il s'endormit, blotti contre un dos maigre et parsemé de taches de rousseur.

19

Serais-je revenue ici pour réparer les erreurs du passé ? me demandai-je couchée dans mon lit, un livre pour enfants ouvert devant les yeux. Le but n'était-il pas de vivre ma vie encore une fois et comme elle aurait dû être vécue ? D'autant plus que Ludwik me facilitait la tâche, m'abandonnant *de facto* au démarrage. Étais-je capable de m'en sortir sans lui ? Est-ce que, après toutes ces années, j'étais seulement capable d'en aimer un autre ? Ou est-ce que ma seconde vie serait pour moi synonyme de solitude et de manque ?

Ce n'étaient pas des pensées agréables, elles se mélangeaient sans cesse à une colère nauséabonde envers Ludwik, à la peur de l'inconnu, au regret de la vie d'avant et à l'excitation liée à ce que demain pouvait amener. Tout cela mis bout à bout était assez épuisant, je décidai donc de fuir avec *L'Ingénieur et le garçon venu du futur*. Le livre était une merdouille hagiographique dans le pur style des publications complaisantes de mon époque, où les enfants devaient relier les points pour découvrir le portrait de Jean Paul II ou la silhouette d'un résistant au communisme de la Seconde Guerre mondiale. Pourtant, je trouvais dans ce bouquin une poignée d'informations de base à propos de l'histoire de l'après-guerre en Europe.

Ainsi, je découvris les aventures d'un petit Jan blondinet, qui vivait paisiblement dans une Varsovie de 2012, c'est-à-dire dans un monde de gratte-ciel de mille étages, de voitures volantes et de camps de scouts sur la Lune, et qui, au cours d'une excursion, utilisa un véhicule temporel pour acquérir le badge de « l'explorateur de l'histoire nationale ». La suite du livre mettait en scène une série de rencontres richement illustrées entre le petit Jan et l'Ingénieur, ainsi qu'on nommait Eugeniusz Kwiatkowski, et relatait comment la Pologne était devenue un pays si formidable.

Au cours de son premier voyage, le petit Jan atterrissait dans les années 1920 : l'infatigable ingénieur Kwiatkowski bâtissait alors la ville de Gdynia et expliquait à l'enfant que seule une ouverture sur la mer permettrait à la Pologne de devenir une puissance mondiale. C'était très visionnaire et très romantique. Ensuite, comme c'était souvent le cas dans cette partie du globe, une époque lugubre arrivait : la Seconde Guerre mondiale s'éternisait et c'est un Kwiatkowski triste qui se terrait en Roumanie, écrivait des livres épais et racontait au garçon comment les Allemands avaient assassiné son fils. Mais même alors, l'Ingénieur regardait l'avenir et soutenait que la Pologne deviendrait libre et puissante.

Ça me passionnait. Le texte était assez mal écrit, mais les illustrations étaient fabuleuses, très stylisées et simplifiées dans l'esprit de l'époque.

Wanda revint de la salle de bains en peignoir, elle commença à s'affairer en cuisine.

— Je me fais une infusion, tu veux quelque chose ? demanda-t-elle.

— Un thé. Est-ce qu'on a du thé blanc ?

— Ça existe ?

Wanda parut authentiquement étonnée.

— Je plaisante, un thé noir s'il te plaît.

Je réfléchis. D'après mon livre, le changement du cours de l'Histoire n'avait pas eu lieu durant la guerre, mais après. Ce qui ressortait de ces pages, c'était que là aussi les communistes s'étaient installés en Pologne, que la guerre, l'Holocauste, l'Insurrection, les conférences de Téhéran et de Yalta avaient eu lieu, les frontières avaient bougé et les populations avaient été déplacées. Très intéressant.

Ensuite, le petit Jan arrivait en 1947 ; il devait s'agir d'une date importante parce qu'on la précisait : le 19 janvier. Cette fois, tout était monochromatique : le désespoir polonais, la neige, les arbres sans feuilles, des cahutes grises sous un ciel gris. Le garçon voyait de vieilles personnes en train de faire la queue pour aller voter, puis des communistes démoniaques aux longues ombres jetaient les urnes au feu. Le narrateur annonçait : le gouvernement communiste a trompé les Polonais. Épuisés par la guerre, par la misère, par la faim et par un hiver rude, les gens n'avaient pas la force de protester. N'y aurait-il donc nulle part au monde quelqu'un d'assez courageux qui voudrait combattre pour la Pologne libre ?

Je supposais que c'était une question rhétorique et, en effet, les couleurs revenaient dès la page suivante. Grand et droit, des flammes dans les yeux, l'ingénieur Eugeniusz Kwiatkowski déclarait d'une plage du Havre : « Je suis venu ici pour voir comment reconstruire la Pologne. Mais j'ai compris qu'avant de la reconstruire, nous devions d'abord la sauver. »

Suivait le récit d'une rencontre en France avec le général de Gaulle et de la naissance de l'alliance entre les deux pays. Donc, ça devait être ça, le moment charnière. Pas la Seconde Guerre mondiale, pas les arrangements entre Staline et Churchill, mais les élections falsifiées de 1947.

Puis venait un large dessin sur deux pages : dans un Paris illuminé par le soleil, sur un piédestal disposé symboliquement sur la place de Varsovie, avec la tour Eiffel en fond, de Gaulle a pris place derrière un micro et Kwiatkowski se tient près de lui. Des drapeaux polonais et français flottent au-dessus de la foule, on voit une forêt d'objectifs d'appareils photo et de caméras. Un Français moustachu avec un béret noir porte sur ses épaules Jan le blondinet. Dans une bulle de bande dessinée, de Gaulle tonne : « *Nous ne laisserons pas les Polonais seuls face à la barbarie soviétique ! Vive la Pologne dans l'Europe !** »

Le texte expliquait en sus que non content d'avoir prononcé « la phrase la plus importante de l'histoire de la

Pologne », de Gaulle avait aussi fait allusion à sa lutte contre les Soviets durant la bataille de Varsovie de 1920 et son attitude avait insufflé un nouvel élan à tous les pays du monde libre qui avaient exigé de concert de nouvelles élections en Pologne. Sans la visite d'un grand Polonais chez un grand Français, le petit Jan de 2012 serait né Ivan. Plus ou moins.

Wanda m'apporta du thé et prit place au bord du lit. Je voyais bien qu'elle n'était pas à l'aise après notre précédente conversation et cherchait un moyen de nous réconcilier. Je la comprenais, je me sentais bête également, ayant toujours considéré les disputes à propos de politique entre les gens dont ce n'était pas le métier comme dénuées de sens.

— Tu ne préfères pas lire un vrai bouquin d'histoire ?

— Mes élèves me posent parfois des questions, je voulais me remémorer les dates les plus importantes sans avoir à feuilleter cinq cents pages de texte. Aujourd'hui, risquai-je, l'une d'elles m'a demandé pourquoi la situation n'avait pas dégénéré en guerre nucléaire, à l'époque, en 1947, puisqu'il s'agissait d'une dispute entre deux superpuissances ?

Wanda roula les yeux.

— Tu comprends, dis-je, puisque ces jeunes sont plus bêtes que ce dont elles ont l'air, j'ai décidé de piocher parmi les ouvrages pour enfants, de copier un style qui leur serait compréhensible. Je ne veux pas utiliser des termes du type tensions internationales ou jeux de zones d'influence, mais…

Je lui transmis le bâton en espérant qu'elle achèverait ma phrase.

— Mais… dit-elle avant de se racler la gorge et de choisir un ton plus grave. Mes chères enfants, à l'époque, tonton Staline n'avait pas encore de bombe A, et quand il a commencé à tempêter, les autres tontons lui ont dit d'arrêter, sinon ils lui balanceraient quelques bombes A dans son jardin, et personne n'avait envie de ranger un tel foutoir.

En pensée, je l'applaudissais à deux mains. Donc, c'était ça. Je ne savais pas qu'à cette époque, l'Union soviétique ne disposait pas encore de l'arme nucléaire, j'étais persuadée que cette mise en échec par arsenaux balistiques respectifs avait commencé dès 1945, dès le début de la guerre froide. Il semblerait donc que la Pologne ait exploité ici par hasard un déséquilibre momentané des forces pour corriger sa situation. Après quoi, elle s'était rapprochée de l'Occident, avait certainement profité du plan Marshall, le reste avait coulé de source.

— Tu n'apprécies pas Kwiatkowski ? demandai-je.

Wanda fit un mouvement ondulant de la main, pour dire comme ci, comme ça.

— J'ai pu voter pour la première fois en 1956 et j'ai voté pour lui, bien sûr, comme tout le monde. Il venait d'achever son premier mandat. La paix régnait enfin, les gens se rappelaient encore le cauchemar qui l'avait précédée, quand personne n'était capable de s'entendre avec personne. On se souvenait de l'assassinat de Mikołajczyk, on voulait que l'Ingénieur, homme providentiel, continue à gouverner, un gars qui avait d'abord construit, puis reconstruit la Pologne. Je l'adorais, comme tout le monde. Un type bon, calme, sage, c'était l'homme d'État rêvé.

— Tu ne crois plus qu'il le soit ?

Elle sourit.

— Honnêtement ? Je crois que c'est l'unique homme d'État de l'histoire polonaise dans son ensemble. Mais ne le répète à personne, sinon on va me virer de l'Union. Je voudrais qu'il termine son mandat en bonne santé puis qu'il prenne sa retraite et soit heureux. Cependant, j'estime que le prix de la sécurité ne peut pas être le renoncement à notre polonité. Nous avons construit ces traditions durant mille ans, nous avons lutté contre tous pour les préserver, nous les avons transmises de génération en génération, y compris lorsque la Pologne n'existait plus sur la carte. Tellement de gens ont donné leur vie pour ça et maintenant quoi ? Nous devrions y renoncer de notre propre chef ? Nous dissoudre dans une sorte d'entité européenne artificielle ? Donc, dans les faits, devenir le vassal de l'Allemagne et de la France ? Ce sont deux civilisations puissantes, elles ne nous traiteront jamais sur un pied d'égalité.

— Tu ne crains pas que l'alternative, ça soit, tu sais…

J'indiquais de la main la direction de la Vistule, l'Est.

— Je le crains. C'est pourquoi je ne voudrais pas que l'Union gouverne seule et crée ici une sorte de paradis catholico-slave. Mais j'estime que la Pologne traditionnelle devrait avoir ses représentants. Par simple souci d'équité. Et ne nous disputons plus pour des bêtises pareilles, la vie est trop courte pour ça. Va savoir combien de temps il nous reste, en vérité ? Quelques décennies peut-être ou seulement quelques jours ?

Nous nous blottîmes fermement dans les bras l'une de l'autre.

Mars

1

Mon Dieu, qu'est-ce que c'était agréable. Devenue vieille, je ne lisais plus trop mes résultats d'analyse sanguine – à quoi bon s'énerver pour rien –, mais quand j'étais jeune et belle et en pleine santé, c'est-à-dire à peu près jusqu'à mon soixantième anniversaire, j'adorais le rituel de la prise de sang et l'attente des résultats pour découvrir à quel point j'étais bien portante et à quel point chacune de mes mesures était dans la norme. Enfin presque, parce que chez moi comme chez tous les gens que je connaissais, un taux était si absurdement bas que cela ressemblait à une erreur. La vitamine D. Ingrédient essentiel de l'organisme, cette vitamine lutte contre les maladies, prémunit contre la grippe, les tumeurs et les caries ; grâce à elle, il est plus facile de tomber enceinte ; c'est l'ambroisie et la panacée réunies. L'homme la tire du soleil, il suffit d'une demi-heure d'exposition par jour pour fabriquer de la vitamine D en quantité suffisante. Ainsi que de la sérotonine pour se sentir bien. Et de la mélatonine pour mieux dormir. Oh, qu'est-ce que la nature avait bien imaginé les choses : il suffisait de sortir une demi-heure au soleil pour que l'homme soit sain, reposé et heureux. Dommage que la nature n'ait pas prévu que l'une des tribus humaines, dans une sorte d'élan suicidaire, déciderait de s'établir sur le territoire polonais et qu'elle allait s'entêter à demeurer à ce fichu endroit de la planète où la géographie, la physique et la météorologie se liguent pour que le soleil ne soit tout bonnement pas là, ou qu'il ne soit pas visible, voilé par une espèce de torchon humide, sale et gris. En conséquence, les gens qui vivaient là devenaient moribonds et furieux parce qu'ils étaient simultanément somnolents (manque de mélatonine), aigris et tristes (manque de sérotonine) et souffraient éternellement de rhume, d'angine et de rage de dents (manque de vitamine D). En réalité, nous devrions tous faire nos valises, partir n'importe où, goûter au bonheur d'être au soleil et vendre ce bout d'obscure jachère bonne aux seuls essais atomiques. D'autant plus que, si on en croyait les journaux, tout le monde autour menait des essais nucléaires. Ils auraient donc certainement besoin de quelques centaines de milliers de kilomètres carrés de terrain libre au cœur de l'Europe.

C'est précisément ce que je me disais en cette seconde journée de printemps, couchée sur un muret en béton au milieu de la vaste cour de mon école, tandis que je présentais ma face au soleil et me délectais de chaque photon qui atterrissait sur ma peau. Si j'avais été seule, je me serais déshabillée et serais restée couchée nue aussi longtemps que possible.

— *Madame** ?

J'ouvris un œil à contrecœur. Józia se tenait à côté de moi, l'une de mes élèves préférées, aussi connue sous le surnom de Żozi, celle qui lors de ma première leçon avait rapidement compris la différence entre diriger un foyer et diriger une famille.

— Oui ?

— *Madame la directrice vous demande de la rendre visite.*

Je hochai la tête et descendis à regret du muret. Il y avait des moments où les règles en vigueur au FSF ne me dérangeaient pas du tout, mais il m'arrivait aussi d'avoir envie de quitter ce boulot. Dans certains cours, essentiellement ceux où il s'agissait de connaissances pratiques et où la précision de la communication était cruciale – par exemple dans les miens –, on parlait polonais. Les autres connaissances étaient transmises en français, que les filles se devaient également d'utiliser dans tous contacts sociaux et dans les couloirs. Cela ne concernait ni le personnel enseignant et technique, ni les *châtaines*. Certaines des filles les moins douées en langues, dont Żozi, qui avait réussi à commettre une faute dans une phrase basique, évitaient par conséquent le contact et se réfugiaient dans une timidité maladive – ce que je trouvais malheureux, car cette fille en particulier était réellement intelligente et capable.

— Merci, Żozi, dis-je en époussetant ma jupe. J'ai certainement enfreint un point de règlement en me prélassant ainsi au soleil. Quel bénéfice les générations futures pourraient-elles tirer d'une telle attitude ?

Żozi me salua et s'éloigna sans l'ombre d'un sourire, d'un pas rapide, réaction habituelle parmi les élèves quand on évoquait le règlement. Guère étonnant, dans la mesure où la discipline à l'école était rigoureuse, les infractions ne passaient pas inaperçues et la présence des *châtaines* à chaque coin du couloir rappelait aux fillettes ce qu'on risquait en bifurquant sur le mauvais chemin. Je passai justement à côté d'un groupe d'entre elles, vêtues d'identiques survêtements bleu foncé. Haletantes et souffrant de la chaleur, encore mal habituées, comme tout le monde, aux températures normales après l'hiver, elles bêchaient cette partie de la cour où il fallait préparer des plates-bandes en vue de la saison du jardinage. Comme toujours, je m'arrêtais pour échanger trois mots avec elles au sujet du temps qu'il faisait, car, premièrement, j'estimais qu'il fallait le faire dans le cadre de la lutte des classes, et deuxièmement, les *châtaines* me donnaient l'impression d'être des filles normales et sympas, qui ressemblaient à celles que j'avais côtoyées ma vie durant. En compagnie des élèves engoncées dans leur uniforme et avec leur français formel et tarabiscoté jusqu'à la nausée, je me sentais souvent en décalage.

Au début, je ne savais rien de ces châtaines, or j'avais honte de poser la question directement parce que c'était, selon toute apparence, l'un des fondements des FSF. Il m'avait fallu beaucoup de temps pour comprendre que le terme de « châtaines » venait du verbe français « châtier », et que c'était ainsi qu'on nommait les élèves qui avaient été reléguées après avoir commis diverses infractions. À ceci près que cela n'équivalait pas à un simple renvoi, fais tes valises et rentre chez maman, au revoir. Le contrat signé avec la famille avant le début de la scolarité stipulait que dans le cas d'une relégation, l'élève devait rester travailler pour l'école autant d'années qu'elle avait passées à être éduquée.

Pour commencer, cette idée digne d'une histoire de dragon et de princesse me parut bizarre, voire cruelle. Puis elle m'avait semblée honnête, dans un sens. Les filles étaient issues de familles très pauvres – c'était l'idée fondatrice de cette histoire des FSF, transformer des roturières en dames et leur offrir une promotion sociale à laquelle elles n'auraient eu aucune chance d'accéder sinon. La campagne polonaise, une famille nombreuse, la misère, le travail dans les champs – disons-le, même avec des chances théoriquement égales, ces filles étaient séparées de la civilisation par un océan de boue impossible à traverser. Elles obtenaient une opportunité et une éducation gratuite valant une fortune, mais puisqu'elles avaient galvaudé leur chance, rembourser par le travail paraissait une solution sensée, sur un plan pédagogique. D'autant plus qu'elles restaient en ville, étaient toujours nourries, logées et blanchies avec les autres. Elles n'acquéraient peut-être plus l'imparfait du subjonctif, mais un savoir plus utilitaire et, pour finir, un diplôme de technicienne ; la majorité d'entre elles se débrouillaient très bien par la suite sur le marché du travail.

Il n'existait par ailleurs aucune restriction les empêchant de côtoyer les élèves ou de mener une vie sociale commune avec elles ; on organisait aussi des exposés spéciaux, destinés aux châtaines, afin ne pas les priver d'une éducation de base. En théorie, tout le mécanisme paraissait peut-être sévère, mais juste et, dans tout ce système – comme dirait Ludwik – assez noble.

En pratique, toutefois, je me sentais un peu comme dans un film qui mettrait en scène un monde où une expérience sociale magnanime se serait transformée en enfer. Le contact entre les élèves et les châtaines, même rudimentaire, n'existait pas. Physiquement, elles se ressemblaient toutes – des jeunes filles admirables et belles, chacune dans leur genre. Mais dans l'ensemble cette génération était remarquable ; il n'y avait dans ses rangs aucun strabisme, pas de jambes arquées, d'obésité, de colonnes vertébrales voûtées, c'était probablement une question de régime alimentaire propre à ces années-là. Les châtaines avaient alors peut-être du mal à se mêler aux élèves qui chaque jour se préparaient à vivre dans un monde meilleur, chance dont elles s'étaient elles-mêmes privées ? Les élèves avaient de leur côté peut-être du mal à supporter la vue des châtaines, leur rappelant qu'à chaque instant elles pouvaient passer d'un débat sur *Le Rouge et le Noir* au lavage des sols dans les couloirs et au transport à la laverie du linge sale de leurs camarades ?

Je ne sais pas, j'y voyais quelque chose d'inquiétant. Plus j'observais les relations entre les filles et plus j'estimais que dans cette expérience en particulier, les choses étaient allées de travers. Difficile de croire, en voyant ces demoiselles soigneusement coiffées et en uniforme passer à côté d'anciennes amies en sueur qui maniaient des bêches, que cette école avait été créée pour niveler les inégalités sociales.

Je traversai rapidement le labyrinthe déjà familier de la bâtisse principale pour me présenter au rapport devant Mme la directrice, partiellement amadouée depuis notre précédente rencontre. Respectant en tout point les stéréotypes accolés aux pensions de jeunes filles, Madame aimait à se grimer en éducatrice aussi froide et menaçante que juste et perspicace ; elle empruntait un peu à une gouvernante du XIXe siècle et un peu à cette vieille enseignante de *Harry Potter*. Un tailleur droit, les cheveux noués dans un chignon si serré qu'il provoquait un strabisme divergeant, des perles pour tout bijou. Sans parler de ses maudits chromosomes de la classe supérieure, aussi perceptibles que des phéromones. Pourtant, je ne cessais de me répéter que c'était moi qui avais vécu près de quatre-vingts ans, connu la révolution sexuelle, la foutue Pologne communiste et les téléphones portables. Alors, qu'elle aille se faire voir.

— Des élèves sont venues au secrétariat à votre sujet.

Je la regardais avec bienveillance en attendant la suite.

— Des élèves des années supérieures. Elles ont entendu leurs camarades parler de vos cours et demandé que vous les dispensiez aussi dans leurs classes. J'admets que c'est la première fois, au cours de ma carrière, que nos demoiselles réclament des leçons supplémentaires.

C'était peut-être parce qu'il s'agissait de l'unique cours où on ne les nourrissait pas de sornettes sexistes recopiées dans leurs manuels ancestraux.

Je souris et répliquai que c'était très gentil.

— Bien évidemment, j'ai demandé qu'on m'explique en quoi votre enseignement était si singulier. J'ai donc parcouru les cahiers. J'ai estimé que l'ensemble était trop moderne, trop dépourvu du respect envers le mari et trop imbibé d'une sorte de malice digne de mépris. Vous apprenez aux filles comment obtenir des résultats spectaculaires au moindre effort, hissant sur un piédestal leur égoïsme et leurs propres besoins. Durant l'un de vos cours, que vous intitulez « administration du quotidien », vous avez défini comme objectif la possibilité de lire un livre ou de boire tranquillement son café sans que quiconque s'en aperçoive.

Eh oui, au début des années 1960, de telles allégations équivalaient probablement à un meurtre avec cruauté et pédophilie. J'attendais la sentence. Un licenciement simple ou couplé à une lapidation ? Ça devenait intéressant.

— Vous avez un mari ? demanda-t-elle de but en blanc.

Je niais d'un mouvement de la tête, maîtrisant à grand-peine ma gaieté. Et soudain, Ludwik me manqua. Pas en tant que mari, pas en tant qu'amant, mais en tant que meilleur ami. J'avais très envie de lui raconter toutes ces anecdotes, ces histoires, ces découvertes des dernières semaines ; j'avais envie de le voir y réfléchir, d'entendre ce qu'il avait à dire à ce sujet, de m'exaspérer qu'il psychanalyse et tienne des discours ; je voulais écouter ce qui lui était arrivé, même si c'était le récit de ses escapades en week-end avec sa première femme. Vraiment, pour la première fois, je ne ressentais pas de la rage à l'idée de le revoir, mais de la curiosité. C'était l'unique personne en ce monde capable de me comprendre. Est-ce qu'on devait vraiment persister dans nos reproches, indépendamment du fait qu'on soit ou non ensemble ?

Je me dis : peu importe les griefs et les regrets, j'irai lui rendre visite dans la journée.

— Moi si, dit la directrice sur le ton de celle qui avouait souffrir d'une maladie incurable. Et peut-être que le ministère va me licencier pour cela, mais j'aimerais vous faire une proposition. Réfléchissez si vous n'auriez pas envie de prendre en charge deux autres cours, dans des classes supérieures. Bien sûr, je suis consciente que ça représente plus de travail, vous obtiendriez bien évidemment un contrat permanent et un meilleur salaire, nous résoudrions aussi dans la foulée et définitivement la question de votre logement. Je vous donnerai des références adéquates pour que ça aille plus vite pour vous au Régime. D'ordinaire, le personnel de l'école est traité en priorité.

Elle me déboussola, je balbutiai des remerciements cordiaux, acceptant son offre avant qu'elle ait le temps de finir sa dernière phrase. Peu m'importait la quantité de travail, je pouvais même transporter le lait ou goudronner le toit durant mes moments libres, pourvu qu'on m'offre un coin à moi. Oui, je sais, j'ai dit plus tôt que les années passées rue Wilcza avec les filles avaient constitué la meilleure période de ma vie et j'avais pleuré d'émotion en les revoyant, mais il faut croire que tout comme il y a un temps pour l'amour, il y avait un temps pour l'amitié. J'y reviendrai. Surtout, le combat quotidien pour occuper la salle de bains était une humiliation qui me remplissait d'épouvante.

— Je voulais aussi discuter avec vous d'un incident, l'occasion ne s'est pas présentée plus tôt. La professeur Chmielecka m'a parlé d'une situation inhabituelle dans son cours de maternité.

Oui, en effet, c'était ainsi qu'on désignait ici le cours d'éducation sexuelle pour donner le change. Pourquoi ne l'avait-on pas nommé d'emblée « cours préparatoire à l'hypocrisie » ?

— Je vous demande pardon, il y a eu un malentendu dans la salle des professeurs…

J'étais prête à n'importe quel mensonge et à n'importe quelle autocritique, pourvu qu'on ne me prive pas de l'espoir d'un appartement, mais Madame m'interrompit d'un regard. Elle en était réellement capable.

— D'où vous vient un tel savoir dans le domaine de la sexualité ?

— On a eu des cours magistraux à l'université, des séances libres je veux dire, une amie m'y a entraînée parce qu'elle s'intéressait à la médecine et la conférencière évoquait justement ce genre de choses.

Je soulignais le « ce genre de choses » de manière à ne laisser aucun doute quant au fait que j'étais pleine de distance vis-à-vis de tous ces orgasmes comme du reste, des inventions féministes ridicules, mais s'il vous plaît, s'il vous plaît, je vous en supplie, n'oubliez pas mon appartement.

— Comment s'appelait cette conférencière ?

— Michalina Wisłocka, lançai-je en le regrettant aussitôt, car j'aurais très bien pu prétexter un trou de mémoire.

Il ne me restait qu'à espérer que, premièrement, une telle personne existait dans cette réalité et, deuxièmement, que je ne m'étais pas emmêlée dans les dates et que Wisłocka y était déjà un médecin en exercice et non une étudiante ou, pire, une lycéenne quelque part en province.

Madame nota le nom de la conférencière.

— Votre courte intervention de ce jour-là est aussi restée dans les mémoires. Nous y reviendrons. Il se peut…

Elle regarda le Boulevard baigné de lumière derrière la vitre, la vue était spectaculaire.

— … il se peut que dans ce domaine aussi, nous devions ouvrir la porte à de nouvelles idées, même si je crains que nous ne rencontrions de la résistance en face.

Disant cela, elle tapota du doigt un épais volume posé devant elle sur le bureau et qui, de mon côté, ressemblait à un élégant catalogue d'une boutique de vente par correspondance.

Je ne savais pas de quel « en face » elle parlait, c'est pourquoi je hochai poliment la tête. Je ne songeais qu'à aller voir Ludwik. Ce vieux croûton me manquait comme ce n'était pas possible.

2

— Et donc, docteur, à la santé du printemps ?

— Longue vie à lui, dit-il et il vida un verre d'une gnôle à l'odeur fabuleuse de levure.

Sa vue se troubla ; c'était de la vodka forte et vraie. Elle avait un goût de vodka, elle puait la vodka, elle ne ressemblait en rien aux produits aseptisés du XXIe siècle, à ces distillats sans âme ni saveur, absurdement glacés à en devenir huileux et fabriqués dans l'idée de servir de base à des cocktails colorés et doucereux. Il se délecta de la manière dont l'alcool voyageait le long de son tube digestif et il croqua un cornichon à la polonaise, aigre et ferme. Si la Ire République de la vodka et des cornichons marinés existait quelque part, M. Wladyslaw aurait été son président, son Premier ministre et le chef de chacun des ministères.

Ils s'étaient installés sur le toit de leur *corbouse* sur des caisses en bois disposées entre les parcelles de terre, appuyaient leurs dos sur un ventilateur en forme d'amanite et essayaient de se placer de sorte que le soleil éclaire la plus grande partie de leur visage. Ludwik, la chemise entrouverte et les manches retroussées, et M. Wladyslaw, paré de sa fatuité quotidienne de concierge, c'est-à-dire dans son costume cravate et sa chemise boutonnée jusqu'à la glotte, restaient là à boire de la vodka en mangeant des cornichons, le soleil les réchauffait, c'était une belle journée et Ludwik ressentit une béatitude paresseuse, cette sensation merveilleuse mais rare, où on ne songeait pas à la veille ni au lendemain, aux choses à faire, à ce qu'on voudrait et à ce qu'on regrettait, à ce qui nous manque parce que, momentanément, le ici et maintenant était simplement parfait.

Dommage que Grażyna ne soit pas là, se dit-il.

Quoiqu'elle se fût probablement sentie peu à l'aise à siffler de la vodka au milieu de la journée en compagnie du portier sur le toit d'un immeuble. Pourtant, ils étaient tous deux originaires d'un milieu modeste et avaient bénéficié de l'ascenseur social, mais sa famille à elle venait de Grande-Pologne et se trouvait donc un cran au-dessus de celle de Ludwik ; la bourgeoisie besogneuse et provinciale de Środa Wielkopolska, à l'ouest de la Pologne, était une chose, c'en était une autre chez lui, à l'est, à Ostrołęka. Les différences entre les territoires anciennement dominés par les Prussiens et ceux administrés par les Russes étaient visibles sur le plan de l'architecture, de la quantité de boue omniprésente et du niveau des infrastructures en général, mais surtout dans les mentalités. La famille de Grażyna faisait ses emplettes dans des boutiques et allait ensuite se réchauffer près de la cheminée chez des amis où, sur une table recouverte d'une nappe brodée, on disposait des confitures d'automne et une liqueur aromatisée. Celle de Ludwik enfilait des bottes en caoutchouc pour éviter la noyade durant ses négociations houleuses au marché, excursions qui se terminaient invariablement par une rencontre avec des amis, par la consommation de trippes cuisinées dans une marmite sur un poêle à charbon mobile, servies en pleine rue, et par l'absorption de vodka sur n'importe quel banc, siège aussi provisoire et insouciant que toute l'Europe à l'est de la Warta.

C'est pourquoi Ludwik s'était rapidement senti bien dans sa *corbouse* et avait appris à apprécier ce qui, chez de nombreux locataires, étaient source de honte et de jérémiades. D'abord, il découvrit (un peu grâce à Iwona et un peu au cours d'une visite à la bibliothèque) la genèse de ce quartier bâti à la fin des années 1940 sur les ruines du ghetto par Le Corbusier en personne. Enfin, presque par Le Corbusier, parce que le projet initial de l'architecte suisse avait été transformé de manière très créative par les priorités du moment et le traditionnel manque de respect polonais pour l'espace. Dans les faits, l'architecte avait planifié une ville nouvelle sur l'ensemble du terrain du ghetto, dont les immenses unités d'habitation ne devaient représenter qu'une partie. Le projet prévoyait des parcs, des rues, des boulevards, des groupements de maisons individuelles, des pavillons de commerces et encore d'autres rues, beaucoup de rues très larges. Les Polonais avaient en revanche estimé que, pour l'heure, seuls les logements importaient, c'est pourquoi, en dépit du projet et du bon sens, ils avaient construit sur une petite part des parcelles disponibles un ensemble de dix immeubles qui, étant donné leur nombre et leur taille, étaient devenus une cité hideuse, haïe par les Varsoviens.

De leur côté, les habitants étaient à la fois honteux et fiers de leur quartier, ils aimaient leurs exceptionnels appartements en duplex, mais déploraient aussi par tous les dieux qu'on ait construit un quartier « à moitié maintenant et après on verra » et transformé leur vie en cauchemar. Avant tout, les magasins manquaient, et les habitants se voyaient contraints de faire leurs emplettes dans les étages commerciaux de chaque barre d'habitation. Cela paraissait innocent jusqu'au jour où on réalisait qu'aucun des immeubles ne possédait l'ensemble des marchandises. Ici une boutique d'alimentation, là les services, ailleurs un millier de broutilles – ce simulacre moderniste d'un espace urbain les obligeait à pérégriner entre les corbouses par les ascenseurs et les cages d'escalier.

Pour sa part, Le Corbusier s'était dissocié de la réalisation des travaux dans une atmosphère de scandale, avait intenté un procès à la ville de Varsovie et, dans une de ses interviews, avait lâché, courroucé, qu'une totale destruction et une reconstruction à partir des ruines était la seule chose que les villes polonaises méritaient, c'est pourquoi il était devenu *persona non grata* au pays de la Vistule. L'histoire était donc assez mouvementée et regorgeait de retournements de situation, mais les corbouses étaient restées dans le paysage de la ville.

La trois, soit officiellement l'unité d'habitation Muranów numéro 3, dans laquelle habitait Ludwik, se distinguait des autres.

Les étages bas avaient été répartis par le Régime (comme on surnommait la direction municipale des ressources immobilières) selon des règles mystérieuses. Les façons d'accéder à un logement alimentaient les conversations, sur le ton réservé d'ordinaire aux histoires de fantômes, de trésors disparus ou d'ancêtres juifs cachés par les voisins.

L'un des niveaux avait été réservé aux milieux artistiques et scientifiques, en particulier aux jeunes savants et chercheurs dans des domaines innovants – c'est ainsi qu'Iwona et lui avaient obtenu leur appartement.

Les deux derniers étages, par principe d'égalité des chances, avaient été destinés aux classes sociales les moins élevées. Bien évidemment, on ne disait pas les choses ainsi, tout cela faisait partie de programmes aux noms impossibles à mémoriser dont un seul était passé dans la conscience collective, en l'occurrence le terme « achélem » (dérivé du sigle HLM français) que la rue de Varsovie avait rapidement transformé en *shalom*. Ludwik avait constaté avec intérêt que la novlangue s'était constituée à partir du français et que la sensibilité sociale était traitée en valeur importée plus que de façon traditionnelle. Ainsi donc, c'étaient des *chômeurs* et des *smicards* qui habitaient les shaloms en compagnie de leurs familles venues des campagnes, de leurs cousins et amis ; en réalité, on avait vite perdu le contrôle de ce qu'on renvoyait au *dernierski* et la population abandonnée à son sort avait créé sur les deux niveaux supérieurs de l'utopie de Le Corbusier une cambrousse linéaire digne de Mazovie. En fait, elle l'avait créée sur trois niveaux, puisque le toit était vite devenu un mélange de serre, de jardin, de cour, de cabane à bière et de parties collectives.

Les autres corbusiers (comme on appelait les habitants du quartier) s'étaient divisés dans leur opinion du phénomène. Une partie était pleine de mépris envers le « rebut » qui vivait à la « trois », mais la majorité avait accepté cet état de fait comme naturel et jalousait même aux locataires de cette tour leurs shalomiens, dont le voisinage signifiait un accès facile aux œufs frais, aux tomates, à la gnôle et instaurait dans l'immeuble un vacarme crasseux et un bastringue qui donnait à l'ensemble de l'habitat un côté sympathique.

Ludwik avait immédiatement trouvé ses marques dans cet ensemble, il en comprenait les règles et s'était fondu dans le tissu humain de la cité, apprenant où il fallait aller chercher des œufs, de la gnôle, quels enfants aider dans leurs devoirs et avec qui échanger trois mots. Les shalomiens le payaient en retour de leur respect et de leur confiance ; ils appréciaient en général tout l'étage scientifico-artistique, comme le peuple pourrait accorder son intérêt à une femme à barbe, parce que c'est plus ou moins dans cette catégorie-là qu'on classait les différentes professions représentées par les locataires dudit étage. Parmi elles, la psychologie.

— Et vous avez entendu parler, docteur, des gens du deuxième ?

Ludwik fit non de la tête en se disant qu'une histoire de crocodile dans les canalisations du Régime l'attendait.

— C'est quelque chose dans votre domaine.

Ludwik interrogea le concierge du regard.

— Une histoire de démence véritable, commença M. Wladyslaw sur le ton d'un animateur de théâtre d'épouvante. De démence dans chacun de ses aspects. Les locataires précédents, c'était des gens normaux, un mari, une femme, trois enfants. Lui, il travaillait à la centrale électrique. Elle restait à la maison, normal. Gentille, cordiale, un peu renfermée, tout allait bien en apparence, mais ses yeux étaient si noirs et si vides qu'on avait la chair de poule en la voyant. Plus tard, j'ai appris qu'elle…

Le concierge suspendit sa voix et vida son verre cul sec, Ludwik le sien à moitié seulement ; il avait encore une thérapie à mener le soir.

— … venait de Varmie.

Ludwik hocha la tête avec compréhension ; certains étaient destinés au malheur, que faire. Il la hocha paresseusement : la vodka et le soleil le rendaient somnolent.

— Les semaines passaient, puis les mois, le mari travaillait, les enfants grandissaient et le visage de la femme se faisait de plus en plus pâle, ses cheveux de plus en plus noirs. Quand on fait le *concierge* à longueur de journée, on voit tout plus distinctement qu'on le voudrait, voilà ce que j'en dis. C'en était arrivé à un point que quand je la voyais, je faisais le signe de croix en douce, je mettais une épingle à cravate rouge – j'en ai une spéciale, en nacre, vous comprenez.

— Contre le mauvais œil.

— *Evidemensko*. Je ne dis pas que c'est sa faute, un mauvais sort païen peut attaquer une personne comme il faut, même si elle vient d'une terre prussienne, voilà ce que j'en dis. Et quelque chose était dans l'air, je la voyais de moins en moins et soudain…

M. Wladyslaw se tut si longuement que Ludwik dut ouvrir au moins une paupière pour signifier son intérêt pour la suite.

— … ils ont déménagé.

— Pff, franchement, je m'attendais à quelque chose de plus.

M. Wladyslaw leva les mains dans le geste typique « attendez, ce n'est pas fini ».

— Où est-ce qu'ils ont déménagé, me demanderez-vous ?

— Je vous le demande.

— Ils sont repartis en Varmie. Dans une maison de fous. Une bâtisse en brique rouge, avec des tourelles et des murs comme ça se fait en Prusse. C'était moins un hôpital qu'une maison hantée, une maudite forteresse, c'est moi qui vous le dis. Ma cousine m'a raconté qu'une de ses amies lui avait dit qu'on y menait des expériences durant la guerre. Les lacs portaient de tels cris la nuit que les gens abandonnaient leurs maisons pour ne plus avoir à les entendre. Et maintenant, vous me demanderez pourquoi ils ont déménagé ?

— Donc ?

— Elle a voulu cuire un gosse.

— Quoi ?

— Docteur, si je ne l'avais pas vu, je ne vous le raconterais pas, mais l'aînée de chez la Miklasowa y est allée porter des œufs et qu'est-ce qu'elle a vu de ses propres yeux ? Le four était *riffaudé* que c'était impossible d'entrer dans la cuisine, une braisière immense pour une dinde était posée sur la table et le plus jeune de ses enfants couché dedans, il agitait les pieds, entièrement badigeonné d'huile d'olive, et vous savez avec quoi il jouait ?

— Un hochet en forme de diable ?

À présent, c'est M. Wladyslaw qui pouffa. Puis il fit le signe de croix, au cas où.

— Ne racontez pas de bêtises. Il jouait avec une pomme. Voilà, ce que j'en dis. Vous comprenez ? Elle voulait rôtir son enfant avec une pomme, comme on fait avec du canard pour qu'il ait bon goût, un peu sucré, un peu acide, ma femme prépare le poulet de cette façon, ça se fait également.

— Maintenant, c'est vous qui racontez des bêtises.

— Docteur, la vérité sort de la bouche des enfants, la fille a dit ce qu'elle avait vu, et quand la Miklasowa a fait un esclandre, ils ont aussitôt déménagé.

— Dans une maison de fous.

— Mais ce n'est pas encore ça, le plus intéressant. Ça, c'était une histoire comme il y en a plein.

M. Wladyslaw fit un geste dédaigneux de la main, comme si les nourrissons à la broche constituaient un mets varsovien de base.

— Quand ils sont partis, leur appartement s'est libéré et on était curieux de voir qui le Régime allait nous envoyer. C'est un indice important, les gens veulent savoir ce qui est privilégié, parce que chacun connaît quelqu'un qui tente d'obtenir un logement, donc ça vaut le coup de savoir si la mode est aux familles nombreuses, aux mères solitaires, aux parents infirmes ou à un métier en particulier. Il y a eu un mois où, sur l'ensemble des corbouses, trois infirmières ont emménagé coup sur coup. Ça va par vagues, voilà ce que j'en dis.

— Et donc ?

L'histoire avait fini par intéresser Ludwik. Et Grażyna lui manquait terriblement. Il avait tellement de choses à lui dire ! Après deux journées passées à lire à la bibliothèque de vieux journaux et des études scientifiques de l'histoire de la Pologne moderne, il savait exactement ce qui s'était passé durant les dix-huit années écoulées depuis la guerre, il savait pourquoi il n'y avait pas de bases de l'armée Rouge en Pologne, mais un président Kwiatkowski. Grażyna aurait sans doute pesté qu'il pérore comme d'ordinaire et se lance dans des exposés, mais il avait néanmoins très envie de discuter avec elle, d'arranger cette séparation bizarre ou au moins de lui montrer qu'on pouvait l'arranger. Trouver un appartement faciliterait les choses au cas où ils estimeraient vouloir mettre fin à leurs fâcheries. À présent, avec Grażyna qui vivait rue Wilcza et lui avec sa femme, sans aucun autre endroit où aller, quel désespoir. Il se dit qu'il était temps d'arrêter ces enfantillages, d'aller chez elle et de discuter.

— Vous ne devinerez jamais.

— Je ne devinerai pas.

— Un réfugié.

Le cerveau de Ludwik grinça à un point tel qu'il se redressa de surprise, il se crut revenu au XXIe siècle. Quel réfugié, bon sang ?

— Quel réfugié, bon sang ?

— Un Nègre. Je veux dire, pas totalement nègre, un peu arabe. Mais nègre.

— Mais d'où est-ce qu'il vient ?

— Bah, d'Afrique. Ça vient pas de Suède, hein.

— Mais d'où ?

M. Wladyslaw le regarda, puis posa un regard lourd de sens sur la bouteille avant de le ramener sur lui.

— D'A-fri-que, dit-il très lentement et très distinctement.

— Oui, je comprends, mais quelle est la séquence causative… je veux dire, comment se fait-il que cette personne de couleur soit arrivée ici ?

— Bah, il est venu d'Algérie, d'où voulez-vous qu'il vienne ? La guerre est finie et nos Nègres reviennent pour que les autres Nègres ne les buttent pas.

— Chez nous ?

— Bah, principalement en France, mais chez nous aussi, question d'alliance et tout. Et, au début, tout le monde l'a eu mauvaise, car comment faire pour obtenir un logement contre un réfugié, et nègre avec ça. Est-ce que c'est possible ?

— J'en doute.

Effectivement, un instant plus tôt, il avait cru que la providence lui envoyait un signe pour qu'il demande pardon à Grażyna, obtienne un logement et remette sa vie sur les bons rails.

— Exact. De proche en proche, on s'est aperçu qu'il y avait des options, qu'au fond, chacun connaissait un de nos garçons d'Algérie ou connaissait quelqu'un qui connaissait un de nos garçons, vous comprenez. L'aide fraternelle est terminée, nos soldats rentrent maintenant à la maison et, on le sait, les légionnaires sont nos héros, on ne manquera jamais de logements pour eux. D'ailleurs, la plupart avaient déjà obtenu des maisons, leurs femmes végètent dans des logements vides et s'ennuient, les ramoneurs leurs ramonent les cheminées, les facteurs les tamponnent, hé, hé, voilà ce que j'en dis. Tant que les nôtres stationnent en Afrique, vous voyez, docteur, ils peuvent trouver un Nègre. Un bon Nègre solitaire qui fait justement ses valises et lui dire, écoute, mon vieux, viens en Pologne mon bougnoule. Et le Nègre arrive, obtient un appart et qu'est-ce qui lui manque pour être heureux ?

— Un travail ?

— Une femme, docteur, il lui manque une femme. Et là, c'est un océan de possibilités qui s'ouvre devant lui. D'autant que les Polonaises, cher monsieur, ont un faible pour les Nègres. Vous vous souvenez du Festival mondial de la jeunesse, il y a quelques années ? La moitié de Varsovie s'est fait avorter après ça, parce que chacune voulait essayer avec un Nègre. Une de vos voisines d'étage, une gynécologue, s'est construit une villa si grandiose à Konstancin grâce à ça que les gens font le signe de croix quand ils passent à côté, vu qu'avec toutes ces tourelles, ils croient que c'est une église. Mais peu importe. Ensuite on peut faire venir la famille et on a toujours un pied dans la capitale. Et quand on a des sœurs, c'est encore mieux, vous savez, une seule femme chez les islamistes, c'est peu. Ça dérange les gens, mais moi, je les admire. J'en supporte difficilement une seule, alors plusieurs, oubliez ça.

M. Wladyslaw versa machinalement une nouvelle tournée – chez les Polonais, dans les structures les plus primitives du cerveau, à côté des zones responsables de la fuite et du combat, se trouve le gène qui encode le mouvement du versement de la vodka au moment d'une méditation profonde durant une discussion, moment signalé par un « oubliez ça » surgi du fond des tripes.

Ils burent.

Le soleil se cacha derrière une annexe vitrée dans laquelle, à l'origine, devait se trouver une salle de sport destinée aux habitants, et où, présentement, germaient des tomates, des concombres et des salades, cultivés en commun par toute la collectivité du shalom. Ludwik se leva, s'étira et constata qu'il devait être plus soûl que ce qu'il supposait – la gnôle devait avoisiner les soixante degrés –, c'est pour ça qu'elle brûlait si agréablement l'œsophage. Il décida d'aller nulle part, de dormir un peu et de se rendre chez Grażyna le soir.

Non, il ne comptait pas la persuader de prendre un « Nègre ». Il voulait discuter avec elle d'un projet qui ne le laissait pas en paix depuis quelques jours. Mais la raison principale, c'est qu'elle lui manquait terriblement.

3

Le temps de ma conversation avec Madame, j'avais cru que le fait que Ludwik me manque avait soudainement effacé la fureur que je ressentais à son égard depuis deux mois. Je retire ça. Plus je pensais à lui et plus je me sentais aussi irritée que si je fouillais une dent cariée du bout de la langue. D'un côté, il y avait la douleur déplaisante, de l'autre, la colère de ne pouvoir la fuir. Plus j'y pensais, plus je m'exaltais, plus un rideau rouge me tombait sur les yeux. Après cinquante ans de vie, d'amour, de sexe, de baisers, d'enfant, de petits-enfants, d'une mer d'aventures et d'un océan de souvenirs, Ludwik avait simplement haussé les épaules et s'était installé avec son ex-femme. Oui, il me manquait. Il me manquait comme ce n'est pas possible, mais plus je ressentais ce manque, plus j'avais honte et plus j'étais en colère contre moi-même.

Où était-il ? Pourquoi ne me suppliait-il pas de lui pardonner ? Pourquoi ne gémissait-il pas à mes pieds ? Toutes ces années signifiaient donc si peu pour lui ? S'était-il à ce point lassé de moi ?

Quoi qu'il en soit, soupirai-je, je devais le revoir. On pouvait ne plus s'aimer, on pouvait ne pas vivre ensemble, mais il ne restait plus que quelques mois avant août et, indépendamment de tout le reste, je n'allais pas renoncer à mon fils. Il était hors de question que je n'essaie pas, au moins, de le faire venir au monde. C'est pourquoi je ne me rendis pas encore chez Adam, craignant de prendre une décision sous le coup de l'émotion, une décision qui changerait tout et anéantirait mon projet.

Dès mon retour de l'école, je pris une douche, profitant du fait qu'il n'y avait personne sur le palier – n'importe quelle tentative de faire sa toilette le matin ou en soirée tournait court – et je vérifiai dans la glace si j'avais l'air assez étourdissante pour que Ludwik se tortille de désir et de langueur.

Je descendis en courant les marches de notre cage d'escalier humide ; en bas, je jetai un coup d'œil machinal à notre boîte aux lettres rouillée et si effroyablement tordue qu'on l'aurait crue victime de sévices d'une secte en lutte contre la poste. Il y avait une enveloppe adressée à mon nom dans notre compartiment. Je la déchirai aussitôt, persuadée que je manquais autant à Ludwik qu'il me manquait et que, puisqu'il avait honte de venir et de me demander pardon, il m'avait écrit.

Je parcourus rapidement le texte de la courte missive et j'eus un vertige. Je sortis dans la cour et je m'assis sur un des seaux renversés qui faisaient office de chaises. J'inspirai profondément et à plusieurs reprises, avant de relire une nouvelle fois la lettre plus calmement :

Chère amie,

C'est avec joie que je t'annonce la fin de ma mission diplomatique pleine d'aventures et de dangers (je ne peux évidemment pas t'en dévoiler les détails, tu comprends bien). Me voilà gentiment revenu dans la maison familiale, comme il sied à tout agent du gouvernement dédié aux missions spéciales qui joue avec sa vie. Si tu as envie d'écouter d'incroyables récits (dans la limite de ce que je peux te révéler, tu comprends bien), fais-le-moi savoir par lettre. Ou téléphone-moi. Ou viens, tout simplement. Pardonne-moi la sincérité de mon aveu, mais tu m'as terriblement manqué et je suis revenu avec l'idée que je t'avais manqué aussi au moins un tantinet.

Ton A.

PS. Brûle la lettre ou avale-la, tu comprends bien.
PPS. Ne t'inquiète pas, il s'agit d'un papier spécial et comestible, breveté par les services diplomatiques polonais.
PPPS. Bien que je connaisse un ambassadeur qui en fait un usage contraire à celui prévu. Mais ne le dis à personne.

Je fermai les yeux, des émotions si brutales me remplirent que j'en eus la nausée.

C'est un signe, me criait la voix de l'aventure dans ma tête. Ramasse tes affaires, va chez lui, brûle les ponts derrière toi, ne commets pas deux fois la même erreur, aie la vie dont tu as toujours rêvé.

Calme-toi, me disait la voix de la sagesse, si ça s'était terminé ainsi à l'époque, c'est qu'il y avait des raisons, et c'est avec un autre homme que tu as passé de longues et heureuses années.

Ce à quoi l'aventure répliquait : des années longues, heureuses, ordinaires et emmerdantes comme ce n'est pas permis.

Et la sagesse disait : et qu'est-ce que tu aurais voulu ? Des années longues, heureuses et pleines d'émotions ? Ça n'arrive même pas dans les romans, ne sois pas idiote.

— Qu'est-ce que tu fous, tu pionces sur un seau ? Je savais que tu finirais mal à la capitale, mais si mal ?

J'ouvris les yeux, fixant sans comprendre l'homme qui se tenait devant moi. Petit, trapu, il portait un uniforme militaire, pas une tenue de gala, un simple uniforme avec veste déboutonnée et pantalon élimé. Au-dessus de la veste, je découvris un visage rond et polonais orné d'une moustache claire, au front dégarni et au large sourire qui dévoilait le manque d'une prémolaire. Un visage loin d'être beau, mais très sympathique, en dépit d'une cicatrice mal guérie sur le menton. Je regardai ce visage et je me sentis à la fois étrangement émue et troublée ; comment dire, c'était comme lorsqu'on aperçoit dans la rue un grand ami de ses années de jeunesse et qu'on veut se jeter dans ses bras, qu'on est sur le point de tendre les mains vers lui quand soudain, on est heurté par la conscience que nous avons vu cet ami pour la dernière fois l'année du bac et qu'il ne peut avoir gardé cet air parce qu'il est certainement devenu un vieux croûton autant que nous.

— Qu'est-ce que tu regardes comme ça, Grażyna ? La moustache me va vraiment si mal ? Alors il faut peut-être que je la rase avant d'aller chez maman ?

À ce moment-là, je me levai du seau et je me jetai à son cou. Je l'enlaçai aussi fort que je pouvais. J'avais vu mon frère aîné pour la dernière fois en 1958, en prison. Cela faisait déjà quatre ans qu'il était incarcéré, il était dans un état épouvantable et ne ressemblait en rien au garçon qui, durant la guerre, me faisait un théâtre de bonshommes-patates pour que je n'aie pas peur quand on fuyait le front. Un frère qui m'enseignait le russe et le français ; il avait une bonne oreille pour les langues, le saligaud, capacité absolument inutile dans la Pologne stalinienne. Il me suppliait alors au parloir de ne plus revenir, ni moi ni ma mère, prévenait que c'était dangereux. Je pleurais et je m'insurgeais, lui disant qu'il n'avait pas le droit de renoncer, qu'il n'avait pas le droit de nous dire adieu, qu'il y avait des gens qui allaient en prison, puis en sortaient et finissaient par vivre normalement. Il essayait de plaisanter en disant que c'était des voleurs et des assassins ordinaires, pas d'horribles ennemis d'État tel que lui, que je ne voudrais quand même pas être assise à côté de lui à Noël.

Ils l'ont tué un an plus tard. Ma mère a reçu une missive laconique l'informant d'un décès de causes naturelles et de la date des funérailles. La lettre est arrivée après l'enterrement. Nous avions seulement pu lui poser une stèle au cimetière communal de Radom. Et je n'ai pu transférer Piotr dans le caveau familial à Środa qu'au moment de la Pologne libre, après 1989. Avant cela, ils ne l'avaient pas permis, les salopards. Ma mère n'a pas vécu jusque-là, elle a traversé la moitié du pays en bus pour se rendre sur sa tombe, elle y a laissé sa santé, dans ces satanés véhicules. Ludwik a plusieurs fois essayé de me convaincre de faire des recherches, de consulter son dossier à l'Institut de la mémoire nationale, d'apprendre en détail l'histoire de mon frère, d'apprendre qui l'avait persécuté et pourquoi, de découvrir les noms. J'ai toujours refusé. Je ne voulais pas savoir si c'était bien lui dans le cercueil, je ne voulais pas non plus découvrir qu'il était mort à cause d'une enflure, un ami de la famille qui l'avait mouchardé contre un passeport et quelques sous.

Et, à présent, après toutes ces décennies, je me blottissais contre Piotr, je pleurais, j'absorbais son odeur, je riais, je caressais son dos et je pleurais encore, les émotions de l'enfance revenaient dans une immense vague, tous ces moments où mon frère aîné de neuf ans avait été auprès de moi, sur le marché de Środa, lors d'une escapade à vélo jusqu'à Kórnik et le lac Bnińskie qu'il avait proposée pour que je cesse de pleurer papa, c'était le premier été après la guerre, je me rappelle tous ces paysages dignes de la prose d'Iwaszkiewicz et je me rappelle la paix. Enfin, les Allemands n'étaient plus là et personne n'allait nous fusiller.

— Piotr, doux Jésus, tu es là.

— Et pourquoi je ne serais pas là ? Seulement parce que je suis resté trois ans à faire une guerre débile, que je me foutais sur la gueule avec les Bédouins au milieu du désert tandis qu'une bombe nucléaire explosait à quelques centaines de mètres de moi ? La bonne blague.

Je m'écartais de lui.

— Une bombe nucléaire ?

— Pas de panique, il faut juste que j'évite d'engrosser quelqu'un durant une année et ça ira. À propos d'engrosser, tes copines sont là ?

— Au boulot, répondis-je machinalement et c'est seulement après que je le tapai sur l'épaule dans un éclat de rire.

— La poisse, tant pis, je ferai la tournée des voisines plus tard. T'as du thé au moins ?

Il vidait une tasse après l'autre, en rajoutant des feuilles au marc, puis de l'eau bouillante et en m'expliquant qu'il avait appris là-bas à boire ce genre de thé au lieu du café. Il dévorait tout ce qu'on avait à manger à la maison, ne cessait de bavarder et moi, je l'écoutais. Exceptionnellement, mon ignorance était justifiée ; et puis Piotr parlait tant qu'aucune de mes questions, même la plus bête, ne pouvait le sortir de sa transe. J'avais déjà appris que la Pologne, en tant qu'alliée de la France, avait envoyé ses soldats en Algérie. Ce qui me paraissait horrible : d'après mes connaissances historiques, ce conflit n'était qu'une tentative désespérée de garder une colonie, mais ma connaissance du sujet découlait principalement du *Chacal*, alors la réalité était peut-être autre. Je savais aussi que l'unité la plus célèbre de la guerre d'Algérie était la légion polonaise et qu'on les qualifiait ici de « légionnaires » ou de « choquants ». Pourquoi ce second terme, je n'en avais aucune idée. Mais que mon frère fût non seulement en vie, mais qu'il servît dans l'armée et, en sus, dans l'un des grades élevés des légionnaires, c'était une réelle surprise.

— Comment ça, un secret, arrête, répondit-il à ma demande terrifiée au sujet de la bombe atomique. Ça a fait la une des journaux dès le lendemain. Ils ont failli se chier dessus d'émotion d'avoir réussi. Tu ne t'en souviens pas ? *Hourra pour la France*, tonna-t-il avec la voix de de Gaulle. *Depuis ce matin*... et patati, et patata. Je vais te dire que je n'étais pas à Reggane à ce moment-là, mais j'étais à In Ecker l'année dernière, au moment où ils ont bâclé cet essai souterrain, et quand j'ai vu l'organisation française. Mon Dieu, c'est un argument pour dire que nous aussi, nous devrions posséder la bombe, puisqu'ils l'ont. Leur bordel est identique, leur mélange de mégalomanie, de mythomanie et d'hypocrisie itou. Sans notre art du provisoire, mais avec leur mépris pour le reste du monde. Je vais te donner un exemple. Tu sais ce qu'est un dosimètre ?

Je fis non de la tête.

— Un instrument de mesure de la radioactivité. Tu portes une sorte de plaquette sur toi et quand son milieu noircit, c'est que quelque chose ne va pas, qu'il faut fuir vers un abri, passer une décontamination, etc. On en avait tous un à la base. Sauf que les soldats obtenaient les leurs scellés dans des récipients en plomb. Pour pas qu'ils s'abîment, qu'on leur disait. Pour qu'ils fonctionnent bien... Eh, tout ce que j'ai découvert sur cette vieille mère maquerelle, la Marianne, j'écrirai un jour un bouquin là-dessus. Je reste dans l'armée jusqu'à la fin de l'année, ensuite je me casse. S'il y a une chose que j'ai apprise en Algérie, c'est que ça n'a aucun sens de vivre ici, dans un pays où l'hiver dure six mois et l'automne les six autres, même si on appelle ça le printemps pour donner le change, et où l'été tombe un mardi après-midi en juillet. Maman m'a écrit que tu travaillais à la FF. C'est vrai ?

— Ça ne te plaît pas ?

Il but une gorgée de thé, je vis qu'il ne voulait pas répondre tout de suite.

— Grażyna, c'est ta vie et tes choix. Moi, je suis toujours de ton côté. Je pense qu'on peut y faire beaucoup de bien et donner à de nombreuses filles une chouette vie à laquelle, autrement, elles n'auraient aucune chance d'accéder.

— Wanda se dispute à ce propos avec moi. Elle sympathise avec l'Union. Et que ce soit clair, ce qu'elle dit est très convaincant. Sans quelques personnes spécifiques dans leurs rangs…

Je m'interrompis au dernier moment parce que je ne voulais pas avouer que je connaissais des personnalités et leurs parcours à partir de ma version de l'Histoire.

Il rit, tartina un cracker avec du lard et l'enfourna en entier dans sa bouche.

— Wanda est une idiote qui croit que si elle fait des grimaces sérieuses et parle peu, son cerveau gonflera et qu'elle deviendra plus intelligente. L'Union, c'est Moscou, quiconque réfléchit un minimum le sait. Le problème, c'est que peu de gens réfléchissent par ici, et c'est pourquoi on rapatrie toute la légion. D'après ce que je sais, les bouffeurs de grenouilles doivent débarquer à l'automne pour *les grandes manœuvres de l'amitié**. Mais ça, en l'occurrence, ça reste entre nous, d'accord ?

Je fis le geste de fermer mes lèvres et de jeter la clé.

— Tu t'attends à des émeutes ?

— C'est le scénario optimiste. Le pessimiste, c'est que, nous… hmm, comment l'exprimer délicatement… veillerons à ce que les élections se déroulent de façon démocratique.

— Les parlementaires ?

— Doux Jésus, quelles autres élections veux-tu ? L'Ingénieur a encore trois ans jusqu'à la fin de son mandat que je sache. Tes élèves t'ont contaminée avec leurs âneries ou quoi ?

— Et pourquoi quelque chose devrait aller de travers ?

— Pour deux raisons. Premièrement, parce que les gens sont lassés. Et deuxièmement, parce qu'ils sont furieux. Ils sont lassés parce que ça fait trois fois que les socialistes gouvernent avec les paysans, d'accord ?

J'acquiesçai. Je connaissais déjà suffisamment la scène politique pour m'y retrouver. En bref, la situation était telle que près de quarante pour cent des sièges au Parlement était détenus par les amis du président Kwiatkowski, des socio-démocrates pro-Europe de l'Ouest qui perpétuaient en quelque sorte la tradition du parti socialiste polonais d'avant-guerre. En supplément, les paysans possédaient près de vingt pour cent des sièges et ces deux formations gouvernaient ensemble depuis près de trois mandats, soit une douzaine d'années. Le reste des députés se partageait entre les communistes et les nationalistes, qui éveillaient pareillement mes craintes, mais ils étaient aussi complètement marginalisés par la coalition au pouvoir, ce qui, pour quelqu'un qui savait comment l'Histoire aurait pu se dérouler, ressemblait à un rêve éveillé.

— Même si les paysans obtiennent à peu près autant de voix que les communistes et les nationalistes, d'accord ?

J'acquiesçai.

— Mais, on le sait, personne ne va négocier avec les communistes parce qu'ils sont tenus en laisse par Moscou, et personne ne va négocier avec les nationalistes qui se perdent dans leurs rêveries de rétablissement d'une grande Pologne qui aurait le sanctuaire religieux de Częstochowa pour capitale et serait gouvernée par le roi Jésus tenant sa maman par la main. Donc, une coalition populaire est l'unique solution et tant mieux, d'autant plus que c'est fait sous l'égide de l'Ingénieur et que tout semble rouler, mais les gens s'ennuient. Ils veulent du changement, du grabuge, ils veulent des jeux, tu vois ?

J'acquiesçai.

— L'embêtant, c'est qu'ils deviennent furieux. Ceux qui votent pour les rouges et pour les noirs rouspètent parce que leurs champions finissent toujours au bord du terrain et n'ont rien à dire. À juste titre, d'après moi, mais, pour le bien du pays, les populos pourraient leur jeter un os à ronger de temps à autre, un poste en vue ou un ministère, je ne sais pas. Bien sûr, comme c'est souvent le cas sur cette maudite terre, les gouvernants sont trop avares et trop sots pour ça, donc les Polonais qui votent pour les communistes et les nationalistes – or c'est près de la moitié de la nation –, se baladent toujours en pétard. Le hic, c'est que les autres sentent aussi la moutarde leur monter au nez parce qu'ils se souviennent encore de la guerre, et certains même du partage de la Pologne. Ils goûtent donc très peu l'idée de faire de nous une colonie française, même si on appelle ça « création de la Nouvelle Europe », tout comme ils renâclent à se rapprocher de l'Allemagne. Jusque-là, c'était inoffensif, les gens serraient les dents et puis c'est tout, parce que leur ennui et leur rage étaient trop faibles pour qu'ils se laissent avoir par Gomułka. Ce type ressemble quand même à un personnage de méchant dans les contes pour enfants, il ne lui manque plus que la verrue sur le nez. En face, le chef des nationalistes est esthétique et ne bave pas trop quand il fait un discours, mais lorsqu'il part dans son délire antisémite, le cinglé au fond de lui refait surface, et le peuple n'aime pas les cinglés. On pourrait dire que c'était une impasse bénie.

— Tant que l'Union n'apparaissait pas.

— Exact. L'Union, ce sont de vrais jeunes gens authentiques, ils gribouillent les murs comme nos héros bien-aimés de l'Insurrection. Ils sont attachés à la tradition, mais ne sont pas des catholiques forcenés. Ce ne sont pas des intellos qui font de grandes phrases, ils parlent dans une langue normale de choses simples, mais importantes pour les gens. Ce Gierek n'est qu'un plouc, mais il est sympathique. Et quand il cogne sur la France, les gens le croient parce qu'il a grandi là-bas. Les unionistes éveillent la confiance, ils parlent de slavisme, d'objectifs communs à notre partie de l'Europe. Pas un mot de Moscou, bien sûr. Ils ne sont pas stupides et c'est ce qui m'inquiète.

— Tu n'exagères pas ? J'ai discuté avec Wanda à plusieurs reprises et je suis un peu d'accord avec elle pour dire qu'une sorte d'hystérie a grandi autour de l'Union. Tu penses vraiment que dès que quelqu'un dit un mot de travers à propos de l'Europe de l'Ouest, il est nécessairement financé par les Russes ?

Il lécha ses doigts et me considéra avec attention.

— Excuse-moi, mais t'as débarqué ici le mois dernier d'une autre planète ou quoi ?

Difficile de répondre sincèrement à cette question, j'optai donc pour la fuite en avant :

— Je voulais te demander, c'est vrai que Jaruzelski travaille chez les militaires ?

J'avais entendu dire que le général qui, dans ma réalité, était devenu le dernier dirigeant du régime communiste polonais, au pouvoir durant les répressions sanglantes au cours de la loi martiale de 1981, faisait ici aussi partie de l'armée.

— Wojciech Jaruzelski ? Bah bien sûr, il est en poste à l'état-major. Un type très bien. Il faut que je passe chez lui les féliciter, d'ailleurs, il paraît que Barbara est enceinte. Tu veux y aller avec moi ? C'est un gars intéressant, un peu trop sérieux, parfois, mais avec une vraie ouverture d'esprit.

— Mais… balbutiai-je en déglutissant, tu ne crois pas qu'il pourrait être dangereux ?

— Pardon, mais tu te drogues ou quoi ? C'est un gars honnête, un excellent officier et un véritable soldat, pas un de ceux qui ont entendu parler de la guerre en lisant les journaux. Pour beaucoup des nôtres, c'est un héros parce qu'il a été le seul à dire qu'il était contre notre mission en Algérie. Je le respecte moi-même pour ça, il aurait pu le payer de sa carrière, on l'a pressé politiquement pour qu'il la ferme, mais il n'a pas changé d'avis.

— Et pourquoi ils l'ont laissé en place ?

Piotr éclata de rire.

— Parce que si tu diriges un pays et que tu veux utiliser ton armée pour autre chose que des défilés, pour des missions suspectes ou pour maintenir l'ordre durant les élections, alors tu dois obtenir son écoute et son respect. Et on ne l'obtient pas en limogeant des généraux expérimentés. Les Anglais ont une expression qui dit que, parfois, c'est la queue qui remue le chien, et aucun gouvernement ne veut de ça, tu comprends ?

J'acquiesçai.

— Tu parles d'élections. Tu crois que l'Union va entrer au parlement cet automne ?

— Bien sûr que oui. Si elle gagne avec un léger pourcentage, ça ira encore. S'ils y entrent à hauteur de vingt pour cent, le lendemain, ils vont se mettre d'accord avec Gomułka et son parti paysan et tout deviendra plus difficile, seul le régime présidentiel nous sauvera. Mais l'Ingénieur n'est plus de prime jeunesse. S'il lui arrive quelque chose et qu'on perd sa protection, on deviendra une république soviétique en deux temps, trois mouvements. Et c'est pourquoi nous sommes là. Pour veiller à ce que l'indépendance ne soit pas mise en danger.

— Mais tu ne veux quand même pas dire que…

— Grażyna, je suis un militaire. La raison d'État est la raison d'État. S'il faut sauver la Pologne des Polonais, alors on la sauvera. Je me préoccuperai des beaux idéaux plus tard.

4

Après sa sieste, il prit une rapide douche froide, se lava les dents à deux reprises et estima que bien qu'il fût encore agréablement éméché, il n'était plus ivre au point de ne pouvoir travailler. D'ailleurs, soyons clairs, si la bière endort et que le vin rend paresseux, un petit verre d'une bonne vodka aiguise les sens, apaise les nerfs et permet de naviguer avec davantage d'assurance et d'efficacité à travers le quotidien. En proie à cette pensée typiquement polonaise, Ludwik s'aspergea d'eau de Cologne, enfila une chemise propre et attendit l'arrivée d'une nouvelle patiente souffrant de cauchemars particulièrement ennuyeux, qui rendaient impossible une vie normale.

La patiente arriva à l'heure, un brin craintive, comme tous ceux qui atterrissaient pour la première fois dans un cabinet d'analyste : les gens ont un peu honte, ne savent pas vraiment à quoi s'attendre mais espèrent néanmoins que ça va marcher et qu'ils se sentiront soulagés. Peu comprennent qu'il s'agira d'une longue et difficile traversée, qu'avant d'aller mieux, ils iront souvent beaucoup plus mal, qu'ils claqueront la porte des séances avant de revenir, qu'ils aimeront et détesteront successivement leur thérapeute et croiront à la fin qu'ils sont liés à lui par une amitié sincère ; lors de la dernière visite, ils apporteront un splendide stylo-plume en cadeau et jureront sur le pas de la porte qu'ils donneront des nouvelles fréquemment, mais ne reprendront plus jamais contact.

— Comment ça va se passer, au juste ? demanda-t-elle, concrète et calme.

Grâce à la lettre, Ludwik savait qu'elle était mère de deux enfants et qu'avec son mari, ils possédaient une boutique, mais ses connaissances s'arrêtaient là. La nouvelle venue donnait l'impression d'être une femme posée et bien ancrée dans sa vie. Ni jeune ni vieille, probablement de l'âge de Ludwik, assez jolie sans être belle : sa beauté dégageait une sorte de majesté qui pouvait plaire à bien des hommes. Elle était grande et bien bâtie, robuste. Le type de femme que les sculpteurs choisissaient comme modèle pour une statue de la Victoire, de cariatide ou de la Liberté guidant le peuple. Pas son genre, mais Ludwik comprenait que sa féminité tranquille, sûre d'elle et maternelle puisse rendre fous certains. Au XXIe siècle, elle serait traitée en jeune bombe sexuelle ; ici, elle endossait son rôle de mère d'âge moyen.

— Nous allons parler. Vous allez me raconter vos rêves, puis vous allez probablement me parler de vous. Les rêves ne sont pas constitués d'une énergie cosmique, mais de nos pensées et de nos émotions avec lesquelles notre cerveau s'amuse durant la nuit. La plupart du temps, il s'agit d'un jeu innocent. Mais parfois, une erreur s'immisce dedans, un sentiment tenace qui agit comme un grain de sable dans un engrenage. Ça grince, ça crisse, ça gêne. On va essayer de la débusquer.

Elle hocha la tête.

— Nous possédons un magasin de jouets à Grochów, ça s'appelle Le Paradis des enfants, dit-elle. En l'occurrence, on n'y vend pas que des jouets parce qu'on n'arriverait jamais à en vivre sur la rive droite. On propose des fournitures scolaires, de la papeterie, des livres, des poussettes et divers articles de soins. Les affaires sont fluctuantes, mais on ne se plaint pas, on ne souffre pas de pauvreté. Et c'était aussi notre rêve, d'avoir une boutique qui soit, comment dire, jolie. Un magasin clair, esthétique, pour que les enfants regardent de jolies choses dès leur plus jeune âge. D'après moi, cela a de l'importance. Feliks, mon mari, dit que c'est à cause de la guerre, que cette guerre a été si horriblement moche que nous voulons compenser. Vous croyez que ça a du sens ?

Elle tournait autour du pot comme tout le monde la première fois. Il ne la brusquait pas, il était sûr qu'elle en viendrait à l'essentiel.

— Je pense que ça en a, admit-il. C'est pour les enfants que la guerre était la plus dure. Je le sais, j'avais dix ans quand elle a commencé.

— Exactement ! Je vois que nous avons le même âge, dit-elle en souriant. Je me souviens de la peur, mais je me souviens aussi à quel point je m'efforçais que mes frères et sœurs plus jeunes aient une enfance, des jeux, quelques jouets. Ce n'était pas facile, qui songe à un petit train ou à un ours en peluche quand on lutte pour survivre ? Des œufs, du lard, c'est pour ça que les gens dépensent leur argent. C'est probablement pour ça que je voulais étudier aux Beaux-Arts, pour apprendre à faire de jolies choses, mais j'ai manqué de talent, enfin, peu importe.

C'est important, se dit-il, très important même, mais ils y reviendraient certainement.

— Ce que je veux dire, c'est que nous fournissons beaucoup d'efforts pour que notre boutique ne soit pas seulement un dépôt de choses à acheter, mais qu'on ait envie d'y entrer, d'y rester, de regarder partout. Par exemple, nous avons un train en vitrine. Un train électrique, rapporté de Suisse, il est usé et vieux comme le monde, mais toutes les montagnes et les tunnels, nous les avons fabriquées nous-mêmes, vous comprenez, pour que ça soit joli.

Il comprenait.

— Et maintenant, il y a ces rêves.

L'atmosphère se densifia instantanément, Ludwik aurait juré qu'il faisait plus sombre dans la pièce, mais ce n'était peut-être qu'un nuage qui masquait un instant le soleil. Il avait l'impression que les bruits s'atténuaient et que la température baissait – une crainte irrationnelle et peu professionnelle s'installa en lui. Il en fut étonné, parce que d'ordinaire il n'absorbait jamais les émotions de ses patients, et il dut se répéter qu'il s'agissait bien d'un nuage, que le reste lui avait été soufflé par son imagination préalablement arrosée de vodka, et cela même s'il se sentait plus sobre que jamais à ce moment-là.

— Je vous écoute, dit-il.

— Bien sûr, je sais que ça a l'air fou, mais ça ne se passe pas comme dans des rêves classiques du type j'entre dans la cuisine et y découvre un gymnase, alors je commence à faire du patinage artistique sur le parquet et cela ne m'étonne en rien. Dans mes rêves, je me sens chaque fois comme si je revenais dans un monde réel et cohérent.

— Cela ressemble à une aventure passionnante.

— Oui, tant qu'on ne découvre pas ce monde.

J'imagine qu'il est moche, se dit-il.

— Il est moche. J'y travaille aussi dans un magasin de jouets, mais je ne suis pas propriétaire de la boutique, j'y travaille seulement. Je porte un tablier odieux dans une boutique sordide et je vends des jouets repoussants, dit-elle avec un profond dégoût. Il y a de la boue par terre, une ampoule au plafond au lieu d'une lampe, des poupées louches sur des étagères crasseuses, les jupes retroussées comme chez des victimes de viol, des nounours aux faces de meurtriers arriérés, des toupies à la peinture écaillée qui ne tournent pas, des balles qui ne rebondissent pas, des quilles de bowling avec des échardes aussi grosses qu'elles. J'y vends, docteur, les objets les plus abjects, les plus immondes que j'ai vus de ma vie.

Il feignait une écoute cordiale, mais se sentait très, très bizarre. Il connaissait ces mots, ces phrases, ces tournures, ces « nounours aux faces de meurtriers arriérés », c'était une citation littéraire, Grażyna la connaîtrait peut-être. Mais pourquoi cela éveillait-il son inquiétude ?

— Et je retourne dans ce monde presque chaque nuit. Parfois, je me retrouve au magasin, parfois à la maison, parfois en ville. Et partout, c'est gris et moche comme si quelqu'un avait gratté les couleurs avec une lame de rasoir. Je sais que c'est un cauchemar, mais tout cela me semble si réaliste, je peux parler avec des gens, je peux lire des journaux et quand j'en rêve à nouveau plus tard, là-bas aussi un certain temps est passé, c'est l'hiver ici, c'est l'hiver là-bas, vous comprenez ? C'est une version infecte et répugnante de Varsovie. Dans le centre-ville, il y a une construction horrible, comme si quelqu'un avait vomi sur la cité, un palais Joseph Staline, vous imaginez ça ? Staline ! Au milieu d'un immense terrain vague où il n'y a rien. Et ce n'est pas l'Ingénieur qui gouverne, mais ce péquenaud qui crache sur tout ce qui bouge, Gomułka. Et les Polonais font partie d'une sorte d'empire russe ou quelque chose de ce genre, je n'ai pas tout compris, mais les enfants se promènent en ville avec des foulards rouges autour du cou. Nous sommes une deuxième Ukraine ou une deuxième Biélorussie. Je sais, ça paraît fou, mais je ne veux plus retourner dans ce monde, jamais, vous comprenez ?

— Pardon, il faut que j'aille boire un peu d'eau, dit-il avant de se diriger vers la salle de bains sur des jambes flageolantes pour s'asperger le visage et vider d'un trait un verre d'eau du robinet qui puait le chlore.

Calme-toi, Ludwik, chuchota-t-il à l'adresse de son miroir. Calme-toi, retourne là-bas et écoute la dame en professionnel. Après tout, tu fêteras bientôt le soixantième anniversaire de ton activité.

Il retourna dans son cabinet et écouta en professionnel le récit de visites accablantes dans les véritables années 1960, il écouta l'histoire de la Pologne cachée derrière le rideau de fer. Simultanément, il tentait de se connecter à ses propres émotions et de comprendre pourquoi cette histoire le précipitait au bord de l'hystérie. Il savait déjà que son existence ici était une sorte de rêve, une hallucination, une vision fantastique. Malgré cela, il avait bien vite oublié que, quelque part, existait le véritable monde dans lequel les soviets avaient bâti au centre de Varsovie un Palais de la Culture et de la Science sous l'égide de Joseph Staline. Et aussi soudainement que le destin l'avait envoyé ici, il pouvait le rappeler là-bas. Il fermerait les yeux et quand il les ouvrirait, il serait à nouveau un vieillard, un homme qui n'attend plus que la mort avec l'espoir d'éviter une maladie humiliante et douloureuse. Il avait peur de ce scénario, il n'y songeait pas, il le refoulait au plus profond de lui-même : c'est pourquoi cette vision le terrifia.

— Je les raconte toujours comme des rêves, mais je voudrais que vous compreniez que je ne m'en souviens pas comme on se souvient d'un rêve, mais comme on visualise les souvenirs de quelque chose qui a réellement eu lieu. On en est sûr, mais on ne peut se rappeler avec précision que certains fragments. C'est drôle, pas vrai ? Vous croyez qu'on peut inventer ses souvenirs au point de créer un monde parallèle, totalement différent, mais qui n'a jamais existé ?

— Là, vous venez de décrire un trouble de la personnalité assez sérieux, dit-il.

Il avait hâte que ce rendez-vous avec Pythie la cariatide touche à sa fin.

— Il y a une chose étrange, ajouta la femme pensivement. Je n'en rêve jamais quand je pars en vacances ou pour les fêtes ou quand je vais au cimetière. C'est comme si ce monde disparaissait dès que je dépasse les limites de Varsovie.

Les cheveux se hérissèrent sur le crâne de Ludwik. Il devait mettre en garde Grażyna le plus vite possible. À condition qu'il ne soit pas trop tard.

5

Je marchais dans la rue Marszałkowska en direction du Palais de la Culture et de la Science qui, évidemment, n'existait pas ici, mais je n'arrivais pas à appeler autrement ce lieu, et je me disais que je devrais rendre visite à une corsetière. Ici, à l'instar des véritables années 1960, quand on voulait obtenir quelque chose, il fallait aller « chez quelqu'un » et non « quelque part ». Pour une robe, chez une couturière ; pour repriser une maille, chez une repriseuse ; pour du linge propre, chez une blanchisseuse ; pour un costume, chez un tailleur ; pour de la viande, chez un boucher – j'admets que ce contact incessant avec de vrais gens avait quelque chose de revigorant.

Quelques jours plus tôt, ça avait été mon tour d'aller faire le repassage au *mangle*, c'est pourquoi j'étais d'abord allée chercher notre linge lavé, séché et roulé en tube chez la blanchisseuse. À l'occasion, j'eus droit à un bon conseil, en l'occurrence de ne pas me rendre dans le quartier Powiśle, sur les berges de la Vistule, parce qu'il était infesté de rats et, vous ne l'apprendrez pas dans les journaux, ma p'tite dame, mais il y a déjà des cas de peste, à ce qu'il paraît, et ils envoient les malades directement à l'ouest, sur les terres reprises aux Allemands, c'est ça leur projet. Avec mon rouleau sous le bras, j'étais ensuite allée au *mangle*, où il avait fallu que j'attende mon tour pour que notre linge passe dans une machine qui avait l'air d'être sortie de l'ère de la révolution industrielle, à cela près qu'on avait remplacé le moteur à vapeur par un moteur électrique.

Bref, il fallait que j'aille chez une corsetière parce que mes deux soutiens-gorge me rendaient chèvre ; trop étroits, surchargés, trop épais, ils me comprimaient partout, mais, par-dessus tout, ils poussaient mes seins en avant, tels deux obus. J'avais besoin d'un soutien-gorge léger qui ne me torturerait pas. Un noir, bien entendu, je détestais les sous-vêtements couleur chair.

Me laissant aller à ces considérations anatomiques, j'arrivai au croisement de la rue Marszałkowska avec les allées Jerozolimskie. Là, je pouvais monter dans un tramway en direction de Żoliborz et me rendre chez Ludwik, mais je pouvais aussi traverser la Vistule et frapper chez l'expéditeur de la lettre que je tenais toujours à la main, un feuillet froissé et imprégné de sueur.

J'attendais au carrefour sous lequel on n'avait pas encore construit un gigantesque passage souterrain, j'observais les tramways décorés de grappes de passagers et je réfléchissais. Je devais revoir Ludwik, c'était clair. Mais est-ce que je devais le faire aujourd'hui ? Est-ce que, pour une fois, je ne pouvais pas suivre un élan, une suggestion du cœur, sans songer au reste ?

C'est alors que ça se mit à klaxonner sauvagement à ma gauche et que je vis une bonne femme traverser les allées en provenance de la gare, à un endroit absolument interdit, en tirant derrière elle une chèvre terrifiée qui ruait dans tous les sens, traînée au bout d'une corde, bloquant ainsi la circulation. Au même moment, le tram 22 arriva au niveau de l'arrêt. J'estimai que c'était un signe, je coupai par la rue désertée et me frayai un chemin à travers la foule, à la varsovienne, jouant des coudes et de ma poitrine en obus, pour, l'instant d'après, rouler en direction de la Vistule, agrippée à moitié dehors et à moitié dedans, la jupe qui flottait au vent.

C'est drôle, me disais-je en passant devant l'édifice du musée national, ça va être ma première traversée du fleuve. J'avais sillonné la ville entre la maison, la FF, les boutiques de la Józefine (comme on surnommait affectueusement le quartier du maréchal Józef Piłsudski) et le bazar dans la Réserve. Ce dernier n'était pas une blague. Il paraît qu'à l'origine, on avait organisé un marché au cœur des ruines le temps d'un week-end pour illustrer comment les gens se débrouillaient durant l'Occupation, mais le concept avait vite été adopté. La ville avait d'abord tenté de lutter contre, mais avait fini par céder et, à présent, une partie des ruelles calcinées de la Réserve était parsemée d'étalages. Ludwik aurait probablement été ravi par ces brocanteuses, ces *pyzy* dans leurs marmites, ces carcasses dépecées sur place et par le jeu des trois cartes. Moi, ça m'enchantait moins, mais il fallait admettre que leur viande était fantastique. Notamment parce que les gens avaient appris des Français à trouver dans une vache autre chose que du « bœuf à l'os » et du « bœuf sans os » ; à côté des steaks et des *antrykots*, on avait des *bawets*, des palerons et des araignées – allez savoir d'où leur était venue l'idée de ce dernier terme.

Toujours est-il que je ne m'étais pas encore rendue sur la rive droite, même si j'avais eu plusieurs fois envie de voir la tour de l'Amitié ou d'aller me promener au quartier Saska Kępa, sans jamais en avoir la possibilité. Et, à présent, au fur et à mesure que je me rapprochais du pont, je ressentais une inquiétude croissante. C'était une peur ridicule, dénuée de fondement ; Ludwik avait eu un jour un patient qui souffrait de la phobie de traverser des ponts. Avais-je été contaminée ? Ou peut-être que… non, ça serait trop bête.

Le tramway s'immobilisa au dernier arrêt avant le fleuve. Les habitants du quartier des berges descendirent, mais les passagers ne se clairsemèrent pas assez pour que je puisse passer à l'intérieur ; je pendais toujours à moitié sur la plate-forme. La sonnerie retentit, c'était l'ultime moment pour prendre une décision.

Peut-être que si je traversais cette frontière magique, quelque chose allait siffler et me renvoyer à ma vieille peau du XXIe siècle ? Il valait peut-être mieux écrire une lettre à Adam, l'inviter chez moi ou prendre rendez-vous au centre-ville ? À quoi bon courir ce risque ?

Le tramway s'ébranla et commença à prendre lentement de la vitesse, je savais qu'une fois qu'il serait lancé, je n'arriverais plus à descendre. C'était l'ultime moment pour prendre une décision.

À quoi bon courir ce risque ?

6

Officiellement, Ludwik avait passé son permis à l'âge de seize ans. En réalité, il avait appris à conduire à la fin de l'Occupation, ce qui voulait dire qu'il savait conduire depuis près de soixante-dix ans. Et c'était sans doute la première fois qu'il prenait le volant en état d'ébriété. Pas franchement ivre, mais l'alcool ne s'était certainement pas évaporé durant sa sieste puis son rendez-vous. Il ne se rappelait pas la réglementation en vigueur dans les années 1960, et même s'il s'en était rappelé, les choses pouvaient être différentes ici. Dans cette Pologne francisée, la voirie avait pu adopter les normes des bords de la Seine et on fixait là-bas des limites si hautes qu'on pouvait pratiquement rouler pinté.

Quoi qu'il en soit, il s'en fichait, il fonçait dans sa Citroën à travers la cité dans l'espoir d'arriver le plus vite possible rue Wilcza pour raconter à Grażyna les rêves étranges de sa patiente, mais surtout pour la prévenir que, même si ça paraissait idiot, quitter la ville pouvait se révéler dangereux. Bordel, peut-être bien que la ligne de la Vistule était déjà une barrière magique ? Il avait honte de ces pensées, elles lui paraissaient superstitieuses et dignes de mépris, mais d'un autre côté, au vu de la situation, si quelqu'un avait de bonnes raisons de redéfinir ce qui était possible ou pas, c'était bien lui.

En 2012, franchir la distance entre Muranów et le centre-ville à cette heure prenait trente minutes de bouchons monstres plus un quart d'heure à chercher une place de stationnement ; à présent, moins de dix minutes lui avaient suffi pour traverser la ville et se garer pile devant le porche de l'immeuble des filles.

Il frappa longuement à leur porte, mais dut se rendre à l'évidence qu'il n'y avait personne dans l'appartement. Il tourna un instant en rond dans la cour, puis alla s'acheter le *Varsovien*, s'installa dans sa voiture et décida d'y rester jusqu'au retour de Grażyna.

7

Je ne descendis pas. Dans ma vie, j'avais pris un nombre incalculable de décisions rassurantes en écoutant cette saleté de voix de la raison qui me répétait : « À quoi bon courir ce risque ? » Je la détestais, je l'imaginais appartenir à une grosse femme hideuse qui siroterait son thé et déclarerait sur un ton haut et désagréable : « Mais chéri, à quoi bon prendre autant de risques ? »

Parce que j'en ai envie, vieille carne stupide, me dis-je et j'agrippai plus fermement la rampe métallique et lisse. Le tramway accéléra et dépassa les tours de la tête de pont ; le vent qui soufflait toujours au-dessus du fleuve nous heurta ;

en contrebas apparut la Vistule printanière, enflée, brune et lugubre.

Je serrais les paupières, mon cœur cognait dans la poitrine, ma tête bruissait, je n'essayais même pas d'inspirer, persuadée que lorsque j'ouvrirais les yeux, je verrais notre petit appartement encombré par les décennies de vie commune, un espace à l'odeur de vieilles personnes et de draps jamais aérés. Ou alors, je verrais l'intérieur d'un tramway moderne et climatisé, des gamins avec des écouteurs blancs dans les oreilles, des annonces de spectacles de théâtre sur les écrans, une file de voitures derrière la vitre, des cyclistes casqués et une queue devant le kebab sur la place Washington.

Le tramway commença à ralentir avant l'arrêt.

— Sa Majesté descend ou reste suspendue jusqu'au Wiatrak ?

J'ouvris les yeux. Rien n'avait changé. J'étais toujours jeune, toujours accrochée à la plate-forme d'un tramway antédiluvien au péril de ma santé et de ma vie et, autour de moi, une meilleure version des années 1960 perdurait. Je bondis sur le trottoir, soupirant de soulagement. Je calmai ma respiration, j'attendis que le tramway reparte et, alors, je pris le temps de regarder les environs.

C'était le rond-point Washington, le doute n'était pas permis. Derrière moi s'étendaient la longue perspective du pont Poniatowski et le panorama de la rive gauche de Varsovie – en l'occurrence, l'absence de panorama. En 2012 on a d'ici une jolie vue sur la forêt de gratte-ciel du centre-ville, mais pour l'heure, hmm, on ne voyait que quelques immeubles, des arbres, rien qui soit digne d'intérêt. Devant moi, l'allée Washington courait jusqu'à l'horizon entre un parc d'un côté et de modestes maisons de l'autre, comme d'habitude.

À ma gauche, entre les immeubles au style si caractéristique « béton-grès-brut-monumental-utilitaire », s'étirait un large boulevard avec la tour de l'Amitié en son milieu.

En la voyant, je me rappelais la bonne douzaine de blagues que j'avais déjà entendues à propos du duel entre « la tour de l'amour » et « la verge du maréchal », toutes très indécentes.

Le boulevard planté d'arbres était splendide et, au vu des écoliers qui s'y promenaient, je déduisis que les édifices sur les côtés abritaient des musées ou des institutions culturelles, voire des gymnases, allez savoir. Mais la tour… mon Dieu, aie pitié de nous… au soleil et vue de près, elle était pire que ce que j'avais aperçu depuis l'autre rive, une variation autour des thèmes du phare de mer, de la fusée cosmique et de la seringue. À présent, je pouvais constater que sa façade tricolore se composait de carreaux de céramique bleus, blancs et rouges et que les vitres étaient teintées des mêmes couleurs.

J'orientai mes pas vers ce que je connaissais comme étant la rue Francuska (c'est-à-dire la rue Française) et la porte du quartier Saska Kępa, et soupirai de soulagement en constatant que, selon mes prévisions, la Saska Kępa n'avait pas changé. Je n'y avais jamais vécu et je ne comprenais pas l'obsession de ses habitants à traiter la Kępa comme un temple. S'ils avaient pu, ils auraient introduit des visas pour que n'importe qui ne puisse pas se balader entre leurs villas, à l'ombre de leurs arbres, jeter un œil dans leurs jardins et boire des cafés dans leurs cafés, assis flanc contre flanc avec leurs artistes. Le reste de Varsovie raillait les snobs kępiens, mais tout le monde aurait voulu habiter cette enclave de villas verdoyantes, à deux arrêts de tramway du centre de la capitale. Le meilleur témoignage du caractère de ses habitants restait selon moi l'anecdote de la loi martiale de 1981 quand, une heure après le couvre-feu, une patrouille militaire avait interpellé deux dames noblaillonnes qui se promenaient avec leurs caniches. Rappelées à l'ordre par les soldats, elles répliquèrent : « Mais comment ça, messieurs ? Vous voulez dire que la loi martiale s'applique aussi chez nous, sur la Kępa ? »

Je souriais à cette pensée lorsque je croisai deux dames similaires à celles de l'anecdote et qui me toisèrent avec des regards soupçonneux.

Je dépassai le restaurant Sur la Kępa, flanqué de sa terrasse, qui était devenu une banque sous la Pologne libre, et je bifurquai de la rue Francuska vers la Vistule, plongeant parmi les villas modernistes et leurs jardins, mornes et dépourvus de feuilles pour le moment. Il y avait peu de voitures, des pavés au lieu de l'asphalte, de banals portillons au lieu des portails avec interphones vidéo, des balançoires suspendues aux arbres au lieu des trampolines, mais, en dehors de cela, à chaque virage, mon œil s'accrochait aux formes auxquelles ma longue vie passée dans cette ville m'avait habituée.

J'avais versé d'innombrables larmes dans ces rues boisées, il y avait de cela fort longtemps. Je venais ici soi-disant en promenade – enceinte, avec un landau, puis avec une poussette, enfin avec mon petit Jacek qui s'enfuyait de tous côtés, poursuivait des écureuils et me ramenait chaque châtaigne qu'il trouvait comme si elle était faite d'or pur. Je revenais ici aussi longtemps qu'Adam n'avait pas émigré, avec chaque fois l'espoir que quelque chose arriverait, qu'on tomberait l'un sur l'autre quasi par hasard et que mon destin changerait. Et nous sommes même quelquefois tombés l'un sur l'autre, mais mon destin ne changea pas.

Pourquoi ?

Sur le moment, je me disais bon, c'est la vie. Il y a l'enfant, le père de l'enfant, des engagements, des responsabilités, c'est ainsi et puis c'est tout, un train lancé à grande vitesse ne pouvait pas faire demi-tour seulement parce que le paysage vu à travers la vitre déplaisait à l'un des passagers.

Aujourd'hui, je sais que ce n'était pas ce « bon, c'est la vie » qui forgeait notre destin, mais nos décisions. Je sais qu'en réalité, Adam avait tout fait – surtout vers la fin – pour que je puisse prendre chaque décision que je voulais.

Et moi, j'avais simplement choisi une voie différente. Était-elle pire ? Je ne sais pas. Différente.

Et maintenant ? J'avançais entre les maisons silencieuses, je percevais l'ombre de moi-même d'il y a quelques dizaines d'années, l'ombre d'une femme dans un manteau brun à chevrons, les poches pleines de châtaignes et, en dépit de cela, je ne me sentais pas triste, mais apaisée.

Et cela faisait du bien.

Même au moment de franchir le carrefour de la rue Obrońców et d'arriver à sa villa – moment dont je rêvais depuis mon premier jour ici et dont j'avais si terriblement peur que, pendant ces deux derniers mois, je n'avais pas osé franchir la Vistule –, même alors, je me sentais en paix. J'avais jadis aimé cet endroit plus qu'aucun autre au monde. J'aimais Adam, ses parents, cette magnifique maison bourgeoise avec son salon arrondi et sa verrière, ce jardin mystérieux et un brin négligé, sa lanterne avec le numéro de la maison, plus jolie, plus décorative aujourd'hui. Ici, entourée par cette Saska Kępa extra-territoriale, je me sentais en sécurité, libérée de cette République populaire de Pologne atroce, vulgaire, moche, crétinisée et soviétisée. Dans ces environs, la réalisation de chaque rêve semblait possible.

Dans ce quartier, j'avais été réellement libre, plus que je ne l'ai été au cours de ma vie.

Et puis, tout était allé… comment, au fait ? De travers ? Je ne dirais pas ça. Différemment.

— Bonjour, mademoiselle Grażyna. Pourquoi restez-vous plantée là ? Il n'y a personne à la maison ?

Cinquante ans plus tôt, le père d'Adam me faisait l'effet d'un extraterrestre ; je ne compris que bien plus tard que l'étiquette bourgeoise qu'il observait rigoureusement était pour lui une façon de sauvegarder son humanité. Plus son environnement sombrait dans l'abîme de la médiocrité et plus ses chaussures luisaient, sa langue devenait soignée et ses manières impeccables. Plus il y avait de cris et de haine autour de lui, plus il paraissait calme, tempéré et pesant le pour et le contre. Plus de porcs et de canailles relevaient leurs groins et plus il se faisait connaître en tant qu'homme désintéressé, bon, généreux et ostensiblement confiant. Le prix à payer avait été une tristesse croissante, visible dans son regard, et c'est essentiellement cette tristesse dont je me souvenais lorsqu'il est venu à manquer. Je l'avais pleuré comme mon propre père, que je connaissais finalement beaucoup moins bien et dont je gardais si peu de souvenirs.

Je contemplai ce visage bon et sage, ces yeux où, pour la première fois depuis que je le connaissais, brillaient des étincelles de joie au lieu de la tristesse, et je lui sautai au cou. Il frémit de prime abord, estomaqué, mais l'instant d'après, il m'enlaça fortement et me caressa le dos. Il sentait l'homme mûr, l'odeur d'un père ou d'un grand-père : une eau de Cologne démodée, la fumée de cigarette et une chemise empesée.

— Tout va bien, ma petite Grażyna ?

— Je vous aime beaucoup et je trouve que vous êtes un homme formidable. Je voulais vous le dire, nous taisons trop souvent ces choses, il y a toujours trop à faire, et après, on regrette.

Il me contempla avec une mine inquiète et comique.

— Mais tu es en bonne santé ? demanda-t-il. Et j'espère que tu ne vois pas dans mes yeux une maladie mortelle.

Il pressa sa main sur son cœur ; j'avais complément oublié qu'il avait été un hypocondriaque paranoïaque, exactement comme son fils. Et c'est alors que j'entendis une voix en provenance de la maison.

— Papa, tu pourrais cesser de faire l'idiot, s'il te plaît ? Sous quel jour ça me montre ? Si tu as mal, fais des examens.

— Tu penses que je devrais ?

— Tous les jours, pour ne rien manquer.

Ma première pensée : j'avais mémorisé Adam autrement. Pas totalement, mais je n'étais pas sûre que je l'aurais reconnu dans la rue au milieu de la foule. Il avait deux ans de moins que moi, mais paraissait toujours encore plus jeune. À présent, je le regardais avec des yeux d'octogénaire et je voyais un gamin déguisé en adulte. Il était grand, très mince, avec les cheveux sombres et déjà clairsemés sur les tempes. Dans son pull à col roulé noir, avec ses lunettes à montures épaisses en corne et sa moustache rachitique, il ressemblait à un lycéen en pleine poussée de croissance qui faisait son possible pour paraître adulte à la fête de fin d'année de terminale. Ce n'était pas un beau gosse qui descendait l'escalier vers moi, ce n'était ni Belmondo ni Cybulski, mais plutôt un Philip Roth en plus grand et plus maigre. Malgré tout, une vague d'émotions et de souvenirs me heurta de plein fouet. Son sourire, unique en son genre, tour à tour défi, incitation, excuse, qui disait « Eh bien, qu'est-ce que j'y peux, si je suis une telle fripouille géniale, vive d'esprit, le roi de toute la création ? »

Il me baisa sur la joue en me serrant légèrement la main. Ouf, donc dans ce monde aussi, nous étions liés par quelque chose, nous n'étions pas deux amis juste bons à papoter autour d'une wuzetka.

— Salut, espion, dis-je. Te voilà revenu dans le giron de la mère patrie.

— Me voilà revenu auprès de toi.

D'accord, il n'avait pas les lèvres de Ludwik, il n'avait pas sa voix, mais, en revanche, il avait toujours su quoi dire.

8

Ludwik craignait les journaux. Ceux-ci éveillaient une peur authentique en lui. Intellectuellement, il comprenait que rien ne lui permettait de mieux comprendre la réalité dans laquelle il se trouvait qu'une lecture quotidienne de la presse. Il admettait que c'était grâce à la connaissance des différents événements, importants comme futiles, qu'il pourrait enfin composer un tableau complet de cette version de Varsovie, de la Pologne et de la planète, sans la nécessité de poser des questions compromettantes à tout le monde. Il se rendait donc chaque jour à la boulangerie acheter les journaux, mais leur lecture lui était de plus en plus pénible, et il répugnait de plus en plus à les acheter.

Il en arriva à la conclusion que c'était un peu comme avec un médecin. En vérité, si nous évitons de le consulter, c'est parce que nous craignons qu'il ne décèle une maladie, nous redoutons de souffrir, de nous soumettre aux soins, peut-être même de mourir. C'est idiot puisque ce sont précisément ces visites qui augmentent nos chances de vivre en bonne santé. Ludwik discerna un mécanisme similaire dans sa phobie de la presse. Il ne craignait pas les journaux – il redoutait, chaque fois qu'il les ouvrait, en se confrontant aux événements connus et inconnus des années 1960, le moment où lui revenait de plein fouet qu'il n'appartenait pas à cette réalité, qu'il n'y était qu'un visiteur, qu'il s'y était retrouvé on ne sait comment et que c'est probablement ainsi, on ne sait comment et en un claquement de doigts, qu'il se réveillerait un jour dans la peau d'un vieux croûton au XXIe siècle.

Or, il ne voulait pas y penser. Parce que en dépit de quelques dilemmes, il se sentait bien dans ce monde et, avant tout, dans son corps.

Il venait une fois encore d'acheter le *Varsovien*, mais le posa sur le siège passager et scruta l'agitation de la ville à l'angle des rues Marszałkowska et Wilcza en attendant de le lire. Au bout du compte, il s'empara du journal.

Les deux premières pages étaient consacrées à la politique et revenaient sur les commémorations solennelles de l'assassinat de Stanisław Mikołajczyk en 1950. D'abord, grâce au président Kwiatkowski, la Pologne avait arraché son indépendance des mains des Soviétiques en 1947, puis l'Ingénieur avait été mis sur la touche. S'était alors recréé ce galimatias cauchemardesque de la politique polonaise d'avant-guerre, une bagarre brutale entre les héritiers de la démocratie nationale et ceux des socialistes. Cela avait abouti à la renaissance du camp national radical Falanga, dont un activiste déséquilibré avait assassiné Mikołajczyk. Le choc qui en avait résulté dans l'opinion publique avait fait perdre le pouvoir aux épigones de Piłsudski et de Dmowski et le peuple avait trouvé une consolation dans les yeux tristes de l'Ingénieur, situation qui perdurait jusqu'à ce jour.

Venaient ensuite les nouvelles du monde. Au Japon, le scandale des bébés déformés, victimes du Thalidomide ; leurs mères accusent le fabricant et le gouvernement japonais. Ce même gouvernement nippon exprime ses inquiétudes face à l'essai nucléaire français dans le Sahara. Les travailleurs français des établissements atomiques se mettent en grève. Comme, d'ailleurs, presque la France entière. Un volcan ravage Bali. À Zermatt, une dangereuse épidémie de typhus éclate.

Cette dernière information attira son attention. Il lut le récit relatant la manière dont la fièvre typhoïde venue d'un spa suisse s'éparpillait parmi la population des skieurs de la planète et s'aperçut que l'idée de profiter de cette nouvelle réalité pour aller skier ne lui avait même pas traversé l'esprit.

Il passa aux pages suivantes. Parmi les informations sur des festivals ou les Journées de la mer en juin, un article sur la nouvelle réglementation du code de la route retint son attention. Un colonel de la police routière expliquait que, dorénavant, les piétons devaient traverser de façon à faciliter le passage des véhicules. Les passages piétons ne leur donnaient pas la priorité, mais servaient uniquement à regrouper les passants en des points adéquats.

Les Américains ont acheté deux mille bergers alsaciens en RFA pour la défense de leurs lanceurs de missiles. Record du monde sur la distance de 220 yards : 20,4 secondes. Dans les théâtres, du classique et des trucs français ; au cinéma, *Rio Bravo* et *Babette s'en va-t-en guerre* ; dans les librairies, le nouveau recueil de nouvelles de Marian Pilot – c'était drôle, il connaissait le nom de l'écrivain parce qu'un ou deux ans plus tôt, c'est-à-dire en 2011 ou 2012, ce gars avait enfin reçu le plus important prix littéraire polonais. D'intéressants plans du groupe cinématographique Kamera qui, rien qu'au cours de l'année précédente, avait réalisé les films *Le Couteau dans l'eau*, *L'Art d'être aimée* et *Gangsters et philanthropes*. Ludwik releva que les mêmes films que ceux dont il se souvenait de ses années 1960 avaient été mis en scène. Est-ce que les artistes étaient immunisés contre les tourbillons de l'Histoire ? Un truc jouait-il dans leur âme pour qu'ils accomplissent ce qu'ils avaient à accomplir, indépendamment de ce qui survenait autour d'eux ? C'était une théorie sans queue ni tête, surtout en Pologne où tout le monde était obsédé par les commentaires de l'actualité. À moins qu'en dépit de leurs titres, il s'agisse de films totalement différents ? Il faudrait qu'il aille au cinéma pour comparer.

Il soupira, reposa le journal et regarda sa montre. Cela faisait près de deux heures qu'il poireautait. La nuit tombait, les gens se faisaient plus rares dans la rue et se transformaient en silhouettes imprécises dans la pénombre. C'est pourquoi il ne reconnut Lucyna et Wanda qu'au moment où elles tournaient déjà sous le porche de leur immeuble. Il bondit hors de la voiture et les salua, échangea de brèves politesses et demanda où se trouvait Grażyna.

— Je n'en ai aucune idée, répondit Lucyna. Elle n'a pas dit qu'elle sortait ce soir, mais elle a peut-être eu un imprévu à l'école ? Ou alors, elle est allée quelque part avec des amis. Vous aviez rendez-vous avec elle ?

Il avoua que non et expliqua qu'elle ne venait plus à leurs séances depuis un moment, qu'il voulait vérifier si ça allait, que le processus thérapeutique, voyez-vous, exige certains mécanismes, et patati et patata.

— Vous aimez vivre dangereusement, commenta Wanda sur un ton aigre. La dernière fois que vous vous êtes vus, elle vous bombardait de coups de poing.

Il n'avait rien de pertinent à rétorquer à cela. Lucyna le sauva.

— Vous comptez l'attendre longtemps ?

— Jusqu'à ce qu'elle arrive, dit-il en croisant les bras pour signifier qu'il avait froid et tentant ainsi d'extorquer une invitation à prendre le thé. C'est très important.

Elles échangèrent un coup d'œil, Lucyna avec une question muette sur le visage, Wanda dans une torsion des lèvres dubitative.

— Alors peut-être que… commença Lucyna.

— Dès qu'elle arrivera, nous l'enverrons directement ici vous voir, d'accord ? Au cas où vous la rateriez.

Voilà la question du thé réglée. Il les salua et les remercia poliment ; il eut l'impression que Lucyna était déçue d'une telle tournure des événements, mais Wanda l'attira rapidement vers le porche. Clairement, Wanda ne l'appréciait pas. À présent comme à l'époque et pour les siècles des siècles, amen.

Il retourna dans la voiture, démarra le moteur pour allumer le chauffage et revint à son journal afin d'étouffer l'inquiétude qui croissait en lui. Sur la dernière page, dans la section de vulgarisation scientifique, il découvrit le compte rendu d'une conférence où on s'interrogeait sur l'apparence qu'aurait Varsovie en l'an 2000 et la manière dont il fallait s'y préparer. On prophétisait de façon optimiste que cinquante millions de citoyens habiteraient alors la Pologne et que la capitale devrait en accueillir quatre millions à peu de chose près. Une métropole en forme d'étoile verrait alors le jour, une cité dont le centre serait relié à des banlieues verdoyantes par des lignes de métro, tandis qu'une Vistule étagée formerait de grands lacs artificiels où les Varsoviens pourraient se reposer, travaillant alors seulement trente heures par semaine grâce aux progrès de l'automatisation. La Varsovie de l'an 2000 serait une ville immense, mais dénuée du joug des nuisances des grandes métropoles d'aujourd'hui.

Ludwik soupira pesamment.

Il reposa le journal, resta assis en silence un moment, posa bêtement son regard au loin, ses paupières devenaient lourdes, alors il sortit, fit le tour de l'auto, mais eut rapidement froid, et retourna à l'intérieur de l'habitacle. Il avait tout lu d'un bout à l'autre, il ne lui restait plus que la section nécrologique et les petites annonces.

9

Après une courte conversation de courtoisie, le père d'Adam s'éloigna pour faire un somme et nous restâmes seuls dans le salon, où un reliquat de rayons de soleil pénétrait encore par les fenêtres hautes et étroites. Adam parlait, je l'écoutais, je me délectais de ma présence en ce lieu et, intérieurement, je me moquais de la manière dont le temps avait lissé ma mémoire. Dans mes souvenirs, cette maison et ce salon bourgeois ressemblaient à un palais à mi-chemin entre le Louvre et Versailles, sans doute à cause du contraste qu'ils offraient avec la détresse communiste qui les entourait, avec les appartements surpeuplés dans des immeubles délabrés ou dans ces cages à lapins des nouveaux quartiers. À présent, je voyais que c'était simplement la maison d'une bonne famille d'intellectuels, pleine de livres poussiéreux et de bibelots réunis par des générations, mais en aucun cas une résidence d'aristocrates. Le placage s'écaillait à plusieurs endroits de la table, des coulées jaunes étaient visibles sur la terrasse, les traces d'usure sur les tapis trahissaient les trajets favoris des habitants et le principal élément décoratif n'était autre qu'un tableau qui représentait le petit Adam avec ses parents et non une série de portraits d'ancêtres étalés sur plusieurs siècles.

— On doit y aller, il faut que tu voies de tes yeux cet endroit.

Adam me parlait de Lyon, où il venait de passer plusieurs mois au consulat polonais.

— Parce que, avoue, qu'est-ce que tu associes à la France ?

— Paris, bien sûr, dis-je et il me pressa de continuer d'un mouvement de la main. Marseille, les Alpes, la Côte d'Azur, la Provence, l'océan en Bretagne, les vins de Bordeaux, les mineurs polonais de Lille et les châteaux de la Loire.

— Et Lyon ?

— Quoi Lyon ?

— Qu'est-ce que tu sais à propos de Lyon ?

— Je sais que c'est une ville en France.

— *Exactemensko* ! Personne ne sait rien de Lyon. Ma théorie c'est que les Lyonnais ou les Lyonniens, je ne sais plus comment on les appelle, se sont donné le mot pour ne faire aucun bruit et dissimuler à tous que leur ville est fantastique. Ils se sont dit : que tous ces touristes aillent à Paris ou à Marseille ou à Cannes et nous vivrons tranquilles dans le plus chouette des coins de la République. Imagine, il y a deux gros cours d'eau qui fusionnent à Lyon, ça s'appelle *konfluencja*. Et on peut aller à cet endroit, si on n'a pas peur. C'est un quartier très étrange, et on voit à la lumière du soleil que ces deux cours d'eau ont des couleurs différentes, le Rhône est plus bleu, la Saône est plus verte, et quand ils se rencontrent, c'est incroyable. Entre ces cours d'eau, il y a le centre-ville, très majestueux, avec une immense place, mais c'est aussi à côté de ce centre qu'il y a l'endroit le plus magique de la cité, une colline parsemée d'étroites ruelles, d'échoppes, d'escaliers. Sur l'autre rive du fleuve, il y a un immense parc et sur l'autre berge de la rivière, le quartier historique. On y sert dans des gargotes une espèce de grosse pâte bien grasse au goût de poisson, ça s'appelle une *kenelka*, et il doit bien y avoir trois mottes de beurre dans la sauce. Je ne sais pas comment ils arrivent à faire ça. Et puis ils ont des vins, les leurs, les côtes-du-rhône, et ceux de la Bourgogne, délicieux et presque gratuits par rapport aux prix de chez nous. Et enfin, jette un coup d'œil sur la carte. Depuis Paris, tout est loin, à part la Belgique peut-être, mais en dehors des Belges, celle-ci n'intéresse personne. Tandis que depuis Lyon ? Tu aimes la montagne ? Deux heures de route et tu es à la montagne. Tu aimes la mer ? Quatre heures et tu es sur la Côte d'Azur. Et en plus de ça, tu as plus de soleil qu'à Paris, davantage de chaleur. On y va ?

— Quoi ? dis-je en riant.

— Bah, est-ce qu'on y va ?

Dans son sourire, il y avait une énergie qui permettait de comprendre pourquoi l'humanité se développait. C'était grâce aux gens qui gesticulaient beaucoup, qui souriaient beaucoup et qui convainquaient les autres de faire des choses dingues, imprévisibles et de vérifier si l'impossible était vraiment impossible.

— Quand ?

— Je ne sais pas, moi, bientôt. Qu'il fasse un peu plus chaud.

— Mais on doit le planifier.

— Erreur !

Il me rejoignit sur le canapé et attrapa ma main.

— On doit le décider. Chaque voyage est une décision, le reste n'est que détails, billets, congés, achat de provisions pour la route. Et donc ? On y va ?

Je ne savais pas quoi répondre.

— À quoi bon réfléchir ? Tu sais combien il y a d'endroits à visiter dans le monde ? De vins à boire ? D'extraordinaires mets à goûter ? De mers où se baigner ? Qu'est-ce que tu veux attendre ? Ta retraite ?

— On y va ! dis-je en sentant l'euphorie bruire dans mes oreilles.

Je suis jeune, mais je suis intelligente, je n'ai pas peur et je peux tout. Tout ! Les larmes perlèrent dans mes yeux.

Il m'embrassa au coin de la bouche et se leva pour gesticuler encore.

— Quelque part, c'est assez incroyable, dit-il. Je ne sais pas pourquoi, c'est peut-être parce que l'herbe est toujours plus verte chez le voisin. Tu vois ce que ça provoque à Varsovie. Les gens s'asseyent sur les terrasses des cafés, face à la rue, pour que ça soit comme à Paris, or il fait plus froid ici, il y a davantage de boue et il pleut, ça n'a aucun sens. Dans les boulangeries, on vous sert des baguettes et des croissants au lieu du vrai pain. Françoise Hardy passe à la radio. Chez le boucher, la viande est prédécoupée pour faire du bœuf bourguignon. En France, avouer qu'on écoute Françoise Hardy, c'est comme, je ne sais pas, moi, admettre qu'on est fan de Mieczysław Fogg ou reconnaître qu'on va en soirée dansante en compagnie de sa maman…

— Alors, qu'est-ce que les gens écoutent ?

Il arbora un sourire canaille.

— Attends, je vais te montrer quelque chose.

Il quitta la pièce et me manqua dès qu'il franchit le seuil. J'avais envie de lui crier de revenir, de ne pas me laisser. J'inspirai profondément pour me calmer. Il revint un instant plus tard avec un paquet.

— Oui, je sais, dit-il. J'ai presque trente ans et je ne devrais plus dissimuler mes vêtements à mes parents. Je les adore, mais ils sont très traditionnels, je ne veux pas leur faire de la peine. Regarde.

Il en sortit un blouson en cuir noir avec des fermetures Éclair et un jean Levi's bleu. Je n'y comprenais rien.

— Ça, c'est un *djinn*, dit-il en le prononçant à la française. Et ça, c'est un *bluzon noir*. Et c'est le truc du moment, pas cette Françoise Hardy qui lâche des pets à la lavande. Ce qui arrive d'Amérique, et d'Angleterre aussi, c'est le rock'n'roll, la liberté, tu sais l'énergie qu'il y a là-dedans ? À Lyon, j'ai des disques, mais je n'ai pas eu la possibilité de les ramener, tu les écouteras quand on y sera. Là-bas, personne de notre génération n'écoute Françoise Hardy.

Il enfila le blouson qui pendouillait un peu sur son corps frêle comme sur un épouvantail, et commença, avec un accent épouvantable, parfois polonais, parfois français, à massacrer *Can't help falling in love with you.* Je riais tant que je faillis tomber du canapé.

— Bah dis donc, pour moi, tu pètes aussi mielleusement que Françoise, réussis-je à articuler au moment du « *darling so it goes* » chanté avec un r français.

— Attends. Ça, c'était une ballade, et qu'est-ce que tu dirais de ça ?

Il se racla la gorge et se mit à hurler :

— Rakehula, rakrakehula, rakehula, rakrakehula !

Et il continuait, deux tons plus haut et deux fois plus vite :

— Rakehula, rakrakehula !

Il m'entraîna dans un pas de danse, en répétant rakehula, en me faisant tourner dans tous les sens d'une façon qui n'était certainement pas du rock'n'roll, mais contenait beaucoup d'énergie joyeuse. J'aurais pu lui montrer comment on dansait le rock, mais il s'agissait certainement d'une aptitude que je n'étais pas encore censée posséder. Alors, je me démenais avec lui sur le rakehula et je me sentais extrêmement heureuse.

Je rentrai après le coucher du soleil, un froid monstrueux était tombé, mais Varsovie s'était vidée et j'eus droit non seulement à une place à l'intérieur du tramway, mais même à une place assise. Je contemplais mon reflet dans la vitre et, telle une adolescente, je touchais délicatement mes lèvres sur lesquelles je sentais encore son baiser. Un baiser long, tendre, précautionneux, que je réitérais sans cesse dans mon imagination, n'arrivant pas à croire que je vivais ce genre d'émotions en ma qualité de femme qui, deux mois plus tard, allait fêter son soixante-dix-neuvième anniversaire.

Et si j'avais pu avoir quelques doutes auparavant, cette visite les avait dissipés. Adam était l'amour de ma vie. C'est pourquoi le destin, Dieu, la providence ou même Satan – pour dire la vérité, je me fichais de savoir qui était l'instigateur de cette confusion – avaient fait en sorte que je me retrouve ici. Pour passer le reste de la vie qui m'avait été affectée dès le début et que j'avais ratée parce que, tout simplement, j'avais eu trop peur.

En fait, il ne me restait qu'une seule chose à régler : Jacek. Je me sentais capable de vivre une autre vie, fantastique et pleine d'aventures. Mais pas sans mon fils.

10

Chaque minute qui passait transformait son inquiétude en terreur. Au début, il se disait encore que c'était à cause des rêves de sa patiente qu'il était dans cet état, qu'après quelques heures, il reviendrait à lui et que tout irait bien. La crainte irrationnelle qu'il ressentait se transforma de façon imperceptible en véritable peur panique, redoutant qu'il ait pu arriver quelque chose à Grażyna, qu'elle ait fait une excursion en dehors de la ville ou qu'elle ait tout simplement traversé la Vistule et que soudain – paf ! – elle ne soit plus là. Elle était peut-être revenue au XXIe siècle ou avait tout simplement disparu.

Que devrait-il faire, dans ce cas ? Rester ici et vivre sa vie normalement ? Ou partir rapidement en banlieue et disparaître à son tour avec l'espoir de se réveiller dans son appartement à côté de sa femme en train de ronfler ? Une femme endormie affublée de son étrange bonnet en maille de crainte que ses cheveux, déjà clairsemés, ne tombent durant la nuit et de devenir chauve.

Mais si elle passait simplement sa soirée chez quelqu'un et sirotait un verre de vin, tandis qu'il disparaissait et que son noble geste ne serve à rien ni à personne ?

La lâcheté lui suggérait de rester, mais la perspective de subsister seul dans ce monde, sans personne capable de le comprendre, lui parut affligeante. Des larmes perlèrent dans ses yeux.

C'est alors que Grażyna ouvrit la portière côté passager et s'installa dans l'habitacle.

— Nous devons parler, lui annonça-t-elle.

— Tu n'as pas idée à quel point, répliqua-t-il sur un ton si grave qu'elle l'observa avec attention.

Il lui narra la visite de sa patiente, ses rêves étranges et le soupçon qu'ils soient emprisonnés à Varsovie.

— Ça n'a aucun sens, commenta-t-elle, mais sa voix manquait de conviction. Mon frère vient de rentrer d'Algérie…

— Ton frère que les rouges ont assassiné en prison avant qu'on se rencontre ?

— En chair et en os.

— Et qu'est-ce qu'il faisait en Algérie ?

— Tu te souviens quand, dans notre réalité, les Polonais ont envoyé un soutien fraternel aux Russes pour les aider à mater la Tchécoslovaquie en 1968 ? Eh bien, cette fois, nous sommes allés en Algérie aider les Français à pacifier les villages arabes afin qu'aucune stupide idée d'indépendance ne leur vienne à l'esprit.

— Je suis déjà au courant. Mais qu'est-ce qu'il faisait précisément en Algérie ?

— Je n'en sais rien. Je suis ravie qu'il soit en vie. Les échauffourées françaises m'intéressent moyennement. En tout cas, il est venu d'au-delà de Varsovie. Et je viens de croiser une personne fraîchement arrivée de Lyon.

— Belle ville, les montagnes ne sont pas loin.

— Jésus Marie Joseph, cesse de m'interrompre. Je connais déjà deux personnes qui sont de l'extérieur de Varsovie. Trois, vu que ta femme est aussi revenue d'on ne sait où.

— Ne commence pas.

— Je constate un fait, c'est tout. Toi, ne commence pas. Et puis, on reçoit des informations de la Pologne et du monde entier, on lit des journaux… Je ne sais pas, ça serait étrange. Et très inopportun.

— Pourquoi ? Tu projettes de partir quelque part ?

— Et en quoi ça t'intéresse ?

— Grażyna, pitié, je te le demande simplement.

— Et tu ne voudrais pas me présenter tes excuses, plutôt ?

— M'excuser parce que tu m'as fait une scène au restaurant et parce que tu m'as quitté devant témoins après cinq décennies de mariage ? Et cela au moment où j'essayais, pour nous, et j'insiste sur le nous, d'apprivoiser assez cette réalité pour que nous puissions y vivre normalement ? Non, je ne compte pas te présenter mes excuses.

Il était prêt à en découdre, mais elle ne fit que rouler les yeux. Ce dédain plein de lassitude le heurta davantage qu'une dispute, des reproches ou de l'agressivité.

— Nous ne pouvons pas rester à jamais à Varsovie, dit-elle après un instant.

— J'y ai pensé. Bien sûr, ça serait pénible, mais probablement faisable. Après tout, c'est une grande ville et, soyons francs, nous n'avons jamais été de grands voyageurs et ça me plaît ici. Sur le long terme, c'est probablement insupportable, mais pour quelques années…

— Tu plaisantes ?

— Non, j'y ai vraiment réfléchi en t'attendant. Durant toutes ces heures pendant lesquelles tu faisais on ne sait quoi.

— Pas question. Premièrement, je compte avoir une formidable nouvelle vie pleine d'aventures et de retournements de situation.

Ces paroles le blessèrent telle une gifle vénéneuse, et il dut détourner la tête pour qu'elle ne vît pas ses larmes.

— Et deuxièmement, tu sais bien qu'on est obligés de quitter Varsovie en août.

— Jacek.

— Jacek.

Ils restèrent assis en silence, chacun plongé dans ses pensées. Ils pouvaient se disputer, mais ils avaient vécu une belle vie et dans cette vie, le plus beau, ça avait été Jacek. Et l'événement le moins beau, ça avait été la mort de Jacek. Aucun enfant ne devrait mourir avant ses parents, même s'il a déjà dépassé la quarantaine, a lui-même des enfants, un front dégarni et une bedaine d'amateur de bière. Tout simplement, cela ne devrait pas arriver. Et chacun savait, sans avoir besoin de parler, que l'autre pensait exactement la même chose et qu'ils feraient leur possible pour avoir à nouveau Jacek avec eux. Peu leur importait que cela s'apparente à un fantasme irrationnel et désespéré. Ils devaient essayer. Ils devaient aller à Pluski en cette nuit d'août.

À de multiples reprises, ils avaient évoqué le fait que les couples ne connaissent pas d'ordinaire la date à laquelle ils ont conçu leurs enfants, pas avec une probabilité de cent pour cent. On essaie de deviner, on raconte aux gamins qu'ils ont été conçus à Londres ou à Noël, ou chez tata dans sa maison de campagne, mais il n'y a aucune certitude.

Eux, ils savaient. À cette époque-là, à Pluski, durant la moisson, une averse brutale les avait surpris au cours d'une promenade en forêt. Trempés jusqu'aux os, tremblants de froid, ils s'étaient réfugiés sous un chêne qui poussait depuis des siècles à un croisement de chemins dans les bois. La couronne de l'arbre était si étendue qu'une clairière d'herbe et de mousse se déployait en dessous. C'est là, sur ce carré de verdure, qu'ils ont d'abord commencé à s'embrasser, puis à se caresser, puis à s'aimer. Il y avait dans leur acte non seulement du désir, non seulement de l'amour et de la proximité, mais quelque chose d'un rite païen. Jusqu'à cet instant, ils n'étaient qu'amants, après ils étaient devenus destinés l'un à l'autre.

Il mit le contact et démarra brusquement.

— Et tu crois aller où comme ça ?

— Où se trouve la limite de Varsovie la plus proche ?

— Tu ne comptes quand même pas…

— Et qu'est-ce qui te gêne, soudain ? Tu gémissais à l'instant qu'on ne pouvait pas rester ici. Or, il n'y a qu'une seule façon de vérifier. Alors où ? Wawer ? Piaseczno ?

Elle l'observait, concentrée, sans cligner des yeux, se mordillant la lèvre. Elle prenait une décision.

— Prends la direction d'Olsztyn, dit-elle. Comme si on allait à Pluski.

Il quitta la rue Wilcza en tournant dans la rue Marszałkowska, vers le nord. Il roulait assez vite à travers une Varsovie déserte.

— Je prends le chemin habituel, en direction de Gdańsk ?

Il avait posé la question machinalement, il la lui posait toujours, l'orientation dans l'espace routier n'avait jamais été son fort.

— Oui. Non, attends, la voie rapide le long de la Vistule n'existe pas encore, je me souviens qu'il fallait prendre un autre chemin à l'époque, mais on n'avait pas de voiture. Doux Jésus, par où ils passaient, les bus crachotants de ce temps-là ? Ah, ça y est, je sais, rejoins la rive droite, longe le zoo et prends ensuite vers le nord.

C'est ce qu'il fit. Il tourna dans les allées Jerozolimskie, emprunta le même pont et le même chemin que Grażyna venait de parcourir, puis, à la sortie du pont, il roula vers le nord le long de la Vistule. Il dépassa les environs illuminés de la tour de l'Amitié, puis le voisinage sombre du parc Praski et le zoo, et, soudain, après le pont Gdański, Varsovie prit fin. Sur la rue Jagiellońska, ils plongèrent brusquement dans une obscurité si épaisse qu'il ralentit la voiture et l'arrêta.

— Qu'est-ce que tu fais ?

— C'est encore Varsovie ? Ces champs en friche ?

— Je n'ai pas vu de panneau. Tu sais quoi, roule doucement, au cas où.

Il roula doucement. La route n'avait rien à voir avec ce qu'il connaissait. La Jagiellońska dont ils avaient l'habitude était une artère de plusieurs voies flanquée de commerces, de magasins et de quartiers résidentiels. Cette rue-ci était une chaussée pavée où deux autobus auraient eu du mal à se croiser. Ludwik dut se retourner pour vérifier si la ville se trouvait toujours derrière lui, avec ses maisons et ses lampadaires, sinon il aurait pu croire qu'ils venaient d'entrer dans un trou de l'espace-temps qui déboucherait dans un bled près de la frontière biélorusse.

Dans son dos, la ville existait, indifférente, et scintillait de ses lumières. Il redémarra donc et avança doucement, agréablement surpris par la fluidité avec laquelle la suspension pneumatique de la Citroën se débrouillait sur les irrégularités des pavés. Dès deux côtés de la voie, hum, comment dire, il n'y avait pratiquement rien : des champs, des cahutes, des vergers et, de temps à autre, un arrêt de bus de la ligne B. Il fit ainsi près d'un kilomètre avant que les feux de sa voiture n'extraient des ténèbres le panneau Varsovie barré.

Il immobilisa le véhicule à quelques mètres du panneau et coupa le moteur, mais laissa les feux allumés. Ils quittèrent l'habitacle sans un mot et avancèrent ensemble jusqu'à l'écriteau en jetant devant eux de longues ombres. Ils s'en approchèrent à distance de bras et se pétrifièrent en silence, sans véritablement savoir quoi faire ensuite. Ludwik sentait bien que c'était à lui de faire un autre pas, d'aller de l'avant et de vérifier. S'il restait, tant mieux. S'il disparaissait, Grażyna recevrait en cadeau la possibilité de choisir de demeurer ou non ici et combien de temps.

C'est ainsi que devait se comporter un homme.

Soudain, Grażyna s'avança d'un pas décidé et dépassa la frontière de cette ville étrange, une ville à ce point en perpétuelle construction qu'il était difficile de dire avec certitude si elle existait et si tout ce qui se passait en son sein avait véritablement lieu.

Sa femme disparut dans la pénombre avant qu'il ait eu le temps de réagir.

11

Je fis un pas, puis un second, je dépassai ce panneau légèrement cabossé estampillé « Varsovie », je fermai les yeux, retins ma respiration et plongeai dans la pénombre. À quoi m'attendais-je ? Probablement à une sorte de festival de feux d'artifice digne d'un film de science-fiction, à une main invisible qui me soulèverait et me jetterait à travers l'espace et le temps, les étoiles virevolteraient autour de moi jusqu'à ce que je tombe sur mon lit, dans mon appartement de 2013, mais en me cognant si malencontreusement le coude que celui-ci se signalerait par la suite en me faisant mal à chaque changement de temps.

Je fis quelques pas et soudain, je ressentis un changement. Non, aucun tourbillon, ni secousse, ni éclair, rien de tel. C'était un changement délicat et très inquiétant. Je cessai d'entendre le bruissement du vent dans les arbres. Je fis encore quelques pas. Les pavés prirent fin et je sentis sous mes pieds un revêtement dur, un trottoir ou du bitume. L'air devint moins pur, plus sec, il ne sentait plus la terre humide, seulement la poussière et les gaz d'échappement.

Je m'arrêtai, je déglutis difficilement.

Mes paupières étaient toujours closes, mais je percevais davantage de lumière autour de moi. Et davantage de bruits. Une voiture fila à toute vitesse, puis un autobus, quelqu'un qui arrivait d'en face m'éblouit de ses phares, ce fut douloureux, même à travers les paupières fermées. À chaque seconde qui passait surgissaient de nouvelles lueurs et de nouvelles rumeurs ; à droite, je perçus le clic d'une pompe à essence, une voix humaine, le glissement d'une porte automatique, des bouts d'une mélodie rock en provenance d'un autoradio.

Je sentais ce qui m'entourait, ce qui se matérialisait autour de moi. Varsovie, année 2013. Je me tenais probablement à côté d'une station Shell ou Orlen, je ne savais plus ce qu'il y avait dans la rue Jagiellońska à cette hauteur. À ma gauche, je devais avoir une six voies et des rails de tramway ; devant moi, dès que j'ouvrirais les yeux, j'apercevrais les trois cheminées de la centrale électrique Żerań avec leurs loupiotes rouges qui clignotaient en cadence.

J'y retourne. Tout est perdu. Adieu, mon monde.

Dommage.

Je voulais tellement, tellement rester ici.

Rien à battre, il n'y avait qu'un seul moyen de le découvrir.

J'ouvris les yeux.

Des broussailles et la noirceur m'entouraient, j'avais des pavés sous les pieds, mais, au loin, au-dessus des arbres, les lumières rouges de la centrale clignotaient. Je battis plusieurs fois des paupières ; chaque fois, les lumières rouges paraissaient plus pâles et, en fin de compte, elles se dissipèrent.

Étrange.

Je retournai auprès de Ludwik qui, sur le fond de la lueur des phares de sa Citroën, n'était qu'une ombre noire, mais j'aurais reconnu n'importe où sa silhouette, la courbe de ses épaules, la forme de son crâne, sa chevelure perpétuellement ébouriffée d'un côté.

Il me manquait et je sentais que je lui manquais aussi, qu'il suffirait de le prendre par la main, de se réconcilier et d'aller dans un hôtel, n'importe où, pour revenir à la sécurité, à cet amour si familier, pour que tout redevienne comme d'habitude.

— Tu es un vrai mec, toi, lui dis-je. Ça t'enchantait moyen de vérifier toi-même si tu allais disparaître ou pas, hein ?

— Tu as bondi vers l'avant comme une folle. Tu ne m'entendais pas t'appeler ?

Je ne l'avais pas entendu.

— Tu n'aurais pas pu courir me rejoindre ?

— Ça ne va pas ? Tu me fais des reproches parce que tu t'es fourrée dans les broussailles et que je ne me suis pas jeté pour te défendre contre l'univers ?

Il s'approcha de moi et prit mes mains dans les siennes.

— Grażyna, tout va bien ? Tu as l'air terriblement tendue ?

L'atmosphère devint plus dense. Je le sentais et je savais que lui aussi l'avait remarqué. Depuis la première nuit et durant cinquante ans, notre union s'était maintenue grâce à la proximité charnelle. Jacek, bien sûr, notre amitié, nos expériences communes, nos souvenirs, nos aventures, il y avait beaucoup de briques dans le mur de notre amour, mais le sexe les cimentait. Sans lui, nous n'aurions jamais franchi nos premières années, enfant ou pas. Toujours, qu'on traverse justement une bonne passe ou une mauvaise, l'air entre nous se chargeait de tension ; c'est au lit que nous nous disputions et c'est dans un lit que nous nous raccommodions, c'est là qu'on se disait bonjour et au revoir. Je ne saurais pas expliquer pourquoi c'était le cas, j'acceptais cet état à l'instar de la gravitation ou de la lumière du soleil. Ça existait, un point, c'est tout.

À présent, l'air recommençait à trembler. Mes règles venaient de se terminer, rien ne nous empêchait d'entrer dans la voiture, de retirer ces épouvantables collants et de faire l'amour ; à la seule pensée que je pourrais grimper aux rideaux dans quelques instants, j'eus un vertige.

Il aurait suffi d'un geste.

— Grażyna, commença-t-il, nous sommes les seules personnes dans cet univers capables de s'entendre. Est-ce que nous voulons vraiment y renoncer ? Montons en voiture et partons. À Gdańsk par exemple. J'ai assez d'argent pour survivre quelques mois, nous pourrions réfléchir à la suite, à la manière de vivre une fois de plus nos vies de sorte à tirer le maximum de chaque instant. Nous essaierons de répéter les bons moments, d'éviter de commettre les mêmes erreurs, de découvrir des choses nouvelles. On n'y parviendra auprès de personne d'autre. Tu le sais, n'est-ce pas ?

Je considérais l'option de dire « oui », de faire sauvagement l'amour sur la banquette arrière de la Citroën et de changer d'avis juste après. Je veux dire, juste après deux orgasmes. Allez, trois. Vilaine, vilaine fille.

— Non, dis-je.

— Quoi « non » ?

— Non à tout. Je ne crois pas que nous puissions seulement être heureux ensemble. Et je ne veux pas t'accompagner à Gdańsk ou je ne sais où pour tenter d'y retrouver la même routine et de faire semblant que c'est la chose la plus naturelle qui soit. Tout simplement.

Il me regarda longuement, puis finit par lâcher mes mains.

— Mais tu veux quand même avoir un enfant avec moi ?

— Je ne serais pas la première mère célibataire dans l'histoire de l'humanité.

— Pardon ? dit-il en élevant la voix. Tu veux me traiter en taureau inséminateur ? Un gars qui t'engrosserait et ne ferait qu'un saut durant les fêtes pour voir son gamin ? C'est quoi, ça ? Une blague ? Si c'est le cas, alors elle est particulièrement mauvaise. Moi aussi, je veux mon fils ! Moi aussi, je veux ces souvenirs ! Et tu n'as pas le droit de m'en priver, tu comprends ?

Je reculai d'un pas parce qu'il s'emballait à chaque phrase, une fureur de plus en plus grande le remplissait. Soit je ne l'avais jamais vu dans un tel état, soit j'avais oublié à quel point il était impétueux dans le temps.

— Nous en reparlerons en août. Maintenant, ramène-moi à la maison, s'il te plaît.

Il restait planté et me fixait ; une lueur dans son regard m'effraya.

— Ludwik, s'il te plaît.

Il se retourna sans un mot et s'assit côté conducteur. Ça me fit de la peine parce que, durant toutes ces années, il m'avait toujours ouvert la portière.

Avril

1

Ses mains étaient grosses comme des miches de pain – c'était la première fois que je trouvais du sens à cette formule rebattue – et c'est ainsi que je les sentais sur ma poitrine, comme si quelqu'un venait de poser dessus du pain chaud fraîchement sorti du four. Quand il me lâcha pour prendre des notes et ajuster des traits sur ses feuilles de papier millimétré, je faillis gémir de déception.

— Vous ne vous étiez pas encore dévêtue, chère madame, que j'avais déjà remarqué que le gauche était plus gros. Sur le bonnet, ça fera près de deux centimètres de différence. Le bambin préférera celui-ci, vous verrez.

— Ignace ! cria la femme du corsetier.

Assise à un bureau un peu sur le côté, elle notait les nombres qu'il lui lançait ou réglait des factures, ou bien se démenait avec quatre enfants qui venaient de rentrer de l'école en attendant que leur sœur aînée revienne à son tour pour s'occuper d'eux.

— Veuillez excuser ses remarques, ajouta-t-elle. C'est parce que mon époux aime beaucoup les enfants.

Je baissai les yeux vers le visage d'Ignace, agenouillé devant moi. Avec sa stature de forgeron de plus de deux mètres, il était obligé de se mettre à genoux pour atteindre confortablement ma poitrine. Il m'adressa un clin d'œil et un sourire radieux de sous sa grosse moustache à la Nietzsche. Je crois n'avoir jamais rencontré dans ma vie quelqu'un de plus sympathique que ce maître ès corsets originaire de Lwów.

— Bien, il faut encore que je fasse une esquisse et vous pourrez vous rhabiller, madame. Décontractez-vous.

Alors, je me décontractai. De toute manière, j'étais exceptionnellement sereine, compte tenu de la situation dans laquelle je me trouvais depuis un quart d'heure, à demi nue devant deux amies, un homme inconnu et sa famille nombreuse. C'était peut-être parce que la scène était dénuée de tout sous-entendu érotique : Ignace m'évoquait un gynécologue sympathique ; quant à ses enfants, ils avaient probablement vu tant de poitrines qu'une de plus ne leur faisait ni chaud ni froid.

Le corsetier poussa le papier millimétré sur le côté et esquissa rapidement ma silhouette depuis la ceinture jusqu'au cou sur un morceau de bristol, ombrageant très habilement la forme de mes seins. Il fléchait certains endroits ou y inscrivait des signes mystérieux qui suivaient sans doute le code de mes imperfections, le catalogue des points où je sortais de la norme. J'attendais patiemment. Comme je l'avais dit plus tôt, j'étais prête à donner un rein contre un soutien-gorge confortable.

— Bien, dites-moi maintenant de quelle sorte de soutien-gorge vous avez besoin. Pour une robe de mariée, pour le sport, pour la plage, pour séduire…

— Ignace !

— Un soutien-gorge confortable, répondis-je sans un instant d'hésitation. Fin, aéré, qui ne pince pas, qui ne me comprime pas. Pas besoin qu'il expose ni qu'il pousse vers le haut…

— La veinarde, marmonna Lucyna en feuilletant le magazine *Toi et moi* et en grillant une énième cigarette.

— … je ne veux pas de coussinets et, surtout, il ne faut pas qu'il pousse les seins en avant, c'est ce qui m'énerve le plus dans les miens.

— Des Français ? demanda M. Ignace sans cesser de dessiner.

— Chantelle.

Il pouffa avec dédain.

— Ignace…

La voix de l'épouse était très calme, mais il était aisé d'y distinguer des notes de mise en garde. En dépit de cela, le corsetier reposa sa feuille de papier bristol et saisit sur la table mon soutien-gorge ouaté couleur crème que je détestais tant.

— Regardez-vous dans la glace et regardez ce sous-vêtement, et dites-moi, en quoi il diffère ?

— Par la forme ? hasardai-je.

— Les soutiens-gorge français devraient être totalement interdits chez nous, dit-il en revenant à son dessin. La libellule polonaise, ukrainienne ou russe, possède un sein rond comme un beignet. Et la femme française en a un pointu, une sorte de petit volcan, ou elle n'en possède pas du tout. Les deux ne peuvent donc pas correspondre. De plus, leurs produits sont d'usine… Chaque dame a une paume différente, un pied différent et des appas différents. Il faut prendre soin de soi-même.

— Maman, je peux avoir du lait chaud ?

Pour la première fois depuis mon arrivée dans l'atelier, je me sentis perturbée en entendant la plus jeune parmi les rejetons du couple poser cette question en lorgnant ma poitrine.

— Puis-je me rhabiller ? demandai-je.

— Je vous en prie, répondit un M. Ignace très satisfait. Et maintenant, à votre tour, mesdames.

Lucyna éteignit sa cigarette et le fusilla du regard, comme si elle venait de s'apercevoir que le corsetier disposait de deux têtes et que l'une d'elles s'était mise à dévorer l'autre.

— Et pourquoi ça ? demanda-t-elle, belliqueuse.

— Parce que vous avez un soutien-gorge inadapté qui provoque votre mal de dos.

Lucyna le contempla, ébahie.

— Mon Dieu, comment vous savez que j'ai mal au dos ? Je croyais que c'était à cause de ce satané lit inconfortable et parce que Wanda n'arrête pas de me pousser contre le mur.

M. Ignace ne répliqua rien, il posait sur elle ce regard bienveillant, mi-Piast le Charron mi-bio-énergo-thérapeute soviétique et, d'un geste, il réitéra son invitation. Lucyna ne protesta pas davantage et je lui cédai la place. Je remarquai à ce moment-là que le maître avait placé sous ses genoux un coussinet qu'on aurait juré dérobé sur un prie-Dieu. On se serait cru au cabaret. Et dire que, lorsque Wanda m'avait parlé pour la première fois du roi des soutiens-gorge par qui la moitié de Varsovie se laissait tripoter, j'avais cru qu'elle me racontait des salades. Or, il avait fallu que j'attende un mois ce rendez-vous que m'avait obtenu la tante de Wanda, qui connaissait la femme du corsetier.

— Voyez donc ça, mesdames.

M. Ignace désigna Lucyna à demi nue d'un geste de magicien de cirque. Celle-ci posa aussitôt les poings sur ses hanches et darda sur lui un regard menaçant, oubliant l'allure un rien comique que lui donnait cette posture.

— C'est un petit beignet rond, lourd, de taille modeste, en aucun cas un croissant de pâte feuilletée. Aucun soutien-gorge français ou anglais ne va lui convenir, ce n'est pas la peine d'essayer. Et surtout pas un produit d'usine ! Quand bien même ils auraient un volume identique, un sein est plus court, un autre plus long, ça se voit d'emblée. Elza, chérie ! Note les mensurations de madame s'il te plaît.

Il s'empara d'un mètre.

— Bien, ça, je le répète chaque jour…

— En l'occurrence, c'est vrai, grommela Elza chérie.

— … que c'est à travers les poitrines qu'on voit que l'Europe se divise en différents mondes. À l'Ouest, comme je le disais, de petits seins pointus, ce sont les aiguilles de la boussole qui ciblent les colonies. À l'Est, des beignets lourds, souvent en forme de larmes, car ces terres ont beaucoup souffert. Au Sud, des seins lourds et solaires, nourriciers, en forme de cloche d'église. Au Nord, des seins durs et audacieux, si tu places une noix dans le décolleté, tu vas la briser. D'après moi, l'histoire de la civilisation…

Les mesures préliminaires prises, il venait de poser ses mains sur Lucyna, dissimulant presque dans son intégralité son torse menu, lorsque sa femme décida de mettre un terme à ses divagations.

— Ignace, soit tu cesses sur-le-champ, soit on ferme la boutique pour que je puisse divorcer tranquillement.

Il soupira, mais s'interrompit et regarda Wanda.

— Et vous, mademoiselle, on va vous examiner en dernier, dit-il. Vous ne portez rien.

Pensive, Wanda mit un certain temps à comprendre que M. Ignace s'adressait à elle.

— C'est parce que je n'ai rien à mettre dedans, marmonna-t-elle.

D'emblée, on voyait qu'elle n'était pas immunisée contre la magie du maître corsetier de Lwów et que l'idée que celui-ci soit capable d'enchanter sa poitrine sans que ça paraisse artificiel lui avait déjà traversé l'esprit.

M. Ignace ne daigna pas répondre, mais la regarda avec bienveillance. Wanda s'empourpra alors et exprima d'un hochement de tête son accord pour participer au rituel des mesures. Quant à moi, je feuilletais le *Toi et moi* abandonné par Lucyna en réfléchissant à ce que j'allais servir à dîner.

Oui, je sais, je viens à peine de me présenter en apôtre inébranlable du féminisme, mais je tenais à faire bonne figure et à éblouir culinairement autant Adam que – et peut-être même davantage – ses parents.

2

La nationalité n'avait jamais eu pour lui une signification particulière, il s'ennuyait toujours durant les conversations à propos des différences civilisationnelles entre les peuples, estimant que la sociologie et l'anthropologie étaient des sciences subalternes au vu de la psychologie, qui sondait l'essence des individus. Après tout, qu'étaient donc les sociétés, les peuples, les groupes ethniques, régionaux et religieux, si ce n'est un assemblage d'individualités. Il comprenait que ces groupes – surtout ceux qui tentaient de contrôler des âmes – influençaient la psyché de ses membres, mais que représentait cette influence au regard des craintes, des besoins et des désirs primitifs qui guidaient un homme dans sa vie ? Un Polonais, un Français, un nazi, un dévot catholique, un fondamentaliste musulman ou un supporter pathologique du Legia de Varsovie se transformaient sur le divan en simples humains qui vivaient dans l'ombre de leur histoire familiale.

C'est pourquoi, bien que conscient des différences socioculturelles entre ses propres années 1960 et celles qu'il était en train de vivre, il ne leur accordait pas une grande attention et les traitait de façon très utilitaire. En fait, au sommet de tous les changements liés à la colonisation culturelle française, il plaçait les crêperies. Les kreperias s'étaient ainsi répandues à Varsovie et il les considérait comme un don du ciel, parce qu'il adorait les crêpes de toute sorte et c'est pour assouvir cette passion qu'il se rendait aux bars à lait au temps de leur prospérité. Il se réjouissait que les crêpes aient remplacé les monstruosités gastronomiques de la Pologne communiste comme les baguettes gratinées, les brioches aux champignons ou ce qui les avait chassées à l'avènement de la Pologne libre, les burgers, les pâtes chinoises ou les kebabs, tous ayant pour point commun une vieille huile et/ou une montagne de barbaque de provenance douteuse. En comparaison, la crêpe ou la galette légères, cuites au beurre, agrémentées de divers légumes ou fromages dans sa version salée, de fruits quand elle était sucrée, paraissaient venir d'une autre planète diététique.

Dans la Varsovie actuelle, on trouvait des kreperias partout, depuis les établissements haut de gamme de la Józefine, en passant par les cantines de quartier, jusqu'aux cabanes à chaque coin de rue qui ne servaient que quelques assortiments de base. Toutes menaient entre elles un combat officieux – et lorsque l'hebdomadaire *Capitale* organisait son concours annuel, un combat officiel pour le meilleur nom de plat et les meilleurs ingrédients. Dans la plus prestigieuse, Axis Krepi, on servait des crêpes au caviar d'esturgeon, à la mortadelle italienne ou aux poissons fumés suédois. À la Vigueur des krepitudes, on faisait allusion à la cuisine régionale de chaque recoin de la Pologne ; leurs crêpes de Cachoubie, enroulées autour de rollmops, étaient devenues légendaires et on ne les servait jamais sans un verre de vodka. Le Trompette-des-vivants s'était par ailleurs spécialisé dans les farces aux champignons – à l'automne, il fallait faire la queue sur deux rues pour avoir une table parce que ce bar n'acceptait pas de réservations. Et ainsi de suite mais, en général, les menus se ressemblaient, comme dans ce Double Nobel, une kreperia située à côté de l'Institut radium, où Ludwik avait pris place avec Iwona. Pour lui, la journée du samedi était plus tranquille et il était venu déjeuner avec Iwona qui travaillait aussi ce jour-là. Et c'est précisément la proximité avec l'institut qui avait inspiré aux propriétaires du restaurant son nom et sa carte, où les crêpes classiques étaient nommées Polon ou Rad ; la crêpe bretonne de base, jambon-œuf-fromage, s'appelait Pierre et la crêpe Suzette avait été rebaptisée Douce Marie.

Iwona, toujours dans sa blouse de laboratoire ornée d'un dosimètre, engloutissait une Pierre à une vitesse vertigineuse ; on aurait juré qu'elle n'avait rien avalé depuis une semaine. La cause en était que, le matin, elle n'avait en général pas envie de perdre son temps avec un petit déjeuner et se contentait d'une grande tasse de café.

— Kamil m'a appelée au bureau, ils sont enfin rentrés de chez ses parents et voudraient passer à la maison ce soir. Il m'a dit qu'ils avait ramené un coffre entier de bouteilles de vin.

Il n'avait aucune idée de qui était ce Kamil. Ni de qui était son épouse, a priori, s'il déchiffrait bien ce « qu'ils ont ramené ». Le ton d'Iwona indiquait des amis ou au moins de proches connaissances.

— Excellent, dit-il. Je m'occupe du dîner.

Elle se pétrifia, pile au moment où elle s'apprêtait à avaler une nouvelle bouchée ; le blanc à peine saisi de l'œuf commença à former une longue goutte au coin de la galette. Elle le regarda, reposa le morceau sur l'assiette et s'essuya la bouche avec une serviette.

— Qu'est-ce que tu veux dire ?

— Le dîner. Ça fait longtemps que je n'ai pas cuisiné, j'en ai bien envie.

— Ludwik, tu te rends compte que, depuis le début de notre relation, tu m'apportes des œufs à la coque au lit le matin de mon anniversaire, mais qu'à part ça, pour le dire gentiment, tu n'as rien d'un chef étoilé.

Sérieux ? Tout s'était mélangé dans ses souvenirs, il avait l'impression de cuisiner depuis toujours, mais ça avait peut-être effectivement commencé quand Grażyna était partie au sanatorium. Elle leur avait laissé, à Jacek et à lui, une immense marmite de choucroute pour la semaine, qu'il avait fait brûler dès le premier jour et, n'ayant plus le choix, il avait dû préparer des escalopes et des pommes de terre. La suite avait coulé de source. D'abord, il s'était aperçu que les actions mécaniques de la découpe et de la friture l'apaisaient, puis il était devenu dépendant de l'admiration de sa famille quand il réussissait un nouveau plat. Il était maintenant certain que son penchant pour la cuisine avait commencé bien après la fin de son premier mariage.

— Je vais tenter le coup. Aucun champignon, promis, que je ne nous assassine pas, dit-il dans une tentative de transformer une situation étrange en plaisanterie. Toi, de toute manière, tu restes au boulot et moi, je n'ai rien à faire aujourd'hui. Je vais acheter beaucoup de biscuits apéritifs, au cas où je me raterais.

Elle hocha la tête sans un mot, l'observant toujours d'un air soupçonneux.

— D'accord, entendu. Mais tu ne serais pas le frère jumeau de mon mari, un frère qui vient de sortir de prison, de l'assassiner et de prendre son identité ?

— Tu crois que je l'aurais avoué ?

— Tu as raison.

— Tu n'as rien à craindre, chère Marta.

— Très drôle.

Ils recommencèrent à manger. Il fixait le dosimètre avec le nom et prénom de sa femme inscrits dessus et se disait que, précédemment, Iwona ne travaillait pas à l'Institut radium, mais au Centre polonais des études nucléaires. Officiellement, c'était le même domaine ; officiellement, elle manipulait toujours des éléments radioactifs, mais il voyait clairement qu'un travail qui n'était pas effectué pour le bien théorique de la science, mais possédait une application thérapeutique, était le véritable élément de sa femme. Dans le temps, elle avait été physicienne, à présent, une physicienne dont les expériences avaient un lien direct avec la médecine, en l'occurrence avec l'oncologie gynécologique. À l'époque, elle n'avait pas le droit de parler de son travail, toutes ses études étaient classées secret défense. À présent, elle pouvait parler des heures des possibilités de la télécobaltothérapie, surnommée aussi bombe à cobalt. Parfois, il avait l'impression qu'ils vivaient à trois : elle, lui et la bombe. À cause de son contact avec la radioactivité, ils n'avaient pas voulu prendre le risque d'avoir un enfant, et puis, on le sait, toute la question était devenue caduque. Mais aujourd'hui ?

Est-ce qu'il devrait seulement poser la question ? Grażyna avait exposé l'affaire clairement, mais s'ils essayaient en août de concevoir Jacek – elle lui manquait tant, charnellement parlant, qu'il comptait les jours jusqu'à leurs retrouvailles – et s'ils réussissaient à le fabriquer ou n'importe quel être humain nouveau, alors quoi ? Chacun rentrerait chez soi ? Ils l'éduqueraient en couple de divorcés ? Il en aurait la garde un week-end sur deux et la moitié des vacances scolaires ? Est-ce que cela impliquerait la fin de son mariage avec Iwona ?

Il tapota le dosimètre du bout de son doigt.

— Quel est l'impact de ce truc sur la maternité ? demanda-t-il.

Elle roula les yeux.

— Encore ?

— Je parle en théorie, se pressa-t-il d'ajouter. En général.

Il sentit que le sujet était sensible et avait moult fois été évoqué.

— Ludwik, arrête, je sais pourquoi tu poses la question. Pour la énième fois, d'ailleurs. Théoriquement, j'ai reçu moins de milisieverts durant ma carrière que si j'habitais en Norvège par exemple. Théoriquement, dix-huit ans après Hiroshima, nous savons encore peu de chose, mais on ne voit pas d'augmentation statistique des malformations de fœtus. En revanche, une baisse de la fertilité en général, ça oui. Enfin, je ne suis pas sûre d'avoir envie qu'un enfant m'éloigne durant trois ans d'un domaine où un progrès révolutionnaire est effectué chaque semaine. Au fond, tout ça n'a aucune importance, vu qu'en pratique, cela fait des années que nous n'utilisons aucun moyen de contraception. Et quoi ? Et rien.

La serveuse leur apporta les crêpes sucrées, ils demandèrent aussitôt deux cafés et la *notka*.

— Tu veux vraiment avoir des enfants ?

Il voulait vraiment avoir son unique, le plus merveilleux, le plus adorable enfant, mais il ne pouvait pas lui dire ça.

— Honnêtement ? Je n'en sais rien.

— Moi non plus. Alors essayons sans hystérie, et si ça doit arriver, ça arrivera. Dans deux ans, nous ferons des tests pour voir où on en est de notre fertilité. Et s'il s'avère que ça n'a pas l'air bon, eh bien, je ne sais pas. Une adoption ? Bientôt, toute cette marmaille dévergondée née juste après la guerre commencera à avoir ses propres enfants et les orphelinats seront pleins à craquer.

Il lui sourit et caressa sa main de ce même geste que Grażyna avait surpris par la vitre du restaurant marocain. Échaudé par cette mauvaise expérience, il observa par la fenêtre la rue Grójecka bondée, mais personne ne se tenait devant la vitrine la mine furibonde.

La serveuse posa devant eux l'addition sur un ticket orné du symbole de la radioactivité. La somme initiale avait été barrée, une seconde avait été inscrite en dessous, moitié moins élevée.

— L'Institut bénéficie d'un tarif spécial, lui expliqua Iwona, voyant sa mine étonnée.

Il se dit que l'époque du progrès et de la foi en la science possédait ses bons côtés. Qui, au XXIe siècle, accorderait une ristourne à un scientifique ?

3

J'avais oublié à quel point la vie sociale pouvait être ennuyeuse. Les vieilles personnes ne mènent pas d'intenses vies festives ou sentimentales, elles n'ont pas à briller, scintiller ou hérisser leurs plumes. Les vieux possèdent leurs vieux amis déjà éprouvés et c'est à leurs côtés qu'ils vieillissent, qu'ils imaginent de nouveaux contextes aux vieilles anecdotes pour pouvoir les raconter une millième fois durant une partie de rami. En l'occurrence, je considérais cet aspect de la vieillesse comme salutaire parce que au cours de ma vie, j'avais toujours trouvé que le temps festif était perdu, c'étaient des heures stupidement gaspillées parmi celles, trop peu nombreuses, qu'on réussissait à arracher à la nature. Tous ces concerts où on entend mal et lors desquels on regrette de ne pas être resté à la maison pour écouter un disque. Ces réceptions où il faut parler de tout et de rien avec des gens avec lesquels on n'aurait normalement pas échangé un mot. Ces soûleries privées où, à partir de 22 heures, les gens s'observent avec des regards troubles ou vulgairement lubriques comme s'ils ne tenaient pas leurs partenaires par la main. Ces bars où non seulement les gens hurlent et la musique gronde, mais où on dépense des fortunes en boissons coupées à l'eau et autres vins frelatés. Je constatais à présent que la vieillesse constituait une protection bénie contre ce genre de vie.

Je me faisais ces réflexions tandis que je me baladais en ville en compagnie d'Adam et de deux de ses amis français venus en visite à Varsovie. Les amis en question étaient des gamins plus ou moins du même âge qu'Adam, c'est-à-dire d'à peu près vingt-sept ans. Ils sortaient tout juste de leurs écoles pour rejetons de bonne famille et commençaient leur conquête du monde. Pour Adam, ces garçons représentaient un laissez-passer vers les vieilles lignées françaises, dont dépendrait sa carrière rêvée de connecteur industriel entre les économies française et polonaise. Oui, vous avez bien compris, je devais sourire joliment et jouer la fiancée idéale de mon compagnon cosmopolite. Quel ennui !

Bien évidemment, nous nous rendîmes à la Réserve.

Beaucoup de choses avaient changé depuis le jour où je l'avais vue pour la première fois et où il avait fallu que je m'asseye sur une poubelle pour ne pas m'évanouir. Depuis ce moment-là, j'avais visité les ruines près de la rue Koszykowa à plusieurs reprises et j'avais invariablement eu l'impression que cette partie de Varsovie était régie par d'autres lois de la physique. Moins de soleil y parvenait, le vent ne chassait jamais l'odeur de gravats, on y avait le pas plus lourd, comme si le poids de l'Histoire augmentait la gravitation. Je me sentais ici comme dans une église et me comportais en conséquence, distinguant sans soucis les Varsoviens des touristes, ces derniers étant capables de se comporter comme dans une fête foraine, de multiplier des photos dans des poses rigolotes, de se goinfrer de glaces et d'accrocher aux passants de leur pantalon ces fameux pendentifs avec un morceau de brique.

La Réserve, dans son principe, était censée être un monument de la guerre et de l'Insurrection. J'étais invariablement émue par la manière dont on avait commémoré les insurgés tombés au combat, mais aussi les exécutés et, en général, tous ceux qui avaient été tués durant le conflit armé. On honorait ceux qui étaient morts sur le terrain de la Réserve, à l'aide de simples plaquettes en écorce de bouleau où leurs noms et prénoms avaient été gravés. Ces plaques naturelles, accrochées aux vestiges des façades, se dégradaient sous la neige et la pluie, pourrissaient, ou les touristes les emportaient en souvenir. Et personne ne luttait contre ce phénomène parce qu'une partie de la commémoration consistait en une tâche attribuée aux écoles de la capitale, celle de vérifier quelles plaques avaient disparu, de les fabriquer à nouveau et de les fixer. Grâce à cela, chaque nouvelle classe de jeunes Varsoviens devait se mesurer au souvenir de l'Insurrection et devenir, d'une certaine manière, dépositaire d'une partie de sa mémoire. Si vous voulez mon avis, c'était une très bonne démarche.

Nous avancions tous les quatre dans les restes de la rue Lwowska, en plein centre de la Réserve d'où il était impossible de voir un morceau normal de la ville. On n'apercevait que des ruines, des parcelles couvertes de gravats et des immeubles à divers degrés de calcination. C'est d'ici que s'élevait le plus haut squelette de briques au sommet duquel brûlait la flamme éternelle, commémorant des événements survenus dix-neuf ans plus tôt.

Un mot de nos invités. Adrien prenait des photos, tout l'étonnait et il posait des questions sur tout, c'était un gentil replet avec une petite bedaine qui éveillait spontanément la sympathie. Marcel, grand et beau, des boucles noires jusqu'aux épaules, donnait l'impression d'être un riche imbécile et je voulais vraiment lui permettre de me surprendre agréablement, mais pour l'heure, il ne m'en donnait pas l'occasion.

— Malgré tout, je me demande si des monuments n'auraient pas été mieux, dit Adrien au moment de ramasser par terre une plaquette en bois, avant d'essayer de la fixer à l'endroit d'où elle était tombée.

— Tu dis ça parce que tu viens de la civilisation de la pierre, répliqua Marcel, du monde des cathédrales et des châteaux de la Loire. Dans le monde des cahutes en bois, ce genre de commémoration paraît plus adéquat.

J'évitai de commenter, mais la fureur croissait en moi ; ce n'était pas la première remarque de Marcel qui, neutre en apparence et découlant d'une connaissance des différences culturelles, était en réalité doublée d'une arrogance française irréfléchie. J'avais envie d'aboyer sur lui et de lui rappeler que ces plaquettes et ces gravats étaient aussi là parce que le papa de Marcel n'avait pas eu envie de bouger son gros cul en 1939 pour remplir les obligations d'un pacte d'alliés au moment où quelques tanks français auraient encore pu arrêter cette folie. Mais je comprenais que ce qui se jouait là, c'était l'avenir d'Adam, c'était de savoir s'il allait pénétrer le monde si hermétique des hautes sphères françaises, ou au moins leur vestibule. Je jouais donc la fiancée des années 1960. Dieu m'est témoin, ce n'était pas facile.

Audibles d'ici, les cloches du temple de la Divine Providence sonnèrent midi et les deux Français commencèrent à se tortiller dans tous les sens, signe que l'heure d'être nourri était arrivée.

Nous traversâmes le porche d'une façade trouée comme une éponge par les balles et les éclats d'obus, puis une cage d'escalier jadis luxueuse, en partie effondrée du côté de la cour, et nous montâmes au dernier étage où, sur le toit transformé en terrasse de restaurant, une table nous attendait. La Sirène n'était peut-être pas, pour autant que j'avais réussi à démêler les fils de la scène culinaire de la capitale, un établissement du plus haut standing, mais, selon moi, c'était le plus intéressant. Il occupait dans la Réserve plusieurs étages tout juste assez réparés pour ne pas s'écrouler sous le poids des côtelettes panées.

— *Bonjour, madame la professeur**.

Près de la porte, Żozi nous accueillit, vêtue d'un tablier blanc. Je savais qu'elle gagnait son argent de poche en travaillant dans ce bistrot durant les week-ends et je tenais à ce qu'elle nous serve. D'abord, parce que j'appréciais vraiment cette fille, et ensuite, parce que je voulais qu'elle empoche les pourboires laissés par des visiteurs étrangers.

— *Le table vous attend*, dit-elle poliment.

Bien sûr, nerveuse, elle avait confondu les articles ; en France, la table est une fille tandis qu'en Pologne, c'est un garçon. Elle nous fit monter quelques marches et nous conduisit sur une estrade du toit où nos places nous attendaient au bord de l'immeuble, du côté de la rue Noakowskiego.

Même Marcel, avec son caractère blasé et son ironie railleuse, ne put rester insensible à la vue qui s'offrait à nous. Il regardait partout, peut-être pas bouche bée, mais certainement avec les yeux grands ouverts. Juste derrière la balustrade de la terrasse, on voyait le campus de l'école Polytechnique, dont son Gmach Główny, le bâtiment de prestige, au premier plan. Voilà pour le côté science. Dans notre dos, toujours les façades mutilées et morbides de la Réserve. En direction du centre s'étendaient d'assez banals toits d'une Varsovie normale et ennuyeuse. La vue la plus intéressante se profilait du côté sud, où on discernait parfaitement le concept urbanistique de la Józefine : l'axe du Boulevard avec ses immeubles d'apparat, dont le siège de la FF, flanqué par la verge du Maréchal d'une part et par la gigantesque forteresse du temple de la Divine-Providence de l'autre. Opposée aux vestiges de la Réserve, la partie futuriste envoyait un message clair : oui, Varsovie était vraiment…

— Une ville invincible, commenta Adrien, admiratif.

Comme je l'avais dit, il était bien plus sympathique. Cet ingénieur maritime fraîchement formé souhaitait travailler sur l'un de nos chantiers navals et je me disais qu'on aurait certainement encore le temps de devenir amis avec lui, d'autant plus qu'il serait marié à une Polonaise en moins de temps qu'il en faudrait pour le dire ; ces Français n'étaient absolument pas immunisés contre les silhouettes slaves, les yeux clairs sous des sourcils sombres, les tresses blondes et les pommettes saillantes.

Je commandai un morceau de bœuf en sauce au raifort, les autres choisirent du chou farci, de l'oie et autres classiques polonais. En accompagnement : du vin français ; Marcel ne voulait pas entendre parler d'un autre. Normalement, j'en aurais bu aussi, mais je pris de la vodka pour ne pas satisfaire ce saligaud.

— *Bardzo dziekuje*, dit Adrien en polonais en souriant à Żozi lorsque celle-ci déposa devant lui son entrée de pieds de porc en gelée.

— Te fatigue pas, ils parlent tous français ici, dit Marcel avec un mouvement dédaigneux de la main, même s'ils n'ont visiblement pas encore appris l'article de la table.

J'échangeai un coup d'œil avec Adam et ouvrais déjà la bouche pour riposter, mais Adrien me devança.

— Chaque fois que je vais quelque part, j'essaie au moins d'apprendre quelques mots. Et puis, les langues sont fascinantes. Tu savais par exemple que les Polonais ont des déclinaisons ? Ils ont plusieurs formes pour chaque substantif, comme en latin. T'imagines quelle précision ça offre ?

— Zola et Hugo n'ont visiblement pas été gênés par l'absence de déclinaisons.

— T'en as parlé récemment avec eux ?

Je pouffai de rire.

— Et vous, monsieur Marcel, vous comptez aussi vous impliquer professionnellement en Pologne ? demandai-je. Si oui, alors il se pourrait que des mots étranges et bruissants tels que *szmondak*, *szuja* ou *obszczymur* vous soient utiles.

Adam s'enfonça illico un morceau de pâté dans la bouche pour étouffer la gaieté qui s'emparait de lui.

— Et que signifient-ils, au juste ?

— Ce sont diverses formules de politesse, certainement très utiles durant les négociations.

— On verra ça. J'admets que ce qui m'intéresse le plus, c'est ce qui vaut le plus cher, et là, on n'évitera pas les discussions difficiles.

Il m'intrigua.

— Qu'avez-vous en tête ?

— La terre. Trois cent mille kilomètres carrés de terrains mal aménagés où on peut construire à peu près tout. Des usines, des prisons, des élevages, des laboratoires, jusqu'à des villes entières. On peut investir ici dans des affaires dont la construction serait trop dangereuse dans une Europe urbanisée. Mais dans ces forêts, on peut caser ce que bon nous semble.

— Un champ d'essais nucléaires par exemple.

Marcel s'insurgea.

— Je comprends que vous vouliez absolument me voir en goujat colonisateur, mais ne me prenez pas pour un idiot. La Pologne, ce n'est pas un Sahara sans âme qui vive où on pourrait tester une bombe atomique. L'industrie en revanche, ça oui, en profitant de terrains et d'une main-d'œuvre moins coûteux. Si l'union douanière entre en vigueur, or tout porte à le croire, alors soudain, à mille kilomètres de la frontière française, on pourra avoir des usines qui produisent pour le marché français à des coûts moitié moindres qu'en France. Bientôt, tout le monde va le comprendre. Les gens viendront chercher les meilleures parcelles, les endroits les mieux desservis, les mieux organisés. Et moi, je veux les y attendre avec ces terrains. Ça sera peut-être plus cher qu'en Algérie, en revanche, on évitera le problème du transport maritime et les autochtones qui veulent nous trancher la tête à la machette.

— Ça ressemble tout de même un peu à une colonisation, hasardai-je.

— Et un peu à un échange dont les deux partenaires profitent. Surtout les individus les plus malins et les plus débrouillards.

Żozi apporta les plats de résistance ; elle posa du chou farci devant Marcel. Il la remercia en français.

— Vous me prenez pour un ignare, reprit-il, mais je connais l'histoire de la Pologne. C'est une suite de misères, d'inégalités sociales extrêmes, de pauvreté, de maisons en bois et de sentiers boueux. D'une part, de rares seigneurs dans leurs châteaux, de l'autre, un peuple d'esclaves mourant de faim. Même une France divisée en classes sociales ressemble, comparée à vous, à une oasis d'égalité. Aujourd'hui, vous obtenez pour la première fois la chance d'intégrer un club auquel vous aspirez depuis mille ans et nous sommes votre parrain, votre cooptant. En échange, nous voulons aussi en profiter. Est-ce que quelqu'un est lésé ? D'après moi, personne. Cependant, vous pouvez bien sûr retourner dans le club auquel vous appartenez plus ou moins contre votre gré depuis trois cents ans, c'est-à-dire là-bas.

Il indiqua l'est de la main.

Je souriais poliment à son discours, mais je bouillonnais de rage intérieure, je ressentais une telle fureur que j'étais à un cheveu de balancer des assiettes pour relâcher un peu de cette pression. Et vous savez, ce qui était le pire ? J'étais si exaspérée parce que, si on laissait de côté les émotions, la fierté nationale, tous les mythes et les représentations qui virevoltaient dans mon ADN, si on ne gardait que de simples faits, Marcel avait raison.

— Même votre plat national, c'est un chou farci à l'alsacienne, dit-il en m'adressant un clin d'œil. Vous auriez quelque chose de véritablement vôtre ?

— Par Toutatis, Marcel, arrête d'embêter Mlle Gragine et occupe-toi de ta nourriture. Mon plat d'oie est vraiment extraordinaire, je n'en ai jamais mangé de semblable ni en France, ni en Allemagne, que tu surnommes Alsace. Prenons une vodka, plutôt, et vous, chère Gragine, dites-nous si cette mine de sel dont on parle tant dans les guides se situe loin de Varsovie.

J'inspirai profondément et m'engageai dans une discussion touristique avec Adrien. Adam et Marcel commencèrent à parler de je ne sais quelles innovations technologiques, la tension retomba et notre excursion redevint un simple déjeuner amical de jeunes gens. Pour une fin avril, le soleil chauffait agréablement, mon bœuf en sauce était fabuleux, le panorama de Varsovie enchantait la vue et je recevais tant de stimuli de toute part que je ne songeais même plus à Ludwik. Or, je devais admettre qu'il suffisait souvent que je laisse mes pensées au point mort pour que celles-ci courent vers lui. De plus en plus souvent, je me demandais si une version du « restons amis » n'était pas envisageable, afin de pouvoir se rencontrer de temps en temps, discuter, se raconter toutes nos aventures, nos amitiés et nos débats. Parfois, nos conversations me manquaient à m'en vriller les entrailles. Je rêvais de nos moments à deux, assis en peignoirs, à chercher nos lunettes pour regarder le journal télévisé et les infos en continu, pour mesurer notre tension, échanger des nouvelles idiotes que nous trouvions chacun dans nos quotidiens, pour nous quereller sur des reproches accumulés durant cinq décennies ou pour rire des vieux schnocks que nous étions devenus.

Il me manquait terriblement. Je parcourus du regard ces gens inconnus, cette auberge inconnue dans cette ville inconnue et il me manqua encore plus.

Et puis, ce fut le moment de payer.

Nous étions un groupe d'amis et non un groupe de ministres et d'industriels – un jour, qui sait, dans quelques années, mais pour l'heure Adam payait pour moi et les Français, chacun pour soi.

— Joli supplément, c'est une tradition ici ? demanda Marcel, voyant qu'Adam avait rajouté vingt zlotys de pourboire.

— Żozi est une élève de Grażyna, ça pourrait lui servir.

Adam adressa un sourire à Żozi qui avançait vers la table dans le dos de Marcel, qui ne pouvait donc pas l'avoir vue.

— Aux Femmes sans frontières ?

J'acquiesçai.

Marcel partit d'un gros rire, s'empara de son portefeuille et en sortit une liasse de francs qu'il ajouta à la somme disposée en zlotys.

— Je me rembourserai en nature une fois que vous lui aurez tamponné son label de qualité sur le cul. Quand est-ce qu'elle passe son bac ?

Adrien lança à son tour un rire guttural, perdant aussitôt ma sympathie. Je connaissais toutes les blagues stupides qui tournaient à propos de la FF, mais celle-ci, prononcée sur ce ton, avec Żozi qui, en dépit de son manque de talent pour les langues étrangères, en avait visiblement compris chaque mot parce qu'elle s'empourpra et que des larmes apparurent dans ses yeux, me donna envie d'étriper le bouffeur de grenouilles.

C'est alors qu'Adam se leva et boutonna sa veste.

— Écoute-moi bien, dit-il assez fort pour que des têtes curieuses se tournent vers nous aux tables voisines, tu viens d'offenser ma fiancée et d'insulter son élève. J'exige que tu leur fasses des excuses sur-le-champ et en présence de tous les témoins réunis ici.

Marcel comprit visiblement qu'il avait exagéré parce qu'il se leva également et boutonna sa veste à son tour.

— Je voudrais vous...

— En polonais, l'interrompit Adam d'un ton glacial. Nous sommes en Pologne.

Les yeux sombres de Marcel s'assombrirent encore plus.

— Fais gaffe, chuchota-t-il.

— Répète après moi, répliqua calmement Adam et il continua en polonais, distinctement, mais assez vite. *Błagam szanowne panie o wybaczenie.*

J'en ris en pensée. L'humiliation est plus douloureuse qu'un coup de poing. Mais ce satané aristocrate français savait visiblement se comporter en toutes circonstances. Il s'approcha de Żozi, la salua bien bas et lui fit un baisemain.

— *Bouagam chennié otchénié*, dit-il d'une voix forte qui provoqua un accès de gaieté sur toute la terrasse.

Puis il s'approcha de moi et tenta de m'embrasser la main, mais au lieu de cela, je la lui serrai vigoureusement.

— Mademoiselle, *bouagam chennié otchénié*, répéta-t-il.

4

Avril, mois international du chou frit. C'est en tout cas l'impression qu'on pouvait avoir dans l'unité d'habitation Muranów numéro 3. Avec l'arrivée du printemps, le peuple qui vivait à la 3 se mit à préparer le plat bien-aimé de tous les Polonais : du jeune chou frit. Avec du carvi, du bacon, du lard, des saucisses, de l'aneth, ou au beurre, il y avait autant de recettes que d'appartements et tous considéraient la leur comme la seule véritable et authentique version de ce plat. Ce concours aurait pu être charmant, mais le grand Le Corbusier n'avait pas prévu que les habitants de son joyau se mettraient à cuisiner simultanément du chou. La ventilation n'arrivait pas à suivre et il n'y avait aucun endroit dans cet immense bâtiment qui ne fût envahi par une odeur aigre et grasse. Ludwik avait l'impression qu'elle s'échappait des robinets d'eau dès qu'on les ouvrait.

Lui-même avait fait l'immense effort de préparer un dîner qui ne comporterait pas un gramme de chou.

Il s'avéra que Kamil s'appelait en réalité Camille et que « ils », c'était lui et sa femme Maryla. La trentaine environ, lui était ingénieur dans l'usine polonaise Citroën ; elle s'occupait de l'administration dans une sorte d'entreprise de conception de meubles. À partir de remarques distillées au cours du repas, Ludwik déduisit que c'est de chez elle que provenait une partie du mobilier de leur appartement, le plus moderne.

C'est-à-dire, le plus moderne pour les années 1960, remarqua-t-il tout en essayant de prendre ses marques dans une situation où il recevait chez lui ses meilleurs amis qu'il voyait pour la première fois de sa vie. Ceux-ci revenaient d'un séjour de trois mois chez les parents de Camille à Besançon et ils avaient donc faim de contact, de récits, de nouvelles et de potins.

Il fut sauvé de la catastrophe provoquée par sa totale ignorance de ces personnes, de l'histoire de leur amitié et de tous ces souvenirs et anecdotes qui lient deux couples d'amis par la cuisine.

— Mon gars, je dois dire que tu as eu une idée géniale.

Durant le dîner, Camille n'usa pas du français ; son polonais restait parfois imparfait et possédait d'amusants accents de filou varsovien, mais il était fluide et naviguait habilement dans les méandres des déclinaisons.

— Comment tu en as eu l'idée ?

Iwona et Maryla avaient posé la question simultanément.

— Un, deux, trois, c'est à moi ! cria Iwona et elles rirent toutes les deux.

— Je suis passé chez le mécano…

— Ta auto est en panne ?

— Une broutille, peu importe.

Il ne savait pas quel mensonge inventer. Ils entretenaient peut-être leur Citroën grâce à Camille à l'usine et n'avaient donc aucun mécanicien ?

— Bref, j'attendais chez le mécano et je lisais des magazines féminins. Il y avait tout un article à ce propos dans l'un d'entre eux.

— Et tu dis que ça se nomme comment ?

— Une pizza. Avec deux « z » au milieu. Je me suis dit que c'était si simple que je devais réussir. Une pâte faite de farine, d'eau et de levure, on met de la sauce tomate pardessus et tous les ingrédients dont on a envie. On la met ensuite quelques minutes à four très chaud. C'est prêt en un claquement de doigts.

Iwona posa sur lui un regard si admiratif qu'il oublia un instant que Grażyna lui manquait. Depuis le début du repas, il songeait à quel point ils se seraient amusés à l'idée qu'il ait préparé une pizza dans les années 1960. Il l'avait faite avec les produits disponibles, c'était donc une pizza très peu orthodoxe.

— Celle à l'oscypek et aux cornichons marinés est excellente, s'enthousiasma Maryla.

Elle mordit dans une nouvelle part et un fil de fromage fondu s'étira entre ses lèvres et le triangle de la pizza.

— Tu crois qu'on sert la même en Italie ?

— Ça étonnerait moi beaucoup ! Bourgogne ?

Ludwik vida bien volontiers son verre et le plaça sous le goulot de la bouteille. Il ne connaissait Camille et Maryla que depuis deux heures, et lui qui d'ordinaire avait du mal à tisser des liens, il les apprécia très vite. Camille était du genre joyeux malabar, un gars massif et musculeux saturé de testostérone dont le front s'était probablement dégarni dès l'école primaire, mais chez qui une toison sombre s'échappait de sa chemise entrouverte et de ses manches retroussées. À ses côtés, Maryla donnait l'impression d'être Jane flanquée de son Tarzan : petite, menue, blonde, à la silhouette délicate d'une fée des dessins de Szancer, un visage si parfait qu'il était difficile d'en détacher les yeux.

— Et toi, mon chéri, quand est-ce que tu vas cuisiner quelque chose pour ta bien-aimée ? demanda-t-elle.

Camille regarda sa femme par-dessus sa part de pizza aux sardines que Ludwik avait craint de préparer, ne sachant quel résultat il obtiendrait en remplaçant le thon dans la sauce tomate par des sardines, mais c'était étonnamment réussi, peut-être un tantinet trop gras.

— Tu songes à...

— À quelque chose d'autre qu'un thé. Ta mère sait pratiquement tout faire et tu es fils unique, elle t'a certainement dévoilé les secrets de son flan, de sa cuisse de canard confite, sans évoquer ses succulents choux à la crème.

Camille adressait un regard terrifié tantôt à Iwona, tantôt à Ludwik, comme s'il s'attendait à ce qu'ils viennent à sa rescousse, mais puisque la cavalerie ne déboula pas, il décida de changer de sujet.

— Quelles nouvelles d'Edward, mon vieux ? J'espère que lui est en forme avant élections ? Vous êtes allés à rassemblement ?

Ludwik mit un moment à comprendre que la question concernait Edward Gierek, l'affreux dirigeant communiste de sa réalité.

5

— Mais pourquoi tu ne veux pas que je t'aide ? Vraiment, je ne comprends pas.

— Parce que je veux vous faire une surprise. Si vous préparez une salade et une vinaigrette et que vous mettez le couvert, vous m'aiderez amplement.

La mère d'Adam soupira profondément.

— Mais si je t'aidais, tu pourrais t'arranger un peu avant le dîner.

Cette fois, c'est moi qui manquai laisser échapper un soupir si lourd que les vitres auraient tremblé dans leurs cadres, mais je me mordis la lèvre et lui offris un sourire radieux. C'était une femme adorable, mais même pour la norme des années 1960, assez vieux jeu. Elle avait déjà la quarantaine, peut-être même un peu plus, quand elle avait eu Adam, ce qui signifiait qu'ils étaient tous les deux nés au XIXᵉ siècle dans une partie de la Pologne sous Occupation russe et qu'ils se souvenaient très bien de la Première Guerre mondiale et du recouvrement de l'indépendance. Des gens fabuleux, adorables, bons, éduqués, attentionnés et affectueux – mais un brin démodés. J'avais l'impression qu'ils avaient amassé tant de tendresse dans l'attente d'un enfant que lorsqu'il était arrivé, ils en avaient encore tellement qu'ils en faisaient cadeau au reste du monde, que ça plaise ou non à ce reste du monde.

— Pour que tu n'aies pas à passer directement de la cuisine à la table.

Elle m'observait toujours avec son regard de gentille vieille dame (plus jeune que moi d'une bonne décennie), vêtue d'une robe couleur crème et de chaussures assorties, enfilées spécialement pour le dîner par souci d'élégance. J'appréciais la démarche, mais j'étais en train de hacher un oignon et je craignais de me couper un doigt sous le poids de ce regard.

Adam venait de passer la tête par la porte de la cuisine.

— Vous voulez de l'aide ?

— Non ! hurlai-je et ce n'est qu'alors que sa mère comprit à son tour le message.

— Alors, je vais mettre la table. Adam, chéri, tu pourrais prendre les couverts dans le vaisselier ?

Voici ce qui acheva de m'alarmer. Je préparais un dîner plutôt en forme de clin d'œil, pour leur montrer une nourriture qu'ils n'avaient certainement jamais goûtée de leur vie, mais ça n'avait rien de somptueux, bien au contraire. C'était plutôt un truc à grignoter sur la terrasse, accompagné d'une bouteille de bière. Tandis qu'ils se mettaient sur leur trente et un et sortaient les beaux couverts comme si c'était un dîner de fiançailles. Que faire ? Je ne pouvais plus changer le menu, il fallait servir ce qu'il y avait et puis c'est tout. Je découpai l'oignon, une tomate, je sortis du frigo la viande préalablement préparée et je vérifiai si le four était assez chaud. Peut-être réussirais-je encore à préparer vite fait une sauce mayonnaise-moutarde ?

Je surpris mon reflet dans la fenêtre de la cuisine. J'étais fabuleuse. Spectaculaire. Dans mon tablier rouge à pois blancs par-dessus une robe aux épaules nues et avec des cheveux légèrement ébouriffés à force de m'affairer en cuisine, avec mes joues roses, j'étais à couper le souffle. J'avais l'impression de regarder une inconnue.

Je retournai à mon plan de travail, posai la poêle sur le gaz et je me dis que c'était dommage que Ludwik ne soit pas là parce que lui, en l'occurrence, aurait apprécié ce dîner. On aurait probablement été morts de rire.

6

À chacune de ses phrases, Camille prouvait qu'il était un Polonais naturalisé à cent pour cent, capable de parler politique jusqu'au petit matin. À moins qu'il s'agisse aussi d'une caractéristique française, Ludwik n'était plus capable d'en juger. Après on ne sait plus combien de verres d'affilée, surtout depuis qu'ils étaient passés du vin au calvados, le polonais de son invité avait perdu de son élégance, mais avait gagné en tempérament polémique.

— C'est non croyable que moi, je doive te convaincre. Moi, ce Francuz !

— Je ne fais que réfléchir tout haut, rien n'a changé, nous sommes toujours du même bord.

C'est-à-dire du côté d'Edward Gierek ; Ludwik n'arrivait pas à croire qu'il avait dit ces mots à haute voix.

— Mais parfois, j'ai cette crainte, reprit-il, je me demande s'il ne vaudrait pas mieux s'accrocher à tout prix à l'Allemagne et à la France, au lieu de risquer une expérience qui pourrait peut-être marcher, mais aussi échouer.

— Ludwik, toi me connais et toi sais que j'aime la Pologne et que c'est seconde patrie pour moi. Et que si je doive choisir, alors je choisis Pologne ni France. Ici, il y a autres gens, autre verdure, autre air, on parle autre, on boit autre, on mange autre, on danse autre aux épousailles. Je ne veux pas que Pologne se transforme en France. J'ai France en France et en Pologne, je veux avoir Pologne. Et vous pas ?

Il vida son verre. Ludwik servit une nouvelle tournée de calvados.

— Et vraiment, aucun de vous n'a de doutes ? demanda-t-il.

Iwona se mit à rire.

— Chéri, je n'arrive pas à croire que tu poses la question. Qu'est-ce qui s'est passé ? Jusque-là, c'est toi qui nous traînais par les oreilles aux rassemblements, tu apportais du café à Gierek et tentais de convaincre des gens rencontrés par hasard de croire en l'Union. Et maintenant, tu prononces des discours avec des phrases tout droit sorties de la propagande gouvernementale. Or, c'est toi qui nous répétais en boucle, arrêtez de nous menacer avec Moscou ! Arrêtez de nous menacer avec Moscou, ça ne marche plus ! Ce sont tes mots.

Il ne sut quoi répondre, il avala un morceau de beignet et but une gorgée de ce superbe alcool de pommes.

— À la FF, on ne m'a pas enseigné l'histoire de la Pologne, répliqua Maryla et il tenta de dissimuler son immense étonnement d'apprendre que la femme assise en face de lui était une ancienne élève de l'école de Grażyna. L'histoire de la philosophie, de la littérature, de la civilisation européenne, ça oui. On m'a formé de façon cosmopolite et mondaine, mais je ne savais presque rien de l'histoire de ma nation. Tu t'en rends compte, n'est-ce pas ?

Iwona et Camille hochèrent la tête, pensifs, alors il hocha aussi la sienne. Maryla lui racontait probablement une anecdote aussi naturelle dans leur cercle que les levers et les couchers du soleil.

— Quand je suis devenue l'épouse de Camille, il m'a encouragée à compléter mon éducation. Et ce qui m'a le plus étonnée, c'est à quel point les Polonais ont combattu. Personne dans ma famille, c'est clair, mais combien de gens ont sacrifié beaucoup, parfois leurs vies, pour que ce pays survive. Et maintenant, lorsque enfin ça va bien, tu veux rejoindre nos adversaires ?

Dans sa voix, il perçut de l'indignation, mais aussi un fond de mépris.

— Tu veux abandonner si facilement ? reprit-elle. Tu veux te coloniser de ton propre chef, jeter cette identité pour laquelle nous avons si obstinément combattu ? Qu'est-ce qui t'arrive, Ludwik ?

Il comprenait que ce n'était pas une journaliste d'opinion ou une historienne amatrice qui parlait à travers elle, c'étaient les notes d'une déception personnelle qui résonnaient dans son amertume ; tous ses radars de thérapeute expérimenté s'orientèrent vers elle. Et le problème ne résidait pas seulement dans l'éducation de Maryla. Ludwik savait que les filles qui arrivaient aux Femmes sans frontières étaient parfois issues de véritables bas-fonds sociaux, de familles pathologiques. Parfois, elles avaient été pauvres comme c'est seulement possible à la campagne en Mazovie ou dans la région de Lublin ; parfois, elles avaient trop vu le désespoir alcoolisé et violent. Trop vu, au minimum. Pourquoi, dans ce cas, Maryla mordait-elle la main qui l'avait sortie de ce désespoir ? Un sentiment de culpabilité ? Certainement. Elle avait dû laisser quelqu'un derrière elle, probablement quelqu'un de plus jeune. Peut-être un frère qui n'avait aucune chance d'intégrer une école pour filles ? Oui, analyser son amie pourrait s'avérer intéressant.

Il comprenait que pour être en accord avec ce lui-même qu'il avait remplacé en atterrissant dans cette réalité, un homme qui ne cessait de le surprendre, il devrait signifier son accord, c'est ce que tout le monde attendait de lui. Mais il ne pouvait pas, pas avec son savoir, avec la conscience de ce que pourrait devenir une Union slave – or, elle pouvait devenir une terre stérile occupée par les soviets, un territoire coupé du reste du monde derrière un rideau de fer. Mais elle pouvait aussi devenir autre chose. C'était peut-être lui qui avait tort ?

— Et si, dit-il en levant les mains dans un geste de protection, anticipant leur attaque, et si ça allait si bien dans tout ce système justement parce que nous sommes colonisés ?

Maryla pouffa de dédain, Iwona le regarda avec un léger reproche, Camille rit affectueusement, siffla le reste du calva et l'enlaça amicalement.

— Ludwik, tu dois croire sur ton pays. Comme chaque Polonais, tu penses que c'est rien, mais c'est grand pays et gens aussi sont chouettes. Fais confiance en l'Union. Fais confiance en Edouard Gierek. Si lui réussit et si Jaruzelski le rejoint de son armée, alors Pologne devenir grande. Sans France et sans Moscou, simplement grande. Et si elle réussit de faire ensemble Union, si autres peuples slaves rejoignent Pologne, alors ça sera hyper puissance.

7

La mère d'Adam n'arrivait pas à se relâcher et, d'un appétit indéniable mais néanmoins avec classe, elle mangeait le hamburger que je lui avais préparé, traquant à l'aide de ses couverts d'argent les morceaux qui se dispersaient dans son assiette à chaque découpe. Adam et son père engloutissaient les leurs de façon moderne, c'est-à-dire en serrant les sandwichs dans leurs mains, et ils essuyaient leurs doigts dans des serviettes empesées après chaque bouchée pour prendre part à la conversation.

Le père d'Adam s'enthousiasmait sans discontinuer.

— Un steak haché présenté directement sur de la salade et du pain, c'est exquis, vraiment exquis.

— Papa, arrête, tu parles comme un paysan et tu me fais honte. C'est une invention américaine, de plus en plus de gens la connaissent en Europe.

La mère d'Adam reposa ses couverts.

— Adam, chéri, tu te rends certainement compte que la civilisation n'est pas née aux États-Unis. Et que, probablement, dans la partie du monde où elle s'est développée durant des millénaires, quelqu'un avait déjà eu l'idée d'insérer un morceau de viande grillé entre deux tranches de pain. Même si quelqu'un d'autre a ensuite perfectionné cette idée autant que Grażyna.

Je n'étais pas sûre que cette tirade fût un compliment, mais je souris parce que je les aimais énormément tous les trois. Durant l'intégralité du dîner, une impression étrange m'accompagnait, celle d'avoir feuilleté un vieil album familial de portraits sépia avant de tomber dedans, comme dans les romans pour la jeunesse. Les lumières, les teintes, les émotions, tout me paraissait tranquille, tamisé, la réalité m'enveloppait d'un cocon ouaté et me procurait une impression de sécurité. Il y avait eu un moment, cinquante ans plus tôt, où je venais dans cette maison de Saska Kępa persuadée que bientôt, ce serait ma maison. Que la mère d'Adam deviendrait cette mère que j'avais toujours voulu avoir et que le père d'Adam remplacerait ce père qui m'avait rendue à moitié orpheline dès le début de la guerre. Qu'Adam lui-même deviendrait le compagnon du reste de ma vie, une vie pleine d'aventures et de tendresse. Et puis, j'avais connu un mauvais moment, je ne me souviens plus pourquoi, j'avais cherché de l'aide et Ludwik était soudainement apparu. À l'époque, j'avais l'impression que ce n'était rien de sérieux, un intermède, une fascination physique, un rodéo hormonal. Et puis Jacek était né et je ne savais absolument plus quoi faire. Avant que je retombe sur mes pieds, avant que je reprenne mes esprits, 1968 était arrivée, une année qui avait scellé nos destins et mon existence avait pris la tournure qu'elle avait prise.

En quoi ma visite dans ce salon bourgeois différait-elle de celle que j'avais effectuée cinq décennies plus tôt ? Si ce n'est qu'à l'époque, je ne voyais que le futur s'étaler devant moi, tandis qu'à présent, je sentais tout le bagage de ma vie. Il y avait tant de souvenirs qui virevoltaient dans ma tête que la place manquait pour des visions d'avenir. Et avec les souvenirs venait le manque de Ludwik. Parviendrais-je à le chasser ?

— Maman, tu parles toujours de ce qui a été, pérorait Adam. Or, si on lit un livre d'histoire, on découvre que jamais personne n'a réussi à faire en sorte que tout se déroule comme par le passé. Le monde ne bouge que dans un seul sens : vers l'avant. Vers l'avenir, vers l'inconnu, vers le progrès.

— Tel Icare, commenta froidement la mère d'Adam.

— Tel Prométhée, répliqua mon fiancé.

— Alors tu devrais peut-être lire son histoire jusqu'au bout, fiston. Lui aussi a mal fini.

— J'adore ce mythe et je le connais en détail. Prométhée a été puni par ceux qui voulaient que les choses restent comme avant. Tu penses qu'ils avaient raison ?

Le père d'Adam termina son burger et s'essuya les mains.

— Adam, fiston, je pense que ta mère veut dire qu'on ne peut pas regarder l'avenir sans parfois se retourner. Tu as évidemment raison, le monde suit le progrès, mais ce n'est possible que parce qu'il connaît son histoire. Il n'y aurait pas eu Einstein sans Newton ni Newton sans Copernic. Et ta mère a un peu raison en disant que même si les Américains avalent des hamburgers aujourd'hui et les diffusent sur toute la planète, c'est sans doute parce qu'un pauvre immigrant européen avait débarqué chez eux avec une côtelette enfoncée dans un morceau de pain. On ne peut pas dissocier l'avenir de l'Histoire, c'est impossible.

Je souriais en pensée ; on aurait dit qu'il avait lu son propos dans mon esprit. Peut-être que depuis le début j'avais tort à propos de cette aventure en la prenant pour la possibilité d'une seconde vie. Je m'étais laissé leurrer par la disparition des rides et j'avais estimé que j'étais « neuve ». Or, je ne l'étais pas. J'étais toujours la même « moi », un peu fatiguée par la vie, avec mes presque quatre-vingts ans de souvenirs et d'expériences. Je ne partais pas de zéro. Je décidai de changer. Je tentai de décider de changer. Et je n'étais pas sûre d'avoir assez de courage pour ça.

Adam acheva son hamburger et fila se laver les mains ; moi, je continuais à farfouiller dans ma nourriture. Comme toujours après avoir été aux fourneaux, je n'avais pas eu spécialement faim. Je léchais la sauce au bout de mon doigt, surprenant du coin de l'œil le regard réprobateur de la mère d'Adam. Compte tenu du fait que ma propre mère aurait sans doute essayé de me couper ce doigt, je n'avais pas à me plaindre.

Adam revint de la salle de bains en veste boutonnée, ce que je pris pour une révérence mièvre envers l'étiquette bourgeoise. À moins qu'un dessert véritablement majestueux ait été prévu au programme.

— Je voulais te remercier pour la promenade de tout à l'heure avec Adrien et Marcel, dit-il. J'ai vu combien il t'en a coûté et j'ai vu à quel point tu te retenais, par égard pour moi, de déverser du vin sur leurs caboches. Ces qualificatifs polonais peu glorieux que tu as suggérés à Marcel pour mener ses négociations, j'ai failli m'étouffer de rire. Et la manière dont tu lui résistais... je te regardais et je n'en revenais pas que tu sois aussi brillante et sage. Tu es belle aussi, mais la beauté, ça peut arriver ou non, par contre l'intelligence, c'est quelque chose dont il faut prendre soin, l'entretenir chaque jour, sans quoi, elle rouille et disparaît.

Il parlait très vite et semblait très nerveux, je ressentis la crainte que quelque chose aille mal. Ses parents aussi me regardaient bizarrement. De quoi s'agissait-il ? Je me crispai, j'eus une boule au ventre et je perdis totalement l'envie de manger.

— J'étais fier que quelqu'un comme toi, une femme si exceptionnelle, ait envie de se montrer à mes côtés et fasse en sorte que je paraisse meilleur et plus intelligent que je ne le suis en réalité. C'est pourquoi j'ai décidé de te réserver pour le reste de ma vie. Veux-tu m'épouser ?

Il se jeta à genoux avec une bague à la main.

Une envie absurde me remplit, celle de leur dire que je devais demander la permission à mon mari.

Au lieu de quoi, je tendis vers lui ma main maculée de sauce mayonnaise-moutarde.

Mai

1

Adam insistait pour que nous restions au lit, mais j'étais trop excitée pour ça. Oui, je sais de quoi ça a l'air, mais, sexuellement parlant, nous ne nous étions pas encore ajustés et, d'un côté, je comprenais que ça puisse prendre un peu de temps et j'avais hâte que ça soit enfin merveilleux, de l'autre… mmh, comment dire, parfois, je trouvais nos cabrioles un peu longuettes et ennuyeuses. Normalement, je serais peut-être quand même restée au lit par pur flemmardise ; des deux maux, je préférais m'ennuyer quand quelqu'un m'embrassait et me caressait plutôt que de m'ennuyer banalement, sans rien faire, mais c'était le jour J ! C'était le jour où, à 16 heures précisément, je devais me rendre rue des Français-Libres pour recevoir du Régime les clés de mon appartement et signer mon contrat. Rue des Français-Libres, quel nom symbolique, vu que j'y serais vraiment libre en vivant seule pour la première fois depuis près de quatre-vingts ans. Après avoir vécu avec mon frère et maman, puis dans un internat, j'avais habité avec Wanda et Lucyna, d'où j'avais déménagé directement chez Ludwik – d'abord dans une affreuse chambrette sous-louée, puis dans notre appartement de la rive droite où nous avons passé le reste de notre vie. L'aspect amusant, c'était que la rue des Français-Libres était située pile sur le lieu de notre ancien immeuble, rue Szanajcy, mais les environs avaient été modifiés.

Libre, n'était-ce pas merveilleux ? Au point que, en prétextant quelques obstacles administratifs imaginaires, j'avais interdit à Adam et aux filles de m'y accompagner pour fêter cette journée avec moi. Mon Dieu, qu'est-ce que j'étais heureuse de quitter enfin notre logement de la rue Wilcza. La salle de bains sur le palier n'avait jamais cessé d'être une humiliation quotidienne et quand je m'en plaignais aux filles, elles se moquaient de moi en disant que pour Varsovie, ça aurait pu être pire. Sérieusement ? Il m'était difficile de l'imaginer.

Les conditions d'habitation renforçaient la sensation pénible que je n'étais pas capable de m'investir dans mes vieilles amitiés aussi profondément que je l'aurais voulu. Je m'attendais à l'euphorie, à une proximité amplifiée par la conscience que ces fabuleux instants étaient fugaces. Or nous avions du mal à nous accorder. Je compris seulement alors que Lucyna – que j'avais considérée pendant des décennies comme mon amie la plus proche – s'était en réalité liée d'amitié avec Ludwik plus qu'avec moi. Curieusement, je n'avais jamais remarqué que c'étaient eux qui initiaient nos escapades, qui se disputaient à propos de la Pologne des nuits entières, tandis que moi, lasse, j'allais me coucher ; que c'étaient eux qui donnaient le ton à nos soirées, à nos fêtes et nos voyages ensemble. À ma grande tristesse, je m'aperçus que je n'avais pas de meilleure amie. Je n'avais fait qu'accompagner mon mari et sa meilleure amie. Quand je le compris, côtoyer Lucyna au quotidien devint différent, même si nous passions beaucoup de temps ensemble.

Et Wanda ? Soit elle était morte depuis si longtemps que j'avais oublié à quel point nous étions incompatibles, soit c'était ici que nos chemins s'étaient séparés, à cause de ses sympathies pour l'Union et de sa haine de la FF en tant que symbole de la colonisation française de sa patrie bien-aimée. Elle n'interrompait jamais sa propagande et même si, parfois, je ressentais un doute et me disais que dans une version alternative de l'Histoire Edward Gierek et ses comparses n'étaient peut-être pas des larbins soviétiques mais de simples politiciens plus proches d'un conservatisme slave que d'un cosmopolitisme européen, je finissais malgré tout par camper sur mes positions. Au cas où. Le souvenir du communisme était trop prégnant.

J'admets aussi que je me sentais bête en sa compagnie parce que, bien que je fusse déjà consciente des dysfonctionnements de mon lieu de travail – j'y reviendrai –, je les rationalisais, me les expliquais, en cherchais les bons côtés, et serrais les dents tant que je n'avais pas obtenu mon appartement. J'avais honte, surtout face à Wanda, de mon opportunisme et de mon hypocrisie, mais, mon Dieu, je rêvais tellement de disposer d'un lieu qui serait à moi et rien qu'à moi !

Ce jour-là, pour la première fois, je me laverais dans ma propre salle de bains et me coucherais sur mon propre sol – sans matelas, mais tant pis. Les secondes devenaient des journées, il fallait que je tue le temps.

C'est pourquoi nous nous rendîmes à la Brochette, comme on surnommait le quartier situé autour de la tour de l'Amitié – je ne connaissais même pas son nom officiel. Notre objectif : le Salon du livre. Moi, je voulais obtenir un autographe de Simenon et de Słomczyński, mon fiancé celui de Stanislaw Lem. En dehors du rock'n'roll, de la culture pop anglo-saxonne et de moi, Adam n'avait qu'une seule passion, le futur. C'était un futurologue autodidacte qui, à partir du mensuel *Jeune technicien*, et particulièrement d'après la lecture de Lem et d'Asimov, créait des visions de l'avenir si audacieuses que j'avais peur, même si je le taquinais parfois avec ça, que la connaissance de la véritable direction que le développement allait emprunter puisse lui briser le cœur. Adam ne se demandait pas si les androïdes existeraient un jour, mais s'il fallait interdire aux « cœurs transistors » les relations intimes avec les humains. Le problème, ce n'était pas les bases lunaires ou sur Mars, c'était de savoir si les gens allaient y vivre dans des tours ou dans des maisons avec jardin. Chaque tentative de polémique était chassée par l'argument que, puisque nous avions parcouru en cinquante ans le chemin entre les frères Wright, pionniers de l'aviation, et le voyage dans l'espace, pourquoi devrions-nous ralentir durant les cinquante années suivantes. En lui disant que tout se passerait peut-être comme d'habitude, j'avais l'impression de chercher à convaincre un élève de maternelle que le Père Noël n'existait pas.

Malgré cela, j'avais visité avec lui l'exposition temporaire de robotique au palais de l'Industrie, probablement l'endroit le plus important de toute la Brochette. Je regrettais de ne pas avoir mon téléphone portable sur moi, j'aurais pu prendre des photos pour les montrer à Ludwik à la première occasion. Exception faite de nombreux modèles de robot en forme d'humains, d'araignées ou de cafards démesurés tout droit sortis des romans de SF, il y avait un unique exemplaire de « robot » fonctionnel. Un bras métallique transportait à la grande joie des écoliers un cube en bois d'un plat vers un autre et vice versa. Je voulais demander à Adam combien de cubes de ce genre il faudrait déplacer pour construire un village sur Mars ou s'il ne craignait pas qu'un cœur transistor ne me séduise à l'instant, mais je lui épargnai ce genre de facéties.

Après tout, c'était mon fiancé. Je me le rappelais chaque matin en contemplant la modeste bague enfilée à mon doigt.

Moi, une femme mariée depuis cinquante ans, une femme de bientôt quatre-vingts ans, j'avais un fiancé de vingt-six ans qui m'idolâtrait. Pas mal, hein ?

À présent, il parlait du *Retour des étoiles* sur un ton qui faisait croire qu'on venait de retrouver le cinquième évangile et moi, je savourais la chaleur enfin retrouvée, le soleil qui brillait, le fait de tenir par la main l'amour de ma vie et de ressentir dans mon bas-ventre les vestiges d'une partie de jambes en l'air moyennement réussie, mais quand même.

Nous avancions le long du boulevard Europejski, l'artère principale du quartier construit à l'endroit où, dans ma réalité, il y avait le stade national. Cette partie de la ville était une sorte d'équivalent de notre Palais de la Culture et de la Science, mais morcelé en de nombreuses bâtisses. Il y avait ici la tour de l'Amitié, affreusement ennuyeuse, parce que vide à l'intérieur, en dehors d'un ascenseur qui montait vers une terrasse panoramique, quelques musées, dont celui de l'Industrie et celui de la Guerre, que je n'avais pas l'intention de visiter – je prévoyais de vivre cette version de ma vie loin du culte des martyrs et du sang versé. Une immense salle de spectacle, trois ou quatre théâtres, quelques cinémas, un centre sportif et un espace d'exposition où avait justement lieu le Salon du livre complétaient le tableau.

En théorie, il aurait dû s'agir du quartier favori de tous les Varsoviens. En pratique, les gens ne se rendaient là que lorsqu'ils avaient planifié la visite d'un musée ou un concert. Personne ne venait par hasard en sortant du bureau, après avoir fait ses courses ou en rentrant à pied depuis l'arrêt de son tram. C'était une église sans Dieu, un lieu mort et vide qui, même s'il était souvent bondé, ne goûtait jamais au vacarme d'une vie citadine authentique. Exactement comme le Palais de la Culture et de la Science et ses environs.

Nous arrivâmes au palais des Expositions. Le chemin vers l'entrée se faisait au milieu d'étals de livres d'occasion ou anciens et de personnes affublées de pancartes vantant, entre autres, les nouveaux livres de Romain Gary et d'Iwaszkiewicz. Sur la façade, une immense banderole alertait : « 10e Salon international de la littérature de Varsovie – Mai 1963 ».

Une fois à l'intérieur, nous rejoignîmes la longue queue pour les dédicaces de Lem ; de toute manière, j'avais un peu de temps parce que Simenon n'était attendu que dans une heure et Słomczyński dans deux.

— Tu arrives à croire que personne ne fume, dans ce monde-là ? me demanda Adam.

Il s'enthousiasmait toujours pour des questions soulevées dans *Le Retour des étoiles*.

— Le héros sort une cigarette et la fille ne sait même pas ce que c'est. C'est la première fois qu'elle en voit une.

— Ça n'a aucun sens, répliquai-je. Je n'ai jamais roulé en diligence, mais je sais de quoi ça a l'air. Je sais que les gens se promenaient jadis en toge ou un sabre au flanc, et c'était il y a trois ou quatre cents ans.

— Mais le monde ne changeait pas aussi vite en ce temps-là. Jadis, les changements se faisaient sur des époques, puis sur des générations, maintenant, ils ne prennent que quelques années et c'est de cette accélération-là qu'on parle. Le Moyen Âge aujourd'hui, les Lumières demain, le romantisme après-demain, c'est le rythme actuel du progrès. Les gens ont voyagé à cheval durant des millénaires. Et maintenant ? Certains de ceux qui avaient peur d'une locomotive à vapeur à la gare comme au cinéma sont toujours en vie, mais là, ils peuvent monter dans un avion à réaction ou regarder la télé. Alors imagine ce que nous allons expérimenter un jour ! Dans cinquante ans, on ne sera pas encore si vieux, on n'aura même pas quatre-vingts ans. À supposer que l'âge ait encore une importance à ce moment-là. Où pourrions-nous passer le jour de l'an, à ton avis ? Dans une ville sous l'eau ? Dans un hôtel au sept-centième étage d'un gratte-ciel ? Sur une station orbitale ? Ou bien, nous pourrions peut-être nous rendre à Paris en train ? À mon avis, ça ne prendra guère plus d'une heure depuis Varsovie, ça m'étonnerait fort que ça en prenne plus.

Doux Jésus, j'avais vraiment envie de lui avouer que j'avais contemplé ça de mes propres yeux et qu'au XXIe siècle, en une heure de train, on n'arrivait même pas à faire le trajet Varsovie-Łódź, que ça sentait toujours mauvais dans le train et que le caca tombait encore par un tuyau sur la voie ferrée. Voilà comment j'aurais pu résumer les lumineuses perspectives du développement de notre civilisation.

J'aurais aussi pu raconter que les faisceaux d'énergie n'avaient pas remplacé les murs dans les villes, que des bidules volants n'avaient pas éradiqué les voitures, et que même les cigarettes, bon nombre de gens en grillaient encore, mais, avouons-le, pas comme ici – sur le salon par exemple, chaque auteur sur chaque stand avait sa clope au bec. C'était drôle, j'avais reconnu la jeune Szymborska parmi les fumeurs ; au fond, je devrais peut-être aussi lui demander un autographe. Je lui dirais : « Ça vaudra cher, une fois que vous obtiendrez votre prix Nobel, ha, ha, ha. »

— Bonjour madame, comment allez-vous ? entendis-je une voix inconnue à côté de moi.

Je me retournai ; la femme de Ludwik me faisait face, une pile de livres sous le bras.

— Parfaitement bien, merci, répondis-je et, voyant la mimique curieuse d'Adam, je fis les présentations. Permettez-moi. Adam, mon fiancé, Mme Iwona, l'épouse de mon analyste.

Si l'information surprit Adam, à qui je n'avais jamais parlé ni de Ludwik ni de ma thérapie, il n'en laissa rien paraître. J'avais envie que cette situation gênante cesse au plus vite, mais la peste rousse s'était visiblement réveillée d'humeur sociable ce matin-là.

— Vous faites la queue pour Lem ? Ça ne m'étonne pas, c'était aussi mon projet, mais j'avais peur de la file, à juste titre, à ce que je vois. Évidemment, la plupart de ses lecteurs traitent ses livres de romans d'aventure, une sorte de Verne avec des vaisseaux spatiaux. Quel malentendu !

Adam s'empourpra un peu, il n'avait probablement pour sa part rien contre d'intenses retournements de situation, mais il reprit vite ses esprits.

— Si, grâce à cela, ils en viennent à ses essais et qu'ils découvrent ainsi l'œuvre du plus grand philosophe et futurologue polonais, alors tant mieux, dit-il. Ma position, c'est que la philosophie ne devrait pas être hermétique et répugnante, l'exclusion intellectuelle ne fait pas moins mal que l'exclusion sociale. Baisser le seuil d'entrée de la littérature, sans la rendre moins profonde, est une démarche qui nécessite de l'intelligence et un grand talent. Voyez les étagères de livres techniques, tout le monde est capable d'écrire sans allant et de façon ennuyeuse sur le sujet. C'est aussi en cela que consiste le génie de Lem.

C'était bien dit et je me sentis fière.

— Voilà qui est bien dit, lâcha la peste rousse en souriant avec approbation.

Ses yeux brillèrent devant mon fiancé, incroyable.

— J'ai réussi à me faufiler, mais il faut que je te dise qu'il n'a pas l'air en forme, ce Bobkowski, il est au bout du rouleau, à mon avis.

Ludwik s'approcha et enlaça la peste, puis il nous vit et sa mine devint moins joyeuse.

Œil pour œil, vieux bouc, me suis-je dit et je fis à nouveau les présentations en mentionnant la carrière diplomatique d'Adam, en soulignant son statut de fiancé, en me vantant de la bague et en enlaçant tendrement et assez ostensiblement mon bien-aimé. Lorsque je vis la tête de Ludwik devant la bague, la satisfaction se déversa en moi tel le meilleur des aphrodisiaques. Œil pour œil. Tu as une femme, alors j'ai parfaitement le droit d'avoir un fiancé. Tu peux dès aujourd'hui t'imaginer ma période de fiançailles avec autant de précision que j'imaginais ta vie de couple. Dans tous les détails, Ludwik chéri, dans ses détails les plus intimes.

Nous parlâmes un moment de Bobkowski, de sa maladie et de son dernier livre où, non plus à vélo cette fois mais en voiture, il effectuait un voyage sur le chemin initialement décrit dans *En guerre et en paix*, nouvel opus qui, vingt ans plus tard, était furieusement critique envers la France, ce qui, compte tenu de la position de Bobkowski dans le monde littéraire, avait provoqué un mini-scandale international. Puis la conversation revint sur Lem et il s'avéra bien vite que Ludwik avait l'intention, sous mon regard impuissant, de se moquer d'Adam. Malheureusement, je ne pouvais pas fuir, la peste et Ludwik ne comptaient aller nulle part, quant à Adam, il aurait probablement fallu qu'il fût victime d'une rupture d'anévrisme pour abandonner sa place dans la file.

— Bon, nous ne vivrons probablement pas assez longtemps pour être là en 2060, mais nous verrons probablement le XXIe siècle. Je me demande quelles visions de Lem se réaliseront. Qu'est-ce que vous en pensez, monsieur ? demanda mon mari en toute innocence.

Mon fiancé sourit, persuadé qu'il avançait en terrain conquis.

— D'abord, je crois que nous vivrons assez longtemps, compte tenu des progrès de la médecine. Ensuite, si on regarde combien de surprises nous apporte chaque jour la science, la question qu'on devrait se poser, c'est lesquelles de ses visions ne se réaliseront pas. Ou combien de solutions se révéleront plus fantastiques et révolutionnaires que sa prose ? Mais, sans basculer vers le fantastique, il est d'ores et déjà certain que nous connaîtrons l'émergence de la robotique dans tous les aspects du quotidien.

— Un robot-aspirateur, ça ne serait pas mal, dit Ludwik en souriant. Un qui roulerait tout seul sous les meubles. Qu'est-ce que vous en pensez, madame ?

Il s'était adressé à moi. Je haussai les épaules. On avait eu une saloperie pareille un jour, ça avait été un désastre, ça prenait de la place, ça aspirait mal et ça m'avait avalé un rideau en raphia, stupide machine. En plus, ça nous avait coûté une fortune ; chaque fois que je voyais ce rat mécanique à la cave, j'avais envie de pleurer.

— Monsieur Ludwik, lui répondit Adam, je pense que vous parlez de la fin des années 1960 et non du XXIe siècle. Dans les années 2000, votre robot passera l'aspirateur, vous fera votre café et vous aidera à établir un diagnostic sur la base de son savoir encyclopédique, après quoi, il vous massera le dos. Et vous vous demanderez si ce n'était pas exagéré d'avoir confié autant de pans de notre existence aux machines.

— Ça dépendra à quelle hauteur du dos elles vont nous masser, dis-je, n'y tenant plus.

La peste rousse pouffa de rire, Ludwik me gratifia de son regard empreint d'un reproche professoral et Adam me sourit chaleureusement. Vraiment, il m'adorait.

— Tout comme Lem, je suis persuadé, dit Adam en changeant de sujet, que l'obsession de la sécurité sera l'un des courants essentiels de notre civilisation. On verra des fauteuils qui enveloppent les passagers, la diminution des risques dans les moyens de transport, une quasi-impossibilité de se faire mal. Je doute que les gens se priveront pharmacologiquement d'agressivité, malheureusement peut-être, mais tout sera hypersécurisé.

— À votre place, je ne rêverais pas tant de l'élimination de la violence. Sans la guerre, il n'y aurait pas tous ces progrès que vous admirez tant. Je doute qu'on aurait volé dans des avions à réaction ou envoyé des fusées dans l'espace si tous les scientifiques de la terre ne s'étaient pas creusé les méninges durant six ans pour savoir comment transporter des bombes le plus loin possible et avec le plus de précision. Quant au zéro risque, on aurait bien besoin de ceintures de sécurité dans nos autos pour commencer. Je crains pour ma vie chaque fois que je suis censé faire un kilomètre en ville.

— Oui, j'ai lu un article au sujet de ces ceintures dans la presse spécialisée et c'est bien sûr une gentille petite innovation, mais la question est de savoir si ça vaut le coup de développer des demi-mesures, si, d'ici peu, des voitures automatisées dans lesquelles les transistors prendront des décisions à la place du conducteur nous remplaceront. On peut aussi se demander si les voitures avec leurs limites sont réellement l'avenir des transports.

— Très intéressant. Qu'est-ce que vous suggérez ?

— Pas la peine de suivre en temps réel les nouvelles du monde des sciences, dit Adam d'une voix où résonna une note d'arrogance, pour savoir que les aéroglisseurs vont dominer la communication plus vite que ce qu'on croit. Dans dix ans, nous n'arriverons pas à croire que les gens préféraient utiliser la roue.

Je connaissais Ludwik et je savais à quel point il lui était difficile de ne pas éclater de rire. Pour les autres, son visage exprimait un intérêt cordial. Il s'agissait d'une capacité acquise durant des dizaines d'années passées à diriger des thérapies.

— Des aéroglisseurs ? Mais en tant que véhicules individuels ou plutôt en tant qu'autobus ?

— L'un et l'autre. La capacité à se mouvoir sur n'importe quel terrain rend les possibilités d'application de ces véhicules illimitées. Un autobus pourrait avancer sur la route, puis couper à travers un champ labouré, puis traverser une rivière à n'importe quel endroit, et les passagers ne sentiraient pas la différence. On pourrait fusionner les transports routier et fluvial en un seul organisme. Et si on créait des rigoles en béton, des sortes de chenaux pour aéronefs, ceux-ci pourraient développer des vitesses exceptionnelles, jusqu'à plus de deux cents kilomètres à l'heure. Les Français testent des trains aussi rapides, mais un train, ça ne quitte pas ses rails, tandis qu'un aéronef peut quitter le chenal des grandes vitesses et s'orienter normalement vers le centre-ville, par exemple.

Quel karma, je vous jure. D'abord, une vie en compagnie d'un fou qui voyait de la psychologie dans chaque sujet de conversation, et maintenant, j'avais un dingue qui insérait des aéroglisseurs partout. Vraiment, je n'avais besoin de rien tant que d'habiter seule un moment.

— Très intéressant, dit Ludwik sur le ton « Bordel, j'ai rarement entendu de telles conneries ». Et qui mène la danse dans ces études ?

— Les Anglais. Les Français ont plutôt misé sur les trains. J'espère vraiment que la Pologne choisira la voie des aéroglisseurs.

— Ça aurait du sens, on a toujours préféré avoir la tête dans les nuages plutôt que de marcher fermement au sol, lança la peste rousse et cette fois-ci, c'est moi qui eus du mal à retenir un éclat de rire. Vous avez été en poste en Angleterre, justement ?

— Au consulat de Lyon. Permettez-moi de devancer votre question, non, mon travail ne consistait pas à parader en smoking.

— Espion, alors.

Je n'en revenais pas, la rouquine flirtait réellement avec lui. Adam en rit de bon cœur. J'aimais son rire insouciant. Je serrai aussitôt sa main avec davantage de fermeté.

— Oh, je suis bien tenté par l'idée d'inventer sur le pouce d'incroyables aventures, mais en réalité, je délivrais des passeports aux gens, essentiellement aux émigrés partis durant la guerre qui réfléchissent à un retour en Pologne.

— Qu'est-ce qu'un espion pourrait répondre d'autre ?

— Je dois vous avouer qu'on apprend beaucoup de choses à un guichet de consulat, des histoires qui valent bien celles de l'espionnage.

— Par exemple ?

— Par exemple à quel point les gens déchiffrent bien la politique. Bien mieux que ce qu'on croit. Il y a encore quelques années, les gens prenaient leurs passeports et quand ils me parlaient, c'était de leur nostalgie de la patrie, même si cette patrie n'existait plus, vu qu'ils se rappelaient la Pologne des années 1930. C'était émouvant d'écouter leurs histoires de Juifs et d'Ukrainiens comme si ceux-ci les attendaient toujours ici, prêts à se chercher des poux, comme d'habitude, avant de se réconcilier autour d'un verre de vodka.

— Et maintenant ?

— Ces temps-ci, ils prennent toujours leurs passeports, mais ils sont plus prudents. Ils me demandent s'il est possible de rentrer, si ce n'est pas dangereux, si le bretzel ne va pas se remplir, par hasard.

Il y avait peu, je n'aurais pas su de quoi ils parlaient, mais à présent, je savais qu'on appelait bretzel notre partie de l'Europe. La Pologne avait rompu ses chaînes communistes, mais nos voisins non, nous étions toujours entourés par l'URSS d'une part et par les États qui en dépendaient de l'autre, c'est-à-dire la Tchécoslovaquie et la RDA. Après que les soviets avaient quitté l'Autriche dans les années 1950, tout le monde croyait que ce n'était plus qu'une question de mois avant qu'ils se retirent aussi de l'Allemagne de l'Est, mais rien n'accréditait plus cette thèse. La métaphore du bretzel était essentiellement en vigueur chez les communistes polonais qui proposaient la « plénitude » au lieu du « vide » et demandaient rhétoriquement sur leurs affiches si la Pologne ne préférerait pas être un biscuit plutôt que le trou dans un biscuit. La majorité répondait lucidement que non, merci, nous ne voulions pas être un biscuit dévoré et digéré par l'ogre soviétique, mais une partie de la population se laissait embobiner.

Je vis que le sujet intéressait Ludwik.

— Et vous, monsieur, en tant que personne qui travaille mine de rien dans la diplomatie, qu'est-ce que vous en pensez ?

Quel crétin, il aurait vraiment pu s'épargner ce « mine de rien ».

— Je suis optimiste. Même si l'Union obtiendra sûrement quelques sièges durant ces élections, c'est seulement en siphonnant les voix des communistes et peut-être aussi un peu des nationalistes. En face, le parti européen aura en fin de compte toujours assez de représentants. Le bloc moscovite récoltera trop peu pour gouverner.

Le sourire sur le visage de la rousse s'éteignit.

— Je vois que vous répétez sans distance critique les thèses de la propagande gouvernementale. D'une part, ça peut être compréhensible chez une personne qui travaille dans l'administration, de l'autre, nous pourrions attendre un peu plus de retenue vis-à-vis de la politique. Et surnommer l'Union « le bloc moscovite » avec autant de nonchalance pourrait constituer une insulte envers ses sympathisants. Envers mon mari et moi, par exemple.

J'en restai bouche bée.

— Vous êtes un admirateur d'Edward Gierek, docteur ? balbutiai-je.

— Il est même l'un de ses proches, l'un de ses amis, confirma la rouquine avec fierté. Et vous ne le croirez peut-être pas, mais ils ne se rencontrent pas autour d'un café à Moscou pour comploter contre la Pologne.

Je ne parvins pas à prononcer un mot de plus, j'observais simplement Ludwik dans l'attente qu'il dise quelque chose.

— Je pense que nous devrions faire attention à ne pas tomber dans les stéréotypes, me répondit-il en me regardant droit dans les yeux, et à toujours garder un esprit critique, en ne se privant pas de douter d'une part, mais, de l'autre, en s'accordant le droit de changer d'opinions si les faits changent aussi.

Adam grimaça.

— Permettez-moi d'être en désaccord avec vous. D'après moi, c'est bien Moscou qui se dissimule sous les chemises des membres de l'Union. D'ailleurs, leurs liens ont été moult fois révélés par la presse.

— Par une presse favorable au gouvernement, intervint Iwona.

— Chère madame, nous devons garder quelques points de référence. Si nous estimons que tout le monde ment autour de nous et nous raconte des bobards et qu'aucun jugement objectif n'existe, où est-ce que ça va nous mener ? À un enfer citoyen. Personnellement, je crois en l'intelligence de mes compatriotes, les Polonais ont trop longtemps attendu la liberté et la normalité pour y renoncer comme ça, en passant, par pure stupidité. Et chez nous, les choses ont toujours été simples. Si nous tournons le dos à l'Europe, nous nous retrouvons face à face avec la Russie.

Au fond de moi, je soupirai. Parce que autant à l'époque de la Pologne communiste, on pouvait encore se mentir, autant la période qui avait suivi la chute du mur en 1989 avait démontré que les électeurs polonais étaient capables d'être des cinglés imprévisibles, dépourvus de vision à long terme, des votants qui trouvaient attractif le parti polonais des amis de la bière et avaient failli élire comme président un chaman péruvien. C'est pourquoi l'Union m'inquiétait tant, parce que c'était un mélange familier d'une sensibilité sociale de façade et d'une provoc nationaliste. Or, la mémoire du nationalisme hurlant des communistes polonais revenait me hanter, le souvenir du mariage des pires caractéristiques de mon peuple ; étonnamment, peu de gens avaient quelque chose contre le fait qu'on leur donne un appartement et un emploi stable d'une part et qu'on leur indique un ennemi de l'autre, un adversaire qu'ils pouvaient blâmer pour tous leurs échecs : le Juif, l'Allemand, l'impérialiste, les capitaux étrangers, les réactionnaires ou les bandes de maquisards.

— Et si l'Union s'entendait à la fois avec les communistes et les nationalistes ? demandai-je.

Iwona ricana dédaigneusement.

— L'extrême droite avec l'extrême gauche ? Ne racontez pas de bêtises.

— Et pourquoi pas ? dit Adam, venant à mon secours. Leur lien, c'est qu'ils sont tous anti-Allemands, anti-Français, anti-Européens, ils craignent l'Occident. Et si on se penche sur l'histoire du courant nationaliste polonais, on s'aperçoit qu'il lorgnait toujours avec envie vers la Russie. Qu'est-ce que vous penserez, madame, quand votre Union tombera d'accord avec les communistes et les nationalistes ? Vous estimerez toujours que c'est au nom de la défense des traditions polonaises ?

Je décidai de changer de sujet.

— Qu'avez-vous réussi à prendre dans vos filets ? demandai-je à Ludwik en désignant son épais porte-documents.

— Moi, chère madame… dit-il en me gratifiant d'un sourire tel que, subitement, une vague de désir me submergea.

Cette émotion me surprit et mes jambes devinrent toutes molles.

— … je suis ici en qualité de proie, et non de chasseur.

— Ludwik a rendez-vous avec un éditeur, dit fièrement la peste rousse et elle l'accapara d'un mouvement pingre de mante religieuse.

— Vous avez décidé de publier vos théories, docteur ? demandai-je. Les confrontations en miroir ?

— Quelles confrontations ? s'étonna la peste pendant que je me réprimandais en pensée : j'avais complètement oublié qu'il n'avait rédigé ce truc que dans les années 1980.

— Oh, le docteur m'avait parlé de son idée de réunir des personnes avec des problèmes inverses, avec le sexe opposé par exemple, par paires, et de les soigner dans cette configuration. Désolée, si j'ai trahi un secret.

Ludwik me fusilla du regard et je lui renvoyai un sourire innocent.

— Eh bien non, chère madame, dit-il, je ne suis pas venu ici en ma qualité de scientifique ou de psychologue, mais en tant que romancier.

— Pardon ?

Ma question n'avait pas résonné de façon très polie, mais néanmoins mille fois mieux que le « Tu déconnes ? » que j'avais sur le bout de la langue.

— Vous doutez que ma prose puisse intéresser quelqu'un ?

De l'irritation perçait dans sa voix.

Sa réaction brutale ébranla encore plus l'ambiance cordiale entre nous ; Adam se plongea dans son exemplaire du *Retour des étoiles* ; quant à la peste rousse, elle nous salua sous le premier prétexte venu, prit mon mari sous le bras et ils disparurent.

Tant mieux, me dis-je, bon débarras.

2

Cette rencontre le toucha plus qu'il n'aurait voulu l'admettre. Un fiancé ? Une bague ? Mais c'était sa femme ! Sur un plan rationnel, il se rendait compte que ses prétentions n'avaient aucun sens, il vivait de son côté avec sa première épouse, il couchait avec elle, menait une vie conjugale. Il ne pouvait pas s'attendre à ce que Grażyna se languisse dans son coin et se contente d'être irritée par son absence, au lieu de mettre joyeusement à profit son corps jeune, souple, galbé, capable de prouesses sexuelles de plusieurs heures. Plus il y songeait et plus son imagination se débridait, lui proposait des scènes où Grażyna et sa liberté sexuelle jouaient les premiers rôles. Ses fantasmes ne manquaient pas non plus de figurants, mais, malheureusement, il n'en faisait pas partie.

— Vous m'écoutez, monsieur Ludwik ?

— Oui, bien sûr, très attentivement, mentit-il. Après tout, mon avenir littéraire est en jeu.

L'homme assis en face de lui grillait une cigarette après l'autre – ce salon ressemblait à un festival pour promouvoir le cancer des poumons – et l'observait avec attention. Il était grand, beau, une mâchoire carrée et une bouche large dans le style de Belmondo. Il ne ressemblait pas à un éditeur, plutôt à un playboy de bonne famille qui se serait usé à force de se pinter et de baiser, dont le tonton aurait fini par lui trouver un poste dans sa maison d'édition.

— Bien, dans ce cas, parlons de votre avenir. Dites-moi, pourquoi un tel écart dans les genres ? D'un côté… dit-il en repoussant théâtralement l'un des manuscrits vers la partie gauche de la table, nous avons le projet d'un roman à suspense, d'après ce que je comprends, qui commence par la découverte d'un cadavre très sanglant dans le musée

Czartoryski, et qui a un lien avec un très grand secret de la chrétienté, si j'ai bien saisi le synopsis ?

Ludwik acquiesça.

— Mais j'ai un petit souci avec le personnage principal. Il est scientifique dans un domaine particulier ?

— Il s'occupe de l'étude de différents symboles.

— L'iconographie ? C'est un historien d'art, alors ?

— Oui.

— Et grâce à cela, comme vous le précisez, dit-il en s'emparant du résumé, il résout un grand nombre d'énigmes passionnantes à travers l'Europe aux côtés de la magnifique Sophie, des énigmes qui le mènent à la conclusion que Jésus et Marie-Madeleine avaient eu des enfants et que Sophie est leur descendante directe ?

— C'est exact.

— Donc, on a un complot et une aventure, oui ? En revanche, de l'autre côté…

Il fit glisser le second tas de feuilles à l'opposé de la table.

— … nous rencontrons un jeune orphelin opprimé par l'oncle et la tante qui l'élèvent, une situation digne de Dickens, je dirais. Un orphelin qui, un jour, reçoit l'invitation d'une école de magie et de sorcellerie…

— Située sur la montagne chauve, dans les monts Sainte-Croix.

Ludwik avait estimé que transposer les deux intrigues en Pologne accroîtrait ses chances de succès commercial.

— … où il a deux amis, où il apprend à agiter la baguette magique, mais est sans cesse poursuivi par un méchant sorcier, une sorte d'Hitler du monde de la magie qui a assassiné ses parents. Donc, c'est un roman pour la jeunesse, voire pour les enfants, oui ?

Il acquiesça.

— Prévu pour faire plusieurs tomes ?

— Exactement. Je voudrais que chaque tome raconte un an d'apprentissage dans cette école, jusqu'au combat final contre le méchant Rummikub.

L'éditeur se redressa sur sa minuscule chaise, on voyait qu'il aurait préféré avoir ce rendez-vous à son bureau plutôt que dans un cagibi au Salon du livre.

— Ce sont deux intrigues très différentes l'une de l'autre du point de vue du genre. J'ai malheureusement dans mon catalogue des auteurs qui expérimentent avec des styles, mais il y a toujours chez eux un dénominateur commun que je ne vois pas chez vous. J'avoue que je me sentirais plus en sécurité si vous m'aviez apporté deux romans concernant des petits-enfants de Jésus. Après tout, il pourrait s'agir d'une famille nombreuse, pas vrai ? Ou deux histoires d'orphelins magiques. Et là, je l'admets, je ressens de l'inquiétude. D'où vous vient ce grand écart dans les genres ?

— Pourquoi vous sentez-vous inquiet ?

Ludwik connaissait la littérature en tant que lecteur, il n'avait jamais eu de lien avec elle du point de vue professionnel, il ne connaissait rien à l'arrière-boutique du métier. Mais la diversité lui paraissait un avantage, une qualité plutôt qu'un défaut.

— Parce que la diversité, cher monsieur, c'est bon pour le lecteur, pas pour l'auteur. Comment vous expliquer ça… Il vous arrive de dîner en ville ?

— Comme tout le monde.

— Vous seriez surpris. Donc, vous avez vos restaurants favoris pour manger un tartare, un steak, des crêpes. Alors, imaginez que vous veniez manger un tartare, mais que vous n'y trouviez que des poissons grillés ce jour-là parce que le cuistot aime la diversité. Moi, ça m'arrive tout le temps. Un auteur écrit des histoires d'amour géniales, toute la Pologne se les injecte comme de l'héroïne, et lui, il revient et me dit qu'il veut écrire la nouvelle *Poupée* de Prus ou le nouveau

Guerre et Paix de Tolstoï, tout le monde est obsédé par ces deux bouquins. Parfois, on arrive à le convaincre, le plus souvent, on les soudoie, mais certains restent inébranlables et ça ne se termine pas bien.

— Pourquoi ?

— Parce que, quand vous allez manger un tartare, vous ne voulez pas de poisson grillé, même si ce poisson a été préparé par le cuistot du tartare, c'est aussi simple que ça.

Ludwik n'avait pas anticipé cette tournure de la conversation.

— C'est difficile à expliquer, dit-il pourtant. Je n'arrête pas de penser aux livres, à des histoires, à des personnages, ces intrigues virevoltent en moi, me gênent, germent. Certaines attirent mon attention plus que d'autres et c'est précisément ces deux fruits de mon imagination que j'ai décidé de vous présenter.

L'éditeur devint songeur et alluma une cigarette, oubliant que la précédente se consumait toujours sur le bord du cendrier. Une jeune femme pénétra dans ce réduit où ils étaient assis entre les piles de livres destinés à être vendus. L'éditeur lui demanda deux cafés noirs sans s'assurer au préalable que c'était bien ce dont Ludwik avait envie. Apparemment, dans le monde littéraire, tout le monde fumait deux cigarettes simultanément et ne buvait que du café noir.

— Bon, je vais être honnête avec vous.

— Je n'espère rien d'autre.

— Vraiment ? Ça serait une première dans le milieu des belles lettres polonaises. Ce que vous proposez, monsieur, c'est de la mauvaise littérature, vous vous en rendez certainement compte, un orphelin magicien à la Dickens, un Hitler armé d'une baguette magique, un cadavre dans une mare de sang au pied de *La Dame à l'hermine* de Vinci et la petite-fille de Jésus qui couche avec un scientifique de Cracovie peu dégourdi. C'est ignoble, mais puisque je dois être honnête, alors je dois avouer que cela recèle aussi une sorte de potentiel pervers de littérature de gare, à condition qu'on aime les voyages dans des wagons à bestiaux, j'entends. Le pire cependant, c'est que vous ne savez pas écrire.

— Vous n'êtes pas très sympathique.

— Si vous voulez du sympathique, allez dans un bordel et payez. Vous m'avez payé ? Voilà. Du point de vue de l'intrigue, ça tient encore le coup, mais vos phrases sonnent comme si vous résumiez une histoire écrite par quelqu'un d'autre. Écoutez ça : « Le professeur Chmielarz pénétra à l'intérieur, suant dans sa veste, et vit le cadavre étendu dans une flaque de sang, après quoi il détourna le regard avec dégoût et courut dehors, songeant à ce que pouvait signifier le symbole du poisson peint avec du sang sur le mur du musée. » Hmm, c'est très mauvais et trop raccourci. Inversement, dans le bouquin sur Henio le magicien, la scène où il prend en main la baguette magique pour la première fois est si détaillée que je dois vous avouer que, autant j'aime les femmes, autant j'étais réellement excité en la lisant, tant elle contient de pédérastie érotique. Mon passage préféré, je crois, c'est : « Les fibres durcies tels des veines gonflées enveloppaient la tige à l'énergie pulsatile qui s'échappait de ses mains, comme pourvue d'une conscience propre. »

— Je ne vous permets pas…

— Rasseyez-vous et cessez de vous *agitować* pour rien. Nous, les éditeurs, sommes très tolérants. Nous n'avons pas le choix, nous ne pouvons pas tous publier Hłasko ou Gombrowicz. Malheureusement.

— Vous auriez simplement pu refuser. Cette mise en scène était inutile.

— Mais est-ce que je refuse ? Est-ce qu'on ne tombe pas d'accord ? Est-ce qu'on ne peut pas passer un marché ? *Faire affaire*, comme on le dit aujourd'hui. Parlons plutôt des aspects concrets. Café ?

3

Après notre escapade littéraire au salon, je renvoyai Adam à la maison avec tous nos livres, vérifiai que j'avais ma carte d'identité sur moi et me rendis à pied rue des Français-Libres. C'était un sacré bout de chemin, cette excursion me prit près d'une heure, mais depuis qu'il faisait plus chaud, j'adorais me promener. J'arrivais toujours à me délecter de ma capacité à marcher, à marcher encore sans me fatiguer. Je n'avais pas besoin de m'arrêter, de me reposer, de chercher un banc pour calmer ma respiration, j'avançais simplement, je souriais aux gens et j'étais heureuse.

Depuis le Parc des expositions, je m'orientai vers l'église Saint-Florian, longeai des immeubles négligés de la rive droite. À l'instar de tous les Varsoviens, je critiquais la construction incessante de nouveaux quartiers, alors qu'on laissait les quartiers historiques de Varsovie à l'état d'abandon, dans cette vision effrayante d'immeubles délabrés, de murs de briques nus, de parcelles vides, sans parler des ruines de guerre qui n'étaient pas rares.

À l'instar de tous les Varsoviens, j'avais aussi appris à ne pas remarquer ces endroits, à ne jamais m'y rendre, à naviguer plutôt entre les îlots de la modernité, de la beauté et des néons colorés. Il m'arrivait rarement de marcher le long des porches obscurs dont chacun ressemblait à un portail vers un monde parallèle. On craignait ces endroits, on n'en comprenait pas le folklore local ni la liberté nonchalante de ces habitants. Je continuais mon chemin dans ce paysage varsovien classique, avec en fond musical Sylvie Vartan qui chantait *Locomotion* à la radio – on en faisait la promotion partout en ce moment parce qu'elle devait venir en juin aux Journées de la mer en compagnie de Johnny Hallyday.

— Et sa majesté se balade toute seule, comme ça ? m'interpella quelqu'un.

— Jamais, répondis-je sans ralentir le pas et en joignant les mains comme pour une prière. Ma vertu et la Madone m'accompagnent toujours.

— Mais ne partez pas comme ça, ma reine ! On dansera, c'est samedi, un copain ira chercher un gramophone.

— Et on trouvera aussi des cavaliers pour la vertu et la sainte copine, ajouta un autre.

Une femme en tablier, penchée au premier étage et appuyée sur un coussin spécialement conçu pour cet usage, observait la scène. Elle cracha et toisa les dragueurs.

— Ne blasphème pas, Józek, ta mère aurait honte de toi. Que la demoiselle n'y fasse pas attention. Les voyous !

— Oh, madame Monterowa, ne vous formalisez pas, nous vous inviterons aussi à danser.

Et c'est ainsi que se déroulait à longueur de journée la vie dans ces quartiers au style plutôt méditerranéen : une persistance paresseuse interrompue par des épisodes de grand remue-ménage dont on pouvait par la suite discourir sans fin. Jusqu'au remue-ménage suivant.

Je dépassai le parc Praski, le zoo qui puait les animaux, comme toujours durant les journées chaudes, et soudain, je me retrouvai dans les environs où j'avais passé les quarante dernières années ou plus. D'abord à trois avec un enfant, puis à deux avec Ludwik. Quand est-ce que ça avait cessé d'être provisoire ? Quand est-ce qu'on avait renoncé à nos plans de maison à construire ? Quand est-ce qu'on avait arrêté de dire qu'il fallait offrir de l'air frais au petit, de la verdure, un jardin ? Je ne m'en souviens plus. Quand est-ce qu'on avait cessé de penser à changer d'appartement ? Je ne m'en souviens plus non plus. C'est passé si vite.

Nous nous promenions dans le voisinage avec un landau, puis avec une poussette, puis en tenant Jacek par la main ;

j'y venais seule, avec Ludwik, avec nos petites-filles, avec des amis, puis avec une canne, jamais sans but, toujours en direction d'un magasin, d'une pharmacie, d'une banque, d'une clinique, d'une aire de jeux. Plus je vieillissais et plus les ombres du passé se superposaient à la réalité. Derrière la vitrine d'une pâtisserie, je distinguais les spectres de ses précédentes incarnations : une boutique de bières du monde, un opticien, un service de rebobinage de moteurs. Là où il y avait un Carrefour, il y avait d'abord eu un sombre troquet nommé Chez l'Ours. Chaque fois que je sortais du Carrefour, je revoyais la fête de la première communion de Jacek qu'on y avait organisé. Certains magasins luttaient, changeaient d'enseigne, pour faire plus modernes ou, au contraire, se vantaient que chez eux, tout demeurait comme avant, à cela près que la stratégie du « comme avant » ne fonctionne jamais. Alors, ils finissaient par disparaître aussi, il n'y avait que moi qui restais, me promenais à une allure de plus en plus lente par les mêmes rues, distinguant de moins en moins bien les enseignes ; d'ailleurs, en quoi m'intéressaient-elles, hormis celle de la pharmacie…

Ce monde n'existait pas ici et je sentis soudain la morsure de la tristesse à l'idée que le périmètre où ma vie s'était déroulée était différent, que quelqu'un me l'avait prise sans me demander mon avis.

Dans ce nouveau quartier géométrique et utilitaire, les immeubles étaient assez bas, garnis de hautes fenêtres et, au rez-de-chaussée, on sortait directement dans les jardins ; ça me plaisait. Au premier étage, un balcon courait le long de la façade ; je croisais donc les doigts pour obtenir un appartement au premier ou au rez-de-chaussée. Ma vie s'était déroulée de sorte que je n'avais jamais possédé ni balcon ni jardin, chaque appartement où j'avais vécu ressemblait à une cellule de prison.

Au numéro 31 de la rue des Français-Libres, les échafaudages n'avaient pas encore été enlevés et l'immeuble s'apparentait à un chantier, mais des gens s'affairaient déjà dans plusieurs appartements, à coup sûr les nouveaux locataires, vu que, selon la tradition du Régime, on investissait les lieux le samedi.

Il me restait cinq minutes. Je fixai les fenêtres et me demandai laquelle pouvait être la mienne. Tout ce que je savais, c'est que mon appartement avait deux pièces, probablement pas très grandes, vu que sa surface globale n'atteignait pas les quarante mètres carrés. Sainte Vierge, peut-être que dans ce genre de petits apparts, les architectes n'avaient pas prévu de balcon ?

J'entendis un bruit de moteur me parvenir du fond du lotissement ; un scooter déboula, petit et bourdonnant, de ceux dont on use en Italie. Il s'arrêta devant moi, toucha presque mes genoux de sa roue avant et une femme délicate en descendit, vêtue de cet uniforme couleur graffite, avec l'insigne de clés croisées sur l'épaule, caractéristique des employés du Régime. Lorsqu'elle ôta son casque à la visière fumée, je vis qu'elle était brune, légèrement grisonnante, une tresse de cheveux nouée autour de son crâne à la mode ukrainienne et que l'un de ses yeux était couvert d'un bandeau noir, un peu à la Tom Cruise dans ce film sur l'attentat contre Hitler. Je me dis que Tom Cruise était probablement en train de marcher à quatre pattes et de faire dans ses couches dans une banlieue américaine quelconque et j'éclatai de rire.

— Qu'est-ce qui vous amuse ? Que j'aie des cheveux blancs ou qu'il me manque un œil ?

— Mon Dieu tout-puissant, ne croyez pas que…

— Notre service est fier de sa laïcité, chère madame.

Son unique œil semblait vouloir graver une marque sur mon visage.

— Renata Herman, dit-elle, major du Régiment locatif de la ville de Varsovie. Vous avez une pièce d'identité ?

Elle vérifia mes papiers et nous nous dirigeâmes ensemble vers la cage d'escalier ; j'espérais qu'il ne s'agissait que d'une simple formalité. L'appartement m'était déjà affecté, ils ne pouvaient pas me l'enlever à cause d'un comportement inapproprié, du moins le croyais-je. À tout hasard, je préférais ne pas poser la question.

Nous grimpâmes au second étage – alors adieu, balcon – où madame le major m'ouvrit la porte du lot numéro 16. Jésus de Nazareth, qu'est-ce que j'étais excitée en voyant le chambranle de la porte couvert d'une peinture à l'huile blanche, un parquet fin et clair disposé en chevron et un bout de fenêtre qui donnait sur la rue. Je pénétrai à l'intérieur ; le vestibule disposait d'un placard encastré, relié à un espace de rangement sous plafond au-dessus des portes. Je voulais poursuivre ma visite, mais madame le major m'arrêta du regard.

— Avant de prendre en charge l'appartement, vous devez prononcer un serment solennel et accepter le règlement du *domu*. Veuillez répéter après moi, « étant consciente que ce logement n'est pas ma propriété privée, mais qu'il m'a été confié par la nation…

Je répétais.

— … je jure de faire de mon mieux pour y servir la nation ou de le restituer à celle-ci, à la gloire éternelle de la République. »

Je répétai jusqu'au bout en ayant l'impression de jouer un rôle dans un piètre sketch. Je signai le serment et m'orientai vers la pièce de droite : c'était probablement le salon, car il avait l'air un tantinet plus grand. Mais la major m'immobilisa une nouvelle fois ; j'étais ravie qu'elle n'eût qu'un œil, sans quoi, elle aurait sans doute été capable de me renverser par la seule force de son regard.

— Vous devez encore lire à voix haute et accepter en ma présence les principales lignes directrices de ce bien immobilier.

Elle me remit une feuille de papier avec quelques points que je connaissais déjà.

Tous les appartements du Régime possédaient un règlement qui spécifiait les droits et les devoirs du locataire, les prescriptions d'entretien, etc. D'ailleurs, c'était comme partout, sauf que dans un monde normal, les points se résumaient à l'interdiction d'uriner dans un ascenseur ou de faire des esclandres au milieu de la nuit et tout allait bien. Dans ce monde-ci, les fonctionnaires du Régiment locatif possédaient des pouvoirs quasi policiers et contrôlaient très efficacement leur parc immobilier, ils appliquaient le règlement à la lettre et, après la troisième infraction, ils expulsaient sans pitié. Quand j'en avais entendu parler pour la première fois, cela m'avait paru exagéré, mais à mon grand étonnement, le peuple de Varsovie soutenait ces pratiques. On partait de l'idée que si quelqu'un n'était pas capable d'apprécier un bien aussi luxueux qu'un appartement, alors, lui plus qu'un autre, méritait un bon coup de pied dans le derrière.

Pourtant, malgré tout, le plus important, c'étaient les « peines », c'est-à-dire les principaux engagements immobiliers normatifs. Dans mon cas, afin de préserver mon droit au logement, je devais me marier ou passer un doctorat avant la fin 1964 et, avant la fin 1967, je devais donner naissance ou adopter un enfant, ou bien obtenir le grade de professeur. Les peines pouvaient être très diverses, le Régime évaluant chaque cas séparément ; dans le mien, on avait estimé que je devais rembourser mon appartement à la société en fondant une famille ou en me formant pour le bénéfice de ladite société. Honnêtement ? Ça pouvait sembler bizarroïde, mais au fond, c'était une assez bonne idée, surtout dans l'optique de construction de la responsabilité civique de chaque citoyen.

Je lus et signai les peines comme le règlement. J'aurais aussi bien pu signer un pacte avec le diable ou donner mon accord pour un emprisonnement volontaire dans une maison de passe turque, pourvu que cette gratte-papier me permette de voir le reste de l'appartement.

— La pièce numéro un, soit le vestibule. Est-ce que vous acceptez son état ?

— Oui.

— Je vous rappelle que si vous acceptez son état maintenant, les réclamations ultérieures qui concernent des malfaçons autres que des défauts cachés ou ceux qui découlent de l'usage ne seront plus prises en compte.

— Merci, j'accepte. Est-ce que je peux d'ores et déjà accepter les autres pièces ?

— Non. Passons à la pièce numéro deux.

Je respirais profondément, m'efforçait de garder mon calme, et me répétais en pensée qu'il fallait tenir encore un quart d'heure avant de pouvoir rester seule dans mon appartement. J'allais probablement uriner dans chaque coin, marquer physiologiquement mon territoire d'une manière ou d'une autre, je ressentais le besoin atavique de faire ça.

Avant cela, je regardai néanmoins la grande pièce et la petite pièce, aussitôt rebaptisées dans ma tête en salon et chambre à coucher. Elles étaient absolument vides, dépourvues d'objets, jusqu'aux radiateurs, parce que le chauffage était soufflant ou je ne sais quoi, sans charme – à distinguer les grilles sous le plafond, j'imaginais d'emblée les conduits du chauffage, véritable paradis pour agents allergènes, blattes, cafards et vermine citadine. L'une des fenêtres était un peu de travers, mais je signai les pièces deux et trois sans protester.

La pièce quatre, c'est-à-dire la salle de bains, était sombre, microscopique, spartiate, mais équipée d'une baignoire, d'un lavabo et d'un siège de toilettes. Je décidai que mon premier achat serait un miroir. La facho borgne m'ordonna d'ouvrir chaque robinet et de tirer la chasse d'eau.

La pièce cinq, soit la cuisine. Claire ! J'avais si peur qu'elle fût comme dans mon ancien appartement, un boyau obscur impossible à aérer où les odeurs de chaque dîner persistaient durant des jours, se mêlaient aux suivants et où une couche de graisse impossible à laver se déposait si vite sur les murs et les meubles qu'il fallait les repeindre tous les deux ans.

La cuisine était également équipée d'une fenêtre haute et étroite, qui descendait jusqu'au plancher parce que, derrière cette fenêtre, il y avait – fanfares, timbales et feux d'artifice – un balcon ! De la surface d'une feuille de cahier, une seule personne pouvait s'y tenir et même alors, ses talons se trouvaient sur le seuil, mais il était là. Mon propre balcon, privé, personnel, le premier de ma vie, avec vue sur le réduit à poubelles. Je n'y tins plus et je me mis à pleurer.

Je décidai que mon premier achat, en fin de compte, ça serait un frigo. Est-ce qu'on produisait des frigos avec miroir ?

Le major Renata Herman m'obligea encore avec un plaisir pervers à visiter les parties communes de l'immeuble, c'est-à-dire les caves, la buanderie et le local à poubelles susmentionné.

Au bout d'une heure, elle finit par me saluer après m'avoir froidement annoncé qu'elle reviendrait à l'improviste d'ici trois mois pour la visite d'adaptation, « première évaluation dont beaucoup de choses dépendaient » et elle s'en alla.

Je restai seule.

Je me couchai sur le dos en travers du parquet aux lattes claires et fines.

Je fermai les yeux.

Je retins ma respiration.

Silence et vide.

Dans ma tête, une chanson de Grzegorz Turnau se mit à résonner.

« Tu auras toujours en tête un silence et un vide invariables. Ne fais confiance qu'à l'union des lèvres », etc.

Je me mis à fantasmer sur Ludwik.

4

Il revenait furieux à son appartement. Ses parties de bridge n'allaient pas fort. Pire ! Bien que plusieurs mois se fussent écoulés et que, en théorie, son jeune corps aurait dû mieux résister aux toxines, Ludwik n'arrivait toujours pas à supporter l'omniprésente fumée de cigarette. C'était un cauchemar impossible à fuir. L'atmosphère qui régnait au club ressemblait à une fête surréaliste de combustions où des tuyaux d'échappement de divers moteurs et fours sortiraient des murs et où on pourrait inhaler à l'envie des bouffées de vieux diesel, d'un mélange sans plomb ou de coke réhaussé de quelques notes d'ordures ménagères. Bien évidemment, ça allait mieux en sortant, mais pas bien pour autant : les habitants investissaient le couloir pour discuter et en griller une et, à la maison, une Iwona qui en fumait une après l'autre l'attendait ; les revêtements des meubles, les draps, les habits, tout puait sans exception. Il avait essayé de faire disparaître l'odeur, mais l'éponge, la serviette et son peignoir puaient également et il y avait toujours un cendrier plein de mégots entre les chiottes et le lavabo parce que Iwona aimait s'asseoir au moment du pipi pour se reposer, lire quelques pages et en griller une ou deux.

Il prit néanmoins une douche pour se débarrasser au moins partiellement de la pestilence du bridge.

— Tu as triste mine, constata sa femme lorsqu'il s'installa dans l'autre fauteuil, en robe de chambre et avec les cheveux mouillés. Tu m'as pourtant dit que vous étiez tombés d'accord sur le contrat.

Ludwik grimaça.

— Je ne sais plus, le type m'a embobiné, il m'a hypnotisé comme un charlatan. Et il a fini par m'avouer que, côté littérature, ce qu'il aime par-dessus tout, c'est justement les bouquins à lire comme ça, en passant.

Cette fois, c'est elle qui grimaça. Il se souvenait que sa première femme était férue de haute culture, sans une once de snobisme. Derrière ce goût se dissimulait, à l'instar de tous ses autres agissements, un calcul intellectuel des plus logiques. Iwona se disait qu'on avait créé tellement de culture de qualité à travers le monde qu'en s'y intéressant de façon récréative, on ne pouvait de toute manière qu'en frôler l'immensité. Par conséquent, consommer de la culture médiocre n'avait pas de raison d'être.

— J'acquiesçais à ce qu'il disait, je sentais qu'on se comprenait. Ensuite il m'a parlé d'un marché difficile, du risque qu'il y avait à publier des débutants, mais qu'il prendrait ce risque parce qu'il croyait en moi et, à la fin, j'ai donné mon accord pour ne recevoir aucun acompte ni aucun salaire pour les deux premiers milliers d'exemplaires vendus, afin de couvrir les coûts de promotion.

Elle pouffa de rire.

— Punition divine instantanée.

— Tu pourrais me soutenir davantage.

— Je te soutiens dans tout ce qui a du sens et dans ce en quoi je crois. Au point de tolérer des femmes cinglées et nues qui galopent dans notre appartement au lieu de te jeter dehors en chaussettes. Ce qui peut encore arriver. Tu te souviens de notre accord ?

Il fit oui de la tête.

— À ce propos, tu devrais être content de constater que ton ex-patiente va mieux. Mais cette dinguerie littéraire ? Je ne comprends absolument pas tes motivations.

— Quelles motivations ?

— Celles de l'écriture. Pourquoi veux-tu écrire des fadaises sur la petite-fille de Jésus ? C'est de la camelote.

— C'est de la littérature de divertissement.

— La littérature de divertissement, c'est un oxymore. Il y a la littérature et il y a la camelote verbale distrayante. Je ne comprends pas pourquoi mon mari intelligent veut perdre son temps à produire des sornettes.

— Je préfère le mot créer.

— Créer, c'est pour les artistes. Toi, tu veux produire des niaiseries.

— Les gens aiment ça.

— J'ai aussi entendu dire qu'ils aimaient les prostituées et cogner leurs femmes avec le câble du fer à repasser. Tu crois aussi que leur fournir ces divertissements vaut la peine que tu t'y intéresses ?

— *Ad absurdum*. Tu connais certainement de meilleurs moyens de remporter un débat.

Elle reposa son livre.

— Alors vas-y, convaincs-moi et explique-moi pourquoi tu veux écrire ce roman à propos de la petite-fille de Jésus-qui se balade entre un cadavre et un autre avec un scientifique de Cracovie ?

Il ne pouvait pas lui répondre que d'après Wikipédia, il se vendrait quatre-vingts millions d'exemplaires de ce livre et que même s'il n'atteignait pas ce résultat, mais arrivait à huit, voire seulement à quatre millions, ça résoudrait leurs problèmes financiers jusqu'à la fin des temps.

— Mon intuition me suggère que le mélange entre un roman policier et le christianisme se vendra.

— Donc tu le fais pour l'argent.

— Bah oui.

— Pourquoi veux-tu de l'argent ?

— Quelle question. Tout le monde veut de l'argent.

— Je poserai la question autrement. Pourquoi veux-tu plus d'argent ? Je gagne ma vie, tu gagnes ta vie et nous n'avons pas encore d'enfants. Nous sommes en bonne santé, à peu près jeunes, nous avons obtenu un magnifique appartement avec des peines si clémentes qu'il est impossible à perdre. Qu'est-ce que tu veux de plus ?

— Des voyages, des yachts, des grands restaurants, l'autre bout du monde, ça ne te fait pas rêver ?

— J'aurais honte de ne rien faire en me prélassant sur un yacht à manger du poulpe et à boire du vin dont une bouteille coûte deux salaires d'un ouvrier polonais. J'aurais honte de me tourner les pouces au lieu de poursuivre mes recherches. Ça serait une gifle envers la nature ou Dieu, comme tu préfères. Nous avons reçu en cadeau un outil puissant, dit-elle en se tapotant le crâne, pour rendre sans relâche le monde meilleur et toi, tu veux le coucher sur un yacht et le chauffer au soleil au lieu d'en faire un usage positif ? Tu considères l'oisiveté comme le comble du bonheur ? C'est vraiment décevant. D'autant plus que tu n'es pas ce genre de personne, je te connais. Tu es capable de renoncer à une semaine de vacances au bord de la Baltique parce qu'un patient arrive ou que tu es de garde, ou que tu as un colloque. Et soudain, tu veux passer ta vie à Cannes à t'empiffrer de cargolade à l'aïoli et à lire les lettres enthousiastes des adorateurs de tes fadaises ?

— Et toi, comment imagines-tu ta vie ? Le boulot au quotidien d'abord, puis la retraite, la vieillesse et la mort ?

— Avec des amis, des discussions, des livres, des films et des vacances. Pour te dire la vérité, oui. Et toi ? Qu'est-ce que le monde retirerait de cette version de ton existence ? Et si tu me réponds une littérature de divertissement, je divorce.

Il n'avait pas d'autre réponse à lui apporter, alors il resta coi.

— Est-ce qu'il faut toujours songer au monde ? demanda-t-il en fin de compte. Ne peut-on songer à soi aussi, parfois ?

— Probablement, mais quel monde ça serait si personne n'y songeait et que chaque individu attendait qu'un autre y songe ? Tu veux écrire quelque chose, écris à propos de ta théorie. Comment l'a-t-elle appelée, l'autre grue, la théorie des miroirs ? Tu ne m'en avais jamais parlé.

— Les confrontations en miroirs. Ce n'est qu'une idée dans ses prémices… mentit-il.

En vérité, il avait écrit quatre livres à ce sujet, les deux plus importants avaient été traduits dans une quinzaine de langues et le premier était invariablement classé, dans les divers répertoires professionnels, parmi les ouvrages psychologiques les plus importants du XXe siècle. Mais écrire un tel ouvrage dans cette réalité n'avait aucun sens, le monde serait prêt pour cela dans une vingtaine d'années au plus tôt.

— C'est un nom commun pour expliquer aux novices de quoi il s'agit.

— Et comment l'appellerais-tu normalement ?

— Méthode cognitivo-biréflexive.

— Tu m'as eue. Je préfère la version pour novices.

— En résumé, la psychanalyse et la psychothérapie en général se focalisent sur le patient. Le patient est le centre de l'univers, c'est sur lui qu'est concentrée son attention et celle de l'analyste. C'est une situation factice, artificielle, en laboratoire. La thérapie de groupe en revanche, plus riche en relations interpersonnelles, possède une dynamique différente, elle perd en intimité et sa fonction cognitive est limitée. Le mieux, ça serait que le patient emmène en thérapie les personnes dont les influences sont sources de son trouble. Mais d'ordinaire, de telles personnes ne veulent pas participer ou se révoltent à l'idée de le faire ou n'en ont rien à cirer ou sont simplement mortes. C'est infaisable.

— Et où est le miroir ?

— Plus je fais ce métier et plus je vois qu'en pratique, parce que en théorie il existe déjà les types de personnalités codifiées par Jung, les gens se ressemblent beaucoup, leurs problèmes psychiques et les origines de ceux-ci aussi. Ce qui signifie que si j'ai un patient dont les problèmes découlent de ses contacts avec sa mère, alors il est possible qu'il y ait aussi parmi mes patients une mère qui cherche à résoudre ses problèmes avec son fils, tu comprends ?

— Et tu veux les réunir ?

— Dans l'espace contrôlé d'un cabinet, sous l'œil d'un thérapeute. Les effets sont, pourraient être, se corrigea-t-il, incroyables. Les individus, les groupes d'individus, les couches sociales, les nations, ces entités prennent forme grâce à leurs relations, grâce à leur rapport aux autres et au rapport des autres à eux.

Elle lui sourit.

— Fascinant. D'un côté, je me dis que j'aurais bien lu quelque chose à ce propos et que j'aurais aimé observer en pratique comment quelques malheureux atteignent la paix et le bonheur grâce à ta thérapie, mais, soyons clairs, à partir d'aujourd'hui, j'ai seulement l'intention de lire une littérature de divertissement à Cannes. Quant à tes patients, je pense que j'aurais peur de les laisser monter à bord de notre yacht, ils pourraient casser un truc. Tu viens te coucher ?

Il la suivit. Au fond de lui, il avait terriblement honte de le faire parce qu'il soupçonnait qu'ils allaient faire l'amour. Or, après son éblouissement initial, il considérait à présent sa femme sage et perspicace comme un outil à masturbation sur pattes. Il ne se souvenait plus quand il avait fait l'amour avec elle pour la dernière fois, effectivement avec elle et non en fantasmant à chaque instant sur Grażyna.

Juin

1

Et dire qu'une semaine plus tôt, j'insistais pour qu'elle reste plus longtemps. Je bondissais autour d'elle comme si j'avais dix ans et non – selon le point de vue – presque quatre-vingts ans ou presque trente. Maman ceci, maman cela, maman reste, il y a les Journées de la mer dans une semaine, il y aura un grand concert, ça n'a aucun sens que tu partes justement ce jour-là, je vais te racheter un billet, ça sera génial, allez, maman, s'il te plaît, s'il te plaît, s'il te plaît.

Bon, il avait suffi d'une semaine et je la raccompagnais à la gare principale en m'efforçant de ne piper mot au sujet des Journées de la mer ni de quoi que ce soit d'autre, de crainte qu'elle ne décide finalement de rester. Le temps était caniculaire, je suais comme une limace. Maman ne m'avait pas permis de commander un taxi parce que « ça coûte tellement cher », c'est pourquoi j'avais failli mourir de suffocation dans un tramway bondé à l'heure de pointe matinale. Puis j'avais traîné sa lourde malle depuis l'arrêt du tramway jusqu'à la gare, en me reposant tous les cinq mètres parce que autant l'humanité avait rapidement inventé la roue et la valise, autant l'idée de fixer des roues à une valise lui était venue tardivement. En tout cas, c'est seulement dans les années 1990 que les valises roulantes étaient apparues en Pologne.

Ma mère était probablement l'unique personne qui quittait Varsovie ce jour-là. J'avais l'impression que nous luttions contre la vague démographique du babyboom d'après-guerre au sortir de la gare, ils bourdonnaient d'excitation comme s'ils étaient camés. Nous étions les seules à nous frayer un chemin dans l'autre sens – moi et ma mère, pas encore sexagénaire, mais qui, selon les exigences de l'époque, était déjà entrée dans la peau d'une vénérable vieille dame avec ses bas épais, ses chaussures plates marron et ses cheveux gris coiffés en chignon. J'aurais pu lui lancer que, à son âge, bon nombre d'hommes se retournaient encore derrière moi dans la rue, mais ce n'était pas totalement vrai : quand j'avais eu son âge, le communisme venait de s'écrouler et personne ne se retournait derrière personne dans la rue parce que tout le monde fixait l'avenir radieux de la Pologne ou lorgnait pardessus son épaule pour vérifier que la police anti-émeute ne chargeait pas avec des battes.

— Voulez-vous de l'aide ? me demanda en souriant un jeune homme brun fort gracieux.

— Merci, mais nous nous en sortons très bien, répondit froidement ma mère avant que je puisse dire « Oui, volontiers ».

Le brun nous salua et s'éloigna et je dardai vers ma mère un regard rempli d'envie de meurtre.

— Tu voudrais peut-être porter ta malle toute seule ?

— N'exagère pas. Je n'ai jamais flirté avec des hommes rencontrés par hasard et je me porte comme un charme, alors tu vas y arriver aussi. Tu penses que ton fiancé serait content ?

— Je pensais que oui, très certainement, sachant que je n'aurais plus eu à traîner une valise aussi lourde. Qu'est-ce que tu as mis dedans ? Le cadavre d'un lutteur poids lourd ? Pourquoi as-tu apporté tant de choses pour une semaine ?

— Chérie, on n'est pas à Rome, mais à Varsovie. On ne sait jamais quel temps il fera. Et on ne sait jamais non plus quelle occasion se présentera. Dis, franchement, de quoi j'aurais eu l'air au cours du dîner chez les parents d'Adam si je n'avais pas emporté une robe de soirée ?

— Tu aurais eu l'air normale, comme tout le monde, au lieu de ressembler à un épouvantail à peine sorti d'une première à l'opéra de Vienne.

— Encore une méchanceté de ta part. Ton frère aussi portait son uniforme de gala. Dépêche-toi, sinon on va être en retard.

— Maman ! On a une heure d'avance !

Elle ne me répondit pas. Elle me faisait le coup depuis l'enfance : quand j'élevais la voix, elle me fixait, attendait que je dise la même chose gentiment et normalement, et ce n'est qu'alors qu'elle me répondait. Je ne comptais pas répondre gentiment, alors j'agrippai la malle et, cinglant la joyeuse vague de la jeunesse, je me dirigeai vers la gare.

J'aimais cet endroit, comme tous les lieux de départ, d'ailleurs, où qu'ils soient. Je traitais ces endroits en portails magiques vers des dimensions parallèles, vers le voyage et l'aventure. J'aurai toute ma vie regretté de ne pas avoir profité plus souvent de ces sésames. Mais, classique, il y avait toujours un empêchement. Ce jour-là aussi, je ne faisais que raccompagner ma mère, puis j'enchaînais sur mes cours, un concert, et les filles venaient me rendre visite à la maison. Non, vraiment, il n'y avait pas moyen de fourrer une excursion en Patagonie dans le planning.

La gare ne se distinguait pas spécialement sur fond de cette Varsovie-là ; à l'image des autres bâtiments d'utilité publique, elle était écrasante par sa masse monumentale en grès. Elle était plus utilitaire que spectaculaire et, je l'admets, notre gare centrale communiste, avec son hall principal gigantesque et vitrifié, semblait mieux réussi, plus audacieux et moderne. Cette gare-là m'apparaissait comme un lieu sombre et étriqué, malicieusement divisée en halls, en salles et en corridors afin qu'on puisse s'y perdre mille fois. Mais elle recelait aussi une sorte de charme désuet ; j'appréciais les décorations qui illustraient la modernité, la vitesse et le voyage. Par exemple, cette immense carte de la Pologne et de l'Europe, où des tuyaux en néons désignaient les chemins de fer actifs. En partant de Varsovie, on pouvait atteindre sans changements Paris, Berlin, Vienne, Moscou, Prague et Istanbul ! Incroyable, il fallait que je persuade Ludwik de faire ça. Rien que nous deux, un compartiment dans un wagon couchettes et un voyage en Orient Express à travers l'Europe. L'aventure d'une vie dont nous avions toujours rêvé.

Encore une fois, j'avais involontairement pensé « Ludwik », alors que j'aurais dû penser « Adam ». Ça m'arrivait sans cesse et même si je luttais contre ces émotions, même si j'engageais beaucoup d'entrain dans mes fiançailles, ces moments étaient malgré tout de plus en plus fréquents. Je voulais partir avec Ludwik dans une longue pérégrination en train, je voulais rester auprès de lui dans un petit compartiment, répéter ce que faisions d'ordinaire dans notre petit appartement, parler, se remémorer notre vie et faire l'amour.

Mais je pouvais peut-être connaître un voyage similaire, une fois par an, durant mes fiançailles, et plus tard mon mariage avec Adam qui était si intelligent et si sage. Après tout, il était certainement l'amour de ma vie. S'il te plaît, maman, s'il te plaît, s'il te plaît.

Nous descendîmes par un escalier mobile sur le quai d'où, trois quarts d'heure plus tard, le train pour Poznań devait partir. Je posai avec soulagement la malle au sol ; compte tenu de sa structure en bois, toile et fermetures, elle aurait pesé son poids même remplie de coton.

— Tu dois faire quelque chose avec ta fenêtre. Je n'arrive toujours pas à croire que tu ne l'aies pas signalée. Mine de rien, puisque tu signes tous ces contrats avec le diable, ils te doivent quelque chose en échange, n'est-ce pas ?

— Maman, ça ne me dérange pas.

— Et il faut vérifier aussi tes grilles pour le chauffage, que tu ne sois pas envahie par la vermine.

— Tu as raison, je vais vérifier ça, dis-je pour avoir la paix.

De l'autre côté du quai, un train en provenance de Łódź s'arrêta, si rempli de gens qu'on aurait juré une tentative de battre le record du nombre de personnes voyageant dans un seul compartiment. La locomotive souffla, grinça et le train déversa de ses entrailles un essaim d'adolescents rieurs et hurleurs.

Maman les contempla puis se tourna vers moi.

— Tu n'es plus une adolescente, me dit-elle. Tu as presque trente ans. Tu sais ce que j'ai ressenti en te voyant souffler autant de bougies ?

— La fierté d'avoir une fille formidable ?

— Une immense peine de voir que tu les soufflais en célibataire sans enfants. Un mari et des enfants devraient les souffler avec toi.

— Je te promets que lorsque tu reviendras dans un mois, ils seront là.

— Tu n'arriveras pas à tourner ta vie en dérision et tu ne feras pas reculer le temps.

— Je n'ai jamais tourné ma vie en dérision et je me porte comme un charme, dis-je en parodiant sa formule favorite parce qu'elle commençait sérieusement à me taper sur le système.

Elle ne commenta pas. Mais elle me fixait. Je la regardais aussi. J'avais presque quatre-vingts ans, je n'allais pas permettre à une gamine de faire sa loi.

Elle soupira.

— Viens cet été avec Adam. Piotr sera peut-être en permission, on pourra profiter du jardin. Qu'est-ce que tu en penses ?

Ah, voilà, il restait donc un peu en elle de cette mère qui me manquait tant. Je hochai simplement la tête parce que l'émotion me serra la gorge.

— Je ferai du fromage frais avec de la ciboulette et de la crème, comme tu aimes. Vous pourriez rester autant que vous voulez.

— Merci, maman.

— Tu sais que cet Adam, c'est un trésor, pas vrai ?

— Je sais.

— Tant mieux. Vas-y ou tu seras en retard à ton travail. L'un de ces jeunes gens m'aidera bien avec ma valise.

Je l'enlaçai et la serrai dans mes bras. Ça me surprit de voir avec quelle force elle me rendit mon étreinte ; nous restâmes longtemps ainsi enlacées. Je l'entendis renifler, elle attendait peut-être que ses yeux sèchent pour ne pas se montrer faible.

— Nous faisions toujours ça avec ton père, dit-elle tout bas, nous soufflions sur les gâteaux en famille, vous adoriez ça, tu te rappelles ?

Je m'en souvenais. Je m'en étais souvenue durant toute ma longue vie. À soixante-dix ans passés, j'étais toujours capable de pleurer à l'évocation de ce souvenir, en me disant que mon père n'était plus là, ni Piotr, ni maman, que Jacek était mort et que j'allais bientôt mourir aussi. Alors que, pas plus tard qu'hier, papa me portait dans ses bras pour que nous soufflions les bougies ensemble et nous étions tous immortels.

2

Il avait envie d'en rire, mais Internet lui manquait. Vu son âge, il n'avait pas pleinement profité de la révolution informatique, mais possédait néanmoins un ordinateur, un téléphone portable et une tablette, et bien qu'il utilisât probablement un millième des possibilités de ce matériel, il consultait quotidiennement sa messagerie électronique, Skype et Wikipédia, et suivait aussi des sites d'informations. À présent, il donnerait tout pour pouvoir vérifier qui avait écrit « Aucun homme n'est une île ». Au XXIe siècle, chaque connaissance était à portée de smartphone dans sa poche. Mais maintenant ?

Reclus chez lui, installé à son bureau, Ludwik dessinait une île déserte sur une feuille de papier : des vagues, un peu de sable, un palmier et un homme sous le palmier. Voilà ce qui ressortait de ses tentatives de concentration. Un dessin de palmier. Pas très réussi, d'ailleurs.

Après quelques semaines d'essais, il avait renoncé à sa carrière dans les belles lettres ; il s'était avéré que la littérature ne différait en rien d'une compétition sportive. Quand on la regardait, tout le monde courait, patinait ou tapait dans une balle avec facilité, mais quand on pénétrait soi-même sur le terrain, ça faisait peine à voir. Par chance, il n'avait empoché aucune avance, alors au moins, il n'aurait pas à rembourser de l'argent, c'était déjà ça.

Il décida de suivre le conseil d'Iwona et de rédiger malgré tout sa théorie des confrontations en miroirs avec l'espoir que ça l'aiderait à obtenir un grade de professeur. Il commença en inscrivant sur une feuille de papier vierge qu'« aucun homme n'est une île ». Mais il était incapable de se rappeler qui était l'auteur de cette citation. Hemingway ?

Il ajouta au dessin une figure féminine sur l'île à côté du bonhomme et les réunit par des traits censés représenter des mains qui se tiennent.

Il contemplait les deux personnages, il contemplait l'île déserte et se souvenait.

Quelle aventure épique cela avait été. Début des années 1970, Jacek avait sept ans, il venait d'intégrer l'école et était tombé affreusement malade. Pas d'une maladie mortelle – pas en ce temps-là –, mais un rhume qui s'était transformé en coup de froid, le coup de froid en angine, l'angine en bronchite et ainsi de suite. Cela avait duré des semaines, les médecins écartaient les bras d'impuissance, les antibiotiques ne faisaient aucun d'effet. Tout le monde était à bout de forces : Jacek – pour des raisons évidentes ; eux deux – parce qu'ils ne savaient absolument pas si c'était un processus naturel d'immunisation, l'effet de la collision du corps de leur fils avec la flore bactérienne d'une immense école, ou s'il ne souffrait pas par hasard de quelque chose de grave que personne n'était capable de diagnostiquer ; Grażyna – parce qu'elle était passée à temps partiel pour pouvoir accompagner leur fils durant ses premières années d'école. Cependant, même avec un temps partiel sous un régime communiste, on ne pouvait pas simplement ne pas se rendre au bureau. C'est pourquoi ils avaient décidé que ce serait lui qui resterait auprès de l'enfant, un choix qui, couplé au début de son année universitaire et dans la mesure où tous ses patients revenaient de vacances pleins de nouveaux traumatismes et de souvenirs de pathologies conjugales, avait complètement ruiné son monde.

C'était le soir de la fête des professeurs, le 14 octobre, Jacek avait fini par s'endormir après avoir inhalé un machin censé l'aider, mais qui n'avait fait que raviver son rhume. Ils s'étaient écroulés sur le canapé, trop fatigués pour s'endormir, sans parler d'une quelconque autre activité. Ils auraient dû se servir un verre. Ils auraient dû téléphoner à Lucyna pour la prévenir que ce jour-là, ça allait, ils n'auraient pas besoin de sa voiture ni d'elle pour les conduire à nouveau chez le médecin. Mais ils n'en avaient pas eu la force. Alors, ils restaient allongés côte à côte, tout habillés, s'efforçant de se régénérer assez pour se laver les dents et s'endormir.

Et comme cela arrive souvent dans ce genre de situations, ils s'étaient sauté à la gorge. Grażyna lui avait rappelé qu'en dépit de son temps partiel, elle devait rester plus longtemps à l'école le lendemain parce qu'ils avaient une réunion importante. Il lui avait répondu qu'il avait justement déplacé ses patients le lendemain afin qu'elle puisse se rendre à l'école les deux jours précédents. Ce à quoi elle avait répliqué qu'il faisait toujours ceci, lui qu'elle ne faisait jamais cela. Un quart d'heure plus tard ils divorçaient, une demi-heure après chacun était prêt à claquer la porte pour ne jamais revenir, mais aucun n'en avait la force, c'est pourquoi ils tentaient de pousser l'autre vers la sortie, ce qui finit par les faire tellement rire qu'ils se réconcilièrent.

Elle lui dit qu'il devrait unir ses patients par couples. Que les couples, c'était la pure vérité vraie du monde.

Il répondit qu'il n'aimait pas les groupes.

Elle lui expliqua qu'elle était sérieuse, qu'elle s'était toujours demandé pourquoi les patients venaient seuls en thérapie. Après tout, un analyste avait de nombreux patients et il pourrait donc les réunir par paires, disposant ainsi devant eux et devant leurs problèmes un miroir sous forme de véritable être humain. Un être qui avait aussi ses problèmes et ses émotions et qui n'était pas seulement un mur bienveillant à l'instar du thérapeute.

Il lui avait demandé si elle parlait sérieusement.

Le plus sérieusement du monde, avait-elle répondu, d'autant plus que chacun le paierait et qu'il gagnerait la même chose, mais aurait deux fois plus de temps et pourrait s'occuper de Jacek.

En riant, ils étaient partis faire l'amour.

Le lendemain, ils avaient été une nouvelle fois sauvés par Lucyna qui était venue s'occuper de Jacek, mais la graine semée durant cette discussion germait, germait et avait fini par donner naissance à l'une des écoles thérapeutiques les plus efficaces du XXe siècle.

Et c'est pourquoi il avait précédé son travail de la devise « Aucun homme n'est une île ». Ce n'était pas parce qu'elle résumait si efficacement l'essence de sa nouvelle thérapie, mais parce qu'il n'en aurait jamais eu l'idée et ne l'aurait jamais consolidée sans sa merveilleuse et brillante épouse qu'il aimait et qu'il avait sans cesse désirée. Ça fait combien, cinquante ans ? Moins de deux mille nuits. Combien d'entre elles avait-il dormi sans tenir le sein de Grażyna dans sa main ? Deux cents ? Certainement pas plus. Après tout, il avait très peu voyagé et, la plupart du temps, c'était avec elle.

Elle lui manquait terriblement.

3

Toutes les élèves de la FF avaient reçu des invitations pour le concert de l'après-midi, dans un des différents secteurs. Cela faisait plusieurs jours que la conduite des cours devenait de plus en plus difficile au fil des heures : d'une phase de déconcentration, mes filles avaient basculé vers un éveil permanent de frémissement, de babillage et de piaillement. J'avais peur d'être d'ici peu témoin d'une attaque d'épilepsie parce que le cerveau de l'une d'entre elles ne supporterait pas cette surcharge d'euphorie. C'est pourquoi, durant ce qu'on appelait « leçon de maternité » avec les classes supérieures, je m'étais limitée aux bons conseils qui concernaient le comportement à adopter lors de festivités collectives, où les émotions et diverses substances pouvaient desserrer les freins comportementaux. Dans la mesure où les filles donnaient l'impression d'être prêtes à s'encanailler avec n'importe quel type qui leur montrerait un disque orné de la photographie de Johnny Hallyday, j'avais choisi mon sujet fort judicieusement.

Tout était allé comme sur des roulettes. J'avais réussi à transmettre une touche de savoir féministe, que « non, ça veut dire non » et qu'à n'importe quel moment du rendez-vous, elles pouvaient se lever et sortir, que c'était leur droit sacré. Elles échangeaient des regards et s'adressaient des clins d'œil lourds de sens pour signifier que quitter un rencard, c'était la dernière chose dont elles avaient envie, mais je faisais semblant de ne pas le remarquer. J'avais réussi à les faire rire avec un exemple : puisqu'un homme en costume chic n'était pas coupable de se faire braquer et voler son portefeuille, alors une femme en robe élégante n'était pas non plus coupable de se faire agresser ou harceler. Pourtant, comprenant aussi que la Pologne des années 1960, indépendamment des variantes historiques, devait être le royaume universel de la misogynie, je leur demandai de répéter à voix haute notre mantra de sécurité.

— Si quelqu'un vous attaque, vous attrape et vous menace en disant que si vous criez, il vous tue, qu'est-ce que vous faites ?

— On crie, on frappe et on s'enfuit ! récitèrent-elles en chœur.

Bon d'accord, le féminisme est une chose, l'art de la survie en est une autre.

— Madame, est-ce qu'au sein du *mariaże* aussi, on peut dire non ? demanda Rebeka à la fin du cours, une Slave typique aux cheveux platine et raides, en dépit de son prénom de l'Ancien Testament.

— Bien sûr, répondis-je. Le mariage ne signifie pas que vous devenez la propriété de quelqu'un, mais que vous décidez de passer une vie ensemble en tant que partenaires. C'est un sujet très important, je vais vous préparer un cours à ce sujet après les vacances.

— Madame, ça fait longtemps que vous portez cette nouvelle bague ? lança Magda du dernier banc.

C'était celle qui s'était exprimée lors de mon premier cours ici, quand je m'étais égarée dans cette classe par erreur.

— À propos du mariage, je veux dire, précisa-t-elle.

— Quelques semaines, répondis-je.

Les filles rirent et se mirent à applaudir, quant à moi, je m'empourprai malgré moi. Ça n'était pas très professionnel et Madame ne m'aurait probablement pas félicitée.

Je regrettais de ne pas avoir intégré l'éducation nationale en tant qu'enseignante dans ma précédente vie, et non en tant que fonctionnaire de l'administration puis directrice. J'adorais mes filles, toutes ensemble et chacune en particulier, même si elles me tapaient parfois sur les nerfs et même si les immenses changements d'humeur qui pouvaient les affecter d'un jour à l'autre m'étonnaient. Il était néanmoins rare que je me lève le matin sans l'excitation de me rendre en classe, de les rencontrer et d'entendre leurs questions. Et le fait que je puisse leur faire quitter un peu l'orbite de la servitude et de la soumission sur laquelle la plupart d'entre elles tournaient depuis leur naissance me procurait une force si euphorique qu'on aurait juré que je ne travaillais pas dans une école, mais dans un laboratoire qui développait un remède contre le cancer. Chaque quarante-cinq minutes en ma compagnie augmentait leurs chances de se montrer dans la vie plus indépendantes que leurs mères et leurs grands-mères, surtout que la majorité d'entre elles étaient de familles traditionnelles.

— Madame… recommença Rebeka, visiblement préoccupée. Je sais que vous allez nous en parler après les *wakans*, mais on se pose parfois la question, parce qu'on sera probablement un jour les *epouzy* de quelqu'un, que se passerait-il si nous n'avions jamais envie d'accomplir le devoir conjugal ? Si chaque soir, on a envie de dire non ? On ne peut probablement pas faire ça, pas vrai ?

Elle tournait autour du pot, mais je ne parvenais pas à saisir son intention.

— Rebeka, je pense que tu parles de cas assez extrêmes. L'être humain a un besoin inné de proximité physique et s'il devient suffisamment ami avec quelqu'un pour choisir le mariage, alors ça vient naturellement. Vous vous découvrirez l'un l'autre, vous découvrirez vos besoins, vos limites. L'important, c'est que ça soit fait avec délicatesse et respect. Et vous ne devriez certainement pas appeler ça un devoir.

— Qu'il le nomme comme ça si ça lui chante, tant qu'il le fait, lança Magda, incorrigible comme toujours.

Mais Rebeka ne renonçait pas.

— Madame, et s'il arrive qu'une fille sent théoriquement que, comment dire, qu'elle dirait toujours non à n'importe quel homme ?

Certaines filles échangèrent des regards entendus et Cenia, assise à deux tables de distance de Rebeka, s'empourpra de la tête aux pieds. Je commençai seulement à comprendre le fond de ces questions.

Et qu'est-ce que j'étais censée répondre ? J'étais sotte de ne pas avoir préparé plus tôt une riposte à une telle demande. Des adolescentes, une école pour filles, un internat – tant d'hormones flottaient dans l'air que, Dieu m'est témoin, j'avais parfois l'impression d'évoluer dans le brouillard durant les récréations. Je devais répondre quelque chose. Et vite.

Bon sang, si j'étais née quarante ans plus tard, le sujet aurait été plus naturel pour moi.

— Rebeka, si tu parles de femmes qui ressentent de l'attrait pour d'autres femmes…

Évidemment, une salve de ricanements suivit, mais je voulais paraître professionnelle, alors je renonçai à faire une pause pour les admonester du regard.

— … et non pour des hommes, alors tu peux parler de deux cas distincts. Premièrement, chacun d'entre nous est un être curieux. Sur tous les points, y compris le charnel. Et il n'y a aucun mal à cela, surtout si nous satisfaisons notre curiosité avec quelqu'un qui est curieux lui aussi. Cela étant dit, dans chaque société, il y a des personnes homosexuelles. Elles ne sont absolument pas intéressées par le sexe opposé, mais par le leur.

Je suspendis la voix.

Un épisode honteux de la carrière de Ludwik me revint à l'esprit : il avait un jour soutenu être capable de guérir l'homosexualité. Par chance, c'était dans les années 1980, bien avant l'époque d'Internet, et personne ne le lui avait jamais rappelé. À part moi, lors de diverses disputes, ce qui était d'ordinaire l'argument qui y mettait fin. Ludwik avait vraiment peur que s'il me mettait réellement en rogne un jour, je n'aille montrer à quelqu'un son article sur le traitement de l'homosexualité par la confrontation en miroirs avec symbole d'un parent dominant du même sexe.

Je faillis pouffer de rire en me rappelant que je possédais effectivement ce texte planqué avec mes bas au fond d'un tiroir. Durant de longues décennies, j'estimais que c'était mon assurance en cas de divorce, quand j'aurais besoin d'une carte à abattre.

Bien sûr, je ne pouvais pas rire, pas à ce moment-là, je le savais et la gaieté grandissait d'autant plus en moi. Quelle situation délicate !

— De telles personnes ne devraient pas se lier avec le sexe opposé, continuai-je en me contrôlant à grand-peine, parce que alors, nous nous rendons malheureux ainsi que notre partenaire. Au lieu de cela, elles devraient vivre en accord avec leur orientation.

— Alors le mariage n'entre pas en ligne de compte ?

Je ne connaissais pas la législation de cette Pologne-ci, mais, sur les stigmates du Christ, ça m'aurait fortement étonnée.

— Non. Mais cela ne signifie pas pour autant que les personnes homosexuelles ne peuvent pas vivre ensemble et atteindre dans le bonheur une vieillesse paisible, en se réjouissant de leur amour, de leur amitié et, bien sûr, de leur sexualité.

Je pesais chacune de mes paroles, je voyais Rebeka reprendre mes phrases en chuchotant pour mieux les mémoriser. Le reste de la classe comprit qu'il s'agissait d'une affaire importante, les regards et les ricanements cessèrent.

— Même si les autres vont désapprouver ?

— Permets-moi de dire oui. Il y a certainement parmi vous des personnes croyantes, dis-je, parce que je préférais ne pas m'adresser uniquement à Rebeka, des personnes qui s'attendent à une vie après la mort. Elles ont peut-être raison, mais le risque existe que la seule vie que nous ayons, soit celle d'ici-bas. Une seule vie, pas très longue et qui passera bien vite, faites-moi confiance, même si pour le moment vous avez une impression différente. Un mariage, un travail, un enfant, vous n'aurez pas le temps de compter jusqu'à trois et vous serez à la retraite. S'il y a bien une chose pour laquelle nous n'avons pas le temps, c'est de se demander si quelqu'un va nous désapprouver ou pas.

Sonnerie.

— Je vous ferai une leçon là-dessus après les *wakans*, chères élèves, dis-je en levant l'index de façon professorale. Ainsi qu'un contrôle qui comptera triple.

Une partie d'entre elles gémirent, une autre en rit, l'une d'elles entonna joliment « Souvenirs, souvenirs », quelques filles entamèrent aussitôt un pas de rock'n'roll et moi, je sortis de la classe parce que j'étais peut-être jeune du point de vue d'une vieillarde de quatre-vingts ans, mais déjà beaucoup trop vieille pour rester auprès de mes élèves.

Comme le temps passe.

4

Ils se rendirent à la halle Mirowska par un chemin détourné pour profiter d'une journée agréable. Ils empruntèrent la rue Miodowa, avant de longer le Grand Théâtre et de traverser le jardin saxon. C'était une promenade charmante, d'autant plus que son itinéraire passait par une Varsovie que Ludwik avait toujours connue, à l'exception du palais saxon reconstruit dans cette réalité. La ville paraissait assez déserte pour une fin d'après-midi. Ceux qui le pouvaient avaient franchi la Vistule depuis longtemps pour participer aux Journées de la mer, les autres s'étaient regroupés devant leurs postes de télévision pour suivre les festivités à la maison ou chez des voisins. Les rares passants semblaient s'orienter dans la même direction que leur groupe.

Arrivés rue Marszałkowska, ils patientèrent au feu ; on attendait toujours des siècles pour pouvoir passer sur les axes principaux. Ludwik avait lu dans l'hebdomadaire *Capitale* que c'était un choix délibéré pour garantir la fluidité du trafic routier et des transports en commun. Il faudrait encore attendre quelques décennies pour que quelqu'un s'aperçoive que les piétons aussi habitaient en ville. Ainsi que les cyclistes. En l'occurrence, avec Grażyna, ils les détestaient franchement parce qu'à force de les voir foncer à toute allure sur les trottoirs, ils en avaient parfois peur, surtout Grażyna avec ses os si fragiles.

— J'ai cinq kilomètres jusqu'au bus, dit un type qui patientait à côté de lui aux gens qui l'accompagnaient. Il y en a un à quatre heures moins le quart.

Ludwik frémit. Ce n'était pas la première fois qu'il lui arrivait d'entendre d'étranges échos de l'autre monde, comme lorsque sa patiente lui avait raconté ses rêves de jouets moches. Il tendit l'oreille pour écouter des bribes d'un dialogue qui lui semblait familier. Une fois de plus, il ressentit un déjà-vu ; il savait que la phrase suivante serait « Et vous arrivez à temps ? »

— Et vous arrivez à temps ?

— Non, mais ce n'est pas plus mal parce que le bus est plein à craquer et ne s'arrête pas. Je marche un arrêt de plus, jusqu'à la crémerie...

— Pourquoi tu fais cette tête ? demanda Iwona en le prenant sous le bras. Tu te sens bien ?

— Oui, bien sûr. C'est peut-être le début de l'été, le solstice, mon organisme doit s'habituer à la chaleur.

Le feu passa au vert et ils avancèrent, laissant derrière eux les hommes occupés à débattre s'ils pouvaient ou non attraper leur bus. Ludwik avait l'impression que ça venait d'un film de l'époque communiste, Grażyna l'aurait su, le cinéma l'avait toujours intéressée davantage que lui.

— Tu penses que cette température être chaleur ? demanda Camille en riant. Pauvre Polonais, si malmenés par Histoire et nature.

Ludwik sourit cordialement, mais eut l'impression de jouer un rôle écrit pour quelqu'un d'autre. Cette situation l'indisposait de plus en plus. Au début, la photographie en compagnie d'Edward Gierek l'avait simplement amusé et étonné, tout comme le reste ici. Puis il avait subi un choc en découvrant qu'avec Iwona, ils n'étaient pas seulement des sympathisants, mais carrément des militants de l'Union slave. Ludwik se justifiait en se disant que dans sa précédente vie, il avait aussi commis des erreurs, il n'avait quitté le parti ouvrier unifié qu'après les émeutes de la Baltique de 1970 ; deux ans de disputes avec Grażyna et Lucyna avaient précédé la restitution de sa carte d'adhérent, celles-ci ayant pour leur part estimé qu'après les purges antisémites de 1968, seuls des salopards finis demeuraient au Parti. Or, à ce moment-là, justement, il ne pouvait renoncer à sa carte, il devait se rendre à Vienne pour un séminaire psychanalytique. Si on lui avait confisqué son passeport à cette période, ou pire, si on l'avait viré de l'université, il l'aurait payé de sa carrière et perdu toute possibilité de devenir professeur.

Une Histoire différente, une vie différente, les mêmes erreurs que d'habitude, c'est ce qu'il se disait. Pourtant, au fur et à mesure de ses conversations avec Iwona et avec leurs connaissances, surtout avec Camille, il commençait à hésiter. Il remarquait que, puisque Kwiatkowski pouvait être devenu président, puisque Gomułka pouvait être le chef de file d'un parti d'opposition de second ordre, alors Edward Gierek pouvait aussi être devenu un politicien normal en d'autres circonstances. Un patriote raisonnable qui cherchait une troisième voie entre la menace d'Occupation soviétique et une occidentalisation hystérique et irréfléchie ? Ludwik apprivoisait cette pensée et puisque, durant la campagne électorale, il fallait discuter politique avec tout le monde et sans discontinuer, il avait consolidé son point de vue et était effectivement devenu un sympathisant de l'Union, persuadé que la Pologne devrait exploiter le meilleur moment de son histoire pour façonner son essor indépendamment des deux impérialismes qui l'oppressaient sur ses flancs.

Malgré cela, ce rôle mal ajusté lui pesait de plus en plus. Tout Varsovie et toute la Pologne célébraient les Journées de la mer, une fête annuelle dédiée à la modernité et à l'avenir. La capitale bourdonnait de l'énergie des milliers d'adolescents venus honorer leur immortalité au son des tubes du moment et sous la lueur des feux d'artifice. Et lui ? Il se rendait en compagnie de quelques personnes d'un âge avancé ou mûr à la halle Mirowska pour écouter son ami Edward Gierek.

C'était une mauvaise blague.

5

Je comptais sur mon charme parce que l'attrait subreptice de Lucyna, avec son mégot à la bouche et son regard moqueur, n'abusait que les connaisseurs raffinés de l'intelligence féminine, un genre peut-être pas menacé d'extinction, mais particulièrement rare. Émergeant du parc Skaryszewski, nous atteignîmes notre secteur de la Brochette, où Lucyna présenta mon invitation et moi, ma carte d'enseignante à la FF, persuadée que ça fonctionnerait ou que j'allais jouer l'adorable idiote.

Nous tombâmes sur un maton zélé qui réclama mon invitation. Je commençai à battre des cils et à présenter ma poitrine, soignée et choyée, mais moins ostensible dans son nouveau soutien-gorge, et à raconter au type que toutes les employées de la FF avaient des billets pour ce secteur et qu'une copine de l'école m'avait dit que la carte d'enseignante suffirait, oh mon Dieu, quel désagrément imprévu. Plus je me donnais du mal et plus le policier semblait me considérer comme une folle qui comptait lancer une tarte à la crème sur l'Ingénieur. Et puisque l'incident ralentissait la queue, la sympathie des personnes rassemblées autour de nous penchait de son côté.

— Monsieur, excusez ses mensonges, dit Lucyna. Elle a un fiancé montagnard qui a déchiré son invitation parce qu'il est affreusement jaloux. Ces temps-ci, c'est surtout de ce troubadour français. Ça fait longtemps que je lui dis de quitter ce plouc, mais la demoiselle est amoureuse, que faire ?

Elle était déjà de l'autre côté du portique, mais repassa devant le policier et se planta auprès de moi.

— Viens, Grażyna, dit-elle tristement. Sans toi, à quoi bon rester là-bas toute seule.

La sympathie de l'assemblée bascula. La foule bruissa.

— *Cirquez*, *cirquez* dans le calme je vous prie, lança le policier à la foule sur un ton officiel.

— Chef, commissaire bien-aimé ! le harangua quelqu'un. Vous ne laissez pas entrer une donzelle de Varsovie ? C'est indigne, ça.

Le policier ouvrit la bouche, comme s'il voulait ordonner une nouvelle fois de cirquer, verbe qui devait être dérivé du français « circuler », mais estima visiblement que sa position était intenable et nous fit signe de passer.

Ce que nous fîmes bien volontiers et, après un moment de balade entre les édifices, nous cherchâmes une place dans notre tribune. Ici, un mot d'explication est nécessaire. Lorsque j'avais visité la Brochette la première fois, la surélévation des immeubles le long de l'artère principale m'avait étonnée. On atteignait chaque bâtiment par des escaliers hauts et larges tels ceux d'un temple grec. J'avais trouvé cela très prétentieux, avant de comprendre quelle intention se cachait derrière ce choix : que le quartier puisse également servir lors de festivités de masse. Les marches se transformaient alors en tribunes naturelles ; en supplément, on montait des tribunes temporaires entre les édifices et c'est ainsi que prenait forme une arène qui n'était peut-être pas un stade, mais une variante sur le thème du cirque antique allongé.

Notre tribune se trouvait sur les marches qui menaient au musée de la Modernité (rebaptisé par Lucyna, non sans pertinence, Oxymorum) et nous montâmes jusqu'en haut, entre les colonnes de l'entrée, pour bien voir la fête. Le paysage était impressionnant. En bas de la tour de l'Amitié, on avait construit une scène surélevée et circulaire. Les tribunes naturelles et artificielles étaient assez pleines, mais, dans la rue – qui dans ce cas faisait office de fosse où chacun pouvait entrer sans invitation ni billet –, tourbillonnait pratiquement jusqu'à l'horizon une foule innombrable de gamins.

Quelque chose commença à se passer.

D'abord, une trappe s'abaissa dans l'estrade et un petit piédestal avec un microphone en émergea. Puis des portes s'ouvrirent et quelques dizaines de batteurs et de trompettistes sortirent de la tour, tous vêtus d'uniformes de la marine militaire. Ils se répartirent à intervalles égaux autour de la scène ; les percussionnistes levèrent leurs baguettes et se mirent à jouer. Plus ils répétaient en boucle le même signal et plus la foule devenait silencieuse, plus les sons renvoyés par les murs résonnaient fort. L'effet monumental, solennel me donna des frissons.

Soudain, comme reliés par un fil invisible, ils cessèrent.

Alors, les trompettistes levèrent leurs clairons et se rependit dans le ciel de Varsovie la sonnerie d'éveil de l'armée polonaise.

Quand ils l'achevèrent, le silence bourdonnait à mes oreilles et une voix masculine fut d'autant plus audible. Elle annonça :

— Le président de la République de Pologne.

6

— Vous savez ce que je crois ? Je crois qu'on nous vole encore quelque chose. Depuis des siècles, nos ancêtres slaves dont la vie dépendait des cycles de la nature fêtaient le solstice d'été. Le jour où le soleil montre sa puissance, où la chaleur et la lumière triomphent de l'obscurité, le jour de l'amour, de la fertilité et de l'espoir. Et puis l'Église est venue et a renommé la nuit de Kupala en fête de la Saint-Jean. Et vous savez comment ça se passe avec ces chrétiens, ils ont toujours le dernier mot, quoi.

Un éclat de rire.

— Et ça s'est entrelacé ainsi durant des siècles, une fête slave avec le souvenir de Jean le Baptiste, jusqu'à ce que ça s'entrelace pour de bon et devienne notre tradition, un formidable mélange de la vieille foi, de la nouvelle foi et de l'attachement à la terre et à la nature. À présent, ils font probablement résonner le clairon sous la tour de l'Amour forcé et disent que c'est leur fête. Le Jour de la mer. Peu leur importe que le mariage entre la Baltique et la Pologne se soit fait sous la houlette d'un grand patriote, le général Haller, en février 1920. Peu leur importe qu'après la dernière guerre, nous ayons répété nos vœux en mars. L'important, c'est de nous enlever l'une des plus fabuleuses fêtes populaires et de la transformer en propagande tape-à-l'œil. Ils disent : à bas la foi. Ils disent : à bas la tradition. Ils disent : regardons l'avenir. Et vous savez quoi ? J'ai fait comme ils ont dit. J'ai regardé. Et je n'ai vu aucun avenir, quoi.

Un tonnerre d'applaudissements.

Ludwik avait voulu se placer au fond, au cas où, pour ne croiser aucune de ses connaissances, aucun de ses amis ou de ses compagnons d'armes politiques devant lesquels il devrait faire semblant de ne pas les voir pour la première fois de sa vie. Mais Iwona et Camille l'avaient entraîné devant, dans ce qui constituait probablement le cercle des activistes les plus fidèles. Et il se tenait à présent à trois mètres d'un piédestal improvisé d'où Edward Gierek faisait son discours. C'était un type jeune, beau de cette beauté grossièrement taillée de paysan, les manches de sa chemise claire retroussées. Ludwik reconnaissait son « quoi » caractéristique et ferme qui accentuait la confiance en soi, il reconnaissait le charisme du Premier secrétaire et la franchise qu'il avait si bien réussi à feindre au temps du communisme.

Si Grażyna l'avait vu en ce moment, au cœur de cette halle Mirowska fraîchement reconstruite – où ils s'étaient rendus toute leur vie pour acheter de la viande chez une grossiste parce que Ludwik s'entêtait à prétendre que c'était la meilleure de Varsovie, ce que Grażyna contestait, et à propos de quoi ils se disputaient depuis toujours –, si elle le voyait en train d'applaudir Gierek, elle serait probablement morte de rire.

— Eux, ils disposent d'un quartier entier, c'est le pouvoir, normal, continuait le tribun. Et nous, on se retrouve modestement dans une galerie marchande. Vous pourriez me demander : pourquoi ? Je répondrais bien volontiers. Premièrement, pour se rappeler que c'est dans ce lieu que le peuple polonais, le véritable peuple polonais, venait nourrir la ville. Sans cette nourriture, il n'y aurait eu ni élites, ni salons, ni poètes, ni mesdames les directrices. Ils auraient tous crevé de faim, quoi.

Il interrompit les hourras d'un mouvement de la main pour signifier que la suite serait sérieuse.

— Deuxièmement, pour se rappeler le temps de l'Insurrection. Le moment où, durant le massacre du quartier Wola, la bande de Dirlewanger a organisé entre ces simples étals une orgie de la violence. Ils ont assassiné tout le monde. Ceux qui nourrissaient. Et ceux qui voulaient être nourris.

D'un côté de l'entrée, dit-il en désignant l'endroit du doigt, on a disposé un tas de cadavres, surtout des femmes et des enfants, vu que c'était un marché. De l'autre, leurs sacs à main et leurs paniers de courses.

Il offrit aux gens un moment pour imaginer la scène.

— Dirlewanger est mort. Mais le plus important des bourreaux de Varsovie, responsable de la répression de l'Insurrection, le commandant SS Erich von dem Bach, se porte comme un charme. Ils l'ont plus ou moins condamné, pour le relâcher, c'est un vieil homme sympathique, alors pourquoi le traîner devant les tribunaux, quoi. Heinz Reinefarth, de son côté, est déjà moins vieux, il a à peine soixante ans, et ce sont ses unités qui, sur l'ordre de von dem Bach, ont perpétré le massacre de Wola, cinquante mille personnes en un week-end. Il se plaignait du manque de munitions pour fusiller les femmes et les enfants. Vous me demanderez peut-être où il a été pendu. Nulle part. Depuis dix ans, il est maire d'un village de bord de mer, non loin du Danemark. Moi, je pense que ces deux messieurs pourraient nous être fort utiles pour construire avec l'ingénieur Kwiatkowski une Europe au-dessus des divisions. Je pense qu'ils sont liés par le fait qu'aucun d'eux ne veut regarder le passé. Et c'est aussi pour ça que nous nous réunissons ici. Dans cette halle qui est un double monument. Le monument de l'amour du peuple polonais qui nourrissait sa capitale. Et le monument de la souffrance inimaginable de ce peuple. Dans une halle sacrée que personne n'a pris la peine de reconstruire durant dix-huit ans, tant les gens avaient les yeux rivés sur l'avenir. Je veux le souligner avec force, nous aussi, nous choisissons l'avenir. Mais jamais sans la tradition et jamais sans la mémoire ! Nous voulons rendre à la Pologne sa grandeur et sa puissance !

— Heureuse de vous revoir, docteur, lui chuchota quelqu'un à l'oreille en lui tapotant l'épaule durant les interminables applaudissements et vivats qui suivirent le discours de Gierek.

C'était Wanda. Ludwik lui sourit, authentiquement ravi de la rencontrer. Elle lui donnerait peut-être des nouvelles de Grażyna ?

7

Aussi longue que fut ma vie, c'était peut-être la première fois que j'écoutais un homme politique avec intérêt. Était-ce seulement par curiosité de découvrir la personne qui avait réussi à tirer la Pologne par les oreilles hors du trou noir de l'Histoire ? Probablement, oui, mais il y avait aussi en moi beaucoup plus d'émotions qu'une banale curiosité historique.

J'écoutais ce vieil homme mince et droit discourir sans prendre garde aux anecdotes, au côté théâtral de sa prestation et au léchage de bottes de la foule. Sa voix avait des accents d'avant-guerre, elle m'évoquait la manière de prononcer les homélies de Karol Wojtyla et, dans sa mélodie, il y avait aussi une indolence des confins de l'Est.

Pourtant, ce n'est pas ça qui m'émouvait, mais le fait qu'il parlât normalement. Durant le communisme, les politiques nous avaient parlé soit comme des pères en colère qui nous menaçaient d'une fessée, soit comme des prostituées qui minaudaient. Après la chute du mur, personne ne parlait parce que trop de gens importants avaient trop de choses importantes à faire pour prendre le temps d'expliquer aux gens simples le pourquoi du comment. Et durant l'Union européenne, ils avaient commencé à nous traiter en idiots baveux auxquels on pouvait mentir quotidiennement, droit dans les yeux, et lancer quelques miettes une fois tous les quatre ans. En fait, c'était la première fois que j'avais l'impression d'être une citoyenne à qui quelqu'un s'adressait. L'Ingénieur parlait de ce qu'on avait accompli, de ce qu'on devrait encore accomplir, de ce qu'on pourrait réussir en dépit des difficultés et de ce que, malheureusement, on avait raté. Dieu tout-puissant dans la sainte Trinité, je songeai soudain que si nous avions eu au moins une centaine d'hommes d'État tels que lui dans notre histoire, alors ça aurait été le pays le plus heureux sous le soleil.

L'intégralité du discours était consacrée à la mer et à tout ce qui y avait trait. On sentait que pour l'Ingénieur, ce n'était pas seulement l'une des branches de l'économie, c'était la clé de l'avenir de la nation, le moyen de rattacher la Pologne au reste du monde avec des liens si puissants qu'ils deviendraient indéchirables. J'écoutais fascinée le récit des succès internationaux de la coalition des villes portuaires, mais Lucyna bâillait tellement et roulait tant des yeux que je me doutais qu'elle n'entendait pas ça pour la première fois. Pendant ce temps, Kwiatkowski récitait John Donne :

— « Aucun homme n'est une île, un tout, complet en soi ; tout homme est un fragment du continent, une partie de l'ensemble ; si la mer emporte une motte de terre, l'Europe en est amoindrie, comme si les flots avaient emporté un promontoire, le manoir de tes amis ou le tien ; la mort de tout homme me diminue, parce que j'appartiens au genre humain ; aussi n'envoie jamais demander pour qui sonne le glas : c'est pour toi qu'il sonne. »

Il arbora alors un sourire très triste qui constituait son signe distinctif autant qu'une source de moqueries.

— Je sais que je ne vous ai pas habitués aux citations littéraires, j'ai toujours considéré que les chiffres et les tableaux étaient plus importants. Mais ma fille m'a demandé de dire au moins une fois quelque chose de simple, comme je le fais à la maison. Alors, je vais vous demander de remplacer dans ce texte le mot homme par le mot peuple. Aucun peuple n'est une île solitaire. S'il vous plaît, réfléchissez à cela.

8

Il balayait du regard la si classique construction d'acier de la halle de commerce, il écoutait d'une oreille distraite le discours de Camille, qui égayait le public avec ses fautes de polonais soigneusement ciselées, qui vantait avec passion les traditions polonaises, et il réfléchissait. En l'occurrence, Ludwik se disait qu'il était un idiot. Un idiot fini qui pensait trop lentement et qui faisait tout n'importe comment. Il avait envie de pleurer. Il avait envie de tomber à genoux, de lever son visage vers le ciel et de hurler.

Le discours de Gierek l'avait totalement guéri de l'Union slave. Menacer avec des Allemands sanguinaires, comparer de façon cynique et écœurante ses adversaires politiques avec des bourreaux hitlériens et, pour finir, raconter des balivernes nationalistes à propos d'un retour à la grandeur polonaise – il vit soudain comme sur un plateau ce qu'était en réalité l'Union. Et il avait envie de se taper la tête à coups de poing pour s'être laissé berner.

— Savez-vous ce que vous manque, à vous, Polonais ? demandait Camille depuis l'estrade. Du courage ! *Evidemensko*, il manque du courage. Je pense, moi, en tant que Francuz, que vous, Polonais, êtes une nation de lâches !

La salle gronda.

— Je plaisanter pas, cent pour cent je parle sérieux. Lâches !

La salle gronda plus fort et Ludwik comprit soudain que sa plus grande erreur n'était pas d'avoir jugé favorablement Gierek, c'était d'avoir permis à Grażyna de sortir de sa voiture le premier soir. Idiot, débile, sot, crétin. Il l'avait, il avait la voiture, il avait son jeune corps. Le sien et celui de Grażyna. Au lieu de rouler droit devant, il était revenu auprès de sa femme, auprès de ses patients et de ses agendas. Et il allait rester dedans parce qu'il n'avait plus Grażyna qui lui permettrait une seconde fois de fuir le quotidien.

— Il vous manquer courage de dire nous. Moi, en Pologne, j'entends sans cesse dire eux. Tout s'est passé et tout se passe en Pologne parce que eux, les Français, eux, les Allemands, eux, les Russes ou eux, les Américains. Pourquoi ? Parce que vous, Polonais, n'avez pas courage être fiers votre magnifique pays. De nature. De religion. De Histoire. De tradition. Et de avenir. Je sais que vous pas vouloir entendre encore avenir, eux parlent sans cesse rien que ça. Je peux même comprendre, c'est plus commode, car alors, plus besoin passé et présent. Mais que diriez-vous de faire seuls un avenir propre polonais ? Seulement vous, pas aucun eux.

— Eh, salut ! lança à côté de lui dans un chuchotement ravi Iwona, avant de faire trois bises à quelqu'un.

Ludwik se retourna pour découvrir qu'elle embrassait un Edward Gierek qui, l'instant d'après, lui serrait la main et l'enlaçait dans une étreinte amicale.

— Bienvenue aux scientifiques, comment vont vos carrières ? Vous avez le temps de les développer jusqu'en septembre. Après, vous travaillez pour moi.

— C'est-à-dire, où ça ? demanda Ludwik machinalement avant de réussir à se censurer.

— Au cabinet du Premier ministre, où voulez-vous que ce soit, quoi ?

Il leur adressa un clin d'œil canaille ; ceux qui étaient le plus près d'eux et avaient entendu l'échange gloussèrent.

— Je vous souhaite, Polonais, deux machins importance, concluait Camille. Premièrement, que vous abolissiez déclinaisons parce que c'est pas possible sur le long à force.

Des applaudissements.

— Et deuxièmement, courage ! Bon courage !

La foule tonnait de vivats, Gierek discutait avec Iwona et Ludwik tentait de ne pas manifester à quel point il n'avait pas envie de se trouver là. Il devait mettre un terme à tout ça. À l'Union, à Iwona, à la répétition de ses anciennes erreurs. Il avait besoin – quand bien même cela sonnerait de façon caustique dans le présent contexte – de courage.

— Et qu'est-ce que vous pensez du slogan « Rendons à la Pologne sa grandeur » ? demanda Gierek. C'est le général Jaruzelski qui m'a soufflé l'idée.

— Jaruzelski est avec nous ? demanda Iwona, étonnée et enthousiaste.

— Pour le moment, on a juste sympathisé, mais croisez les doigts. Un sacré gars, d'ailleurs, le général. Il planifie en avance, comprend les contraintes de la géopolitique, n'a pas peur des défis. Je pense qu'avec lui, on arriverait vraiment à faire de belles choses en Pologne.

— Afin qu'elle retrouve sa grandeur, dit Ludwik.

Il n'avait pas pu s'en empêcher et son ton sarcastique et amer grinça dans cette atmosphère de liesse.

— Et tu as quelque chose contre ça ? demanda Gierek en riant.

— Non, mais ça me fait réfléchir. Grande comme au temps de Staline ? Pas vraiment. Au temps d'Hitler ? Non plus. Comme avant la guerre, lorsque l'actuel président était ministre ? J'en doute. Avant ça, il y a eu les Partages. Avant les Partages, cent ans de trou noir. Avant cela, le XVIIe siècle, quand les guerres et les conflits déchiraient la Pologne en lambeaux. Encore plus tôt ? Sous Sigismond Vasa, le vaurien ? Votre formidable peuple traditionnel a souffert pendant des siècles de misère, de l'esclavage, de la stagnation culturelle, de conflits sans queue ni tête, il a souffert sous la cravache des seigneurs et dans la muselière de l'Église. J'essaie de comprendre, puisque la Pologne doit RETROUVER sa traditionnelle grandeur, alors à quelle époque de cette grandeur remontons-nous, très précisément ? À Sigismond Ier le Vieux ? À Casimir III le Grand ? La monarchie reviendra-t-elle aussi ?

Les personnes rassemblées autour d'eux se turent et échangèrent des regards, surpris par sa philippique.

— Je n'aime pas ce ton, frère, susurra Gierek.

— Pas de souci. Moi, frère, il n'y a rien qui me plaise en toi. Et ce qui me plaît le moins, c'est qu'au meilleur moment de l'histoire polonaise, un mouchard russe veut nous envoyer à nouveau par le fond en se faisant passer pour le sauveur de la nation.

Et c'est alors que ce mineur vigoureux, connu ici en tant que frère Edek, mais dans une autre ligne temporelle en tant qu'Edward Gierek, premier secrétaire du parti ouvrier unifié polonais, lui administra un tel crochet du droit que Ludwik tomba inconscient sur les planches.

9

On rentrait à pied avec Lucyna depuis la Brochette jusqu'à mon appartement et ma tête tournait à cause de la fatigue et des endorphines. Mon Dieu, qu'est-ce que je regrettais que Ludwik n'ait pas été là avec moi ce soir-là ! Je veux dire Adam, c'est évidemment Adam que j'avais en tête. Mon fiancé avait à nouveau dû s'absenter quelques semaines pour aller à Lyon et, bien sûr, il m'avait proposé de venir avec lui, mais je n'imaginais pas abandonner mes élèves avant la fin de l'année scolaire. Par ailleurs, Madame la directrice ne m'aurait jamais accordé de congés à cette période.

Après Kwiatkowski, la partie artistique avait rapidement pris le pas, partie dont les plus grandes attractions avaient été une incroyable démonstration de feux d'artifice et, bien sûr, le concert de Sylvie Vartan et de Johnny Hallyday qui, ensemble et séparément, avaient donné un show génial. Doux Jésus, quelle frénésie ça avait été. Ils avaient commencé fort, par la version française de *Da Dou Ron Ron* qui avait mis la foule de ces gamins en transe et nous aussi, je ne vais pas vous mentir. Avec Lucyna, nous avions couru en bas, dans la rue, et là, nous avions fait les folles dans la foule, nous avions dansé le twist avec des inconnus, nous avions chanté, balancé nos jambes, je m'étais le plus amusé sur *What I'd say* de Ray Charles qui – flinguez-moi, puristes musicaux – sonnait bien mieux dans la version d'une Sylvie qui twistait sur scène en chantant *Est-ce que tu le sais !*

— Je voudrais faire reculer le temps de quelques heures pour vivre ça une nouvelle fois, lança Lucyna en faisant une pirouette sur le trottoir. Qui aurait cru que ça serait si torride ? Tu as remarqué que « torride », pour dire super, marche bien en polonais, alors pourquoi les jeunes disent « tauridement bien », de taureau traduit du français *vachement bien* ?

— Tu as si tauridement embrassé l'un de ces étalons que tu as failli tomber enceinte.

— Il est beau, hein ? Un photographe de Poznań. Célibataire !

— Il a ôté sa langue de ta bouche assez longtemps pour te le dire ?

— Cochonne ! Je l'embrassais et tu sais à quoi je pensais ?

— J'ai peur de demander.

— À la Croix-Rouge polonaise.

— T'es dingue ?

— Je travaille dans une pharmacie. Je suis présidente du syndicat des pharmaciens de Varsovie. Je donne régulièrement mon sang. Je suis commandante d'une patrouille féminine de scouts. Et, depuis une semaine, bénévole à la Croix-Rouge.

Du Lucyna tout craché. Il fallait croire qu'elle n'avait pas besoin du communisme pour sauver le monde et lutter pour un meilleur avenir.

— Et aujourd'hui, j'ai embrassé ce photographe célibataire et je me suis demandé si, par tous les anges du ciel, je devais vraiment sauver le monde et lutter pour un meilleur avenir.

— À temps partiel peut-être ? Comme ça, l'autre moitié de ton temps, tu pourrais l'embrasser.

— Et il pourrait me prendre en photo, faire des portraits, de magnifiques nus pour que je puisse les regarder ensuite, une fois devenue vieille, et me dire que j'avais un jour été jeune et belle.

Je réalisais que c'était une excellente idée. Toute ma vie, j'avais regretté de ne pas avoir de clichés de ma jeunesse. À présent, je pouvais corriger quelques erreurs.

— Pour que quelqu'un me regarde avec l'œil de Tadeusz Rolke, dit Lucyna en devenant rêveuse.

— Et d'où tu sais comment il regarde ?

— Je le vois dans les yeux de ces actrices et de ces mannequins dans les pages de *Toi et moi* et de *Przekrój*, on voit à quel point elles lui renvoient son regard.

On arriva devant mon immeuble et je fouillai mon sac à main à la recherche de clés.

— Alors, tu devrais peut-être prendre rendez-vous avec Rolke ? suggérai-je en me disant que si quelqu'un se sentait dès le début dans l'obligation de certifier qu'il était célibataire, c'est qu'un instant plus tôt il massait probablement la trace laissée sur son doigt par son alliance.

Elle pouffa.

— Alors je devrais surtout me placer dans une file d'attente longue comme le pont Poniatowski. Est-ce que tu sais seulement quelles histoires on raconte en ville à son sujet ?

— Des histoires obscènes et troubles ! dit une grosse voix à côté de nous.

Nous sursautâmes toutes les deux et hurlâmes simultanément ; mes clés tombèrent sur le trottoir.

Wanda émergea de l'obscurité sans l'ombre d'un sourire aux lèvres.

— Pourquoi piaillez-vous ainsi, les filles ? Vous avez peur de tonton Rolke ?

— Imbécile, soufflai-je.

Elle désigna le goulot d'une bouteille qui sortait de son sac.

— Imbécile peut-être, mais bien équipée.

L'aspect amusant, c'est que nos relations s'étaient sensiblement améliorées depuis que j'avais quitté l'appartement de la rue Wilcza. Au quotidien, les filles me fatiguaient, mais à présent, avec chaque jour qui passait, je les appréciais davantage. Une ténébreuse disciple de l'Union et une névrotique sauveuse de la planète, comment pouvait-on ne pas les aimer ? Passé la déception d'avoir constaté que les anciennes amitiés ne m'allaient plus, un peu comme une robe de mariée sortie de l'armoire après des décennies, je recommençais à m'en faire des amies. En remarquant avec étonnement qu'il fallait vraiment y mettre du sien pour que tout soit, comment dire, comme d'habitude.

La bouteille rapportée par Wanda contenait une délicieuse vodka de coings et nous la savourions, nous efforçant de tenir à trois sur mon balcon microscopique.

Wanda nous demandait si les feux d'artifice financés par les deniers allemands avaient été jolis. Nous tentions d'établir si elle avait dû avaler des patates crues pour prouver son amour de la tradition du peuple. L'ambiance était sympathique et drôle, nous avions déjà décidé qu'elles dormiraient sur mon canapé et moi sur un lit de camp, on se délectait de la meilleure période d'une vie – assez vieilles pour avoir la tête sur les épaules et assez jeunes encore pour croire, les bons jours, en notre immortalité.

— Tu te rappelles ce charlatan chez qui tu allais au début de l'année ? Celui qui était censé te guérir de ton hystérie pour que tu cesses de nous réveiller la nuit ?

— Moi, je m'en rappelle, intervint Lucyna. Il est venu une fois parler de toi et je dois avouer qu'il avait vraiment quelque chose. Un raseur, mais c'était dur d'en détacher le regard. Et beau comme Rolke avec ça.

— Et tu l'as déjà vu un jour, ce Rolke ?

— Non, mais je me l'imagine.

— Et donc, ce docteur ? demandai-je en m'efforçant de garder la voix la plus neutre possible.

— D'abord, il m'a questionnée à ton sujet comme s'il n'y avait rien de plus intéressant au monde, m'annonça Wanda, et après, il s'est bagarré avec Edward Gierek.

10

La moitié de son visage était enflée, il avait toujours un goût de sang dans la bouche et l'une de ses dents bougeait désagréablement, mais le pire, c'était ce mal de crâne pulsatile, comme si quelqu'un lui plantait en rythme une fourchette à l'intérieur. Il cognait sévère, le Premier secrétaire. Il versa dans une petite serviette des cubes de glace rapportés de la cuisine, s'appliqua cette compresse contre la joue et l'attacha avec des bas d'Iwona pour ne pas avoir à la tenir sans cesse. Il soupira, se rinça la bouche pour chasser le goût ferreux et quitta la salle de bains.

Iwona l'attendait dans le couloir.

— Tu veux aller à l'hôpital ?

— Ce n'est rien.

— Tant mieux, parce que j'ai une question à te poser. Tu as perdu les pédales ? Qu'est-ce que c'était que ça ?

Il la contempla, étonné d'entendre de l'agressivité dans sa voix.

— Un fasciste fou m'a sauté à la gorge. Je croyais que tu étais là.

— Ludwik, ça fait longtemps que nous militons au sein de l'Union. Les gens nous regardent, prennent exemple sur nous. Pas plus tard qu'en décembre, nous avons prononcé un discours ensemble lors du rassemblement de Noël. Nous avons passé la seconde journée des fêtes chez Edward. Et aujourd'hui, c'est un fasciste que tu accuses publiquement d'espionnage au profit de Moscou ? Je ne comprends pas. Tu es une taupe des socialistes ? Un agent spécial de l'Ingénieur ? Ou simplement un idiot utile ?

Il sentait la fourchette dans son crâne se planter plus durement et à une plus forte cadence.

— Allons nous coucher. Je vais tout t'expliquer.

— Je n'ai pas l'intention de me coucher auprès de toi. Est-ce que tu sais que ce n'est plus la peine que nous y retournions ? Que s'ils gagnent les élections, nous pouvons oublier les réformes de la Pologne et notre travail pour le gouvernement ?

— Est-ce qu'on peut au moins s'asseoir ?

Ils s'installèrent au salon. Il lui fit signe de la main qu'il devait se concentrer avant de répondre, il commença à réunir en pensée les raisons pour lesquelles personne n'allait jamais reformer aucune Pologne sous la houlette d'Edward

Gierek. Mais lorsque enfin il ouvrit la bouche, une phrase complètement différente s'en échappa.

— Je veux divorcer, dit-il.

11

J'écoutais avec intérêt en m'étouffant de rire. Finalement, ce n'est pas en vain que j'invoquais ma vie durant le nom de Dieu. Il s'avérait que non seulement Dieu existait, mais qu'en plus, il avait le sens de l'humour, puisque c'est à travers le poing d'un dirigeant communiste qu'il avait asséné à Ludwik la punition de sa double stupidité. Tu as eu envie de ta vieille épouse ? Tu as eu envie de politique ? Voilà !

— Grażyna, est-ce que tu as un lien avec ce type ? demanda Lucyna en m'observant avec attention par-dessus son verre.

— Lequel ?

— Elle joue l'idiote, commenta Wanda, donc c'est oui.

— Je l'ai vu trois fois. La première, quand il t'a raccompagnée et que tu le tabassais dans sa voiture. Ça avait déjà l'air assez bizarre. Le lendemain, quand il est venu te chercher, ça non plus, ça n'avait pas l'air d'un comportement standard, mais il est dans un domaine médical étrange, alors qu'est-ce que j'en sais. La troisième fois, je l'ai vu dans son auto tandis qu'il t'attendait. Vous vous êtes croisés ce jour-là ? Il disait qu'il n'en bougerait pas avant de t'avoir vue.

Mon premier réflexe fut de mentir.

— Oui, on s'est vus. Je n'avais plus envie d'aller en thérapie, lui estimait que nous ne devions pas l'interrompre parce que mon état pourrait s'aggraver. Moi, en revanche, je me sentais parfaitement bien.

— Tu nous racontes des bobards, commenta Wanda, au point d'en avoir de la fumée qui te sort des oreilles.

Que pouvais-je leur dire ? Que c'était mon mari depuis cinquante ans et que je devais avoir un enfant avec lui ?

— *Evidemensko*, approuva Lucyna. Si t'étais Pinocchio, nous pourrions faire sécher le linge de la semaine sur ton nez. Ajoutons à cela d'autres faits. On a vu une bague, mais de fête de fiançailles, personne ne parle. D'un mariage encore moins. Est-ce que je m'exprime clairement ?

— Et monsieur le docteur n'avait pas l'air très heureux aujourd'hui auprès de son épouse rousse, compléta Wanda.

— Ce qui signifie que Grażyna s'est amourachée d'un médecin marié, qu'elle soupire en y songeant et attend qu'il l'avoue enfin à sa femme, parce que celle-ci ne le comprend pas, et que ce mariage n'existe pratiquement pas, pour ainsi dire, et qu'elle voudrait qu'ils vivent longtemps et heureux dans son nid à la fenêtre qui se ferme mal.

Je voulais me moquer d'elles ou simplement nier ou tourner la discussion en dérision, mais je n'arrivais pas à décider quelle option choisir et le temps filait. À la fin, je ne dis donc rien, mais je versai le reste de la vodka de coings dans les verres et leur proposai de retourner sur le balcon.

Août

1

Je faisais l'amour avec Adam et je m'ennuyais terriblement. Peu importe comment je me couchais, comment je me cabrais, comment je l'enlaçais avec mes bras et mes jambes, peu importe à quel point il faisait de son mieux, je m'ennuyais tel un rat mort. Je me surprenais à trouver que le plus amusant dans cette affaire, c'était de feindre l'orgasme. C'était au moins un exercice d'actrice. Non que je n'eusse aucun orgasme, pas à ce point, mais ils étaient, je ne sais pas, moi, peu profonds. J'en étais peinée et je me sentais coupable parce que Adam n'était pas un amant inattentif et insensible qui ne pensait pas à moi. Bien au contraire, il songeait trop à mes besoins. Je n'aurais rien eu contre le fait qu'un jour, en allant se faire un sandwich, il retrousse ma jupe, me prenne, l'esprit ailleurs, et continue son chemin sans cesser un instant de se farfouiller la bouche avec un cure-dent. Mais non, il devait d'abord m'embrasser dans le cou et marmonner à quel point il m'aimait. Est-ce que j'étais censée m'agacer ? Loin de là, j'en étais consciente et je me sentais d'autant plus coupable, je l'assurais d'autant plus de mon plaisir et de mon amour et la bague de fiançailles me brûlait de plus en plus le doigt ; à ce moment-là aussi, je serrais mes poings pour ne pas la voir.

Nous parvînmes heureusement à la fin de mes spasmes orgasmiques et restâmes couchés l'un à côté de l'autre, nous discutions et c'était merveilleux, comme toujours lorsque nous parlions, lorsque mes cellules grises travaillaient à vive allure et que je ne leur laissais pas la possibilité de vaquer en direction de Ludwik. Mon Dieu, qu'est-ce que j'adorais m'entretenir avec mon fiancé ! Il n'existait aucun sujet dont il ne savait rien, sur lequel il n'avait pas d'avis, ne connaissait aucune théorie et, en parallèle, il avait cette magnifique propension à toujours envisager le futur. Il ne disait pas « Je serais curieux de savoir d'où ça vient », il demandait « Où cela nous mènera-t-il ». Peu importe s'il s'agissait de films, de montres, d'architecture ou d'orthographe. Nous avions débattu toute une soirée de l'avenir de l'orthographe polonaise et du polonais en général. Adam estimait sérieusement que, dans le sillage de la révolution des communications et des télécommunications qui se profilait, une langue commune à l'ensemble de la planète verrait bientôt le jour, laissant les langues nationales devenir des curiosités pour chercheurs. Chose notable, il pronostiqua à juste titre que les conjugaisons et déclinaisons étaient peut-être plus précises, mais plus difficiles à apprendre, et qu'une langue artificielle du style esperanto serait impossible à promouvoir, c'est pourquoi l'anglais servirait de base commune. Je le contemplai alors avec admiration.

J'étais couchée sur le dos dans mon lit, dans mon appartement, je fumais et je soufflais des ronds jusqu'au plafond. Et je jugeai qu'il était inutile d'attendre plus longtemps.

— Je suis désolée, mais je vais devoir t'être infidèle, dis-je.

— Boire du gewurztraminer pour accompagner un bœuf bourguignon ? Je ne le permettrai jamais.

— Je ne plaisante pas.

Une note de ma voix dû le pousser à s'asseoir et à me contempler sérieusement. Puis il passa sa chemise. J'enfilai également ma robe ; je ne voulais pas mener cette conversation toute nue.

— Je ne comprends pas. M'être infidèle, ça veut dire que tu romps avec moi ? Tu as rencontré quelqu'un ?

— Non, je suis heureuse avec toi et je ne veux pas rompre. Je dois passer une nuit avec un autre homme. Je ne peux pas faire autrement et j'ai estimé qu'il était plus honnête de te le dire avant.

— Et tu me demandes la permission ?

— Oui.

— Mais qui est-ce ?

— Est-ce important ?

Il réfléchit, comme il en avait l'habitude, et considéra que, effectivement, ça n'avait aucune importance.

— Tu as raison. La question adéquate serait pourquoi.

— Je veux avoir un enfant avec lui.

— Grażyna, cette conversation est très étrange. Si tu veux avoir un enfant, alors marions-nous et ayons des enfants. Ou ayons simplement des enfants. Il suffirait qu'on cesse de faire attention.

— Ce n'est pas si simple. Je dois avoir un enfant avec cet homme.

Il m'observait avec attention, un sourire délicat sur les lèvres qui signifiait qu'il ressentait de l'inquiétude, mais espérait toujours qu'il s'agissait d'une blague tordue dont il entendrait la chute dans un instant. Il ne l'entendit pas et dut finalement parler.

— Je ne comprends pas. Je ne bondis pas, je ne crie pas, je ne fulmine pas, je ne claque pas les portes, je sens que c'est quelque chose d'important et que tu le dis sérieusement. Et je voudrais en discuter avec toi parce que je t'aime. Mais je ne comprends pas. J'ai trop peu d'informations.

Je fondis en larmes. Il était si sage, si bon, si sensible et si formidable, je ne voulais pas le perdre. Mais je ne pouvais faire autrement, je ne pouvais oublier Ludwik, et encore moins Jacek. Je devais essayer. Je sentais que si je n'essayais pas – une telle pensée m'avait traversé l'esprit –, j'allais me le reprocher pour toujours, me dire que ça équivalait à un meurtre, que mon fiston attendait quelque part près d'une porte pour vivre à nouveau sa vie en ce bas monde, ne serait-ce que cette ridicule quarantaine d'années, encore une fois, qu'il tenait sa main sur la poignée et attendait. Et je ne lui laissais aucune chance. Mais comment expliquer tout cela à Adam ? Je ne le savais pas, je ne pouvais pas. Je pressai mon visage contre sa chemise en sanglotant, et il me caressa en m'embrassant délicatement les cheveux.

Je me détachai de lui et inspirai une grande bouffée d'air.

— Je vais te dire la vérité et tu en feras ce que tu veux. Je ne suis pas ici pour la première fois. Il y a six mois, j'avais près de quatre-vingts ans et je vivais dans la Varsovie de 2013. Il s'est passé quelque chose et je me suis réveillée ici, dans mon corps de cinquante ans plus tôt. Je croyais que c'était un rêve, que ça passerait, mais ça ne passe pas.

Inconsciemment, je sentais que ça serait comme dans les contes de fées ; si je révélais la vérité, alors ce monde disparaîtrait. Mais il ne disparaissait pas. L'appartement, le lit, la fenêtre qui se fermait mal (aujourd'hui, bien sûr, j'admets que ma mère avait raison et qu'il aurait fallu noter les défaillances), Adam dans une chemise humide à cause de mes larmes, tout était à sa place.

— La meilleure chose qui m'est arrivée dans ma vie, c'est mon fils Jacek, poursuivis-je, né en 1964 et malheureusement mort jeune, au début du XXIe siècle. C'est la pire tragédie que j'ai vécue. Et je sens que je lui suis redevable d'essayer une nouvelle fois de le faire venir au monde. Je sais que son père habite à Varsovie. Je sais que le jour de sa conception approche. Et c'est tout. J'ai essayé d'y renoncer pour toi, vraiment, mais je n'y arrive pas, je suis désolée.

Il garda le silence un long moment, analysant ces informations.

— Et si ça marche, demanda-t-il, est-ce que tu voudras rester auprès du père de l'enfant ?

Comme toujours, il avait posé la seule, la plus importante des questions, une question orientée vers l'avenir.

— Je n'en ai pas la moindre idée, répondis-je en toute honnêteté.

2

— Bon, ça m'a pris un moment, parce que ce n'est pas une chose facile, vous savez, mais je vous ai vu l'autre jour au rassemblement à la halle Mirowska…

La fille s'empourpra, estimant visiblement que c'était un sujet délicat à aborder.

— Je me suis rappelé votre conseil et j'y ai d'abord beaucoup réfléchi et puis, j'ai pris des notes dans un cahier, oh, regardez, c'est là.

Elle posa sur le bureau un cahier à la couverture beige, un cahier d'écolier. Le meuble était entièrement recouvert de paperasse, bien qu'il le rangeât chaque jour, mais les documents avaient visiblement développé une conscience malicieuse parce qu'un instant plus tard, ils revenaient à leur état naturel de bordel permanent. Il prit le cahier de crainte qu'il ne s'enlise dans cet espace magique.

— Je le lirai bien volontiers, dit-il, mais ce qui m'intéresse encore plus, ce sont les conclusions auxquelles vous êtes arrivée.

Il lui était redevable de l'avoir retrouvé à son cabinet de l'hôpital de Tworki, et le perçut comme la petite preuve qu'il était quand même utile à quelqu'un. Avant le déménagement de sa *corbouse*, il voyait Mlle Ewa régulièrement en faisant ses courses et il échangeait toujours quelques mots avec elle, par politesse, et parce qu'il avait un faible pour cette adorable caissière avec laquelle il avait parlé le premier jour de son séjour ici, quand tout était encore nouveau. Mais il avait aussi cette impression étrange qu'elle lui était familière, cette impression grossissait depuis leur première rencontre, ne le laissait pas tranquille. Il se disait que c'était l'un de ces déjà-vu stupides qui le persécutaient, rien de plus. Mlle Ewa s'était justifiée à plusieurs reprises de ne pas être encore venue lui demander conseil concernant son dilemme d'intégrer ou non la FF et dans ses choix de vie en général, et il lui répondait que ce n'était pas une obligation, que si elle venait, tant mieux, et si elle ne venait pas, c'était bien aussi. Puis elle avait cessé d'aborder le sujet et soudain, après plusieurs mois, là voilà qui arrivait à l'improviste à l'hôpital durant l'une de ses gardes.

— Alors, dit-elle, je suis arrivée à la conclusion que je suis une traditionaliste slave.

En son for intérieur, Ludwik soupira, entendant à quel point ces mots sonnaient mal dans sa bouche. Cela étant, cette Union et ses idées allaient-elles le persécuter longtemps, n'avait-il pas assez expié en devenant le sac de frappe d'Edward Gierek ? Il arbora une expression cordiale et continua à l'écouter.

— Depuis que j'ai compris ça, tout paraît *kler*. Mais j'ai fait comme vous m'avez conseillé, je me suis isolée et j'ai inscrit dans mon cahier différentes possibilités de ma vie.

Il faut dire que c'est pas facile d'être seule chez moi, parce que l'appartement n'est pas grand et que j'ai quatre frères et sœurs, et même une tante qui est venue quand mon oncle s'est à nouveau mis à débloquer, avec les enfants, bien sûr, parce qu'elle n'allait pas les lui laisser, enfin, peu importe, quand je trouvais un moment où j'étais seule, j'écrivais. Et je dois vous dire, docteur, que rien ne me plaisait. Vous voulez que je raconte en détail ?

Il acquiesça et afficha un sourire encourageant.

— D'abord, j'ai inscrit tout ce qui me passait par la tête. J'intégrais la FF, on m'y enseignait comment être une dame et cuisiner des plats étrangers et parler français et anglais, je lisais des livres, je regardais des films et je savais quel verre va avec quel vin. Vous pensez que c'est possible d'apprendre tout ça, docteur ?

— Je pense qu'on peut tout apprendre.

— Et il y avait des moments où, quand je m'imaginais ainsi, ça me coupait le souffle de voir à quel point c'était *bosko*. Je me voyais assise dans une maison en pierre de taille quelque part en France, avec vue sur l'océan, en train de parler français avec un mari, il serait maigre et brun, comme sont les Français, on aurait deux enfants et quand des invités nous rendraient visite, je sortirais un flan breton du four et je verserais le bon vin dans le bon verre. Je m'imaginais ça souvent le soir et je me berçais de ces rêveries.

— Ça sonne bien.

— Mais je me réveillais le matin et je me rappelais les histoires des filles de la FF, les pires, celles dont on ne sait pas si elles sont vraies ou inventées. Certaines sont à faire peur et c'est gênant à répéter. On dit que ces filles sont loin d'être des reines dans des maisons en pierre, mais des boniches, des marmitonnes et des tapineuses. Que les reines, ce sont les Françaises, quant aux filles de la FF, il n'y a que les vieux, les moches et les perfides que personne ne veut qui les prennent. Que quand ça va mal, soi-disant, on peut toujours rompre le contrat, mais il y a mal et mal, pas vrai ? Exploitée, mal aimée et méprisée, ça ne veut pas encore dire battue et tourmentée, pas vrai ? On pourrait hausser les épaules et remarquer que plus d'une femme connaît le même sort. Alors autant je rêvais le soir, autant j'étais terrifiée le matin. De me retrouver dans un lieu inconnu, loin de ma famille, loin de la maison, loin de la Pologne et d'être malheureuse. Et quand des enfants naissent dans ce malheur ? Les laisser, c'est impensable, mais on ne peut pas les emmener, la police française ne le permettrait pas parce que ce sont des enfants français. J'en ai entendu, des histoires… La journée passe ainsi et le soir, je me dis à nouveau que les gens racontent des bêtises ; rien que ma mère, vous l'entendriez, c'en est honteux. Si tout ce qu'on raconte était vrai, alors ça ferait du bruit dans les journaux. Ils l'ont écrit, quand cette fille a été… vous savez… par ce vieux et par ses frères dégénérés.

Elle devint pensive et regarda par la fenêtre. Un long cri leur parvint du couloir, mais ils firent semblant de ne pas l'entendre. Une clinique psychiatrique, que voulez-vous.

— Ça commençait à me fatiguer, alors, j'ai laissé tomber et j'ai écrit autre chose. Je restais à Varsovie, je trouvais un mari honnête, on postulait un appartement auprès du Régime, je donnais naissance à des enfants, je travaillais au magasin, la vie, quoi.

— Je n'entends pas d'excitation dans votre voix.

— Bah, qui s'exciterait pour une vie ordinaire, la plus banale qui soit ? Je veux dire, je ne suis pas bête, je sais que pour la plupart, on finit tous ainsi, mais il faudrait peut-être au moins essayer une autre piste avant, pas vrai ? Sans quoi, on se reproche toute la vie, après coup, de ne pas avoir essayé et de ne l'avoir pas fait. Alors, j'ai commencé à m'imaginer ce que j'aurais pu tenter. M'inscrire dans une école professionnelle à Varsovie, apprendre un métier, infirmière par exemple, une infirmière, ça aide les gens, ils lui sont redevables, ils la respectent, c'est important, parfois plus qu'un médecin d'après moi. Oh, mince, pardon…

Elle rougit de la tête aux pieds et ça lui parut charmant.

— Mais je suis d'accord avec vous, dit-il. Souvent, une parole agréable et le soin aident davantage dans une maladie que des procédures médicales. C'est un métier utile et beau, et je sais de quoi je parle, à mon âge, on a vu plus d'un hôpital de l'intérieur.

Il l'avait dit sans réfléchir, Ewa lui lança un regard soupçonneux, mais ne fit pas de commentaires.

— Au début, j'étais enthousiaste. Je me voyais en train de déambuler dans les couloirs d'un hôpital similaire à celui-ci, avec des copines sympas, des patients qui me souriaient et moi qui serais utile.

— Utile, mais pas totalement heureuse, si je vous entends bien.

— Oui, sans savoir pourquoi. Vous connaissez Dzierżenin ?

Il frémit. Est-ce qu'une nouvelle fois, il devrait recevoir une sorte de mise en garde étrange durant une conversation avec un patient ? Car c'est à Dzierżenin qu'ils étaient allés avec Grażyna quand leur liaison s'était épanouie et transformée en relation. C'est après cette escapade qu'il avait quitté Iwona. Le 22 juillet 1963, le jour de l'inauguration du réservoir de Zegrze. Dans cette réalité, ils n'étaient pas allés à Dzierżenin, ils n'entretenaient pas de liaison et le réservoir de Zegrze n'existait pas. Mais il avait bien quitté sa femme, il l'avait même fait plus tôt.

— Bien sûr. C'est un village sur la rivière Narew, peu après Serock.

— Et qu'est-ce que vous en pensez ?

— C'est un endroit magnifique. D'ailleurs, toute cette région où le Bug tombe dans la Narew constitue le plus joli des environs de Varsovie.

— C'est de là-bas que nous venons. Père ne voulait pas, mais notre mère avait l'obsession de quitter la campagne, elle disait que seule la ville pourrait assurer un avenir à ses enfants. Et c'est vrai que les conditions là-bas ne sont pas exceptionnelles. C'est simple, c'est modeste. Mes grands-parents y vivent toujours.

— Mais ça vous manque ?

— Oui. Et vous savez ce qui me manque le plus ?

Il crut que c'était une question rhétorique, mais elle attendait visiblement une réponse.

— La rivière ? Les senteurs ?

— Le fait que le regard ne s'arrête jamais. Les champs, la route, la rivière, tout va jusqu'à l'horizon. Et même lorsqu'on sort le matin sur le perron, le regard ne coule pas comme ici, jusqu'à l'immeuble suivant, mais court à travers les vergers jusqu'à la cahute du voisin. En ville, l'œil n'arrive pas à prendre de la vitesse. Et quand j'ai réalisé que j'allais vivre dans un appartement et travailler dans un hôpital, dans des couloirs, des salles, des chambrettes en permanence, j'en ai eu le cœur lourd. Je sais que tout le monde veut vivre en ville, qu'en ville, il y a les emplois, les usines, les appartements, que la ville, c'est le futur.

Elle s'interrompit et regarda longuement par la fenêtre.

— Tout le monde sauf vous.

— C'est ce que je me suis dit aussi, mais j'ai découvert ça bien après ce grand rassemblement à la halle Mirowska qui, vous savez, était un peu intimidant.

Elle s'empourpra encore, ne voulant pas laisser paraître qu'elle l'avait vu se faire casser la figure.

— Une copine m'a invitée à une petite rencontre de l'Union, au foyer de la deux. J'avais pas trop envie, mais je n'avais rien de mieux à faire, alors je me suis dit que c'était une distraction comme une autre. La salle était pleine. Une femme animait les débats, une femme très pâle, avec des cheveux sombres, un peu sorcière sur les bords. Elle a demandé qui venait de la campagne. D'abord, les gens ont rigolé, mais elle a expliqué qu'elle leur posait la question sérieusement. Les gens ont chuchoté entre eux, puis quelqu'un a fini par lever la main, puis quelqu'un d'autre et, à la fin, vous savez ce qu'il s'est avéré ?

— Quoi ?

— Que tout le monde venait de la campagne. Et cette femme, sœur Wanda, a alors commencé à nous parler de la campagne. Des récoltes, de la fête de la moisson, de la nuit de la Saint-Jean, de la soudure, de la messe de minuit, de la procession à la Fête-Dieu, des mariages campagnards, de la beauté des champs, des forêts, des rivières, justement. Elle a dit, ça m'est resté en mémoire, que lorsqu'on aime quelqu'un, alors on le nourrit. Or la Pologne, c'est la campagne qui la nourrit, littéralement, mais aussi spirituellement. Beaucoup de gens ont fondu en larmes, puis ils disaient qu'ils ne se rendaient pas compte à quel point la campagne leur manquait. Moi aussi, je pleurais et j'avais extrêmement honte à cause de ça.

— Honte ?

— Oui, parce que ma famille a fait un très grand effort pour déménager. À cause de moi en partie, pour que j'ai une école et un avenir autre qu'une maisonnette avec un poêle en terre cuite et des latrines au fond de la cour. Et quoi ? Et il faudrait que je leur dise aujourd'hui que c'était pour rien ?

— Vous estimez que c'était pour rien ?

Elle se tut. Puis elle finit par admettre qu'elle ne savait pas.

— Moi, je sais, et je vais vous le confier avec grand plaisir. Vous êtes une personne jeune et formidable. Grâce à votre famille, vous êtes à la fois de la campagne et de la ville, ce qui me paraît assez sympathique dans tout ce système. Je crois qu'il faudrait que vous les remerciiez pour ça. Et je crois aussi que la seule chose à laquelle ils tiennent vraiment, c'est que vous soyez heureuse. Où ça sera, c'est votre décision, pas la leur.

— Vous croyez ?

— J'en suis certain.

— Vous êtes hyper sage.

— À mon âge, ce n'est pas un exploit.

Bordel, il le faisait sans cesse. Quand il était vieux, il comprenait que c'était une obsession de dire « à mon âge », qu'il le répétait parce que, à l'instar de n'importe quelle personne âgée, il avait honte d'être si inesthétique, il ressentait le besoin de s'excuser et de se justifier. Et ça lui était resté. Mince, il avait été vieux trop longtemps.

— Est-ce que vous vivez ici ? demanda-t-elle inopinément en indiquant du regard un canapé exigu et bringuebalant dans le coin de son cabinet encombré.

— Pas du tout, mentit-il. J'ai un appartement de fonction dans le quartier Ochota.

— Dommage que vous n'habitiez plus chez nous.

— Je le regrette aussi, mais ce sont des choses qui arrivent.

— C'est la vie.

Il acquiesça.

— Je vais vous raconter une chose, mais promettez-moi de ne pas rire, dit-elle.

— Allez-y, parlez.

— J'ai une vieille tante qui possède une cahute à Wierzbica, juste derrière Serock. Moche, mais grande. La cahute, je veux dire, pas la tante. Tout près de la route qui va vers Pułtusk. Les terres et le matériel ont été vendus, la ferme n'est pas bien vaste, mais ma tante n'a de toute façon plus la force de s'en occuper. Je pourrais emménager chez elle.

— C'est très noble de votre part, mais qu'est-ce que vous y feriez ?

— Je nourrirai les gens. Comme la campagne polonaise nourrit la Pologne. Avec du poisson frais pêché dans la rivière. Moi, j'adore cuisiner, alors j'aimerais y ouvrir une petite auberge, près de la route, c'est un bel emplacement, tout le monde aura envie de manger du bon poisson grillé. Qu'est-ce que vous en pensez ?

Elle y avait certainement beaucoup réfléchi et il était certainement la première personne à qui elle confiait son projet. Cette jeune femme, avec la vie devant elle, possédait un rêve auquel elle aspirait, celui d'une petite auberge à Wierzbica où elle nourrirait la Pologne et où, si on s'arrêtait sur le perron, le regard courait au loin. Un rêve qu'elle avait fait croître en elle parce qu'un inconnu lui avait demandé à la caisse d'une supérette de consacrer un moment paisible à imaginer son avenir.

— J'y viendrai avec plaisir, dit-il et il lui sourit. J'adore le poisson.

Elle se décontracta et s'écria :

— Alors, c'est *kler* ! Et je vous invite d'ores et déjà pour l'inauguration. Il faut juste que je trouve un nom.

Il opta pour une petite plaisanterie, l'une de celles que seuls Grażyna et lui pourraient comprendre.

— J'ai une suggestion pour vous.

— Oui ?

— La Tanche d'or. Qu'en dites-vous ?

— Mon Dieu, vous êtes *boski* ! C'est un poisson délicieux, meilleur qu'une carpe et effectivement doré, et on peut le pêcher dans la Narew. Quand on le cuit à l'étouffée dans de la crème, c'est un plat royal.

Elle se leva, l'embrassa sur les deux joues, tournoya sur un pied si vite que sa jupe se suréleva en parasol et dévoila sa culotte. Elle le salua et sortit en courant.

Enfin il put rire à gorge déployée, très fier d'avoir aidé Mlle Ewa à inventer le nom de son bistrot. Il avait finalement compris d'où il connaissait cette jeune femme, ils s'arrêtaient dans son auberge, La Tanche d'or, chaque fois qu'ils allaient ou revenaient de la Mazurie. Parfois, ils s'y rendaient même exprès, c'était l'unique restaurant de poisson digne de ce nom dans Varsovie et ses environs.

3

Je savais que j'allais lui briser le cœur avec cette réponse, mais puisque j'avais décidé d'être honnête, il fallait que je le fasse jusqu'au bout.

— Aucun aéroglisseur.

— Comment ça ? s'insurgea-t-il, affichant une mine véritablement triste et comique. C'est le plus logique des moyens de transport !

Je ne possédais pas de connaissances suffisantes en histoire des aéroglisseurs pour le lui expliquer de façon compétente. J'essayai donc de le consoler autrement.

— Mais il y a des trains à grande vitesse. Et des voitures modernes, très sécurisées, comme tu l'as dit. Elles ont des ceintures de sécurité et des coussins cachés qui se gonflent au moment de l'impact et protègent le passager.

— Alors, c'est comme ces fauteuils dans le *Retour des étoiles* !

— Et bon nombre de véhicules possèdent un écran, une sorte de petite télé où on montre une carte et l'endroit où tu te trouves sur cette carte.

— Et ça te conduit à destination tout seul ?

— Non, ça ne va pas si bien que ça. Mais ça te montre par où passer, où tourner. En l'occurrence, c'est une super invention. La plupart du temps. Parce qu'un jour cette satanée télé m'a amenée dans un fossé en pleine forêt, il a fallu qu'un tracteur vienne m'en sortir, j'ai failli mourir de rage.

Il me regardait comme un être venu d'un autre monde. Au fond, je l'étais.

— Il faut que je me mette ça dans la tête, mais ce que tu racontes est incroyable. Ça veut dire que le progrès s'est dispersé dans un tas de petites choses qui facilitent la vie, au lieu d'investir dans de véritables changements révolutionnaires.

Il l'avait bien résumé.

— Je crois, oui. Tu as raison, je n'y ai jamais réfléchi, mais il semblerait qu'au cours de ce dernier demi-siècle, l'humanité ait plutôt miniaturisé et perfectionné ce qu'elle possédait déjà, au lieu d'inventer des choses véritablement nouvelles. On se déplace toujours en voiture et en train, on vole en avion, on habite dans des maisons anciennes ou neuves, mais les neuves ressemblent à des maisons et non à des bulles de verre qui lévitent au-dessus du sol. On tombe malade, on meurt, la médecine a progressé, donc on vit plus vieux, mais pas beaucoup, les centenaires sont toujours une exception et non la norme. Moi, j'ai eu soixante-dix-huit ans l'an dernier et la plupart de mes amis sont au cimetière.

— Mais il y a une base sur la Lune ?

Mentir ne m'aurait rien coûté ; questionnée sur les détails, je pouvais me réfugier derrière ma piètre connaissance de la conquête spatiale. Et je lui aurais probablement fait plaisir, il aurait eu une raison d'attendre.

— Tu as promis de dire la vérité, dit-il.

Je soupirai.

— Non.

— C'est impossible ! Pourquoi ? On a atterri sur la Lune au moins ?

— Vers la fin des années 1960. Le gars qui est sorti du vaisseau a dit, un petit pas pour l'homme, un grand pour l'humanité.

— Alors c'étaient les Américains.

— Oui. Puis ils y sont retournés plusieurs fois, mais ça s'est terminé quelques années plus tard, je crois.

— Aussi simplement que ça ? Ils y ont peut-être découvert quelque chose de dangereux ? Des artefacts d'une civilisation extraterrestre ? Des éléments chimiques inconnus ? Une menace biologique ? Des radiations ?

Ils avaient découvert que la Lune, c'était un tas de roches et de poussière ennuyeux au possible, qu'y envoyer des gens coûtait une fortune et présentait des dangers, tandis que les bénéfices scientifiques étaient minimes. Et qu'il valait mieux dépenser cet argent en trucs moins spectaculaires, mais plus utiles.

— Donc, nous ne sommes jamais allés sur Mars ?

— Des sondes, je crois.

Il devint pensif.

— Et ça serait tout, pour le *Retour des étoiles*, commenta-t-il tristement. Encore heureux qu'il n'y ait pas eu de guerre atomique. Tout le monde est persuadé qu'elle va éclater d'ici peu, chaque pays construit ses bombes, dont la France ces derniers temps. Tant mieux, en l'occurrence, nous en obtiendrons peut-être aussi une grâce à eux.

— Il y a une station spatiale qui tourne autour de la Terre, dis-je pour lui redonner le sourire.

— Vraiment ? C'est génial ! Un anneau circulaire qui tourne sur lui-même pour simuler la gravitation ? Et, à l'intérieur, il y a probablement des laboratoires, des appartements, mais aussi des parcs et des piscines ?

— Exactement ! Tu la décris comme si tu la voyais, dis-je en mettant dans mon étonnement sincère toutes les capacités d'actrice acquises durant mes simulations d'orgasmes.

Que pouvais-je lui dire ? Que la station spatiale internationale, c'était quelques cannettes connectées entre elles et que j'avais récemment lu dans un journal que le plus grand défi associé à ce tas de ferraille c'était de ne pas tomber sur la tête de quelqu'un quand il atteindrait sa limite de vie ?

— Alors, ça ne va pas si mal, dit Adam, ravi. À partir d'une station pareille, on peut déjà songer à l'exploration de l'espace. Ça prend simplement plus de temps que prévu, mais c'est en marche. En revanche, tout ce que tu me révèles, comment dire, je ne pensais pas que le futur puisse être aussi ordinaire.

— Il n'est pas ordinaire ! criai-je, un brin offensée qu'un homme des années 1960 puisse résumer avec autant de dédain ma civilisation du XXIe siècle.

Si j'avais su, je lui aurais balancé la vérité sur cette station spatiale.

— Il est simplement différent de ce que tu imagines, mais il est merveilleux.

— Des voitures ordinaires, des maisons ordinaires, il n'y a pas de base sur la Lune, aucun contact avec une civilisation extraterrestre n'a été établi et les gens vieillissent et meurent, avec quelques années de plus s'ils ont de la chance. Qu'est-ce qu'il y a de merveilleux, si tout se passe comme d'habitude ?

— Tu es bête, rien ne reste jamais comme d'habitude. Je vais te raconter quelque chose. Un téléphone. Tu vois ce que c'est ?

— Ben ouais.

— Imagine-toi que chacun a un téléphone chez soi.

— Ce n'est pas difficile.

— Que chacun a un téléphone chez soi et peut se promener avec dans toute la maison sans câble.

— Oh, c'est chouette.

— Attends. Chacun porte aussi dans sa poche un téléphone de la taille d'un paquet de cigarette et il peut se promener partout avec, partir à l'étranger, s'enfoncer dans les bois et il peut à tout moment appeler n'importe qui. Tout le monde en possède un, les vieux, les jeunes, les enfants en obtiennent un quand ils vont à l'école, tout le monde peut entrer en contact avec tout le monde et à n'importe quel moment. On peut appeler ou envoyer des SMS, c'est-à-dire taper une sorte de télégramme que l'autre personne découvre immédiatement sur son téléphone.

Ses pupilles se dilatèrent comme sous l'emprise d'une drogue, je sentais que son imagination futuriste tournait à plein régime, mais n'arrivait pas à suivre. Il s'empara d'un paquet de cigarettes posé sur le lit, le regarda de tous les côtés, puis fit dessus un mouvement circulaire avec le doigt, comme s'il tournait quelque chose.

— Le taper sur le cadran ?

Ah oui, c'est donc ça qui le dérangeait.

— Il n'y a pas de cadran, il n'y aurait pas eu la place. Il y a de petites touches avec des numéros et des chiffres, un peu comme sur une machine à écrire.

— Incroyable ! Et comment ça marche du point de vue technique ?

— Et qu'est-ce que j'en sais ? Par des ondes radio, je crois, vu que tout le système nécessite des antennes disposées à des endroits étranges.

— Alors, c'est une révolution, une communication aussi répandue…

— Attends un peu. Tu vois ce que c'est, un ordinateur ? Un cœur de transistors qui fait tous ces calculs ?

— Bien sûr.

— Alors, tout le monde possède aussi un ordinateur chez soi.

— Mais à quoi ça sert aux gens ? Il y a des centres de calculs qui existent.

— Écoute. Chacun possède un ordinateur, c'est-à-dire une petite machine qui réunit un écran, un clavier, comme dans une machine à écrire, et un cœur de transistors.

— Mais c'est absurde. À quoi ça pourrait bien leur servir ?

— À ce qu'on veut. À compter, à écrire, à composer de la musique ou à concevoir des projets.

Je jugeai inutile d'introduire le thème des jeux vidéo, un peu parce que je ne les comprenais pas moi-même, j'étais trop vieille pour y avoir goûté, et de ce que m'en avaient montré mes petites-filles, je n'en avais pas compris davantage, en dehors du fait qu'il était difficile de distinguer leurs images de celles d'une télévision, tellement ça paraissait vrai.

— Tout le monde possède un ordinateur, mais utilise des outils différents selon ce qu'il veut en faire.

— Donc, on écrit des mots sur un écran et qu'est-ce qui se passe après ?

Incroyable, Adam planifiait des voyages interstellaires et ce truc le dépassait vraiment.

— Chaque ordinateur possède une mémoire dans laquelle il les conserve.

— Une bande ou une carte à perforations ?

— Non, c'est complètement différent, je ne sais pas comment ça fonctionne. Mais tout le monde peut conserver énormément de données et y avoir accès à n'importe quel moment. Ça apparaît sur l'écran sous forme de dossiers et dans ces dossiers, tu conserves des chapitres d'un livre ou des morceaux de musique ou des photographies. Et, à chaque instant, tu peux voir ce dont tu disposes dans cette mémoire et continuer à écrire par exemple.

— D'accord, mais si je veux montrer le résultat à quelqu'un ?

— Tu peux par exemple l'imprimer, presque tout le monde possède une imprimante chez soi.

— Quoi ?

— Oui, je t'ai dit que tout était miniaturisé. J'en ai une moi-même… j'en avais une, une imprimante de la taille, je ne sais pas, moi, d'une corbeille à pain. L'imprimante est connectée à l'ordinateur et on peut imprimer ce qu'on veut. Mais personne ne le fait.

— Je ne comprends pas.

— Écoute la suite. À travers les câbles téléphoniques, tous les ordinateurs sont connectés en un unique réseau. Ce qui veut dire que je peux envoyer sur ton ordinateur ce que j'ai écrit, je peux te transférer un morceau de musique ou ma photo d'un séjour à la mer. Et tu les verras sur ton écran, en instantané.

— Mon Dieu, c'est incroyable.

— Et dans ce réseau, tu n'as pas seulement les ordinateurs particuliers des individus. Tu as aussi des encyclopédies, des dictionnaires, des journaux, des chaînes de télévision, des universités. Et tu peux afficher tout ça sur ton écran. Donc, si tu veux découvrir quand un homme a atterri sur la Lune, tu peux afficher sur ton écran l'article d'encyclopédie qui y correspond, l'enregistrement vidéo de l'atterrissage, tu peux lire des études scientifiques à ce sujet ou découvrir si une nouvelle mission est prévue. Si tu ne parles pas l'anglais et que l'article est en anglais, alors l'ordinateur peut te le traduire en polonais. N'importe comment et avec des fautes, mais assez bien pour que tu puisses en saisir l'essence.

Ses yeux s'écarquillèrent tant que j'eus peur qu'il tombe dans les pommes. Je commençai sérieusement à me demander si je n'exagérais pas, si, malgré tout, un fusible n'allait pas sauter dans sa cervelle futuriste à cause d'un excès d'informations.

— Mais… balbutia-t-il, mais c'est le paradis. Grażyna, tu es un ange, l'envoyée du ciel. Ton monde est l'aboutissement des rêves de l'humanité sur l'accès à la connaissance, sur l'échange des informations, sur la cohabitation de diverses opinions sans barrières linguistiques. C'est la victoire de la vérité scientifique, ça exclut l'existence de conflits, de guerres. Dans un monde pareil, n'importe quel mensonge est démasqué en quelques secondes, ça rend impossible la manipulation des masses, ça interdit de jouer sur les ressentiments et les haines.

Je ne commentai pas. Qu'il découvre le résultat par lui-même dans quelques décennies.

— J'ai laissé le meilleur pour le dessert.

— Quoi ? Ce n'est pas fini ?

— Je t'ai parlé des téléphones. Je t'ai parlé des ordinateurs. Mais dès le début de ma vieillesse…

— Oh non, il faut que j'attende si longtemps ?

— … on a réuni ces deux appareils. Le téléphone que nous portons dans notre poche est également un ordinateur connecté à ce réseau, il n'y a plus de clavier, il n'y a qu'un écran. Imagine un paquet de cigarettes dont une face serait intégralement occupée par un écran.

Il posa à nouveau un regard soupçonneux sur le paquet de cigarettes comme si celui-ci pouvait lui donner un coup de jus.

— Alors, comment on écrit ces télégrammes ?

— Quand tu veux les écrire, un clavier apparaît sur l'écran et tu tapes ton message directement dessus.

— Tu déconnes.

— Absolument pas. Ce que je te raconte, c'est une version simplifiée. Rappelle-toi que je suis une vieillarde de quatre-vingts ans qui ne saisit pas tous les mystères ni les possibilités de cette révolution des communications.

— Répète-moi ça, dit-il lentement en faisant tomber sur les draps un peu de tabac du paquet qu'il malaxait. Tu as dans ta poche un téléphone de la taille d'un paquet de cigarettes à partir duquel tu peux appeler ou envoyer un télégramme instantané à n'importe qui, mais tu as aussi sur l'écran accès à tout le savoir de la planète. Un savoir que tu peux traduire en n'importe quelle langue.

C'était drôle, je gardais comme tout le monde un portable dans mon sac à main, mais Adam avait été le premier à définir cet objet de telle manière que j'eus honte de ne pas avoir apprécié mon smartphone à sa juste valeur. J'acquiesçai.

— Et toi, par exemple, de quelle façon tu utilises généralement cet outil surpuissant ?

En réalité, j'y jouais aux bijoux qui tombent, mais je n'allais quand même pas lui dire ça. D'abord, parce que je me sentais bête, et ensuite, parce que je n'avais pas une semaine pour lui expliquer ce que c'était que les bijoux qui tombent.

— Pour la communication. Ou pour prendre des photos. J'ai oublié de préciser que chaque téléphone dispose d'un appareil photo et d'une caméra. Tu peux enregistrer un film et l'envoyer aussitôt à quelqu'un, tu peux aussi l'appeler et voir cette personne comme à la télé. C'est merveilleux quand quelqu'un te manque et que tu veux absolument le voir, alors qu'il est loin, sur un autre continent par exemple.

L'énergie de la pièce frémit, comme si j'avais prononcé une formule magique. Adam se leva, en chemise, le cul maigre et nu. Il s'approcha de la fenêtre. Il ouvrit en grand le battant défectueux et laissa entrer un peu de la chaleur d'août et de la rumeur de la rue.

— Et dans ce monde… commença-t-il tout bas, est-ce que nous nous appelons pour nous voir quand nous sommes loin ?

4

La différence visuelle entre un salon de l'automobile et un atelier automobile l'avait toujours sidéré. Si on la transposait à l'homme, les maternités luiraient de leurs surfaces en marbre et en laiton et on y couperait le cordon ombilical avec des lames en diamants. En revanche, les cliniques médicales seraient des lieux de torture où des boyaux traîneraient par terre et où des gémissements de martyrs s'élèveraient dans les airs. Le médecin y porterait un tablier en cuir, maculé de sang et de merde, dont les poches contiendraient un membre amputé et un sandwich au saucisson à moitié consommé.

— Conception technique française, production polonaise, pouvez-vous imaginer un pire mélange ? demanda le mécano à l'allure d'un tzigane sympathique.

— Conception technique soudanaise, production égyptienne ?

Sous la Citroën, le mécanicien ricana joyeusement, laissant entendre qu'il avait apprécié la plaisanterie.

— Vous êtes un vrai raciste polonais, à ce que je vois. C'est pas joli, joli.

Ludwik profita du fait que le garagiste ne le voyait pas pour lever les yeux au ciel. Les vendeurs de voitures, les chauffeurs de taxi, les garagistes, les vulcanisateurs, tous étaient-ils dans les starting-blocks pour vous raconter l'histoire de leur vie et donner leur avis sur n'importe quel sujet ?

— Là. Vous avez le goujon du connecteur du stabilisateur gauche qui a du mou.

Ludwik aurait tout aussi bien pu tenter de comprendre l'incantation d'un prêtre aztèque.

— C'est ce que je me suis dit aussi, vu le bruit, répliqua-t-il d'un ton assuré. Mais il a du mou au point de tomber ou il peut encore rouler ?

— Il continuera toujours à rouler un peu. Jusqu'à ce qu'il tombe.

Ludwik eut envie de saisir la plus lourde des clés, de sortir le mécano de sous la voiture et de lui taper sur la tête avec. Il inspira un grand coup pour se calmer. Il se répéta en pensée que le mécanicien n'était pas un mauvais bougre, il était simplement mécanicien. Et que c'était lui qui avait monté des ceintures de sécurité artisanales dans sa Citroën, même s'il avait déclamé à l'occasion cent commentaires stupides sur le sujet.

À ce moment-là, un autre client apparut, un homme bedonnant visiblement tendu, grincheux et agité.

— Monsieur Baltazar, bonjour.

— Ah, bonjour monsieur Mietek, répliqua le garagiste sans sortir de sous la Citroën. Tout va bien ?

— Pas nécessairement, monsieur Baltazar. Parce que ça fait un mois que j'attends et vous, à ce que je vois, vous réparez une autre voiture.

— Bah, vu que ça fait si longtemps que vous attendez, vous pouvez bien attendre encore une journée.

Une nouvelle fois, un déjà-vu serra la gorge de Ludwik, la lumière sembla s'éteindre, la température chuta d'un demi-degré. Il connaissait ce dialogue, il avait déjà entendu ces répliques. Le monde voulait-il lui transmettre quelque chose ? Mais quoi ? Que tout cela n'était pas vrai ? Que ce n'était pas une aventure, qu'il rêvait tout simplement ou qu'il était devenu fou ? Ou qu'il était mort ?

— Moi, il faut que j'attende encore une journée et ce monsieur, ici, dit-il en désignant Ludwik, il fait quoi ?

— Vous avez raison, répondit le mécano sur un ton conciliant. La voiture de ce monsieur a été amenée il y a huit heures, ce qui veut dire…

Confirmant son déjà-vu, Ludwik se rappela la réplique suivante avant qu'elle ne fuse : « Une journée supplémentaire correspondrait à trois cents pour cent d'attente en plus. »

— … une journée supplémentaire correspondrait à trois cents pour cent d'attente en plus. Alors que pour vous, puisque vous attendez déjà depuis trente jours, une journée de plus irait chercher dans les trois pour cent.

— C'est un scandale !

Le mécano Baltazar soupira.

— Elle sera prête demain.

Le client ne daigna pas répondre, il pivota sur ses talons et quitta les lieux. Ludwik décida d'exploiter son temps jusqu'au bout, craignant de devoir revenir ici dans trente jours pour écouter des syllogismes.

— Il faut que je vous dise une chose, je dois arriver en Varmie demain et rien n'a le droit de tomber en panne en route. Je dois y arriver coûte que coûte et sans encombre, c'est une question de vie ou de mort, sans aucune exagération. Alors, ne vous foutez pas de moi, arrêtez avec vos grandes phrases et dites-moi si je vais y arriver ou non.

Le tambourinement cessa, le mécanicien s'immobilisa. Au bout d'un instant, très lentement, il roula d'au-dessous du châssis, dévoilant sa gueule basanée au sourire malicieux.

— À ce que je vois, le seigneur polonais est de mauvais poil aujourd'hui, dit-il et il partit d'un grand éclat de rire.

Alors, Ludwik prit la décision d'embarquer Grażyna dès aujourd'hui. Au pire, ils pourraient toujours terminer en bus ou en auto-stop.

5

Durant mon trajet jusqu'à l'école, je me sentais abattue. Ma conversation avec Adam avait commencé péniblement, pour connaître un développement amusant et finir de façon déchirante et triste. Je lui avais avoué que non, dans l'autre monde, nous n'étions pas et n'avions jamais été ensemble. Il n'avait pas cherché à en apprendre davantage et c'était probablement pour le mieux parce que notre séparation définitive avait été l'un des pires moments de ma vie et je n'avais pas envie d'y revenir. Au bout du compte, j'avais dû me préparer pour aller à l'école et assister à la *celebra*, comme on appelait à la FF la cérémonie de remise des diplômes. J'avais franchement demandé à Adam si ce que je lui avais dit, si ce que je devais faire, signifiait que c'était fini entre nous. Après un instant de réflexion, il m'avait répondu : « Cette histoire est trop étrange pour que je me mette en travers de son chemin. Fais ce que tu as à faire, je vais t'attendre. »

Comment ne pas l'aimer ?

Je savais qu'une grande démonstration de l'Union était prévue devant l'école, alors je m'orientai vers l'entrée de service. Pourtant, en coupant à travers le Boulevard, je vis au loin les gens rassemblés devant la FF. Ils étaient nombreux, trop nombreux pour être dispersés ; d'ailleurs, à un mois des élections, on les traitait de façon plus indulgente. L'Ingénieur craignait d'être accusé de répéter les méthodes de la dictature des colonels d'avant-guerre, obligés de mettre les gens en prison pour remporter les suffrages.

Pourtant, lorsqu'il s'agissait de l'Union, j'étais tour à tour prise d'hilarité et de terreur, en lisant par exemple qu'Edward Gierek le communiste s'était agenouillé une gerbe de blé à la main lors d'une messe, avant de parler d'une voix préoccupée des traditions nationales et de la méchante Europe qui attaquait la formidable Pologne non seulement par sa laïcité, mais aussi en nous obligeant à accepter des mécréants d'Algérie, qui feraient exploser notre communauté chrétienne de l'intérieur. Si l'Ingénieur optait pour une approche dure, s'il interdisait et emprisonnait les unionistes, je ne lèverais pas le petit doigt. Étais-je si dure avec eux parce que je n'arrivais pas à leur pardonner d'avoir humilié Ludwik ? Je le connaissais, il avait dû le prendre très mal, et se reprocher sa stupidité et sa naïveté ; si j'avais été auprès de lui, je lui aurais répété qu'il valait mieux être naïf que cynique, mais je n'y étais pas. Depuis le récit de Wanda de la bagarre des Journées de la mer, je n'avais eu aucun contact avec lui, aucune information ne m'était non plus parvenue. Après la cérémonie à la FF, je comptais me rendre chez lui au quartier Muranów parce que le lendemain, c'était le jour J et, indépendamment de ce qu'il en pensait, je ne comptais pas renoncer à mon fils.

— Madame !

Une centaine de mètres me séparait encore de l'entrée de service quand Żozi me sauta dessus, vêtue de son uniforme d'écolière, mais avec les yeux si gonflés de larmes que j'eus du mal à la reconnaître.

— Madame, sauvez-moi !

— Żozi, mon petit, qu'est-ce qui t'arrive ?

— Moi... je suis allée à la visite médicale hier et je n'ai pas obtenu mon certificat ! Ma famille va me tuer, je vais me tuer toute seule...

— Żozi, du calme. Trois inspirations profondes, compte jusqu'à dix, calme-toi. Aucun tramway ne t'a arraché la jambe, tu n'as pas d'hémorragie, tu ne t'es pas fait un trou dans la tête, *tout va bien**, oui ?

Elle me fixait comme si elle ne comprenait pas un mot de ce que je disais. Fallait-il que je la gifle pour qu'elle revienne à elle ? Je l'aurais fait à contrecœur ; c'était les années 1960, c'est vrai, personne n'y aurait prêté attention, mais j'avais des scrupules.

— Madame la professeur, rien *tout va bien*...

Comme je l'avais signalé, elle n'était pas un génie en langues.

— ... soit quelqu'un me sauve, soit je me tue.

— Oui, j'ai entendu. J'en déduis que je dois te sauver.

Elle acquiesça, une pointe d'hystérie dans son regard.

— Mais pour que je puisse te sauver, tu dois te calmer et m'expliquer ce qui se passe.

— Moi, à cause qu'avant, j'ai été malade et qu'après, j'ai eu mes règles, ce n'est que hier que je suis allée faire l'examen.

— Lequel ?

— Bah, vous savez.

Elle m'indiqua son bas-ventre.

— Chez notre Mme Maryla ?

Elle hocha la tête.

Mme Maryla était une gynécologue employée à plein-temps à la FF, ce que je trouvais formidable, moderne et féministe. Avoir une aide médicale en permanence dans une école de filles, c'était une solution inestimable pour remplacer la honte catholique des corps par la conscience de devoir prendre soin de sa santé. Quoique le « bah, vous savez » timide dans la bouche de Żozi prouvât qu'il y avait encore beaucoup à faire dans ce domaine.

— Et donc, qu'est-ce qui se passe ? Tu es malade ? Il t'est arrivé quelque chose ?

— Elle soutient que je ne suis pas vierge. Mais moi, je vous le jure, madame la professeur, je n'ai fait qu'embrasser et, en dehors de ça, je ne sais à ce sujet que ce qu'on a vu dans votre cours, la théorie, je vous le jure sur la vie de ma mère et sur la Vierge noire de Częstochowa !

Elle fit alors un signe de croix énergique et tomba à genoux. Je la saisis par les épaules et la relevai.

— Żozi, ça ne regarde personne que tu sois vierge ou non !

Elle eut un rire amer.

— Qu'est-ce que vous racontez ? Moi, sans la virginité, je n'aurai jamais mon *gradu* ! Je vais devenir châtaine, ma mère n'y survivra pas, elle va me tuer. Alors que je n'ai vraiment rien fait, je vous jure.

Je sentis une sorte de glaçon me parcourir l'échine.

— Tu l'as dit à Mme Maryla ? Elle comprendra certainement. Du point de vue physiologique, chaque femme est construite différemment, toutes n'ont pas d'hymen, parfois il se rompt tout seul, parfois il se reconstitue, nous ne sommes pas des machines sorties d'une unique chaîne d'usine, il y a aussi diverses malformations, des accidents…

À force de regarder Żozi en sanglots, une pensée inquiétante surgit dans mon esprit.

— Żozi, est-ce que quelque chose est arrivé dans ta vie, quelque chose d'intime, sans que tu sois d'accord ?

Elle pleurait ; je doutai un long moment qu'elle ait entendu ma question.

— Maman m'a envoyée à la FF pour que je ne reste pas à la maison, dit-elle en fin de compte si bas qu'on aurait cru qu'elle se parlait toute seule. C'est de l'histoire ancienne et, en vrai, je ne sais même pas si c'était ça, parce que c'était bizarre, je ne m'en souviens pas vraiment.

À quel point cela peut être de l'histoire ancienne, mon enfant, si tu as seize ans aujourd'hui ?

— On peut certainement l'expliquer, dis-je avec assurance. Je vais aller voir Mme Maryla, je vais aller chez Madame la directrice, tout ira bien, Żozi, je te le promets.

Mais je n'en étais pas si sûre.

6

Il s'arrêta un moment à la Réserve pour prendre un café, une partie de la ville qu'il affectionnait, à l'instar de bon nombre de Varsoviens d'ailleurs. L'hebdomadaire *Capitale* s'était plus d'une fois demandé pourquoi les habitants, au lieu de savourer leurs cafés sur les boulevards, préféraient s'entasser au rez-de-chaussée de bâtiments en ruine ou passer leur temps en terrasse entre des façades écroulées. Ludwik s'était aussi posé plusieurs fois la question. Ce qui lui plaisait probablement dans ce lieu, c'était que les choses y étaient simples et normales : les tasses pouvaient être ébréchées et, en guise de dessert, on ne vous servait que du cheesecake de Cracovie ou une tarte aux pommes et non des *meringues* à la pistache ; quant à la bière, elle y était servie par une Mme Sandra au visage marqué par la variole et prompte à la méchanceté gratuite, non par un serveur de concours. Au café Kwadrans, près des ruines de la rue Lwowska, Ludwik se laissa réprimander pour ne pas avoir de monnaie et s'installa avec un café noir et serré à une table haute à l'extérieur. Il sirotait son breuvage et observait les façades de l'autre côté de la rue. Légèrement sur sa gauche, une boutique de souvenirs s'étendait sur trois niveaux ; un couple avec trois enfants en émergea, des bandeaux rouge et blanc fraîchement enfilés sur le bras. Le fils aîné d'environ treize ans, apparemment favorisé au grand mécontentement de son frère et de sa sœur, arborait aussi une besace verte de soldat insurgé. Il contempla son cadeau sous tous les angles, puis se le jeta sur l'épaule et se redressa fièrement comme s'il voulait prouver à tous les passants qu'il était aujourd'hui prêt à mourir pour la patrie.

Ludwik détourna le regard.

Aucun commerce n'avait été installé dans le bâtiment devant lui, trop détruit pour être incorporé à cette fête foraine patriotique. Jadis, l'immeuble devait avoir été beau et raffiné. On y distinguait encore des restes d'ornements floraux, l'exubérance Art nouveau. Le soleil brillait par les fenêtres du premier étage où quelques tiges vertes poussaient ; il ne restait pratiquement rien du bâtiment en dehors de sa façade.

Ludwik songea à ses premiers patients, au cadavre de la sœur retrouvé dans la cour d'un immeuble de cette rue. Il termina son café, s'approcha du porche encombré de gravats et lut l'intégralité des plaquettes en écorce de bouleau – quarante-trois noms, rien que sur ce mur. Il ne connaissait pas le nom de jeune fille de sa patiente, mais qu'est-ce qu'elle lui avait dit ? Que sa sœur avait passé le bac dans une école clandestine durant l'Occupation. Donc, au moment de l'Insurrection, elle devait avoir vingt, vingt-trois ans maximum. Il distingua deux candidates potentielles parmi les plaquettes, c'était peut-être l'une d'entre elles. Il découvrit aussi un couple de dix-huit ans qui portait le même nom. Un frère et une sœur ? Probablement pas, trois mois à peine séparaient leurs dates de naissance. Un jeune couple marié, alors ? Il y en avait eu quelques-uns, en ce temps-là, parmi les gens qui voulaient acquérir à tout prix un peu d'amour et de tendresse. Ludwik aperçut aussi une famille de sept personnes : une grand-mère, des parents et quatre enfants entre un an et dix ans. Mais aussi un nouveau-né solitaire de trois mois. Celui-ci n'aurait-il pas survécu à un bombardement ? Sa mère l'aurait-elle étouffé pour qu'on ne les découvre pas dans une armoire ou derrière un tas de charbon à la cave ? Les histoires qui se cachaient derrière ces plaquettes feraient sûrement froid dans le dos.

C'était le milieu d'une belle journée, mais Ludwik frémit néanmoins au son d'une cascade de gravats qui lui parvint de la cour. Il s'imagina des corps jamais découverts émerger des décombres, mécontents de ne pas avoir de plaque à leur nom, qu'aucun morceau de bouleau ne raconte leur histoire.

Le gravier bruissa à nouveau et un couple passa le portail. Ils avaient à peine dix-huit ans : lui, dans un pantalon marron et en chemise à manches courtes ; elle, les épaules nues dans une robe d'été turquoise sous le genou. Tous deux avaient les yeux brillants et les cheveux ébouriffés. La fille prit peur à la vue d'un inconnu, elle attrapa son compagnon par la main et baissa la tête comme si elle avait voulu lui dire « Je t'avais prévenue que ce n'était pas une bonne idée ».

— Mes hommages, dit le garçon, assurant difficilement son équilibre sur l'éboulis.

— Mes hommages, répliqua Ludwik.

Quand ils furent partis, il déclama en pensée une prière pour les morts et s'orienta vers la place de la Polytechnique, cheminant parmi les vestiges noirs et morts, dans une rue marquée d'immenses carrées lumineux, effet possible à cet unique endroit où le soleil pouvait traverser des toits inexistants et des plafonds disparus. Devant lui, le jeune couple tentait de sauter d'un carré lumineux à l'autre en continuant de se tenir par la main.

Ludwik atteignit le Boulevard. Le boucan lui parvint à distance ; il n'en fut pas surpris, on claironnait dans les journaux depuis une semaine qu'une grande démonstration de l'Union était prévue le jour de la *celebra* annuelle chez les Femmes sans frontières. D'ordinaire, les élèves défilaient sur le Boulevard après la remise des diplômes et la cérémonie était agrémentée d'une fête et d'un spectacle artistique des filles les plus douées. Cette année, au grand regret des habitants, amateurs de divertissement de rue, la fête avait été annulée par crainte des débordements.

Il entendait donc le vacarme, il avait lu les journaux, il avait eu droit à un avant-goût de l'événement à la halle Mirowska, où une foule s'était réunie et non un modeste groupe d'activistes. Néanmoins il fut estomaqué par l'ampleur de la manifestation. Quelques milliers de personnes s'entassaient devant le siège de la FF. Ceux qui se rendaient à l'école étaient protégés par une haie de soldats étroitement alignés. Ludwik remarqua que seules les élèves étaient autorisées à entrer – des élèves traitées par la foule avec complaisance, ce qui était logique, dans la mesure où l'Union les présentait en victimes du système. Il ne voyait aucun adulte ; soit ils étaient arrivés plus tôt, soit ils rentraient côté cour.

Pour atteindre l'école, il devait, qu'il le veuille ou non, se faufiler devant l'estrade entourée de manifestants où les tribuns successifs déclamaient leurs discours. Il baissa la tête et se voûta de peur qu'on le reconnaisse ; Iwona et Camille se trouvaient certainement dans la foule. Tout comme Wanda et Ewa, d'ailleurs. Sur les banderoles, il discernait essentiellement les symboles de l'épi de blé et de l'épi combattant, mais il découvrit aussi d'étranges devises aux accents bibliques telles que « Licences licencieuses » ou « À bas l'embauche de la débauche ». Ainsi que des pancartes « Sionistes, dégagez en Israël », toujours bien vues et à la mode.

Un remous parcourut la foule, quelqu'un commença à scander « Ed-ward ! Ed-ward ! » et Gierek monta sur l'estrade. Bronzé, corpulent, les cheveux peignés en arrière, sans veste ni cravate, les manches de sa chemise blanche paysanne retroussées, il ressemblait à un bon tribun populaire et, sous le soleil vif du mois d'août, on ne pouvait lui dénier du charisme.

— Polonais ! commença-t-il. Oui, Polonais ! Pas Européens, pas citoyens du monde, pas même braves gens, mais bien Polonais !

L'assemblée le récompensa par des applaudissements.

— J'ai de mauvaises nouvelles pour vous tous qui rêvez, comme nous, d'une Pologne forte, souveraine, fière de sa tradition et libre de n'importe quelle influence. D'une Pologne qui n'est la colonie ni la copropriété de personne. En l'occurrence, j'ai entendu aujourd'hui à la radio que, quelle malchance, vous êtes tous des agents soviétiques.

Il avait achevé sa tirade avec une tristesse de cabaret dans la voix et un éclat de rire parcourut la foule. Gierek sourit en coin et demanda le silence d'un geste discret.

— C'est drôle, n'est-ce pas ? Qu'ils soient incapables de croire qu'une telle force soit née de notre terre polonaise, formidable et fière. Qui se tient derrière ça ? Quel est ce mystère ? Ils en ont très peur. D'où leur rage, d'où leur haine. Mais soyez-en sûrs, nous sommes capables de les vaincre, tous ces profiteurs. La grande débâcle de ceux qui nous haïssent est en marche, de ceux qui, au fond, haïssent la Pologne, parce que c'est de cela dont il s'agit, ils haïssent la Pologne, mais la Pologne vaincra !

Ludwik soupira, il n'avait pas envie d'écouter la suite. Il vivait depuis trop longtemps, il en avait trop entendu et avait lu trop de discours. L'amusant, c'est que, vu de Pologne, on distinguait dans ces diatribes deux grandes visions en friction. Vu de l'extérieur, tout cela se fondait en une seule autonarration obsessionnelle et incompréhensible. Résultat ? Un pays dont les politiciens promettaient ouvertement « du sang, des larmes et de la sueur » à ses citoyens était capable de dominer la moitié de la planète, tandis qu'un pays perpétuellement préoccupé par sa grandeur disparaissait de la carte dès qu'on tournait un instant la tête. Ludwik entendait Gierek poursuivre dans un style familier le récit des erreurs du passé, d'un avenir radieux, de la tradition populaire et de l'affreuse Allemagne ; il ne se rendait même pas compte de la facilité avec laquelle il entrait dans la peau du Premier secrétaire. La Fête de la moisson et l'ennemi éternel du peuple polonais, vous connaissez ? On connaît, alors écoutez.

— Récemment, quelqu'un s'est moqué de moi en disant que si nous voulions reconstruire la grandeur polonaise, alors il nous faudrait revenir au temps de Casimir III le Grand. Vous savez quoi ? C'est normal que nous voulions que la Pologne soit belle. Et nous n'avons pas besoin de nouveaux symboles de grandeur importés de l'Occident, de symboles qui sont en réalité ceux de la servitude, alors qu'en parallèle, nos propres symboles nationaux tombent en ruine. C'est pourquoi je vous le promets, l'Union slave va reconstruire les châteaux de Casimir III le Grand. Ces forteresses reviendront sur la carte de la Pologne en tant que symbole de la puissance et de la gloire !

Tiens, tiens, se dit Ludwik en continuant vers l'école, je pourrai me vanter de m'être inscrit dans les pages de l'Histoire.

La file des élèves qui pénétraient dans le bâtiment s'amenuisait, puis elle se tarit, mais on ne voyait toujours aucun enseignant. Ça ne l'arrangeait pas. On ne le laisserait certainement pas entrer, on le prendrait pour un saboteur qui voudrait faire un esclandre à l'intérieur en hurlant des slogans unionistes. Et il n'avait pas la moindre idée de l'endroit où pouvaient se trouver d'autres entrées. Il ne savait pas non plus où Grażyna habitait. Wanda lui avait seulement dit à la halle Mirowska qu'elle « avait obtenu un appartement et déménagé sur la rive droite ». Le pire c'est que, si Grażyna commençait à le chercher aussi, elle ne le trouverait pas non plus dans son ancien appartement du quartier Muranów. Que faire ? L'attendre à l'hôpital où il avait ses gardes dans l'espoir qu'elle y songerait ? Aller rue Wilcza dans le but de soutirer son adresse à Wanda ou à Lucyna ?

Pendant ce temps, frère Edward approchait du finale.

— Je sens une énergie monter de cette terre si noire et c'est l'énergie de la volonté de millions de personnes. Nous en forgerons un programme qui ne sera pas réalisé par les élites, mais par l'effort combiné de la classe ouvrière, de la classe paysanne et des intellectuels polonais. Grâce à cela, nous avancerons et connaîtrons le succès qui nous assurera le respect et la reconnaissance du monde. Dans un laps de temps très court, la Pologne deviendra plus forte et les

Polonais vivront mieux. Et ce fait ne sera remis en question par personne, pas même nos ennemis !

Il se tut durant un instant de vivats.

— Vous pouvez être sûrs, chers compatriotes, que nous, tout comme vous, sommes pétris de la même glaise et n'avons d'autres buts que celui que nous avons annoncé. C'est le programme de base de notre action. Si vous nous aidez, je pense que nous arriverons à atteindre notre objectif ensemble. Alors, vous nous aiderez ? Quoi !

7

Le silence qui régnait dans le bureau était d'autant plus perceptible que les vivats, les applaudissements et les cris étouffés des manifestants nous parvenaient par la fenêtre pourtant fermée.

— Je comprends votre indignation, dit calmement Madame la directrice. Mais si les règles avaient des exceptions, il n'y aurait plus de règles. Et cette règle-ci doit être suivie avec une rigueur exceptionnelle, sans quoi nos jeunes et belles élèves profiteraient de la vie de toutes les façons possibles et imaginables et, en plus de nos cours, nous devrions diriger ici une maternité et un service d'avortement. Chacune en est consciente en signant le contrat d'apprentissage et puis, les châtaines reçoivent elles aussi une éducation soignée et se débrouillent ensuite très bien dans la vie. Elles reviennent souvent avec des fleurs pour la Fête des professeurs bien après avoir obtenu leur diplôme.

— Et la discipline est l'unique raison de l'exigence de la virginité ?

— Bien sûr.

— Ce n'est pas parce que les clients de votre bordel exclusif préfèrent une marchandise fraîche et intacte ?

— Ce bordel n'est pas le mien, dans la mesure où il s'agit d'une école publique qui appartient à la République et c'est donc à elle que vous devriez adresser vos doléances. Vous pouvez aussi sortir devant le bâtiment et, à moins qu'ils ne se jettent sur vous, vous joindre à ces gentils manifestants dont le but est l'incorporation de la Pologne à l'URSS, même si cette foule dégénérée n'en est pas consciente.

— Espèce d'entremetteuse.

— Si moi, j'en suis une, alors vous aussi. Quoique non, vous, vous essayez seulement de réformer le système de l'intérieur. Ça vous étonnera peut-être, mais vous n'êtes pas la première à venir dans ce bureau avec une gerbe d'insultes et d'idéaux à la bouche. Curieux que ça arrive toujours une fois que vous avez obtenu les clés d'un appartement. C'est pourquoi, depuis quelques années, les contrats d'embauche sont très détaillés et, pour être honnête, vous êtes la première depuis que nous les avons modifiés. Dans une certaine mesure, j'admire votre engagement et votre disposition à payer n'importe quel prix pour votre idéalisme.

Ces paroles ne me plaisaient pas. Elles ne me plaisaient pas, mais alors pas du tout. Parce que je n'avais jamais lu mon contrat ; d'une certaine façon, ce n'est pas vraiment moi qui l'avais signé. J'étais prête à perdre mon travail pour Żozi, mais est-ce que j'étais également disposée à restituer ma fenêtre qui se fermait mal et mon balcon adoré avec vue sur le local à poubelles ? Je me taisais, la directrice aussi, nous écoutions la foule derrière la fenêtre entonner l'hymne panslave et chanter que « l'esprit slave est en vie et vivra toujours, on évitera vos tonnerres, votre enfer et vos colères ! »

— Mademoiselle Grażyna. Je devrais vous licencier pour insubordination et oublier cet incident. Mais j'apprécie vraiment votre travail. Je vous demande une once de réflexion.

Nous sortons ces filles d'un milieu où leur unique avenir, c'est la déliquescence, la violence domestique et des allers-retours jusqu'au puits pour transporter de l'eau. Nous leur donnons une éducation, un savoir-faire, l'accès aux hautes sphères, une vie qu'elles n'auraient jamais pu atteindre autrement. Et, en dépit des légendes urbaines, nous ne les vendons pas dans des maisons de passe ni ne les cédons à de vieux Bretons bourrus. Chaque contrat de mariage est soigneusement préparé et signé par une jeune femme majeure, puis supervisé par nos employées sur place, en France. Grâce à nous, chaque Polonaise qui n'a pas eu de chance à la naissance peut non seulement rêver, mais aussi réaliser ses rêves. De plus, grâce à vous, elle devient également dépositaire d'un savoir moderne et féministe par lequel nous, les femmes, nous changeons enfin le monde, millimètre par millimètre. Et ce savoir n'est pas du goût de tous. J'ai d'ailleurs dû plaider en votre faveur après certains de vos cours. Y compris au ministère.

Une partie de moi voulait la croire. Une partie qui avait vécu assez longtemps pour savoir que rien n'était noir et blanc, que les méthodes d'un changement lent et évolutif étaient toujours préférables à une révolution, que des compromis sages donnaient de meilleurs résultats que des gestes pleins d'indignation. Mais qu'est-ce que j'y pouvais si, en dehors de cette femme raisonnable, une Polonaise perpétuellement en rogne et prête à en découdre vivait également en moi ?

— Vous parlez de n'importe quelle fille ? demandai-je et je m'emparai de l'exemplaire de *L'Album des dames* posé sur le bureau, un livre merveilleusement édité et garni de portraits de nos élèves.

Y figuraient des photographies, une description des centres d'intérêts, des passions, quelques mots à propos de soi-même et le plat préféré. En théorie, il s'agissait d'un album de fin d'année scolaire ; en pratique, c'était le catalogue d'une agence d'escortes distribué dans des bureaux matrimoniaux spéciaux en France, là où la Pologne envoyait sa marchandise charnelle.

— N'importe laquelle ? Dans ce cas, montrez-moi la photo d'une fille moche. Avec des lunettes. Des dents de travers. Le dos voûté. D'une handicapée. D'une obèse. Ou alors, celle d'une Żozi qui n'est pas vierge parce qu'elle a été victime d'abus sexuels à la maison. Donc d'une fille qui a vraiment besoin d'aide, pas d'une fille assez belle et spectaculaire qui aurait été capable de s'enfuir seule dans le chef-lieu de la commune, en ville ou à l'étranger.

Madame gardait le silence. Tandis que, derrière la fenêtre, la voix d'Edward Gierek tonnait.

Elle ouvrit le tiroir de son bureau et en sortit un autre album. Ce n'était pas une édition aussi soignée que celle de *L'Album des dames*, mais un vieil album photo ordinaire, en papier noir épais.

— Ça devrait vous plaire, dit-elle en le faisant glisser jusqu'à moi. C'est en noir et blanc, comme votre monde. Nous prenons toujours ces clichés de nos élèves chez elles avant la signature d'un contrat d'apprentissage.

Je l'ouvris et le feuilletai. J'aurais voulu prétendre que c'était un faux préparé spécialement pour ce genre d'occasion. Mais j'étais née en 1934, j'avais grandi en province, j'y avais de la famille, je connaissais la véritable Pologne d'après-guerre autrement que par ouï-dire. Et je connaissais aussi l'effroyable misère présentée sur ces photos. Des femmes de trente ans aux visages de vieillardes, des maris qui puaient la gnôle même sur papier, des enfants apathiques et affligés par la faim qui n'avaient pas la force de sourire à l'appareil, des cahutes de campagne à moitié effondrées, le fond des caves et des officines citadines, des paillasses enfoncées sous des tables de menuisier, des jeunes filles dont le regard disait :

« Pas de souci, je peux devenir la moins chère des putes, mais emmenez-moi loin d'ici, s'il vous plaît. »

— Ce n'est pas une preuve, mais une excuse. On peut aider ces gens autrement.

— Mais faites donc, personne ne vous retient.

— Dans quelques décennies, il n'y aura plus autant de misère en Pologne.

— Allez leur dire. Que représentent quelques décennies en comparaison de la vie éternelle ? Ce sont des familles catholiques, vous les convaincrez certainement.

Je me tus. Derrière la vitre, Gierek criait « Alors, vous nous aiderez ? » Dans une situation normale, j'en aurais pouffé de rire.

— Restez, s'il vous plaît. Cette solution n'est pas idéale, mais elle existe. Et rien ne se passe ici sans l'accord conscient de toutes les parties. Ces filles peuvent devenir les émissaires de ce en quoi vous croyez et de ce que vous leur enseignez. C'est ainsi qu'on change le monde. Et non par des répliques cinglantes et une indignation vertueuse.

— Si Żozi reste.

— C'est impossible.

— Et si je pars ?

— Les règles sont les règles.

— Et si je pars et commence à faire du bruit ?

— Vous ne serez pas la première. Et d'un. De deux, vous perdrez votre appartement.

— L'obligation de travailler ici n'est pas inscrite dans mes peines.

— Mais moi, je connais des gens au Régime. Et je possède aussi une copie de votre contrat. L'unique solution pour garder votre logement à long terme sera de filer devant l'autel et de vous reproduire comme une lapine. Êtes-vous disposée à le faire ?

— Je ferai du bruit à un mois des élections. Ça devrait intéresser les journaux, compte tenu de la percée de l'Union. Il n'y a pas un discours où ils ne présentent pas la FF comme la source de tous nos malheurs. Si, en haut lieu, on veut tordre le cou à l'affaire, on devra sacrifier quelqu'un, vous seriez parfaite pour ça.

Ses lèvres d'aristocrate frémirent légèrement ; c'était le premier et le dernier signe d'émotion que je vis dans ce bureau.

— Vous rejoignez les rangs de l'Union ? Félicitations. C'est presque de la haute trahison.

— Vous pensez que c'est l'unique alternative ? La putasserie ou la haute trahison ?

— Bienvenue en Pologne.

Cinquante ans plus tôt, elle m'aurait convaincue. Mais lorsqu'on vit très longtemps, on s'aperçoit que très longtemps, c'est au fond trop court pour s'avilir.

— Je disparais et je ne pipe mot, mais Żozi reste.

Nous nous observions en silence. Derrière la fenêtre, la foule chantait l'hymne panslave.

— Parole de mégère polonaise ? demanda-t-elle en fin de compte.

— Parole.

8

Il croyait qu'après Edward Gierek entonnant la *Bogurodzica* avec la foule, c'est-à-dire le plus vieux chant religieux polonais, plus rien ne l'étonnerait, il haussa néanmoins un sourcil lorsque Wanda monta sur l'estrade. Apparemment, elle grimpait au pas de course les échelons de l'Union. Ludwik avait remarqué qu'il n'y avait pas d'uniforme dans ce parti, ils étaient tous vêtus simplement, comme s'ils passaient par hasard dans les parages et avaient décidé de confier à la foule ce qu'ils avaient sur le cœur. Tous arboraient également un détail folklorique, enfilé comme par mégarde ; dans le cas de Wanda, c'était un large foulard aux thèmes de Cachoubie qui retenait ses cheveux noirs.

— Bonjour.

Elle l'avait dit avec la voix d'une personne qui souhaitait soulager son cœur d'une pensée importante, mais se sentait mal à l'aise dans la présente situation. La mise en scène était vraiment remarquable.

— Moi, je ne suis pas là pour des discours politiciens, mais pour l'avenir de la nation.

Elle balaya l'assemblée du regard, hésita, ouvrit son sac à main et, après un instant de fouille, elle en sortit une feuille de papier pliée en quatre. Elle l'ouvrit et repassa les pliures de la main. Elle se pencha sur le microphone.

— « Je leur ai donné l'ordre de tuer sans pitié et sans merci les enfants d'ascendance ou de langue polonaise, tonna-t-elle au-dessus de la foule, car ce n'est qu'ainsi que nous obtiendrons l'espace vital dont nous avons besoin. »

— Honte ! cria quelqu'un et la foule le répéta en scandant « hon-te, hon-te ».

Cela dura un moment avant qu'ils se calment. Alors, Wanda reprit sa lecture :

— « L'enfant veut être bon. S'il n'y arrive pas, enseigne-lui. S'il ne le sait pas, explique-lui. S'il ne le peut pas, aide-le. »

Elle replia la feuille et la rangea dans la poche d'une modeste robe à carreaux bleus et blancs.

— Frères et sœurs, vous vous demandez peut-être qui a prononcé ces paroles. Les premières, c'est facile à deviner, sont celles d'un dirigeant allemand. Les secondes viennent d'un formidable enseignant que les Allemands ont assassiné parce qu'il était juif et polonais. À quoi bon réunir ces deux phrases ? Après tout, on ne peut douter que n'importe quel homme sain d'esprit se tiendrait aux côtés de Korczak et non d'Hitler.

La foule écoutait, intriguée.

— Et pourtant, dans la Pologne d'aujourd'hui, le choix n'est plus si naturel. La Pologne a envoyé ses fils faire la guerre en Algérie. Et elle envoie ses filles dans cette école. Près de deux mille enfants polonais sont déjà morts dans un désert en Afrique ! Des enfants qui ne devraient même pas y être ! Ce sont aujourd'hui des cadavres froids, troués par les balles ou découpés à la machette, des cadavres de véritables enfants de la terre polonaise. On leur a ôté la vie, leurs rêves et leur avenir. Tout ça parce que quelqu'un voulait faire de la politique en exportant de la chair à canon polonaise ! C'est une honte. C'est de la haute trahison. C'est la réalisation de sang-froid du plan d'Adolf Hitler !

— Pendons-les ! cria un enragé.

Et la foule reprit :

— Pen-dons-les ! Pen-dons-les !

Wanda ressortit la feuille de sa poche et la déplia.

— Écoutez ça !

Cette fois, elle dut crier par-dessus les appels de la foule pour que celle-ci se calme.

— Écoutez ce que le grand défenseur des enfants polonais, Janusz Korczak, avait dit à propos de l'école. « L'école devrait être une forge où on façonne les plus sacrés des mots d'ordre. C'est elle qui devrait appeler les droits humains de la façon la plus audible, mais aussi stigmatiser le plus hardiment possible et sans concession aucune, ce qui, dans la vie, est marécageux. »

La foule se tut. Wanda la contrôlait parfaitement, Ludwik en fut impressionné.

— Ainsi devrait être l'école. Cependant, nous sommes ici devant une institution, dit-elle en désignant l'immeuble de la FF, qui exporte des jeunes femmes polonaises en France comme on exporte de la viande, à ceci près qu'elles ont leur label de qualité en poche et non tamponné sur le front. C'est l'unique différence ! Un élevage de chair à canon et un élevage de prostituées. C'est ainsi que la Pologne traite aujourd'hui ses enfants. Polonais ! Je ne suis pas une politicienne, je ne veux pas dire que l'Union est bonne tandis que l'Ingénieur est mauvais, j'ai moi-même voté pour lui…

Un murmure de désapprobation parcourut l'assemblée.

— … comme beaucoup d'entre vous, très probablement. Il n'y a pas à en avoir honte. Mais aujourd'hui, on ne lutte pas pour une Pologne ceci ou pour une Pologne cela. On lutte pour savoir si la Pologne sera ou ne sera pas !

Elle prit une inspiration profonde comme si elle n'était plus capable de gérer ses émotions. La foule patientait.

— Je ne sais pas quelles sont vos sympathies politiques, mais je vous en supplie, au nom des Polonaises, des chrétiennes et des femmes, ne tuez pas nos enfants !

Il ne manquait plus qu'elle tombe à genoux.

— Au nom du Seigneur ! lança quelqu'un et la foule agitée commença à scander rageusement « Au-nom-du-Seign-eur » en alternance avec « Pen-dons-les ! ».

Quelqu'un lança un œuf sur la façade de la FF. La foule rugit, se tourna dans cette direction et d'autres objets fusèrent.

C'est alors que la porte principale s'ouvrit et que Grażyna en émergea.

9

Combien d'erreurs graves et potentiellement mortelles pouvait-on commettre en quelques secondes ? Moi, j'en avais commis trois. La première : abasourdie par ma discussion avec Madame, répétant en boucle nos répliques successives, je m'étais orientée machinalement vers l'entrée principale et soudain, je fis face à la foule. La fureur cumulée des personnes réunies me heurta au point que je ressentis une poussée physique et je vacillai sur mes jambes. J'aurais dû faire aussitôt demi-tour, la porte ne s'étant pas encore refermée derrière moi, mais alors, je vis Wanda sur l'estrade, un torchon folklorique débile sur la tête, et l'étonnement fut plus fort que la crainte.

La porte se ferma avec un claquement discret. L'instant d'après, j'étais bombardée de trucs que les gens avaient sous la main. Par chance, ce n'étaient pas des pierres, mais des babioles, essentiellement de la nourriture qu'ils avaient achetée en chemin pour le pique-nique. Pourtant, avant que je comprenne ce que c'était, je me recroquevillai de peur d'être lapidée. Encore une fois, j'aurais dû ouvrir la porte et fuir à l'intérieur de l'école. Je ne le fis pas et ce fut l'erreur numéro deux.

Prise d'hystérie, je cessai de penser et, au lieu de faire un doigt d'honneur à ces fanatiques de pâtisseries volantes et de retourner à l'intérieur, je commençai à chercher de l'aide du regard et j'aperçus Ludwik. Et c'est alors que je commis l'erreur numéro trois : je franchis le cordon militaire et j'avançai dans sa direction, ce qui revenait à pénétrer sans réfléchir dans une masse enragée.

10

À ce moment précis, il avait l'impression que ça durait des siècles, ce n'est que bien plus tard qu'il comprit que ça devait avoir duré quelques secondes. Une vague de tendres émotions le submergea quand, au sommet de l'escalier, il vit la fille dont il était tombé amoureux cinquante ans plus tôt. Vêtue d'une élégante robe d'été, baignée de soleil, elle masquait ses yeux de la main et, pour Ludwik, elle représentait à la fois une image vivante de son passé et la personnification de nombreuses décennies d'amour et d'amitié. Il en fut ému aux larmes. L'instant d'après, il se frayait un chemin vers elle dans la foule tel un brise-glace.

— S'il vous plaît, calmez-vous ! criait Wanda depuis la scène. Laissez-la !

Personne ne l'écoutait.

Ludwik vit Grażyna se protéger la tête, incapable de se défendre, tandis que la foule l'encerclait. Certains lui crachaient dessus, d'autres jetaient sur elle des prunes et des framboises qui laissaient des traces rouges sur sa robe grise. Quelqu'un criait en cadence « hon-te, hon-te » ; un peu plus loin, on scandait « Au-nom-du-Seign-eur » ; et tous se déplaçaient en direction de Grażyna, la foule se densifiait à cet endroit et Ludwik peinait de plus en plus à avancer. Il voyait aussi avec effroi l'espace vide autour de sa femme se resserrer ; encore un instant et elle disparaîtrait totalement. Si elle tombait, elle se ferait piétiner. Quelques-uns, ceux qui se tenaient le plus près d'elle, s'en rendirent compte, retrouvèrent leurs esprits et tournaient leurs têtes paniquées de toute part, voyant la dangereuse tournure des événements, mais quelques-uns ne pèsent rien face à la foule.

Quelqu'un le poussa dans le dos et Ludwik fit un brusque pas en avant, précipitant malgré lui les gens sur Grażyna. Le cercle se referma et sa femme s'effondra au sol. Ludwik devint hystérique, lança un cri strident, commença à donner des coups de poing aux personnes placées devant lui, quelqu'un lui rendit un coup, il sentit une douleur brûlante sous un œil et du sang couler sur son visage, mais continua malgré tout à cogner et à tirailler ceux qui l'entouraient tant qu'il avançait.

Alors, un tir retentit. Un premier, un second, un troisième. La foule se tut instantanément et recula, relâchant ses rangs. Ludwik en profita pour franchir les derniers mètres et s'agenouiller auprès de sa femme recroquevillée en position fœtale. Il prit son visage entre ses mains ; elle tremblait de peur, ses pupilles étaient remplies de terreur, mais elle semblait entière.

Entendant un pas décidé, il leva la tête : un soldat en uniforme sortit du rang. C'était un officier petit, trapu, sûr de lui, aux allures de professionnel. Il tenait son pistolet orienté vers le bas. Il s'immobilisa près d'eux.

— Tu le connais ? demanda-t-il à Grażyna.

Elle hocha la tête, se leva péniblement et saisit Ludwik par la main.

— Vous n'arriverez pas à nous tuer tous ! cria quelqu'un dans la foule.

Un grand jeune homme avança devant la première rangée. C'était un blond séduisant avec une moustache fauve et vêtu d'une chemise folklorique brodée.

— Pour l'heure, je n'ai tué personne, répliqua calmement le militaire, s'efforçant de faire en sorte que le « pour l'heure » sonnât comme la partie la plus importante de sa phrase.

— Ça veut dire que ça peut changer ?

— Ça peut.

Ludwik n'avait jamais entendu deux mots prononcés avec autant de calme porter une si grande menace.

Le blond s'approcha de lui.

— Vous tireriez sur un patriote ? demanda-t-il.

— Jamais, répliqua le soldat avec le même calme.

Le blond fit un nouveau pas. Alors, le militaire leva son bras ; le canon du pistolet touchait presque le front du manifestant.

— Mais sur un connard soviétique qui cherche à lyncher ma sœur avec une foule enragée, au fond, pourquoi pas ?

Le blond déglutit. Il comprit qu'il avait mis le pied dans quelque chose de plus grand qu'une confrontation entre les forces de l'ordre et une manifestation, dans quelque chose de plus profond qu'une querelle entre deux visions de la Pologne. Une femme cabossée se tenait devant lui, il faisait partie de la foule qui l'avait cabossée, tandis que le frère de celle-ci brandissait un pistolet au niveau de son front. Arriver à des conclusions raisonnables n'était pas difficile et le blond commença à reculer, sans le moindre commentaire cette fois-ci.

Dans le silence qui suivit, le flash d'un appareil photo crépita. En dehors du soldat, tout le monde sursauta et retint sa respiration ; le blond s'immobilisa ; il lui fallut un instant pour s'assurer qu'il était toujours en vie, puis il acheva de battre en retraite.

— Dégagez d'ici. Allez, ouste, lança le soldat à Ludwik et Grażyna.

Il devait donc être Piotr, le frère revenu d'Algérie.

Ils ne se firent pas prier et se dirigèrent d'un pas rapide vers l'immeuble où se tenaient les soldats, non plus en cordon, mais les armes à la main, répartis de sorte à tenir à l'œil chaque fragment du terrain.

Ludwik se dit que, si on avait envoyé des unités aguerries, équipées de carabines, protéger une école et non des policiers débutants et lassés par les rassemblements qui se tenaient là d'ordinaire, la situation devait être plus sérieuse que prévu.

11

Des émotions contradictoires me tiraillaient. L'odeur d'Adam persistait dans la salle de bains, le lit était défait, deux oreillers étaient appuyés contre le mur, je distinguais nos ombres dans les draps froissés, j'entendais les échos de nos conversations matinales. Et, une nouvelle fois, je me dis que je devrais peut-être renoncer. Est-ce que je croyais vraiment que je me rendrais en Mazurie, que je m'y enverrais en l'air et soudain, abracadabra, on me rendrait mon enfant ? C'était complètement irrationnel. Même si, par on ne sait quel miracle cosmique, un matériel génétique identique venait se nicher dans mon utérus et que naissait un garçon identique, j'étais néanmoins différente, le monde était différent, je prendrais un million de décisions différentes durant son éducation et ce ne serait qu'une goutte d'eau dans le milliard de stimuli qui le façonnerait. Et alors, quoi ? Est-ce que la déception de voir que mon fils qui ressemble à mon fils soit un homme totalement différent ne grandirait pas en moi ? Est-ce qu'il ne vaudrait pas mieux oublier ma vie passée, vaincre le manque de Ludwik comme on vainc une addiction narcotique et partir avec Adam à Lyon, à Marseille et, de là-bas, « au bout du monde et encore plus loin » comme il le disait ? J'avais honte de cette pensée, mais est-ce que je n'utilisais pas par hasard mes souvenirs de Jacek pour simplement faire l'amour avec un homme qui me procurait des relations sexuelles satisfaisantes depuis cinquante ans et auxquelles j'avais du mal à me déshabituer ? Il serait peut-être plus mature de lui annoncer que c'était fini et de rester fidèle à Adam ?

Je songeais à cela en trépignant d'impatience, en lorgnant sur ma montre et en comptant les minutes jusqu'à l'arrivée de Ludwik, tout en complétant le panier en osier que j'avais acheté exprès pour l'occasion il y avait déjà un mois. J'y mis des sandwichs au gruyère, des tomates, des œufs durs, une grande bouteille en verre remplie d'orangeade et un copieux sac de prunes. J'étais furieuse d'avoir oublié le thermos ; je fonctionnais difficilement sans café, alors que dans ce monde-ci, les stations-service n'étaient pas encore des cafétérias et des supérettes, mais des stations-service. Enfin, on tomberait peut-être sur un bar de routiers en chemin.

On était censé partir le lendemain, mais avec le grabuge de la FF, on avait décidé de partir sur-le-champ ; Ludwik m'avait convaincue qu'il valait mieux prévoir large au niveau du temps. Parce que c'était les années 1960, parce qu'on pouvait crever, parce qu'il avait réservé l'hébergement par correspondance et on ne savait pas comment ça avait marché et puis, en général, le monde en dehors de Varsovie était plein de surprises. Il avait raison ; son anticipation ennuyeuse pouvait devenir une prévoyance qui me rassurait.

J'étais déjà dans le couloir, la clé enfoncée dans la serrure du haut, quand mon regard buta sur la bague de fiançailles offerte par Adam. Après une seconde d'hésitation, je revins à l'intérieur de l'appartement et je la rangeai dans un coffret de babioles.

Je fus prise d'un rire hystérique. Quelle perfidie du destin ! Depuis six mois, je ne songeais qu'à faire renaître mon fils. Je planifiais, je me démenais, je vivais dans un étrange grand écart émotionnel. Alors que, cinquante ans plus tôt, je me tenais au-dessus de son berceau, j'observais ce poupon grassouillet et fantasmais sur le fait qu'il cessât soudain de respirer, qu'il avalât quelque chose de travers et mourût ; ça arrivait sans arrêt aux nourrissons et ce n'était la faute de personne, c'était la vie, c'est tout. Je rêvais qu'il ne fût plus là, que je puisse récupérer ma vie de jeune femme, oublier mon aventure sexuelle sauvage avec un thérapeute séduisant et revenir auprès d'Adam, là où je voyais vraiment ma place et mon futur. Je pleurais la nuit, de frustration et d'impuissance, incapable de prendre une décision, clouée à la croix de la maternité et du désir.

Et maintenant que la réalisation de ce rêve m'était offerte sur un plateau d'argent par le destin, je le lui arrachais des mains, je piétinais les débris des assiettes et je lui filais un coup de pied au cul en guise d'au revoir. Il n'y avait pas une once de cohérence là-dedans !

Fallait-il rester ?

J'entendis klaxonner dans la rue.

Et je refermai la porte.

Chargée d'un sac de voyage et du panier d'osier, je descendis devant l'immeuble. Ludwik m'attendait, ébouriffé, séduisant et divin, des lunettes de soleil de fête foraine sur le nez, appuyé sur le capot de sa Citroën tel James Bond sur son Aston Martin. L'une de ses joues était violacée et boursouflée, l'entaille était recouverte d'un pansement tellement de travers qu'il avait dû se l'appliquer lui-même.

— Qu'est-ce qui te rend si joyeux ?

— J'ai une surprise pour toi. Et même deux.

Je comptai jusqu'à trois pour me calmer et ne pas lui dire : « Tu veux peut-être visiter mon appartement ? » De façon idiote, je considérais que si je réduisais l'intimité de ce voyage à la tentative de procréation, je serais moins malhonnête vis-à-vis d'Adam.

— Des lunettes de soleil et un chapeau de paille ?

Il sourit, plongea la main par la fenêtre de la voiture et en sortit deux thermos.

— Du café normal pour toi, de la chicorée pour moi. Je les ai achetés exprès pour le trajet quand je me suis rendu compte que les stations-service d'ici ne vendaient que de l'essence. Or, comment partir en voyage sans café ?

— Tu veux dire qu'on ne va pas s'arrêter chez Total à Modlin ? Dommage, j'aurais bien mangé un hot-dog.

Nous partîmes d'un grand éclat de rire qui contenait à la fois le soulagement d'être enfin compris, mais aussi de la tristesse d'être les seules personnes de l'univers à saisir cette plaisanterie douteuse.

— D'après ce que je vois, ça ne fait qu'une surprise.

Il me signifia d'un geste de patienter et plongea à nouveau dans le véhicule ; j'avais l'impression de voir un illusionniste fouiller son chapeau. Il se retourna et me présenta un modeste transistor dans sa housse de cuir. Il tourna des boutons et de la musique coula des haut-parleurs. Une voix masculine légèrement efféminée chantait tristement en français la mélodie *My Way* de Frank Sinatra, promettant de jouer à faire semblant, et même de rire, enfin de vivre, comme d'habitude...

Je frémis, cela sonnait comme un présage, surtout si l'on songeait que cette chanson était, paraît-il, le plus grand tube des enterrements outre-Atlantique.

— Une véritable Koliber ! s'extasia Ludwik. Grażyna, combien de trucs de notre passé avons-nous oubliés ? Tu te souviens que nous emportions cette radio en vacances chaque fois ? Un mois avant le départ, je faisais la chasse aux piles pour en faire une réserve parce que sur la côte, il était plus facile de trouver une baleine blanche que de quoi alimenter un récepteur portatif.

— On écoutait l'émission « L'Été à la radio » sur la plage. Est-ce qu'il y avait une autre station que la Une à l'époque ?

— Bah, je veux. La Deux.

Il se racla la gorge et baissa la voix d'une octave.

— Vous venez d'entendre le second concerto pour piano en machin-truc-mineur de Sergueï Rachmaninov, interprété par Władysław Szpilman...

Je ris.

— On y va ? demandai-je.

Nous partîmes.

Nous avions emprunté la vieille route vers Gdańsk et Olsztyn des centaines de fois et pourtant, chacun de ses virages me sembla nouveau, tant me restait en tête la version du XXIe siècle de ce trajet. On dirait que la mémoire fonctionne comme des cassettes de magnétophone. La route entre Varsovie et Pluski était l'une des bandes et chaque fois que nous enregistrions un nouveau trajet, nous effacions le précédent. Était-ce ainsi avec tout ? Avec les parties de jambes en l'air par exemple ? Tant d'années, tant d'orgasmes et je ne me souvenais que de situations exceptionnelles, des chambres d'hôtel, des voyages ; c'est probablement le petit yacht sur le lac près d'Ostróda qui s'est gravé le plus dans ma mémoire : le dodelinement sur l'eau, pas un seul photon de lumière, l'extase suspendue dans le néant. Et le sexe à la maison ? Nous avons dû y avoir des milliers de rapports et je me les rappelais tous sous la forme d'un « rapport à la maison » indéfini. Il se pourrait que le dernier, celui après lequel nous avions atterri ici, ait effacé les précédents. Dommage, j'aurais bien aimé me souvenir de chacun.

— Je ne me souvenais pas de tant de pauvreté, commenta Ludwik en observant le paysage.

Nous venions de dépasser Mława, le soleil orangé se couchait sur notre gauche. L'époque ne connaissait pas encore l'autoroute ni le périphérique. À partir des faubourgs de Varsovie, une route absurdement étroite et sinueuse traversait le cœur de chaque ville, de chaque village et de chaque lieu-dit, nous permettant de contempler la véritable Pologne. Nous la contemplâmes et, à chaque hameau qui passait, nos mines s'attristaient parce qu'il était facile d'oublier cette misère quand on vivait au milieu des maisons et des quartiers fraîchement construits de la capitale, une misère que je n'avais entraperçue qu'une seule fois, dans l'album déployé par Madame.

On voyait des charrettes tirées par des chevaux boueux jusqu'aux oreilles, des cahutes en bois aux toits de chaume, des murs qui se disjoignaient dans tous les sens, des routes secondaires sans bitume, sans pavés et sans aucune forme de revêtement. Et partout, les stigmates de la guerre, vingt ans après la fin de celle-ci. Mława, qui n'avait jamais prétendu au prix de l'attraction touristique de l'univers, se montrait particulièrement déprimante. On y avait plus ou moins déblayé les gravats, mais le tissu urbain avait été tellement détruit qu'on aurait juré qu'une secte d'illuminés s'était installée dans des maisons sans queue ni tête au milieu d'un immense terrain vague. Et, entre les maisons, la marmaille courait ; on pouvait croire que la majorité de la population polonaise avait moins de dix ans.

— J'ai l'impression qu'à notre époque, on s'en était un peu mieux sortis, commentai-je.

— Tu veux dire avant ? Dans la version communiste ?

— Oui.

— Cette idée m'a aussi traversé l'esprit. C'est peut-être le prix de la liberté ?

— Je ne comprends pas.

Effectivement, je n'arrivais pas à suivre son raisonnement. J'étais curieuse de savoir ce qu'il entendait par-là, même si je savais que je fonçais tête baissée dans un exposé universitaire. C'était drôle : ces cours magistraux m'avaient aussi manqué.

— Le despotisme est pratique quand il faut prendre beaucoup de décisions dans un laps de temps très court. Tu n'as pas à discuter, à faire des compromis, à parlementer avec les gens. Tu dis simplement, bon, Mława s'en est pris plein la gueule, alors c'est là que nous allons construire une usine de chaussures et une crémerie flanquées d'une unité d'habitation. Et voilà, trois ans plus tard, tout est bâti. Tandis que dans un pays normal ? Les propriétaires ne céderont pas leurs terres pour la construction de l'usine parce qu'ils les ont héritées de leurs pères. L'industriel dira qu'il préfère fabriquer ses chaussures à Kutno. Et les citoyens se mettront à protester contre les barres d'immeubles, préférant des lotissements de maisons individuelles.

— Ne va pas vanter les mérites du communisme.

— Je ne les vante pas, j'estime qu'à la fin des fins, il vaut mieux que ça dure plus longtemps, mais qu'on se mette d'accord avec les propriétaires, que l'usine de chaussures voie le jour là où ça a du sens et que les gens puissent vivre comme ils l'entendent. La gestion centralisée n'est attractive qu'au premier coup d'œil. Les gens aiment que quelqu'un manage la réalité à leur place et qu'il décide, ne demande rien, n'exige rien et leur file des trucs gratuits avec ça. Sauf qu'après, ça craquelle de toute part et chaque absurdité forcée par décret se venge un millier de fois. Le plus souvent, le retour de bâton a lieu avec les générations suivantes. Mais qui voudrait se préoccuper de ceux qui vont suivre ?

— Tu as certainement raison, mais ce paysage me donne quand même le cafard. On dirait que rien ne sera jamais remis sur pied. Quoi qu'on en dise, ça fait près de vingt ans que la guerre est finie.

Il haussa les épaules.

— Ou peut-être que de notre temps, ça n'allait pas mieux, mais que nos souvenirs ont pâli ? On était jeunes, on partait en vacances et on n'en avait rien à foutre de savoir qu'une maison était en train de s'écrouler, tant que l'eau ne nous gouttait pas sur la tête dans notre chambre d'hôte.

— Aujourd'hui aussi, on est jeunes.

— Seulement quand on se regarde dans le miroir.

La frontière entre la Mazovie et la Mazurie, c'est-à-dire l'ancienne frontière entre la Pologne et la Prusse-Orientale, constituait invariablement une limite esthétique, qu'on vive à cette époque ou à n'importe quelle autre. D'un côté, il y avait des plaines monotones, des champs et des cahutes en bois, de l'autre, des collines pittoresques, des forêts, des lacs et des bâtisses en brique rouge. J'avais un jour entendu un avis controversé, d'après lequel nous devrions célébrer l'anniversaire de la conférence de Yalta comme une fête nationale parce que, suite aux décisions qu'on y avait prises, la Pologne s'était déplacée vers l'ouest, troquant des terrains sauvages peuplés de minorités furibondes contre des sols plus civilisés mais aussi fabuleusement beaux. Il y avait un fond de vérité là-dedans.

Nous tournâmes dans un chemin de traverse et, après deux cents mètres environ, nous nous installâmes avec notre pique-nique dans une petite clairière. Je n'aurais rien eu à redire si cet instant avait duré une décennie.

— Comment ça se passe ? Tu es heureuse ?

— J'ai l'air de l'une de tes patientes ?

— Quand tu contre-attaques pour fuir un sujet délicat ? Absolument.

— Tais-toi.

— Donc, tu l'es ou pas ?

— Tout à fait. Et toi ?

— C'est difficile à dire. Dans la mesure où j'ai encore l'impression d'être un visiteur dans ce monde, un intrus même, il y a des moments où je me sens affreusement seul, aussi seul que l'unique être humain sur une planète lointaine dans l'impossibilité de confier sa solitude à quiconque. Parce que, tu vas rire, j'ai peur que si j'avoue la vérité, le sort se brise.

— Il ne se brisera pas.

— Tu le lui as dit ?

— Ouais.

— Et ?

— Il m'a demandé à quelle fréquence nous partions en vacances sur la Lune.

Ludwik pouffa de rire.

— C'est vrai que dans les années 1960, on vendait quasiment des billets pour Mars. Il t'a posé des questions sur la Pologne.

Je fis non de la tête.

— Et sur moi ?

— Oh, sans arrêt. Rien d'autre ne l'intéresse.

— Je veux dire, tu lui as dit que…

Il montra d'un geste qu'il parlait de notre excursion.

— Oui.

Il hocha la tête. Il mangeait une tomate comme on mangerait une pomme, la pulpe lui coulait sur les doigts. Mon Dieu tout-puissant, qu'est-ce qu'il avait de beaux doigts. À l'idée qu'il puisse poser cette main sur ma cheville, se pencher, la glisser plus haut et qu'une trentaine de secondes plus tard, j'aurais pu le sentir à l'intérieur de moi, le désir me donna le tournis. Je le contemplais et je fantasmais si intensément qu'il n'aurait pas fallu grand-chose pour que j'atteigne l'orgasme rien qu'en suivant mes pensées.

— Et toi ?

Il ne répondit pas d'emblée, il acheva d'abord sa tomate, essuya soigneusement ses mains dans un mouchoir en coton à carreaux bleus et rouges.

— Je n'ai personne à qui le dire. On s'est séparés il y a plus d'un mois.

Il se tourna vers moi, sourit et ajouta :

— Comme d'habitude.

Je l'admets, je fus authentiquement étonnée. Pourquoi ne m'avait-il pas retrouvée pour me l'annoncer ? Ne le souhaitait-il pas ? En avait-il honte ? Avait-il estimé que, peu importait à quel point ça sonnait comme un cliché, il ne devait pas se mettre en travers de mon bonheur ?

— Où habites-tu ?

— Dans mon bureau à l'hôpital Tworki. Parfois dans ma voiture, quand un collègue que je n'apprécie pas est de garde.

— Aucune salle d'isolement n'est libre ?

J'avais lancé cette plaisanterie stupide pour ne pas montrer à quel point ce qu'il me confiait m'affectait.

— Je te manque ? demanda-t-il, répondant à ma question par une autre.

Je me raclai la gorge, j'eus du mal à ravaler ma salive.

— Honnêtement ? demandai-je pour gagner un peu de temps.

Je me dis que je n'avais pas le droit de répondre « Caresse-moi, embrasse-moi, je t'en supplie, prends-moi ici et maintenant » parce que Jacek était une chose, mais un adultère en était une autre.

— Bien sûr que tu me manques. Je ne sais pas si tu t'en souviens, mais nous avons passé cinquante ans ensemble.

— À moi aussi. Parfois, c'est insupportable.

Je hochai la tête avec compréhension et je me levai sur des jambes flageolantes, lui faisant comprendre que le pique-nique était terminé.

12

La nuit tombait quand ils s'approchèrent de leur destination, les premières et les plus claires des étoiles étaient déjà visibles dans le ciel. Ils gardaient le silence, déprimés par la traversée d'Olsztynek et de Nidzica. Ces villes anciennement allemandes, Hohenstein et Neidenburg, avaient été complètement détruites par l'armée Rouge et étaient encore moins pressées de renaître de leurs cendres que Mława. Les restes du château de Nidzica faisaient particulièrement peine à voir. La ville semblait en cours d'évacuation, mais tout le monde n'avait pas entendu l'ordre de partir et certains erraient sans but dans les rues.

Par bonheur, après ces villes, ils n'avaient roulé qu'à travers des bois et de charmants hameaux prussiens en brique rouge qui n'avaient pas encore été enlaidis par les colonisateurs polonais. La bourgade de Pluski, pour sa part, ne ressemblait en rien à la station estivale luxueuse qu'elle deviendrait quelques dizaines d'années plus tard. La forêt se terminait par un talus, non loin d'une quinzaine de maisons de pêcheurs plantées au bord d'un lac qui devait être le plus beau lac du monde.

Ils se garèrent devant leur maison habituelle, pas encore repeinte en céladon ni isolée à coups de polystyrène. On voyait distinctement la construction à colombages. Des poutres épaisses, noircies par le temps, se découpaient sur une façade blanche. Ludwik et Grażyna quittèrent la voiture ; le silence n'était perturbé que par le clapotis délicat du lac et par le crépitement des grillons.

— *Mutti ! Die Gäste sind gekommen !* cria quelqu'un à l'intérieur.

— Bon, mon français ne sera d'aucune utilité par ici, remarqua Grażyna en souriant.

— Et tant mieux. Enfin une langue normale.

— Tu devras pourtant améliorer ton français. Tu n'as pas entendu dire qu'il deviendra la seconde languc officielle de Pologne ?

— Mouais, je vois bien les paysans polonais marchander leurs œufs au subjonctif.

La porte s'ouvrit et une femme élancée incroyablement mince d'environ soixante ans apparut sur le seuil.

— Monsieur Ludwig de Varsovie ? demanda-t-elle avec un fort accent.

Ouf, il semblerait donc que sa réservation ait abouti. Ils se présentèrent, portèrent leurs valises jusqu'à la chambrette sous les combles et descendirent dîner à la salle à manger, où on disposa devant eux des pierogis au lard et gruau de sarrasin.

— Dis, au fait, on est en Varmie ou en Mazurie ? demanda Grażyna tout bas, de peur que sa question ne puisse offenser la maîtresse de maison.

Les autochtones avaient coutume d'être hypersensibles sur la question des limites entre la Silésie et le bassin Dąbrowskie par exemple, ou entre le Powiśle et les Kurpie ; c'était comme en France, entre la Bretagne et la Normandie.

— Et qu'est-ce que j'en sais ? répliqua Ludwik. Nidzica est certainement en Mazurie. Olsztyn, à cent pour cent en Varmie. Alors, on est peut-être sur une sorte de frontière.

— Excusez-moi ! cria-t-il vers la tenancière.

— Arrête ! siffla Grażyna à travers ses dents. Ça ne m'intéresse pas tant que ça.

— J'ai autre chose en tête, chuchota-t-il avant de s'adresser de nouveau à la maîtresse de maison. J'ai une question à vous poser parce que nous avons entendu dire que le gouvernement souhaitait construire un centre de vacances pour ses officiels quelque part dans les parages. Pour la chasse et tout ça. À Łańsk.

Elle le regarda bizarrement.

— Lansk ? Mais il n'y a rien là-bas. Je veux dire, il y a des animaux, mais qui les chasse ?

— Le président polonais par exemple. Ou le président russe.

— Ils ont un président, en Russie ? demanda-t-elle en lui lançant un regard soupçonneux.

— Le Premier secrétaire, je veux dire. Je vous le demande parce nous aimerions nous balader un peu demain et nous craignons de nous faire tirer dessus.

— C'est vrai que la dernière fois, ce sont les Russes qui tiraient dans le coin, mais ça fait déjà vingt ans. Ne craignez rien messieurs-dames.

Elle sembla les prendre pour des toqués et retourna à ses occupations.

— Tu crois que c'est une bonne chose ? demanda Grażyna.

— Que Brejnev n'aille pas nous poursuivre demain avec un fusil de chasse ? D'après moi, c'est merveilleux.

— Et si j'étais tombée enceinte à l'époque à cause du stress d'avoir été poursuivie par lui ?

— Je ne t'ai pas tenue à l'œil tout le temps, mais j'aime à croire que j'ai joué un rôle plus important dans cette grossesse que Leonid Brejnev.

Durant le trajet, ils avaient tous les deux pensé qu'ils discuteraient toute la nuit, et l'un comme l'autre avaient espéré que leur proximité ne se limiterait pas à la conversation. Pourtant, dans cette cuisine chaude, devant un plat de pierogis, après une journée pleine d'émotions, la fatigue les rattrapa et ils ne terminèrent pas leurs assiettes. Ils montèrent dans leur chambre en traînant des pieds.

Une fois dedans, l'atmosphère se densifia, ils contemplèrent le lit étroit, l'unique couverture, et furent soudainement éveillés.

— N'y pense même pas, dit-elle sèchement.

— Je n'y pense pas, répliqua-t-il sur le ton qu'il prenait toujours lorsqu'il s'énervait. Officiellement, je suis toujours marié.

— Ça tombe bien parce que je vais l'être aussi d'ici peu.

— Je le fais pour Jacek, le reste ne m'intéresse pas.

— Je suis ravie qu'on soit d'accord sur ce point. J'avais peur que ça représente quelque chose de plus pour toi.

— C'est bien que les choses soient dites. Bonne nuit.

Dix minutes plus tard, ils étaient couchés sous leur couette commune, se tournant le dos, la lumière éteinte. L'un comme l'autre étaient fous de rage et de désir, persuadés qu'à cause de ces émotions, ils ne fermeraient pas l'œil de la nuit.

L'instant d'après, ils dormaient tous les deux d'un sommeil de plomb.

13

Dès que j'ouvris les yeux, peu après l'aube, je me levai en vitesse, je me lavai et m'habillai pour éviter la tentation. Toute la ferme était plongée dans le sommeil, alors je pris mon blouson et je me glissai dehors sur la pointe des pieds. L'air sentait la forêt, le lac et la campagne, et si la promesse d'une journée d'été flottait également parmi les arômes, il faisait un froid de tous les diables. J'avançai donc d'un pas alerte le long de la berge pour me réchauffer. J'avais l'intention de chasser par l'effort mes émotions et mes pensées, mais, à mon grand étonnement, je n'en avais pas besoin. N'ayant que la nature autour de moi, prise dans un vide formidable et lénitif, je me sentis en paix pour la première fois depuis janvier.

C'était peut-être parce que la nature était toujours suspendue en dehors du temps, du moins en dehors de sa conception humaine. Dans la forêt de Varmie, je n'avais pas à me confronter à la version alternative de l'Histoire, ces bois avaient été là un siècle avant moi et le seraient sans doute un siècle après, les versions de l'Histoire ne les préoccupaient pas. Je me délectais de cette indifférence, assise au bord du lac à observer comment le paysage variait. Le soleil se levait dans mon dos. D'abord, il illumina la cime des arbres sombres de l'autre côté du lac, puis ses rayons descendirent doucement jusqu'à la surface de l'eau, la profondeur obscure cédait la place à un bleu marine scintillant, les reflets lumineux se déplaçaient paresseusement dans ma direction, preuve s'il en est que la planète tourbillonnait et fonçait à toute vitesse, invariablement, depuis des centaines de millions d'années, et qu'elle non plus n'était pas très intéressée par mes dilemmes personnels et le sort de la Pologne.

La tranquillité et le ravissement m'accaparaient. Je ne songeais pas à Jacek, je ne songeais ni à faire l'amour ni aux choix difficiles, j'étais ravie de pouvoir rester assise ici encore un instant, avant d'aller déguster un petit déjeuner et un café dans une cuisine campagnarde. Je me réjouissais à l'idée de manger avec Ludwik, comme d'habitude, parce que dans une certaine mesure, je n'avais jamais consommé mes petits déjeuners avec personne d'autre. Si j'entrais dans cette maison pour découvrir que le véritable Ludwik, c'est-à-dire un vieillard irritant, y était penché sur un journal et si je jetais ensuite un coup d'œil à mes mains pour découvrir que j'étais redevenue vieille moi aussi, je serais néanmoins heureuse.

14

À mi-chemin, il maudissait l'idée d'avoir préparé un pique-nique pour attendre l'orage. Avant l'apparition des récipients en plastique et des couverts jetables, cela signifiait transporter un panier d'osier qui contenait deux casseroles de nourriture préparée par leur tenancière, une bouteille de vin maison, une bouteille d'eau en verre, de véritables assiettes, de véritables verres et de véritables couverts ; l'ensemble pesait près d'une tonne. Ludwik s'efforçait de faire bonne figure et répliquait invariablement « Arrête, ne dis pas de bêtises » chaque fois que Grażyna lui demandait s'il n'avait pas besoin d'aide.

Ils marchèrent à travers champs, puis passèrent par une forêt de pins en direction du lac Łańskie, sans beaucoup parler. Grażyna était plongée dans ses pensées ou s'enthousiasmait à la vue de la nature environnante ; il lui répliquait par des bouts de phrases, s'efforçait de ne pas haleter trop fort ;

la sueur coulait le long de sa colonne vertébrale et imprégnait son pantalon, son bras alourdi par le panier le meurtrissait, ses doigts agrippés à l'anse d'osier le faisaient souffrir comme s'il tenait une barre incandescente.

Il se dit qu'il y avait une dose d'ironie dans cette situation : combien d'efforts lui fallait-il fournir pour séduire sa propre épouse qu'il connaissait depuis cinquante ans ?

Ils ne craignaient pas de se tromper de chemin. Jusqu'à la mort de Jacek, ils étaient régulièrement revenus dans les environs. On traversait un champ, un bois et dès qu'on apercevait le lac depuis la colline, il fallait tourner à gauche, emprunter un large sentier forestier, dépasser les ruines d'un vieux moulin et, cent mètres plus loin, on tombait sur leur chêne. Ils venaient d'atteindre l'endroit lorsque Ludwik proposa de prendre un bain.

— On pourrait cacher le panier derrière un buisson, suggéra-t-il.

Elle contempla le lac, elle contempla Ludwik, elle se tourna vers le ciel puis à nouveau vers lui.

— Et si on rate le bon moment ?

— Le lac est à deux cents mètres, il n'y a pas un nuage à l'horizon, cet orage n'a probablement eu lieu qu'en fin d'après-midi, mais on l'a oublié. Allez, viens, on est à la campagne pour la première fois depuis notre arrivée, profitons-en.

Elle n'était toujours pas convaincue.

— L'été touche à sa fin. Une occasion pareille ne se représentera que dans un an.

— Nous n'avons pas de maillots.

— Je vais détourner le regard.

Elle y réfléchit un instant et hocha la tête. Il fut soulagé de pouvoir poser le panier par terre. Quelques minutes plus tard, il se dévêtait prestement au bord de l'eau, ne regardant effectivement pas Grażyna parce qu'elle ne l'intéressait absolument pas à ce moment-là. Il voulait plonger dans une eau soyeuse, fraîche, dans une eau à la senteur douceâtre, le reste du monde était passé au second plan.

— Tu sais à quoi je pense ? demanda-t-elle alors qu'ils nageaient déjà d'une brasse tranquille au milieu du lac. À notre dernier bain.

— Dans ce lac ? Je ne me souviens même plus quand c'était.

— Non, à notre dernier bain en général. Tu te rappelles, c'était après le Jour de l'an, nous sommes allés ensemble à la piscine. Ça avait été une idée stupide, les vacances scolaires n'étaient pas terminées, c'était plein à craquer, il y avait des familles avec leurs enfants et un troupeau de quarantenaires bien décidés à prendre soin de leurs corps dans le cadre des bonnes résolutions de la nouvelle année. Je me tenais au milieu de cette foule dans le vestiaire pour femmes et je sentais leurs regards hostiles sur moi. Ils disaient, c'est quoi le problème avec les vieilles biques qui peuvent venir à la piscine quand bon leur semble, mais choisissent toujours les vacances scolaires pour prendre la place des travailleurs et des élèves ? Elles fourrent leurs nez partout, ces vioques. Elles se pointent dans un bus à 7 h 30 du matin, au supermarché le vendredi soir, à la poste peu avant l'heure de la fermeture, à la piscine durant les vacances, elles le font exprès, ma parole. Je percevais ces regards, je me voyais dans la glace, vieille femme fripée dans un bonnet démodé, et j'avais envie de fuir.

— Nous avons payé tellement d'impôts locaux dans ce quartier que nous devrions disposer d'une ligne d'eau honoraire indépendante dans la piscine.

— Je me sentais si superflue quand j'étais vieille. Pas toi ?

Il plongea, lorgnant sous l'eau les contours imprécis de son corps de femme, et émergea de l'autre côté.

— Je ne crois pas. Vieux, malade, infirme, oui. Mais superflu ? Non. Je t'avais, toi. J'avais mes patients. J'avais mes élèves. Mes amis me manquaient. Je ne te l'ai pas dit, mais un jour, j'ai fait la liste de tous les amis proches qui s'étaient amassés autour de moi durant ma vie. Puis j'ai rayé ceux qui étaient morts. Après, j'ai gardé cette liste dans un tiroir et à chaque enterrement, je barrais les noms successifs.

— Et ?

— Quand j'ai rayé Roman, en novembre dernier, il ne restait plus que Lucyna sur la liste. Mais elle ne nous reconnaît plus.

Iwona y figurait aussi, mais il estima qu'il n'avait pas besoin de la mentionner.

— On fait demi-tour ?

— Ouais.

Ils rebroussèrent chemin. Ludwik accéléra en crawl sur quelques dizaines de mètres, puis revint sur le dos auprès de Grażyna.

— Quant aux baignades, je me souviens mieux de… quand est-ce que c'était, déjà ? Il y a près de vingt ans au bas mot. Quand nous sommes allés dans ce centre de vacances à la lisière de Gietrzwałd. Un lieu infect qui s'est figé dans le temps à la fin des années 1980.

— Les Rentyny.

— *Tutafé*.

Elle pouffa de rire.

— Bah quoi ?

— *Mais rien. Vas-y, raconte-moi tout**.

— Ne rigole pas, une patiente m'a contaminé avec cette expression. *Tutafé*. Aux Rentyny, on est allés se baigner dans tout ce système, j'ai rejoint le ponton et j'ai voulu sauter dans l'eau la tête la première, mais je me suis dit que ça ne se faisait pas. Il y avait tant de gamins autour et moi, j'avais plus de soixante ans, de la bedaine, mieux valait éviter de se donner en spectacle. Alors, je n'ai pas sauté. Mais ça me titillait. Le lendemain, je me suis levé tôt, tu dormais encore, et je suis allé sur la plage. Il n'y avait personne. J'ai voulu sauter tout de suite, mais j'ai décidé de commencer par m'habituer à l'eau. J'ai nagé un peu. Puis je me suis étiré. À la fin, je me suis posté au bord du ponton, j'étais aussi tendu qu'un minot de sept ans qui se place sur un plot pour la première fois.

Il prit de l'eau du lac, se rinça la bouche et la recracha en un long jet.

— Et ?

— Et j'ai sauté. Pile à ce moment, j'ai ressenti une douleur affreuse.

— Je m'en souviens ! Tu t'étais déchiré un ligament ! Tu m'avais raconté que ton pied s'était enfoncé dans un trou durant ta promenade.

— J'avais honte de t'avouer la vérité. J'ai toujours adoré sauter des pontons. Je n'arrivais pas à admettre que j'étais devenu trop vieux pour ça.

— On devrait te trouver un ponton par ici. On continue ?

— Pas question, j'ai faim.

— Tu cherches un prétexte pour me faire sortir de l'eau et me reluquer.

— Je suis navré, ma chère, mais j'ai vraiment faim. La jeunesse nécessite des calories pour ses innombrables actions stupides et inutiles.

Ils sortirent sur la berge et se couchèrent dans l'herbe côte à côte.

— Au fond, mieux vaut un genou que des endroits plus sensibles de l'anatomie masculine, remarqua-t-elle.

— Oh bon sang, la Croatie, ne me rappelle pas ça.

— Tu avais voulu faire le malin devant Jacek, or je t'avais prévenu qu'il y avait bien une raison si personne n'empruntait ce tobogan. Cela dit, c'est la seule fois de ma vie que j'ai vu un truc aussi bizarroïde. Un tobogan immense, pentu, presque vertical, en pleine mer, à cinquante mètres du rivage.

— Pour les durs à cuire.

— Tu n'avais pas l'air d'un dur à cuire. Tu as hurlé durant tout le chemin du retour, puis tu as sangloté comme un bébé, tu t'es roulé dans le sable, pris d'une sorte d'attaque. Jacek demandait si papa était en train de mourir. Tu te souviens qu'il ne nous laissait plus monter sur aucun tobogan après ça ? Maman, criait-il, on n'a pas le droit, sinon papa aura mal aux couilles.

— J'ai dû écarter les jambes malencontreusement alors que ça devait être marée basse, le tobogan se terminait loin au-dessus de la surface d'eau. Je vais y retourner. Je suis plus jeune, je vais dompter cette bête croate. Je crois que le secret, c'est de garder les jambes bien serrées.

— Tu n'aurais pas fait carrière dans la prostitution.

Ils rirent et restèrent allongés encore un instant.

— Tu crois que ça va marcher ? demanda-t-elle.

— Je n'en ai aucune idée. Mais je suis content qu'on essaie.

L'eau du lac avait rincé leur tension, purifié l'atmosphère et réussi le prodige de les renvoyer vers la plus agréable période de leur relation, celle où ils avaient été les meilleurs amis, période qui avait suivi les étapes d'amants frénétiques et de parents éreintés, mais avant celle du vieux couple marié, malingre et las. Ils rejoignirent rapidement la clairière où leur chêne se dressait, comme toujours, à observer des couples comme eux depuis trois ou quatre cents ans. Ils déployèrent leur pique-nique et se mirent à manger, en parlant sans arrêt, échangeant pêle-mêle des histoires de ce monde et des souvenirs du précédent.

— Je me souviens de la fois où nous avons emmené Jacek ici pour le quarantième anniversaire de sa conception, dit Grażyna. Donc, c'était en 2003. C'était après son divorce, on cherchait des divertissements pour lui. Et pour les petites surtout, pour les enraciner de quelque manière dans notre histoire familiale. Lui non plus n'avait aucune idée de la manière dont occuper ses gamines durant ses week-ends.

— Donne-moi encore un morceau de cette escalope, veux-tu ? Tu crois que c'était sa faute ?

— Quoi ?

— Le divorce.

— Et qu'est-ce que j'en sais ? Pour dire la vérité, on n'a jamais eu le fin mot de l'histoire. Au début, j'étais sûre que c'était elle qui avait fait quelque chose de travers, elle m'avait toujours paru si froide et distante, une maigrichonne en talons aiguilles.

— J'entends un « mais ».

— Mais six mois plus tard, il nous a ramené cette fille de son boulot.

— Ah, celle-ci, tu ne pouvais pas lui reprocher d'être trop mince.

— Ça non, elle était en revanche infiniment stupide. Toutes ses calories partaient dans les nichons et son cerveau était mort de faim.

— Tu es une belle-mère formidable, tu as un mot gentil pour chacune de tes belles-filles.

— Quoi, elle n'était pas stupide ?

— Si. Mais il a fini par s'en rendre compte, ça n'a même pas duré un an.

— Mais rappelle-toi, quand ils nous ont invités à dîner. Dans son appartement à elle, à Żoliborz. Jacek y avait emménagé pour ne pas payer de loyer. Je me souviens que ça m'avait fait mal au cœur, un homme de plus de quarante ans qui ne possédait pas un coin à soi, mais habitait chez une idiote où il n'y avait presque aucun livre, rien que des âneries sur je ne sais quel régime alimentaire et sur la confiance en soi. Jamais lues, apparemment, surtout les premières. Peu importe. De quoi te souviens-tu lors de cette soirée ?

— Des plats infects, tarabiscotés et mal assortis. Le pire, c'était cette soupe de tomates froide.

— Un gaspacho, péquenaud. C'est espagnol !

— C'est une soupe de tomates, comme chez nous, mais froide, tu ne me feras pas changer d'avis. Et ce pudding pimenté en dessert ?

— D'accord, c'était affreux. Mais je me disais que cette femme était jeune et moderne, qu'elle faisait des efforts et que nous étions deux vieux ploucs qui ne préparaient que des escalopes panées et des gâteaux au fromage à la cracovienne. D'ailleurs je voulais plutôt te parler des photographies de leurs voyages sur les étagères. Il y en avait un peu trop pour une relation aussi courte. Sur l'une d'entre elles, Jacek avait le bras en écharpe.

— Oh non, arrête, il s'était blessé quand on est allés dans les Tatras avec les fillettes, à Kalatówki, c'est là que j'ai mis Zosia sur des skis pour la première fois. Il s'est cassé le bras sur le mont Kasprowy, c'était une patinoire verticale d'en haut jusqu'en bas. Mais attends, Zosia devait avoir trois ans, alors c'était environ cinq ans avant le divorce. Tu es sûre ?

— Oui. Je m'étais même posé la question s'il ne voulait pas, inconsciemment, répéter ton schéma. D'abord une femme, puis le véritable amour, la famille, une relation réussie, le bonheur sur plusieurs décennies. Il n'arrivait pas à croire qu'il était tombé sur la bonne du premier coup.

— Pourquoi tu ne m'en as jamais parlé ?

— Parce que j'avais peur que tu commences à l'importuner, à le harceler, à le psychanalyser, à lui expliquer, depuis les cimes de ton savoir, qu'il existait certains mécanismes dans tout ce système, comme tu sais si bien le faire.

— Parfait, tu me fais passer pour un dingue.

— Moi ? Et tu te souviens de la fois où on a dû dormir dans la voiture, quand on nous a chassés d'un mariage près de Płońsk parce que tu avais commencé à psychanalyser la jeune mariée ? C'était par une nuit glaciale, dans un trou paumé et on ne pouvait pas reprendre le volant parce qu'on était soûls. J'ai failli mourir de froid.

— Ah non ! Je n'ai fait que discuter avec elle, c'est son rustaud de mari qui a tout compris de travers. Elle a commencé à se confier à moi, à me parler de ses craintes, alors j'ai voulu l'aider.

— Version du mari. Elle pleurait, tu la tenais par la main et lui disais de ne pas avoir peur de faire l'amour, que tu sentais son énergie, qu'elle était comme un bourgeon gonflé de sucs, prêt à exploser d'érotisme et de vie.

— Mais c'était la vérité, enfin !

Elle n'y tint plus et se mit à rire.

— Et alors ? On ne dit pas des choses pareilles à une jeune mariée le jour de ses noces en présence de son mari ivre mort, un type à peine sorti de sa campagne mazovienne !

Ils se versèrent du vin.

— Bon, la relation de Jacek avec sa collègue n'a pas duré longtemps, sinon je te l'aurais dit, mais il est tombé malade peu après et tout le reste est passé au second plan. L'analphabète à gros nichons a vite pris ses clics et ses clacs, Jadzia est revenue. Tu veux que je te dise une chose bizarre ?

— Vas-y.

— Depuis qu'on a atterri là, je suis plus tranquille à propos de Jacek.

— C'est-à-dire ?

— Ces cinq dernières années, je n'ai été pour ainsi dire que deuil et regrets après son décès. Le quotidien, la vie ordinaire, d'autres émotions, d'autres souvenirs, je ressentais tout superficiellement. J'étais une pierre noire que le soleil éclaire parfois, sur laquelle il pleut, que quelqu'un prend en main et repeint d'une couleur joyeuse, mais qui reste une pierre noire.

Il l'écoutait, ne voulait pas l'interrompre.

— J'étais en vie, mais mon enfant ne l'était pas. Il avait disparu pour toujours. J'ai visité plusieurs églises, tu sais ? Des églises de toute sorte, je crois avoir fait le tour de tous les temples de toutes les confessions à Varsovie, tu serais étonné d'apprendre combien il y en a. Je m'agenouillais et je priais Dieu pour qu'il m'envoie la grâce d'une croyance, n'importe laquelle, afin que je puisse croire que Jacek n'était pas retourné au néant, mais continuait dans un autre monde sa vie d'homme un peu trop sérieux et raisonnable. Je voulais croire qu'il était un gentil esprit, amical envers ses proches, et attendait de nous accueillir quand notre tour viendrait. C'était naïf et stupide, je sais, mais je me disais que puisque autant de gens avaient la foi, alors j'y arriverais aussi.

En tant que mari, il avait envie de la consoler, mais en tant que thérapeute, il estima qu'à ce moment précis, le silence s'imposait.

Elle se leva.

— Et puis, voilà ce qui est arrivé.

Elle écarta les bras du geste d'un prédicateur. Sous la couronne de l'arbre, dans les rayons orangés d'un soleil d'après-midi, elle ressemblait à la prêtresse du culte ancestral de la nature.

— Avec chaque jour qui passe, je ressens une paix de plus en plus grande. Si, tous les deux, nous vivons une telle aventure, alors peut-être que lui aussi ? Si le monde est capable de telles surprises, alors je doute qu'il envoie les gens vers le néant.

Ou alors, tu viens peut-être enfin de faire ton deuil, se dit Ludwik, mais il le garda pour lui.

— Tu veux faire l'amour ? demanda-t-elle.

Il balaya l'horizon du regard.

— Il n'y a pas d'orage.

— Et il n'y en aura pas. Regarde la vérité en face. C'est la plus belle journée de l'été. Pas une goutte de pluie ne tombera ici ce soir.

— Et tu veux quand même faire l'amour ?

— Je veux faire l'amour parce que je t'aime beaucoup, espèce de vieux croûton. C'est pour ça que je suis venue ici.

Septembre

1

Assise sur le siège des toilettes, j'observais les gouttes de sang sur la céramique blanche entre mes cuisses et je me demandais ce que je ressentais. Un mois plus tôt, je serais devenue hystérique, les prenant pour le cadavre de mon enfant. Et maintenant, je me disais seulement que c'était la preuve ultime qu'on ne se baignait jamais deux fois dans le même fleuve et que je devrais être reconnaissante au destin pour la seconde chance qui m'était offerte et non lui faire des reproches parce qu'il ne me permettait pas de réaliser mes envies saugrenues. On sait tous comment a fini la bonne femme qui en voulait toujours plus dans le conte du poisson d'or. Je m'essuyai et m'emparai des serviettes cauchemardesques de ce temps-là que j'avais fini par dénicher dans une boutique de cosmétiques et de produits ménagers. En fait, je ne devrais pas me plaindre, parce qu'au temps du communisme, la prérogative de base de chaque femme en âge de procréer était de faire la chasse au coton pharmaceutique pour pouvoir le fourrer dans sa culotte une fois par mois.

Ici, au moins, on disposait de serviettes, mais on n'avait pas encore eu l'idée des ailettes, ni d'enduire de colle l'une des faces, il fallait donc les attacher par des fils à une ceinture spéciale, mais elles quittaient néanmoins la culotte pour se balader sur le ventre ou sur les fesses, c'était un cauchemar.

— Tu es vivante ?

— Mince, laisse-moi tranquille ! criai-je. Profite du fait que j'ai décidé de passer une seconde vie avec toi et ne me mets pas en rogne ou je change d'avis.

Je fixai cette saloperie et retournai auprès de Ludwik, installé devant ses cahiers, un homme qui estimait comme d'habitude que la clé du succès, c'était l'ordre et l'assiduité. Alors, c'est dans l'ordre et avec assiduité qu'il avait décidé de rafraîchir et de perfectionner un français inutilisé depuis des lustres, tout en réclamant que je lui enseigne un vocabulaire technique spécialisé. Il se donnait véritablement du mal et je connaissais le bonhomme, il avait certainement un autre objectif en tête que la « participation à cette Pologne francisée ». La curiosité me dévorait, mais il n'avait jamais rien tenu secret devant moi, alors cette fois aussi, j'étais persuadée d'apprendre le fin mot de l'histoire tôt ou tard.

— Répète-le-moi encore une fois, dit-il, parce que je me perds dans mes notes. Donc, en fin de compte, comment on prononce le *e* ?

— Normalement, pour prononcer le *e*, tu places ta bouche en bec d'oiseau, à la française, et tu tentes de dire *é*. Essaie.

— E.

— Très bien. C'est ton *e* français de base.

— Parce que ce n'est pas le seul ?

— Non. Il y en a deux autres. Le deuxième, c'est notre *e* polonais, prononcé comme le *é* français. C'est ainsi par exemple que tu prononces les lettres *ai* en français. Comme dans le mot *lait*. Donc, l'article défini *le*, tu le prononces avec le bec, tandis que le lait, tu le prononces sans. Essaie de dire *le lait*.

— Le le.

— Non, encore une fois. Le premier avec le bec, le second, la bouche large.

— Le le.

Je soupirai.

— Tu sais quoi, assumons qu'ils vont comprendre grâce au contexte de quoi il s'agit, c'est vraiment le cadet de tes soucis. Je t'ai préparé le vocabulaire.

— Tauridement bien. Passe.

Je jetai un regard à mon cahier.

— *La forme d'un sablier allongé avec un fort rétrécissement au milieu.*

Il notait avec application.

— En revanche, *la courbe constituant la tranche de l'ovale…*

Je suspendis la voix, attendant qu'il finisse.

— Ludwik, ça n'a aucun sens, soit tu me dis pourquoi tu as besoin de ces phrases idiotes, soit je refuse de participer à cette folie.

— Essaie de comprendre, dit-il sur son ton de thérapeute, ce qui eut le don de m'exaspérer en une fraction de seconde. Je te l'expliquerai plus tard dans tout ce système, mais pour l'heure, je ne suis pas précisément certain…

La sonnerie de la porte l'interrompit. Nous échangeâmes un regard, car nous n'attendions personne. Je me tendis à l'idée que ça puisse être Adam. Il avait décidé de lutter désespérément pour me reconquérir. Ludwik se leva, mais j'estimai que c'était mon appartement, ma porte et donc mon devoir.

J'ouvris et je vis mon frère. Sans son uniforme, il paraissait plus petit.

2

Ils buvaient du thé en se brûlant les doigts, installés autour de la table, et ils mangeaient des chocolats Ptasie mleczko succulents. Ludwik et Grażyna en appréciaient d'autant plus le goût qu'ils savaient qu'à la suite de plusieurs changements de propriétaire de la chocolaterie Wedel, la friandise serait transformée en une cochonnerie doucereuse.

— Tu exagères, dit-elle. Ça ne fait que quelques jours depuis les élections et tu dis déjà qu'il faut fuir.

— Si je me trompe, tu pourras toujours revenir. Dans l'immédiat, tu n'as de toute façon pas de boulot.

— Oui, mais je voudrais écrire ce livre sur la gestion de la famille.

— Tu peux l'écrire n'importe où.

— Piotr, tu exagères, il ne se passe rien de grave. On a eu des élections démocratiques normales, personne n'a mis de flingues sur les tempes des votants, il n'y a eu aucune falsification des urnes, tous les courants politiques sont représentés au parlement et on a le président le plus normal du monde pour encore trois ans. Vraiment, je suis capable d'imaginer une pire version de l'Histoire.

Piotr soupira lourdement.

— Qui va gouverner maintenant, d'après toi ?

— Le parti de l'Ingénieur avec les paysans, comme toujours, c'est simple.

— Ils n'ont pas la majorité.

— Mais ils ont le président, intervint Ludwik, furieux d'être traité en courant d'air par le frère de sa compagne. Un président qui désigne le Premier ministre, qui peut gouverner par décrets, mettre son véto aux lois et qui a, en général, des pouvoirs assez étendus. Un gouvernement minoritaire avec l'appui du président a la possibilité de gouverner. En revanche, l'Union dispose d'une solide seconde place, mais même si elle s'accorde avec les communistes, elle ne réunira pas la majorité et aura un président contre elle, c'est un scénario sans chances de succès.

Piotr soupira profondément, tel un enseignant confronté à une classe particulièrement résistante à l'éducation, et passa la main dans sa chevelure coupée ras.

— Bien, je vais reprendre dans l'ordre, lentement et sans mots difficiles, afin que vous puissiez bien suivre et comprendre que votre sécurité est en jeu. Il y a trois éléments dont il faut tenir compte. Premièrement, dit-il en levant le pouce, il y a les nationalistes. Ça fait si longtemps que personne ne les prend au sérieux que les gens ont oublié qu'ils sont toujours au parlement. Et même si on les remarque, on se dit, d'accord, ce sont des nationalistes, sans cesse occupés à traquer des complots juifs internationaux et à tracer des cartes où l'empire polonais s'étend d'Oslo à Constantinople. Mais ils ont vraiment soif de pouvoir et de plus en plus de gens supposent qu'ils vont trouver un accord avec l'Union et les communistes. Dans le temps, il aurait été impossible de les accepter en tant que compagnons de coalition, mais ça fait longtemps que les rouges n'évoquent plus l'internationale, ils ont commencé à jouer habilement la carte antisémite et se sont penchés sur les traditions ancestrales, suivant en cela l'exemple de l'Union. Ils sont tous liés par la haine de l'Europe, plus puissante que n'importe quel autre élément de leur vision.

— Giertych avec Gierek et Gomułka ? Le triumvirat des trois G ? J'en doute. Même si cela arrive, ils auraient la majorité au parlement, mais un président contre eux.

— Deuxièmement, dit Piotr en relevant l'index, vous oubliez les paysans. Vous les traitez dans votre élan en alliés éternels de la coalition de l'Ingénieur. Or, l'unique alliance des paysans, c'est celle qu'ils passent avec eux-mêmes, et ils comprennent bien que leur électorat apprécie davantage le traditionalisme de l'Union que l'européanité de l'Ingénieur. Si le jeune Gucwa devient leur chef de file, alors on pourrait avoir quatre messieurs G, la majorité constitutionnelle et la possibilité de changer de président dans la foulée.

Piotr se tenait droit, avec ses deux doigts levés, tandis que Ludwik et Grażyna échangeaient des regards lourds de sens. Ils songeaient à la même chose : soudain, l'univers se mettait à craqueler, à revenir sur ses anciens rails. Ils s'étaient remis ensemble, ils s'étaient installés dans un appartement construit à peu de chose près à l'endroit de leur précédent domicile, tandis que leur pays se mettait à bâtir un arc de triomphe nationaliste-communiste pour accueillir l'armée Rouge. Ça n'avait pas l'air joli, vraiment pas.

— Tu as parlé de trois éléments, remarqua avec lucidité Grażyna.

— L'armée, dit Piotr en étendant le majeur. Je connais les humeurs là-bas et croyez-moi, les militaires ne sont pas de grands sympathisants de l'Ingénieur. Tout le monde regarde Jaruzelski et attend de voir ce qu'il va faire. Or Wojciech a changé, il s'est éloigné de ses anciens compagnons, des bruits de couloirs évoquent son amitié avec Gierek. Ça serait de la haute trahison, bien sûr, mais beaucoup n'en attendent pas moins de lui. Nombreux sont ceux qui ont perdu des camarades en Algérie et il n'y a pas un officier qui ne considère notre engagement en Afrique comme une erreur et notre alliance avec la France comme insensée. Surtout ceux qui y sont allés. Vous savez ce que c'est que le *ratissage* ?

Grażyna fronça les sourcils.

— Passer le râteau dans le jardin, d'après moi. Qu'est-ce que ça a à voir avec notre problème ?

— C'est ainsi qu'on nommait les patrouilles dans les villes et les villages algériens. En théorie, seulement là où on soutenait le Front. En théorie, dans le seul but de débusquer des insurgés. Mais en réalité, c'étaient des pacifications sanglantes, celui qui passait dans la ligne de mire n'avait pas de bol. Vous imaginez ça ? J'avais des soldats de l'Insurrection de Varsovie dans ma division, des gens de l'armée de l'intérieur, des résistants polonais. Et nous sommes allés assassiner de pauvres paysans parce qu'ils avaient peut-être ou peut-être pas soutenu des combattants de la liberté et de l'indépendance. Vous imaginez ça ? Nous, les Polonais, nous ne sommes pas des Français. Nous sommes des Algériens. Et le peuple polonais le sent et soupçonne qu'il y avait quelque chose de pas net dans cette alliance. Quant à l'armée, elle ne le soupçonne pas, elle le sait. Nombreux sont ceux qui regardent Jaruzelski avec espoir, ils veulent qu'il y mette fin, ils le prendraient pour un héros.

Ludwik se leva et se mit à arpenter la pièce de long en large, comme toujours lorsqu'il se passionnait pour un débat.

— Mais est-ce qu'ils comprennent que tourner le dos à la France équivaut à tomber dans les bras de la Russie ? demanda-t-il. Vraiment, pas besoin d'un doctorat en histoire polonaise pour saisir ça.

— Une partie le comprend, une deuxième non, et la troisième n'en a rien à foutre, tant ils haïssent cet arrangement colonial. Miser sur la France a été une erreur depuis le début. Il est facile de se laisser avoir par sa culture, sa nourriture, son vin et par son mode de vie. Je me suis moi-même laissé berner. Mais derrière ça se cache le mépris de tous ceux qui n'ont pas la même culture, sa nourriture, son vin et son mode de vie. On a misé sur le mauvais cheval.

— Et qui auriez-vous appelé à la rescousse ? La Russie ?

— L'Allemagne.

— T'es dingue, s'émut Grażyna. Aujourd'hui ? Alors que vingt ans ne se sont pas passés ?

— Tant mieux. Ils ont toujours honte, ils se sentent toujours coupables. L'Europe unifiée fonctionnerait alors selon nos règles parce que chaque fois que les Allemands voudraient manigancer quelque chose contre nos intérêts, nous dégainerions les photos des fours crématoires et des ruines de Varsovie. Et puis, les Allemands sont l'unique grand peuple d'Europe qui nous comprend, qui sait trouver un langage commun avec nous et faire des affaires. Sous les Partages, dans quelle zone d'occupation les gens vivaient le mieux, hein ? Laquelle de nos frontières était la plus stable avant la guerre ? À part ça, la force de la France et de la Grande-Bretagne, c'étaient les colonies qu'ils n'ont plus. Le sud de l'Europe, ce sont des vauriens et des paresseux. Tandis que la force de l'Allemagne découle d'un dur labeur, de leurs bonnes idées et de l'ingénierie. La France jouera avec nous comme un chat joue avec une souris, surtout maintenant que son cœur colonial saigne après la perte de l'Algérie et de l'Indochine. Ensuite les Français se lasseront de nous et nous jetteront parce qu'il se trouveront un Canada ou un autre divertissement. Vous savez pourquoi ils nous aiment tant ? Parce qu'on n'exige absolument rien d'eux. Sans parler de cet élevage de catins, comment as-tu osé y travailler ?

Grażyna s'empourpra.

— J'ai fini par partir, et puis, tout n'est pas…

— Si tu me dis que tout n'est pas noir ou blanc, alors, Dieu m'est témoin, je vais te poser sur mes genoux et t'administrer une fessée, espèce de gamine insupportable. Quoi qu'il en soit, ça n'a aucune importance. L'important, c'est qu'on est assis sur un baril de poudre. La révolution peut éclater d'un instant à l'autre et une révolution réclame du sang. Je ne veux pas que ce soit ton sang, Grażyna. Or, je crains que brûler ton école ne soit le premier symbole du renouveau national qu'ils décideront. Avant que tu leur expliques que tu n'y travailles plus et que tu t'y étais opposée, il pourrait être trop tard. N'importe quel Polonais a vu dans les journaux la photo d'un troufion assoiffé de sang qui protège l'arme au poing son éleveuse de catins de frangine et son jules. C'est pourquoi, à votre place, monsieur, je dépoussiérerais aussi mon passeport.

Ludwik rassemblait ses forces pour une ruade pleine d'indignation, mais Piotr le fit taire d'un mouvement de la main.

— Faites-moi plutôt un café parce que ce thé commence à m'évoquer désagréablement l'Afrique. J'aimais bien ça, avant, mais maintenant, je ne sais plus, j'ai une sorte de réaction allergique décalée. Et je comprends que je puisse vous paraître fou, mais réfléchissez-y au moins un peu, *daccordsko* ? Si j'ai tort, vous pourrez toujours revenir. Et si j'ai raison, il vaut mieux partir maintenant plutôt que le jour où tout le monde fuira. Et excusez-moi pour le « jules », je vois bien que Grażyna vous apprécie pour de vrai.

3

J'ai eu du mal à retrouver mes esprits après la visite de Piotr. J'entendais dans ses paroles les échos de l'autre monde, véritables et affreux. Après 1989, les gens disaient les communistes ceci, les communistes cela, comme si une race étrange et extraterrestre avait gouverné la Pologne après avoir émergé de ses vaisseaux spatiaux. Or, tous ces communistes étaient des Polonais. Ils n'étaient pas sortis de nulle part, ils avaient toujours été là, c'était le sel de la terre polonaise et dès que quelqu'un leur avait permis de relever la tête, ils avaient exploité sans hésitation l'opportunité historique.

C'est pourquoi les mots de Piotr ne me paraissaient pas extravagants. Il était tentant de croire que tous ces Gierek, Gomułka ou autre Jaruzelski avaient été placés là par Moscou, sans quoi ce régime n'aurait jamais pu se consolider.

Mais en était-on si sûrs ? Si Gomułka avait proclamé vouloir faire le ménage parmi les sionistes, il aurait peut-être remporté les élections démocratiques haut la main. Les gens auraient aussi soutenu Gierek, un si grand bâtisseur, et s'il fallait pour ça se débarrasser d'un ou deux perturbateurs, coller en prison quelques intellos répugnants, alors tant mieux. La censure ? De toute manière, on ne lit pas de livres, ce ne sont que des abominations et des mensonges. Des frontières fermées ? Et pourquoi un bon Polonais irait-il à l'étranger, alors qu'il a ici famille, église et pierogis ? Il ne manquerait plus que des colorés débarquent en force. Faites ce que vous avez à faire, camarades, on vous aidera, cela va sans dire. Je n'y avais jamais songé, vraiment jamais, le conflit entre les Polonais et le communisme me semblait si manifeste, mais à présent, je n'arrivais pas à chasser de mon esprit une pensée entêtante : si nous avions pu choisir librement à l'époque, est-ce que notre histoire se serait déroulée autrement ?

Je me promenais dans mon quartier, je lorgnais dans les appartements du rez-de-chaussée, je saluais du menton les voisines appuyées sur des coussins au bord des fenêtres, ainsi que les voisins qui, assis sur des tabourets sortis sur les trottoirs, réparaient leur matériel de pêche ou nourrissaient les pigeons. Je traversai la place principale et j'atteignis l'aire de jeux pour enfants et le terrain de foot sur le flanc de l'église. J'aimais passer par là pour observer les nuées de gamins ; au XXIe siècle, il était facile d'oublier qu'autant de marmaille avait un jour couru partout en Pologne. Les deux équipes qui jouaient au ballon comptaient dans les vingt joueurs chacune et il en courait autant autour des tourniquets et des balançoires. Considérant le nombre des adultes – que des femmes, bien entendu – les trois quarts de cette cohue devaient traînasser là sans surveillance. Les trousseaux de clés suspendus aux cous étaient plus une règle qu'une exception.

Je me plaçai à une certaine distance, m'adossai à l'échafaudage qui entourait un immeuble en cours d'achèvement et j'observai.

Est-ce que j'aurais des enfants ici ? Je l'espérais. Je regrettais que Jacek ait été fils unique ; si on y arrivait maintenant, je voudrais en avoir davantage, trois par exemple. Éreintée, à bout de souffle et malheureuse dans les premières années de ma maternité, je n'avais pas réussi à me rendre compte, contrairement à maintenant, qu'elles représentaient le plus beau moment de ma vie.

— De quoi avait eu l'air notre adieu, à l'époque ?

Je sursautai. Adam s'appuya sur l'échafaudage à côté de moi.

— Je sais, je sais, c'est pitoyable, je t'importune comme un minot congédié.

Tu es un minot congédié, mon bien-aimé, me dis-je.

— Mais ça ne me laisse pas en paix de ne pas savoir comment ça s'est terminé jadis. Dans le temps, à ton époque. Donc jadis, dans le futur, ça sonne bizarre tout ça.

Je le contemplai. Il avait un air piteux ; si on avait organisé le concours du sourire le plus forcé, il l'aurait remporté haut la main.

— Adam…

— Considère ça comme le cadeau d'adieu offert à un fan de fantastique. Un gars qui passe son temps à se demander ce qui se passera, ce qui pourrait se passer et ce qui se serait passé si.

— Ce n'est pas une histoire joyeuse.

— Et laquelle l'est ? Même les personnages des comédies finissent par mourir. On ne le montre pas sur scène, bien sûr, mais on le sait tous.

— Tu es sûr ? Tu veux vraiment savoir ?

— *Evidemensko.*

Je soupirai.

— Tu ne m'as jamais posé de questions sur la politique.

— La politique est barbante.

— Hmm, à l'époque, elle ne l'était pas. Dans mon monde, aucun Eugeniusz Kwiatkowski n'a sauvé la Pologne de l'URSS. Nous n'avons pas partagé le destin de la Biélorussie, mais celui de la Tchécoslovaquie. On a eu droit aux frontières bouclées, à des voyages à l'Ouest impossibles à moins que tu acceptes d'espionner et de cafarder. L'armée Rouge stationnait en Pologne, la police secrète emprisonnait et assassinait les gens qui s'opposaient au régime. Mon frère par exemple a été incarcéré et tué. La censure et la propagande faisaient rage, les enfants apprenaient l'amitié russo-polonaise en cours et le russe était la langue étrangère obligatoire dans les écoles.

J'avais dit cela sur le ton léger réservé à une histoire connue de tous qui ne s'était peut-être pas déroulée joyeusement, mais qui s'était terminée par un happy end. Adam en revanche fut terriblement secoué par cette description sommaire de la République populaire de Pologne, il avait la tête d'un homme à qui on annonçait une maladie incurable.

— Mais une telle amitié n'a jamais existé, balbutia-t-il. Les Russes sont nos ennemis héréditaires depuis toujours.

— Je sais. Je veux dire, ne fais pas cette tête, on a quand même réussi à faire quelques trucs sympas. Par exemple, la reconstruction du pays a été plus efficace qu'ici, j'ai l'impression, la lutte contre les divisions sociales aussi. On était pauvres comme d'habitude, mais tant qu'aucune idée farfelue de liberté d'expression, de liberté de réunion ou de liberté tout court ne nous venait en tête, on s'en sortait. Il était plus facile d'obtenir un travail, un appartement, une place à l'école pour un enfant. C'est surtout maintenant que ça allait, c'est-à-dire dans les années 1960, quand les assassinats staliniens avaient pris fin mais qu'on ne tirait pas encore sur les ouvriers et que ne régnait pas encore cette affreuse misère. Tu n'as pas idée de quoi ça avait l'air, on n'était pas en guerre et on devait quand même lutter pour la nourriture, pour obtenir les produits les plus basiques.

— Grażyna, ce que tu racontes, ça fait froid dans le dos.

— Écoute la suite. À la fin des années 1960, une lutte pour le pouvoir a éclaté au sein du Parti, je ne connais pas tous les détails, mais soudain, il y a eu un terrible matraquage antisémite. Le but, c'était de provoquer une purge dans les cercles du pouvoir, mais une fois qu'on a réussi à échauffer la populace, ça a brassé large.

— Mais… pas de pogroms, quand même ?

— Non. Mais des émotions du même calibre, c'était une véritable honte. On a expulsé près de vingt mille personnes de Pologne.

— Qu'est-ce que tu racontes ? On ne peut pas expulser de Pologne des citoyens polonais. C'est légalement impossible.

— Et pourtant. On se rendait dans un bureau administratif et on obtenait un document autorisant la sortie du territoire avec une note qui précisait que le dépositaire dudit document n'était pas un citoyen polonais. Bien évidemment, tu pouvais ne pas faire de demande et ne pas partir, opter pour le chômage, la misère, peut-être la prison et Dieu seul sait quelles persécutions. Ta famille voulait rester.

— Elle voulait… ça veut dire qu'on n'est pas restés.

Je ressentis un nouveau frémissement d'énergie, comme lorsque j'avais franchi la Vistule pour la première fois, ou plus tard, quand j'avais avoué à Adam que je venais du futur. J'étais prise d'angoisse de briser un tabou, de contrevenir à une loi fondamentale sur laquelle reposait l'existence du monde.

— Tu es sûr de vouloir connaître la suite ?

— Certain.

— Ta mère voulait fuir à tout prix, rejoindre sa famille en France et je la comprenais, elle étouffait dans cette Pologne et souffrait terriblement. Avant tout parce qu'elle voulait une meilleure vie pour toi. Elle était inflexible et bien que ton père eût préféré rester, il a fini par céder. Il n'imaginait pas sa vie sans la Pologne, mais sans sa femme encore moins.

— Et moi ?

— Toi, tu ne concevais pas l'idée d'un départ, bien sûr, tu voulais lutter pour la Pologne libre.

— Mais quelque chose s'est passé ?

— Ton père est mort. Tu as quitté la Pologne avec ta mère par le dernier train au départ de la gare Gdański, c'est de là qu'on vous faisait partir.

— Comme les transports au temps de la guerre, dit-il tout bas.

Je confirmai d'un hochement de tête.

— Quelques jours avant votre départ, on s'est vus à l'enterrement. Le lendemain, tu es venu chez moi, j'étais seule à la maison avec un fils de quatre ans, malade à ce moment-là. J'étais une mère épuisée dans une chambre de location, on n'avait pas encore d'appartement. Jacek pleurait et nous pleurions aussi. Nous pleurions et nous nous déclarions notre amour, même si ça faisait deux ans que nous ne nous étions pas revus, mais toutes les émotions s'étaient réveillées, elles étaient toutes revenues.

Malgré le temps écoulé, il m'était encore difficile de faire le récit de ces événements. Et à lui, précisément. C'était du surréalisme pur.

— Aujourd'hui, je sais que rien de mieux que mon fils ne m'est arrivé dans la vie, mais à l'époque, je le considérais comme un accident, le fruit d'un accès de folie à cause duquel j'avais dû repousser le véritable amour, c'est-à-dire toi. Tu me répétais que ça n'avait pas d'importance. Tu me suppliais de partir avec vous, tu pouvais m'obtenir des « documents de voyage », comme ils appelaient ce sauf-conduit de départ. Tu promettais d'élever l'enfant comme le tien, que je devais le faire pour Jacek aussi, qu'il aurait une meilleure vie à l'Ouest.

— Mais tu n'as pas accepté.

— J'ai accepté.

Il me regarda, abasourdi.

— J'ai accepté. Deux jours plus tard, tu m'as rapporté le sauf-conduit. Le propriétaire de ce document de voyage n'est pas un citoyen polonais, c'est ce qui était écrit tout en haut.

— Et ?

— Je me suis dégonflée au dernier moment. Alors que j'avais déjà fait mes valises. J'étais terriblement lâche en ce temps-là.

Il se tut. Moi aussi. Nous gardions le silence tous les deux et nous observions les enfants en train de courir absurdement autour d'un vieux pneu couché dans l'herbe. Ils chancelaient à force de rire, on aurait dit que personne n'avait jamais inventé un meilleur jeu que de courir autour d'un vieux pneu.

— Tu as regretté ?

— Parfois. D'autres fois, j'étais si heureuse que toutes les autres options me paraissaient ridicules. Et la plupart du temps… que dire, la vie suivait son cours. Je me levais avec une liste de choses à faire en tête, je les faisais, je me couchais éreintée, des décennies ont filé de la sorte.

Nous nous tûmes à nouveau. Il se faisait tard, les enfants se faisaient moins nombreux, certains retournaient à la maison d'eux-mêmes, des parents venaient en chercher d'autres.

— Aujourd'hui, tu n'es plus lâche.

— Non.

— Et tu n'es pas enceinte.

— Non.

— Alors pourquoi ? Nous étions censés vivre des aventures.

Pour un peu, j'aurais expulsé le soupir d'une vieille femme expérimentée, mais je ne voulais pas lui faire de peine. Quelles aventures, mon petit Adam ? avais-je envie de lui demander. Tu travailleras au consulat, puis peut-être à l'ambassade à Paris, je resterai à la maison avec les enfants, nous partirons chaque année en vacances au mois d'août, en Bretagne ou en Corse, et aurons osé une fois une escapade jusqu'en Martinique où, il est vrai, l'un de nos enfants aura eu une otite et l'autre la diarrhée, mais on évoquera quand même ce voyage jusqu'à nos vieux jours comme l'aventure de notre vie.

— Parce que j'aime être la reine dans mon château, répondis-je en souriant. Jacek et Ludwik m'ont un jour fait une carte de vœux pour la fête des Mères, une magnifique salle de château en papier mâché. Au milieu de la salle, il y avait un trône et sur ce trône, j'étais assise, moi, c'est-à-dire une poupée qui me ressemblait par la couleur des cheveux et des yeux. Une banderole accrochée au mur du fond proclamait, comme pour le 1er mai et en lettres blanches sur fond rouge, « Maman est notre reine ! »

— Je ne comprends pas.

— J'ai passé avec Ludwik, c'est-à-dire avec le père de Jacek, cinquante ans. Soit près de vingt mille jours. Chaque petit déjeuner commun, chaque dispute du soir, chaque problème d'argent, les endormissements, les réveils, les couchers de soleil en vacances, les bières sur un banc dans un parc et les cafés attablés en cuisine, les visites avec notre fils chez le médecin, le spectacle de fin d'année à la maternelle, une lugubre journée de novembre et un pneu crevé au cours d'un voyage, tout ça, ce sont des briques dont est fait mon magnifique château dans lequel je suis très heureuse. Si j'étais capable de l'oublier, je t'aurais choisi. Mais je ne peux pas.

4

Dès que Grażyna partit se promener, il se faufila hors de la maison, excité à l'idée qu'il puisse vraiment s'agir d'une journée charnière dans leurs vies. Si ça marchait, il suffirait ensuite de travailler sa mémoire ou peut-être de demander à un de ses collègues d'extraire les souvenirs de son esprit au cours d'une séance d'hypnose et adieu les soucis matériels !

Dans leur nouveau quartier, on avait construit des tours d'habitation et pas grand-chose d'autre pour le moment, alors il dut pousser jusqu'à la gare Wileński en quête de civilisation. Là, entre les vieux immeubles de la rive droite, suivant les renseignements glanés au hasard, il apprit que la petite source de bonheur qu'il cherchait se trouvait à l'angle des rues Targowa et Kijowska. Il avançait d'un pas soutenu parce que, dans la pénombre de chaque porche qu'il dépassait, scintillaient des regards lancés par des fripouilles locales, or Ludwik avait sur lui, dans son sac en bandoulière, cinq mille zlotys en liquide. Et il n'avait pas trop envie de s'en séparer.

Une fois, quelqu'un lui cria « Vous ne pourriez pas me dépanner d'une clope, patron », mais Ludwik répliqua que non, qu'il était sportif, craignant par tous les diables d'entendre des pas le suivre. Mais non, ça avait marché et, l'instant d'après, il s'approcha, époumoné et en sueur, d'un kiosque estampillé LOTO.

— Chef, ici, on mise sur le foot, on ne le pratique pas. Pourquoi vous haletez comme ça ?

Il fit un geste de la main pour signifier que ça irait et attendit un instant pour calmer sa respiration.

— On peut encore miser sur le match de ce soir ?

— On peut. Il reste cinq minutes jusqu'à la clôture, mais on peut.

— Quelle chance, il n'y a aucun bureau vers chez nous. Je pensais en trouver un à la gare, mais il n'y avait rien.

Le type au guichet, totalement chauve, portant des lunettes et un nœud papillon à l'image d'un artiste de cabaret et non d'un caissier de paris, le contempla avec étonnement.

— Vous débarquez sans doute de l'étranger, chef, dit-il.

— Pourquoi ?

— Parce qu'à Varsovie, il n'y a que deux lotos. Un ici et l'autre au centre-ville.

Parfait, il venait de passer pour un idiot.

— Vraiment ? Non, pas de l'étranger, mais j'ai cru que, peu importe. Alors, je voudrais miser.

Il sortit la liasse de billets et l'inséra rapidement dans le guichet comme si elle lui brûlait les doigts. Il craignait toujours que quelqu'un l'attaque par surprise et la lui dérobe.

Le chauve le contempla, contempla la liasse, puis une nouvelle fois Ludwik. Dans ses yeux, on lisait distinctement la phrase « eh, les accros, vous n'apprendrez donc jamais ».

— Vous misez sur la victoire, chef, ou sur le score ?

— Le score.

Regard identique, mais plus éloquent. Le chauve semblait en proie à une lutte interne pour ne rien dire, mais finit par craquer.

— Ce ne sont pas mes oignons, chef, mais c'est dur de trouver le score précis. Et dans un match amical comme ça, sans enjeux, c'est vraiment au petit bonheur la chance. Et vous avez posé pas mal d'argent devant moi, chef.

— Je sais ce que je fais.

Le chauve hocha la tête, résigné, puis il compta les billets.

— Et sur quel résultat vous misez, chef ?

— Neuf à zéro pour nous.

C'est longuement et avec une infinie tristesse que le chauve fixa Ludwik dans les yeux. Son regard racontait les banqueroutes, les familles détruites et les carrières brisées dont il avait été témoin à ce guichet. Quand il constata qu'aucune réaction ne viendrait, il remplit simplement le récépissé adéquat, le tendit à Ludwik et ferma son comptoir.

5

Au début, je crus que c'étaient mes jeunes sens qui fonctionnaient mieux, mais non, la nourriture avait effectivement meilleur goût ici. Pas tout, inutile d'idéaliser, il y avait en général un moindre choix, on ne pouvait que rêver de différentes sortes de farine et les fruits et les légumes étaient moins bons, à cause j'imagine de la chimie qu'on utilisait dans les années 1960 partout et sans frein. Mais les laitages, Saint Jésus de Nazareth, si j'avais été allergique au lactose, je crois que j'aurais pleuré de rage tous les jours une heure durant, tant les laitages étaient bons. Le lait pour lequel on payait un abonnement au magasin et qu'on trouvait ensuite devant sa porte, comme jadis, avait un goût soyeux et profond, j'en célébrais chaque matin la première gorgée tel un sommelier parisien une bouteille de vin ouverte pour de Gaulle le jour anniversaire de la prise de la Bastille. Le beurre, la crème fraîche, la faisselle, le gouda, j'aurais pu me nourrir de rien d'autre. Et, par-dessus tout, j'aimais le kéfir. Depuis que je m'étais retrouvée au chômage, je faisais sans relâche des soupes froides, des cocktails de fruits, des pancakes et des crêpes à base de kéfir, au point que Ludwik finissait par me demander de ralentir la cadence parce que son estomac commençait à réagir étrangement à de telles quantités de bactéries de fermentation.

Et puis les œufs... L'approvisionnement de la maison demeurait l'apanage de Ludwik et de son amour incompréhensible pour les marchés douteux. Mon mari avait rapidement déniché un bazar à Annopol, puis la meilleure marchande d'œufs de ce bazar et, que pouvais-je dire, je ne sais pas comment cette bonne femme chouchoutait ses poules, à quel point elle les aimait, ni ce qu'elle leur donnait à manger, mais ce n'étaient simplement pas des œufs, c'étaient d'extraordinaires objets culinaires, qui magnifiaient tout ce qu'on préparait avec.

— Tu fais une prière à cette tarte ou on sort ?

Ludwik patientait près de la porte, en veste et cravate parce qu'on allait rendre visite à des connaissances, même si on ne se déplaçait pas plus loin que la cage d'escalier d'à côté.

Je dois avouer que ça me plaisait aussi. Grâce aux rapports sociaux plus formels, les gens s'efforçaient de parler correctement, de se vêtir avec soin, de prendre garde à leurs mots comme aux formes de politesse. À moins que ce fût la vieillarde qui s'exprimait en moi, capable de se plaindre de cette terrible époque où des hommes adultes paradaient en shorts et en sandales dans la rue et trouvaient que tout était « nickel ».

J'ajustai les bretelles de ma robe, je pris la plaque du four avec la tarte sous le bras et nous sortîmes. Une fois dans l'escalier, je remarquai que Ludwik portait un pot d'environ un litre et demi d'eau à la main.

— Tu as perdu les pédales ? On apporte de l'eau chez des gens ? Tu étais censé dénicher du vin ou je ne sais quoi.

Il me contempla en haussant un sourcil. Il me semblait terriblement agité ce jour-là. Or, on allait simplement voir un match de foot. Une rencontre amicale, en plus.

— Du vin ? Dans les années 1960 ? En Pologne ? Et pourquoi pas une bière sans alcool tant que tu y es ? Moi, j'apporte de l'ambroisie.

— Par le Saint Sauveur, c'est une gnôle qui nous rendra tous aveugles, c'est ça ?

— Tu l'as vexée en disant ça, dit-il et il caressa affectueusement le pot.

J'estimai que ce n'était pas la peine de discuter avec un dingue et nous nous engageâmes dans la rue, calme en ce début de soirée. L'air sentait les animaux du zoo parce qu'une brise nous parvenait justement de cette direction. Nous pénétrâmes dans la dernière cage d'escalier où, au deuxième étage, vivait un très sympathique fonctionnaire de la mairie avec sa femme et leurs deux fillettes. Ludwik l'avait rencontré au marché et ils étaient rapidement devenus copains, ce qui avait un immense avantage : M. Tadeusz était le seul ou l'un des rares parmi nos voisins à posséder un poste de télévision. Ce qui, à cette époque, signifiait que son logement se transformait automatiquement en foyer d'accès aux informations, à la culture et, le cas échéant, aux événements sportifs. À l'intérieur, une fois que la fumée de cigarettes s'était assez dissipée pour que l'on distingue quelque chose, nous rencontrâmes une quinzaine de personnes rassemblées autour d'un récepteur. Sur l'écran bombé de la taille d'un modeste ordinateur portable du XXIe siècle virevoltait une image grise difficile à identifier à cause de la double brume de la fumée et des interférences.

— Je vois que vous avez déjà un pot, je vais peut-être ramener des cornichons à mettre dedans ? dit notre hôte en nous gratifiant d'un clin d'œil. Vous n'avez pas apporté vos chaises ?

En effet, nous avions déjà oublié comment les choses se passaient quand tout un immeuble se réunissait autour d'une seule télévision.

— Ce n'est pas grave, je vais faire un saut chez le voisin du dessous. Je vais l'inviter, lui et ses chaises, mais je crains qu'il ne soit pour la Norvège, car c'est un cinglé de première. Il vient de rentrer des territoires récupérés aux Allemands, il y est resté dix ans et son boulot, imaginez ça, c'était de trouver des noms polonais pour tout. Occupation étrange, vous en conviendrez. Allez, j'y vais.

J'aurais envie de vous dire que je songeais à ce moment-là à la chute du mur qui avait fait de nous de parfaits individualistes. Nous avions alors jeté notre sens de la convivialité comme on jette des meubles démodés pour regretter quelques années plus tard de nous être débarrassés d'objets extraordinaires, qui valaient des fortunes et dont tout le monde rêvait. Nous nous étions dépouillés d'une communauté nationale, d'une communauté citadine, d'une communauté de voisinage, professionnelle et même familiale jusqu'à un certain point. Mais, bien sûr, je ne songeais pas à cela, je l'ajoute *a posteriori*, comme toujours, pour paraître plus intelligente. Ce soir-là, je m'étais laissé porter par l'adrénaline, j'étais en sueur, j'arrivais à peine à respirer dans ces volutes de fumée, j'hurlais à gorge déployée quand les Polonais marquaient le premier, le deuxième et le troisième but. C'était un stupide match amical qui comptait pour du beurre, la transmission était si mauvaise qu'on écoutait davantage la rencontre qu'on ne la regardait, mais alors, mon Dieu, quand est-ce que j'avais oublié qu'on pouvait être joyeusement étourdie et euphorique à ce point ? Et est-ce que je l'avais oublié parce que j'avais vieilli ou parce que je manquais de communauté, justement, avec laquelle partager diverses ferveurs ?

Nous menions trois-zéro à la pause et je remarquai à ce moment-là que quelque chose ne tournait pas rond chez Ludwik. Les autres convives buvaient et criaient de joie, mon homme y participait en théorie, mais j'étais capable de détecter une tension chez lui en un claquement de doigts. Quelque chose clochait.

— Tout va bien ? demandai-je tout bas.

— Oui, oui, ça va, mais on ne mène pas de beaucoup.

— Pas de beaucoup ? Trois à zéro à la pause ?

— Oui, oui, tu as raison, ce n'est pas grave, tout ira bien.

Je ne comprenais pas totalement pourquoi il se comportait durant cette soirée entre voisins comme s'il s'attendait à recevoir les résultats de ses marqueurs tumoraux, mais je jugeai que je l'apprendrais plus tard et je m'appliquai à boire de la vodka et à manger ma salade de légumes.

À la télé, il ne se passa rien de notable durant les vingt premières minutes de la seconde mi-temps et c'est alors que le sélectionneur décida de remplacer le très jeune Lubański, le seul joueur de l'équipe dont le nom me disait vaguement quelque chose.

— Qu'est-ce que tu fais, crétin ? hurla Ludwik si fort que tout le monde se tourna vers lui, le regardant d'autant plus étrangement que les émotions étaient retombées et qu'il ne se passait absolument rien sur le terrain. Il va marquer dans un instant ! Il doit marquer, c'est Lubański, bordel, il…

Je lui serrai la main de peur qu'il se mette à dévoiler divers détails des matchs de Lubański des années 1970. Ça n'aurait pas été un drame, Ludwik serait passé pour un fou, c'est tout, mais on aurait pu être virés du club des invités devant l'unique télévision de l'immeuble. Or, je prévoyais de me rapprocher assez de la maîtresse de maison pour devenir un membre permanent des soirées du jeudi, c'est-à-dire du théâtre du suspense et du fantastique Kobra.

Ludwik se maîtrisa.

— Bon sang, dit-il, j'ai parié une bouteille de vodka au boulot que ce gamin marquerait pour ses débuts…

L'assemblée en rit de bon cœur et tout revint à la normale, mais Ludwik passa le reste de la soirée assis dans son coin à ruminer. Il s'animait à chaque nouveau but, mais lorsqu'on fêtait l'incroyable victoire huit à zéro, la plus élevée de l'histoire de l'équipe nationale polonaise, il donnait l'impression de vouloir éclater en sanglots.

— Mesdames et messieurs !

M. Tadeusz monta sur une chaise. Nous étions déjà tous passablement éméchés.

— Levons nos verres à la mémoire du jour où commence la grande puissance du football polonais. Je sens que ce n'est pas moi qui le déclare, que c'est Dieu qui parle à travers moi. Et Dieu dit, en vérité, en vérité, je vous le dis, à partir d'aujourd'hui, il n'y aura plus un championnat d'Europe ou une Coupe du monde sans les Polonais. Tels les guerriers de Chrobry, les hussards de Sobieski ou les légionnaires de Piłsudski, nous allons foutre des raclées et faire mordre la poussière à tous nos ennemis, pour la gloire éternelle de notre patrie. Amen !

— Amen ! criâmes-nous après nous être levés, et tant mieux parce que nous pûmes ainsi rattraper l'orateur qui perdit l'équilibre et entama un vol mal maîtrisé en direction du saladier.

— Qu'est-ce qui t'arrive ? demandai-je dès que nous nous retrouvâmes dehors.

— Tout est perdu, dit-il, le désespoir dans la voix.

— Qu'est-ce qui est perdu ?

— C'était l'un des rares scores de ce maudit foot dont je me souvenais. Neuf à zéro contre la Norvège, la plus large victoire de l'histoire et le premier but de Lubański, à seize ans, une rencontre historique.

Lentement, ce qu'il me disait se frayait un chemin jusqu'à ma conscience.

— Ludwik, est-ce que tu as misé de l'argent sur ce score ?

— Si ça avait marché, si j'avais réussi à me rappeler d'autres résultats...

— Combien ?

— ... j'ai même envisagé l'hypnose. L'un de mes collègues digne de confiance aurait pu me mettre dans l'état nécessaire, ou je te l'aurais enseignée, ce n'est pas difficile...

— Combien ?

— ... toutes ces rencontres de l'équipe de Górski durant les années 1970, tu te rappelles ? Une Coupe du monde, la suivante, on aurait régulièrement reçu une injection d'argent frais qui nous aurait permis de vivre confortablement…

— Ludwik ! Combien ?

— Cinq mille.

J'eus un vertige, il fallut que je m'asseye au bord du trottoir. Je ne savais pas quoi dire. Il s'assit à côté de moi et tenta de m'enlacer, mais je le repoussai. J'avais envie de pleurer et j'étais furieuse. Quel crétin !

— Mais tu sais que je suis au chômage ?

— Je voulais qu'on soit à l'aise. Que nous ne soyons pas obligés de passer une seconde vie au bureau, que nous ayons un bas de laine, du confort. J'ai essayé d'écrire ces livres, mais ça n'a pas marché. Tu ne sais pas à quel point c'est dur d'écrire un roman. Ça paraît simple, comme dans la vie : un type marche, pense, parle. Tu comprends, chaque fois qu'on ouvre la bouche, c'est un dialogue. Mais maintenant, je ne sais pas comment ils font ça, tu lis et c'est comme dans la vie. À mon avis, c'est infaisable.

— Je sais, dis-je après un instant, quand il eut fini par se taire. C'est Dieu qui te punit pour cette pitoyable tentative de plagiat. Et tu sais quoi ? Je suis de son côté. Mais pourquoi me punit-il aussi ? Pour complicité ?

Il hocha tristement la tête. Nous restâmes assis en silence, la nuit était belle et étoilée, l'air sentait les fauves, le barrissement d'un éléphant nous parvint de loin, des cris de chimpanzés y répondirent, c'était comme dans un film surréaliste. Si une femme nue avait traversé la rue à dos d'hippopotame, ça ne m'aurait pas étonnée.

Ludwik laissa échapper un profond soupir.

— Maintenant, il ne me reste plus que cette saloperie de français, dit-il.

Je préférai ne pas lui demander ce qu'il avait en tête. Pas ce soir-là.

Toussaint

1

Quelques jours avant notre anniversaire, en 2013, il avait fallu que je me rende au centre-ville. J'avais rendez-vous chez le médecin, bien entendu. À ce moment-là, c'était l'une des rares raisons pour lesquelles je sortais de chez moi. Et, comme toujours, selon une habitude prise durant ma colocation avec les filles, j'avais décidé de passer chez l'Italien de la rue Hoża pour un café et une part de spumoni. Du moins ce que je croyais être un spumoni, jusqu'à ce que je visite Rome dans les années 1990. Le dessert de la rue Hoża, bien qu'exécuté par un véritable Italien sur une machine testée en Italie, n'avait pas grand-chose à voir avec le spumoni qu'on trouvait là-bas.

Ah, mystères de l'univers.

Peu importe, je m'étais rendue chez ce glacier, qui avait eu du mal à reprendre ses marques dans la Pologne libre. Il avait été tour à tour fermé puis réouvert, transformé, son menu revu et corrigé à de multiples reprises. Dans les années 1990, les tenanciers y arrondissaient même leurs fins de mois en vendant des œufs. Mais, au bout du compte, on pouvait toujours y commander un spumoni et une tasse de cappuccino. C'est donc en vue de savourer cet assortiment que j'avais clopiné précautionneusement depuis la clinique, ravie de constater que les trottoirs étaient bien nettoyés et que je ne risquais pas de glisser sur un morceau de neige durcie.

L'établissement avait encore changé, on l'avait aménagé de manière modeste et en noir et blanc, mais les tables étaient à leur place, le comptoir des glaces aussi, et derrière lui, j'avais aperçu un jeune homme étrange mais sympathique, à la barbe rousse jusqu'au nombril, des tatouages sur chaque parcelle de peau visible.

Bref. On pouvait voir bien d'autres étrangetés dans cette Varsovie de l'an de grâce 2013, alors j'avais commandé un spumoni et un cappuccino.

Il n'y avait pas de spumoni.

Je lui avais demandé pourquoi.

Parce que c'était maintenant un autre établissement.

Le monde était allé de l'avant, il fallait s'y faire, m'étais-je dit et, parmi le modeste choix de glaces, j'avais sélectionné une boule de caramel salé et une autre à la vanille. Avec un cappuccino.

Le jeune homme m'avait alors posé une question extravagante : soja ou avoine ?

Devant ma mine, il m'avait accordé un instant de réflexion et précisé qu'il s'agissait du lait.

Je lui avais rétorqué que non, merci, j'étais trop vieille pour de nouvelles expériences, du lait de vache serait amplement suffisant. Et, en mon for intérieur, je m'étais dit que j'aurais beaucoup aimé voir quelqu'un traire de l'avoine.

Ce à quoi le serveur avait répliqué d'une voix patiente, mais sur un ton qui tendait à prouver qu'il répétait ce message cent fois par jour, qu'il s'agissait d'un établissement vegan qui ne disposait d'aucun produit de provenance animale, y compris le lait.

Le monde était allé de l'avant. Par curiosité, j'avais commandé du lait d'avoine et, lorsque le serveur me préparait mon café, je lui avais demandé quels ingrédients ils utilisaient dans leurs gâteaux et leurs glaces, puisqu'ils n'avaient droit ni au lait, ni à la crème, ni au beurre, ni aux œufs.

Il m'avait répondu qu'ils utilisaient « diverses choses » avec une intonation qui suggérait que la base de l'ensemble était une mousse de champignons hallucinogènes. Il avait ajouté que les glaces, par exemple, étaient faites à partir de lait de coco.

J'avais bu un café moyen, mangé ma glace – ici, il faut que je leur rende justice, elle avait assez bon goût – et je pensais à Ludwik parce que l'ardoise des boissons contenait, juste en dessous de l'espresso, un ersatz de café à base de blé torréfié et de telles choses n'étaient pas faciles à trouver, même en notre étrange XXIe siècle.

J'étais ensuite rentrée à la maison et j'avais pleuré toute la soirée. Parce que je regrettais mes glaces ? Mes souvenirs ? Ma jeunesse ? Parce que la disparition des lieux qu'on croyait éternels me rendait triste ? Certainement un peu tout ça à la fois.

C'est pourquoi Ludwik me fit cette fois une surprise et, pour le café d'adieu avant son départ, il m'invita justement chez l'Italien de la rue Hoża. On prit deux cafés au lait, une Wuzetka pour lui, comme d'habitude, et un spumoni au chocolat pour moi, comme d'habitude aussi. Un véritable Italien nous servit, il parlait un polonais fluide mais avec un drôle d'accent.

— On devrait lui suggérer de faire des pizzas, chuchotai-je à l'oreille de Ludwik. Il en est certainement capable et il gagnerait mieux sa vie qu'avec ses glaces, surtout au mois d'octobre. Qu'est-ce que tu en penses ?

Effectivement, en dépit de l'heure du goûter, nous étions les seuls clients de l'établissement. Ce n'était guère étonnant dans la mesure où la première neige était tombée la veille, rendant les Varsoviens très agressifs envers tout ce qui était froid.

— Grażyna, accompagne-moi, dit Ludwik sans répondre à ma question.

— Laisse-moi tranquille, répliquai-je, sentant la colère m'envahir. Je t'ai expliqué cent fois que, primo, si tu disparais de ma vue durant deux semaines, je pourrais terminer paisiblement mon livre et il serait alors prêt à paraître au printemps. Tu pourrais encourager davantage une personne qui a jadis consacré ses congés payés à retranscrire à la machine ta thèse d'habilitation universitaire, tu sais ? Et secundo, je n'ai pas envie de sillonner l'Europe du Nord en plein mois de novembre. Bonté divine, invite-moi à Venise au mois de mai, je te promets de ne pas protester.

Il leva les deux mains en l'air pour signifier qu'il se rendait et attendit que je me calme.

— C'est que, à la lumière de ce qu'a dit Piotr…

« À la lumière de », tenez-moi, je meurs. Avais-je vraiment choisi ce type ? Il n'était peut-être pas trop tard pour changer d'avis, Adam m'avait envoyé son adresse lyonnaise, je la gardais dans un tiroir au cas où.

— Ludwik, chéri, je me souviens des propos de Piotr, mais rien de ce qu'il a dit n'a eu lieu. Le gouvernement minoritaire gouverne de façon ennuyeuse et peu spectaculaire, mais il gouverne. Le président le soutient à coups de décrets, le reste du parlement s'égosille, en opposition qui se respecte, mais rien n'en ressort. L'unique menace dont tout le monde parle, ce seraient des élections anticipées pour désigner un parlement plus stable. Mais le temps qu'ils se décident, qu'ils votent, annoncent les résultats, des mois vont passer, or tu dois être revenu au pire dans trois semaines. C'est ce que tu m'as dit.

— Et je le maintiens.

— Parole de Dieu. Et maintenant, pose la main sur le cœur et jure-moi que tu vas être le conducteur le plus prudent de la planète.

— Mais j'ai même fait installer des ceintures de sécurité !

— Ton invention, ce ne sont pas des ceintures de sécurité, mais des sangles de sac à dos cousues aux sièges. Tu pourrais aussi bien sauter d'un avion avec un mouchoir à la place d'un parachute. Jure.

Il soupira.

— Je le jure, annonça-t-il solennellement, la main sur le cœur.

— Répète après moi. Je vais conduire prudemment comme le papy que j'étais il y a peu.

— Je vais conduire prudemment comme le papy que j'étais il y a peu.

— Et écrire à ma femme dès que je vois un bureau de poste.

Il me sourit de son sourire du plus bel homme sur la terre.

— Ne me montre pas tes dents, mais répète.

— Et écrire à ma femme dès que je vois un bureau de poste.

— Alors, bois ton café. On rentre à la maison et on vérifie d'après la liste si tu as tout pris.

On buvait donc, tandis que je faisais passer mon spumoni avec des morceaux de sa Wuzetka. Je m'étais promis de faire sérieusement attention à ma ligne après la quarantaine, il me restait donc une décennie pour m'y mettre.

2

Il ramena Grażyna à leur appartement de la rive droite et, sous prétexte de vérifier un machin mécanique chez Baltazar, il retraversa le pont Gdański et se gara sous l'unité d'habitation Muranów numéro 3. Au rez-de-chaussée, il salua d'un signe de tête M. Wladyslaw, prêt à échanger quelques mots avec lui, mais celui-ci fit semblant de ne pas le remarquer – il considérait certainement que Ludwik, en abandonnant sa femme, l'avait également abandonné lui et son immeuble. Puis Ludwik monta dans l'ascenseur en compagnie de deux femmes qui portaient des corbusières dans le dos et, un instant plus tard, passablement tendu, il frappa à la porte de son ancien appartement. Dix-huit heures venaient de sonner, Iwona devait être à la maison.

Elle y était. Elle lui ouvrit en peignoir, une cigarette à la main.

— Je dois avouer que c'est une visite inattendue, fit-elle.

— Ça ne prendra qu'un instant.

Elle ne semblait pas vouloir l'inviter à entrer.

— Un minuscule instant. Deux petites choses.

— Je t'écoute.

Il balaya le corridor du regard. Ils étaient seuls, mais c'était difficile de considérer leur environnement comme propice à une conversation intime.

— La première. Je voudrais que tu saches que tout ce qui s'est passé entre nous, l'amour, le mariage, tous ces bons et mauvais moments, nos conversations, notre quotidien dans son ensemble, tout cela signifie beaucoup pour moi et m'a façonné en tant que personne et en tant qu'homme. Je ne l'oublierai jamais.

Elle fit tomber de la cendre sur le paillasson.

— Je comprends ce que tu es en train de me dire et j'apprécie, dit-elle en fin de compte. Et vice versa.

— La seconde. J'ai fait un rêve où j'étais un très vieil homme et de toutes les personnes qui m'avaient côtoyé durant ma vie, tu étais la seule à être encore de ce monde.

Elle haussa un sourcil, mais ne dit rien. Il prit une épaisse enveloppe marron dans sa serviette.

— Au cas où il m'arriverait quelque chose, dit-il. À l'intérieur, il y a deux lettres, l'une est pour toi.

— Et l'autre pour elle ?

Il hocha la tête.

Elle le fixa longuement. En fin de compte, elle tendit le bras et s'empara de l'enveloppe.

— Bonne chance, dit-elle.

— Du bonheur, répliqua-t-il.

— Cot, cot, commenta Zofia qui arriva inopinément sur le tapis-brosse.

3

Sainte Marie mère de Dieu, ça m'avait vraiment attrapée par surprise ce soir-là. Je ne sais pas pourquoi, Ludwik avait peut-être versé quelque chose dans mon plat, ou j'étais en train d'ovuler, ou la mère nature, la déesse de la fertilité, sainte Anne ou celle qui s'occupe de ces choses-là me désigna du doigt et dit : maintenant. Je ne pensais pas du tout à faire l'amour, nous étions trop occupés à réunir nourriture, cartes routières, thermos, chicorée, vêtements, pièces de rechange pour la voiture, trop occupés à compter et à ranger dans des compartiments séparés de son portefeuille les deutschemarks et les francs, à prévoir tout cet attirail alors indispensable aux voyages et dont on pourrait faire l'acquisition cinquante ans plus tard dans n'importe quelle station-service, c'est pourquoi, pour partir sur les routes, un homme n'aurait besoin que d'un permis de conduire et d'une carte de crédit. Et d'une décision.

À minuit, fatiguée par une journée entière de course-poursuite, je m'effondrai sur le lit aux côtés de Ludwik qui réglait justement le réveil dans l'idée de souffler cinq minutes avant d'aller se brosser les dents. Et soudain, une vague de désir me submergea. De femme responsable et lucide qui s'occupait de ses devoirs, je me muai en animal en rut, je voulais qu'il me prenne et que ça me fasse du bien, le reste du monde avait disparu.

Rembobine ça : en fait, c'est moi qui voulais le prendre.

J'ôtai la saloperie de réveil de la taille d'une pendule de sa main, je descendis son pantalon et dès qu'il eut une érection, je m'assis sur lui, sans m'embarrasser de préliminaires ou de tendresse, ne m'embêtant même pas à enlever nos chemises ou nos sous-vêtements, j'écartai ma culotte sur le côté et je décidai de ne penser qu'à moi. Ou, plus précisément, d'arrêter de penser à moi. Ou, plus précisément, d'arrêter de penser. Ou, plus précisément, de ne songer absolument et totalement à rien, tellement c'était agréable. Je fermai les yeux et me concentrai sur mon corps et sur ce qui se passait dedans. Et ce qui se passait, c'est qu'arrivait, comme toujours chez moi de derrière, non du bas-ventre, mais d'entre les fesses, des environs du coccyx, un orgasme extraordinaire.

Je m'accroupis, posai mes mains sur son torse et j'agrippai si fort ses poils entre mes doigts qu'il gémit de douleur, ce qui m'était totalement indifférent. Je concentrai le reste de ma conscience à conserver le rythme encore un instant. J'avais l'impression que Ludwik avait déjà joui, il criait de délice ou de douleur sous mes ongles, des spasmes le secouaient sous moi et en moi, mais je ne m'en préoccupais pas, je n'avais aucun espace en moi pour des soucis, pour penser aux autres, pour savoir si mon homme allait mourir ou survivre, je voulais seulement qu'il maintienne le rythme encore quelques secondes, deux, une, Sainte Vierge mère de Dieu.

Une fois qu'il avait commencé, il durait et durait et durait, il n'y avait en moi aucune autre pensée ni émotion, je sentis en celui-ci l'écho de tous mes orgasmes, depuis la première fois qu'on s'était touchés avec Ludwik ; j'y sentis l'écho de cette première journée glaciale de janvier 1963.

Comme on dit au moment de mourir : tous mes orgasmes ont défilé devant mes yeux.

4

Il se sentait jeune, comme d'habitude. Jeune et, comme on le disait, tauridement bien. La neige avait fondu, la route était droite et vide, il gardait dans son corps le souvenir du sexe de la veille, le réservoir était plein et, dans sa tête, raisonnaient l'enthousiasme, l'optimisme et les projets d'avenir. Le fait qu'aucune autoroute n'existât dans cette version de la Pologne ne le dérangeait plus – ni autoroute, ni voie rapide, ni rien, bordel, qui ressemblerait à une chaussée normale –, et il avait parfois l'impression d'avoir été condamné pour des crimes atroces à regarder en boucle un documentaire sur la province polonaise. Błonie, Sochaczew, Łowicz, Kutno, Krośniewice, tout cela se fondait en un seul immense et informe urbanisme. Il espérait atteindre Poznań pour le déjeuner, mais le voyage à travers ces villages, villes et hameaux prenait tant de temps que son estomac se colla à sa colonne vertébrale dès Konin et c'est donc là qu'il mangea une soupe de tomates et une côtelette panée avec des pommes de terre, en sirotant pour les accompagner un jus de fruit cuit et trouble. Sur ce coup-là, il avait été fidèle à l'adage des conducteurs polonais : si tu manges n'importe où, alors commande ce que tout le monde commande et rien qui serait haché.

Autant la veille, il avait prévu de traverser la RDA dans la foulée, autant l'après-midi, quand il avait atteint Świebodzin, une ville toujours balafrée par la guerre, à l'instar du reste de ces territoires récupérés, il décida de s'y arrêter pour la nuit avec l'espoir de dégotter une jolie chambre et un lit confortable. Curiosité amusante : sur la carte routière allemande des années 1950 qu'il utilisait pour ce voyage, la frontière entre la Pologne et l'Allemagne était indiquée en tant que « limite de zone », tandis que la frontière réelle courait à l'endroit de celle de 1939. Świebodzin y était donc désigné sous le nom de Schwiebus, les cartographes allemands ne s'étant même pas donné la peine d'indiquer le nom polonais entre parenthèses. Voilà, c'est à cette sorte de détails qu'on peut juger la place de la Pologne en Europe, se dit-il. Et il remarqua qu'au fond, il ne savait pas si le rapprochement entre Adenauer, de Gaulle et Kwiatkowski signifiait que la frontière ouest de la Pologne avait été officiellement reconnue. Dans le monde réel, quand est-ce que ça avait eu lieu ? Seulement dans les années 1970, croyait-il. Il mangea une excellente solianka et des pelmenis encore meilleurs, menu probablement inconnu dans le Schwiebus originel, mais dans le Świebodzin partiellement occupé par des transfuges des confins de l'Est, évidemment oui. Il écoutait la serveuse, cuisinière et propriétaire en une seule personne se disputer avec quelqu'un dans un patois chantant et se disait que la Pologne de ce temps-là paraissait très colorée, plus charnue que celle du XXIe siècle, où tout était devenu identique et uniformisé. Il faudrait combler ses lacunes et voyager un peu avec Grażyna ; il avait été si occupé par sa carrière et ses patients durant cinquante ans qu'il n'avait presque pas mis le pied en dehors de Varsovie, exception faite des vacances, bien entendu.

Beaucoup, vraiment beaucoup d'idées d'une chouette vie germaient dans sa tête et si son plan se voyait couronné de succès, il arriverait à les réaliser toutes et même à faire davantage.

5

Le sexe de la veille m'avait tellement épuisée que je ne m'étais pas réellement endormie, j'avais plutôt perdu connaissance et, le matin, j'avais dormi si profondément que lorsque je me réveillai, le soleil était déjà haut dans le ciel et le lit du côté de Ludwik déjà froid. D'abord, je fus triste qu'il ne m'ait pas réveillée, puis je me dis qu'après de si magnifiques adieux, il n'avait pas été obligé de le faire.

6

Il se leva aux aurores. À cette période de l'année, cela revenait à se prélasser entre les draps jusqu'à 7 heures du matin. Il avala des œufs brouillés aux lardons, fit le plein pour ne pas avoir à s'arrêter en RDA et reprit la route sous ce ciel est-européen inimitable aux couleurs de cadavre en décomposition. Il roula vers l'ouest.

Après cinquante kilomètres, il arriva à la frontière qui ne se limitait absolument pas à la pancarte placée sur le pont au-dessus de l'Oder au temps de l'Union européenne : « Wilkommen in Bundesrepublik Deutschland ». Sur les deux rives de l'Oder, les bâtiments frontaliers ressemblaient à des forteresses, à deux châteaux forts qui se canarderaient régulièrement à coups de canon ; les alentours étaient pleins de remparts en béton, de tourelles, de barrières mobiles et de rouleaux de barbelés.

Les douaniers polonais tamponnèrent son passeport et le laissèrent continuer son chemin, les Allemands soviétiques en revanche avaient encore leur zèle du matin : ils furetèrent dans sa voiture, ouvrirent ses valises et s'intéressèrent beaucoup aux dessins qu'il emportait en France. Par chance, il maniait un allemand assez fluide, à l'instar de la majorité des scientifiques de son domaine parce que toutes les œuvres fondamentales avaient été écrites dans la langue de Freud et de Jung. C'est pourquoi il réussit à expliquer de quoi il s'agissait, il décontracta l'atmosphère en parlant sport et put enfin rejoindre l'autoroute. Cependant, il fut loin de soupirer de soulagement : séjourner dans la zone d'influence russe le remplissait d'une angoisse proche de la panique. La vue du poste frontière lui avait fait prendre brutalement conscience de la pression néfaste que devait exercer sur la Pologne le « bretzel » des pays prosoviétiques qui l'entourait.

Alors, il poussa la Citroën. La Zorza fonçait facilement, se balançait majestueusement sur sa suspension hydropneumatique ; il dépassa Berlin, puis Magdeburg et, après deux heures à peine, il s'arrêta devant une barrière à Helmstedt. En traversant l'Oder, il ne l'avait pas ressenti, mais ici, la frontière pouvait illustrer les différences entre les régimes. Du côté de la RDA, des tours de garde, des haies, des murs, des palissades et des bandes de terre labourée s'étendaient de part et d'autre jusqu'à l'horizon. Quant aux douaniers est-allemands, ils scrutèrent son passeport comme s'ils devaient passer un examen sur son contenu une heure plus tard et dont l'échec les condamnerait à la peine de mort.

Du côté de la RFA, il y avait un minuscule poste frontière ; un officier blasé l'interrogea sur le but de sa visite, tamponna son passeport et leva la barrière.

Une fois celle-ci franchie, Ludwik soupira enfin de soulagement. Treize heures approchaient. Si rien ne lui arrivait en chemin, même s'il s'accordait une longue pause déjeuner, il devrait arriver à Karlsruhe dans la journée.

Il y arriva. Enfin presque. Fatigué, il s'était trompé de chemin et, après avoir quitté l'autoroute, il avait atterri dans la charmante bourgade d'Ettlingen et à l'hôtel Enge. Là, des habitués du bar ayant découvert qu'il venait de Pologne et qu'il parlait allemand l'entraînèrent dans une conversation sur l'avenir de l'Europe qui évoqua chez lui un déjà-vu bizarre et tordu. Ses paupières étaient lourdes, mais en tant que Polonais digne de ce nom, il prit volontiers part à une discussion pleine d'émoi et ne menant nulle part, bien que chacun des interlocuteurs donnât l'impression de détenir le pouvoir de décider du sort de la planète. Durant la soirée, Ludwik ne put s'empêcher de se demander ce que ces quinquagénaires sympathiques faisaient vingt ans plus tôt. Mais il s'agissait d'une lubie polonaise.

Le matin, il alla prendre un café sur la place du marché, posta une carte postale à Grażyna et reprit la route. Une heure et demie de conduite, une nouvelle double vérification de son passeport, le pont sur le Rhin et il pénétrait enfin dans Strasbourg. Il gardait l'espoir de faire le reste du trajet dans la journée, mais n'avait pas encore atteint Mulhouse qu'il prit déjà peur d'être foudroyé par une crise de nerfs qui ne mettrait pas seulement fin à son voyage, mais à sa vie en général.

Les routes françaises étaient un cauchemar. Étroites, elles traversaient chaque patelin, y compris ceux dont sa carte Michelin ignorait l'existence. Sur le principe, elles ressemblaient aux routes polonaises, mais là-bas, dans un pays en forme d'immense galette plate, les routes filaient à peu près droit. En France, elles serpentaient tel l'intestin grêle. Parcourir n'importe quel village prenait des allures de rallye au milieu d'un labyrinthe urbain qui regorgeait de sens uniques, de porches et de virages à quatre-vingt-dix degrés où le coin d'un immeuble bouchait complètement la vue. Chaque fois, Ludwik fermait les yeux une fraction de seconde, prêt au pire, ne sachant pas s'il allait rencontrer une rue vide ou une camionnette de laitier lancée à grande vitesse et dont le chauffeur aurait profité jusqu'à la dernière goutte des normes libérales françaises en matière de niveau d'alcoolémie toléré.

Ludwik prévoyait d'aborder les Alpes au moment du déjeuner, mais s'arrêta à Colmar, ville aussi belle qu'un décor de conte de fées, conscient que s'il ratait l'heure de la bombance, la prochaine possibilité d'un repas chaud ne lui serait pas offerte avant 19 heures. Durant son repas, il fut abordé à trois reprises par des Français curieux de savoir si la France lui plaisait et pourquoi et ce qu'il pensait des merveilleux vins alsaciens qui étaient les meilleurs du monde. La troisième fois, il n'y tint plus et répliqua qu'il regrettait de ne pas disposer d'un avion parce qu'il pourrait alors éviter d'emprunter les routes locales. Les Français en rirent de bon cœur, lui donnèrent raison et, en lui tapotant le dos, lui offrirent une tasse de vin chaud où flottait de l'anis étoilé. Il but son verre avec parcimonie, mais à chaque gorgée, il tombait de plus en plus amoureux du goût, au point de se promettre d'acheter une caisse de vin d'Alsace sur le chemin du retour afin de préparer ce breuvage à Varsovie, car il s'agissait d'une boisson idéale pour les hivers polonais.

Après le repas, il fit un rapide calcul, usant pour cela de sa carte, de son carnet et de son crayon, et ce qui en ressortit, c'est qu'il lui restait encore quatre cents kilomètres jusqu'à son objectif. Sept heures de route au bas mot, avec des vents favorables. Quatorze heures venaient de sonner, donc, en réalité, il serait environ 22 heures quand il arriverait sur place. Est-ce qu'il pourrait y trouver un hôtel à cette heure ? Il contempla une nouvelle fois la carte. La grande ville la plus proche s'appelait Grenoble. Là, il y avait à coup sûr des hôtels ouverts tard le soir.

Oui, Grenoble, sourit-il, heureux. Ça sonnait déjà presque comme les Alpes.

On y va !

7

Satisfaite d'avoir trouvé un titre pour mon livre, *La Famille en tant que combinat*, et de m'être assez habilement débarrassée du chapitre sur la planification des tâches cycliques et prévisibles qu'il fallait accomplir sans cesse au sein d'un foyer, je me retrouvais coincée dans la maternité, me demandant si et dans quelle mesure je devais aborder le sujet de la maternité célibataire. Les gens ne divorçaient pas aussi aisément dans les années 1960, mais cela signifiait surtout qu'il y avait moins de gardes partagées et plus d'exemples d'hommes qui descendaient un jour s'acheter des cigarettes et disparaissaient sans laisser de trace. *Evidemensko*, je considérais qu'il fallait en parler, mais comment ? En insistant davantage sur un soutien moral et la compréhension pour lutter contre la conviction sexiste qu'une mère célibataire était une femme défaillante ? Ou fallait-il accepter cette conviction et se concentrer sur la partie pratique de la résolution des problèmes lorsqu'on se retrouvait seule ? Incapable de trancher pour le moment, j'eus quand même l'idée de la première phrase : « Mères célibataires, vous n'avez pas idée à quel point vous avez de la chance qu'aucun homme ne vous dérange ! »

J'éclatai de rire et au même moment quelqu'un frappa à ma porte.

Jésus Christ, c'était une blague – ce n'était que la deuxième journée où j'étais tranquille et on venait déjà me harceler.

C'était Piotr.

— Frère, je t'aime comme un frère, mais j'espère que c'est quelque chose d'important. Ludwik est parti en voyage et j'ai deux semaines pour terminer mon livre. Alors, je passerai du temps avec toi seulement si tu viens d'apprendre que tu souffres d'un cancer et qu'il te reste une semaine à vivre.

— Ne dramatise pas, mais fais-moi du café, dit-il en forçant le passage jusqu'au salon. Fais-le fort. Et pas de chicorée, je te prie. Qui peut boire de la chicorée ?

— Ne commence pas.

— Où est donc allé ton fiancé marié ?

— Ne commence pas, j'ai dit. Il est parti en France pour affaires. Et il est divorcé depuis une semaine.

Piotr s'affala dans le canapé et je passai en cuisine pour mettre une cafetière moka sur le feu.

— Tu as entendu parler de ce qui se passe ?

— Qu'est-ce qui se passe ? répliquai-je d'une voix forte.

— Le vote.

Je revins auprès de mon frère avec une boîte de Ptasie mleczko à la main.

— Quel vote ?

— Tu ne t'intéresses donc vraiment à rien ?

— Aux robes et au maquillage, tu sais comment on est, nous, les filles, dis-je en gloussant. Va te faire voir, je travaille et je ne sors pas de la maison.

— Le décret du président pour que le français devienne la seconde langue officielle dans les administrations du pays était aujourd'hui soumis au vote. Il paraît que même les gens de son parti le lui avaient déconseillé, mais l'Ingénieur s'est entêté. Il a tenté de persuader le parlement qu'il fallait foncer en direction de l'Europe, sinon les populistes et les Russes finiraient par nous rattraper et par nous dévorer. Il a dit que nous appartenions à une communauté de valeurs, qu'une Europe de conte de fées sans frontières sera un jour créée, un continent d'amitié, des fables d'intello. Quasiment tout le monde a ri au nez du vieil homme. Et puis, ils ont sorti les armes lourdes : identité, tradition, religion et souveraineté. Les autres orateurs ont mis en garde contre un nouveau partage de la Pologne, un condominium, tout le répertoire.

— Avoue que c'est dur de ne pas être d'accord avec l'Ingénieur, dis-je en haussant les épaules. Les traités ne nous ont pas donné grand-chose en 1939. Plus nous tisserons de liens quotidiens et diversifiés avec l'Occident, mieux ça sera.

— Les gens sont contre.

— La voix du peuple est surestimée. Personnellement, après tout ce que j'ai vécu, lançai-je – et Piotr me regarda bizarrement, mais je n'avais pas envie de corriger –, je suis pour que le pouvoir soit plus intelligent que le citoyen. Après tout, la Pologne existe aujourd'hui parce qu'à plusieurs reprises, certains ont réussi à la défendre contre les Polonais. Ne te fais pas passer pour un hyper-démocrate, tu es trop intelligent pour ça. Attends un instant.

La cafetière avait cessé de bruire et j'allai donc remplir les tasses. La nostalgie me heurta. C'était une nostalgie irrationnelle, ça ne faisait pas deux jours que Ludwik était parti. Mais quand même. Je rapportai le café au salon.

— L'Ingénieur a perdu le vote.

Ça m'étonna.

— Qu'est-ce que tu racontes, il faut deux tiers des voix pour abolir un décret.

— Tout le monde était contre, à part les ingénieux. Or, ensemble, les autres pèsent soixante-sept pour cent. Ils sont tous venus, jusqu'au dernier. Un député malade de chez Giertych a été ramené dans l'hémicycle sur son lit d'hôpital et sous perfusion pour qu'il puisse voter.

Je réfléchissais.

— Salauds de paysans, dis-je en fin de compte. Effectivement, il est peut-être trop tôt pour l'Europe chez nous, mais ça n'aurait fait de mal à personne. Ce parlement ne pouvait de toute façon pas durer éternellement.

La tête de Piotr dodelina, pour marquer son incertitude.

— Après le vote, Wojciech a démissionné et Gucwa est devenu le nouveau chef du parti paysan. J'ai entendu les pires opinions à son sujet. Il part en vacances à Sotchi, si tu vois ce que je veux dire.

— Et qu'est-ce que ça signifie, d'après toi ? Qu'ils vont quand même organiser ces élections anticipées ?

— Je pense qu'ils vont faire un coup d'État.

Je pouffai de rire.

— Ton pessimisme bat tous les records, même en Pologne. Arrête.

J'attendais qu'il rie, dise une blague stupide, mais il restait impassible, les traits figés, mortellement sérieux.

— Je t'en prie, Grażyna, sors au moins de Varsovie. Emmène Lucyna avec toi, elle est bien organisée, à vous deux, vous y arriverez. Si quelque chose pète pour de bon, je serai dans la première centaine à être bouclée, je n'aurai pas le temps de te prévenir. Qu'est-ce que ça change pour toi, le lieu où tu écris ton livre pour les ménagères ?

— Ne sois pas sexiste.

— Avec ma sœur, t'es dingue ?

— Doux Jésus, sexiste, ça veut dire celui qui discrimine les femmes. J'écris un livre sur la manière d'avoir une chouette famille et une chouette maison, tu estimes vraiment que c'est un livre seulement destiné aux femmes ?

— Et à qui d'autre ?

Il ne plaisantait pas. Son étonnement était authentique, sincère et absolu. Et moi, je me répétais que j'étais peut-être en avance avec ce livre de trois bonnes décennies. Enfin, on verrait.

— Je serais bien partie, ne serait-ce que pour que tu cesses de me casser les pieds, mais la voisine du bas possède un téléphone et Ludwik peut l'appeler, c'est ce dont nous sommes convenus. Je te promets que dès qu'il rentre de France, on dégage à la campagne, on enterre nos passeports dans un endroit sûr et on y attend ton coup d'État.

— Pas le mien, malheureusement, dit Piotr et il soupira avant de s'enfoncer trois morceaux de Ptasie mleczko à la fois dans la bouche.

8

Les trois hommes achevaient leur repas en silence. Ludwik avait dit ce qu'il avait à dire et espérait qu'en dépit de ses affreuses fautes linguistiques que lui-même entendait dans chacune de ses phrases, il avait été compris. Il finissait son verre de vin rouge et attendait. Émile Allais, un quinquagénaire aux cheveux poivre et sel et probablement le plus bel homme que Ludwik ait jamais vu, légende vivante de ski alpin, fumait tranquillement une cigarette après l'autre. À ses côtés, Abel Rossignol, un homme du même âge qu'Allais, mais à la corpulence massive d'un aubergiste, sauçait l'assiette de son bœuf bourguignon avec des morceaux de baguette. Il mettait dans ses gestes une telle application qu'il semblait vouloir stériliser ses couverts pour les utiliser ensuite dans une étude en laboratoire.

— Il faudrait qu'on passe à l'atelier avec vous, dit-il.

Allais leva sa main et sa cigarette.

— Des cafés et l'addition, je vous prie, cria-t-il.

Ils lui conseillèrent de laisser sa Zorza et partirent ensemble dans une fourgonnette délabrée pour les abords du village. Ici, on sentait déjà la montagne et ce n'était pas seulement parce que les cimes apparaissaient à l'horizon, cela procédait d'autre chose, d'une note dans l'air, d'une odeur, que Ludwik percevait sans erreur sur des kilomètres, surtout à l'approche de l'hiver.

Ils se garèrent devant de modestes hangars. Aucun drapeau ne flottait au vent devant eux, aucun logo ne scintillait et aucune lettre R ne tournait au sommet d'un grand mât. Seule une plaque accrochée devant l'entrée des bureaux annonçait « Rossignol » ; deux skis croisés avaient été cloués à côté. Douce époque où le matériel de sport était produit par des ingénieurs accompagnés de sportifs et non par des marchands de paillettes.

Ils pénétrèrent dans le dernier bâtiment de la rangée, manifestement le plus ancien, l'air y sentait le bois et la colle ; des planches, des spatules, des machines et des outils dont Ludwik ne comprenait pas l'application encombraient l'espace.

— C'est le premier atelier, expliqua Abel. Mon père y a fabriqué ses skis et m'a appris la menuiserie. Pouvez-vous imaginer qu'à cette époque, le ski n'était qu'un passe-temps bizarre pour un homme qui avait fait fortune dans les navettes et les bobines de l'industrie textile ?

Ludwik sourit d'un air entendu, bien qu'il n'ait absolument pas compris la dernière phrase. Rossignol prit un tablier bleu en coutil sur un portemanteau et l'enfila.

— Vous m'intriguez. Des gens viennent nous voir de temps en temps. D'ordinaire, ce sont des sportifs autodidactes qui croient dur comme fer en leur talent et ont besoin d'une paire de skis gratuite pour le développer. On voit aussi bon nombre d'espions de la concurrence qui se font passer pour des journalistes ou de potentiels apprentis afin de nous dérober nos secrets. Parfois, ce sont des gens qui cherchent du boulot. Mais c'est la première fois que je rencontre un cas comme le vôtre. Qu'est-ce que vous faites dans la vie ?

— Je suis psychologue.

— Et qu'est-ce que ça fait, un psychologue ?

— Ça parle avec gens et ils ont meilleure santé grâce à lui.

Les deux Français échangèrent un regard qui disait « Des slaves, mieux vaut ne pas creuser ». Rossignol prit sur une étagère un large morceau de bois et le posa sur la table.

— Je ne dis pas que je vais le faire, mais pour le jeu, je vous en prie.

Il lui tendit un crayon de charpentier.

— C'est une trace de skieur, commença Ludwik en dessinant sur la planche le sillon caractéristique. Virage, virage, virage. Arc, arc, arc. Jadis, je veux dire aujourd'hui aussi, très difficile apprendre skier parce que dur de virer sur ski. Ils sont longs, lourds et moindre erreur finit en chute. Beaucoup gens ont peur de ski à cause de ça. Et maintenant, imaginons ski qui tourne presque tout seul. Arc, arc, arc.

Il s'attendait à des moqueries, mais les deux Français l'observaient avec intérêt.

— Je vais vous dessiner vos skis. Plus de deux mètres, bords droits. D'en haut, ça ressemble à crayon, rectangle long et fin.

Il les dessina. Son esquisse pouvait représenter n'importe quoi.

— Et maintenant, je vais dessiner miens. Nous avons taille similaire, mètre soixante-quinze à peu près. Dans mon projet, un ski pour nous devrait mesurer un mètre soixante-cinq et posséder forme d'un sablier allongé avec un fort rétrécissement au milieu, dit-il, mettant à profit les cours de français de Grażyna. Votre ski a près huit centimètres large partout. Je propose qu'il a autant au milieu, mais que devant et arrière, il élargit vers treize, quatorze centimètres.

Il s'attendait à un éclat de rire.

— Pourquoi autant ? demanda concrètement Rossignol.

— Je dis plus ou moins, l'important, c'est que cette courbe… dit-il en renforçant de son crayon le trait de l'un des bords du ski, constitue la tranche d'un ovale. Les dimensions seront différentes, selon quelle taille arc ski devoir faire.

— Plus petit pour le slalom, plus grand pour la descente, dit Allais. Intéressant. De quoi aurait alors l'air la technique du ski d'après vous ?

— On peut bien sûr descendre comme sur ski normal, comme vous l'avez inventé, rotation-ruade. Mais quel est problème de cette technique ? À chaque virage, on perd vitesse. En revanche, sur ces skis, suffit transférer poids sur deux carres.

Ludwik tendit ses mains à plat devant lui et les tourna de quarante-cinq degrés.

— Alors, ski roule seul sur arc, selon courbure tranche, comme locomotive sur rails. Et il ne ralentit pas, mais accélère. Puis, on transfère poids…

Il orienta les mains dans l'autre sens.

— … et nous prenons virage contraire.

— Et le ski accélère encore.

Une lueur s'alluma dans les yeux d'Allais. Utiliser à plusieurs reprises le mot « accélère » dans la même phrase avait visiblement agi sur son imagination de sportif professionnel.

— Pour sportif, que des qualités. Pour amateur d'autant plus parce que facile de contrôler ski. Il suffit de se pencher, même n'importe comment et désespérément, et skis tournent comme ils peuvent. Et maintenant, question. Quels skis choisiront gens séduits par construction de nouveaux remonte-pentes dans Alpes ? Skis qui permettent de s'amuser dès cette saison ou skis qu'ils maîtriseront dans trois ans si élèves assidus ?

Allais et Rossignol contemplaient sans un mot les sommaires dessins.

— Deux questions, dit Rossignol. En fait trois.

— Je vous écoute.

— Un psychologue n'a pas inventé ça.

— Mais skieur attentif qui a vu vieux skis norvégiens de cette forme et qui a ami menuisier, ça oui.

— Pourquoi vous ne le faites pas en Pologne ?

— Parce que je veux gagner argent avec idée. Et je préfère vendre ça à entreprise qui équipe champions olympiques que finir sur trois prototypes que je garderai dans cabane de berger au fond des minuscules montagnes polonaises.

Rossignol hocha la tête.

— Pour que les choses soient claires, j'estime que ça ne marchera pas, mais si jamais c'était le cas, combien vous en voulez ?

— Trois pour cent de chaque paire ski avec ce système. Et quinze pour cent pour licence.

Ils se turent à nouveau. Cette fois, chacun d'entre eux planta son regard dans un coin différent de l'atelier.

— Si, finit par dire Rossignol, et j'insiste sur le si, si votre idée s'avère assez intéressante pour qu'on achète le brevet, je vous en donnerai cent mille francs nouveaux.

Ludwik calcula rapidement que cela équivalait à vingt mille dollars à peu près. Pour un brevet qui révolutionnerait le ski. Et ce dès maintenant, trente ans avant que des skis paraboliques soient réellement développés. La bonne blague.

— Pas question. Trois pour cent pour ski, quinze pour licence.

— Un et dix.

— Deux et treize.

— Deux et douze.

— D'accord.

Ils se serrèrent la main.

— Venez dîner à la maison, j'habite ici, derrière l'atelier, déclara Rossignol. On boira un coup et on va signer le contrat. Ma femme sera ravie de faire votre connaissance. Notre fils a servi en Algérie et les histoires qu'il raconte à propos des Polonais, franchement, je dois vous avouer que je prenais la moitié d'entre elles pour des bobards.

Malheureusement, j'en doute, se dit Ludwik, mais simultanément, il ne put s'empêcher de remarquer qu'Allais avait grimacé imperceptiblement ; il fallait croire qu'il n'était pas aussi passionné des guerres coloniales que son associé.

La rencontre approchait de sa fin, Ludwik avait l'intention de demander le soir combien de temps prendrait la préparation du prototype, mais il s'attendait à devoir attendre deux, peut-être trois semaines. Pourtant, il était incapable d'attendre davantage avant de poser sa seconde question, celle qui avait grandi en lui durant tout le trajet.

— Je voudrais vous demander une chose, est-ce qu'on peut déjà skier quelque part ? Je sais, hiver commence à peine, mais puisque j'ai déjà traversé Europe entière...

Rossignol en rit de bon cœur.

— Cher monsieur, la colle aura séché d'ici trois jours et après, on part tous à Courchevel essayer votre invention. Et c'est vous qui montez en premier dessus. Vous savez, tel l'ingénieur qui doit traverser en premier son nouveau pont.

Ludwik faillit crier de joie.

9

« L'éducation ne se fait pas en un jour. Quand on est terrassé par la grippe, si notre fils adolescent nous apporte du thé au sirop de framboise au lit ou, bien au contraire, s'il passe avec indifférence près de notre couche, ce n'est pas parce qu'il a eu une bonne ou une mauvaise journée. La manière dont il va se comporter ce jour-là dépend d'années de travail, de centaines de milliers, voire de millions de petites décisions qui avaient précédé cette journée. Impossible de prendre ces décisions une nouvelle fois, de corriger les erreurs commises, le temps ne coule que dans un seul sens. C'est pourquoi il est utile d'avoir un bon plan. »

C'est par ces mots que je commençai le chapitre consacré à l'éducation des enfants. Puis je décidai de me faire un café. C'est toujours dans ce genre d'aspects généraux que je me fatiguais le plus ; pour le reste, je pouvais classer le contenu en points et sous-points, c'est ce que je préférais, et présenter des solutions concrètes. Mais les introductions, les conclusions et les présentations, c'était un cauchemar. Je sentais que celles-ci étaient nécessaires et je savais plus ou moins ce qu'elles devraient contenir. Pourtant, draper de mots non pas du concret, mais des idées et des émotions, m'épuisait physiquement. C'était comme si la partie du cerveau qui en était responsable était mal développée chez moi et me drainait des forces au moindre effort.

Donc, un café. J'en avais déjà bu deux ce jour-là, alors je me préparais la chicorée de Ludwik, ressentant à ce moment-là une nouvelle morsure de manque, plus prégnante cette fois. Il m'arrivait fréquemment d'en boire, mais je ne le lui avais jamais avoué, ne voulant pas perdre la possibilité de me moquer de lui. C'était drôle, quand on y pensait, cela faisait cinquante ans et je ne m'étais jamais lassée de le taquiner. Lorsque j'étais venue pour la première fois en thérapie chez lui et qu'il m'avait demandé si je désirais de la chicorée, j'avais cru à une blague. Parce que, par Dieu le Père, Seigneur des Cieux, quel adulte en boirait par choix ? Cela résonnait davantage comme une histoire de l'Occupation, des gens qui sécheraient de la chicorée au four pour la piler ensuite dans un mortier et en faire un « café ». Appeler cela ersatz de café était une méprise en soi. Réfléchissant à tout cela, j'ajoutai du lait et du sucre à ma boisson et je me plaçai à la fenêtre qui donnait sur la rue.

Le dernier jour d'octobre était maussade et pluvieux ; quant à Varsovie, du moins la parcelle que j'avais devant les yeux, elle semblait désertée. Ça me paraissait logique : le quartier était peuplé de nouveaux arrivants, ils étaient donc tous partis sur les tombes familiales dans leurs régions d'origine. J'aurais également dû aller sur la tombe de papa, mais au lieu de cela, j'avais écrit à ma mère pour lui annoncer que je devais terminer mon livre et que je viendrais plus tard. Je réussirais peut-être à convaincre Piotr de prendre deux jours de congés, ça serait une chouette excursion familiale.

Puisque j'avais de toute façon fait une pause, j'en profitai pour descendre chez la voisine du bas. Son mari était procureur, c'est pourquoi on leur avait installé le téléphone. Je comptais lui demander si Ludwik n'avait pas appelé, cela faisait presque une semaine qu'il était parti.

Je frappai à sa porte, elle m'ouvrit avec une expression étrange sur le visage et un tas d'habits jetés par-dessus son épaule comme si elle faisait le ménage ou ses valises.

— Excusez-moi, je vois que ce n'est pas le bon moment, mais je voulais juste vous demander si mon fiancé n'avait pas appelé.

— Comment aurait-il pu ? Les lignes sont coupées.

— Ah, une panne ? demandai-je poliment.

Elle me regarda comme si un long doigt venait de pousser entre mes yeux et qu'il s'était mis à me curer une narine.

— Une panne ? Non, ils ont tout coupé. Pour des raisons de sécurité.

Elle partit d'un rire un peu hystérique. Je fus prise d'inquiétude.

— Pardon, mais je travaille à la maison et je sors peu, je n'écoute pas la radio…

— La radio ne fonctionne pas non plus. Ils passent du Chopin. Et l'hymne polonais toutes les heures.

L'inquiétude se transforma en souvenir. Je ressentis de la peur, un effroi fétide me prit à la gorge.

— Qu'est-ce qui se passe ?

Ma voisine parcourut la cage d'escalier du regard et m'entraîna à l'intérieur de son appartement. Elle referma la porte et les deux serrures. Je remarquai que le gène polonais de la résistance éternelle se réactivait vite dans certaines circonstances.

— Comment ça, qu'est-ce qui se passe ? fit-elle. Un coup d'État. L'assemblée nationale s'est réunie dans la nuit, tous les partis d'opposition ont instauré un Front d'unité de la nation ou un Front d'unité nationale, quelque chose dans le genre. D'abord, ils ont passé une motion pour qualifier notre participation à la guerre d'Algérie de haute trahison et, en vertu de cette résolution, ils ont emprisonné ou licencié les plus importants officiers qui y ont combattu. Ils ont repris le contrôle de l'armée en une heure, ça devait être préparé depuis des mois.

Oh mon Dieu, Piotr ! Je lui avais ri au nez quand il m'avait dit qu'il figurerait sur la première liste.

— Comment ça, emprisonné ? balbutiai-je.

— Pour interrogatoire, jusqu'à de plus amples explications, pour prévenir le maquignonnage, par souci de la sûreté de l'État, quoi qu'ils disent, on sait de quoi il retourne, chuchota ma voisine. Jaruzelski est devenu chef d'état-major. C'est celui aux lunettes sombres, vous voyez qui c'est ?

Et comment ! Je m'assis lourdement sur la chaise tapissée et j'acquiesçai.

— Puis ils ont révoqué le président pour suspicion de haute trahison. Pour avoir voulu, en lien avec l'Allemagne et la France, nous faire perdre notre indépendance. Et, à sa place, ils ont élu Gierek, ce péquenaud de l'Union, vous voyez ?

Je hochai la tête. Accomplir ce mouvement m'avait coûté un grand effort. Ça ne pouvait pas être vrai, me répétai-je en pensée. Non, non, non, pincez-moi que je me réveille, l'Histoire ne pouvait pas revenir sur ses rails, pas cette fois, Dieu tout-puissant, Sainte Vierge, par tous les anges et par tous les saints, qu'une fois sur cette terre maudite les choses se déroulent autrement, que tout ne redevienne pas comme d'habitude !

— Et... marmonnai-je, c'est pour ça que vous partez ?

— Mon mari me l'a ordonné. On ne sait pas s'il reviendra du bureau, il est procureur après tout. Il n'a jamais supervisé que les crimes de droit commun, mais c'est un corps sensible, on ne sait pas ce qu'il leur passera par la tête.

— Vous partez à l'étranger ?

Elle eut un rire râpeux.

— À l'étranger ? Les frontières sont fermées pour des raisons de sécurité, ils ne vous laissent partir que si vous disposez d'un passeport étranger paraît-il. Je n'en suis pas certaine, mais c'est ce que les gens disent. Moi, je vais dans la famille à la campagne, patienter le temps que ça se calme et voir comment les choses évoluent. Mais je reviendrai vite, probablement. D'abord, parce que je ne tiendrai pas plus de deux jours avec ma mère. Ensuite, quoi ? Il faudra bien vivre. Ça a l'air affreux, tout ça, mais qu'est-ce qui peut bien arriver ? Les gens les ont-ils élus de façon démocratique ? Oui. Est-ce que ces types ont formé une coalition en accord avec la loi ? Oui. Ont-ils un mandat pour révoquer le président, pour en choisir un qui leur plaît et pour gouverner ? Oui, aussi. Alors, je trouve que mon mari panique, mais je pars, sinon il va ronchonner. Je ne sais pas pour votre fiancé, mais mon mari est parfois si grognon que je le sens physiquement, là, dit-elle en se tapotant le plexus. D'ailleurs, je vais vous dire, j'ai moi-même voté pour l'Union. Je viens de la campagne, d'une maison normale, d'une famille normale et je vois bien que ce qui nous arrive en provenance de l'Europe, ce ne sont que des nouvelles stupides, des entreprises étrangères et la mort. Le fils de la voisine a été tué dans ce désert. Et pourquoi ? Et pour qui ? Enfin, peu importe, je retourne à mes valises.

Je compris que ma visite s'achevait, je la saluai poliment et je quittai son salon.

— Mademoiselle Grażyna, chuchota-t-elle devant la porte qu'elle garda ouverte cette fois, vous êtes une chouette femme et je sais que lorsqu'on est jeune, on fait des choses stupides, et que vous en êtes partie. Mais le premier décret de Gierek a été de dissoudre votre école. Et cette photo de l'été dernier, toute la Pologne l'a vue. Alors, à votre place, vous comprenez… Allez dans votre famille, à la campagne, chez des amis, il vaut mieux faire profil bas le temps du renforcement de ce nouveau pouvoir. Après, ça ira, tout reviendra à la normale, comme d'habitude.

10

Ils vinrent le chercher à l'aube, ils tambourinèrent à sa porte, mais cela faisait longtemps qu'il était debout ; d'excitation, il n'avait pas fermé l'œil de la nuit. Il lui était difficile de croire que dans un instant, il allait skier à Courchevel, une station dont il n'avait même pas pu rêver avant 1989, et après la chute du mur, cette localité si snob était devenue trop chère pour lui. Il n'avait pu qu'admirer ses lumières depuis les versants beaucoup plus accessibles financièrement de La Plagne, eux-aussi affreusement chers, d'ailleurs. Il allait y monter aujourd'hui, à trente et quelques années ! Dans le monde normal, il avait fallu qu'il attende la cinquantaine pour skier dans les Alpes, pour voir autre chose que ces montagnes de Pologne et Tchécoslovaquie : basses, exiguës, à la météo capricieuse et grotesquement désastreuses en termes d'infrastructure.

Ils étaient arrivés la veille, tard dans la nuit, eux dans leur fourgonnette, lui dans sa Zorza. Ils avaient estimé que ça serait plus sûr si jamais il avait envie de rentrer, alors qu'eux devaient rester sur place pour superviser les préparatifs de la saison à venir. Il s'avéra qu'Émile Allais occupait en fait le poste de directeur de la station et c'est donc grâce à lui qu'on activa deux remonte-pentes rien que pour eux et qu'on sortit du garage « l'engin de damage », c'est-à-dire une sorte d'arrière-grand-père de la dameuse, version modifiée du véhicule utilisé par les explorateurs polaires en Arctique. Allais racontait avec un grand enthousiasme que cette machine allait révolutionner le ski. Il était difficile de lui donner tort.

À la station basse, Rossignol sortit leurs skis et leurs chaussures du fourgon. Ludwik soupira de déception parce qu'en l'occurrence, une véritable chaussure de ski, c'est-à-dire une coque haute en plastique qui transférait correctement les forces, aurait été utile. Celles qu'on lui présenta étaient faites de cuir rigide avec des bottillons internes et d'épaisses semelles en bois. Mais au moins, en lieu et place des lacets, on avait utilisé des fermoirs métalliques. Leur plus grand défaut semblait être leur petite hauteur, mais bon, Ludwik n'avait pas véritablement le choix. Il enfila ses chaussures, les serra aussi fort qu'il pût et s'empara de ses skis.

— Qu'est-ce que vous en pensez ? demanda Rossignol, s'attendant visiblement à des louanges.

— Je pense que dans musée à votre nom, ce prototype sera une des pièces plus importantes.

Le Français rit.

— Eh, vous, les Polonais, vous avez toujours la tête dans les nuages.

Mais Ludwik ne plaisantait pas. Son ski avait une allure fabuleuse : il était plus petit que lui de quelques centimètres, cintré pour le slalom, la semelle plastique était fartée et ses carres aiguisées. Sur le dessus, Rossignol ne s'était pas embêté à faire des décorations, il avait simplement gravé la lettre R et le mot « prototype » dans le laminage boisé et avait enduit l'ensemble d'une épaisse couche de verni transparent. Ludwik sourit en songeant qu'un design brut et naturel tel que celui-là serait le summum de la mode alpine au XXIe siècle. Le ski paraissait assez rigide, ce qui, en l'occurrence, ne le dérangeait pas ; il fut en revanche surpris de découvrir des fixations en aluminium de la marque Look. Ludwik aurait mis sa main à couper que jusqu'aux années 1970, les fixations de ski possédaient un câble à enfiler sur le talon et non, comme plus tard, des fermoirs qu'on rabattait.

Rossignol remarqua son étonnement.

— Jean, un de mes bons amis, m'a envoyé cette nouvelle invention de Nevers pour qu'on l'essaie. Je me suis dit que puisqu'on créait déjà un prototype innovant, alors autant aller jusqu'au bout.

Ludwik leva le pouce. Des skis modernes, des fixations modernes, une piste damée, Courchevel, il ne manquait à son bonheur que Grażyna qui l'attendrait au refuge en sous-vêtements. Ou même sans.

C'était drôle, une semaine ne s'était pas écoulée et elle lui manquait déjà.

Des cabines jaunes en forme d'œufs rigolos les hissèrent plus haut, dans une zone où il y avait de la vraie neige. Quand, après un quart d'heure, ils passèrent des œufs aux cabines d'un remonte-pente qui devait les amener sur La Saulire, les conditions semblaient bien plus favorables. Et lorsque Ludwik quitta la cabine en haut, à peine était-il descendu du quai qu'il chutait déjà dans une immense congère. Allais l'aida à s'en dépêtrer.

— Bon, messieurs, le sport est une chose, le prototype en est une autre, mais avant de démarrer, on va boire un café, décréta Rossignol et il les mena sur la terrasse d'un restaurant fermé, Le Panoramique.

Il nettoya avec sa manche la neige de la barrière, sortit un thermos rouge de son sac à dos et versa du café dans trois tasses en métal.

Ludwik s'appuya sur la rambarde, inspira profondément l'air glacial qui sentait le givre et avala une gorgée de café, corsé en diable. En dessous, il voyait le versant dont émergeait le sillon damé, les toits de Courchevel et, au loin, une immense vallée alpine que le soleil n'avait pas encore atteinte. De l'autre côté de la vallée, il reconnut les sommets qui, il ne savait pas bien quand, deviendraient la station La Plagne. Cela signifiait que son Champagny adoré se trouvait en contrebas. Il tenta d'apercevoir quelque chose, mais n'y réussit pas ; pour le moment, le village devait se limiter à quelques chalets de montagne réunis autour de l'église Saint-Sigismond. Il tenta d'en distinguer le clocher, mais son regard fuyait toujours plus haut, vers la crête où brillait en rose un massif baigné de soleil matinal, celui du Mont-Blanc.

— Je ne m'en lasserai jamais, commenta Rossignol, énonçant à voix haute ce que Ludwik pensait. On y va ?

Ils s'approchèrent du début du couloir damé. À chaque pas, Ludwik devenait plus tendu. Son corps était jeune, certes, mais cela faisait quinze ans qu'il ne se déplaçait sur des skis qu'avec précaution et il n'osait plus véritablement descendre. Pourtant, il avait l'impression de skier mieux qu'il ne marchait, mais on était loin d'un niveau sportif. Que se passerait-il s'il se montrait ridicule ? S'il chutait à chaque virage ? Si un genou se rompait avant que les innovantes fixations de « ce cher Jean » ne s'enclenchent ?

Rien à faire. Quand il y a du risque, il y a de la joie.

Il plaça les skis côte à côte, fit quelques génuflexions pour s'échauffer, s'appuya sur ses bâtons et chaussa ses fixations. Le claquement sonore chassa enfin ses craintes et un large sourire illumina son visage. Il jeta un coup d'œil au mont Blanc, fit le signe de la croix, un peu pour la blague et un peu pour souligner son appartenance nationale, se pencha, poussa et fila vers le bas.

Il permit aux skis de prendre de la vitesse avant de se redresser partiellement et de presser les genoux contre la piste. Durant une fraction de seconde, il crut que le nouveau design ne marchait pas, il replaça ses hanches et, à ce moment précis, les skis se plièrent docilement, se couchèrent et accélérèrent – laissant dans son sillage une trace double et parallèle comme si on déployait dans la neige un chemin de fer à voie étroite. L'instant d'après, ils rebondirent et l'envoyèrent vers le virage suivant.

Les skis bruissaient, le vent sifflait à ses oreilles, le soleil lui chauffait le visage et il filait, tournait, riait à gorge déployée, il hurlait de joie. Il devrait probablement s'arrêter pour vérifier comment les Français s'en sortaient, mais il n'arrivait pas à se retenir, il voulait que cet élan dure le plus possible, et il freina donc seulement près de la gare de départ du remonte-pente. Ses cuisses le brûlaient comme du feu. La jeunesse, d'accord, mais ça ne m'aurait pas fait de mal de me préparer un peu pour la saison, pensa-t-il.

Alors, il se tourna vers la piste. Rossignol avait plus de mal, il se trouvait plus haut et on voyait qu'il n'exploitait pas le potentiel de ses skis : il chassait de l'arrière comme avec des balais. Émile Allais, en revanche, n'était pas champion du monde pour rien. Ayant saisi rapidement le rythme, il filait à présent par de longues courbes de géant, dans un style magnifique, il frottait presque ses hanches contre la piste. Ludwik se fit la remarque que ce type saurait probablement descendre avec grâce sur une chaise brisée et ressemblerait à un dieu de l'hiver.

Allais arriva près de lui et s'arrêta en soulevant une fontaine de neige. Il enleva ses lunettes ; au milieu de son visage séduisant, ses yeux brillaient d'excitation.

— Et donc ? demanda Ludwik dans l'espoir d'entendre des commentaires enthousiastes.

— Pas mal, répliqua le Français négligemment, prouvant par la même occasion que l'exaltation restait l'apanage des classes sociales inférieures et des nations placées plus bas sur l'échelle du développement civilisationnel. On y retourne ! criait-il à l'intention d'un homme qui venait de passer la tête par le hublot de la vigie du remonte-pente.

— Qu'est-ce que vous avez comme skis ? demanda l'homme, intrigué. Je n'en ai jamais vu d'aussi rapides.

— Une invention de ce monsieur, un Polonais.

L'homme siffla d'admiration.

— Félicitations. Vous êtes venu de Pologne ?

Ludwik confirma.

— Vous devriez peut-être rester chez nous. Ils viennent de dire à la radio qu'il y a eu un coup d'État à Varsovie.

— Que quoi à Varsovie ? demanda Ludwik, sentant l'ensemble des endorphines sportives quitter son corps d'un coup.

Il espérait avoir mal compris, avoir des lacunes en français et que « koudeta » voulait en réalité dire orage brusque ou quelque chose d'approchant.

— Un coup d'État ! Un renversement politique ! Des Slaves auraient pris le pouvoir. Mais c'est une bonne chose, pas vrai, vu que vous êtes des Slaves ?

Ludwik s'empressa de détacher ses skis. Au même moment, Abel Rossignol les rejoignit.

— Une autre ! cria-t-il. Au départ, je n'ai pas réussi, mais vous aviez raison, c'est une révolution. Allez, messieurs, on a encore quelques heures jusqu'au déjeuner.

Ludwik frappa ses skis l'un contre l'autre pour en chasser la neige et les rendit à Rossignol.

— Je dois rentrer Pologne vite. Bravo, vous avez fait skis formidables. Monsieur Allais, c'était grand plaisir rencontrer en personne sportif tel que vous. S'il vous plaît, ne cessez pas efforts, quelque chose me dit que vos actions changeront face de ce sport.

Il n'avait pas à lui souhaiter une bonne santé – ce saligaud d'Allais devait avoir de bons gènes, il avait atteint en pleine forme son centième anniversaire, en 2012, et n'était mort qu'après.

— Je vais vous écrire ou revenir. Le contrat est signé.

— Donnez au moins un nom à ces skis ! lui cria Rossignol quand Ludwik montait déjà dans la cabine qui descendait au village.

Il n'eut pas à réfléchir beaucoup.

— Gragine ! hurla-t-il. G-R-A-G-I-N-E !

Il espérait n'avoir commis aucune faute, il s'emmêlait toujours les pinceaux dans la prononciation des « j » et des « g ».

— Et ça veut dire quelque chose ?

— Tout !

11

L'hystérie croissait en moi. Le pire, c'était le sentiment de solitude. Ludwik se trouvait quelque part dans les Alpes, ma mère en province, Adam à Lyon et, chez Lucyna, je pouvais tomber sur Wanda et certains de ses amis qui se demandaient certainement quel nom donner à la nouvelle police politique. Chercher des amies de la FF n'était pas raisonnable et je ne m'en étais pas fait d'autres par ici. À cette satanée période sans portables, sans SMS ni Internet, avec les lignes terrestres coupées, j'avais l'impression d'être la plus isolée des personnes au monde.

Iwona.

C'était une idée étrange, mais je pourrais me rendre chez Iwona. Je savais où elle habitait. D'une certaine manière, je la connaissais, nous étions liées par le même homme, quand bien même ça ne sonnait pas bien. Elle pourrait sans doute me fournir un abri durant quelques jours. Puis je partirais chez ma mère et dès que la situation se décanterait, je passerais à l'Ouest, à l'étranger ; j'espérais que Ludwik n'était pas idiot au point de revenir ici. Adam pouvait nous aider, m'aider, mon Dieu, je devais faire mon possible pour ne pas passer une seconde vie derrière le rideau de fer, le destin ne pouvait pas être aussi cruel !

Mon hystérie oscillait. Je me répétais tour à tour de me calmer, qu'un coup d'État ne consistait pas à faire la chasse aux enseignantes qui avaient changé de métier quelques mois plus tôt. Ou alors, j'échafaudais des visions lugubres, me remémorant sans cesse les souvenirs les plus cauchemardesques de l'époque de Gierek et de Jaruzelski. J'étais l'unique personne ici à savoir VRAIMENT ce que leurs règnes signifiaient.

À la fin, je décidai de préparer un petit sac de voyage et de me rendre chez Iwona. Laissons le destin trancher. Si elle n'était pas là, je rentrerais simplement à la maison et j'attendrais un signe de Ludwik ou alors, j'irais peut-être chez ma mère après la Toussaint, on verrait. Si Iwona me riait au nez et me claquait la porte au nez – comme plus haut.

Et si elle me recevait, je me sentirais en sécurité durant quelques jours. Après tout, c'était une scientifique qui sauvait des vies humaines, la continuatrice de l'œuvre de Marie Curie Skłodowska ; a priori, personne ne la placerait sur liste noire.

J'entassai dans mon modeste sac le tapuscrit de mon livre, quelques vêtements et une brosse à dents. Je cachai mon passeport dans l'une de mes bottes et un peu d'argent liquide dans l'autre. Oui, je sais, c'était idiot et hystérique, mais il valait mieux finir par rire de son exagération que de pleurer en se reprochant sa stupidité et son imprudence.

Je coupai l'eau et le gaz, je fermai toutes les fenêtres, j'enfilai mon manteau, je pris mon parapluie sur l'étagère du vestibule et j'ouvris la porte.

Deux jeunes militaires se tenaient sur le seuil. Aucun d'eux n'était mon frère.

Ma gorge était si serrée qu'un couinement étrange s'en échappa :

— Oui ?

— Bonjour, dit le plus proche en exécutant un salut militaire. Conformément aux nouveaux décrets sur la sécurité des citoyens, nous effectuons une vérification sélective des passeports.

— C'est-à-dire ?

— Vous devez nous confier votre passeport en échange d'un reçu. Il sera vérifié et vous pourrez le récupérer à la mairie du quartier une fois que vous aurez obtenu la confirmation que le résultat de la vérification est positif.

— Malheureusement, je n'ai pas mon passeport ici, répondis-je sans bafouiller cette fois. Je l'ai laissé par inadvertance chez ma mère, à Środa Wielkopolska, lors de ma dernière visite.

Les soldats échangèrent un regard qui disait que ce n'était pas la première fois qu'ils entendaient de tels bobards.

— Conformément au décret, dans le cas d'une telle déclaration, nous avons le droit de procéder à la perquisition du logement.

Il fit un signe de la main ; il s'avéra que trois autres militaires se tenaient derrière eux. Ils pénétrèrent à l'intérieur sans gêne aucune, me poussant au fond du salon.

— Vous pouvez enlever vos chaussures, dit le commandant, ça va prendre un moment.

12

Il se répétait que ses mouvements frénétiques n'avaient aucun sens, qu'il avait deux mille kilomètres à faire sur des routes des années 1960, qu'il se trouvait au cœur des Alpes françaises après une nuit blanche et que, pour couronner le tout, le temps se gâtait. Dans ce contexte, le fait qu'il fasse lentement ou rapidement ses lacets n'avait pas la moindre importance.

Il se le répétait, mais les nouait néanmoins vite et fort. Il empila ses affaires dans la valise n'importe comment, paya et courut à sa voiture. Dehors, la neige lui cingla la face, le vent soufflait, il devait absolument atteindre la vallée avant que le temps ne l'emprisonne ici.

— Monsieur ! Monsieur !

La réceptionniste, une Française brune et menue, accourut vers lui.

— Mon mari m'a dit de vous rattraper, de vous dire que vous pouvez rester jusqu'à demain ou deux jours sans payer. Les prévisions météo sont vraiment mauvaises, à quoi bon prendre le risque ?

— Je dois ! cria-t-il pour couvrir le vent. Ma femme m'attend.

La Française s'approcha.

— Monsieur, vous venez de Pologne, pas vrai ?

Il acquiesça.

— Alors, dites-moi, est-ce que c'est vraiment tout plat ?

La question était étrange, mais Ludwik y répondit avec franchise :

— Vraiment.

— Alors vous avez peut-être du mal à vous l'imaginer, mais je suis d'ici, je suis née ici et j'y ai vécu toute ma vie. Les tempêtes d'automne peuvent être terribles. Le vent souffle depuis la vallée dans tous les sens, il y a de la pluie, de la neige, de la glace. Ce n'est pas simplement une mauvaise météo. Parfois, même nous, on a peur. C'est comme si la porte d'un autre monde s'ouvrait. Les gens disparaissent sans laisser de traces durant ces tempêtes. Parfois, on ne retrouve jamais leurs corps. Vous ne serez pas très utile à votre femme si vous disparaissez.

Il hésita. L'instant d'après, il songeait à Grażyna, coincée seule dans un logement vide, sans téléphone, sans Internet, sans SMS, sans amis, sans nouvelles de sa part, dans un monde qui basculait justement dans sa véritable version cauchemardesque.

— Je dois. Si c'est vraiment mal, je m'arrête sur le côté pour attendre.

— Il n'y a pas de bas-côté par ici. Il y a les parois rocheuses d'une part et les précipices de l'autre. Et on n'attend pas non plus que ça passe, il y a le froid glacial et le vent.

— N'ayez pas peur, ça ira, dit-il avant de démarrer sa Citroën et de partir vers la vallée.

Durant les premiers kilomètres, il se félicita d'avoir pris la bonne décision. Il faisait sombre, ça soufflait et la neige tombait de toute part, mais il voyait la route, il voyait la barrière qui le séparait de l'abîme ; lentement, certes, mais il parcourait les mètres successifs ; chaque virage le rapprochait de Grażyna. Il savait qu'au fond de la vallée, ça irait mieux, et que plus il avancerait vers l'extrémité des montagnes, plus la bourrasque allait se transformer en une pluie d'automne ordinaire.

Quel manque de chance que ce fût exactement à ce moment-là, quand il n'était pas auprès de Grażyna, que les pires prophéties de son frère s'étaient réalisées. Au pays, les gens envisageaient sans doute divers scénarios, mais il savait ce qui allait arriver. L'Histoire revenait sur ses vieux rails, la Pologne allait être enfermée derrière un rideau de fer et eux deux ne devaient avoir qu'un seul but : fuir avant qu'il ne soit trop tard. N'importe où, n'importe comment, cela n'avait pas d'importance. C'est pourquoi il devait rejoindre Grażyna le plus vite possible, avant que le rideau ne se baisse pour de bon, avant que la fuite ne devienne impossible.

Il alluma la radio posée sur le siège passager et tourna le bouton jusqu'à trouver une station française. Il ne se sentait pas à l'aise, il avait envie que quelqu'un lui parle.

Malheureusement, il avait eu tort de penser qu'avec chaque mètre qu'il parcourait les conditions s'amélioreraient. Lorsqu'il s'enfonça dans la couche de nuages empilés dans la vallée, il perdit toute visibilité, la neige tombait et le vent soufflait avec une telle force que la voiture tremblait. Il prit peur, ralentit jusqu'à rouler au pas et se pencha sur le volant en espérant apercevoir la paroi rocheuse ou la barrière avant de percuter l'une ou l'autre.

Soudain, il frémit, parce qu'à travers le bourdonnement et le crépitement de la mauvaise réception radiophonique, il entendit les notes de la version française de *My Way*. Cela sonnait comme un mauvais présage, mais il n'éteignit pas la radio, ne voulant pas rester sans compagnie dans cette bourrasque de plus en plus dense.

Il avançait et avançait, retournait auprès d'elle, comme d'habitude, et son voyage se détachait de plus en plus de la réalité. La Citroën glissait sur la route invisible avec une telle fluidité qu'elle aurait pu flotter au fond des abîmes ou voler dans l'espace, l'impression aurait été la même. Le monde derrière la vitre disparut, il devenait parfois plus gris ou plus blanc, mais les directions n'existaient plus, peut-être qu'il roulait encore ou peut-être qu'il tombait, peut-être qu'il tournoyait dans une autre dimension, l'absurde irréalité de cette sensation provoqua d'abord une crainte paralysante, étouffante, avant de se muer en calme, en une paix immense. Avec chaque instant qui passait, il se sentait de plus en plus tranquille.

C'est parce que le monde m'est favorable, se dit-il. Impossible que je ne revienne pas de ce voyage auprès de mon amour.

Comme d'habitude

Pourquoi m'a-t-il laissé cette lettre chez Iwona ? Je ne lui ai pas posé la question et aucune des réponses qui me sont venues à l'esprit ne m'a paru satisfaisante. Je comprenais seulement que pour lui, ça avait été important, d'une manière tortueuse. Ou alors, ça découlait d'une théorie thérapeutique tarabiscotée, allez savoir.

Jésus Christ et Sainte Vierge Marie, que cette lettre était longue ! Ce n'était pas tant un adieu qu'un exposé sur l'adieu ; je me demandais même s'il ne l'avait pas écrite avec l'idée que je la lise dans les universités en son honneur ou dans le cas où on donnerait son nom à une rue d'un trou perdu. Il y rappelait comment on s'était rencontrés et comment on avait fait connaissance – je parie qu'il était fier de cette distinction – et nos aventures, et Jacek, bien sûr, et parfois même des épisodes concrets et drôles, par exemple la fois où un sanglier avait attaqué le convoi funéraire de ma mère, mais en dehors de cela, il y avait dans ces pages une multitude de théorisations émotionnelles pour dire à quel point nous avions été proches, combien il y avait eu de nuances d'amour et d'amitié entre nous, comment le désir avait assemblé notre union telle une bonne colle pour prothèses (ça, c'est de moi, cette boutade aurait été trop fine pour lui), le monde avait existé pour nous et nous avions existé pour le monde… Franchement, je n'en peux plus de retranscrire cette graphomanie.

Ou peut-être que ça m'irrite parce qu'il n'est plus là et que dans peu de temps, je vais chérir avec émotion et tendresse chaque mot de cette lettre. On verra. Pour l'heure, je me dis que mon brave bonhomme a forcé le trait, comme d'habitude, alors que les choses simples sont simples. Moi, j'aurais écrit : Une chouette vie, parfois super, parfois à chier, mais le sexe globalement réussi. Merci beaucoup. Bon vent, Grażyna.

Mais je n'ai personne à qui l'écrire, voilà la vérité.

Deux phrases m'ont plu. Quand il me demande de prendre soin de moi parce que aussi longtemps que je vivrai, il sera immortel. Je sais, c'est prétentieux et ça semble écrit pour moi, alors qu'en réalité, c'est invariablement à son propos, longue vie à l'ego masculin, hip, hip, hip, hourra. Mais ça a touché une corde sensible en moi. Au point qu'à présent, j'ai souvent l'impression de ne pas vivre seulement pour moi, mais aussi pour ces souvenirs dans lesquels il réside. C'est bête, mais je lis avec davantage de soin les étiquettes dans les supermarchés, je fais des promenades, je ne repousse jamais à plus tard mes visites chez le médecin.

Quant à la dernière phrase, je la cite sans moquerie aucune et même elle m'émeut, vous m'avez eue. C'est un truc que j'aurais pu lui écrire dans tout ce système.

Garde le front haut, tôt ou tard, nous serons ensemble. Comme d'habitude.

Le mot de l'auteur à ses lecteurs français

J'ai achevé ce roman dans un TGV qui me transportait de Strasbourg à Marseille, au cours de l'une de mes tournées des librairies et des festivals littéraires, un de ces voyages rendus possibles seulement parce que, il y a quelques années, vous avez décidé d'accorder sa chance à un auteur de romans policiers polonais. Sans votre bienveillance et sans ma redécouverte de la culture française dont je suis tombé amoureux, ce roman n'aurait jamais vu le jour.

Je remercie tous les guides de ces périples : mes lectrices et mes lecteurs, les libraires, les journalistes, les organisateurs des festivals littéraires et le public de ces mêmes festivals. Et, par-dessus tout, je remercie mes amies et amis de Fleuve Éditions.

Je remercie ma famille, Marta, Maja et Karol, de m'avoir accompagné dans ces pèlerinages.

Un grand merci à mon vieil ami Marcin Mastalerz qui m'accompagne dans mon aventure littéraire depuis toujours et qui, cette fois, a pris en charge la rédaction de cet ouvrage. Je me moquais de ta francophilie et maintenant, regarde, tu as fini par me transmettre le virus.

Le plus important : je voyageais dans ce TGV et à côté de moi était assis (en train de lire ou de somnoler) Kamil Barbarski, l'homme qui a traduit tous mes romans en français et qui devrait en avoir sincèrement marre de moi, mais qui a malgré tout accepté de discuter sans fin d'une réalité alternative franco-polonaise. Cher Kamil, merci pour tout ; même si on n'avait pas réussi à convaincre un seul lecteur de lire nos livres en France, l'amitié avec toi aurait mérité tout ce remue-ménage.

Ce roman, je l'ai écrit pour mes parents et avant tout grâce à eux et à leurs étonnants souvenirs de jeunesse. Ils fêteront prochainement les cinquante ans de leur mariage, quant au sexe – hum, comment dire, je n'ai toujours pas osé leur demander s'ils se rappellent la date précise de leur première fois, mais ça tomberait probablement d'ici peu.

Chers Maria et Krzysztof, mes meilleurs vœux !

Enfin, je voudrais remercier mes lecteurs français d'avoir enduré la méprise de Ludwik au sujet de la chanson *Comme d'habitude* de Claude François. Je sais bien que c'est Frank Sinatra qui l'a reprise et non le contraire. Mais Ludwik, lui, ne le sait pas.

Z.

Varsovie, 2019

P.-S. La rédaction d'un roman consiste essentiellement à le réduire. D'ordinaire, je ne regrette pas les passages coupés, mais j'en rétablis un ci-dessous parce qu'il rend bien compte de mon rapport à la troisième héroïne principale du roman, c'est-à-dire à ma ville natale :

« Ah, août à Varsovie, si seulement chaque mois pouvait être ainsi. Les matinées humides et embrumées, les journées caniculaires et paresseuses, les soirs frais et vivifiants, les nuits claires et étoilées. On peut tomber amoureux de Varsovie en août, de sa verdure juteuse, de ses façades en grès brûlant, de ses garçons bronzés par l'été, de ses filles en robes estivales et aux cheveux éclaircis par le soleil, de l'odeur de poussière trempée après le passage d'un arroseur, des néons réfléchis par les vitres des tramways, du tambourinement des talons, des appels des porteurs de journaux. En août, que quelqu'un vive là depuis des générations, qu'il soit venu après la guerre pour reconstruire brique par brique cette ville entêtée ou qu'il soit descendu une heure plus tôt dans ses bottes crasseuses sur un quai de la Gare Principale, tout le monde parcourt la ville du regard et se dit fièrement : ma capitale. Oui, bien sûr, j'entends vos complaintes, quelle est cette ville inutilement étendue, à l'urbanisme ennuyeux ou même sans urbanisme, une ville qui tourne le dos à son fleuve, inamicale et décourageante, traversée de balafres tel un vieux boxeur. Et moi, je vous réponds : c'est une ville bien-aimée. Pourquoi ? Parce que pour être vraiment d'ici, il ne faut pas y être né, s'y marier, passer en force, se prosterner, enjôler, soudoyer. Il suffit de dire : je suis d'ici parce que j'en ai envie et ce ne sont pas tes oignons, nigaud. »

Pour suivre l'actualité
de vos auteurs préférés
et découvrir de nouvelles lectures,
retrouvez-nous
sur les réseaux sociaux :

@fleuve.editions

@Fleuve_Editions

fleuve_editions

Retrouvez les extraits des parutions 2019
chez tous les libraires numériques sous le titre
« Fleuve Éditions – Extraits offerts 2019 »

Imprimé en France par CPI
en août 2019
N° d'impression : 3033970

Composition et mise en pages Nord
Compo à Villeneuve-d'Ascq

R14390/01